btb

Aus Freude am Lesen

btb

## Buch

Eine Backstube im Keller der Hovlundagatan 60. Dort begegnen wir Tora Otter, geborene Lanz, wo wir sie am Ende der »Hexenringe« verlassen haben. Sie betreibt auf dem Markt regelmäßig einen Stand, an dem sie außer Brot selbstgemachte Bonbons verkauft. Durch harte Arbeit und sparsames Wirtschaften bringt sie es schließlich dahin, daß sie das Café Cosmopolite übernehmen kann. Es gelingt ihr, das Café durch die Krisenzeit des Ersten Weltkriegs zu bringen, doch es bleibt immer ein Zuschußgeschäft für sie, das sie nur durch den weiterhin betriebenen Marktstand aufrechterhalten kann. Und am Ende steht der große Spiegel aus dem Hinterzimmer des Cosmopolite in ihrem Wohnzimmer – sie hat das Cosmopolite verkauft.
Auch Toras Freundin, Frida Eriksson, ist auf sich selbst angewiesen, und auch ihr Leben wird bestimmt von harter Arbeit. Ihr Lohn und das, was ihr Sohn Konrad nach Hause bringt, reichen gerade für das Allernötigste. Ambitionen, gesellschaftlich aufzusteigen, kann sie sich nicht leisten. In besondere Bedrängnis jedoch gerät sie, als sie im Alter von vierzig Jahren nochmals schwanger wird.
*Springquelle* ist das faszinierende Porträt der ersten Jahrzehnte unseres Jahrhunderts. In detailgenauer und schnörkelloser Prosa erzählt Kerstin Ekman darin die tief beeindruckende Geschichte unbeugsamer und tapferer Frauengestalten in krisenhaften Zeiten.

## Autorin

Kerstin Ekman wurde 1933 in Rising, Schweden, geboren und machte sich bereits in den sechziger Jahren als erfolgreiche Kriminalschriftstellerin einen Namen. Ihre frühen Romane erweisen sich mit ihren differenzierten Menschen- und Milieuschilderungen als Vorstudien zu ihrem Hauptwerk, einem vierteiligen Romanzyklus, der mit *Hexenringe* beginnt und als bedeutendstes Epos der jüngsten schwedischen Geschichte gilt. 1978 wurde Kerstin Ekman in die Schwedische Akademie gewählt, eine Auszeichnung, die vor ihr nur zwei anderen Frauen zuerkannt worden ist: Selma Lagerlöf und Elin Wagner.

Von Kerstin Ekman liegt bereits bei btb vor:
Hexenringe. Roman (72056)

Kerstin Ekman

# Springquelle

Roman

*Aus dem Schwedischen von*
*Hedwig M. Binder*

btb

Die schwedische Originalausgabe
erschien 1976 unter dem Titel
»Springkällan« bei Albert Bonniers Förlag AB, Stockholm

Umwelthinweis:
Alle bedruckten Materialien dieses Taschenbuchs
sind chlorfrei und umweltschonend.

btb Taschenbücher erscheinen im Goldmann Verlag,
einem Unternehmen der Verlagsgruppe Bertelsmann.

3. Auflage
Genehmigte Taschenbuchausgabe Oktober 1996

Umschlaggestaltung: Design Team München
Umschlagmotiv: AKG, Berlin
Satz: IBV Satz- und Datentechnik GmbH, Berlin
RK · Herstellung: Augustin Wiesbeck
Made in Germany
ISBN 3-442-72060-5

Unterhalb des Höhenrückens gibt es eine alte Quelle, die nie versiegt. Früher brach sie in dem feuchten und vom Laub dämmrigen Park, in dem die Heilsarmee zu spielen pflegte, mit anmutigem Sprung hervor. Man nannte sie Himmelsöquelle. Jetzt ist sie mit Steinen gefüllt.

Früher tanzten die Leute bei der Himmelsöquelle. Sie schmückten sie mit frischem Grün und zierten sie mit Bändern. Das war Aberglaube. In der Dreifaltigkeitsnacht tranken die Menschen ihr Wasser, um gesund zu werden. Sie überantworteten ihre Leiden Münzen und Stecknadeln und warfen diese in die Quelle, die alles heilen sollte: das Gliederreißen, das sie krumm machte, und den bösen Finger, der die Fingerspitzen anschwellen und eitern ließ, Wundrosen, die in hitzigen Rötungen aufflammten und sich durch ihre Körper fraßen, den Husten, den Ohrzwang, von dem man aufwachte und weinte, die galoppierende Schwindsucht, die Englische Krankheit, die den Rücken verkrümmte, Katarrhe, Hühneraugen und eitrige Knochen von unzureichend behandelten Wunden in altem, schlechtem Heilfleisch, die schmählichen, zähen Ausflüsse und die Skrofeln, die durch Staub und Schmutz wuchsen und die Augen der Kinder tränen und ihre Hälse anschwellen ließen.

Die Quelle wurde von all dem, was sie aufnehmen mußte, nicht verdorben. Sie blieb rein und unverseucht und versiegte nie. Wenn die Brunnen in den Höfen austrockneten oder wenn man, nachdem sie im Spätsommer zu stinken angefangen hatten, ihre Deckel wegen der Gefahr von Epidemien versiegelt hatte, holten die Leute ihr Wasser dort oben.

Am Ende aber verstellte man die Himmelsöquelle mit einem Stein, und niemand wußte, warum.

Eines Nachts im Januar 1910 saßen zwei Frauen im Keller des Hauses Hovlundagata 60 und tranken Kaffee. Sie saßen vor einem Backofen, hinter dessen eiserner Tür das Feuer bullerte. Auf dem Tisch unter der weit herabgezogenen Lampe ging ein Roggenteig. In allen Ecken war es dunkel, und von Frida Eriksson waren nur das Tuch und die alten Segeltuchschuhe, die sie immer beim Waschen trug, zu sehen.

Alle beide brauchten Kaffee. Tora Otter würde bis in die Morgenstunden hinein backen und mußte sich wachhalten. Frida brauchte ihn, um einschlafen zu können. Nach einer Woche in den Waschküchen schmerzte und kribbelte es in ihrem Leib, und sie konnte freitags abends oft nur schwer einschlafen. Meistens tranken die beiden Frauen Kaffee aus Kaffeesatz, der gezogen hatte und verdünnt und aufgewärmt worden war, bis er hellbraun und säuerlich war. Dies hier war jedoch starker, frisch gekochter Kaffee. Sie bliesen und brummelten darüber und bewegten die Fingerspitzen unter den heißen Untertassen hin und her. Sie schlürften ihn durch Zuckerstücke, die langsam lockerer wurden und sich auflösten, in sich hinein.

Als Tora ausgetrunken hatte, ging sie hinauf in die Wohnung und holte ungesalzene Butter. Die Jungen schliefen. Sie stopfte ihnen die gestrickten Decken ums Kinn und befühlte den Kachelofen. Als sie wieder nach unten kam und die Lampe hochzog, war Frida auf dem Stuhl eingeschlafen. Sie saß mit den

Händen unter der Schürze da und machte ein Nickerchen. Sie war blaß und hatte keine Zähne mehr im Mund. Die Augenlider waren groß und dünn. Sie war kaum wiederzuerkennen, wenn sie die Augen geschlossen hatte. Tora faßte sie sanft an der Schulter.

»Ich hab Butter g'holt«, sagte sie.

Frida wachte auf. Sie nahm mit dem Zeigefinger Butter auf und spreizte dann den Daumen der anderen Hand ab, so daß sich die Haut in der Daumenfalte straffte. Sie war aufgeweicht und wieder eingetrocknet, grauweiß und rissig vom Wasser. Die Schrunden gingen so gerade in die dünne Haut, als wären sie mit dem Messer hineingeschnitten. Sie leuchteten hell und deutlich rot. Sie fettete beide Daumenfalten und die Risse am ersten Zeigefingergelenk ein. Dann zog sie Wollgarn aus der Schürzentasche und umwickelte es damit. Tora half ihr, die Enden zu verknoten.

»Das tut gut«, sagte sie.

Mit einem Stöckchen machte Tora die heiße Ofentür auf, legte Holz nach und öffnete die Luftklappe ein wenig. Dann wusch sie sich in einer Waschschüssel, die auf einer Holzkiste unter dem Fenster stand, die Hände und trocknete sie gründlich ab, damit nichts kleben bliebe, wenn sie sie in den lauwarmen Teig steckte. Der Ofen wummerte, und in der Ecke, in der Frida saß, war es warm.

»Mein Gott, wie warm und gut der doch is, der Backofen!« sagte sie. »Hier sollt man die ganze Nacht sitzn.«

»Mach das doch, du, dann hab ich Gesellschaft!«

»Da wär's nicht weit her mit der Gesellschaft. Ich schlaf bestimmt bald ein.«

»Bleib wenigstens sitzn, bis ich den Teig durchg'arbeitet hab, dann trinkn wir noch mal 'ne Tasse Kaffee. Ich hab Brot aus'm Café.«

Sie tranken aufgewärmten Kaffee, jetzt aber aus Tassen, und tunkten Brot vom Vortag aus dem Café Cosmopolite ein. Frida hatte kaum die Tasse weggestellt, da war sie auch schon wieder eingenickt.

»Du solltest hinaufgehn und dich ins Bett legn«, meinte Tora. »Ich kann mit dir mitkommen, ich wollt sowieso hinauf und nach den Buben schaun.«

Sie ergriff Fridas spitzen Ellbogen, und sie gingen ohne Lampe durch den langen, dunklen Kellergang, der ihnen so vertraut war. Als sie zur Kellertreppe hinaufkamen, hörten sie Männer. Im Dunkeln standen sie still hinter der Tür, bis die Haustür hinter dem letzten zugeschlagen war.

»Jetzt sind sie weg«, sagte Tora. »Geh jetzt hinauf und leg dich ins Bett!«

Ein dickes Eisenrohr kam aus der Wand der Waschküche und lief, mit Schellen befestigt, bis zum Zementbottich, über dem ein Messinghahn saß. Den brauchte man nur aufzudrehen. Früher hatte sie mit den Eimern am Joch zehnmal zum Brunnen gehen müssen, um die Einweichbottiche zu füllen. Jetzt drehte sie nur den Hahn auf. Woher das Wasser kam, wußte sie allerdings nicht.

Frida ging waschen, seit sie geheiratet hatte. Angefangen hatte sie bei den Spülplätzen draußen am Vallmarsee, wo man die Wäsche mit Karren hinziehen mußte. Die Frauen hatten in einer Reihe gekniet und die gewaschenen Wäschestücke geschlagen, und sie erinnerte sich, wie sie patschnasse, schwere Laken ins Gesicht bekommen hatte, bevor sie das Auswinden richtig gelernt hatte. Die Waschfrauen waren von Haus aus grantig, und sie schickten zurück, womit sie nicht zufrieden waren. Man mußte ein Paket in passender Größe zusammenlegen und die Enden kräftig und schnell in entgegengesetzer Richtung drehen. Die Frauen fluchten, um sich bei Laune zu halten. Es dampfte um die heißen Laken, wenn sie ins Wasser schlugen, und es kam Dampf aus ihren Mündern, denn es war kalt, im Dezember wie im März. Frida hatte sich vor ihnen gefürchtet. Doch es war keine da, die sich jetzt vor ihr gefürchtet hätte. Alles war anders. Die Gerüche, die Flüche und das Wasser, das kalt und klar aus dem Messinghahn schoß.

Es war natürlich Trinkwasser. Sie hatte gehört, daß es beim Großhändler droben ein Klosett geben und sogar darin reines Trinkwasser sein sollte. Wenn ihr auch niemand sagen konnte, woher es kam.

Viele Jahre lang hatte sie im Waschhaus am Marktplatz gewaschen. Ein Bahnarbeiter namens Dahlgren hatte über dem Abwassergraben, der durch sein Grundstück floß, ein Waschhaus errichtet, den Graben gestaut und die Einrichtung vermietet. Sie erinnerte sich, wie der Abwassergraben noch ein Bach gewesen war und alte Männer dort unten gesessen und Barsche geangelt hatten. Das Wasser floß ruhig, fast unmerklich durch den Ort. Jetzt war der Graben an vielen Stellen überbaut, um ihn herum verbreitete sich Gestank, und das Wasser war braun. Er nahm Schmutz auf und wurde schmutzig. Am Ende war Dahlgrens Waschhaus nicht mehr zu benutzen. Das Wasser des Grabens verfärbte die Wäsche, so daß die Hausfrauen klagten.

Das ginge so nicht mehr, sagten diejenigen, die sich auf öffentliche Belange verstanden, und so begann der Streit um das Wasserwerk und den Abwasserkanal. Er dauerte vier Jahre. Frida verstand ihn nicht. Die eine Seite wollte den Abfluß in den Vallmarsee leiten, die anderen in den Malsee. Sie schrieben in der Zeitung gegeneinander. Der alte Eisenbahnbauinspektor Sterkell stellte seinen Sitz im Gemeindevorstand zur Verfügung. Er hatte den Vallmarsee vorgeschlagen, und nun besaß er das Vertrauen der Versammlung nicht mehr, denn die Malseephalanx hatte gewonnen, und der Wasserturm wurde gebaut. Er sollte schließlich wie der berühmte Campanile in Venedig aussehen und stand gleich neben Lusknäppan, wo Frida aufgewachsen war. Fabrikant Wärnström verkaufte Land für das Wasserwerk, Großhändler Lindh für den Turm.

Es gab ein Fest auf dem Marktplatz, als die Wasserleitung eingeweiht wurde und die Feuerwehr die Leitung erprobte. Sterkell war nicht dabei. Bahnmeister J. A. Ström stieg auf die

Rednerbühne und bezeigte Großhändler Lindh die Dankbarkeit des Ortes für seinen Eifer und seine Fürsorge um die für den Ort lebenswichtige Wasserfrage sowie Fabrikant Wärnström für seine Spende von eintausend Kronen für die Verschönerung des Wasserturms mit Granitornamenten. Das Oktett des Musikkorps der Eisenbahner spielte, und der Brandmeister ließ das Wasser aus einem Schlauch strömen. Frida aber wußte nicht, wen sie hätte fragen können. Sie kümmerte sich normalerweise nicht um öffentliche Angelegenheiten, doch nach dem vielen Wasser, das sie ihr Lebtag schon geschleppt hatte, wurde sie nachdenklich. Nach so vielen versiegten Brunnen und Brunnen voller Gestank und Krankheitserreger, über die sie sich schon gebeugt hatte, wollte sie wissen: Woher kommt das Wasser?

Als sie aus der Waschküche des Großhändlers kam, wo sie Wäsche eingeweicht hatte, kam ihr die Idee, Konrad zu fragen. Die Kleinen spielten unten im Hof, obwohl es schon spät war, und die halbwüchsige Dagmar war bereits zu den Otterbuben hinuntergegangen, auf die sie aufpaßte, wenn Tora backen ging. Nur Konrad war daheim, und er saß wie immer mit einem Buch vor sich am Küchentisch und verbrauchte Licht. Sie ging hin und klappte die Vorderseite hoch und meinte zu erkennen, wie es hieß. »Die Frau«.

»Was ist denn das?«

»Bebels ›Die Frau‹«, antwortete Konrad, ohne aufzusehen, obwohl ihr Ton scharf war. »Das ist nicht so was, falls du das meinst. Ich hab's mir von Ebon Johansson geliehn.«

»Dann ist es Sozialismus«, stellte Frida fest.

Er schwieg und übertrug etwas in ein Heft mit schwarzen Deckeln, das er vor sich liegen hatte. Manchmal sah sie nach, was er da aus den Büchern abschrieb, doch meistens war es unverständliches Zeug, wahrscheinlich auch für ihn selbst. Er war erst sechzehn Jahre alt und hatte dadurch, daß Tora Otter ein Wort für ihn eingelegt hatte, seine Stellung als Lehrling und Laufbursche im Café Cosmopolite wiederbekommen. Im August, während des Generalstreiks, hatte er mit Meringemasse STRAIK! auf das Caféfenster geschrieben und war weggegangen. Er habe sich angeschlossen, hatte er zur Witwe Göhlin gesagt. Jetzt fürchtete Frida, daß er seine Stelle wieder verlieren würde. Er fing um sechs Uhr morgens an, blieb aber immer bis spät in die Nacht auf.

Auf dem Herd kochte das Wasser, und sie begann Roggenmehl hineinzurühren.

»Beim Großhändler haben se 'ne Wasserleitung«, erzählte sie. »Da braucht man nur aufdrehn.«

»Das ist doch gut«, meinte Konrad, ohne von seinem Buch aufzusehen.

»Weißt du, wo das herkommt?« fragte sie.

»Das Wasser?«

»Ja.«

Er schlug »Die Frau« zu.

»Weißt du das denn nicht? Das pumpen se bei Malstugan rauf. Da haben se doch 'ne Pumpstation gebaut.«

»Aber das muß doch irgendwann mal ausgehn.«

»Das ist Grundwasser«, erklärte Konrad.

Sie wußte nicht, was das war. Konrad begann auf dem Flikkenteppich zwischen der Flurtür und der Zimmertür auf und ab zu gehen und vom Wasser zu erzählen, das unter ihnen und unter der ganzen Erde sei, und Frida, die mit dem Rücken zu ihm stand und den Brei rührte, wußte nicht, was sie glauben sollte. Es fülle alle Hohlräume und Spalten in der Erde, sagte er. Es rinne durch lockere Erdablagerungen und Sandschichten und Kiesbänke und dringe überall durch, wo es versickern könne.

»Du weißt aber genau Bescheid, du, wie es unter der Erde aussieht«, sagte sie und schmunzelte. Doch er fuhr, ohne sich von ihr beirren zu lassen, damit fort, über das Wasser zu erzählen, das weder Diabas noch Gabbro aufhalten könnten, wie es in unterirdischen Strömen fließe und wie es, wenn es regne, in den Hohlräumen der Berge perle und gluckse. Die unterirdische Wasserlandschaft sei ein Bild, wenn auch ein gespiegeltes und auf den Kopf gestelltes Bild, der Landschaft auf der Erde mit ihren Höhen und Tälern und tiefen Senken. Das Grundwasser strebe, wie alles andere auch, nach dem Gleichgewicht, sagte Konrad, und wo das Gleichgewicht zwischen dem Druck des Wassers und dem der Luft über der Erde erreicht sei, da befinde sich der Grundwasserspiegel. In den Senken und Niederungen sei er nahe an der Erdoberfläche, und manchmal breche er hervor. Dort sprudelten die Quellen.

Im Park unterhalb des Höhenrückens, dachte Frida. Wo die Heilsarmee immer spielt.

Der Brei war dick geworden und mußte nun nur noch ausquellen. Sie sollte nach David und Anna rufen. Konrad redete noch immer von hydrostatischem und artesischem Druck. Sie hatte eine ganze Weile nicht zugehört.

»Weißt du, warum sie die Himmelsöquelle verstellt haben?« fragte sie. Er wußte jedoch nicht einmal, wo sie gewesen war.

Am Montag ging sie ins Lindhsche Haus zum Waschen. Das Einweichwasser war flockig vom Schmutz, und es roch übel, als sie die Wäsche herauszunehmen begann. Für gewöhnlich achtete sie nicht darauf. Anfangs hatte sie das getan und dann jedesmal, wenn sie schwanger gewesen war. Der Gestank war früher, als die Wäsche zwischen den Waschtagen ein halbes Jahr liegenblieb, auch muffiger gewesen. Am Bottich stand Rut und fischte mit einem Waschholz die Unterhosen des Großhändlers heraus. Sie schwammen wie große, weiße Blasen auf dem schlierigen Wasser.

»Nimm die Hände dazu!« sagte Frida. »Sonst fallen sie dir runter.«

Sie hielt Rut nicht für eine große Hilfe. Sie war erst sechzehn, in der Küche des Großhändlers die Jüngste. Wenn Frida zum Waschen kam, plapperte sie wie ein Wasserfall, denn oben in der Küche hatte sie nicht viel zu sagen.

»Weißt du, daß der Großhändler vierzehn Unterhosen gebraucht hat, seit wir das letzte Mal gewaschen haben?« schwatzte sie. »Das ist doch wohl nicht ganz gescheit, über ein Dutzend Unterhosen seit September! Ich frag mich, ob er noch ein Dutzend im Schrank hat. Aber schau dir die mal an! Man sieht ja kaum, daß die gebraucht wordn ist. Doch, da war immerhin ein kleiner, brauner Fleck, er wischt sich schludrig ab. Hier, nimm, Frida!«

Doch sie ließ sie fallen, und das Waschholz schnellte über den Fußboden davon. Es hatte nicht viel Wucht, landete aber auf Fridas Füßen, und das tat weh. Sie hatte die Segeltuchschuhe an. Die benutzte sie nur beim Waschen, und sie hatte für die Hühneraugen Löcher in den Stoff geschnitten. Wenn ihr nichts drauffiel, konnte sie einen ganzen Tag auf den Holzrosten in der Waschküche umhergehen, ohne sie in nennenswerter Weise zu spüren.

Sie hatten moderne, mit gewelltem Zinkblech verkleidete Waschbretter und rubbelten die Wäsche in Seifenlösung. Als erstes rieben sie die Unterhosen des Großhändlers und seine Nachthemden, auf denen manchmal Schokoladenflecken waren.

»Er will Kakao haben, wenn er ins Bett geht«, sagte Rut. »Und da tut er dann ein Pulver rein, von dem er schläft. Lilibeth schläft gar nicht, sagt se immer. Obwohl ich das kaum glaub.«

Sie nannte Alexander Lindh selbst hier unten im Keller Großhändler, seine verheiratete Tochter aber Lilibeth, und die Haushälterin hieß bloß die alte Hex.

»Sieh dich vor!« warnte Frida.

»Ach was, hier kommt schon niemand runter. Weißt du, warum es diesmal so viele Binden sind? Die alte Hex ist von Doktor Hubendick operiert worden. Weißt du, was er gefunden hat? Ein Fläschchen ›Dralles Illusion‹ mit Veilchenduft. Das Zeug, das se immer auflegt, wenn se weggeht.«

»Leise!« sagte Frida. »Wo denn?«

»Na *da*, du weißt schon. Sie hat's reing'steckt, verstehst, zu weit reing'schobn. Es ist verschwundn.«

»Du hast ein dermaßen lockeres Mundwerk, daß du dich eines schönen Tags noch unglücklich machen wirst«, sagte Frida. »Stell dir vor, dich hätte jemand gehört! So was behauptet man schon seit eh und je von denen, die nicht verheiratet sind. Jetzt bist still!«

»Bitte, wenn du meinst«, entgegnete Rut. »Aber ich weiß, daß es wahr ist, das Hausmädchen hat es nämlich Margit erzählt.«

Sie schwieg tatsächlich eine Weile und rubbelte Servierschürzen. Um neun Uhr rief das Küchenmädchen auf der Treppe, daß sie zum Kaffeetrinken heraufkommen sollten, und Frida zog die sackleinene Schürze aus und ließ den Rock, den sie mit Nadeln hochgesteckt hatte, herunter. Sie wechselte die Schuhe und band das Kopftuch neu. Gleichwohl fühlte sie sich unbehaglich, in dem abgetragenen Kleid, das am Bauch naß war, ohne Zähne und in schiefgetretenen Schuhen da oben zu sitzen. Die anderen hatten natürlich schon Kaffee getrunken. Frida weichte in ihrem Kaffee Weißbrot auf und hielt den Blick die meiste Zeit auf ihre Tasse gesenkt. Rut sagte jetzt auch nichts. Das Hausmädchen lief umher, daß die Bänder ihrer langen Arbeitsschürze, die sie über ihrem schwarzen Kleid trug, flatterten, füllte Wasser in Karaffen und wusch Gläser ab. Die Haushälterin saß in dem Raum hinter der Küche an der Schreibplatte und führte das Haushaltsbuch. Es roch nach Essig in der Küche des Großhändlers, denn die Köchin war dabei, Kräuterströmlinge einzulegen, und hatte den Sud zum Abkühlen ans offene Fenster gestellt.

Als sie wieder nach unten kamen, war das Feuer unter dem ummauerten Kessel ausgegangen. Frida heizte erneut ein, während Rut das noch heiße Wasser mit einer Blechkelle in den Holzzuber schöpfte. Sie begannen, die Küchenhandtücher, die sehr fleckig waren, zu rubbeln. Rut redete wieder unbeschwert drauflos. Sie erzählte, daß Lilibeth Iversen-Lindh immer nur weiße Blusen trage.

»Die können Einfälle haben, so viel se wolln«, sagte sie. »Und nichts hindert se daran. Jeden Tag muß se eine frische haben, und das Hausmädchen steht im Servierraum und bügelt se alle. Du solltest mal die Manschetten sehn! Die darf man bloß in lauwarmem Seifenwasser waschen. Ich sag dir, Frida, das Beste wirst du nie zu sehn kriegen. Das, was nicht mit in die große Wäsche darf. Die Unterwäsche. Das sind fast nur Spitzen. Und die Nachthemden. In denen könnt se auf eine Gesellschaft gehn, wenn se wollte. *Er* darf nie zu ihr rein, drum begreif ich nicht, wozu se die eigentlich hat. Nie auch nur eine Nacht, du.«

»Das weißt du doch nicht!«

»Doch, das wissen alle hier im Haus, auch wenn se so tun, als ob se keine Ahnung hätten. Nicht eine Nacht, seit se verheiratet sind! Und damals war se so verliebt, daß der Großhändler in die Heirat hat einwilligen müssn, obwohl Iversen keine Öre gehabt hat.«

»Der ist doch Ingenieur«, entgegnete Frida.

»Ingenieur! Naa, du, so nennt man ihn bloß. Der ist nicht mehr Ingenieur als Halta Lasse. Er kommt aus Kristiania, das liegt in Norwegen, und seine Mama hat Fisch verkauft auf dem Markt.«

»Nein, das ist doch gelogen«, sagte Frida. »Du weißt nicht, wovon du redest. Sie hat ein Geschäft gehabt.«

»Ein Fischgeschäft!«

Rut rieb Küchenhandtücher, in denen die Köchin Fleisch geklopft hatte. Es war schwer, die Blutflecken herauszubekommen, obgleich sie so lange eingeweicht worden waren.

»Jedenfalls«, fuhr Rut fort, »war er in der Nacht, als sie geheiratet haben, bei ihr, und dann kein einziges Mal mehr. Und das ist über zehn Jahre her.«

Die Waschbank stand vor dem Fenster zur Straße. Manchmal sah man Füße vorbeigehen. Wenn es vom Waschkessel her nicht zu sehr dampfte, konnte man Leute sehen, die über den Bahnhofsplatz gingen.

»Ebon Johansson«, sagte Rut. »Jetzt ist er wieder z'rück. Aber Arbeit kriegt der keine. Weil er Streikführer war. Der hätte wegen Aufwiegelung festgenommen werden können, hat die alte Hex gesagt. Und nach Svartsjö kommen. Weißt du, daß Tora Otter, die für Göhlin backt, mit dem gegangen ist, bevor se geheiratet hat?«

»Das ist doch deine Tante«, sagte Frida ein wenig scharf.

»Naa! Jedenfalls keine leibliche Tante. Meine Tante Stella ist mit ihrem Bruder Rickard verheiratet, aber der soll angeblich auch nicht ihr richtiger Bruder sein, nach dem, was ich gehört hab. Sie war mal Kellnerin im Bahnhofshotel und hat ein lila Straßenkostüm und einen Hut mit 'nem Vogel drauf gehabt. Und dann hat se zwei Kinder gekriegt, ohne daß se verheiratet war. Am Ende hat se 'nen Kerl aus Göteborg geheiratet, und der ist gestorbn, und sie hat sich von Mamsell Winlöf, der, der das Bahnhofshotel früher gehört hat, Geld geliehn. Die war im übrigen genauso, wie se jung war. Obwohl die keine Kinder gekriegt hat, weil se zur weisen Frau gegangen ist. Und heutzutag hat Tora Otter nicht mal Sonntagskleider.«

»Du quatschst«, sagte Frida. Aber es stimmte. Sie wußte, daß Tora keine Festtagskleider hatte. »Du quatschst halt, wie du's verstehst«, sagte sie. »Sei jetzt mal 'n bißchen still! Wir haben noch die ganzen Laken vor uns!«

Am Dienstag war großer Waschtag. Halta Lasse, der Hausknecht des Großhändlers, machte morgens um fünf Uhr unter dem Kessel Feuer und begann das Wasser zu erhitzen. Als Frida kurz nach sechs kam, kochte es noch nicht. Gemeinsam hoben sie den großen Holzbottich auf das Gestell, Halta Lasse auf der einen Seite und Rut und sie auf der anderen. Es wurde allmählich beschwerlich. Es gab viele Dinge, die sie früher geschafft hatte, ohne darüber nachzudenken, und die ihr nun so schwer vorkamen. Sie sah Rut und deren kräftige Muskeln an den roten, rauhen Oberarmen an, und sie erinnerte sich, daß sie vor zwanzig Jahren selbst so ausgesehen hatte. Jetzt hatte sie vor allem Knoten und Sehnen unter der Haut. Manchmal mochte sie sich nicht leiden. Und das nicht nur, wenn sie unter Leuten war und sich wegen ihrer Kleider und Zähne schämte. Es konnte auch über sie kommen, wenn sie alleine war. Das war früher nie so gewesen. Da hatte sie sich über so etwas nie Gedanken gemacht.

Das Wasser kochte. Die Haushälterin hatte Rut drei Dosen Waschpulver gegeben, das sie auflösen sollten, bevor sie das Wasser auf die Wäsche schöpften.

»Früher haben wir ein Säckchen Birkenasche genommen«, sagte Frida. »Das ging gut damit.« Ihr graute ein wenig vor der scharfen Lauge. Ich bin 'ne Memme g'wordn, dachte sie. Hab Angst, mich zu verheben, und Angst, Lauge in die Augen zu kriegen. Und Angst, mich unter Leuten zu zeigen.

Wenn sie große Wäsche machte, bekam sie am Tag eine Krone und Kost, darum mußte sie zum Essen auf jeden Fall hinauf in die Küche des Großhändlers. Dienstags gab es Fleischsuppe mit Kloß zu Mittag. Sie war aus Bouillon gekocht und enthielt Lauch und Pastinaken und dünne Möhrenscheibchen, doch war das Gemüse so weich und zerkocht, daß sie es am Gaumen zerdrücken konnte. Mit dem Fleisch war das schon schwieriger. Die Köchin hatte den Kloß dick gemacht und mit Bittermandel abgeschmeckt. Droben im Speisezimmer aßen sie als Suppe nur Bouillon, und Frida fragte sich, wie sie es schafften, davon satt zu werden. Es wurden aber auch gekochte kalte Zunge mit Gemüse in Gelee, kleine Kalbskoteletts mit Erbsen und gebräuntem Reis und zum Schluß Karamelpudding serviert. Für die Küche hatte die Köchin Reispudding mit Fruchtsoße gemacht. Frida erinnerte sich daran, wie sie einmal eine ganze Form Pudding, gelb von Eiern und von weichen Rosinen gesprenkelt, nach Hause mitbekommen hatte. Diesmal bekam sie jedoch nichts mit. Es wurde alles aufgegessen. Halta Lasse aß wie ein Pferd, und Rut, die stand ihm kaum nach.

Als sie nach dem Mittagessen nach unten kamen, stellten sie einen Holzzuber unter das Zapfloch des großen Waschbottichs, und dann zog Frida den hölzernen Pfropfen heraus, den sie mit einem Lumpen umwickelt hatte, damit es nicht leckte. Die abgekühlte Lauge kam herausgeströmt, weißgelb und dicklich. Sie schütteten sie in den Kessel zurück. Wenn sie es nicht schnell genug schafften, steckte Frida den Pfropfen wieder hinein, damit von der Lauge nichts verlorenging. Rut war jetzt still. Sie lief mit klappernden Holzschuhen zwischen dem ummauerten Kessel und dem Waschbottich hin und her und goß um. Damit sie sich nicht verbrannte, hatte sie den Griff der Schöpfkelle mit einem Handtuch umwickelt. Ihre Unterarme waren bereits flammendrot von der Lauge.

»Du solltest vorsichtiger sein«, warnte Frida. Sie wußte aber selbst, wie das war. Wenn man jung war, glaubte man, daß der Körper unverwüstlich sei. Vor nichts hatte man Angst. Auf keinen Fall vor Arbeit. Sie versuchte, mit Rut Schritt zu halten, als sie das Wasser in den ummauerten Kessel zurückschütteten, schaffte es aber nicht. In den Fußballen hatte sie vom langen Stehen und Gehen schneidende Schmerzen. Die Hühneraugen jedoch spürte sie dank der Löcher, die sie in die Segeltuchschuhe geschnitten hatte, nicht.

Halta Lasse wollte mit ihnen schwatzen, als er Holz herunterbrachte, bekam aber kaum eine Antwort. Während sie darauf warteten, daß die Lauge wieder aufkochte, mußte sich Frida unbedingt auf die Waschbank setzen. Sie hatten noch zwei Zuber eingeweichter Wäsche vor sich, die ganz zum

Schluß gewaschen werden sollten. In dem einen waren Binden. Rut war gerade dabei, sie zu reiben. In dem anderen die Taschentücher.

»Ich weiß nicht, was mit mir ist«, sagte Frida von ihrem Sitzplatz aus.

»Hast was mit dem Rücken?«

»Nein.«

Vor allem die Füße taten weh, doch das hätte sie noch aushalten können. Aber sich an die Taschentücher zu machen, dazu konnte sie sich nicht überwinden. Das darin Eingetrocknete löste sich im Wasser und wurde, wenn man sie sich vornahm, glitschig zwischen den Fingern. Es ging jetzt nicht. Wenn sie bloß begreifen könnte, was mit ihr los war. Und allein schon, wenn sie Ruts Zuber sah, in dem sich das schwarzgewordene Blut aus den Binden löste und das Wasser rostbraun färbte, wurde ihr speiübel.

Sie trat an den ummauerten Kessel und hob den Holzdeckel hoch und sah, daß das Wasser fast kochte.

»Ich fang schon mal an zu schöpfen«, sagte sie. »Du kannst die Taschentücher machen.«

Dies war das erste Mal, daß sie sich vor etwas zu drücken versuchte.

Zum zwölften und letzten Mal schöpfte sie abends um sechs. Die Waschküche war voller Dampf, und manchmal sahen sie sich gar nicht über den Waschbottich hinweg, wenn sie die heiße Lauge, die jetzt schmierig und braun durch die Wäsche sickerte, hineinschütteten. Am Ende zog Frida den Pfropfen aus dem Loch und ließ sie auslaufen und in den Abfluß gurgeln. Dann standen sie beide da und sahen ihr nach, und Rut sagte: »Des isses g'wesn.« Frida mußte schmunzeln, denn das Mädchen hatte am Nachmittag kaum ein Wort gesagt.

»Ich glaube, es braucht einen großen Waschtag, um dich ruhig zu kriegen«, sagte sie.

Sie machten ein letztes Mal Wasser warm, während sie oben zu Abend aßen, und dann gossen sie noch eine Spülung heißes Wasser über die Wäsche, bevor sie Feierabend machten. Klarspülen würden sie im See draußen bei Gertrudsborg, wo die alte Großhändlersgattin wohnte, und dort sollte die Wäsche auch aufgehängt werden. Den ganzen Tag hatte sich Frida keine Gedanken darüber gemacht, ob es wohl Trockenwetter geben würde, doch es war ein ruhiger Abend, als sie nach Hause ging. Die Luft war bitterkalt.

Am Mittwochmorgen wand sie die Wäsche aus und legte sie in Körbe, die Rut und sie nach oben trugen und auf den Leiterwagen luden, der von Gertrudsborg hereingekommen war. Der Fuhrknecht stiefelte auf ein paar Bier oder ein Glas Calabria hinüber in die dritte Klasse des Bahnhofshotels, und als er zurückkam, ging er breitbeinig.

»Schau zu, daß du die Körbe raufschaffst!« sagte Frida. »Wir haben viel zum Spüln heut.«

»Daß Waschweiber doch immer so grantig sein müssen«, bemerkte der Knecht. »Egal, was ist.«

Er grapschte Rut an den Hintern, als sie mit dem Waschkorb vor ihm die Treppe hinaufgehen mußte. Sie ergriff einen nassen Kopfkissenbezug und schlug damit nach ihm. Sie lachte und schrie so, daß Frida hart dazwischenfahren mußte. Sie war froh, als sie alle Wäsche endlich auf der Ladefläche verstaut hatten und der Wagen den steilen Hang in Richtung Wasserturm und Schule hinaufholperte.

Das Wasser war kalt. Sie lagen auf den Knien auf dem schwankenden Steg unterhalb von Gertrudsborg und schlugen mit krummen Hölzern die Wäsche. Manchmal ging der Steg so tief nach unten, daß ihnen das Wasser über die Knie schwappte.

»Ich finde, die hätten ruhig Gunhild runterschicken können«, meinte Rut. »Die hat sowieso kaum was zu tun. Bloß 'n bißchen Essen machen für die Frau vom Großhändler. Außerdem ißt die nichts, trinkt bloß Portwein. Sie kommt auch nicht gerade oft in den Ort. Und im Lindhschen Haus will sie nicht übernachten. Auf gar keinen Fall.«

Rut war ungeübt, das merkte man, wenn sie die Laken zu Paketen zusammendrehte. Sie gingen oft wieder auf, wenn sie sie umdrehte, um die andere Seite zu schlagen, und dann mußte sie noch einmal von vorn anfangen. Aber die ganze Zeit redete sie und redete. Und Frida ließ sie gewähren, denn das zerstreute wenigstens die Gedanken.

»Die hat Glück gehabt, daß se hier rauskommen hat dürfen«, sagte Rut. »Gunhild, mein ich. Se war schwanger und hätte aufhörn solln, und dann war's nichts. Aber Hausmädchen ist se nimmer g'wordn, jedenfalls nicht drinnen.«

»War's nichts?« fragte Frida.

»Naa. Weiß der Himmel, wie's manche anstelln. Bei Ebba Julin war es ja genauso, obwohl es g'heißn hat, daß se's abg'schnürt haben soll. Ich weiß es nicht.«

»Ebba Karlson meinst du, die, die den Brauer geheiratet hat.«

»Ja, freilich. Der ist jeden Abend, an dem sie serviert hat, im Bahnhofshotel g'sessn, weil er ganz vernarrt war in sie. Und am End hat sie ihm dann versprochen, daß se ihn heirat, wenn se 'ne Dreizimmerwohnung und 'ne Hausgehilfin kriegt. Und Julin hat natürlich alles mögliche versprochn, der war doch verliebt wie'n Kater, obwohl er schon über sechzig war. Ja, Ebba ist ja auch nicht mehr ganz jung, über dreißig auf jeden Fall, obwohl se jünger aussieht, weil se nie Kinder gekriegt hat. Und das, obwohl se liederlich g'wesn ist und sich immer mit Mannsbildern rumgetriebn hat, bevor se den Brauer g'heiratet hat. Und jetzt geht se mit gekräuselten Haaren und einer Brosche an der Bluse in den Milchladen und ist so etepetete, daß se alles umdreht und die Milch zurückschickt, weil se nach Petroleum schmeckt, und sagt, daß die Butter ranzig riecht. Und

Frau Björk traut sich nichts dagegen sagen, weil se doch Kunden sind. Aber es schmeckt *wirklich* alles nach Petroleum dort, das sagen andere auch. Frau Björk nimmt's nicht so genau, obwohl se natürlich billig ist. Er, der Björk, tut überhaupt nichts. Er hat ja bei Wilhelmsson aufhörn müssen, wie er sich das Bein gebrochn hat und es nie mehr recht g'wordn ist. Doktor Hubendick sollt ja operieren, weil das Schienbein rausg'standn ist, ham se erzählt, und g'jammert hat er, der arme Kerl, und am End ist er ohnmächtig g'wordn, wie se ihn hingetragn ham. Aber es hat g'eitert, nachdem Hubendick ihn operiert g'habt hat, und dann ist es nie richtig verheilt, und jetzt hat er Knochenfraß und sitzt im Laden und wickelt sich ständig seine Bandagen um. Ja, ich würd da keine Milch kaufn, nicht mal, wenn ich's bezahlt kriegen tät. Mensch, Frida, du hast ja ganz g'schwollene Hände! Verträgst das Wasser nicht mehr? Es ist wohl doch zu kalt.«

»Ich weiß nicht«, sagte Frida. »Ich nehm an, es sind die Gelenke.«

»Jetzt könnt se aber mal zum Kaffee rufen«, meinte Rut. »Das tät gar nichts schaden. Auch wenn sie ihn ziemlich dünn macht.«

Sie schlug zu, daß es hoch aufspritzte. Und mit einem Mal war Frida so matt, daß sie nicht mehr an sich hielt.

»Dein Mundwerk geht wie g'schmiert. Sei jetzt mal 'n Weilchen still!«

Denn sie erinnerte sich, obschon nur schwach, an etwas lange Vergangenes, und es waren seltsamerweise die Wasserspritzer auf den Armen, die die Erinnerung in ihr wachriefen. An den Geruch des Sees erinnerte sie sich und an das Glitzern des Wassers, an einen viel intensiveren Geruch als jetzt und an blaues Wasser. Nicht dieses schwarze, eiskalte Wasser in den Eislöchern, in denen harschige Eisbrocken herumtrieben. Sie hatten in einer Reihe gekniet und Wäsche geschlagen und Tratsch und Erinnerungen ausgetauscht und darauf gewartet, daß es nach Kaffee riechen würde. Alles war damals anders gewesen. Mädchen in Ruts Alter hatten still zu sein, was für sie auch ganz selbstverständlich gewesen war. Es herrschte immerzu gute Laune. Sogar im Winter, sie konnte sich da auf nichts anderes besinnen. Denn sie hatten die Waschkessel mit draußen gehabt und die heiße Wäsche daraus direkt in die Eislöcher getaucht, und die Wärme der Wäsche hatte die Kälte des Wassers erträglich gemacht. Der Körper, an den man nie einen Gedanken verschwendete, wurde nicht matt. Jedenfalls nicht vor dem Abend. Es war, als hätte einem die Arbeit nicht zugesetzt, dachte sie. Aber das war seinerzeit.

Dann fing man an, matter zu werden und ängstlich davor, wie es wohl weitergehen würde. Wann dies jedoch angefangen hatte, wußte sie nicht mehr. Daran konnte sie sich einfach nicht erinnern.

»Du solltest nicht soviel reden«, sagte sie zu Rut. »Arbeit und halt den Mund, dann kannst du vielleicht beim Großhändler bleiben. In so einer Küche gibt's viel zu lernen. Du hast Glück gehabt, du, drum geh nicht leichtsinnig mit der Stelle um. Eriksson hat jetzt keine Arbeit, weil er beim Streik dabei war. Und kein Mensch weiß, wie's weitergehen soll.«

Sie bereute jedoch sogleich, daß sie das dem Mädchen, das es nur weitertragen würde, erzählt hatte.

Sie gingen zu Fuß in den Ort, nachdem sie Feierabend gemacht hatten. Bis auf einen Korb Handtücher war alles geschlagen und fertig, und am Donnerstag würden sie mit dem Aufhängen beginnen.

Auf der Wiese unterhalb des Küchengartens von Gertrudsborg spannten sie Wäscheleinen. Der Boden war noch gefroren und hart, und Schnee war nicht sehr viel gefallen, so daß es schwierig war, die angespitzten Stangen aufzustellen. Es war schon acht Uhr, als sie endlich die Wäschekörbe hinaustrugen. Sie begannen mit den Laken, die sie doppelt hängten. Weiß und sauber sahen sie aus, viel mehr würde die Wintersonne sie jedoch nicht bleichen. Die Laken schlugen hart, als der Wind in sie fuhr. Oben im Schlafzimmerfenster sahen sie ein Gesicht hinter der Gardine, doch sie taten, als bemerkten sie es nicht, als sie mit ihren Klammerschürzen vor dem Bauch umhergingen und Handtücher aufhängten. Die alte Frau Lindh bekam vor den Fenstern nicht oft etwas zu sehen, das sich bewegte. Dann hängten sie Unterwäsche auf, und bald flatterten die vierzehn Unterhosen des Großhändlers in einer lückenlosen Reihe. Die Kälte drang jedoch in sie, sie gefroren schnell und hingen dann steif und unbeweglich an der Leine.

Es war ein besserer Tag als der Mittwoch, an dem sie nur Wäsche geschlagen hatten. Nun waren lediglich die Handtücher übrig, danach brauchten sie die Hände nicht mehr in das kalte Wasser zu stecken. Frida war es, als kehrten ihre Kräfte zurück und als schwände ihre Angst. Beim Elf-Uhr-Kaffee saß sie am Küchenfenster und sah hinaus auf den kahlen Apfelbaum, in dem die Leinfinken mit ihren roten Kappen zwischen den Zweigen auf und nieder hüpften. In den Eislöchern gefror das Wasser des Sees in dünnen Schichten und wurde spiegelnd schwarz. Sie versuchte, an die Sonne zu denken und an Wasserspritzer und laute, fröhliche Stimmen an einem Spülplatz. Aber das war nun weit entglitten, und sie wußte nicht, wohin es entschwunden war. Manche Erinnerungen waren zerbrechlich. Wenn man zu sehr an ihnen rührte, wurden sie nur schwächer. Scham und Schmerz dagegen brannten sich in um so deutlicheren Spuren in das Gedächtnis ein. Sie verstand nicht, warum das so sein mußte.

Am Freitag mangelten sie in der Mangelstube hinter der Eisenbahnersiedlung. Das war ein alter Holzschuppen mit dünnen Wänden, so daß das Gepolter der Holzrollen gegen die Kästen und der träge Lauf der Marmorplatte bis hinaus auf die Straße zu hören waren. Es roch alt und nicht sonderlich gut dort drinnen, da war es schön, mit den großen Laken zu schlagen, die nach Sonne und Luft dufteten. Aber Rut war unmöglich. Sie schwatzte und vergaß darüber, beim Ziehen ordentlich dagegenzuhalten. Einmal ließ sie los, so daß Frida rücklings gegen die Wand fiel und fast zu Boden stürzte. Ihr wurde sterbensangst, daß sie sich weh tun würde. Deshalb schimpfte sie Rut aus.

Immer wieder merkte sie, daß sie ängstlicher war als früher. Angst, sich zu verletzen, wenn sie stürzte, Angst, die Hand zwischen die Mangel und die Rollen zu bekommen. Und mit dem Mädchen hatte sie überhaupt keine Geduld. Als Rut zu locker und zu schlampig aufrollte, so daß die Laken Falten schlugen und beim Mangeln lauter Knicke und Knitter bekamen, schimpfte Frida, obwohl es nichts nützte. Sie ließ die Rollen heftig auf den Kasten krachen, und Rut bemerkte ihre schlechte Laune, hielt schließlich tatsächlich den Mund und trat schweigend und polternd die Mangel.

Wütend und matt zu arbeiten und dabei nur den einen Gedanken im Kopf zu haben, fertig zu werden, hat nicht viel Sinn, das merkte Frida, als sie sich schließlich die großen Damasttischdecken vornahm. Sie rollten sie nur schief auf, wodurch sie sich verzogen. Zwei der größten, mit französischen Lilien gemusterte Tischdecken wurden knittrig anstatt glänzend, und die Falten so hart gepreßt, daß Frida die Decken wieder aufweichen und über Nacht trocknen lassen mußte.

»Ich geh morgen früh hier rauf«, sagte sie zu Rut. »Da bleibt nichts anderes übrig.«

Sie falteten die Servietten, die sie ganz zuletzt gemangelt hatten, zusammen, legten sie in schrägen Reihen unter die Mangelrollen und walzten sie. Danach war Schluß. Sie gingen dann dreimal mit den Wäschekörben zwischen sich zum Lindhschen Haus. Die Haushälterin zählte die Wäschestücke nach und sah natürlich, daß zwei Tischdecken fehlten.

»Die muß ich aufweichen und aufhängen«, sagte Frida.

»Aber nicht hier!«

Der Großhändler hatte auf der Rückseite des Hauses einen Garten, eine Miniaturausgabe des Parks des Stammgutes. Zwischen Zypressen und Gipsgöttinnen konnte man keine Wäscheleine spannen, das war vollkommen klar.

»Ich häng sie daheim auf«, sagte Frida. »Und morgen geh ich dann hin und mangle sie.«

»Und stehst dafür ein«, fügte die Haushälterin hinzu, und Frida wechselte einen Blick mit Rut.

Als sie am Abend in die Hovlundagata 60 heimkam, spannte sie zwischen der Ecke des Holzschuppens und der Ulme, die im Hof stand, eine Leine. Unter der Hofpumpe machte sie die Tischdecken des Großhändlers naß und hängte sie auf. Sie wußte, daß sie am Morgen noch dasein würden.

Oben in der Wohnung waren die Kleinen auf dem Küchensofa schon eingeschlafen. Sie hatte sie den ganzen Tag über nicht gesehen und wußte nicht, was sie gegessen hatten. Dagmar sollte ein Auge auf sie haben und ihnen etwas zu essen geben, doch die saß drinnen im Zimmer über der Hemdennäherei, die sie übernommen hatten, und Frida wußte nicht, wie sehr sie die Kinder sich selbst überlassen hatte. Jetzt war sie bereits in Tora Otters Wohnung hinuntergegangen, um auf die Jungen aufzupassen, während Tora im Keller Brot buk.

Daß Eriksson nicht zu Hause war, sah Frida auf den ersten Blick. Konrad saß mit der Zeitung am Küchentisch.

»Wo ist Papa?« fragte sie.

Konrad schaute so komisch drein. Sie mußte noch einmal fragen.

»Der ist nach Norrköping auf und davon«, sagte er.

»Auf und davon?«

»Ja, um Arbeit zu finden. Hier kriegt er keine.«

»Aber die Miete!« klagte sie. »Wir können rausgeschmissen werden.«

Konrad schwieg und tat, als läse er Zeitung, doch sie sah, daß sich seine Augen nicht bewegten.

»Wir brauchen diesen Monat zwölf Kronen für die Miete!«

»Er wollte aus Norrköping Geld schicken, sobald er was gekriegt hat. Im Hafen oder so. Er hat gemeint, daß er da auf jeden Fall etwas kriegen würde.«

Sie setzte sich Konrad gegenüber auf einen Küchenstuhl und begann zu überlegen. Dagmar bekam von Tora Otter für die vier Nächte in der Woche, in denen sie auf die Jungen aufpaßte, Brot. Konrad bekam nicht so viel im Cosmopolite, weil er bloß Lehrling war. Sie nahm seinen Lohn immer für die Miete her. Jetzt aber hatte Erikssons Geld so lange gefehlt. Zwanzig Kronen hatte er gewöhnlich in der Lohntüte gehabt. Das war im letzten Sommer. Zwei gingen für die Krankenkasse und für den Gewerkschaftsbeitrag drauf. Mindestens fünfzehn hatte sie normalerweise für das Essen einbehalten können. Sie selbst verdiente eine Krone am Tag oder manchmal auch einsfünfzig, wenn sie in fremden Häusern waschen oder putzen ging. Das verwendete sie immer für Leuchtöl und Kleidung und den Schuster. Sie brauchten Holz. Das Holz und die Miete.

Nach wie vor liefen die Kinder umher und sammelten Knochen und Schrott. Sie brachte es nichts übers Herz, ihnen zu sagen, wie wenig das einbrachte, so wenig, daß es beinahe zwecklos war, wenn die Miete nicht bezahlt war. Und das Holz.

»Das kann er doch nicht machen!« sagte sie.

»Er macht das doch, um Arbeit zu kriegen und Geld zu schicken«, erklärte Konrad. »Begreifst du das denn nicht?«

Doch es war, als könne sie es ganz einfach nicht fassen. Er war fort. Er war auf und davon.

»Es ist doch gar nicht sicher, daß er dort überhaupt Arbeit kriegt. Die haben se vielleicht überall auf die schwarze Liste gesetzt. Da seht ihr, wie's kommt!«

»Du warst gegen den Streik«, sagte Konrad und zog sich die

Zeitung heran. »Das ist alles. Und jetzt bist du grantig, weil du beim Waschen warst. Das bist du jedesmal.«

Sie setzte sich an den Küchentisch und betrachtete ihre Hände. Die Gelenke waren angeschwollen, und über ihnen war die Haut glänzend und gespannt. In den Handflächen war sie dagegen aufgeweicht und gräulich vom Wasser, und während dieses Tages in der Mangelstube war sie getrocknet und aufgesprungen, so daß die Schrunden wieder rot leuchteten.

»Habt ihr gegessn?«

»Dagmar hat was zurechtgemacht.«

Sie hatte keinen Hunger. Ihr war zum Speien. Man ist nicht mehr das, was man mal war, dachte sie. Da hatte Konrad recht. Sie erhob sich und holte etwas Wollgarn aus der obersten Kommodenschublade. Sie versuchte ihr Gesicht im Spiegel zu sehen. Doch in der Ecke, in der die Kommode stand, war es dunkel, und das Glas war alt und blaugrau. Sie sah ein dunkles Oval. Augen und Mund waren undeutlich. Nur Löcher und Schatten. Um das Spiegelgesicht hing der Brautschleier, den sie um den Rand des Frisierspiegels drapiert hatte. Sie riß ihn herunter und stopfte ihn in die oberste Kommodenschublade, und dabei merkte sie, daß er speckig war vom Staub und Schmutz.

»Was machst du denn da, Mama?« fragte Konrad. Es klang ängstlich.

»Nichts. Ich werde runtergehen zu Tora Otter und fragen, ob sie ungesalzene Butter hat. Ich geh jetzt«, sagte sie.

Sie war matt. Schon am Morgen lag diese Mattigkeit wie ein großes, schweres Ei in ihrem Körper.

Tora Otter kam mit einem Kamm voller Läuse, Nissen und Haare von Dagmar angestürmt. Den hatte sie auf ihrer Kommode gefunden. Frida schämte sich. Sie hätte für Dagmar und Anna jeden Abend die Schale und den Läusekamm hervorholen sollen. Doch sie war dazu nicht imstande gewesen. Jetzt tränkte Tora ihre Schädel bis auf die Kopfhaut mit Sabadillessig, und dann mußten sie, während er einwirkte, mit Tüchern um den Kopf dasitzen. Anna weinte, weil sie Essig in die Augen bekommen hatte. Dagmar schämte sich nur. Und Tora fegte in der Küche umher und meckerte, verbrannte eine Zeitung im Rauchfang, um die Kakerlaken zu vernichten, und wischte das Gröbste vom Küchentisch auf. Sie war mehr als zehn Jahr jünger, sie kannte keine Mattigkeit. Noch nicht, dachte Frida.

Die Mattigkeit in ihr wuchs und wurde immer schwerer. Sie wollte sich nur ein Weilchen ausruhen. Den Augenblick, bevor die Gedanken verscheucht wurden und sie auf dem Kissen einschlief, fand sie angenehm. Das war der angenehmste Rausch, den sie je erlebt hatte.

Gleichwohl konnte sie die Nacht nicht durchschlafen. Früher als nötig und früher als irgend jemand sonst im Haus wachte sie auf und lag mit trockenem Mund und brennenden Augen und konnte nicht mehr einschlafen. Eriksson hatte aus

Norrköping geschrieben und gemeint, daß er vielleicht in einem Hafenarbeiterkollektiv mitmachen könne. Bisher habe er nur Gelegenheitsarbeiten. Wenn er aber eine Stelle in dem Kollektiv bekomme, solle die Familie nach Norrköping nachkommen. Er teile sich in Saltängen mit jemand ein Zimmer, schrieb er.

Es ging nicht, sich vorzustellen, was für ein Gefühl das sein würde, sich in den Zug zu setzen und diesen Ort zu verlassen. Sie war hier aufgewachsen und hatte hier gearbeitet. Die beiden ersten Kinder waren oben in Lusknäppan, wo sie selbst geboren worden war, gekommen. Dagmar und Konrad waren in Hovlunda auf die Welt gekommen, bevor die letzte Hütte abgerissen wurde. David und Anna waren hier in der Hovlundagata 60 geboren. Großmutters Grab war in Vallmsta und das von Mama auf dem Friedhof bei Malstugan. Tora Otter wohnte hier. Frida konnte für Leute waschen, die sie kannten, und sie wußte, daß Konrad eine ordentliche Arbeit hatte. Dagmar, die einen verwachsenen Rücken hatte und kaum mehr tun konnte als Kragenecken umklappen bei ihrer Hemdennäherei und Kinder hüten, bekam von Tora für die Arbeit, die sie verrichtete, Brot. In Norrköping, wer würde Dagmar dort haben wollen? Und Saltängen. Allein der Name erschreckte sie: Salzwiese. Strolche und Jungenbanden. Wie sollte sie es wagen, David und Anna an einem solchen Ort zur Schule zu schicken?

Sie hatte lange wach gelegen und sollte aufstehen. Aber sie blieb liegen und horchte auf Pantoffel, die auf der Treppe schlurften, und auf das Kreischen der Pumpe. Es schepperte und hallte von Blecheimern und Kannen. Das alte Haus konnte ächzen und stöhnen, wenn es windig war, und die Kinderstimmen unten im Hof waren laut und hell wie Möwengeschrei.

Doch sie war an die Geräusche gewöhnt und wußte, daß die schlurfenden Schritte der gebrechlichen, alten Lundin gehörten und das dumpfe Klopfen vom Schuster aus dem Keller kam und daß die Pumpe ärger kreischte, wenn die Kinder damit spielten. Der Hund, der stundenlang bellte, heiser und ohne Überzeugung, gehörte dem Hausverwalter. Daß man ihn darauf nicht ansprechen durfte, wußte sie auch.

Ihr war indes nicht klar, wie es sein würde, nach Norrköping zu ziehen.

Als sie hinunterging und Wasser holte, stand sie an der Pumpe, zupfte Rostflocken davon ab und schob sie in den Mund. Das war eine Unsitte, die sie angenommen hatte und von der sie nicht lassen konnte. Am Ende wollte sie nicht einmal mehr Konrad Wasser holen lassen, selbst wenn er sich dazu anbot. Sie konnte nicht auskommen ohne diese Flocken, sie zupfte und zupfte und schob sie in den Mund und fand, daß sie salzig schmeckten wie Blut. Zu guter Letzt waren keine Flocken mehr an der Pumpe. Da begann sie am Kohleneimer, der in einer Ecke der Küche vor sich hinrostete, und an einem Eisenrohr, das vom Kamin in den lädierten Kachelofen führte, herumzuzupfen. Selbst da begriff sie noch nicht. Solange nicht, bis sie eines Morgens vor dem Küchenherd stand und den braunen, mit Einmachhaut zugebundenen Topf betrachtete, der auf dem Kaminsims stand.

PHOSPHORLATWERGE
zur Vertilgung von Ratten

Sie pusselte die Schnur und das Papier auf. Das Pulver hatte Feuchtigkeit angezogen und war zusammengebacken. Sie benutzte es jetzt nur noch selten, denn Konrad hatte Deckel von Anschovisdosen vor die Rattenlöcher genagelt. Sie stocherte mit dem Finger in der Masse und bekam den Impuls, ihn in den Mund zu stecken. Erst da begriff sie.

Ihre Brüste waren angeschwollen, und die Haut darauf war gespannt. Ihr war schlecht gewesen, und sie hatte diese Mattigkeit verspürt, die ihr jeglichen Willen raubte. Den ganzen Herbst über hatte sie keine Regelblutung gehabt, doch das hatte sie auf die Mattigkeit geschoben. Es war auch früher schon vorgekommen, daß sie ganz einfach ausgeblieben war. Im vorigen Jahr war sie unregelmäßig gewesen. Sie hatte schon geglaubt, daß sie aufhören und sie die Sache und all die Angst für immer loshaben würde.

Aber dem war nicht so. Sie war schwanger. Sie wußte sogar, wann es passiert war, und begriff, daß sie Anfang des fünften Monats sein mußte. Ihr Körper wies jedoch keine anderen Anzeichen auf, als daß die Brüste angeschwollen und blauadrig geworden waren. Er konnte nichts anderes aufweisen, glaubte sie, da er gar nicht mehr zu geben hatte. Sie mochte sich nicht und nicht diesen Körper, der keine Nahrung und keinen Genuß mehr zu geben hatte. Sie mochte auch dieses Geschöpf nicht, das sich seit mehreren Monaten mit ihr um ein Leben schlug, wo nur ganz wenig Leben da war zum Teilen.

Es mußte weg. Sie brauchte sich da nicht selbst zu belügen und ein Gewissen vorzuheucheln, wie sie es früher getan hatte, wenn sie auf schlimme Gedanken gekommen war. Ein Gewissen konnte sich leisten, wer Milch, Brot, Fleisch, Kartoffeln, Kleider, Holz, Leuchtöl und Schuhe hatte. Sie selbst lief genau wie die Kinder auf Brandsohlen, schnitt Zeitungspapier zurecht und legte es in die Schuhe, damit die Nässe nicht durchdringe.

Es mußte weg. Egal wie. Ihre Gedanken kreisten um den braunen Topf. Der Kaminsims war speckig von Staub, Ruß und Bratdunst. Um sie herum nahm die Vernachlässigung immer mehr zu.

Zuerst dachte sie daran, es wegzubaden. Sie würde sich im Blechzuber in heißes Wasser setzen und so lange immer weiter heißes Wasser nachgießen, wie sie es aushielt, bis sie es weggebrüht hätte, wie man Ungeziefer aus einem alten Bett wegbrüht.

Sie war jedoch nie allein in der Küche, deshalb ging das nicht. Außerdem glaubte sie nicht daran. Das meiste in dieser

Richtung waren nur Backfischphantasien: ein ums andere Mal vom Küchentisch hüpfen oder versuchen, sich zu verheben. Das half nichts. Als sie sehr jung und mit ihrem ersten Kind schwanger gewesen war, hatte ihr jemand gesagt, daß sie Seifenwasser trinken und dann, so schnell sie könne, rennen sollen. Sie mußte jedoch lernen, daß, wenn es sitzen sollte, auch sitzen blieb. Die beiden ersten Kinder waren bei ihrer Mutter, die die Leute Banvalls-Brita genannt hatten, aufgewachsen. Sie waren jetzt erwachsen.

Es hieß, daß manche zur weisen Frau gingen. Doch sie wußte nicht, wie es dazu kam, daß diese ihnen helfen wollte, ob sie sie bezahlten oder ob es andere Wege gab, sie dazu zu bewegen. Ihrer würde sich die Hebamme nie annehmen, bevor es Zeit zur Entbindung war.

Sie hatte gehört, daß man Essigessenz einspritzen solle. Aber womit? Das waren keine Pläne, es fiel ihr nur so ein, wenn sie morgens wach lag. Seife, Lauge, Essig. Sie hatte kaum mehr einen Gedanken im Kopf. Wenn sie aber eine Schublade öffnete, schlossen sich ihre Finger um spitzige Gegenstände. Langsam gewöhnte sie sich daran. Zuerst war es ihr so erschreckend und ekelhaft vorgekommen, daß sie geglaubt hatte, es sei unmöglich auszuführen. Aber viele hatten es doch schon vor ihr getan. Es ging. Sie wußte das. Am liebsten hätte man jemand zu Hilfe dabei, aber es gab viele, die es allein gemacht hatten. Und es war das einzige, was sicher war und half. Alles andere waren nur Hirngespinste und Wunschträume armer Mädchen. Sie konnte bald keine Schublade mehr öffnen, ohne daran erinnert zu werden. Stricknadeln, Schaumschläger, Spicknadeln.

Am allergefährlichsten war der braune Glastopf. PHOSPHORLATWERGE – zur Vertilgung von Ratten. Das würde allem ein Ende setzen.

In aller Frühe kam an einem Samstagmorgen nach dem Dreikönigsfest ein Junge auf einem Wagen zum Markt des Ortes. Es war noch dunkel. Während der Schnee von den Pferdehufen festgetrampelt wurde und unter den Wagenrädern und Kufen knarzte, wanderte der Junge auf und ab und sah den Marktleuten zu, die mit ihren Stangen klapperten und in der Kälte die steife Zeltleinwand ausbreiteten. Als die Dämmerung anbrach, ging er unten am südlichen Ende des Marktplatzes umher und beobachtete die Frauen, die aus Kisten, die sie direkt in den Schnee gestellt hatten, Quirle und Eier und Suppenhühner verkauften. Sie stampften mit den Füßen und schlugen die Arme um ihre Körper, denn es war kalt. Einige hatten Stroh, andere Wollbüschel um die Eier gelegt, damit sie nicht erfroren. Dann kam der Handel in Schwung, der Metzger schlug die Klappen seines roten Verkaufswagens auf, und der Fischhändler stellte einen Bock unter den Karren, so daß dieser waagerecht stand, und begann auf der Laufgewichtswaage Hechte abzuwiegen.

Der Junge stand schon so lange da, daß die Eierverkäuferinnen nach und nach auf ihn aufmerksam geworden waren. Sie sahen, daß er ordentlich gekleidet war, daß er dicksohlige Stiefel anhatte, eine Hose und eine Joppe, die selbstgenäht aussahen, eine Strickjacke mit Stehkragen und eine neue schwarze Mütze mit glänzendem Schirm. Er trug einen Rucksack, den er nicht ablegte. Schließlich schaute er lange einer Frau aus Vanstorp zu, die Hausgebackenes, gewöhnliches Feingebäck und ein paar Eier verkaufte. Er streifte die Mütze vom Kopf, trat zu ihr und fragte schließlich, ob sie Tora Lans sei.

Es erregte Aufsehen, daß er nach Tora Otter unter ihrem Mädchennamen fragte. Unter den Frauen ging das Getratsche los. Mehrere ältere hielten es für nicht schwer zu erraten, wer er sein könnte, nachdem sie ihm entlockt hatten, daß er am Morgen mit einem Wagen aus Stegsjö gekommen war. Sie zeigten ihm, wo Tora ihren Stand hatte.

Tora stand jetzt am nördlichen Ende des Marktplatzes unter einem Dach aus Zeltleinwand. Die Kartoffelbrote, die sie mehrere Jahre lang gebacken hatte, gingen nicht mehr wie früher. Die Leute waren allmählich von Weißbrot und Gebäck aus feinem Roggenmehl verwöhnt und fanden, daß die Laibe grau und nach Notzeit aussahen. Am besten verkauften sich jetzt die Bonbons, die sie zu kochen begonnen hatte, um zusätzlich etwas zu verdienen. Zuerst hatte sie nur weißrote Zuckerstangen hergestellt, doch nun kochte sie verschiedene Sorten: Dragées, Geleefrüchte, gebrannte Mandeln und Pfefferminzpastillen. Die ganze Herrlichkeit würde zusammenkleben, wenn Regen oder Schnee in die Kisten käme, darum hatte sie sich Stangen und Zeltleinwand angeschafft und weiter oben einen Standplatz gemietet. Es war teuer, fünfundzwanzig Kronen im Jahr, doch sie hatte gefunden, daß sich das lohnte.

Nachdem die Frauen dem Jungen aus Stegsjö gezeigt hatten, wo sie ihren Stand hatte, stellte er sich zu dem Gärtner hinter ihr und guckte, ohne sich zu ihr hinzuwagen. Es war jetzt helllichter Tag. Wolken waren aufgezogen. Leute kauften Bonbons von Tora Otters Stand, an dem zwei Frauen bedienten. Er stand hinter dem Glaskasten des Gärtners und beobachtete zwischen unruhigen Flammen von Stearinkerzen und blauen Hyazinthen hindurch Tora und Tekla Johansson, die ihr beim Abwiegen der Bonbons half. Er beobachtete alles genau, die

Tüten und Messinggewichte und die Vogelschnäbel, die sich trafen, wenn sich die Marmorplatten der Waage im Gleichgewicht befanden. Er betrachtete die beiden Frauen in ihren schwarzen Mänteln und Strohschuhen. Sie waren gleich angezogen, trugen weiße Schürzen, deren Brusttuch auf dem Mantelstoff festgesteckt war, weiße Ärmelschoner, Halbhandschuhe und Fellmützen, die sie mit einem Schal um die Ohren gebunden hatten. Es war vermutlich nicht leicht für ihn zu entscheiden, wer Tora war.

Es schneite auf seine Mütze und seine Schultern. Er stampfte und stampfte, es war ganz eindeutig, daß er kalte Füße hatte. Als der schlimmste Vormittagsansturm vorüber war, ging Tekla in Ankers Konditorei Kaffee trinken, und Tora blieb allein zurück.

Da sahen die Leute, wie der Jungen seinen Platz verließ und um ihren Stand herumging und ein Stück davon entfernt wartete, während sie mit einem Kunden abrechnete. Dann war sie allein und begann ihre geschwollenen roten Finger zu reiben und mit den Strohschuhen zu stampfen. Da mußte sie ihn bemerkt haben. Der Käsehändler, der gerade einen reifen Svecia schnitt, hielt mit dem Draht mitten im Käse inne. Emma Lundholm, die das Stück Käse bekommen sollte, erzählte ihm, daß Tora den Jungen nicht mehr gesehen habe, seit sie ihn an ein Schusterehepaar in Stegsjö weggegeben habe, und das sei fünfzehn Jahre her. Daß sie nicht wisse, wer er sei, könne ja wohl jeder sehen.

Der Junge nahm die Mütze ab und trat vor. Der Käsehändler, Emma Lundholm und der Gärtner, der sich hinter den Glaskasten gestellt hatte und durch die mit Eisblumen überzogenen Scheiben schielte, hörten, wie er sie fragte, ob sie Tora Lans sei. Das leugnete sie nicht, sagte jedoch, daß sie jetzt Tora Otter heiße.

»Ich bin Erik Lans«, sagte der Junge.

Tora sagte kein Wort.

»Aus Stegsjö«, fügte er hinzu.

Jetzt konnte niemand verstehen, was sie antwortete, doch sie sahen, daß sie sich über die Theke beugte und mit ihm sprach, schnell und kurz angebunden, wie es ihre Art war. Sie sahen beide nicht froh aus. Sie packte Dragées in eine Türe und gab ihm auch eine Krone aus der Kasse, die er in den Handschuh steckte. Der Junge schien die ganze Zeit ängstlich zu sein. Es kam Kundschaft, und sie schickte ihn in Ankers Konditorei quer über die Straße. Er rannte mit seinem Rucksack, der ihm auf dem Rücken auf und ab hüpfte, hinüber.

Man glaubte, Tora würde dem Jungen zu Anker folgen, als Tekla zurückkam, aber sie tat es nicht. Sie fertigte weiterhin ab und schickte Tekla nach Kaffee für sich und setzte sich auf eine der Kisten hinter dem Stand, um ihn zu trinken. Marktleute, die auf ihren Vormittagskaffee in die Konditorei gingen, sahen den Jungen dort mit seiner Mütze neben sich auf der Bank sitzen. Er hatte Schokolade getrunken und Zweiöresemmeln gegessen, niemand aber wußte, ob er auf Tora wartete oder sich nur aufwärmte. Schließlich ging er, und niemand sah, wohin er sich aufmachte. Tora verließ ihren Platz hinter dem Bonbonstand den ganzen Tag nicht. Um vier Uhr begann sie wie alle andern zusammenzupacken. Von dem Jungen war nach wie vor nichts zu sehen. Sie ging nicht zu Fuß nach Hause, als Kalle Bira mit dem Wagen kam, sondern setzte sich neben ihn, nachdem die Kisten, Stangen und die Leinwand verstaut waren. Dort saß sie gut sichtbar, als die Fuhre zur Hovlundagata heimschaukelte.

Den Grund und Boden zu besitzen, auf dem man geht, vermittelt ein ganz eigenes Gefühl unter den Fußsohlen. Dessen konnte sich Großhändler Alexander Lindh auf so gut wie der ganzen Nordseite erfreuen. Außerdem hatte er südlich der Landvägsgata Löskebo mit zweihundert Morgen Land gekauft. Pferderechen, Sprossenbänke, Waschtische und ganze Häuser, Gußwaren, Ziegel, Papierbrei, Dreschmaschinen, Pflüge, Grubenholz und Sparren verließen den Güterbahnhof des Ortes. Das brachte Geld, um Land zu kaufen.

Die königliche Majestät erteilte dem Besitzer des Stammgutes die Erlaubnis, unter anderem halbe Hufe von Malgstugan zu verkaufen, und Fabrikant Wärnström griff zu. Er konnte nun weit südlich des Friedhofs auf eigenem Grund und Boden wandern. Nach 1907 löste sich eine Scholle Land nach der andern, trieb vom Stammgut ab und landete bei Wärnström oder Lindh und damit auf dem städtischen Planungsgebiet des Ortes.

Wärnström war als Hufschmied und Schlosser in den Ort gekommen, ohne Kapital. Alexander Lindh war mit nicht viel mehr als einer Reisetasche voll reiner und fein säuberlich zusammengelegter Hemden, gestärkter Kragen und Strümpfe aus dem Zug gestiegen. Um billig zu kaufen und teuer verkaufen zu können, hatte er Darlehen aufnehmen müssen. Die Zeiten waren jedoch knapp gewesen an Geld und die Gesellschaft unbeweglich und träge. Die ersten zwei Jahrzehnte hatten seine Geduld und manches Mal auch seinen Glauben an die Zukunft arg strapaziert. Er hatte das, was in seinen Besitz gelangt war, festgehalten und teuer verkauft, wenn er dazu gezwungen war.

Jetzt sah alles anders aus. Er begann, um den Bahnhof herum Grundstücke an Leute zu veräußern, die zuvor von ihm Land gepachtet hatten. Seinem Bruder Adolf verkaufte er einen steinigen Hügel, auf dem Adolf eine Villa errichtete, die mit sprießender Fichtenhecke und geschuppten Türmen eine der stattlichsten Manifestationen der gesellschaftlichen Düsterkeit wurde. Adolf schritt durch die langen Korridore und zwinkerte mit den Augenlidern, und von hohen, braunen Paneelen starrten Elchköpfe auf ihn herab. Er verstand nicht, weshalb sein Bruder den Leuten Bauplätze für nur fünfzig Öre pro Quadratmeter verkaufte, während er selbst fast eine Krone hatte bezahlen müssen. Er erfuhr nun am eigenen Leib, daß es ein ganz eigenes Gefühl war, den Grund und Boden zu besitzen, auf dem man ging, und er begann es beglückend zu finden, daß das nicht mehr Leute erprobt hatten. Zu seinem Entsetzen fuhr Alexander jedoch damit fort, billig zu verkaufen.

Es bestand, anders als Bruder Adolf glaubte, keinerlei Gefahr, daß sanftmütige Bahnarbeiter und Möbelschreiner die Welt besitzen wollten, seit sie begonnen hatten, ihre Grundstücke freizukaufen. Ganz im Gegenteil, niemand würde die Prinzipien des Eigentums eifriger verteidigen als derjenige, der seine Stachelbeerbüsche in eigene Erde pflanzte, und das wußte Alexander. Revolutionäre Gefühle waren das nicht, die da vom Grund und Boden durch die Fußsohlen aufstiegen. Fünfundsechzig Öre waren ein wohlfeiler Preis, für alle Beteiligten.

Carl Wärnström kaufte Ihro Gnaden, die Witwe geworden war, eineinhalb Hufen von Lilla Himmelsö ab, und er bezahlte einhundertzehntausend Kronen. Es war ein großes Gebiet südlich der Hovlundagata und des Höhenrückens. Es erstreckte sich auf der einen Seite bis zur Bahnlinie nach Norrköping und auf der anderen bis zur Landstraße nach Nyköping. Er bot es der Gemeinde für achtzigtausend Kronen an, unter der Bedingung, daß unterhalb des Höhenrückens ein Sportplatz angelegt würde und daß er den Wald selbst abholzen dürfte. Aber Großhändler Lindh sprach sich in der Gemeindeversammlung dagegen aus und warnte die Gemeinde davor, sich zu verschulden. Die Gemeinde stimme Lindhs Antrag zu.

Nun verpachtete Alexander Lindh Grund und Boden an den Volkshausverein. Als dieser die Pacht nicht mehr bezahlen konnte, erließ er sie. Am Ende stiftete er den Grund.

Wärnström verkaufte die Kapelle und stiftete Grund und Boden für einen neuen und stattlicheren Kapellenbau. Lindh konterte mit einer Kirchenbank und einem Baugrund für ein Krankenhaus, Schenkungen, die seinen Namen tragen sollten. Dann schrieb man das Jahr 1909, jenes Jahr, da der Arbeiter nach den Worten des Nachfolgers von Großhändler Levander sein wahres Gesicht zeigte, und zwar das eines Raubtiers. Alexander Lindh erschütterte das nicht. Die Züge rollten nämlich wie gewohnt und brachten Pferderechen und schwedische Sprossenbänke hinaus in die Welt. Er wußte, daß auf zwei große Raubtiere tausend fromme Grasfresser kommen, und war der Ansicht, daß es ein Naturgesetz gebe, das die große Menge daran hinderte, um sich zu greifen und viel besitzen zu wollen.

Auch Wärnström war nicht erschüttert, denn bei ihm streikten 1909 nicht alle Arbeiter. Man hatte dort nicht mehr bezahlt als woanders, aber es gebe, sagte Wärnström, immer noch alte schwedische Redlichkeit, und es gebe Leute, die das Gefühl von Gemeinschaft wertschätzten. »Bei Wärnström sind alle eine große Familie«, pflegte er an Weihnachten zu sagen. Im Grunde war er nicht der Ansicht, daß die Werkhallen und Lager ihm gehörten. Gott gehöre die ganze Welt. Menschlicher

Besitz sei nichts anderes als ein Verwalten, und einige Menschen seien zum Verwalten besser geeignet als andere. Alexander Lindh war genau der gleichen Ansicht und auch jeder Bahnarbeiter, der Stachelbeerbüsche in die eigene Erde setzte und eine Fahnenstange mit gedrechseltem Knauf aufpflanzte.

Carl Wärnström zufolge war es Gott oder Jesus (er sagte Jösus), der die am besten Geeigneten zum Besitzen, das heißt zum Verwalten und Verantwortungtragen, ausersah. Alexander Lindh war der Ansicht, daß dies nach einer Art Naturgesetz oder Prinzip, das er die natürliche Auslese nannte, vor sich gehe. Wärnströms Jesus in der Kapelle mit seinen großen, rosaroten Füßen auf einer blauen Wolke war vielleicht naiver beschaffen als Lindhs Prinzip, doch sie wirkten beide in demselben Geiste und derselben Richtung, nämlich auf das Beste hin.

Alexander Lindh wußte: der Bahnarbeiter, der ein eigenes Grundstück mit Zaun bekommt, ist nicht gefährlich. Er hat zu viele Sorgen mit der Himbeerhecke, der Fahnenstange, der Mülltonne und dem Haus, als daß er dazu käme, nach mehr zu greifen. Außerdem hat er mit den Zinsen und der Amortisation der Hypothek genug um die Ohren. Derjenige, der nichts besitzt, der ist gefährlich, denn er will alles haben. Deshalb tut man klug daran, ihm ein Volkshaus zu geben.

In den letzten Jahren hatte sich Lindh über gelegentlich in der großen Gemeindeversammlung verbreitete Überzeugungen beunruhigt. Zusammengeraffte Mehrheiten nannte er sie. Es wurden Beschlüsse gefaßt und Handstreiche vollführt von Leuten, die mit den gesellschaftlichen Verhältnissen nicht hinreichend vertraut waren. Es war nicht der Maurer im Steuerfestsetzungsausschuß, der ihn beunruhigte, und auch nicht der Lagerist im Schulausschuß. Der Großhändler tat des öfteren kund, daß er die Zusammenarbeit mit den Sozialdemokraten nicht fürchte, und den ganzen Sommer 1909 hindurch hatte er an seiner Ansicht festgehalten, daß zumindest die Arbeiterführer vernünftig seien oder doch werden würden.

Er schlug die Einführung eines Gemeinderats vor. Er hatte seinen Bruder Adolf auf seiner Seite, Fabrikant Wärnström, den Oberlehrer, den Eisenbahnbauinspektor und den Zeitungsredakteur. Die Mitglieder des Gemeinderats sollten aus dem Kreis derer bestimmt werden, die die Kompetenz hatten, sich mit öffentlichen Angelegenheiten zu befassen. Der Ausgang bereitete ihm überhaupt keine Sorge, obwohl kein Sozialdemokrat oder Arbeiter den Antrag unterstützt hatte. Nahezu zwanzig Prozent der Stimmen konnten ohnehin abgerechnet werden, da diese Stimmberechtigten ihre Gemeindesteuer nicht entrichtet hatten. Wenn es auch eine lange und verwikkelte Prozedur war, so gelang es der Gemeindeversammlung doch, sich selbst abzuschaffen, und Alexander Lindh wurde Vorsitzender des neuen Gremiums.

Von den Gewählten war also einer Großhändler, einer Fabrikant, und zwei waren Direktoren. Einer war Oberbahnmeister, einer Kontorchef, einer Eisenbahnbauinspektor, einer Händler, einer Oberlehrer, einer Redakteur, einer Auditeur, einer Eisenhändler und einer Stationsassistent. Zwei waren Lokomotivführer, einer Ofensetzer, einer Metzger, einer Bahnhofsvorsteher, einer Maschinist, einer Materialaufseher, einer Bauschreiner. Zwei waren Maurer, einer Modellschreiner, einer Lagerist und einer Bahnarbeiter. Konservative waren es elf, Freisinnige fünf und Sozialdemokraten zehn.

Lindh schlenderte gerne durch die Straßen, die das neue Baugebiet durchquerten, und erfreute sich am Anblick der Stachelbeerbüsche, wenn sie im Frühling an den Zweigspitzen knittrige grüne Rosetten bekamen. Maurer und Bauschreiner pflanzten Primeln und Graswurz, ihre Frauen rieben Spiegelkugeln blank und säumten die Ränder der Kieswege mit weißen Schnecken. Er spazierte im karierten Überrock mit Pelerine und immer mit einem schwarzen, glänzenden Zylinder auf dem Kopf. Mit seinem Vingåkerstock berührte er Pflaumenbäume, die von Wühlmäusen angenagt oder vom Frost geschädigt worden waren, und erteilte den Besitzern gute Ratschläge. Er kritisierte selten etwas, außer wenn er an einem Sonntag draußen Wäsche hängen oder zur Hauptgottesdienstzeit jemand in seinem Garten arbeiten sah. Juristisch gesehen, sagte er zu seinem Bruder Adolf, den er zum Kontorchef gemacht hatte, sei er nicht mehr Eigentümer dieser Grundstücke. Er stieß mit der Stockzwinge in den Boden vor sich, um dessen Beschaffenheit zu ergründen und eine Dränage vorzuschlagen. Man zog die Mütze vor ihm, und er sagte zu seinem Bruder, daß ein gutes Klima herrsche. Ein solches herrschte auch im Kontor seiner Großhandelsfirma, wo ein jeder nach bestem Vermögen arbeitete und wo es kein Gezeter um Arbeitszeiten und die Vergütung von Überstunden gab.

Auf dem Marktplatz nahm man den Hut nicht mehr ab, wenn Großhändler Lindh seinen Spaziergang machte. Er begegnete Fabrikant Wärnström, und sie grüßten einander mit erhobenem Stock und gelüftetem Zylinder.

Eine Lampe nach der anderen erlosch, und die Fenster der Koedukationsschule zur Hovlundagata hin wurden dunkel. Nur im Klassenzimmer der sechsten Klasse, wo noch ein Mädchen saß und die letzten Zeilen eines Laborberichts ins Reine schrieb, brannte Licht. Der Hausmeister machte seine Runde und stocherte in den Öfen, damit sie schneller ausbrannten. Die Aschenkästen wollte er leeren, sobald sie abgekühlt sein würden.

Magnhild Lundberg war noch da. Während ihrer Zeit als Schulleiterin war sie immer als letzte nach Hause gegangen, und das hatte sie beibehalten. Den Rektor konnte das schwerlich verdrießen, denn er wußte nichts davon. Die Stunde, da das Tageslicht zu verlöschen begann und die Kälte aus den Dielenritzen und Ecken gekrochen kam, war die ihre.

Sie ging durch alle Klassenzimmer und vergewisserte sich, daß wirklich alle Lampen ausgemacht waren. Der Strom kostete fünfzig Öre pro Kilowattstunde, und die Gewohnheit, selbst geringste Ausgaben zu scheuen, saß tief, wenn auch die Schule nun staatliche Zuschüsse erhielt. Seit September hatten sie nun elektrisches Licht. Davor war es so schlecht um gute Lampen bestellt gewesen, daß sie jeden Morgen ihre eigene Schreibtischlampe auseinandergeschraubt und in einem Korb in die Schule mitgenommen hatte, wo sie sie dann in das Zimmer der Lehrerinnen stellte.

Im vorausgegangenen Jahr war die Schule Kommunale Mittelschule geworden und hatte Prüfungsrecht zuerkannt bekommen. Damals wurde auch ein männlicher Rektor ernannt. Das war ganz nach den Vorschriften, und sie hatte selbst energisch auf dieses Ziel hingearbeitet. Ich wußte Bescheid, sagte sie sich immer wieder. Ich wußte Bescheid und arbeitete darauf hin, weil es um die Existenz der Schule ging. Ohne Staatszuschüsse wäre es auf die Dauer nicht gegangen. In den Dämmerstunden aber, wenn sie in den leeren Klassenzimmern umherging und vergessene Schulhefte einsammelte und Karten aufrollte, war sie ehrlicher, als sie es sonst zu sein wagte, und wußte, daß sie in ihrem Innersten gehofft hatte, daß die Vorschriften geändert würden. Irgendwann einmal mußten sie geändert werden, davon war sie fest überzeugt. Diesmal aber war es also nicht geschehen.

Man hatte angenommen, daß sie versetzt würde. Mehrere Lehrerinnen waren entlassen worden, da ihre Ausbildung den Anforderungen nicht genügte, als die Schule staatliche Unterstützung erhielt. Die kleine Irma Lewin durfte kein Turnen mehr unterrichten. Sie hatte selbst wohl niemals eine Turnstunde gesehen, vermutete Magnhild, doch sie war ambitioniert gewesen. Jetzt war es auf dem Kies des Schulhofs vorbei mit Ballspielen und Ringelreihen. Der Rektor hatte den Turnunterricht selbst übernommen, und er hatte mit den Jungen ein Blasorchester zusammengestellt. Magnhild Lundberg, die in ihrem Examenszeugnis mehr Zensuren stehen hatte als der neue Rektor, unterrichtete Physik, Chemie, Mathematik und Biologie. Es war eine merkwürdige Situation, doch sie gewöhnte sich daran. »Der Mensch ist das anpassungsfähigste Säugetier auf der Erde«, lehrte sie in den Biologiestunden.

Sie wollte die Schule nicht verlassen. Sie hatte das modernste Chemielaboratorium, das eine private Schule besaß. Es war von den Einnahmen von Tombolas und Basaren, Laienspielen und Lotterien gekauft worden, genau wie alles andere Lehrmaterial auch. Sonst hatte sie nicht viel dafür übrig, Kostüme aus Kreppapier und Wichtelmützen zu nähen, doch sie hatte es getan. Sie hatten gespielt, gesungen, getanzt, waren Leberblümchen, Feen und Trolle gewesen, Haudegen Karls des Zwölften, Engel und Wichtel. Sie hatten die Handtücher der Schule selbst gesäumt, die Karten für die Volksschule kopiert, die Schmetterlinge in ihren Kästen festgesteckt und die erste Apparatur des Physiksaals angefertigt. Das Schulgeld war für die Entlohnung des Hausmeisters und der Lehrerinnen, für Holz, Leuchtöl und die Reinigung der Räumlichkeiten draufgegangen. Die viertausend Kronen Startkapital waren, als sie vor zehn Jahren begonnen hatten, bald für Bänke, Kartenständer, Podien und Wandtafeln verbraucht gewesen. Das Harmonium, das sie bei J. A. Marnell bestellt hatten, hatte allein schon einhundertachtzig Kronen gekostet. Viele Male war das Ganze nahe daran gewesen kaputtzugehen, und 1903 wurden sie zufällig durch eine Zuweisung von siebenhundertfünfzig Kronen aus Hundesteuermitteln gerettet.

Sie goß die blaue Hyazinthe auf dem Rednerpult in der Aula, in der es zunehmend dunkler wurde. Der Öldruck mit dem Sohn der Witwe von Nain über dem Podium war bald nicht mehr zu erkennen. Sie tastete auf dem Harmonium herum und trat es stehend mit dem Fuß.

O mögen wir erschauen
Was Gott von uns begehrt
Und treulich daran bauen
Solang der Tag uns währt.

Daß nicht begangne Untat
Das Herze klaget an
Denn wenn die dunkle Nacht naht
Niemand mehr bauen kann.

Sie war nicht musikalisch, konnte aber die Melodie des Lieds zusammenstoppeln, dem sie die meisten Wintermorgen ihres Lebens gelauscht hatte. Sie war auch nicht staatskirchlich religiös, trällerte die Worte aber gerne. Sie zog die Vox coelestis und veränderte den Ton. Es war ein schönes Harmonium aus Walnußholz mit Messingleuchtern und zehn Koppeln. Sie liebte es, wie so viele Dinge hier, tote Dinge, die nicht tot waren. Vielleicht nicht gerade das körnig verputzte, zweigeschossige Haus, auf jeden Fall aber die abgenutzte Treppe, die sie jeden Morgen hinaufstieg.

Man kann vieles lieben. Das einzig Richtige, hieß es, sei es, einen Mann und die Nachkommen, die man mit ihm in die Welt setzt, zu lieben. Sie liebte jedoch achtundzwanzig junge Menschen mit schwarzen, mit Litze und Abzeichen versehenen Schulmützen. Sie liebte sie nicht ohne Sinn und Verstand, sondern kritisch und fürsorglich, so wie ein Gärtner seine schmächtigen Bohnenranken liebt. Sie liebte die Schlange auf dem trockenen Grasbüschel, den Mäusefötus in Spiritus, die Waldschnepfe, die mit gebrochenem Flügel in das Frühbeet des Stationsassistenten Fogel gestürzt war und die nun mit ihren gefirnißten Beinen auf einem kleinen, imitierten Feldstein stand, die Steine von Fårö, den Adler in der Garderobe, die Kolben, Retorten und den Abzugsschrank, die Triboliten, die Posthornschnecken und den Hausmeister Lundin.

Was sie an der Schule nicht liebte, waren deren Rektor cand. phil. Ossian Jansson und sein neuer Aktenschrank.

In dem eiskalten Raum unter der Treppe, den sie Sibirien nannten und wo Lundin das Holz lagerte, hatte sie einen Pappkarton mit Broschüren und Zeitungen des VfpF, des Vereins für politisches Frauenstimmrecht, stehen. Sie legte einen Packen davon in ihre Aktentasche und zog schließlich ihren Mantel und die Galoschen an. In der Glasscheibe der Außentür sah sie Gerda Åkerlunds Gesicht. Sie war es, die eben noch über dem Laborbericht gesessen hatte. Magnhild hatte sie angehalten, sich nicht länger abzumühen, sondern nach Hause zu gehen. Im Flur war es so dunkel, daß Gerda sie nicht sehen konnte, auch war sie davon beansprucht, sich zu spiegeln. Sie hatte eine Wollmütze aus Schottenstoff, eine sogenannte Tam O'Shanter, und sie versuchte sie in den richtigen Winkel zum Auge aufzusetzen. Ihre Miene war so, wie sie jede erwachsene Frau vor dem Spiegel aufsetzt, geglättet, mit erhobenem Kinn und hochgezogenen Augenbrauen. Die Hände aber, die an der Mütze zogen und zogen, damit sie so säße, wie Gerda es wollte, waren rauh, rot und knochig wie die eines Jungen. Magnhild näherte sich der Glasscheibe, und nun wurde das Gesicht des Mädchens unter der Mütze und dem wuscheligen, hellbraunen Haar gegen das ihre, welches älter und ernsthafter war, ausgetauscht. Magnhild selbst erfaßte nicht, was vor sich ging. Sie konnte auch nicht verstehen, weshalb es ganz so aussah, als bekäme Gerda Angst vor ihr. Das Mädchen ließ die Hände sinken, ergriff die Schultasche und die Schlittschuhe und begann rückwärts die Treppe hinabzusteigen. Magnhild wollte nach ihr rufen, doch als sie nach draußen kam, war Gerda bereits die Hovlundagata hinunter davongelaufen.

Sie ging denselben Weg und bog in die Magasinsgata ein, wo sie mit den Broschüren und Druckschriften einige Häuser aufsuchen wollte. Die fahle Dämmerung war die richtige Zeit dafür. Der Nachmittagskaffee war ausgetrunken, es dauerte noch, bis die Männer von der Arbeit zurückkämen, und viele Frauen saßen an der Nähmaschine oder bügelten. Sie fing bei einem Zuschneider namens Fällman im ersten Stock eines Neubaus gegenüber der Buchdruckerei an. Sie war schon einmal dort gewesen, doch da hatte Fällman selbst aufgemacht und als er hörte, daß sie vom VfPF komme, gesagt, daß seine Frau in der Küche zu tun habe. Das war keine ungewöhnliche Antwort. Der Zuschneider war ein serviler Kerl, hatte ein Maßband um den Hals und kaute Anis, um die Kunden keinem muffigen Atem auszusetzen. Sein Auftreten war genauso unbeholfen wie seine Hände. Zu Hause konnte er deswegen trotzdem ein Kaiser Napoleon sein, was wußte man denn schon davon.

Magnhild glaubte nicht, daß Fällmans Frau jemals eine Vorkämpferin werden würde. Sie wollte ihr aber trotzdem einige Druckschriften geben, etwas, was sie in den Stopfkorb stecken konnte und einmal, wenn sie allein wäre, vielleicht lesen würde, vielleicht aber auch nicht. Magnhild wurde verlegen, weil sich die Frau freute, als sie kam. Schüchtern freilich und außer sich vor Kümmernis, weil sie nicht wußte, wohin mit dem Papier. Magnhild konnte nicht einmal den Grund ihrer Freude herausfinden, ob sie so sehr einsam war oder sie ganz einfach nur mochte. Was hier hinter den Glasscheiben der Türen und den Namensschildern aus Messing vor sich ging, wußte niemand. Manchmal war sie unangenehm berührt, wenn sie eine fremde Wohnung betrat, manchmal sogar ängstlich, ohne die unmittelbare Ursache zu kennen.

Als sie nach unten kam, paßte Uhrmacher Krantz sie ab. Er hatte sie ins Haus gehen sehen. Er war es, der ihre Tiere ausstopfte und konservierte, und er stellte bei den meisten Präparaten sehr sorgfältige Arbeiten her. Besonders zufrieden war sie mit einem großen Kreuzotterweibchen gewesen, das sie selbst am Schwanz gefangen hatte, nachdem es seine Jungen bekommen hatte. Mit Uhren machte er dagegen schlechte Geschäfte, denn er war ein Idealist und Weltverbesserer. Die Frage des Stimmrechts hielt er ganz einfach für zu unbedeutend. Sie wurde ungeduldig, mußte aber der Dienste wegen, die er ihr erwiesen hatte, seinen säuerlichen Kaffee trinken, genauso wie sie gezwungen gewesen war, Britta Fällmans übersüßen Glaskirschensaft zu trinken und Plätzchen zu essen, die Träume genannt wurden, und süß, porös und auf der Oberseite gesprungen waren. Als sie wieder auf die Straße trat, sah sie, daß die große Uhr, die Krantz als Ladenschild diente, wieder einmal falsch ging. Er hatte Spinoza gelesen, doch wußten seine Kunden nicht, wer das war. Dafür lachten sie über seine Uhr.

Sie wollte in den Hof hinter der Feuerwache und dem Polizeirevier gehen, denn dort drinnen stand, schräg eingeklemmt, ein zweigeschossiges Holzhaus, in dem sie noch nie gewesen war. Sie wußte jedoch nicht, wie sie an der Schmiede vorbeikommen sollte. Der Schmied hatte einen bösartigen Widder, der war ungeschoren, und die lange Wolle, die üppig an den Seiten herabhing, war schwarz vom Ruß der Esse. Bekam er Schnupftabak oder Rauchwaren zum Kauen, blieb er friedlich und ließ einen in Ruhe. Doch sie hatte keine Lust, Zigarrenstummel aus der Gosse zu klauben, während der Schmied in der Tür stand und zusah. Sie nahm eine Birkenrute, die beim Glaser auf der Vortreppe stand, und marschierte dann rasch über den Hof, während der Schmied und seine Frau ihr nachsahen und der Widder gesenkten Hauptes Anlauf nahm. Der Rocksaum, naß vom Matsch, schlug ihr schwer um die Knöchel, und als sie den Widder antrampeln hörte, drehte sie sich abrupt um und fuchtelte ihm mit der Rute vor der Nase herum, so daß er schnaubte. Dann schritt sie so würdevoll wie möglich rückwärts, wobei sie den Widder unablässig mit der Rute an den Nüstern reizte. Erst als sie auf der Treppe angekommen war, wagte sie es, ihm den Rücken zuzuwenden.

In dem Haus wohnten Polizisten und Feuerwehrleute, eine Geburtshelferin und eine ledige Schneiderin mit einem kranken Sohn. Sie klapperte nacheinander alle Wohnungen ab, überreichte die Broschüren und erklärte, daß sich der Mitgliedsbeitrag auf eine Krone belaufe. Sie überlegte, ob die Frauen der Polizisten auf den Druckschriften wohl die Katzen fütterten. Die Schneiderin war ganz aufgeregt, als sie öffnete und Magnhild Lundberg vor sich stehen sah.

»Ich komme vom politischen Frauenstimmrechtsverein«, beeilte sich Magnhild zu erklären, damit jene nicht glaubte, sie käme, um sich einen Rock ändern zu lassen.

»Ach herrje!« sagte die Schneiderin. »Wo es bei mir derart schlimm aussieht. Aber kommen Sie herein. Es staubt von der Näherei, daran liegt's. Und überall Fadenreste. Ich muß ein feuchtes Tuch an der Küchentür aufhängen, damit es für Albert nicht staubt. Er plagt sich so mit seinem Asthma.«

»Sind Sie am politischen Stimmrecht für Frauen interessiert, Fräulein Linell?« fragte Magnhild.

»Ja freilich!« sagte die Schneiderin. »Ganz bestimmt bin ich das. Bitte kommen Sie doch herein und setzen Sie sich. Nehmen Sie den Stuhl da, warten Sie, ich nehm die Dampftücher weg. Ja meine Güte, Stimmrecht, ja natürlich! Darf's ein bißchen Kaffee sein?«

»Nein, danke«, sagte Magnhild. »Ich habe soeben einen getrunken. Doch es ist sehr freundlich von Ihnen«, fügte sie hinzu. Es fiel ihr schwer, sich gemein zu machen. Sie verabscheute dieses Wort, obgleich es schöne Verwandte hatte. ›Leutselig‹ pflegte sie selbst es zu nennen. Sie war nicht leutselig. Oft trat sie bei fremden Menschen mit der ganzen Autorität der Schulleiterin ein, nur weil sie Angst hatte. Nicht gerade Angst davor, daß sie etwas Unerfreuliches zu ihr sagten oder sie gar hinauswerfen würden, sondern eher Angst vor den Fadenresten, den Gerüchen und den Geheimnissen, den schneidenden Stimmen durch eine geschlossene Tür und den Spuren von Tränen.

Hier passierte mehr, als sie sich ausmalen konnte, hier existierte man ohne Spinoza oder das stolze Programm der Freisinnigen. Hier genügte eine Mathematik, die sie Sechsjährigen hätte beibringen können, und eine Religion, die nicht mehr war als ein Seufzer am Sonntag und ein Schürzenzipfel im Augenwinkel, wenn der Nachbar auf dem Leichenwagen dahinfuhr. Doch irgend etwas hatten diese Menschen, das sie sich nicht erklären konnte und wonach sie die Hand nicht auszustrecken vermochte; im letzten der nach Ratten stinkenden Winkel des Ortes konnte sie dessen Gegenwart spüren.

Sie selbst war nach der Art der Kreuzottern. Als Zoologin betrachtete sie diese nicht haßerfüllt und voller Vorurteile. Im vergangenen Sommer hatte sie das große trächtige Weibchen unter einer Rosa canina im Wäldchen bei Löskebo seine Jungen bekommen sehen. Die Jungen, die, nachdem sie sich von den Eihäuten befreit hatten, nicht länger als Bleistifte waren, schlängelten sich, ohne einander oder die Mutter zu sehen, davon, um ihr einsames Leben zu leben.

Die Schneiderin ließ nicht locker mit ihrem Kaffee. Bei manchen durfte man ganz einfach nicht nein sagen. Sie würden nie darüber hinwegkommen, sondern annehmen, daß mit ihnen oder ihrem Kaffee etwas nicht in Ordnung sei. Aber hier glaubte Magnhild, es wagen zu können. Ihr Magen war schon verdorben genug. Die Bonbons mußte sie freilich annehmen. Sie waren feucht und klebrig geworden, und Fliegen waren darauf umherspaziert.

Sie sprach über das Stimmrecht mit der Schneiderin Linell, die Stecknadeln am Kragen hatte und ihre zerstochenen Finger ineinanderflocht, weil ihre Hände so unruhig waren und verraten konnten, daß sie an etwas anderes dachte, beispielsweise an Magnhild Lundbergs Figur und an einen Kleiderstoff aus schwarzem Georgette, den sie von einer Kundin daliegen hatte, die ihren Auftrag rückgängig gemacht hatte. Ihre Zähne waren zu groß, womöglich hatte sie das Gebiß von jemand geerbt. Magnhild merkte, daß sie ins Leere redete und daß die Schneiderin nur den einen Gedanken hatte, ob sie ihr wohl ein Kleid würde nähen dürfen und ob auch die anderen Lehrerinnen ihre Kundinnen werden würden. Die Wahrheit aber war, daß es bei ihr zu ärmlich war. Das wußte sie so gut wie Magnhild. Die Lehrerinnen würden diesen Geruch in den Kleidern nicht ertragen, sie würden sie vor diesem feuchten Tuch nicht anprobieren wollen und auch nicht von den Bonbons kosten. Das war ein fremdes Volk, bei dem Magnhild für die VfpF warb.

Sie sprach davon, was notwendig und gerecht sei. Aber wir doch nicht, wehrten sie mit ihren Krankheiten und umherirrenden Gedanken, mit den grapschenden Fingern und den Füßen, die auf den eiskalten Fußböden nie stillstehen wollten, ab. Wir, die wir nur unser Leben zum Leben haben.

Als sie wegging, verstand sie, daß sie die Schneiderin enttäuscht hatte. Ebenso den Schmied und seine Ehehälfte und den Widder, der diesmal nicht einmal aus der Türöffnung kam, als sie mit der Rute in der Hand über den Hof zurückging.

Die Magasinsgata entlang lagen gegenüber der Gemeindeverwaltung rechts und links davon mehrere feine Geschäfte. Der Herrenausstatter, das Blumengeschäft und der Laden des Uhrmachers Palmquist, bei dem die Uhren richtig gingen. Magnhild betrat Erna Wibergs Garn- und Trikotagengeschäft, das auch Damenunterwäsche führte, und Fräulein Wiberg kam persönlich auf sie zu und flüsterte diskret, daß ihr Korsett gekommen sei und anprobiert werden könne. Da ging sie zusammen mit der Inhaberin durch das Dunkel hinter dem roten Vorhang zur Anprobe, begann sich auszuziehen und legte ihre Kleider auf das Samttaburett. Es war eng, und sie wünschte sich, daß Fräulein Wiberg sie alleinlassen würde. Die nahm jedoch das Korsett aus der Pappschachtel und hielt es Magnhild, die jetzt nur im Hemd dastand, ungeschnürt hin. Es war aus glänzender jaquardgemusterter Seide und von hellblauer Farbe. Es würde so teuer werden, daß sie es sich eigentlich gar nicht leisten konnte, und sie wußte nicht, warum sie sich dazu hatte breitschlagen lassen. In Erna Wibergs Geschäft herrschten Gesetze, die Magnhild eigentlich nicht billigte, doch sobald die Glocke gebimmelt und die Tür sich hinter ihr geschlossen hatte und sie in die warme, nach Textilien duftende Dämmerung trat, erlag sie ihnen.

Fräulein Wiberg reichte das Korsett wie ein heiliges Gefäß dar, und das Mädchen wurde nach Stecknadeln mit verschiedenfarbigen Porzellanköpfen geschickt, mit denen die Änderungen markiert werden sollten. Erna Wiberg sprach nun über Magnhilds Körper, als wäre er ein Ding, das zwischen ihnen läge und mit dem sie beide irgendwelche Pläne und Absichten verfolgten. Sie faßte sie an, nicht täppisch und zudringlich, sondern leicht mit Fingerspitzen, die bisweilen vor Entzücken zurückzuckten. Magnhild, die sonst nie ein Mensch anfaßte, stand zwischen dem Spiegel und dem Samtvorhang eingezwängt und hatte ihre ganze Autorität und Initiative verloren.

»Das wird vortrefflich«, wisperte Fräulein Wiberg und gab dem Mädchen ein Zeichen, am Rücken zu schnüren, und Magnhild stemmte sich dagegen, während ihr Körper von allem Lockeren und Unkontrollierten befreit wurde. Er wurde in die glänzenden Seidenbahnen des Korsetts, die den Rückenschildern einer Eidechse glichen, gelegt und wurde kompakt und spindelförmig und glatt. Der Busen wurde zu einer langen, gleichmäßigen Wölbung bis hinab zur Taille, die fließend in den Rücken, das verlängerte Rückgrat und das lange Gefälle des Hinterns überging.

Als sie sich wieder angekleidet hatte, stand Fräulein Wiberg mit einem Karton intimer Wäsche aus feinstem schweizerischen Baumwollbatist vor der Anprobekabine auf der Lauer, und ehe Magnhild von dort wegkam, hatte sie noch einen Korsettschoner, der mit englischer Stickerei eingefaßt war, erstanden, obwohl sie überhaupt keinen haben wollte. Das bereute sie bereits, als sie auf die Straße hinaustrat. Da drinnen aber hatte sie das Treiben, in der Lade mit der dünnen Wäsche zu stöbern, die Stickereibesätze zu befühlen und die Bänder durch die Finger laufen zu lassen, ja selbst zu bezahlen und die Kasse klingeln zu hören, mit Genugtuung erfüllt. Anstandshalber überreichte sie Fräulein Wiberg eine Broschüre und eine Zeitung, die diese mit einem Augenzwinkern entgegennahm. Gleichwohl war Magnhild ziemlich sicher, daß sie sie direkt in den Ofen werfen würde, der hier, wo sich hinter dem Vorhang Frauen auskleiden sollten, tüchtig eingeheizt wurde.

Auf der anderen Straßenseite gab es für sie nichts zu tun. Dort lagen hintereinander drei Wirtshäuser, und zu dem letzten, das Grytan hieß, torkelten Bauern durch die Radspuren, um bei Erbsen und Speck möglichst wieder nüchtern zu werden. Sie kam hinaus auf die Storgata neben dem Marktplatz, ging in die Molkerei und gab eine Zeitung ab. Sagen konnte sie dort jedoch nichts, denn die Separatoren sausten, die Kannen schepperten und die Molkereiarbeiterinnen hatten alle Hände voll zu tun. Sie bewegte sich vorsichtig über den glitschigen Zementfußboden, darauf bedacht, nicht auf einem Klecks Milchschaum auszurutschen. Sie hielt den Atem an, denn sie konnte den penetranten Milchgeruch nicht ausstehen, er ekelte sie.

Ankers Konditorei beachtete sie nicht weiter, dort war sie am Samstag gewesen und hatte Zeitungen zum Lesen ausgelegt. Einige Häuser weiter unten lag die Missionsbuchhandlung. Sie sah, daß nur der Angestellte hinter dem Ladentisch stand. Sie würde aber zu den Fräuleins Öhrström hinauf in die Wohnung gehen und ihnen den Kopf waschen. Das waren zwei! Kuhäugig, versponnen und kokett. Sie hatten die Gitarre an einem Band an der Wand hängen, und Magnhilds Einschätzung nach waren sie nicht die Spur religiös, sondern höchst sentimental. Sie suchte sie auf, weil sie durch ihre Buchhandlung Einfluß hatten. Würden sie anfangen, für die Stimmrechtsbewegung zu schwärmen, könnte dies von Bedeutung sein. Sie könnten dann in ihrem Laden Druckschriften verkaufen. Pastor Öhrström, er war Missionar, ließ sie einige profane Literatur führen, er war liberal und überdies selten zu Hause.

Magnhild hatte jedoch Pech, denn er war eben von einer Reise zurückgekehrt, als sie zu ihnen hinaufkam. Die Töchter hatten sich mit ihren Haarmassen und ihrem Duft nach Verbenaseife auf dem Sofa um ihn herumdrapiert. Sie boten ihr Tee an, und sie mußte ihn annehmen. Der Vater war doch aus China heimgekehrt, und außerdem war er ein Genie. Der Tee war durch und durch blumig, die Töchter jauchzten, weil der Vater ihn mitgebracht hatte, doch Magnhild fand, daß er nach feuchtem Stroh schmeckte. Er fragte sie, ob sie an der Schule bleiben würde, es seien Gerüchte umgegangen, daß sie an die Hochschule in Stockholm zurückkehren und ihre Forschungen in der Chemie weiterführen wolle. Das verneinte sie.

»Das ist ausgezeichnet!« sagte Pater Öhrström. »Das habe ich auch angenommen. Die gelehrte Frau ist ein Dinosaurier.«

»Wie bitte?« fragte Magnhild verblüfft.

»Eine Gattung, die die Entwicklung bald überholt und die sie hinter sich lassen wird.«

In der sich verdichtenden Januardämmerung strebte Magnhild weiter, nachdem sie versuchte hatte, Pastor Öhrström zu widerlegen und seinen Töchtern, die auf ihre durchbrochenen Strümpfe und die lackierten Stoßkappen ihrer eleganten Stiefel gestiert hatten, Courage beizubringen.

Öhrström hatte seine Buchhandlung in einem Neubau an der Storgata, und zu den Wohnungen gelangte man von der Rückseite her. Im Hinterhaus gab es einen Schuster und einen Kupferschmied, aus der Bäckerei balancierten die Lehrjungen Bleche mit Semmeln, und es roch nach warmen Kuchen und süßem Brot. Aus der Metzgerei nach Blut. In diesem großen Häuserblock hatte sie nichts zu schaffen, dort arbeiteten nur Männer.

Der Matsch vor dem Lager der Holz- und Kohlenhandlung war schwarz vom Anthrazit. Sie ging wieder hinaus auf die Storgata. Es war jetzt dunkel, und in der Tapisserie stellte die Inhaberin zwischen die aufgezeichneten und angefangenen Stickereien gerade eine Lampe, denn sie hatte noch keinen elektrischen Strom bekommen. Magnhild stand eine Weile vor dem Fenster und betrachtete die Rosen in Petit point, die in dem gelben Lampenlicht aus dem Stramin hervorwuchsen. Die Inhaberin grüßte durch die Fensterscheibe und lächelte sie ermunternd an, doch Magnhild ging nicht hinein. Sie wurde allmählich müde und fürchtete, daß sie mit einer Kreuzstichstickerei herauskommen würde, die sie überhaupt nicht haben wollte.

Sie bog in die Skomakargata ein und dachte, daß es für heute genug sein müsse, sie würde am nächsten Tag weitermachen. Aber dann fiel ihr ein, daß sie sich vorgenommen hatte, in das große, graue, zweigeschossige Holzhaus zu gehen, in dem größtenteils Arbeiter von Wilhelmsson wohnten. Sie nahm nicht die erste Tür, als sie in den Hausflur kam, sondern die zweite, und sie war sich nicht bewußt, daß sie diese deshalb wählte, weil sie nicht von Schuhen und Gerümpel belagert war und weil das Messingschild geputzt und sauber glänzte. »Emil Pettersson« stand darauf. Noch ehe sie richtig anklopfen konnte, kamen einige Kinder und wollten hineingehen. Unvermittelt gelangte sie mit ihnen in die Küche und überraschte eine Frau, die am Tisch saß und an einem Lampenschirm nähte.

Das war Ärna Pettersson. Magnhild kannte sie nicht. Sie verstand nicht, warum diese sich dafür entschuldigte, daß sie dasaß und an dem Schirm nähte.

»Ich habe vorige Weihnachten damit angefangen«, sagte Ärna. »Aber die Zeit will ja nie ausreichen. Bitte, treten Sie ein«, bat sie und öffnete die Tür zum Zimmer, in dem es ziemlich kalt war. Als Magnhild das Zimmer betrat, stand ein pummeliges Kerlchen im Weg und sagte:

»Paß auf die Möbel auf!«

Sie war verdutzt. Die Mutter warf ihn hinaus und war verlegener denn je. Gleichwohl war sie entgegenkommend, und Magnhild erspähte in ihren Augen ein Interesse für das Frauenstimmrecht. Ein kleines, flackerndes Flämmchen glaubte sie jedenfalls auszumachen. Deshalb sagte sie auch ja zu einem Kaffee, obwohl ihr Magen schon gluckerte und ihr allmählich schlecht wurde.

Ärna Pettersson war am Frauenstimmrecht keine Spur interessiert, doch sie hörte geduldig zu. Sie war eine freundliche Person, und sie war es schon gewohnt. Die Guttempler waren bei ihnen gewesen und hatten eine Broschüre dagelassen, in der stand, daß Alkoholmißbrauch die vornehmlichste Ursache der herrschenden Armut sei; das Emil zu erzählen, der sich lediglich an Weihnachten ein scharfes Getränk gönnte, war völlig unnötig. Die Freisinnigen waren hiergewesen und hatten sie aufgefordert, für Gesellschaftsreformen ohne Klassenegoismus zu arbeiten.

Und arbeiten, das tat Emil Pettersson. Er war taub gegen Heilslehren und politische Evangelien. Er arbeitete zehn Stunden am Tag plus Überstunden an sechs Tagen in der Woche in Wilhelmssons Schreinereien, und er hatte vernünftigerweise eine Kleinbauerntochter aus Kedevi, ein Einzelkind, geheiratet. Den ganzen Streik über waren Ärnas Eltern in den Ort gekommen und hatten Essen gebracht; Hühner, die keine Eier mehr legten, die sie kochte und wozu sie weiße Soße machte; Knochen, an denen noch viel Suppenfleisch hing, Zander aus dem Vallmarsee und Blut in zugebundenen Einmachtöpfen.

Emil und Ärna waren sparsam, ordentlich und rechtschaffen. Sie besaßen die Wilhelmssonschen Universalmöbel, Möbel für das geordnete, bessere Arbeiterheim. Das Sofa war mit imitiertem Chagrin bezogen, das Ärna mit einem feuchten Lappen sauberhielt, und es sah aus wie Leder. Sie hatten einen rotgeblümten Wohnzimmerteppich unter dem Tisch, eine Lampe und Bücher auf der Plüschtischdecke sowie ein Ansichtskartenalbum mit goldenen Schnüren, Fotografien von Ärnas Eltern in Schneckenrahmen und am Spiegel einen Fächer. Ärna war mit Recht stolz auf all das und bekam viel Lob dafür. Genau wie Emil arbeitete sie fast unablässig, und es war ein Wunder, daß Magnhild sie mitten am Nachmittag bei einer Handarbeit überrascht hatte.

Sie arbeitete, als gelte es, eine einmal dagewesene Ordnung wiederherzustellen, die Grundordnung des Daseins schlechthin. Eine höhere Macht hatte errechnet, daß sie zusammengenommen, aber nicht richtig zusammenhängend, achtundvierzig Jahre ihres Lebens damit zubringen sollte, mit Lappen ebene Flächen zu reiben. Das wußte Ärna aber nicht. Sie rieb das Zink des Spültisches mit Oxalsäure und gemahlener Kreide, den Herd mit Graphit, den sie in Essig auflöste, und den Küchentisch wischte sie ab, noch ehe sie sich von den Mahlzeiten erheben konnten.

Emil und sie arbeiteten, als hätten sie allein es übernommen zu beweisen, daß der Arbeiter nicht so verlaust und arm zu sein brauchte, wie er in den schlimmsten Bruchbuden erschien. Sie widerlegten die Ansicht des höheren Bürgertums, daß die Arbeiter wählerisch und verwöhnt, daß Sparsamkeit und Fleiß eigentlich Tugenden der Oberklasse seien. Bei Fabrikant Wärnström standen stets Roggenmehlbrei und Buttermilch auf dem Frühstückstisch, und seine Töchter liefen in Strümpfen herum, die an den Fersen gestopft waren. Doch das taten Emil Petterssons Kinder auch, und sie hatten prächtige Kleider aus steifem Stoff.

Deshalb kamen die Guttempler zu ihnen und die Freikirchlichen, die Arbeiterkommune, um Beiträge für den Bau des Volkshauses zu kassieren, die Freisinnigen, die Genossenschaft und der Frauenstimmrechtsverein. Ärna hörte still zu, und es dauerte einige Zeit, bis man verstand, daß sie das tat, weil sie eben ein gutmütiger und freundlicher Mensch war. Das kleine Flämmchen, das in ihrem Blick flackerte, war die Sorge, daß der Gast auf den Teppich unter dem Couchtisch krümeln würde, und als Magnhild dies aufging, erhob sie sich, sammelte die Krümel, die ihr auf den Rock gefallen waren, in die hohle Hand und sagte:

»Ich sehe, es ist schon halb sechs, dann werde ich mich jetzt auf den Weg machen. Aber ich lasse diese Broschüre hier, falls Sie sich auf eigene Faust mit der Stimmrechtsfrage vertraut machen wollen, Frau Pettersson.«

»Ach du liebe Güte, es ist erst fünf Uhr«, sagte Ärna freundlich. »Wir stellen die Uhr immer eine halbe Stunde vor, damit Emil nicht zu spät zur Schreinerei kommt.«

»Aber das hat er wohl noch nie getan«, meinte Magnhild.

»Nein, niemals!«

Sie reichten sich die Hand und sagten auf Wiedersehen, und Magnhild verließ das Haus und setzte ihren Weg die Skomakargata hinauf fort, darüber nachsinnend, was Emil bloß für ein Mensch sein mochte, der nie in die Versuchung geriet zu lernen, daß die Uhr eine halbe Stunde vorging.

Es hatte angefangen zu regnen; ein eiskalter Regen, der mit dem Wind kam und ihr den Hut vom Kopf reißen wollte. Sie spürte, wie er an dessen Vertäuungen aus Gummiband und Hutnadeln zerrte. Vorsichtig setzte sie einen Fuß vor den anderen, denn es war glatt. Der Schnee war getaut und am Boden zu Glatteis gefroren, und nun wurde er vom Regen allmählich weggewaschen. In Fabrikant Wärnströms Carlsborg brannte Licht, und in dem Park zeichneten sich undeutlich die Thujabüsche ab. Obschon ihr die nicht fremd waren, schrak sie zusammen. Es sah aus, als näherten sie sich in der Dunkelheit, und jedesmal, wenn sie den Blick darauf heftete, blieben sie stehen und rührten sich nicht mehr.

Sie war nachdenklich wie immer, wenn sie von ihren Stimmrechtsexpeditionen kam, doch nicht eben entmutigt. Sie wußte, daß das, was sie tat, richtig und notwendig war. Sie befürchtete jedoch, daß die Frauen auf den Druckschriften jetzt Salzheringe säuberten. Es wollte ihr keine Idee kommen, wie sie mit ihnen sprechen sollte, damit sie sie verstanden. Widerworte hätte sie ertragen, wenn sie nur welche bekommen hätte. Doch dann müßte sie hingehen, wenn die Männer zu Hause waren. Die meisten Frauen waren wie die Schneiderin Linell und Ärna Pettersson. Sie ebneten ihr mit Entschuldigungen und leisem Gejammer den Weg zum besten Stuhl, hoben Fadenreste auf und wischten Staub weg, und während sie sprach, fielen ihre Blicke auf ihren Rocksaum, der sich gelöst hatte, und auf das Fleißige Lieschen, das ein paar gelbe Blätter bekommen hatte.

Es war jetzt vollkommen dunkel in der Koedukationsschule, und in dem Haus auf der anderen Seite der Hovlundagata, wo sie wohnte, brannten die Lampen nur bei der Wirtin im Erdgeschoß. Sie ging nicht sofort nach Hause, sondern betrat die Villa daneben. Dort wohnte im Obergeschoß der alte Petrus Wilhelmsson. Sie trocknete ihr feuchtes Gesicht mit einem Taschentuch ab, stellte die Galoschen dicht nebeneinander ins Regal und die Aktentasche obenauf und merkte, wie schön es war, daß es für heute vorbei war.

Er saß mit einer karierten Wolldecke um die Beine im Salon zum Garten hin und hatte keine der Lampen angezündet. Sie schalt ihn ein wenig deswegen und zündete die Lampe über dem Tisch an. Mit der Hand befühlte sie den Kachelofen, ob er warm war. Er freute sich, daß sie ihn besuchte. Sein Leben war sehr still geworden, seitdem er das Haus nicht mehr verließ. Seine Knie waren von vierzig Jahren Treppensteigen zum Kontor der Schreinerei hinauf abgenutzt. Jetzt schwollen sie an und taugten nicht mehr. Sie befürchtete, daß er in seinem Stuhl völlig still werden und die Kälte über ihn herkriechen würde. Sein Lebenslicht wurde langsam herabgedreht, und er tat nichts, um es zu schützen.

Es roch streng und eigenartig in diesem Haus, in dem es weder Frau noch Tier gab noch jemals Kinder gegeben hatte. Eine Zugehfrau kam, richtete ihm sein Essen und putzte für ihn. Ihr Bohnerwachs und Poliermittel roch man bis hinaus auf den Flur.

Magnhild ging zum Büfett und holte die Kognakflasche. Petrus Wilhelmsson hatte sein ganzes Leben lang für die Abstinenz gekämpft, jetzt im hohen Alter trank er jedoch morgens und abends etwas Kognak, um das Herz zu stimulieren. Dies geschah auf Anraten des Arztes. Anfangs hatte er ihn mit einem Eßlöffel eingenommen. Doch nun pflegten sie sich in der Dämmerung Gesellschaft zu leisten. Magnhild schenkte zwei Gläser ein. Sie kümmerten sich beide nicht darum, daß ihr Herz stark und unbeschadet war.

»Hast du eine ruhige Nacht gehabt?« fragte sie, und er antwortete:

»Der Tag war besser.«

Sie befürchtete jedoch, daß der sehr still gewesen war. Er schlief so wenig. Die Schreinerei und das Sägewerk waren an einen Ingenieur aus Stockholm und an Großhändler Lindhs Schwiegersohn verkauft. Alle Sorge und alle Aufregung sollten vorüber sein. Aber in den Nächten war er gleichwohl wieder dort unten. Die Preise sanken, übervolle Eisenbahnwaggons warteten. In seinen Träumen war er verwirrt und unfähig zu handeln, er, der in seinem tätigen Leben immer schnell und ohne Zaudern Entschlüsse gefaßt hatte. Er träumte, daß sich ein Arbeiter an der großen Gattersäge schwer verletzte, und dann erwachte er, die Wangen naß von Tränen und das Herz von Panik erfüllt.

Das Unternehmen war verkauft, und die Zukunft war für ihn unüberschaubar. Er verstand nunmehr ebensowenig vom Weltmarkt, wie er von der Sozialdemokratie und der neuen Art, Tarifverträge zu schließen, verstand. Er hätte sich von allem in Gleichgültigkeit und Seelenruhe abwenden sollen. In seinen Träumen wurde er jedoch von all der Verwirrtheit und Furcht überfallen, die abzuwehren er keine Kraft mehr hatte. Er mußte die Schattenseite seines Lebens noch einmal durchleben und war gezwungen, sie gelten zu lassen.

Magnhild erzählte Neuigkeiten aus dem Ort, doch sie mußte sie ihm fast aufzwingen, da sie ihn nicht mehr interessierten. Er hörte lieber etwas von ihrer Arbeit in der Schule. Er war der einzige, der ihre wahre Meinung über Ossian Jansson zu hören bekam.

»Er ist ein äußerst unbedeutender Mensch«, sagte sie. »Das habe ich genau geprüft. Als ich ihn nämlich anfangs einschätzte, hatte ich meine eigenen Gefühle mit einbezogen. Aber ich bleibe dabei: Er ist ein äußerst unbedeutender Mensch.«

Und Petrus Wilhelmsson schmunzelte und dachte, daß der das schon noch erfahren würde. Obschon Magnhild sich dessen nicht bewußt war. Sie war streng gegen sich selbst. Sie prosteten sich still zu, und dann trat sie ans Fenster, um zu prüfen. ob es auch nicht durch die Ritzen zog. Sie legte die schweren, grünen Vorhänge ein wenig übereinander, damit keine Kälte eindringen würde.

»Soll ich im Kachelofen noch etwas nachlegen?« fragte sie.

»Nein, danke, Magnhild, mach dir keine Umstände!« antwortete er, denn er mochte es nicht, wenn sich jemand ins Heizen einmischte. Er hielt hinter den geschlossenen Ofentüren große Gluthaufen am Glimmen, und mit vorgeschobener Klappe konnte er die Öfen die ganze Nacht hindurch warm halten. Dennoch war ihm oft, als gefröre ihm das Mark in den Knochen.

»Ich werde jetzt nach Hause gehen und ein Extemporale über Ester zusammenstellen«, sagte Magnhild. »Kann ich noch irgend etwas für dich tun, bevor ich gehe?«

»Ich habe alles«, sagte Petrus Wilhelmsson. »Es war nett, mit dir zu plaudern, Magnhild. Jetzt werde ich hier sitzen und darüber nachdenken, was mir miteinander gesprochen haben.«

Sie drückte ihm zum Abschied die Hand. Sie war ganz kalt.

Der Kognak hatte die Übelkeit nicht vertreiben können. Sie versuchte, etwas zu essen, als sie nach Hause kam, bekam aber nur ein Käsebrot hinunter. Um zehn Uhr war sie mit ihrer Arbeit fertig und setzte sich hin, um ein Weilchen zu lesen. Vom Fußboden her wurde es jedoch bald kalt, deshalb ging sie zu Bett. Bevor sie die Unterwäsche ablegte, probierte sie vor dem

Spiegel den neuen Korsettschoner an, legte ihn dann in eine Schachtel in der Kommodenschublade und beschloß, ihn erst anzuziehen, wenn sie eingeladen würde.

Nachdem sie die Lampe gelöscht hatte, zog sie den Vorhang einen Spalt weit auf, damit sie die ganze Nacht Petrus Wilhelmssons Schlafzimmerfenster sehen könnte, wenn sie wach würde und aufblickte. Sie hatten vereinbart, daß er eine Kerze ins Fenster stellen sollte, falls er ihre Hilfe benötigte. Sie glaubte aber nicht, daß er das je tun würde.

Es gab Quellen im Wald, wenn es auch Winter war. Jeden Morgen drang das Licht zu dem noch lebendigen Wasser vor, und es glänzte dunkel im Schnee. Eichhörnchenpfoten ließen sacht Schnee herabrieseln, der sofort dahinschmolz, für ein kleines Weilchen aber die Oberfläche in Unruhe versetzte.

Die Nächte waren kalt und bitter. Jede Nacht war bestrebt, eine Eishaut über das lebendige Wasser zu legen. Die Morgen schafften es immer weniger, sie zu schmelzen, und in jeder Nacht erstarrte ein neuer Ring um die Quelle. Das bewegte Wasser lag in Kränzen aus Eis.

Dieses alten Mannes Herz war jetzt wie eine offene Quelle im Vorwinterwald.

Mitte Januar tauchte Frida in Brauer Julins Wohnung auf, vormittags, als Ebba allein zu Hause war. Sie schaute sich nicht lang um, wie es bei Ebba aussah, sondern setzte sich gleich neben der Tür auf einen Küchenstuhl, ohne auch nur die Fäustlinge auszuziehen. Der Hut war ihr verrutscht, und sie sah sonderbar aus, fand Ebba. Sie hatten kaum ein paar Worte über die Gesundheit und den Brauer und Fridas Kinder gewechselt, als sie auch schon sagte:

»Ich krieg'n Kind.«

Das hatte Ebba aufgrund der braunen Mutterflecken um ihren Mund herum schon vermutet, aber sie verstand nicht, was sie damit zu tun hatte. Sie schwieg. Frida aber sagte abrupt und beinahe feindselig:

»Du hast was, das hilft, ich weiß das.«

»Naa, was du nicht weißt!« erwiderte Ebba. »Jetzt fabulierst du.«

»Ich weiß, daß du was hast. Du mußt mir jetzt helfen. Es ist ganz not, weil das nicht geht!«

Das könnten ja wohl alle sehen, dachte Ebba.

»Ist Eriksson nicht zurückgekommen?«

»Nein.«

»Schickt er Geld?«

»Sobald er Arbeit kriegt, wird er es wohl tun. Du mußt mir helfen, Ebba. Es geht nicht anders!«

»Ich begreife nicht, was du dir in den Kopf gesetzt hast«, sagte Ebba. »Es ist geradezu schauderhaft, was die Leute reden und sich zusammenreimen. Ich hab so was nicht. Ich weiß nicht mal, was du überhaupt meinst.«

»Du mußt mir helfen!«

Just in dem Moment kam der Brauer nach Hause, denn er nahm sowohl den Elf-Uhr-Kaffee als auch den Nachmittagskaffee daheim ein. So verliebt sei er, sagten die Leute, und so eifersüchtiger und ängstlicher Natur.

»Wart bis nachher!« zischte Ebba, und erst nachdem Frida durch die Küchentür verschwunden war, fiel ihr auf, daß das wie ein Versprechen geklungen hatte. Als sie aber dem Brauer, der in der Flurtür stand, entgegenging, war sie jedenfalls froh, sie los zu sein. Sie mußte jedoch im Küchenflur draußen auf der Holzkiste gesessen und gewartet haben, denn sobald Julin seinen Kaffee ausgetrunken und versucht hatte, Ebba zu küssen und sie um die Taille zu fassen, und sie ihn hinauskomplimentiert hatte, stand Frida wieder in der Küchentür.

»Ich habe nichts!« sagte Ebba. »Ich hatte mal eine Fehlgeburt. Es ist nicht gescheit, was die Leute so reden.«

Sie bot ihr aufgewärmten Kaffee an und sagte dann freiheraus, daß sie unbedingt gehen müsse. Frida tat das auch, kam aber schon nach ein paar Tagen wieder.

»Ich hab dir doch gesagt, daß das gelogen ist«, sagte Ebba. »Zwei Fehlgeburten hab ich gehabt, wenn ich ganz ehrlich zu dir sein soll, Frida. Und dann gab's natürlich Gerede. Das kommt von diesem Schneiderweib, das ist mir klar. Die ist mal dagewesn und hat mir ein Kleid anprobiert, und da ist se überall rumgelaufn und hat in alle Schränke geguckt, wie ich drunten im Milchladen Kaffeesahne g'holt hab.«

Frida sagte nichts, bestritt aber auch nicht, daß es das Schneiderweib gewesen war.

»Ja, ich hab so ein Ding!« sagte Ebba. »Aber es ist nicht meins. Weiß ich, ob das das ist, was du meinst! Ich hab's von einer gekriegt, ich sag nicht, von wem. Ich sollt's bloß übernehmen, hier verwahren.«

Allein daß Frida mit ihrem Hut, an dem sich das Gummiband gelöst hatte, und in ihrem alten schwarzen Mantel, der um die Knopflöcher herum ausgefranst war, da saß, ging ihr auf die Nerven. Sie erinnerte sie an all das Elend, dem sie entronnen war, als sie Julin geheiratet hatte, und vor dem sie sich so sehr fürchtete, als ginge von Frida und ihresgleichen die Gefahr der Ansteckung aus.

»Wenn d' daheim 'n Platz dafür hast, dann von mir aus gern«, sagte sie. »Leg's in irgendeinen Kasten, mir soll's nur recht sein.«

Sie ging ins Zimmer und blieb eine geraume Weile weg. Als sie zurückkam, hatte sie ein schwarzes Wachstuchfutteral dabei.

»Hast du nichts zum Reintun dabei? Ja, dann wickel ich's in Zeitungspapier ein. Und wenn du zu irgendeinem Menschen ein Wort sagst, von wem du das geliehen hast...«

»Das tu ich schon nicht«, versicherte Frida. »Wie macht man das?«

»Davon hab ich nicht die blasseste Ahnung!« meinte Ebba. »Du mußt jetzt gehn. Hast mich verstanden? Und nicht ein Wort, auch nicht zu Tora Otter.«

Als sie aber mit dem Paket unter dem Arm in der Küchentür stand und die Fäustlinge anzog, drückte ihr Ebba die Hände.

»Paß um Himmels willen auf dich auf!« sagte sie. »Was du auch tust, sei vorsichtig! Du solltest jemand haben, der dir dabei hilft.«

»Ich hab niemand.«

»Es gibt immer jemand. Aber es ist teuer. Du mußt dich zurechtfinden, verstehst du. Da drin ist ein kleines Zäpfchen, das ist wie eine Nasenspitze oder so. Hast du das mal gefühlt?«

Frida schüttelte den Kopf und wollte ihr nicht in die Augen sehen.

»Da mußt du rein«, erklärte Ebba. »Aber sei vorsichtig, damit's nicht ein Mordsunglück gibt! Und jetzt mach's gut.«

Es war an einem Montag, als sie das Paket von Ebba bekam. Sie wartete bis zum Mittwoch, an dem Tora im Cosmopolite für Berta Göhlin buk und Dagmar in Toras Wohnung schlief, um auf die Jungen aufzupassen. Die Kleinen auf dem Küchensofa schliefen recht bald ein, doch bei Konrad mußte sie sich noch gedulden. Sie stand an der Zimmertür, die sie einen Spalt weit geöffnet hatte, und horchte im Dunkeln auf seine Atemzüge. Als sie glaubte, daß er schlafe, schloß sie leise die Tür und legte die kleine Sperre um, mit der diese verriegelt wurde. Sie schraubte den Lampendocht hoch, um mehr Licht zu haben. Sie wußte nicht, welche Vorbereitungen sie noch treffen sollte, und fand, daß alles viel zu schnell gegangen war. Auf dem Tisch lag die Sonde, sie hatte sie aus dem Wachstuchfutteral genommen und auf ein Handtuch gelegt. Sie war spitz und leicht gebogen.

Sie hatte den Kommodenspiegel heruntergenommen, der über einer kleinen Schublade mit Rasierzeug aufgeklappt wurde. Das Glas war nicht größer als eine Gesangbuchseite und vom Alter tief graublau. Aber es taugte, um sich darin zu begucken, und das war es, was sie vorhatte. Es widerstrebte ihr jedoch, als sie soweit war. Sie hatte den Spiegel auf das zum Bett hergerichtete Sofa gestellt, war hinaufgekrochen und hatte ihr Hemd über den Bauch gezogen. Im Spiegelglas blitzte es von der Lampe auf dem Tisch, und als sie sie verrückte, warf sie selbst einen Schatten auf das Bild. Mit angewinkelten Knien rutschte sie ein Stück zur Seite. Nun sah sie sich, sah das Garstige. Das, was man nicht einmal waschen durfte, die geheimste Stelle, die sie noch nie angeguckt hatte. Es war jedoch, wie sie vermutet hatte.

Es erstaunte sie nur, daß es so klein war. Es fühlte sich größer an. Wo das hellbraune Haar spärlicher wurde, waren zwei braune Falten, und dazwischen lagen fest aneinandergepreßt die zwei großen Lippen und waren noch dunkler, fast blaubraun. Sie mußte sie auseinanderdrücken, um hineinzukommen, und wenn sie dies tat, glaubte sie, daß sie ein Loch sehen würde. Aber es war nur ein weiches Grübchen aus glänzenden Häuten, die sich zusammenzogen und schlossen, und als sie die auseinanderschob, sah sie zwei rosige Läppchen, die sich nicht trennen lassen wollten. Weiter kam sie nicht, wie sie da so saß. Es verwirrte sie, wie sie innen aussah, so jung und so unversehrt, als sie ihr niemals etwas zugestoßen.

Sie verrückte den Spiegel. Mit einem Knall fiel er über der Schublade zu; mit kaltem Schweiß in den Händen saß sie da und lauschte in die Küche hinaus, ob jemand davon aufgewacht war. Es war aber vollkommen ruhig. Sie ging auf dem Fußboden in die Hocke, da zog es am Hintern. Vorsichtig fühlte sie in sich nach, ob sie den Eingang finden könnte, von dem Ebba geflüstert hatte. Es waren viele feuchte Falten und Erhebungen, und sie fürchtete, sich mit dem Mittelfingernagel zu verletzen. Schließlich fand ihre Fingerspitze eine weiche Erhebung, sie war viel größer als eine Nasenspitze. Frida glaubte aber dennoch, daß sie das sein mußte. Sie war empfindlich.

Sie wußte nicht, wie sie es anstellen sollte. Es war ihr zuwider, sich dort mit einer spitzen Sonde selbst zu berühren. Schon der Gedanke daran war nicht auszuhalten, nicht wegen des Schmerzes, sondern wegen des Empfindlichen. Sie wünschte, sie hätte nie mit dem Finger danach gefühlt und sich nie im Spiegel betrachtet. Man bräuchte vielleicht Hilfe, dachte sie. Anders geht's womöglich nicht. Sie wußte jedoch, daß viele es an sich selbst gemacht hatten, daß sie die Sonde stundenlang gebraucht hatten.

Wenn ich nun ohnmächtig werde, dachte sie. Oder zu bluten anfange und es nicht selber aufhalten kann. Wenn die Kinder aufwachen würden und ich ohnmächtig daläge.

Es war unmöglich. Das war ihr jetzt klar. Panik hatte sie ergriffen, sie war kalt bis in die Fingerspitzen. Sie mußte die Sonde jetzt nur wieder in das schwarze Wachstuchfutteral packen und ganz zuunterst in die Kommodenschublade legen.

Zwei Tage lang unternahm sie nichts, doch nachts konnte sie nicht schlafen. Daß sie es am Ende tun würde, wußte sie, es blieb ihr nichts anderes übrig, denn sie hatte sich ein für allemal dazu entschlossen. Doch sie brauchte irgendeine Hilfe. Samstag spätabends klopfte sie bei Tora Otter an.

Tora hatte Markttag gehabt und war müde. Nachdem sie Kassensturz gemacht und gegessen hatte, war sie zu Bett gegangen. Sie dachte, Frida sei krank, als sie vor der Tür stand, grau im Gesicht und über dem Nachthemd ein Tuch um die Schultern. Ebensowenig wie bei Ebba Julin war sie zu irgendwelchen Einleitungen imstande. Sie kam gleich zur Sache und bat, es hier unten bei Tora machen zu dürfen.

»Ich glaub, du bist über der Sache wunderlich geworden.«

»Schon möglich. Aber ich brauch Hilfe.«

»Du bist nicht ganz gescheit!«

»Ich verlang bloß, daß ich hiersein darf, wenn ich's mach«, sagte Frida. »Ich trau mich nicht allein zu sein, weil ich ohnmächtig werden könnt und die Kinder mich finden könnten.«

»Und meine Buben!«

»Die schlafen doch«, erwiderte Frida. »Ich kann ja hinter die Decke gehn, die du immer aufhängst, wenn du dich wäschst. Du brauchst nichts wissn und nichts sehn, mußt nur dasein bei mir.«

Sie flüsterten hitzig miteinander, ängstlich, die Jungen auf dem Sofa zu wecken.

»Es ist meine Sache«, sagte Frida. »Alles, was ich verlang, ist, daß du hier sitzen sollst.«

Tora ließ sich schließlich darauf ein, nichts zu wissen und am Küchentisch zu sitzen und auf sie zu warten. Sie war ganz konfus, nachdem sie für Frida die Decke aufgehängt hatte, wußte nicht, ob sie Kaffee aufsetzen oder nur dasitzen sollte.

Wie lange würde das dauern? Frida war vollkommen still. Sie versuchte auf ihren Atem zu horchen, hörte aber nichts. Eiskalte Füße hatte sie, wollte aber nicht ins Bett kriechen. Der Wecker tickte auf der Kommode, und die Jungen atmeten säuselnd in tiefem Schlaf.

Da hörte sie einige leise Geräusche von Frida, sie wußte nicht, was es war, ein Jammern oder heftiges Luftholen. Sie bekam Brechreiz. Wenn man wenigstens denken könnte! Alles schien jedoch stillzustehen, innen und außen.

»Frida!«

»Ja! Was ist denn?«

Sie erschreckte sie, das hörte man.

»Komm raus!«

Nun schob sie den Vorhang ein wenig beiseite, und Tora hatte Fridas Gesicht noch nie so weiß gesehen.

»Hast du dir schon was getan?«

»Es ist so schwer.«

Da packte Tora die Decke, die zwischen dem Schrank und der Klappe des Kachelofens ausgespannt war, und zog daran, so daß sie auf den Boden fiel. Dann raffte sie sie eilends zusammen.

»Laß es bleiben!« sagte sie. »Pfeif auf das Ganze!«

»Ich kann nicht«, sagte Frida. »Das weißt du doch.«

»Ich weiß, daß es dir ganz und gar unmöglich vorkommt, aber das hier ist doch schlimmer als alles andere. Du kannst dich kaputtmachen. Ich setz uns jetzt ein bißchen Kaffee auf, dann können wir versuchen, darüber zu reden.«

»Das nützt nichts.«

»Das Kind kommt nicht vor Anfang Juli«, stellte Tora fest. »Und weil's ein Sommerkind sein wird, wird's zumindest nicht schwer sein, es warm zu halten. Und bis dahin hat Eriksson Arbeit gekriegt, das kapierst du doch hoffentlich.«

Sie flüsterte eifrig, faßte Frida um die Schultern und versuchte sie zu schütteln, damit ihre Augen einen anderen Ausdruck bekämen, setzte sie schließlich aufs Bett und schlug das Tuch um sie.

»Ich versprech dir, daß ich dir helf mit dem Kind«, sagte sie. »Ich kann dir die Hand drauf geben.«

Sie suchte unter dem Tuch nach Fridas Hand und drückte sie mehrmals.

»Versprichst du mir, daß du dir nichts tust? Hörst du? Ich versprech dir, daß wir zusammenhalten werden, es gibt immer irgendeinen Ausweg. Gibst mir die Hand drauf, Frida?«

Und schließlich spürte sie, daß Frida ihren Händedruck erwiderte und zu weinen begann. Tora rieb ihren spitzen Rücken unter dem Tuch warm, als habe alles einzig und allein daran gelegen, daß sie fror. Sie versprach ihr heißen Kaffee, sobald sie den Herd wieder in Gang gebracht hätte, und sagte zu ihr, daß sie ins Bett kriechen solle, damit es ihr warm werde.

Frida Eriksson wird also im Juni ein Kind bekommen, und darüber gibt es nichts mehr zu diskutieren. Wenn es sitzen soll, bleibt es auch sitzen. Sowie sie in den fünften Monat kommt, ist auch die ärgste Mattigkeit vorüber. Sie ist reichlich alt, es gehört folglich dazu, daß sie sich, wenn der Bauch allmählich dicker wird, zu schämen hat. Niemand, der sie sieht, kann fassen, daß sie Genuß hat bereiten können. Das hat sie vielleicht auch nicht. Aber Trost hat sie geben können.

Sie weiß genau, wann es passierte. Es war Anfang September, in der letzten Streikwoche. Eriksson war zur Schreinerei gegangen, um sein Werkzeug zu holen. Der Konflikt zog sich hin, und er bekam Angst, es nicht mehr wiederzubekommen. Die Streikposten hatten ihm aber nicht geglaubt, und die Menge vor dem Bretterzaun auch nicht. Bei Wärnström waren schon dreißig Mann zurückgekehrt.

Er kam mit geschwollener und verfärbter Oberlippe und einer Platzwunde über der rechten Augenbraue nach Hause. Er ging sofort ins Zimmer und legte sich aufs Sofa, und Frida erfuhr erst, was geschehen war, als ihr Bruder Valentin heraufkam und es ihr erzählte. Er war es gewesen, der eingegriffen und die Menge am Bretterzaun auseinandergetrieben hatte.

Eriksson rührte sich nicht. Am Abend stand er auf, damit Frida das Bett richten konnte, aber er ging nicht hinaus in die Küche, um etwas zu essen. Sie brachte seinen Teller herein.

Die Lippe war steif und gespannt, und er hatte Mühe, den Löffel darunter hineinzuschieben, ohne sich weh zu tun. Er verließ an diesem Abend das Zimmer nicht mehr, pinkelte in den Eimer, zog dann seine Hose aus und kroch ins Bett. Frida legte sich hinter seinen Rücken.

Sie konnte nicht schlafen, sondern lag da und grübelte darüber nach, was um sie herum vor sich ging und was aus ihnen werden sollte. Da hatte sie den Eindruck, daß er komisch atmete, und sie glaubte, daß er womöglich weinte, obwohl er versuchte, ruhig zu sein. Sie berührte seinen Rücken. Es kam selten vor, daß sie ihn berührte, denn sie wollte nicht, daß er sich auf sie legte. Nun aber fuhr sie mit der Hand über seinen harten Rücken, und er drehte sich langsam zu ihr um. Sie strich ihm über die Wangen, um zu fühlen, ob er unter den Augen naß sei. Da legte er sich doch auf sie.

Sie lagen etwas seltsam, wegen seiner Lippe; er hatte das Ohr an ihrem Mund. Sie spürte immer weniger von ihm, obwohl er sich ungeduldig und beharrlich bewegte. Schließlich glitt er von ihr und legte sich auf den Rücken, und als sie ihre Hand auf sein Glied legte, war es klein und schlaff.

»So ist's, wenn man alt wird«, sagte er. »Ich werde schon langsam alt und lahm.«

Sie war besorgt, daß David und Anna aufwachen würden, denn er sprach nicht besonders leise.

»Aber daran liegt's doch gar nicht«, flüsterte sie. »Das kommt doch von dem Streik! Du regst dich so auf.«

»Ist's denn vielleicht nicht zum Aufregen?«

»Laß das doch sein jetzt!« bat sie. »Denk nicht an den Streik. Erhol dich jetzt! Hier herinnen haben wir's gut. Hier ist doch alles ruhig.«

Obschon sie wußte, daß das gelogen war, denn für Liebende gibt es keine geheimen Räume, legte sie den Arm um seinen Hals und half ihm mit der anderen Hand, bis er wieder in sie drang.

Dies geht ihr nun durch den Kopf, und sie fragt sich, warum sie das getan hatte. Das war dumm gewesen. Aber als es passierte, gab es für sie keine Bedenken. Sie spürte ein paar schnelle Pulsschläge und ein kurzes Zucken, und dann war es vorbei. Sie stand auf und ging hinaus in die Küche und tauchte einen Lappen in den Wassereimer, damit er sich etwas auf die Oberlippe legen konnte, die wieder zu schmerzen begonnen hatte.

Alles andere sinkt ab, doch an das, was an jenem Abend passiert war, erinnerte sie sich. Es ist bald das einzige, was ihr von dem ganzen Streik im Gedächtnis geblieben ist.

Konrad erinnert sich an alles. Niemand spricht nunmehr mit ihm darüber, denn er ist wieder bei Berta Göhlin, und sie wollten so tun, als sei nichts gewesen. Mama zuliebe. Das hat Tora Otter zuwege gebracht.

Aber an dem Dienstagabend, dem dritten August, war er gegangen. Er wollte Meringe schlagen, nachdem er die Backbleche abgekratzt und eingefettet hatte. Das war das letzte, was er zu tun hatte, ehe er nach Hause ging. Es war schließlich Abend und dunkel geworden, bis er fertig war, denn er hatte alle Arbeiten in die Länge gezogen. Die Witwe Göhlin war schon in ihre Wohnung hinaufgegangen, und er konnte ihre Schritte über sich hören.

Er schlug die Masse, bis sie weiß war, weiß wie Zahnpulver oder gemahlene Kreide. Dann drehte er die Schüssel über dem Ausguß nach unten und hielt sie dann über den Fußboden, ohne daß in den weißen Spitzen auch nur die geringste Bewegung zu sehen war. Er schlug noch zehn Minuten weiter, den Blick auf die tickende Uhr gerichtet. Das hatte er bisher noch nie getan, obwohl er dazu angewiesen worden war. Zweimal wechselte er die Hand. So steif hatte die Meringe noch nie gestanden. Die Handgelenke indes schmerzten.

Er horchte auf die Schritte der Witwe und ging dann hinaus in den Laden. Draußen war es jetzt stockfinster und kein

Mensch auf der Straße, der Kies knirschte nicht. Jetzt mußte man sich nur noch trauen. Er trat an das frisch geputzte Fensterglas.

Hinterher wusch er den Schneebesen ab und räumte geräuschlos den Eierkorb und den Zuckersack weg. Als er an der Hintertür war, rief die Witwe: »Konrad! Gehst du jetzt?«

»Ja«, antwortete er. »Und morgen komme ich nicht.«

Oben blieb es still.

»Die Bäckereiarbeiter haben sich ang'schlossen«, sagte er.

Dann ging er mit großen Schritten hinaus, schloß schnell die scheppernde Verandatür hinter sich und tat, als hörte er ihre Stimme nicht, die ihm befahl zurückzukommen. Er hatte starkes Herzklopfen auf dem Heimweg. Auf dem Fenster der Konditorei stand STRAIK! Er hatte keinen einzigen Buchstaben verdreht, obwohl er es von innen geschrieben hatte.

Am Morgen gingen weder er noch der Vater aus dem Haus. Sie standen wie gewöhnlich auf, saßen auf dem Küchensofa und warteten auf den Kaffee. Frida sagte kein Wort. Als jedoch die Achttageuhr an der Wand sechs zeigte, ohne daß Konrad sich von seinem Platz gerührt hatte, drehte sich Frida um und blickte erst auf ihn und dann auf die Uhr. Da spürte er, wie sich im Zwerchfell etwas regte, es tat weh, und ihm wurde übel.

Jetzt liegt er an den Winterabenden, wenn er einschlafen soll, unter der Uhr, und es tut nach wie vor an derselben Stelle weh, sobald er an diese Sache denkt. Dasselbe Gefühl hat er, wenn ihm der erste Streikabend draußen auf Svältas Äng einfällt. Es roch nach Rauch um ihn herum, und die Kaffeefeuer glommen. Er hatte eine Ziehharmonika zu fassen bekommen und hüpfte damit umher. Mama war jedoch auch dort aufgetaucht und hatte ihn gesehen. Sie hatte das Waschküchenkleid und ihre schlechten Schuhe an, folglich kam sie wohl von Gertrudsborg und hatte Wäsche geschlagen. Sie packte ihn am Arm, so daß er abrupt stehenblieb, und fragte, ob er voll sei. Das war er aber gar nicht! Nicht einen Tropfen hatte er getrunken.

»Komm, setz dich auch her!« sagte Vera Simonsson, die am Feuer stand und auf einem Blech Speck briet. Sie hatte einen Topf dampfender gekochter Kartoffeln ins Gras gestellt.

»Das ist eine Streikversammlung«, sagte Konrad. »Wir sind schon den ganzen Tag da.«

»Manche ja«, lachte Vera. »Komm, setz dich, Frida!«

»Se ham den ganzen Tag die Internationale g'spielt«, erzählte Konrad.

»Du kommst jetzt mit heim!«

Sie hatten aus leeren Kisten eine Rednerbühne und ein Podium gebaut. Es war mit Ebereschenzweigen geschmückt, und die gerade erst reifen Beerendolden leuchteten in der Dämmerung. Die Blaskapelle hatte ihre Instrumente auf die Kisten gelegt, und die Fahne der Arbeiterkommune hing schlaff zwischen zwei Stangen, denn der Abend war warm und windstill. Ziehharmonikas, zumeist einreihige, quäkten, und die Leute trällerten vor sich hin und plauderten. Man konnte unmöglich erkennen, wie viele sie am Ende geworden waren, denn die Dämmerung verdichtete sich unaufhaltsam. Da trat Ebon Johansson an die Rednerbühne. Einer der Jungen aus dem Orchester sprang auf eine Kiste und blies auf seinem Kornett eine Fanfare. Er hörte Ebon »Genossen!« rufen, und die Ziehharmonikas verstummten.

»Du kommst jetzt mit!« sagte Frida, faßte ihn hart am Arm und zog ihn mit sich hinauf zum Grabenrand und auf die Straße.

»Genossen! Aus dem Streikhauptquartier ist ein Telegramm gekommen«, sprach Ebon mit lauter Stimme. Konrad widersetzte sich und wollte zurück. Aber sie hatte ihn fest im Griff, und schnell trabten sie auf dem Kies davon. Von Ebons Stimme war, als er die Zahlen vorlas, bald nichts mehr zu hören.

»Du machst mich unglücklich«, meinte Frida.

»Du begreifst aber auch überhaupt nichts.«

»Sei still!«

»Jetzt ist Revolution!«

»So ein Schmarrn.«

»Die Regierung hat die Armee mobilisiert«, sagte Konrad. »Es ist wahr. Zetha Höglund hat die Republik ausgerufen und Palm die Revolution.«

»Hier jedenfalls nicht«, erwiderte Frida. »Und jetzt gehn wir heim. Ist Eriksson denn auch da unten?«

»Weißt du nicht, daß Iversen-Lindh alle Aktien von Wilhelmssons Schreinereien verkauft hat? Und daß sie sich eing'schlossen haben? Die alte Frau Lindh hat sich auf Gertrudsborg eing'schlossen, sagen se, und der Großhändler ist auf dem Weg dorthin.«

»Das hat se nicht«, entgegnete Frida. »Ich komm doch von da. Und da war's genau wie immer.«

Zu Hause waren nur Dagmar und die Kleinen; sie hatte ihnen Brei gekocht. Die Milch war jedoch aufgebraucht, und der Milchladen hatte geschlossen, so daß sie Blaubeersaft darübergießen mußten. Konrad aß nichts, er war zu aufgeregt. Zum hundertsten Male versuchte er Frida davon zu überzeugen, daß eine andere Zeit im Anmarsch sei, daß bald kein Mensch für eine Krone am Tag und Kost für jemand anders waschen müßte. Bald würde sie Stiefel haben, Zähne und Leuchtöl, Eriksson würde Arbeit haben, und im Sommer würden sie wie Lilibeth Iversen-Lindh und deren Tante Malvina mit der Bahn verreisen, bis hinunter nach Frankreich. Sie würden mit den Franzosen Esperanto reden und Hüte tragen. Frida mußte immerhin über ihn schmunzeln. Sie stand da und schälte gekochte kalte Kartoffeln und schnitt sie scheibchenweise auf Knäckebrote, die sie mit Margarine bestrichen hatte. Sie salzte sie und gab sie den Kindern zum Brei. Schließlich bat sie ihn aber doch, still zu sein.

»Morgen ist auch noch ein Tag«, sagte sie. »Wir gehn jetzt ins Bett. Es ist wohl am gescheitesten, wenn du morgen früh zu

Berta Göhlin runtergehst und sagst, daß du zurückkommst. Sonst hast hinterher keine Arbeit mehr.«

Aber er ging auch am Donnerstag nicht ins Café.

»Dreihunderttausend Arbeiter streikten eine Woche nach der Proklamation«, sagte er zur Mutter. Dreihunderttausend! Sie seien dabei, die Gesellschaft der Großkopfeten niederzureißen. Sie seien dabei, dem Kapitalismus des Kreuz zu brechen. Unter den Bürgerlichen verbreite sich Schrecken, sie schlössen sich ein. Wollte sie das hören?

Die Armee war mobilisiert. Die Kanonen der Flotte waren auf den Hafen von Norrköping gerichtet und auf totenstille Häfen und Fabriken überall entlang der Küste. Sie hatten Angst. Die Händler hatten die Anweisung erhalten, den Arbeitern keinen Kredit einzuräumen.

»Schau dich um, wenn du zum Waschen gehst«, sagte er. »Dann wirst du sehn, was du bisher noch nie gesehn hast. Es tut sich was!«

»Was denn?«

»Merkst du denn nicht, daß alles anders wird?«

Nein, das merkte sie nicht. Großhändler Lindh und Fabrikant Wärnström gingen wieder durch die Straßen. Die Frauen lüpften über den Lehmlöchern auf dem Marktplatz ihre Röcke, und ihre Hausgehilfinnen kamen mit den Körben hinter ihnen her. Der Wasserturm mit seinen Granitornamenten stand, wo er immer stand, und auf dem Bahnhof ratterten die Züge. Es war die gleiche Gesellschaft wie eh und je.

»Wenn du Gesellschaft sagst, dann hast du ein Gemeindekontor vor Augen«, sagte Konrad. »Du solltest aber ein Herz vor Augen haben.«

»Was redest du denn da daher?!«

»Das hat Ebon Johansson gesagt«, sagte er.

Man sah jedoch nicht mehr so viele Leute auf den Straßen. Das Militär war mit den Gewehren zwischen den Füßen immer noch unten am Bahnhof, und in der Genossenschaft und im Zigarrenladen lagen Sammellisten für die Streikenden. Vor Wilhelmssons Schreinereien standen Wachmannschaften, und Eriksson, der Prügel bezogen hatte, als er sein Werkzeug hatte holen wollen, lag daheim und sagte, daß der Teufel den Streik holen solle. Sie sollten ausgehungert werden wie Ratten, und wie Ratten sollten sie einander auffressen und sich gegenseitig erschlagen. Er hatte fünf Kronen fünfundzwanzig in der Woche als Streikunterstützung.

Seine Kinder staksten auf ihren dünnen Beinchen in Gräben und Tümpeln umher und fingen Blutegel, die sie an den Apotheker verkauften. Sie sammelten für ihn auch Hexenmehl und bereiteten Katzenfelle. Konrad konnte es nicht über sich bringen, Katzen zu erledigen und sie abzubalgen. Er half aber seinen Geschwistern, die Felle auszuspannen und an die Schuppenwand zu nageln. Wenn sie umhergingen und nach Schrott und Knochen fragten, die sie verkaufen konnten, schämte er sich, denn es fehlte nicht viel bis zur Bettelei. Es kam auch vor, daß sie mit Brot und sonstigen Bissen nach Hause kamen.

Er setzte sich zum Hällsee ab, um zu fischen. Er lag auf dem alten Steg am Rosenholmsdamm und angelte Barsche. Das nahm viel Zeit in Anspruch, denn diese Barsche waren groß und ruhig. Sie standen zwischen den schleimigen Pfählen und bewegten sich nur ungern. Er hängte einen aufgehakten Wurm vor ihnen aus, und während sich dieser krümmte und die Barsche dort unten in dem grünen Dunkel überlegten, lag er da und träumte davon, in der Hauptstadt oder wenigstens in Norrköping zu sein. Er träumte von Revolution und Krawallen. Da oben in Stockholm wurden Streikbrecher von Polizisten mit Helmen und gezogenen Säbeln verteidigt. Er legte die Wange auf das warme Holz des Stegs und stellte sich vor, daß er von berittener Polizei auf großen nervösen Pferden gegen eine Hauswand gepreßt würde. Er spürte einen Schlag mit der Flachseite eines Säbels und griff sich an die Wange. Er wurde getreten. Seine Jacke war am Rücken zerrissen, als er endlich freikam. Jetzt rannte er dort in Richtung Marktplatz. Er hörte Kanonendonner und das Getrampel vieler Füße.

Die Arbeiter waren gefährlich. Sie kamen aus Straßen und Gassen gequollen. Er wußte allerdings nicht genau, wie Straßen und Gassen aussehen, Pflaster hatte er noch nie gesehen. Jedenfalls waren sie gefährlich! Ihre Anführer versuchten sie zu beruhigen. Und er, Konrad Eriksson, sprang, sprang irgendwo hinauf – er wußte nicht, worauf. Aber er stand hoch oben auf einem Platz und sprach zu den Massen.

»Genossen!« Den ganzen Heimweg dachte er an seine Rede, und manchmal schwenkte er die Barsche, die an einer Astgabel hingen. »Genossen!« Er sah Ebon Johansson auf der Kiste vor sich. »Jetzt haben wir diese Mauern erreicht«, sagte er. »Jetzt öffnet sich der Spalt, und unsere Verzweiflung weitet ihn. Unsere Liebe und unsere Hände reißen diese Mauern ein! Genossen!«

Mit starrem Blick blieb er unter einem Fenster stehen, die Barsche schleiften über die Erde. Jemand ging vorbei und sah ihn an, doch er merkte es kaum. Aus dem offenen Fenster kam miefige Schlafzimmerluft, denn es war noch früh am Vormittag. Langsam kam Konrad zu sich und setzte sich in Bewegung heim zur Hovlundagata 60, wo Eriksson im Zimmer auf dem Sofa lag und sagte, daß immer mehr wieder an die Arbeit gingen. »Die Anführer schwanken!« stand in dem hektographierten Blatt, das jetzt, wo die Typographen streikten, anstelle der Zeitung erschien.

»Du liest nur dieses Lügenblatt da«, sagte Konrad und legte ihm »Die Antwort« hin.

Am achtzehnten September war die Schwellung an Erikssons Lippe abgeklungen, und er ging zur Ortsvereinsversammlung. Er kam nach Hause, sagte aber nicht, daß sie für Arbeitsaufnahme gestimmt hatten. Konrad wußte es trotzdem. Unten in der leeren Polstererwerkstatt, wo sie sich während des Streiks eingemietet hatten, saßen schweigend Valentin und Ebon. Sie hatten die Protokollbücher, Streikkarten, Unterstützungslisten und die Stapel mit der »Antwort« weggepackt. Eriksson legte ein hektographiertes Blatt vor Konrad auf den Küchentisch und achtete nicht darauf, daß es in der Margarine landete. Frida las über Konrads Schulter hinweg.

Denjenigen Arbeitern, die am 6ten August dieses Jahres ihre Arbeitsplätze verließen, dürfen wir hiermit mitteilen, daß wir nicht von unserer Auffassung abgehen, daß von Ihrer Seite Vertragsbruch begangen worden ist. Dies ist unseres Erachtens eine sonnenklare Sache, und ihn an einen Schiedsspruch zu verweisen, wäre lächerlich. Wir haben Sie auch darauf aufmerksam gemacht, ehe Sie Arbeit erhielten.

Wir werden die vor dem Generalstreik geltende Absprache in Anwendung bringen. Wir fordern aber, daß Sie während einer Zeit von zwei Monaten zeigen, inwieweit Sie unser Vertrauen wert sind und Arbeitsfrieden halten wollen, ehe wir erneut der früheren Absprache zustimmen.

Repressalien von unserer Seite werden nicht in Betracht gezogen.

Wir fordern eine Antwort, inwieweit Sie die Arbeit zu diesen Bedingungen fortzusetzen wünschen, und die Antwort soll uns vor 9 Uhr vormittags, am Freitag, dem 10. dieses Monats, zugegangen sein.

Für Wilhelmssons Schreinerei AG
Holger Iversen-Lindh

»Ist jetzt Schluß?« fragte die Mutter. Konrad nickte.

»Dann kriegt Papa Arbeit.«

Das war auch überaus notwendig. Sie lebten von Fischen und Pilzen. Tora und sie waren draußen im Wald gewesen und hatten Waschkörbe und einen alten Kinderwagen voll Beeren gesammelt. Tora hatte sie statt der Brote, die sie nicht mehr backen konnte, nachdem das Mehl ausgegangen war, auf dem Mark verkauft.

Doch Eriksson durfte nicht an die Arbeit zurückkehren. Acht von denen, die schon im Juni gestreikt hatten, wurden entlassen. Das seien keine Repressalien, sagte Iversen-Lindh. Das sei eine Frage notwendiger Einschränkungen im Betrieb, bedingt durch die Störungen, die durch die Streiks entstanden seien. Die Volkswirtschaft habe großen Schaden erlitten, und die Konsequenzen müßten von allen zusammen getragen werden. Seine norwegische Stimme klang singend und forsch, als er diese Auskunft erteilte. Die Sache war sonnenklar!

Eriksson begann im Ort herumzulaufen und sein Arbeitszeugnis vorzuzeigen. Doch das half nicht viel, denn unter den Arbeitgebern zirkulierte eine andere Art Zeugnis. Levander lieferte wieder Mehl, und Tora begann, für Berta Göhlin zu backen. Konrad hingegen wußte nicht, ob er sich hintrauen sollte. Abends stiefelte er dort unten umher. Die Luft war säuerlich und herb geworden, und unter den Schuhsohlen war das Gras zottig. Äpfel plumpsten herab. Das Geräusch erschreckte ihn, bis ihm klar wurde, was es war. Er sah die Äpfel in der Dunkelheit kaum; seine Füße streiften sie, aber er glaubte, es seien tote Vögel.

Die Abende waren oft trübe. Er sah keine Sterne in den Ästen des Apfelbaums. Der Mars funkelte nicht, wie er es den ganzen Streik hindurch hinter der Brandmauer, auf der »Grabdenkmäler und Marmorarbeiten« stand, getan hatte. Es war so still, wenn sich morgens der Nebel lichtete, daß er die Blätter, die sich von den Zweigen lösten und zu Boden sanken, hören konnte oder die feinen Finger des Regens auf dem Teerpappedach von Göhlins Veranda.

Bei Wärnström und in der Gießerei war man auch an die Arbeit zurückgegangen. Man nannte das Neueinstellungen. Valentin war wieder in der Gießerei, Ebon dagegen nicht. Er sei gezwungen, nach Norrköping zu fahren und zu versuchen, dort Arbeit zu kriegen, sagte er.

Eriksson bekam keine Arbeit, und Konrad hatte Angst. Sie beide standen außerhalb der Weltordnung. Sie waren wach, wenn andere schliefen, und sie lagen auf ihren Betten und hörten holzbesohlte Schuhe auf den Treppen poltern, wenn sich die Männer auf den Weg in die Fabriken machten.

Dann wurde Konrad bei Berta Göhlin in Gnaden aufgenommen. Er war gezwungen hinzugehen, und das erste, womit sie ihn beauftragte, war, das Schaufenster zu putzen, obwohl es blitzblank war.

Vor dem Streik buk Tora drei Nächte in der Woche für die Witwe Göhlin. Während der Ofen aufheizte, buk sie aus bereits vorbereitetem Teig Meringeböden und Tortenböden. Danach buk sie Hefekränze, Zimtschnecken und Wecken. Als letztes rollte sie auf der Veranda zum Garten hin, wo es noch einigermaßen nachtkühl war, den Teig für die Kopenhagener aus. Wenn sie morgens nach Hause ging, waren die Straßen menschenleer, und zweimal in diesem Sommer 1909 war es vorgekommen, daß sie ohne Hut gegangen war. Unter den Winddielen hatten die Tauben zu gurren begonnen, waren aber noch nicht ausgeflogen. Die Hausspatzen lösten sich aus ihren Knäueln unter den Dachrinnen und kamen auf die Hovlundagata herabgeflattert, um zu gucken, ob die Pferdeäpfel frisch seien. An den Stachelbeerbüschen im Garten des Polsterers auf der anderen Straßenseite machten sich Feldspatz und Bachstelze zu schaffen.

Am ersten Streikmorgen sah sie, was Konrad auf das Caféfenster geschrieben hatte. Daß er das gewesen war, war ihr sofort klar, nicht aber, daß es Meringemasse war. Sie mußte unbedingt hineingehen und die dicken, klebrigen Buchstaben probieren. Rotzbengel, dachte sie. Damit habe ich aber nichts zu tun.

Doch dann dachte sie daran, daß Konrad womöglich in der Bäckerei würde aufhören müssen. Natürlich nur, falls dort nicht auch gestreikt wurde. Dann hätte er recht. »Und was ist mit mir?«

Sie beschloß, Ebon Johansson und Valentin zu fragen. Sie hausten gegenüber in der leeren Polstererwerkstatt. Im Fenster stand eine leere Pilsnerflasche. Sie ging dorthin und stellte sich vorsichtig auf die Zehen und lugte neben der Flasche hinein, um zu sehen, ob sie wach seien.

Valentin schlief. Er lag auf dem Rücken und hatte den Mund offen. Sie hörte sein Geschnarche durch die Scheibe. Ebon dagegen war auf. Er hatte nichts an. Vor sich hatte er auf einer Kiste eine Waschschüssel stehen. Er stand mit dem Rücken zu ihr und trocknete sich mit einem Handtuch ab. Als er damit fertig war, trat er ans Bett und nahm die Taschenuhr, die an einem Nagel hing, und zog sie auf. Er sah nicht zum Fenster.

Er war älter geworden. Mager wie ein Jagdhund war er nicht mehr, aber nach wie vor fand sich nirgendwo an seinem Körper ein überflüssiges Polster. Vielleicht wenn er sich aufs Bett setzte, daß sich der Bauch dann ein wenig wölbte und es um die Taille herum Falten gäbe, die es früher dort nicht gegeben hatte. Er hatte schmale Fesseln und dünne, schöne Beine. Es war ihr unbegreiflich, wie die ihn bei der schweren Gießereiarbeit zu tragen vermochten. Er war ziemlich obeinig, und das ganze Unterteil – der schmale Hintern, die Hüften und die Beine – wirkte im Verhältnis zum Oberkörper schmächtig. Auf seinem Bauch war ein dunkelbraunes Kreuz aus Haaren, und an den Beinen hatte er Narben, die ihr unbekannt waren. Aber kein Finger war abgeschnitten, er war unversehrt und sah trotz seiner dreiundvierzig Jahre gut aus. Am Hals, an den Händen, den Unterarmen und den Füßen war die Haut vom Gießereistaub, der sich eingefressen hatte, dunkler. Das dünne, weiche Haar war dunkelbraun und am Scheitel schütter, und er hatte tiefe Geheimratsecken bekommen. Das Haar war dort kraus und fing an, grau zu werden. Die Nase war schmal. Aus seiner Augenfarbe war sie nie schlau geworden. Sie war braun oder bernsteingelb und veränderte sich mit dem Licht. Sie wußte, daß es noch viel mehr gab, was an ihm weich gewesen war und noch immer sein mußte. Die Wimpern waren fein wie die Fahne eines Federkiels, die Lippen waren schmal und fühlten sich am Hals an wie von einem Kind. Daran erinnerte sie sich. Als sie seine Hand auf der Bettdecke liegen sah, erinnerte sich die Oberseite ihrer Hand so gut an die Innenfläche der seinen, daß sie unwillkürlich die Hand vom Fensterfutter herunternahm und sie an den Mund legte.

Es war unmöglich, diese alte Vertrautheit zu leugnen. Selbst sein Glied kannte sie noch. Die Eichel war rund und kräftig, und es war für ihn nie leicht gewesen, in sie einzudringen. Das hatte sie zu ihrem Vorteil genutzt in der Zeit, da sie sich hatte entziehen wollen. Sie hatte Angst gehabt, schwanger zu werden.

Jetzt machte er eine heftige Bewegung, jedoch nur, um die Unterhose, die auf dem Kleiderhaufen am Fußende des Bettes lag, aufzuheben. Ihr wurde nun bewußt, daß er leicht den Blick heben und ihr starrendes Gesicht im Fenster sehen könnte. Sie zog den Kopf ein und verdrückte sich entlang der Wand zur Laube. Als sie zum Cosmopolite hinübersah, glaubte sie, Berta Göhlins Gesicht im Fenster des Obergeschosses zu erkennen, und sie beschloß, zwischen den Apfelbäumen hindurch und über den Hinterhof der Brauerei zu gehen, falls sie durch die Hecke käme. Sie könnte sagen, daß sie ein Fäßchen zu trinken kaufen wolle, wenn sie jemandem begegnete. Ihr Herz schlug wild, und ihr Mund war ganz trocken. Auf dem Caféfenster stand nach wie vor STRAIK!, als sie von dort weglief.

Ich gehe backen, dachte sie. Ich bin nirgends organisiert, und Berta Göhlin ist bloß eine Witwe mit einem Café.

Eines Abends, als Tora die holprige und regennasse Straße zur Konditorei hinunterging, begegnete sie Ebon. Sie sah ihn nicht kommen, denn sie starrte zu Boden und fühlte sich zerzaust und verfroren und war wütend darüber, vier der sieben Nächte einer Woche arbeiten zu müssen anstatt zu schlafen.

»Grüß dich, Tora«, sagte er und stand vor ihr. Daß er fragte, wie es ihr und ihren Jungen gehe, erfaßte sie, doch was sie selbst antwortete, daran erinnerte sie sich hinterher nicht mehr. Erst als sie im Cosmopolite war und begonnen hatte, das Mehl für die Teige abzumessen, löste sich ihre Spannung. Sie zog sich ganz in die dunkelste Ecke der Caféküche zurück, neben den großen Schrank, in dem das Porzellan aufbewahrt wurde und wo niemand sie vom Fenster aus sehen konnte. Dort saß sie dann erst einmal, das Gesicht in den Händen vergraben, und es mußte Berta Göhlin im Café zu still geworden sein, denn sie kam herunter und wollte wissen, was los sei. Tora raunzte sie an.

»Ich habe meine Sache gekriegt«, sagte sie, und das stimmte auch. »Grad wie ich zum Backen kommen wollt.«

Da holte Berta die Kognakflasche aus der Wohnung herunter und setzte Kaffee für sie auf. Sie fühlte sich etwas besser hinterher. Die ganze Nacht hatte sie jedoch Rückenschmerzen, und erst am Morgen kam die Blutung richtig in Fluß. Da war sie nur noch müde und hatte Bauchweh. Während sie den Jungen Milchsuppe kochte, machte sie gleichzeitig Wasser warm und goß es in eine Schnapsflasche, die sie in ein dickes Handtuch wickelte. Sie legte sie zwischen ihre Beine und schlief ein; es wärmte angenehm den Bauch hinauf. Sie wußte, daß der Schmerz für dieses Mal vorüber war.

Am Samstagabend brauchte sie nicht zu backen. Da wärmte sie Wasser und wusch in dem Blechzuber zuerst die glatten Körper der Jungen. Als diese fertig waren, spannte sie zwischen dem blaubemalten Schrank und der Klappe des Kachelofens eine Schnur und hängte ein Laken auf. Hinter diesem Laken wusch sie sich dann selbst und ließ sich viel Zeit dazu. Sie mußte etwas frisches Wasser aufwärmen und dazugießen, denn das der Jungen war abgekühlt. Als sie fertig war, bat sie Dagmar, zu kommen und sich zu ihnen zu setzen; sie sagte nicht, wohin sie gehen wollte. Sobald die Jungen eingeschlafen waren, verließ sie das Haus.

Als sie die Hovlundagata hinunterging, zirpten die letzten Grillen in den Gärten. Es war Abend, bald Nacht. Sie war sich sicher, daß Ebon am Fenster der Polstererwerkstatt stehen und sie kommen sehen würde, wie er es das vorige Mal getan hatte. Aber es war dunkel dort drinnen. Vielleicht saß er ganz müßig da, hatte die Hände vor sich auf dem Tisch und wollte kein Licht verbrauchen. Der Mond ging auf, und jedes Blatt, jeder Grashalm empfing Licht und leuchtete selbst. Sie war voller Erwartung.

Da hörte sie die Tür der Polstererwerkstatt gehen und Schritte auf dem Kies knirschen. Sie sah Ebons weißen Kragen schon von weitem, noch bevor sonst irgend etwas von seiner Gestalt für sie erkennbar wurde. Als er auf die Straße trat, nahm er den Hut ab und lüftete ihn vor ihr.

»Du gehst spazieren«, sagte er. »Ja, es ist ein schöner Abend.«

Dann nickte er und verschwand mit raschem Schritt in Richtung Kapellgata. Tora ging ein Weilchen so gemächlich sie konnte, bis sie seine Schritte nicht mehr vernahm. Dann begann sie nach Hause zu laufen. Ihr war jedoch klar, daß sie nicht schlafen könnte, wenn sie sich jetzt hinlegte, und sie wollte nicht, daß Dagmar ihr Gesicht zu sehen bekäme. Deshalb ging sie an der Hovlundagata 60 vorbei und hinaus in die Felder. Ihr Rock wurde feucht vom schweren Tau des Spätsommers, der bald nachts frieren würde, wenn die Luft rauh und das Gras zäh und gelb wurde. »Auch egal, auch egal«, versuchte sie sich bei jedem Schritt, den sie machte, einzureden.

In der dritten Woche ging das Mehl aus. Tora konnte nicht für den Markt backen und erhielt Bescheid, daß sie auch nicht ins Cosmopolite zu kommen brauchte. Sie ging zu Levander und bat, den Großhändler sprechen zu dürfen. Der alte war tot, und Valfrid Johansson hatte dessen Witwe geheiratet. Er empfing sie an dem Schreibtisch sitzend, der Levander gehört hatte, und forderte sie auf, auf dem mit braunem Kunstleder bezogenen Sofa Platz zu nehmen. Er war in Uniform. Es gab dieser Tage überhaupt reichlich Uniform im Ort. Valfrid war Vizebranddirektor geworden. Nun sollte er zu einer Übung. Er hatte Tressen an den Ärmeln, deren Muster genauso verwikkelt war wie das in Toras Teppichklopfer aus spanischem Rohr.

»Mehl gibt es für Geld nicht zu kaufen«, sagte er. Dann sah er sie unverwandt und trübselig an. Der Gedanke beschlich sie, daß er glaubte, das sei ihre Schuld. Er seufzte des öfteren und rückte auf dem Stuhl hin und her, doch das kam vom Darmkatarrh, der Gase durch seinen geplagten Bauch jagte und ihn auftrieb, obschon er ansonsten mager war wie ein Stockfisch.

»Jetzt siehst du, wohin es gekommen ist«, sagte er. »Die Mühlen stehen still.«

Sie schwieg. Da erklärte er ihr, daß die Grundfeste einer Gesellschaft die Moral sei. Und jetzt sei es aus mit der Moral. An diesem Punkt rumorte sein Magen heftig, und er blickte Tora so starr an, daß sie ausnahmsweise die Augen niederschlug.

»Roheit und Zersetzung«, sprach Valfrid. »Nun sehen wir, wohin es führt.«

»Ja doch«, erwiderte Tora und wollte sich ein Herz fassen, wußte aber nicht, was sie sagen sollte.

»Du weißt, daß man in den besseren Kreisen mit den Arbeitern Mitleid gehabt hat. Das kannst du nicht abstreiten.«

»Ja, weiß nicht«, meinte Tora. »Ich hab nichts abgestritten. Ich bin gekommen, weil ich nach Mehl fragen wollt.«

»Es wurden Opfer gebracht, um die Unzufriedenheit zum

Schweigen zu bringen und die Bedingungen zu verbessern. Aber jetzt hat der Arbeiter sein wahres Gesicht gezeigt. Das Gesicht des Raubtiers. Die Moral ist es, die in Zersetzung begriffen ist, Tora.«

Dann warnte er sie feierlich vor seinem Bruder Ebon. Verblüfft und mit ungutem Gefühl verstand sie, daß jemand sie mit Ebon auf der Straße hatte sprechen sehen, womöglich sogar gesehen hatte, wie sie vor dem Fenster der Polstererwerkstatt gestanden und hineingeguckt hatte.

»Ich frage niemand um Erlaubnis«, sagte sie und fühlte sich ganz und gar nicht beherzt. Sie hatte weiche Knie, als sie nach Hause ging, und glaubte, daß die Leute ihr nachschauten. Das war etwas, was sie viele Jahre lang nicht hatte spüren müssen.

Als die Mühlen wieder zu mahlen anfingen und Levander auch wieder Mehl hereinbekam, begann sie zu backen. Die Polstererwerkstatt wurde vermietet, und nachts blieb sie dunkel. Tora versuchte nicht hinzusehen, wenn sie dort vorbeiging. Doch es spielte ja keine Rolle. Sie wußte, daß er in Norrköping war.

Auch egal. Auch egal. Schließlich machte sich auch Eriksson auf und davon. Er sagte, daß er, so schnell er könne, Frida Geld schicken wolle. Das war freilich notwendig. Wenn sie Frida und die Kinder sah, dachte sie, daß Ebons Streik nichts als Leid gebracht hatte.

Es ist Samstagnacht. Frida ist zu sich hinuntergegangen. Tora ist in ihrem Zimmer eingeschlafen, in dem es nach schlafenden Kindern und kalter Herdasche riecht. Dann aber passiert es, daß sie wieder aufwacht. Hat sie eine Stunde geschlafen oder länger? Es ist irgend jemand draußen auf dem Hausflur und pfeift. Ihr ganzer Körper ist sofort darauf eingestellt, daß er es ist. Sie sieht und hört ihn und nimmt seinen Geruch wahr, ehe sie sich dagegen wehren kann.

Die Schritte gehen jedoch vorbei. Sie sind schnell und leicht. Ihr Körper ist immer noch heiß, und sie weiß nicht, ob sie geträumt hat. Es kommt in diesem Winter immer wieder vor, daß sie von ihm träumt. Aber es tut weh. Sie fühlt sich aus seiner Nähe gerissen, wenn sie erwacht, und schlägt die Arme um sich und will der hohlen Qual wegen die Hand zwischen die Beine legen.

Die Schritte verschwinden über die Treppe, das Pfeifen ist nicht mehr zu hören. Sie versteht ja schon, daß er es überhaupt nicht war. Er ist in Norrköping, und sie weiß nichts über sein Leben.

Für Fredrik Otter wurde ein Anzug angefertigt. Der Schneider in der Landsvägsgata hatte einen Ballen graugrünen englischen Tweed hereinbekommen. Er nähte für den Jungen eine Jacke, eine Weste und eine Hose. Das wurde teuer. Fredrik sollte mit seiner Mama nach Göteborg fahren und der Verwandtschaft sein Schulzeugnis zeigen. Sie wollte versuchen, ihn auf die Koedukationsschule zu bekommen. Lehrer Nordkvist hatte gesagt, daß er leicht lerne, und sie hatte sich ausgerechnet, daß sich die alte Großmutter und die Onkel, wenn sie Fredrik, der immerhin F. A. Otters Sohn war, und sein Schulzeugnis zu sehen bekämen, vielleicht erbieten würden, seine Bücher zu bezahlen oder das Schulgeld.

Dann kam der Krieg. Nordkvist schnitt ein langes Gedicht aus der Zeitung aus und gab jedem der pfiffigsten Jungen einen Vers zum Auswendiglernen. Fredriks Vers hieß:

> Die Schnellfeuer der Gewehre rattern,
> hier Siegesruf, dort Jammerschrei,
> es bricht durch Linien, über Schanzen
> des Kaisers Heer – ein Zug aus Blei.
> Es fallen die Festen, zermalmt werden Heere,
> die Fahnenspitzen sind der Pflicht Gebot,
> sie führt den Germanen hinan zum Siege
> oder zum ewigen Frieden bei Gott.

Nachmittags hielt er es dagegen mit der Entente und schlug den Deutschen vom Schuppendach herunter, sobald der seinen Kopf in die Höhe reckte, und jagte ihn hinauf zum Park bei der Himmelsöquelle.

Es wurde nichts aus der Reise nach Göteborg. Außerdem war der Krieg zur selben Zeit ausgebrochen, als Tora mit Berta Göhlin einen Vertrag über die Übernahme des Cafés Cosmopolite abschloß. Zweitausend Kronen sollte sie für den Betrieb und das Inventar bezahlen. Für die erste Rate nach der Ausfertigung des Vertrags lieh sie sich von Valfrid Johansson, der ihr Lieferant wurde, fünfhundert Kronen.

Sie fuhren statt dessen im Juli des darauffolgenden Jahres, aber da war alles anders. Fredrik war den Winter über furchtbar gewachsen – und alle sagten, daß Kinder nur im Sommer wüchsen! Er war groß und ungeschlacht und kam kaum in den Anzug, der das ganze Jahr weggehängt gewesen war, damit er ihn nicht ruinierte. Das Zeugnis taugte nicht mehr zum Vorzeigen, denn er war faul gewesen und außerdem mit Nordkvist aneinandergeraten, der ihn im Werksaal verhöhnt hatte. Der Lehrer hatte ein schiefes Messerkästchen über seinen Kopf gehoben und in pfeifendem Närkisch gerufen: »Schauet, Knaben, dann sehet ihr, was für eine Messerkist der Otter gemacht hat!«

Fredrik hatte Nordkvist das Kästchen aus der Hand gerissen, denn er war jetzt größer als der Lehrer, und, um Nasenflügel und Mundwinkel weiß vor Zorn, hatte er es ihm vor die Füße geknallt.

In Göteborg fragten die Onkel, ob er studieren wolle. Fredrik hatte ein pickliges Gesicht, und seine Stimme war unbeherrscht und rauh. Er antwortete, daß er so schnell wie möglich in der Gießerei anfangen wolle. Sie fuhren nach Hause, und Tora versuchte, nicht daran zu denken, was diese Reise gekostet hatte: die Fahrkarten, den Anzug, einen neuen Mantel für sie selbst, Essen im Zug. Sie brachten einen roten Holzschlitten mit einem bestickten Kissen mit heim, der F. A. Otter gehört hatte, als er noch ein Kind gewesen war.

Es herrschte große Hitze. Bis Hallsberg sprachen sie kein Wort miteinander, doch manchmal starrte Tora den Jungen an, der im Jahr zuvor eine knielange Hose mit gehörig bemessener Taille und einem Hinterteil, das man mit einem Riemchen zusammenzog, bekommen hatte. Jetzt füllte er den Anzug aus, daß er aus allen Nähten platzte. Seine großen, knochigen Knie ragten hervor und stießen in dem engen Raum zwischen den Bänken gegen die ihren.

»Zieh deine Beine ein!« fauchte sie.

Er hatte das Abzeichen des Sportklubs am Schlips, und der älteste Onkel hatte, als er dessen ansichtig wurde, den Kopf geschüttelt und gesagt, daß der Sport ein Geschwür am Körper der Gesellschaft sei, das wegoperiert werden müßte. Fredrik war so schüchtern, daß er kaum antwortete, wenn er angesprochen wurde. Er traute sich nicht, den Leuten in die Augen zu sehen, und unter seinem Hosenstoff zeichnete sich sein Geschlecht ab.

»Setz dich anständig hin!« sagte sie. In Oxtorp hatte er jedoch genug und ging hinaus auf den Gang. Glaubte sie. Tatsächlich aber stieg er aus und ging zu Fuß nach Hause zurück. Das Gepäck durfte sie selbst heimschleppen. Sie begriff, daß er fürchtete, von jedem jungen Kerl im Ort ausgelacht zu werden, wenn er in dieser Hitze in einem zu engen Anzug aus noppigem Wollstoff den roten Holzschlitten mit den Troddeln und Stikkereien daherschleppte.

Adam war gekommen, um sie abzuholen. Er stand unter der Bahnhofsuhr und sog an einem Lutscher, als der Zug einfuhr. Plötzlich sah sie, wen sie nach Göteborg hätte mitnehmen sollen. Sein Haar war so kurzgeschnitten, daß es sich wie eine dichte Bürste anfühlte, wenn sie mit der Hand darüberstrich. Er hatte jedoch eine schöne Kopfform. Seine Nase war gebogen, seine Augenlider gewölbt – er war F. A.s Ebenbild. Er würde seine Hand in die der Großmutter gelegt haben; wenn sie ihn darum gebeten hätte, hätte er sich küssen lassen, hätte sich für den Schlitten bedankt und etwas Artiges gesagt. Er war ein verkleideter Prinz, wie er da in seinem zerschlissenen Kittel und Kohlenstaub zwischen den Zehen auf dem Bahnsteig stand. Aber er bekam nie solche Zeugnisse, wie Fredrik sie gehabt hatte, bevor er Lehrer Nordkvist das Messerkästchen auf die Hühneraugen geschmissen hatte.

Sie hatte lernen müssen, daß Armut schwer und unverrückbar ist wie die Steine auf dem Erdboden. Und der Reichtum ist unerreichbar. Der reckt seine Spitzen und Türme so hoch empor, daß ein normaler Mensch sie kaum sieht, wenn er umhertrottet. So arg hat er darunter gar nicht zu leiden, wenn er nicht neidisch veranlagt ist, wie der Soldat Lans zu seinen Lebzeiten zu sagen pflegte.

Fridas Bruder Valentin meinte, daß ihr Weltbild falsch sei. Tora antwortete nicht darauf, wechselte aber einen Blick mit Frida. Konrad schleppte fortwährend Bücher heim und las sie. Es waren »Die Rätsel der Welt« und »Entwicklungslehre«, »Der Revisionismus« und »Die Soziale Revolution«, und dann war da ein Buch, das Frida gehörig aufschreckte und für das Valentin Rede und Antwort stehen mußte, als er das nächste Mal auftauchte: »Das Tagebuch des Verführers«. Doch der blätterte darin und hielt es ihr und Tora unter die Nase, und sie mußten zugeben, daß es nichts war, was Konrad gefährden konnte, sondern lediglich lauter unverständliches Zeug.

»Lest selber!« sagte Valentin. »Das solltet ihr tatsächlich tun. Das wäre was, wenn man euch auch nur ein einziges Mal mit einem Buch erwischen würde!«

»Ja freilich, du!« erwiderte Tora.

»Ja, auch du, Tora Otter, hast noch eine Menge zu lernen!«

Sie kehrte ihm den Rücken und begann Fridas Küchentisch

abzuwischen. Sie konnte Kochwäsche waschen, einen Teig von fünfundzwanzig Litern ansetzen und ihn in derselben Nacht verbacken, konnte eine Kette schären, aufbäumen und über acht Schäfte, ja zwölf, wenn es sein mußte, einziehen. Und jetzt sollte sie Namen von Sternen, Ländern und Männern, die Bücher geschrieben hatten, die die Welt verändern sollten, lernen. Aber die ließ sich nicht so ohne weiteres verändern! So lange lebte sie schon, um das zu wissen.

Konrad behauptete gleichwohl, daß auf die Dauer vieles anders werden würde und daß die Zeit der Umwälzung bereits angebrochen sei. Sie würden denkwürdigere Dinge zu sehen bekommen als gewöhnliche Frauen, die Bücher lasen. Die Liebe würde frei sein, sagte er. Zu seiner Mutter. Frida mußte das Gesicht abwenden und lächeln.

Die Liebe sei wohl immer frei g'wesn, sagte Tora barsch. Doch ihre Folgen.

»Aber jetzt gibt's Gummis!«

Da klatschte die Ohrfeige. Konrads Backe wurde langsam dunkelrot, denn Frida konnte noch immer hart zulangen. So weit war es also gekommen, daß man sich hinstellte und zu seiner Mutter so etwas sagte!

Sie kramten in seinen Sachen, als sie allein waren, und guckten in die Kiste neben dem Küchensofa. Doch sie fanden nichts Verdächtiges, keine Flaschen, nichts. Nur ein bißchen Schmutzwäsche und Bücher. »Bewohnte Welten«. »Eine Sekunde der Ewigkeit«. »Von der Wissenschaft zur Utopie«.

»Und der will Bäcker werden!« meinte Tora.

Jetzt würde sie umziehen. Nachdem sie das Cosmopolite übernommen hatte, konnte sie nicht länger in der Hovlundagata 60 wohnen bleiben. Es war zu weit weg. Sowohl sie als auch Frida taten so, als sei dies der Grund. Es herrschte jedoch eine Verstimmung zwischen ihnen, als am letzten Abend alles gepackt und geordnet war und nur die Betten unberührt dastanden.

Toras Zimmer war eine Wohnküche, und in der Ofennische stand ein kleiner Näfvekvarnsherd. Das war der einzige Einrichtungsgegenstand, der vorhanden gewesen war, als sie dort eingezogen war. Den Schrank aus blaubemalten, gespundeten Brettern hatte sie selbst angeschafft. In dem offenen Schrankfach hatte sie den Blechzuber und die Schneidebretter verwahrt gehabt und auf dem Kachelofen einen Kaffeebrenner, ein Bügeleisen und zwei Kupferpfannen. Tapeziert war mit zwei unterschiedlichen Tapeten, Rollen, die bei Göhlins übriggeblieben waren. Mit dem Bild eines Engels, der den Kopf auf die Hand stützte, hatte sie einen feuchten Fleck verborgen. Sie hatte sowohl ein Bett als auch ein Sofa sowie einen Küchentisch mit gehäkelter Decke, die sie zum Essen wegnahm. Rund um den Spültisch mit dem Eimer und der Schüssel hatte sie ein Tuch über eine Schnur gezogen. Das schwarze Kleid und die Kostümjacke hingen unter einem Laken in der Ecke, die am weitesten vom Ofen entfernt war, und die restliche Kleidung lag in der Kommode. In deren oberster Schublade verwahrte sie die Hinterlassenschaft ihres Mannes, einige Fotografien und Schmucksachen.

So vorsichtig war sie gewesen, daß sie sich nie mehr als diese Dinge angeschafft hatte, nicht einmal in eine Einzimmerwohnung mit Küche im selben Haus war sie gezogen, als eine frei geworden war. Zuerst wollte sie ein bißchen etwas auf dem Sparbuch haben, so viel, daß sie dadurch immer in Bewegung bleiben konnte.

Sie lebte schon lange genug in dieser Gesellschaft, um gesehen zu haben, wie diejenigen, die sich zwischen den Steinen auf dem Erdboden und den Turmspitzen dort oben in der Schwebe hielten, wie die Schneeflocken in Fredriks Glaskugel umherwirbelten. Blieb man nicht in Bewegung, fiel man unerbittlich.

Nun hatte sie ein Chesterfieldsofa, ein zusätzliches Bett und zwei Waschtische, Stühle und einiges andere gekauft. Es sollte sich manches entscheidend ändern, und das war lange und sorgfältig geplant. Sie würde in der Magasinsgata drei Zimmer mit Küche mieten und zwei davon möbliert untervermieten. Sie gab auch den Stand auf dem Markt nicht auf. Das eine Geschäft sollte das andere stützen, das war ihre Rechnung.

Sie war wie immer geheimnistuerisch gewesen, aber nun, da es ans Umziehen ging, offenbarte sie Frida alles. Sie schrieb auf eine Papiertüte, wie die Amortisationen für den Cafébetrieb verteilt würden, die Einkünfte, mit denen sie aus dem Marktverkauf und der Untervermietung rechnete, und dann feuchtete sie den Tintenstift an und legte dar, wieviel sie im Café einnehmen mußte, damit die Rechnung aufginge. Für Frida waren dies Zahlen ohne jeden Sinn. Bei Levander sackweise Zucker und Mehl zu kaufen – daran konnte man denken, wenn man am Ende der Woche die Splitter aus dem Mehlkasten kratzte.

»Ja, es ist ein Rauf und Runter auf dem Pfad des Lebens«, sagte Tora.

Aber das war nicht wahr. In Fridas Gesicht las sie, daß die Armut schwer und unverrückbar ist wie die Steine auf dem Erdboden. Sie selbst war müde und aufgeregt. Um sie herum stand alles, was sie besaß, in Kisten verpackt. Das Waffeleisen, das in Zeitungspapier gewickelt war, damit die Schneidebretter nicht schwarz würden, reckte den Griff wie einen warnenden Zeigefinger heraus. Es versprach eine Nacht von der Sorte zu werden, wo man nur einen trockenen Mund und Leibschmerzen hat und nicht schlafen kann, egal, wie man sich hinlegt.

»Das kommt auch bei dir ins Lot«, sagte sie zu Frida. »Es ist doch auch bisher gegangen.« Und es war richtig, daß das Schlimmste vorbei zu sein schien. Sie erinnerte sich an den Spätwinter 1910, als Frida ihre Nähmaschine hatte versetzen müssen. Das war, als würde man sich selbst den Boden unter den Füßen wegziehen. Ohne den Zusatzverdienst, den die Hemdennäherei einbrachte, konnte sie nicht auskommen. Als das kleine Mädchen geboren wurde, war es wenigstens Frühsommer und warm. Frida hatte sie Ingrid getauft, nach der Prinzessin, die im März desselben Jahres geboren worden war.

Für den Winter wußten sie sich keinen Ausweg. Eriksson kam nicht nach Hause, und er schickte auch nicht oft Geld. Sie wußten nicht, ob er trank oder was überhaupt los war. Tief im Spätherbst saß Frida da und wärmte in einer Blechkelle direkt über der Flamme der Lampe Milch für das Mädchen, denn sie hatte kein Holz. Da begriff Tora, daß sie etwas unternehmen mußte, und noch ehe es richtig kalt wurde, konnte sie Ingrid zu ihrem Bruder Rickard nach Åsen bringen. Er war mit seiner Familie aus Amerika zurückgekehrt.

Im Frühling kam das Mädchen zurück und brauchte in diesem Jahr nicht mehr in Pflege weg. Als sich jedoch der nächste Winter seinem Ende näherte, waren sie aufs neue ratlos, und Stella und Rickard nahmen Ingrid zwei Monate lang und päppelten sie auf. Dann bekam Frida in der Wäscherei in der Ecke Magasinsgata und Hovlundagata eine feste Stelle als Waschfrau, und das war das Beste, was ihnen hatte passieren können. Dagmar war zu Hause und paßte auf Ingrid auf. Mit ihrem Rücken war es nicht besser geworden, so daß sie keine andere Arbeit als Hemdennähen annehmen konnte. In gewisser Hinsicht war das ein Glück, fand Tora. Andernfalls wäre sie bald ihre eigenen Wege gegangen. Das taten sie heutzutage immer früher. Frida hatte mit Konrad Glück gehabt. Der wohnte immer noch daheim und legte seinen Lohn auf den Küchentisch. Er las lieber Bücher, als daß er sich außer Haus herumtrieb. Und da ließ man ihn am besten in Frieden.

Sie redete und redete, bis ihr der Mund trocken war, und Frida nickte zustimmend, schaute aber etwas fragend drein. Denn es klang, als wollte Tora alles ins reine bringen und jede Berechnung so anstellen, daß sie aufging, ehe sie aufbrach. Man konnte meinen, daß sie eine erheblich weitere Reise machen würde als die Hovlundagata geradeaus hinunter hin zur

Magasinsgata und diese dann ein paar Häuser weit hinauf bis gegenüber der Druckerei.

Sie tat kein Auge zu. Am Morgen kam das Fuhrwerk die leere Straße entlanggerumpelt. Der Fuhrunternehmer hatte nicht Kalle Bira, der sie samstags immer zum Markt fuhr, geschickt, sondern Lunkan, einen Kutscher, der sonst Latrinenkübel fuhr. Das roch man. Ihr war, als wischte ihr der Fuhrunternehmer eins aus. Konrad half ihm, das Schwerste zu tragen, Fredrik und Adam liefen wie Schiffchen in einem Webstuhl mit allerlei Kleinkram hin und her, und sie selbst nahm die zerbrechlichen Sachen.

Die Fuhre kam so zeitig weg, daß es für Fredrik und Adam noch zu früh war, um zur Schule zu gehen. Sie setzten sich ganz hinten hinauf und ließen die Beine baumeln und hielten die Blumentöpfe fest, damit sie nicht aneinanderstießen oder herabfielen.

Tora wollte hinterdreingehen, doch als das Fuhrwerk abzog, rief sie plötzlich: »Jessesna, ich habe den Keller vergessen!«

Und so mußten sie umkehren. Das Pferd setzte widerwillig zurück und kaute grünen Schaum. Das war ein schlechtes Omen, jetzt zurückzufahren, ein richtig schlechtes Omen. Es ließ sich jedoch nicht darum herumkommen. Der große Tisch und alles, was zum Brotbacken dazugehörte, war dort unten im Keller. Es war mehr als eigenartig, daß sie das hatte vergessen können.

Nun mußten Fredrik und Lunkan das Schwerste tragen, denn Konrad war zur Arbeit gegangen. Er war jetzt bei Anker. Frida war in die Wäscherei gegangen. Sie hatte ihr die Hand gegeben und sich verabschiedet, als sie vorbeiging.

Tora hatte gefaucht: »Was ist denn mit dir los? Ich zieh doch nicht nach Jotaheiti!«

Und sie klang garstiger, als sie glaubte. Ja, dieser Morgen stand unter keinem guten Stern. Als sie endlich fertig waren, war sie so müde nach ihrer durchwachten Nacht und der ganzen Schlepperei, daß ihr schien, als wollten ihre Beine einknikken. Sie kletterte auf den Kutschbock neben Lunkan, und sein Geruch war ihr jetzt völlig egal. Er sah zufrieden aus und klatschte mit den Zügeln auf das große Hinterteil des Pferdes. Dann ging es los, und unter den Rädern knirschte der Kies. Diesmal war die Fuhre schwerer, man merkte es dem Pferd an. Es beugte sich tief unter dem Kummet.

»Ja, ja, jetzt geht's los!« sagte Lunkan. »Drei Zimmer in der Magasinsgata und dann das Café. Das will ich's zu was bringen heißen!«

»Das sind bloß Schulden!«

»Ja. ja. Das sagen se alle. Bloß Schulden und Verantwortung. Schulden und Verantwortung.« Die speckige, knotige Peitschenschnur spielte über den Rücken des Pferdes. Der Sommermorgen war sonnig, und als sie an Carlsborg vorbeikamen, dampfte der Tau als leichter Dunst über dem kurzen Gras. Sie antwortete nicht mehr. Er war bestimmt philosophisch geworden davon, daß er in aller Herrgottsfrüh, wenn sonst niemand wach war, mit Abortkübeln durch die Gegend fuhr. Das Fuhrwerk holperte durch die Schlaglöcher, und sie rief den Jungen hinten zu, daß sie die Blumentöpfe ordentlich festhalten sollten. Dann spürte sie, daß sie Tränen in den Augen hatte. Vielleicht stäubte es von den blühenden Büschen. Anfang Juni war das immer lästig. Sie wischte sie weg und glaubte, man sehe es nicht.

»Ja, man läßt immer was z'rück«, sagte Lunkan. »Von sich selber sozusagen.«

»Alles, was mir g'hört und worum ich mich kümmer, ist hier auf der Fuhre«, entgegnete Tora schroff.

»Das wäre schlimm, wenn dem so wär«, meinte er.

Er war Schildermaler und hieß Eliasson, wurde aber der Gokkel genannt. Fast alle Ladenschilder im Ort waren sein Werk. Am berühmtesten war die Garbe auf der Glastür zum Kontor des Bauernbundes. Man konnte darauf jedes einzelne Korn in der Weizenähre erkennen, und ein jedes war aus Gold.

Tora hatte mit ihm vereinbart, daß er kommen und die Wörter CAFÉ COSMOPOLITE auf den schwarzen Glasleisten zu beiden Seiten der Cafétür ausbessern sollte. Auf der Innenseite war das Gold der Buchstaben spröde geworden und blätterte allmählich ab. Er kam nicht. Es war nicht sicher, daß er seine Abmachungen einhielt, denn er war gefragt und konnte dorthin gehen, wohin es ihm paßte. Sechs Wochen vergingen, und das Gold kräuselte sich und fiel hinter dem Glas zu Boden. Da wurde Tora wütend, beherrschte sich aber im Hinblick auf die Empfindlichkeit des Gockels und holte einen anderthalb Meter langen Rundstab hervor, der übriggeblieben war, nachdem der Schreiner die Vorhangvorrichtung im Schaufenster umgearbeitet hatte.

Dann ragte eines Morgens, als die Männer auf dem Weg zu Wärnström bei ihr vorbeigingen, über der Tür eine lange Stange heraus. Es kam kein Schild an die Stange, und es geschah nichts weiter, als daß sich die Tauben darauf niederließen und ihre runden Brüste putzten und auf die Treppe klekkerten, wobei es etwas verwunderlich war, daß sie das bei Tora

Otter auf die Dauer machen durften. Als die Stange schon einige Zeit dort stak, fragte man Tora schließlich, was sie damit vorhabe, und da sagte sie:

»Ich dachte mir, ich sollte für den Gockel einen Stecken raussetzen.«

»Was soll er denn damit?« fragte man.

»Ja, er braucht doch was, wo er sich draufsetzen kann. Wenn es ihm mal einfallen sollte, hier vorbeizufliegen.«

Das kam natürlich dem Gockel zu Ohren, und er war hellauf begeistert. Da schau her, das war sein Stil! Etwas Besonderes, ein kleiner Schlenker in dem Ganzen. Er kletterte an der Hauswand von Jonssons Herrenbekleidung herum und malte »Nachf.« hin, als man es ihm erzählte, und er war bereit, von der Leiter herunterzusteigen und mit seinen Pinseln schnurstracks zum Café Cosmopolite zu gehen. Dann fing er jedoch zu überlegen an.

Am Samstagabend kam er, geschniegelt und gestriegelt. Er trug einen Anzug aus englischem Kammgarn und einen weichen Hut und stand lächelnd in der offenen Tür, als die Glocke bimmelte. Er hielt den Hut von sich weg, bis Tora aus der Küche kam und ihn ansah. Da warf er ihn auf den Haken.

»Schönen guten Abend«, sagte er.

Sie stellte sich hinter ihre geschnitzte Theke mit der Marmorplatte. Da standen sie dann und sahen einander an. Sie wollte ihre Schilder ausgebessert haben, er aber hatte zu schnelle Schlüsse gezogen und glaubte an Galanterien, Spaziergänge, eine Trauung, drei fertige Mahlzeiten am Tag und gestopfte Strümpfe. Sie ließ ihn in diesem Glauben, bis er die Buchstaben neu vergoldet hatte. Dann wollte sie gerne wissen, was es koste.

»Doch nicht zwischen uns, Tora«, lächelte er und rieb ein wenig über seinen weichen Hut.

Da erfuhr er, daß zwischen ihnen nichts als eine unbezahlte Rechnung sei, und diejenigen, die im Café saßen und lauschten, fanden, daß sie das ein bißchen schonender oder wenigstens ein bißchen scherzhafter hätte sagen können. Der Gockel wurde indes schwarz im Gesicht. Hinterher sagte er, daß ihm das überhaupt nichts ausmache, ganz im Gegenteil, denn sie sei plump wie ein Mangelholz im Bett und denke an nichts anderes als an ihr Café. Außerdem mische sie gerösteten Roggen in den Kaffee, so daß er übler schmecke als Affenschweiß, und er für seinen Teil gedenke zu Anker zu wechseln.

Es stimmte, daß sie fast immer an das Geschäft dachte, und den Kaffee mußte sie strecken, denn jetzt war Krise. Als der Krieg nahte und die Mobilmachungen begannen, hoben alle so viel Geld, wie sie hatten, von der Bank ab, die Grossisten ertranken in Bestellungen, und die Preise stiegen. Man beschaffte Waren, soweit die Kredite reichten, und Tora, die sich erst neu etabliert hatte, hätte überhaupt nichts bekommen, wären da nicht Valfrid Johansson und der Grossist in Eskilstuna gewesen, von dem sie seit ein paar Jahren Zucker, Fruchtessenzen und Agar-Agar zum Bonbonkochen bezog.

In den ersten Wochen war es totenstill im Café. Die Kirchenglocken läuteten zur Mobilmachung, und bei Wärnström ruhte die Arbeit. Die Panik legte sich jedoch, und viele meinten, daß es in den Fabriken nun mehr denn je zu tun geben werde. Andere behaupteten das Gegenteil, und es ging das Gerücht, daß Alexander Lindhs Kredite durch die schlechten Zeiten vor dem Krieg aufgezehrt seien und daß er seinen Export an amerikanische Konkurrenten verloren habe. Man war freilich überzeugt, daß der kleine, starke Mann Mittel und Wege finden würde. Telefone klingelten und Telegramme wurden abgeschickt. Er selbst verließ in diesen Monaten abends selten das Kontor. Doch dann durchzuckte ihn eines Vormittags ein stechender Kopfschmerz, und er schaffte es gerade noch, sich auf seinen Schreibtischstuhl zu setzen, da fiel er schon vornüber auf die Tischplatte und war bewußtlos. Noch ehe man mit ihm das Krankenhaus erreicht hatte, war er tot.

An einem Samstagvormittag wurde er beigesetzt. Es war im August, und die Kirche duftete schwer und würzig nach Rosen und Nelken. Die Betriebe schlossen. Er wurde unter zweihundertzweiundzwanzig Kränzen auf dem Friedhof begraben. Einer davon war vom Armenhaus und einer von den Arbeitern bei Wärnström.

In einer Villa am Bahnübergang der Landsvägsgata jedoch saß eine alte Frau in einem schwarzen Seidenkleid, deren Beine allzu geschwollen waren, als daß sie aus dem Haus hätte gehen können. Sie saß da und betrachtete die Hängebirke, die so üppig gewachsen war, daß die Sicht auf die Straße nun genommen war und sie nichts mehr hatte, um sich zu zerstreuen. Sie sah den großen Stein, auf dessen Haupt bereits gelbes Laub klebte. Sie war beklommen über die Stille dieses Augusttages, den wurmstichigen Kohl im Garten und die braungestoßenen Äpfel.

Da war kein Wind, der all die Bänder aus purpurroter und weißer und moirierter violetter Seide bewegen konnte, die, vollgeschrieben mit Widmungen, dort oben auf dem Friedhof seinen Körper bedeckten. Am Tag danach las sie in der Zeitung aufmerksam den Bericht über das Begräbnis sowie die Grabrede des Predigers, die, mit einem schwarzen Rand versehen, abgedruckt war. Sie schlug im Gesangbuch die Liednummern nach und las die Verse durch, um zu sehen, ob sie sie für passend hielt. In den Nachrufen stand viel über seine Tatkraft, seine schwedische Gesinnung und seine nie erlahmende Fürsorge für die arbeitenden Klassen, jedoch nichts über seine trockenen, warmen Hände und schnellen Schritte. An diese erinnerte sie sich.

Tora hatte das Cosmopolite nach der Beisetzung geöffnet. Sie glaubte, daß dieser Tag für das Café so bedeutend werden würde, daß sie nicht zum Friedhof ging und guckte, sondern hinter der Theke bereitstand und in der Nacht sogar zusätzlich gebacken hatte. Sie rechnete damit, daß sich die Leute hinterher treffen und über das Begräbnis reden und sich würdig voneinander verabschieden wollten. Es sollte der Wendepunkt werden, denn bislang hatten die Gutsituierten das Cosmopolite noch nicht entdeckt. Es war ein hektischer Vormittag. Auf keinem Glas durfte ein Fleck sein (sie wollte Wasser zum Kaffee servieren, wie man es in feineren Lokalen machte) und nicht eine Fliege um die Zuckerschalen.

Aber sie kamen nicht. Es kam nur das normale Aufgebot, ein paar Maler zur Frühstückspause, die Schülerinnen der Koedukationsschule in schwarzen Mänteln für die Beerdigung. Dann wurde es ruhig im Café.

Sie stand wie üblich da, die Hände in den Seiten, und schaute in das Gastzimmer. Was war bloß verkehrt? Sie hatte runde Tische mit Marmorplatten, ein Zeitungsregal, Bilder mit Elfenreigen und Wasserfällen, rote Samtvorhänge. Am prachtvollsten war ein Spiegel, der vom Fußboden bis zur Decke reichte und einen vergoldeten Rahmen hatte, der wie geschnitzt aussah. Eine Ecke, vor langer Zeit beim Transport beschädigt, verriet indes, daß darunter Gips war. Die Vergoldung hatte der Gockel ausgebessert.

Draußen im Verkaufsraum hing ein kurzer Samtvorhang an einer Stange und trennte das Schaufenster vom übrigen Raum ab. Dort standen Schalen auf Füßen, in denen Plätzchen und Gebäck lagen, und sie standen auf Stufen, die bis unten hin mit kunstvoll drapierter, fliederfarbener Seide überzogen waren. Nicht eine Fliege, nicht ein Tabakkrümmel. Kein Spucknapf. Stiefelknecht, Schirmständer, ein geschnitzter Glasschrank, der im Tempel von Jerusalem hätte stehen können, wenn es hätte sein sollen. Nickeltabletts und ein Porträt der Königlichen Hoheit. Es war praktisch seit 1894, als Berta Göhlin und ihr Mann alles aus Norrköping und Stockholm zusammengetragen hatten, unangetastet geblieben, alles war mit Silberseife und Möbelpolitur gepflegt, und die Fußböden waren nach zwanzig Jahren Scheuern weich wie altes Handschuhleder.

Warum gingen die feinen Damen nach dem Einkaufen zu Anker? Warum setzten sie sich nicht ins Cosmopolite und beredeten dort Sammlungen und Krisenbevorratung? Sie selbst fand es bei Anker eigentlich schäbiger, und dem Gedrängel mit den Markleuten entging man nur im Hinterzimmer. Es war ihr schleierhaft.

Nach einer Stimmrechtsdemonstration auf dem Hof der Koedukationsschule kam jedoch eine Gruppe blaugefrorener Frauen ins Cosmopolite als dem nächstgelegenen Café. Das war ein glücklicher Tag, denn sie kamen auch weiterhin, sie hielten ihre Treffen in dem Café ab, und Tora durfte ihre gestickte Tischflagge verwahren und sie aufstellen, bevor sie kamen. Sie stand in der Tür, die Hände unter der Schürze, und hörte Fräulein Magnhild Lundberg, die frühere Leiterin der Koedukationsschule, einen Vortrag über Altersversicherung halten und Fräulein Lewin Viktoria Rydbergs »Der fliegende Holländer« deklamieren.

Ansonsten waren die meisten Gäste des Cafés junge Kerle, die lange sitzen blieben und darauf bedacht waren, das Glas oder die Tasse nicht bis zur letzten Neige auszutrinken. Sie saßen über Bücher gebeugt oder arbeiteten zwei und zwei zusammen in karierten Heften und radierten, so daß überall auf den Tischen und auf dem Fußboden Krümel von grauschwarzem Kautschuk lagen, wenn sie gegangen waren. Das waren die Jungen von der Fachschule. Sie waren ein oder zwei Jahre auf See gewesen oder hatten auch im Wald gearbeitet, um genug Geld zusammenzubekommen, um drei Semester zu studieren. Sie hätte für schwächere Lampen sorgen sollen, so daß sie zum Lesen nicht genug sehen konnten hier herinnen, aber das wollte sie nicht. In ihren Untermietzimmern war es kalt, denn es mangelte an Holz. Wie konnte es an Holz mangeln? Tora kapierte das nicht. Es mangelte auch an Petroleum, doch das war begreiflicher, denn das nahm sicher Kaiser Wilhelm und feuerte seine Kanonen damit. Fredrik lachte sich schier krank, als sie das sagte. Aber so lustig war das auch wieder nicht, er wollte bloß den Abstand zu ihrer Unwissenheit hervorheben.

Abends kamen die Jungen zurück, um zu sehen, ob ein paar Mädchen da wären. Dann wurden sie gewöhnlich dreist. »Eine Flasche Brauselimonade, acht Gläser und eine Schachtel Streichhölzer! Aber ein bißchen plötzlich, wir haben es eilig!« Sie konnte nicht anders als über sie lachen. Wer aber eine Flasche unter der Jacke hatte, flog hochkant hinaus. Und sie war es leid, daß sie die Gardinen mit »Bridge« und »39ern« verqualmten und die Zeitungen durchblätterten, bis sie auseinanderfielen.

Der vergoldete Spiegel, die Vorhänge und die Marmortische waren ihr, als sie für Berta Göhlin gearbeitet hatte, wie Lebenssicherheit schlechthin erschienen. Jetzt fand sie jedoch manchmal, daß sie sich da nur einen Haufen Gerümpel aufgehalst habe, für den sie sich obendrein in Schulden gestürzt hatte.

Wenn die Rechnung aufgehen sollte, mußte sie Gewinn machen. Und dazu war sie gezwungen, billig einzukaufen: Mehl, Zucker, Kaffee, alles. Die Lebensmittelpreise stiegen, und es wurde immer schwieriger, an Waren zu kommen. Auf Valfrid konnte sie sich wie eh und je verlassen, und dann hatte sie noch den Grossisten in Eskilstuna. Mit ihm verfuhr man jedoch auf eine andere Art.

Man fuhr mit Ebba Julins Fuchsboa auf dem Mantelkragen, schwarzem Hut mit Federn und nagelneuen Galoschen, die eine Spur zu klein waren, so daß sie über dem Spann Falten schlugen, nach Eskilstuna. Dann ließ man sich ins Hotel einladen. Mellberg von Eskilstuna Essence war über sechzig, deshalb glaubte er wohl, daß sie mit ihren achtunddreißig ein Küken sei. Bei Kaffee und Punsch hatte er richtig glänzende Augen. Man gab seine Bestellung auf. In ihrem Heimatort hätte sich Tora in Grund und Boden geschämt, jetzt aber war sie in Eskilstuna, und alles lief wie geschmiert.

Als man mit dem Abendzug fahren wollte, kamen einige Mißtöne in die Harmonie, und man mußte versprechen, beim nächsten Besuch in die Villa des Grossisten zum Kaffeetrinken zu kommen. Das war's!

Sicherheitshalber nahm sie das nächste Mal Linnea Holm mit. Das war ein junges Mädchen aus Örebro, das bei ihr servierte. Sie bezahlte ihre Fahrkarte und setzte sie in eine Konditorei. Als sie dann gegen Abend zur Villa des Grossisten spazierten, wobei Mellberg sie am Arm gefaßt hatte, damit sie auf dem Kopfsteinpflaster nicht stolperte, stand Linnea an einer Straßenecke auf Posten. »Welche Überraschung! Du hier?« – »Und du auch, wie ich sehe! Wann fährst du denn heim?« Da war sie natürlich um ihres guten Namens und Rufes willen gezwungen, zusammen mit Linnea den Abendzug nach Hause zu nehmen. Das verstand Mellberg doch wohl?

Als sie an einem Sonntagabend im Spätherbst kam und Linnea in der Konditorei zurückgelassen hatte, traf sie den Grossisten, und es schaute ihm ein besonderer Schalk aus den Augen. Da wünschte sie sich, daß sie anstelle von Linnea jemand anders mitgenommen hätte. Es war nicht gerade einfallsreich von ihr, das gleiche Manöver zu wiederholen. Doch List paßte eigentlich ebenso schlecht zu ihr wie dünne Überschuhe und Fuchsboas.

Er wollte sie zum Essen zu sich nach Hause einladen. Das gehe nicht an, sagte sie. Ach was, sie sei doch kein Küken, sie mache wohl, was sie wolle. Als sie aus dem Hotel kamen, wo sie nur Wein getrunken und Bestellisten geschrieben hatten, schlug er mit ihr schnell einen ganz anderen Weg ein als den, mit dem sie gerechnet hatte. Sie kamen zur falschen Seite des Parks, und weit weg zwischen den Bäumen sah sie ihren Wachtposten.

»Ach du meine Güte, da steht ja Linnea Holm!« sagte Tora.

»So ein Glück, daß sie dich nicht gesehen hat«, erwiderte der Grossist und drückte ihren Arm. Sie fragte, ob es für ihn nicht beschwerlich sei, sie bei sich zum Essen einzuladen, aber er meinte, daß er eine habe, die ihm das Haus besorge, und das beruhigte sie eine Weile.

Die Haushälterin hatte ein außerordentlich gediegenes Souper mit Heringsgratin und eingekochtem Aal und kleinen Fleischklößchen aufgetischt und Porzellan mit Goldrand und weißes, gestärktes Leinen aufgedeckt. Auf dem Büfett funkelten Flaschen. Sie selbst war jedoch nicht da.

»Freier Abend«, verkündete der Grossist. »Die Kapelle!«

Er zwinkerte ihr zu. Massig war er, und sein Bauch wölbte sich mächtig unter der Weste. Sein Haar war dicht und hatte kaum graue Strähnen, obwohl er um die Sechzig sein mußte.

»Das muß eine tüchtige Person sein, die du da erwischt hast«, sagte sie und schaute sich um. Es fand sich nicht ein Staubkorn oder Fussel in dem Zimmer, und das Essen war gut zubereitet. Mangel an Butter schien es hier auch nicht zu geben. Um die Fleischklößchen herum brodelte es von gebräuntem Butterschmalz.

»Aber sie ist religiös«, sagte er. »Das ist es halt!«

Er prostete ihr zu. Ein ums andere Mal prostete er ihr zu und schenkte öligen Genever in das Spitzglas und in die Biertulpe Porter, das sie mit Limonade mischen mußte. Schließlich begann sie es zu merken, und sie verstand, daß sie sich in acht nehmen mußte. Nach dem Essen wollte sie ihm, ehe sie ginge, beim Abräumen helfen, doch das verhinderte er, indem er sie recht energisch auf das Sofa niederdrückte.

»Bleib still sitzen, bis ich den Kaffee aufgesetzt habe!« sagte er.

»Aber wir können das doch nicht so stehenlassen!«

»Da kümmert sie sich drum«, sagte er und würdigte den beschmutzten Tisch mit seinen halbleeren Gläsern und den zusammengeknüllten Servietten keines Blickes. Doch Tora schämte sich, obgleich sie aus guten Gründen annahm, daß die Haushälterin sie gar nicht kannte. Nachdem er den Kaffee in die Tassen geschenkt hatte, setzte er sich neben sie, und die Federn des Sofas ächzten unter dem Gewicht der beiden. Er legte den Arm über ihren Nacken auf die Rückenlehne, und das Gespräch wurde unzusammenhängend. Tora starrte auf ein großes Ölgemälde, auf dem Kühe, die gemächlich zu einem Seeufer hintrotteten, abgebildet waren. Er neigte sich zu ihr, und sie neigte sich nach außen und nahm an, daß er Genickstarre bekommen würde. Er ließ jedoch nichts über irgendwelche Schmerzen verlauten, sondern zwinkerte ihr nur immer wieder zu und begann den Mund zu spitzen. Das sah nicht gelungen aus bei so einem gestandenen Mannsbild, fand sie. Sie waren jetzt ganz an der Armlehne angelangt, doch da war Schluß. Sie saß fest und wurde sanft gegen die Lehne gedrückt, während er seinen Arm um sie legte und mit den Lippen in ihrem Gesicht herumzutasten begann. Als er aber an ihre Brust griff, kam sie in Fahrt, schnellte so plötzlich hoch, daß er nicht mitkam und sie an den Tisch stießen. Die Kaffeetassen tanzten auf den Untertellern und bildeten braune Ringe um sich herum.

Ihr Widerwille war so arg, daß sie nicht wußte, woher er kam. Konnte ein Mund, sein Geruch nach Branntwein und nach Essen, allein deshalb, weil er fremd war, solchen Widerwillen einflößen? Es war eine kräftige Hand mit weißer Manschette und einem schwarzen Siegelring am kleinen Finger, doch auf ihrer Brust kam sie ihr ungeheuerlich vor. Sie war verwirrt und verstand sich selbst nicht, und so schimpfte sie ihn aus. Es war nicht dumm, so einiges, was sie sich gedacht hatte, herauszuschleudern. Er solle sich nicht einbilden, daß er mit ihr ein leichtes Spiel habe, nicht mit ihr! Sie hätten ihre Geschäfte gemacht, und wenn es so sei, daß er aus seinen Rabatten und aus dem Zucker, den er weiß Gott wo eingekauft habe, wo die Leute nicht mal ihren Brei zuckern könnten, Vorteile ziehen wolle, dann müßte er es schon mit jemand anders probieren! Doch erst würde sie den Tisch abräumen! So hinterlasse sie den nicht!

Sie sah ihn gar nicht an, glaubte aber wohl, daß er ziemlich kirre sei, denn er trottete – inzwischen ohne Jacke – hinter ihr her, als sie die Platte mit den Fleischklößchen und die Kartoffelschüssel in die Küche trug. Dort stieß sie auf die Speisekammer, eine gespundete Tür zu etwas, das sehr stark einer altmodischen Vorratskammer glich. Und Essen gab es da, daß es eine Schande war. In Zeiten wie diesen! Ordentlich zerknirscht war er indes nicht, denn er grinste sie an und nahm eine Ingwerbirne direkt aus dem Einmachtopf. Er faßte sie am Stiel und steckte sie in einem Stück in den Mund. Igitt! Tora wandte sich ab. Flugs war er bei ihr, schlug die Arme um sie und näherte seinen warmen, nassen Mund dem ihren. Da hob sie, heiß von Genever, Tugend und Wut, die Kartoffelschüssel über ihren Kopf und schmetterte sie auf seinen. Sie zersprang und die Kartoffeln purzelten über ihn, er schwankte einen Augenblick, denn der Schlag hatte gesessen. Dann stellte er sich, seine kräftigen Beine ziemlich weit gespreizt, mit dem Rücken zur Tür und sagte:

»Mach das nicht noch mal!«

Er packte ihren Arm und drehte ihn herum, und dann schob er sie aus der Speisekammer und der Küche und trieb sie durch die Stube zur Schlafzimmertür. Da drinnen war es warm. Die Klappe des Kachelofens war vorgeschoben, und die Ofentüren hatten rote Glutaugen.

»Hier hab ich nichts zu schaffen«, sagte Tora.

»Ich glaube schon.«

Das Bett war gerichtet. Es hatte ein Leinenlaken mit breiter Spitze und zwei Kissen nebeneinander.

»Laß mich!« sagte sie, als er nach ihr griff und gleichzeitig die Schuhe abstreifte. Sie versuchte, sich an ihm vorbei durch die Tür zu drücken. Doch er folgte ihr. Er war zwar massig, dafür aber nicht weniger schnell. Draußen in der Diele, weiter kam sie nicht, warf er sie auf den Teppich. Sie spürte einen gußeisernen Schirmständer am Kopf und war froh, daß sie nicht geradewegs auf ihn gefallen war. Über ihr hing ein Elchkopf.

Er blockierte ihre Arme und begann mit seinen langen, starken Beinen ihre Knie auseinanderzudrücken. Sie sagte nichts mehr, versuchte aber, ihn abzuwerfen, indem sie die Fersen auf den Boden stemmte und sich aufbäumte. Es war jedoch unmöglich, ihn von der Stelle zu bewegen. Ihr taten Bauch und Rücken weh, als sie sich dagegenstemmte. Er nahm die eine Hand von ihren Armen, um an seinem Hosenschlitz und ihren Röcken zu zerren, und da bekam sie die Hände frei und schnellte sie hoch in sein Gesicht. Als sie jedoch die Finger in seine Augen drücken wollte, zögerte sie, wurde furchtsam. Da packte er erneut ihre Handgelenke und preßte ihr die Arme nach hinten über den Kopf. Das tat weh, weh, weh! Sie hätte jammern mögen, hätte es auch nötig gehabt, wollte aber nicht, daß er etwas vernehmen würde. Sie versuchte ihn ins Gesicht zu beißen, jetzt, wo er sich über sie beugte, und sie wollte ihm ein Knie in den Bauch rammen und am besten in seinen Unterleib. Er würde rasend werden, doch das war ihr egal, sie wollte das Aas treten, und sollte es sie das Leben kosten.

Er war widerlich, sein Gewicht, sein Rachen, seine kratzige Haut, die gegen ihre Wange gedrückt wurde, und die harten Knie, die ihre Schenkel bearbeiteten und sie auseinanderdrükken wollten. Käme sie nur noch einmal an seine Augen, dann würde sie nicht mehr zögern! Als er den Griff von ihren Handwurzeln auf die Oberarme verlagerte, kratzte sie ihn. Ehe er noch ihre Arme auf den Boden bekam, hatte er lange, rote Striemen auf den Backen, und da fluchte er sie an.

Sie lag angespannt unter ihm, und er lastete auf ihr, rührte sich aber kaum, und sie merkte, daß Minuten vergingen und daß er jetzt genug hatte, genug von allem. Aber er dachte nicht daran aufzugeben. Sie wußte auch nicht, was er noch vorhatte mit ihr, es war wohl etwas anderes als Lust, was er nun empfand. Vielleicht war es ohnehin keine Lust, sondern nur, genau wie bei ihr, bitterer Haß. So lagen sie still, und ab und zu machte er einen jähen Versuch, sich zwischen ihre Beine zu zwängen. Er wechselte den Griff um ihre Arme oder Handgelenke, so daß sie die Zähne zusammenbeißen mußte, um nicht zu jammern. Sie spürte sein Herz klopfen und wünschte, daß ihn der Schlag treffen möge. Sein Puls pochte am Hals, ohne daß sie ihn mit den Zähnen erreichen konnte, und von seiner Stirn troff der Schweiß in die Augen und brannte, so daß sie sie zusammenkneifen mußte.

Lieg du nur still. Ich liege auch still. Wenn ich einatme, atmest du aus. Meine Schenkel sind genauso stark wie deine, und ich habe Nägel, Zähne, Muskeln und harte Knochen im Leib. Mich kannst du nicht erniedrigen. Da mußt du mich schon bewußtlos schlagen.

Sie erblickte ihren Hut, der von der Spiegelablage heruntergefallen war, und das schwarze Auge der Hutnadel funkelte im Halbdunkel der Diele. Dann lag sie ganz gespannt und lauerte auf seinen nächsten Ruck, und als es soweit war und sein Rükken sich einen Moment lang krümmte, um den Beinen mehr Kraft zu verleihen, setzte sie alles, was ihr an Kraft verblieben war, in einen einzigen Gegenruck. Er fiel von ihr herunter, seine eine Hand hielt ihren Arm fest im Griff, sie bekam jedoch die Hutnadel zu fassen und konnte in die Hocke gehen. Die Nadel war jetzt auf sein Zwerchfell gerichtet. Er hielt in seiner Vorwärtsbewegung inne und ließ ihren Arm los.

»Du Satan!« sagte er. »Du verdammter, hundsföttischer Satan! Bist du nicht gescheit?«

Sie konnte jedoch nicht an ihm vorbei und zur Tür hinauskommen, und deshalb verhielt sie sich ganz still, nachdem sie aufgestanden waren. Sie mußte abwarten, wohin er gehen würde.

Er wagte sich nicht zu nahe, manövrierte sie aber in die Stube und machte einen Ausfall, dem sie mit der Nadel begegnete. Er schrie auf. Sie wußte nicht, ob es vor Schreck war oder ob sie ihn wirklich getroffen hatte, jedenfalls hielt er jetzt Abstand. Sie war jedoch zwischen dem Sofa und dem Büfett eingeklemmt und kam nicht heraus. Er goß sich Kognak ein, ein ganzes Seltersglas voll. Sie stand da, eingeklemmt, hielt die Nadel vor und folgte jeder seiner Bewegungen.

Schließlich plumpste er aufs Sofa, er sagte kein einziges Wort. Sein Blick war halb erloschen. Er befürchtete offensichtlich nicht, daß sie auf ihn losgehen werde, denn er schloß die Augen. Er lag da, und sein großer Kopf ruhte auf einem schwarzen, mit einem Schwan bemalten Seidenkissen.

Zweifellos war er voll, doch sie wußte nicht recht, wie sie mit ihm dran war. Sie wankte vor Müdigkeit. Ihre Oberarme, die gefühllos geworden waren, begannen zu schmerzen, und sie wagte es, den einen zu reiben. Die Nadel hielt sie dennoch unbeirrt nach vorn gerichtet, denn sie war sich nicht sicher, ob er sie unter den Lidern heraus anblinzelte. Er stieß durch die Nase Luft aus, regelmäßig und in großen Abständen.

Die Uhr tickte. Sie wagte es, sich ans Büfett zu lehnen. Wenn ich jetzt ohnmächtig werde, dachte sie. Und dann: Der schläft. Ja, er schlief. Sie wagte sich jetzt doch darauf zu verlassen. Sein Kinn hing herab. Ein dünner Speichelfaden rann auf den Kragen hinab. Leise durchquerte sie das Zimmer und ließ ihn keinen Moment aus den Augen. Als sie in die Diele hinauskam, öffnete sie zuerst einen Spalt weit die Tür, bevor sie ihren Mantel vom Bügel nahm. Es ging alles gut. Sie schnappte ihren Hut und sogar die Überschuhe und Ebbas Fuchs. Leise schloß sie die Tür hinter sich. Sie fiel mit einem leisen Knacken ins Schloß; von drinnen war jedoch kein Laut zu vernehmen. Sie steckte den Hut mit der Nadel fest und machte sich mit den Überschuhen in der Hand auf den Rückweg.

Es war dunkel, so spät in der Nacht. Sie lief schnell, aus Furcht, jemandem zu begegnen. Die Nachtluft linderte und kühlte die Schmerzen an Wangen und Hals. Ihr wurde klar, daß sie blaue Flecken bekommen würde. Als sie zum Bahnhof kam, war er geschlossen, und sie mußte sich vor dem Bahnhofsgebäude auf eine Bank setzen und warten. Auf der Anschlagtafel standen die Abfahrtszeiten der Züge, doch vor vier Uhr morgens fuhr keiner.

Der Wind frischte auf, und die Lampen am Bahnhofsgebäude schwankten an ihren Drähten. Das Licht schwand bisweilen, nur der rote Funken in der Mitte glühte, und dann flammte es um den Mittelpunkt herum wieder auf. Tora, die dorthin gestarrt hatte, wurde geblendet und sah weg.

Noch fror sie nicht. Die Arme und Beine taten ihr weh, und unter dem Mantelstoff war es heiß. Sie starrte auf die Spuckpflatschen auf dem Pflaster und sorgte sich nicht nennenswert darum, ob ein Landstreicher kommen würde. Sie war zu erschöpft. Ihr konnte nichts mehr passieren. Jedenfalls nichts Schlimmeres mehr.

Sie haßte sich für alles, was sie bis zu dem Moment, da er ihr den Arm umgedreht hatte, mit Mellberg zusammen gesprochen hatte. Sie haßte auch ihn. Am schlimmsten aber war die Schmach. Hätte sie sie mit einem Messer aus ihrem Körper herausschneiden können, so hätte sie es getan. Ihr Kopf wakkelte und schwankte wie die Lampen, aber sie traute sich nicht einzuschlafen.

Einstmals wäre sie nach solch einem Strauß nach Hause gegangen und hätte ihre Schmach und ihre Verzweiflung in einen gestreiften Kissenbezug geweint. Das war, als sie noch Tora Lans war. Damals ging sie samstags nachts das letzte Stück zur Kate immer barfuß durchs Gras, um nach dem Tanzen die Füße abzukühlen. Die Frische der Nacht, die sie umgab, wirkte lindernd, während das Haus mitsamt den Menschen darin schlief.

Die alte Frau wäre aufgewacht und hätte herumgewerkelt. Hätte sie natürlich gefragt, was passiert sei, es wäre aber nicht sicher gewesen, ob sie eine Antwort bekommen hätte. Hätte trotzdem weiter mit dem Dreifuß und der Pfanne herumgescheppert und wäre um sie herumgewesen. Gewesen.

Man gewöhnt sich das Weinen ab, wenn einen niemand hört. Das gibt nur Kopfschmerzen und verquollene Augen, und nichts ändert sich. Und man lernt, über sich und das Seine zu schweigen.

Blicke hinter Zwirngardinen und spiegelnden Fensterscheiben waren auf sie gerichtet. Aber nunmehr war sie sowohl vorsichtiger als auch weniger ängstlich. Sie wußte, woran sie mit ihnen war.

Scharfe Augen hatten sie. Aus hundert Meter Entfernung sahen sie einen feuchten Fleck auf dem Rock. Sie witterten Tod und Schlafzimmergeruch. Um Krankheiten wußten sie vor allen andern, und daß der Reichtum von innen heraus verfaulte und im Zusammenkrachen begriffen war wie Iversen-Lindhs altes Badehaus bei Rosenholm, das entnahmen sie dem Wind.

Sie waren schnellfüßig und fürchteten sich vor nichts. Sie wachten und sahen die Seele wie einen großen, schwarzen Schmetterling mit sanften Flügeln den Körper verlassen und erzählten es einander. Über den Friedhof hielten sie ständig Wacht. Wenn Angehörige von einer Reise zurückkamen und die Begonie verwelkt war oder Ulmenlaub das Grab befleckte, stand mit einem Stöckchen in den regenporigen Sand geschrieben: HIER RUHT EINE VERGESSENE MUTTER.

Am barmherzigsten waren sie mit einer, deren Leben wie die Bestätigung einer Prophezeiung verlief und die nie ohne Kopfbedeckung aus dem Haus ging, nicht einmal zum Milchladen hinunter, um ein bißchen Kaffeesahne zu kaufen.

Es gibt Stämme – primitiv werden sie genannt –, bei denen den Frauen das Geschlechtsorgan beschnitten wird, damit sie keinen Genuß empfinden. Das verhindert Untreue. Bei uns werden dagegen sowohl das Gehirn als auch das Geschlechtsorgan beschnitten. Wenn man das Gehirn kupiert und an der anderen Stelle nur ein ganz klein wenig schnippelt, ist das Resultat harmlos. Da kannst du für deine Fehltritte Trost finden; sie weint über dich genauso wie über die dahingeschiedene Königin, hungernde kleine Kinder in der Welt und Hunde mit einer Magensonde. Diejenigen Frauen aber, bei denen man das unruhige Organ am ärgsten mißhandelt und gezüchtigt hat, werden im Dienste der Ordnung, die sie beschnitten hat, scharfsichtig und unbarmherzig.

Alles sehen sie. Du trippelst mit deinen Rocksäumen, die sich gelöst haben, und deinen dünnsohligen Schuhen durchs Leben, mühst dich mit dem Häkeln ab, versuchst das Buch hinter dem Nähkorb zu verstecken, wenn du hörst, daß jemand kommt, füllst den Brotkasten mit gekauftem Brot (und meinst, daß es selbstgebacken aussieht!) und versteckst deine Geheimnisse in der untersten Kommodenschublade. Du machst ihnen trotzdem nichts weis.

Tora Otter hatte die Blicke auf sich gerichtet gehabt, als ihr unehelicher und weggegebener Sohn Erik Lans gekommen war und auf dem Markt nach ihr gefragt hatte. Da hatten sie das gefundene Fressen! Jede konnte sehen, wie sie ihn wegschickte. Der arme Kerl hatte da nichts zu suchen, bei Tora Otter doch nicht! Sie wußte wohl, was sie tat. Und sie konnten berichten, daß sie zu ihm gesagt habe, er solle verschwinden und nie wiederkommen. Sie müsse an ihre Jungen denken, und es dürfe kein Gerede geben. So hart werde das Herz, wenn eine Frau anfange, Geschäfte zu machen!

Doch Frida Eriksson und Ebba Julin gingen umher und erzählten, daß sie ihn aus einem anderen Grund weggeschickt habe. Sie habe den Pflegeeltern einst versprochen, sich nie mehr um ihn zu kümmern. Und was sie versprochen habe, das halte sie. So sei sie nämlich, sagte Frida.

Sie selbst sagte nichts. Sie konnte daliegen und sich seiner erinnern, doch das wußte niemand. Die Mütze war zu groß, ganz neu. Das Gesicht war vertraut, obschon sie ihn seit seiner Geburt nicht mehr gesehen hatte. Sahen sie sich ähnlich? Er hatte kräftige Augenbrauenbogen. Sie stand einmal sogar auf und zündete die Lampe an. Sie mußte im Spiegel nachsehen.

Sie war schreckensstarr geworden, als sie ihn auf dem Markt bemerkt hatte. Es hatte keinen Zweck, diese Sache zu verleugnen, doch sie hatte nicht gerade vor, es Ebba und Frida zu erzählen. Sie wand sich wie ein Aal, um nicht an ihn zu denken; es nütze ja doch nichts. Es kam aber trotzdem vor, daß sie nachts aufwachte und an damals auf dem Markt dachte. Nachts ist alles anders.

Er stand mit einer nagelneuen Mütze da. Angst hatte er, das sah man. Und dann haspelte er hervor, daß er nach Strängnäs solle, um auf die Oberschule zu gehen. Er wisse aber nicht, ob er wolle, sagte er. Der Pfarrer habe gesagt, daß er begabt sei, er solle bei einem anderen Pfarrer einquartiert werden.

Aber was wollte er denn hier bei ihr? Ja, er habe Angst. Er wisse nicht, wie das in Strängnäs sein würde. Sie hörte kaum hin, und hinterher verstand sie es nicht.

»Das ist gut«, sagte sie eilends. »Das ist gut, daß du tüchtig gewesen bist.«

Sie steckte ihm eine Krone in den Handschuh und schüttete Bonbons in eine Tüte. Nur schnell mußte es gehen. Eines müsse er verstehen: hier dürfe er sie unter gar keinen Umständen besuchen. Nicht auf dem Markt.

Er guckte sie nur mit hellblauen Augen unter kräftigen Augenbrauenbogen an.

»Nicht hier«, sagte sie. »Komm heute abend zu mir heim! Hovlundagata 60. Aber erst um halb zehn, zehn – nicht eher. Du mußt verstehen, meine Buben sind jetzt groß. Es darf kein Gerede geben.«

Er ging. Sie war todmüde, obwohl es erst Vormittag war.

Am Abend kam er nicht. Es wurde zehn Uhr, wurde halb elf, und Tora saß noch immer da und horchte, ob er käme. Da war ihr, als hörte sie etwas unten im Treppenflur, aber das war er wohl nicht. Er hatte es sich offenbar anders überlegt. Spätabends machte sie sich auf den Weg zum Bahnhof. Es war klirrend kalt und nicht eine Menschenseele auf der ganzen Magasinsgata. Sie blieb auf der Fußgängerbrücke oberhalb des Bahnhofsgebäudes stehen und blickte in die Lichtkreise hinunter, die die Lampen auf den Bahnsteig warfen. Aber dort wartete überhaupt niemand auf den letzten Zug. Es war leer, und in den Schienen sang die Kälte.

Jetzt kam es manchmal vor, daß sie ihn sah. Er war groß und schlank und trug eine Studentenmütze. Er pflegte in Begleitung eines alten Geistlichen zu kommen, wer der war, wußte sie nicht. Es verging viel Zeit zwischen den Besuchen, vielleicht ein paar Monate oder mehr. Sie hatten im Ort irgend etwas zu erledigen, und hinterher tranken sie im Cosmopolite Kaffee. Nach einiger Zeit kam sie dahinter, daß sie mit dem Zug kamen, und daß sie auf den Friedhof gingen, um Blumen auf ein Grab zu legen.

Jedesmal, wenn sie sie das Café hatte betreten sehen, war sie in die Küche hinausgegangen und dort geblieben. Linnea, die keine Ahnung hatte, wer der Student war, mußte servieren. Einmal wurde sie jedoch überrascht. Sie saßen bereits im Hinterzimmer und hatten Kaffee bekommen, ohne daß Tora sie bemerkt hatte. Sie stellte sich an die Theke und füllte Plätzchen in die Schalen. Da sah er sie und grüßte.

Umständlich zog der alte Pfarrer mit Hilfe des Jungen, der eine hohe und steife Studentenmütze auf dem Kopf hatte, seinen Überrock und Galoschen an. Dann hörte sie, wie er sich entschuldigte.

»Ich komme nach«, sagte er. »Ich muß hier noch jemandem guten Tag sagen.«

Er ging rasch und unbefangen durch den Raum, wie ein sehr

erwachsener Mensch. Zwanzig Jahre alt, glattrasiert, eine Krawattennadel am Schlips.

»Guten Tag«, sagte er und reichte ihr die Hand.

Sie war sich in ihrem ganzen Leben noch nie so abgrundtief dumm vorgekommen. Er sprach, ihr wallte das Blut, und es klingelte ihr in den Ohren, und sie verstand nur jedes zweite Wort. Doch sie erfaßte, daß er glaubte, sie arbeite in dem Café.

»Ich habe es übernommen, das Café«, sagte sie. »Darf ich etwas anbieten?«

»Nein, danke, ich habe soeben Kaffee getrunken. Er war ausgezeichnet.«

Lüge. Wie leicht ihm die Worte doch über die Lippen schlüpften.

»Ein bißchen Wein aber«, sagte sie.

Sie ging zum Schrank und nahm die Madeiraflasche und die geschliffenen Gläser heraus, die noch nie aufgetischt worden waren, nicht einmal den Lehrerinnen der Koedukationsschule.

»Geh rein und setz dich! Ich komme augenblicklich.«

Sie legte Mandelkonfekt in eine Preßglasschale, die auf einem Fuß stand, drückte ein Stück fest zusammen, um zu prüfen, ob es frisch und noch nicht eingetrocknet sei. Doch dann überlegte sie es sich anders, schüttete es wieder aus und legte zuerst ein Seidenpapier in die Schale. Sie stellte sich ungeschickt an, wie in einem Traum.

Sie prosteten sich mit dem Wein zu, und sie wünschte, daß jemand kommen und sie sehen würde, so daß er verstünde, daß sie kein Gerede mehr fürchtete, daß es ihr gleichgültig war. Gleichzeitig wußte sie, daß diejenigen, die tratschten, ihn nicht mehr erkennen würden.

»Ich darf zum Abitur gratulieren«, sagte sie. Sie sahen sich über den Rand des Glases hinweg den Bruchteil einer Sekunde an, und dann schweiften die Blicke ab. Das war die einzige Unsicherheit, die sie an ihm wahrnahm.

»Wie geht es nun weiter?«

»Ich werde Jura studieren können«, sagte er und lächelte.

»Da schau her!«

Das flog aus ihr heraus, bevor es ihr gelang, den Mund zu schließen. Aber wer bezahlt das denn? Das konnte sie nicht fragen, das wäre taktlos gewesen. Er sagte auch nichts. Der alte Pfarrer, den er so fürsorglich am Arm führte? Aber würde der nicht lieber wollen, daß der Junge Theologie studierte?

»Das dauert wohl seine Zeit, so viel zu lernen«, sagte sie vage, und dann verlief das Gespräch im Sande, und sie schauten beide aus dem Fenster, aber da gab es nichts Besonderes zu sehen. Die Sonne schien auf die Blätter des Apfelbaums im Garten gegenüber, und sie schien auf das Teerpappedach der Polstererwerkstatt.

»Ich muß gehen«, sagte er. »Denn der alte Herr wartet auf mich. Ich danke vielmals.«

»Nichts zu danken«, erwiderte Tora. »Das Konfekt war reichlich hart.«

Sie gaben sich wieder die Hand, und er setzte seine steife Mütze auf.

»Dann möchte ich alles Gute wünschen«, sagte sie.

Als er gegangen war, blieb sie neben dem Hutständer stehen und hoffte, daß eine Weile niemand käme. Warum hatte sie über das vorige Mal nichts aus sich herausgebracht? Verzeih. Verzeih mir das auf dem Markt. Daß ich damals nichts tun konnte. Aber es ist doch wohl trotzdem gutgegangen? Es ist doch alles gutgegangen? Das ist es doch!

Und niemand sah sie. Überhaupt niemand. Aber das lag vor allem daran, daß die Leute sich nicht die Beine ausrissen, um das Café Cosmopolite zu besuchen. Ja doch, die jüngste der Lehrerinnen. Sie hieß Gerda Åkerlund und war selbst in die Koedukationsschule gegangen, ehe sie aufs Seminar kam. Donnerstags hatte der VfpF seine Treffen, und eine halbe Stunde vorher kam Gerda Åkerlund mit dem Protokollbuch in einer schwarzen Wachstuchtasche unter dem Arm die Hovlundagata heruntergelaufen. Dann setzte sie sich in eine Ecke und schrieb mit rasender Geschwindigkeit Protokoll, und es war Tora stets gleich unbegreiflich, warum sie das im Café machen mußte.

Jetzt hielten sie Arbeitsabende ab, weil Krieg war. Fräulein Åkerlund las aus einem Buch vor, das »Die schwedische Frau« hieß, und die anderen nähten Kleider für Bedürftige. Der Krieg hatte alles so schwierig gemacht. Sie saßen bei schlechtem Licht und nähten in einem Winter achtzig Kleidungsstücke. Aus Stockholm kam eine Dame und hielt einen Vortrag, der hieß »Wenn das Vaterland ruft«, doch da ging Tora hinaus und kochte Kaffee. Oder wie man das Gebräu nennen sollte. Einige der Damen tranken Tee aus getrockneten Kirschblättern, und für die belegten Brote mußte sie die Butter mit Milch und Mehl strecken. Manchmal kam ihr alles so hoffnungslos vor, daß sie große Lust hatte, die Bohnen, die sie noch hatte, ganz einfach in die Mühle zu schütten, sie zu mahlen und eine Kanne richtig starken und guten Kaffee zu kochen. Sie wollte die letzte richtige Butter auf das Teegebäck streichen und den käsigen Frauen, die dasaßen und nähten und gewendete Stücke aus Wollstoffen auftrennten, servieren, die Zeitungen mit ihren Berichten über belgische Flüchtlinge und Typhus und verbrannte Städte zusammenraffen und die Öfen damit einheizen, ein richtig heißes Feuer aus singendem Birkenholz! Aber man macht es ja nicht. Man knausert und verkauft kleinweise und streckt und versucht es zu unterlassen, sich für das Gesöff, das man ausschenkte, zu entschuldigen.

Trauergäste kamen ins Cosmopolite. Die Kirchhof lag nicht so weit entfernt, man ging lediglich die Hovlundagata gerade vor und dann ein Stück den Vanstorpsväg hinauf. Die Trauerhäuser begannen bei ihr Kaffee zu bestellen, und sie dekorierte Torten mit Sahneersatz und schwarzen Kreuzen. Das war nicht das, was sie sich anfangs vorgestellt hatte. Sie war eigentlich nicht trübsinnig veranlagt, aber auf dem besten Weg dazu, es zu werden. Rechnete und rechnete mit dem Tintenstift auf Papiertüten, um es hinzukriegen, daß die Rechnung aufging. Gleichwohl saß Berta Göhlin da oben und glaubte, daß sie auf ihre Kosten ihre Schäfchen ins Trockene brächte, daß sie das Café zu billig bekommen hätte und jetzt große Gewinne einstreiche. Berta zählte jede Menschenseele, die ins Cosmopolite ging, aber sie zählte sicher auch die mit, die herauskamen. Tora lag abends, ja bis spät in die Nacht wach und studierte den Vertrag, um zu sehen, ob sie auch nur eine einzige Möglichkeit ausfindig machen könnte, die Amortisationen aufzuschieben. Eines Morgens erwischte Adam den Vertrag, der auf dem Stuhl neben ihrem Bett lag. Er tanzte auf dem Linoleumboden herum und zelebrierte den Text:

»Die Verkäuferin überläßt der Käuferin ihr auf dem Grundstück Nr. 219 Hovlundagata gelegenes Kaffee mit den dazugehörigen Möbeln, Servicen, Teppichen, Beleuchtungsarmaturen und dem übrigen Inventar...«

»Ihr gelegenes Kaffee!« juchzte Fredrik mit rauher Stimme, und dann drehten sich beide durchs Zimmer, Adam mit dem Vertrag hoch über dem Kopf, und Fredrik danach schnappend. Tora ergriff ihn jedoch, und dann gab sie Adam eine Ohrfeige.

»Von dem Café lebst du«, sagte sie. »Da kannst du's buchstabieren, wie du magst.«

Doch das war nicht ganz richtig. Sie mußte das Café mit den Einkünften vom Markt und den Untervermietungen am Leben erhalten.

Die Menschenschlange dampfte und kroch. Unter ihren dreihundert Stiefeln knirschte es, und jedesmal, wenn sie gegen das Gittertor stieß, das nicht ordentlich eingehakt war, sondern pendelte, wimmerte es ein wenig. Der Schnee war blau im morgendlichen Dämmerlicht. Jemand legte vorsichtig die Hände um seine blaugefrorenen Ohren, die meisten aber hatten ihre Kappen und Krimmermützen heruntergezogen so weit es ging. In dicken Arbeitswesten aus Manchestersamt, Pullovern, Strickjacken, Sweatern, Hemden nach Lahman oder Jäger und Kaninchenfellen bewegten sich die Körper steif und durchgefroren bis aufs Mark die Kapellgata vor. Stampf, stampf, und die Schlange krümmte sich vor dem Fabrikgebäude, verjüngte sich beim Eingang, wo der Pförtner vor dem Schalter die Männer einzeln einließ. Einer, der in die Wärme hineingekommen war, sagte, daß es so kalt sei, daß man sich draußen nicht einmal zu pissen traue.

Fredrik Otter stand mit einem eigenen Henkelmann und Wollhandschuhen, die ihm seine Mama angezogen hatte, in der Schlange. Sie hatte ihn schließlich gehen lassen. Als er konfirmiert wurde, erhielt er ein Telegramm von der Verwandtschaft aus Göteborg: »Herzliche Glückwünsche zu Fredriks Festtag.« Auf dem Telegramm waren Kronen aus Gold und roten Rosen. Mehr war nicht. Man hörte nichts mehr. Schließlich legte die Mutter das Telegramm in die Bibel und sagte:

»Jetzt kannst du bei Wärnström anfangen.«

Es war aber nicht so einfach, gleich eine Stelle zu bekommen. Er mußte statt dessen Botengänge für das Café machen, Holz hacken, Scheite spalten, die Zeitungen holen, im Schutz der Dunkelheit und Hintergäßchen Mehlsäcke von Levander heimtragen. Eine Zeit der Erniedrigung, wie er fand, und einmal schlug er sogar Meringe. Schließlich wurde bei Wärnström eine Stelle frei; Kernmachergehilfe in der Gießerei sollte er werden.

In seinem Henkelmann hatte er belegte Brote mit kaltem Rübenmus, und sein Blaumann war steif und sauber. Als er den Werkmeister begrüßte, stellte er die Füße zusammen und machte einen Diener, das hatte sie ihm beigebracht, und es war ihm in Fleisch und Blut übergegangen. Da feixte jemand drinnen im Dunkeln des Raums, er wußte aber nicht wer.

Zum Glück arbeitete dort Konrads Onkel Valentin, an ihn hielt er sich am ersten Tag, sobald er nicht wußte, was er machen sollte. Auf dem Scheitel waren Valentins Haare schütter, er hatte sich jedoch einen schwarzen, krausen Bart wachsen lassen und einen Schnauzer, der die Narbe seiner gespaltenen Lippe verdeckte.

»So, so, du hast keine Angst vor dem Lungenkatarrh«, sagte er. »Und dem Rheumatischen. Du willst also Gießer werden, du.«

Fredrik widersprach nicht. Er hatte aber nicht vor, Gießer zu werden, es war vielmehr die Dreherei, wohin er wollte. Anfangs mußte er Sand karren, ihn sieben und Formen zum Trocknen wegbringen. Mit seinen Holzschuhen rutschte er auf dem schwarzen, festgetrampelten Schnee draußen auf dem Hof, und er fürchtete, daß er die Gußformen fallen lassen würde und sie entzweigingen. Die Gießerei lag abseits in einem alten, eingeschossigen Gebäude mit geschwärztem Gebälk im Dach. Dort drinnen roch es nach Kohle und Schlacke, der Kohlenstaub wirbelte umher, und er war bald bis in die Nasenlöcher schwarz. Quer über dem Hof stand das neue Fabrikgebäude mit den Werkstätten. Dahin wollte er. Es war vier Geschosse hoch und aus grauem Beton, und drinnen gab es Aufzüge und Klosetts. Er fand, daß diejenigen, die morgens, wenn sich die Menschenschlange teilte, durch die Tür zu den Werkstätten verschwanden, eine andere und höhere Art von Menschen seien als die schwarzen Gießer. Von denen war er noch derjenige, der die geringste Bedeutung hatte. Es gab alte Gießer, die nicht fehlen durften, da man dann den Ofen nicht abstechen konnte. Doch er lief nur mit Karren umher und fegte um die Formen herum, kümmerte sich um den Ausschuß, der auf den Schrott sollte, und an dem Tag, an dem er anfangen durfte, die Formen mit Kohlenstaub zu pudern, war er stolz. Erst in ein paar Wochen würde er Kernmachergehilfe werden können und sich dem Putzen der Gußwaren annehmen.

Er fuhr die gegossenen Motorblockrohlinge in die Dreherei, und erst einmal dort drinnen, weg von der Hitze in der Gießerei und dem eiskalten Zug auf dem Hof, schob er seine Laufkatze gemächlich dahin und sah sich um. Hier dröhnten die Kessel rund um die Uhr, und die Räder drehten sich, die Treibriemen liefen von morgens vom Einschalten ab, bis es dunkel wurde. Fredrik ließ sich Zeit, starrte auf den blauglänzenden Drehspan, der sich aus dem Werkstück ringelte, und auf den Bohrer, der sich in das Eisen fraß wie in einen weichen Käse.

Mit den Augen folgte er dem Lauf der peitschenden Riemen zum Treibrad oben an der Decke und überlegte, wie das wäre, wenn so eine platte und zischende Schlange sein Hemd zu fassen bekäme und ihn mit hinaufzöge und seine Achsel von dem Rad zerquetscht würde oder sein Bein oder seine Hand. Er starrte auf den Drehstahl und den Bohrer und verstand, daß sie Menschenfleisch auf genau dieselbe Weise behandeln würden wie Eisen. Die Maschinen machten keinen Unterschied. Sie schlugen Haut wie Blech und zertrümmerten Knochen und Zähne. Das Merkwürdigste aber und das, womit Fredrik sich nicht abfinden konnte, war, daß Menschenfleisch so zäh und so voller Willen war. Wenn du ein Werkstück verpfuschst, dann kannst du es auf den Schrotthaufen werfen, es taugt zu nichts anderem mehr, als dort im Ofen nochmals geschmolzen und in neue Formen gegossen zu werden. Menschenfleisch dagegen heilt.

Deshalb liefen sie unten in den Schmieden und in der Dreherei mit ihren Stümpfen umher, die die Maschinen ihnen beigebracht hatten. Das Fleisch war geheilt und um sie herum zusammengewachsen und runzlig geworden. Eine zerquetschte Hand heilte knorrig um zersplitterte Knochen, Nägel suchten sich ihren Weg durch die Narben, Knorpel wuchsen um Splitter herum. Diese Stümpfe und zusammengeschnürten Narben erschreckten ihn, wenn er sie sah, und er wünschte, daß er eher wie ein Metallgrat in einer Schmelze vernichtet würde, als einen Körper haben zu müssen, der darauf beharrte, um derartige Schmählichkeiten herum zu verheilen.

Er wandte sich ab, wenn er sie sah, und betrachtete lieber die Schleifmaschinen und die Fräsen, die Schnellhobelmaschinen, die Drehbänke und die neuen Bohrmaschinen, an denen Jungen, nicht viel älter als er, standen und sie bedienten. In dem Lärm fragte er nach den Namen aller Maschinen, und meistens bekam er eine Antwort. Wenn nicht, dann nur deshalb, weil sie es eilig hatten. Hier oben gab es keinen, der unfreundlich zu ihm war, aber sie saßen ja auch wie Könige an ihren Maschinen. Der Kaiser in Person war für ihn derjenige, der die große, automatische Revolverdrehbank bediente.

Das war seiner Ansicht nach die vornehmste unter den Maschinen. Sie arbeitete selbständig, als ob sie ein Gehirn in ihrer wuchtigen Masse hätte. Kein Gesteuere und Geschraube, wenn je nach Bedarf das Werkzeug ausgewechselt werden mußte. Der Revolversupport trug die ganze Garnitur, und es fiel heraus, je nachdem, wann es in das vorgeschriebene Arbeitsprogramm hinein mußte. Dort hätte er beliebig lange stehen können, hätte er nicht den Werkmeister und die Gießer, die auf ihn und seine Laufkatze warteten, gefürchtet.

Da unten fürchtete er sich mehr. Einer der Kernmachergehilfen fragte ihn am ersten Tag, wann er den Einstandsschnaps mitbringen würde, und daraufhin ließ man ihm keine Ruhe mehr. Er kannte die Geschichten, was sie mit Jungen machten, die keinen gebührenden Einstand gaben: sie rollten sie im Kohlenstaub und Grus, so daß sie ihre Kleider ruinierten und bluteten, drohten, ihnen mit einem Messer den Pimmel abzuschneiden, und rieben sie dann mit Schmieröl ein, steckten sie in eiskaltes Wasser. Es passierte jedoch nicht mehr, als daß einer der jungen Kerle ihn am Nacken packte und seinen Kopf nach unten zu drücken versuchte.

»Mach 'nen Diener! Darin bist du doch bestimmt tüchtig«, sagte er.

Fredrik war froh, daß er genauso groß und stark war wie der andere. Er brauchte nie wieder einen Diener zu machen.

An einen Einstandsschnaps konnte er nicht herankommen, denn er hatte kein Geld und hätte es niemals gewagt, so viel von seinem Lohn abzuzwacken, da die Mutter ihn nachzählte. Branntwein war jetzt rationiert und teuer. Ein Gießer, der einige Zeit nach ihm anfing, kam trotz allem mit zwei Flaschen Schnaps und einem Stück Knackwurst, aber dieser Branntwein war fast gelb. Sie zwangen sowohl ihn als auch die anderen Jungen, einen zu trinken, um über sie lachen zu können, wenn sie großmäulig wurden. Fredrik wurde totenstill, denn er fürchtete, blind zu werden.

Und die Furcht sprang mit ihm um, der Zug blies durch seine Kleider, die Hitze schlug ihm ins Gesicht, der Lärm machte ihn taub, das Öl und der Ruß krochen unter die Nagelhaut, um sich dort festzusetzen, die Lasten dehnten seine Muskeln und Sehnen, und dann fürchtete er sich nicht mehr und war nicht mehr neu. Er putzte Gußwaren, und es kam ein anderer Junge, der die Karren schob. Als sie mit dem Durchwurf zwischen sich dastanden und Sand siebten, war es Fredrik, der ihm erzählte, daß er die Formen nicht fallen lassen, nicht vor den Gießern seinen Henkelmann aufwärmen und keinen Schrott einstecken dürfe.

In der ersten Zeit war er so müde, daß er aufs Küchensofa plumpste, bevor er etwas gegessen hatte, und dann wollte er nur noch etwas zu essen haben und schlafen. Die Mutter mußte ihn zu der Waschschüssel mit Wasser, das sie gewärmt hatte, hinschubsen. Das Schlimmste ging indes vorüber. Samstags glaubte er jetzt überhaupt keine Müdigkeit zu verspüren. Er fand, daß es bereits im Hausflur nach Samstag roch: frisch gebügelte Hemden und mit Schmierseife geputzte Fußböden. Beim Nachbarn hörte er den Korken aus einer Bierflasche knallen, die Untermieter der Mutter sangen und übten sich im Tanzen. Nein, nur Franzon sang, hörte er. Er versuchte sicher, dem anderen beizubringen, Onestep zu tanzen.

Er war gottlob daheim, und das Wasser stand zum Wärmen im Einmachtopf auf dem Herd. Die Mutter hatte in einer Bratpfanne Essen hingestellt. Es waren gebräunte Kohlrüben und zwei Scheiben Leber, er aß jedoch nur die Rüben, denn er argwöhnte, daß es Pferdeleber sei. Sie war erfinderisch in der Krisenzeit.

Er legte ein paar Scheite nach und ließ die Arbeitskleidung auf den Boden fallen. Den Spiegel, der hoch über dem Ausguß hing, nahm er herunter und lehnte ihn gegen die Wand, denn wenn er allein war, wollte er etwas mehr als nur sein Gesicht sehen. Er zog die Bauchmuskeln ein und sah, wie flach und viereckig der Bauch wurde. Seine Arme waren dünn, setzten aber allmählich Muskeln an. Valentin hatte heute daran gedrückt und gesagt: »Das macht sich!« Sein Körper war weiß und fast sauber, und von der Kälte in der Küche stellten sich überall blonde Flaumhaare auf, und er bekam eine leichte Gänsehaut. Aber ansonsten hatte er jetzt eine glatte Haut und Muskeln, nichts Unebenes und Ungefüges mehr, wie vor nur einem

Jahr noch. Und unter dem Bauch hatte er richtig krauses Haar, und keinen mädchenhaft weichen Flaum, der nur länger und länger wurde. Pfui Teufel! Und dann pfiff er, als er das Wasser in die Waschschüssel schüttete und aus dem Eimer kaltes dazugoß. Einen Abfluß hatten sie bekommen, aber kein fließendes Wasser. Er trällerte: »Meine Kombineschen, ja mein kleines Lamm, wenn's dann soweit ist, werd ich se ham«, und schmierte die Hände mit Seife aus der Dose ein. Sie sollte ein Weilchen einwirken, und währenddessen drehte er sich langsam vor dem Spiegel um und versuchte sich von hinten zu sehen.

Er mochte es nicht, wenn die Mutter mit Handtüchern neben ihm stand, wenn er sich wusch. Sie blickte ihn so eigenartig an, und da schämte er sich. Ihr gegenüber hatte er eine Art Verpflichtung, sich nicht zu ändern. Er versuchte in der Zeitung zu blättern, die auf dem Küchentisch lag, ohne die Seiten voll Seife zu machen, aber das ging natürlich nicht. »Kleines Mädel« wurde jedenfalls im Theater gegeben, und die Talons auf der Zuckerkarte würden erhalten bleiben.

Aus dem vermieteten Zimmer waren Schritte und Stimmen zu hören. Samstagsgeräuche! Sie waren gleichsam leichter, heller. Dieser Franzon redete auf Westin ein und wollte ihm unbedingt das Tanzen beibringen. »Hopp und hopp und eins! Und zusammen und zusammen. Schwung!« Was war das bloß für ein verdammter Tanz? Das konnte man ja nie lernen! Jetzt steckten sie jedoch auf, und Franzon öffnete das Fenster. Wozu sollte das gut sein bei der Kälte? Mama hatte gesagt, daß sie die Fenster und Türen soviel wie möglich geschlossen halten sollten, denn das Holz war entsetzlich teuer. Ein Klafter Erle und Birke gemischt kostete dreißig Kronen. Doch Fredrik öffnete trotzdem das Küchenfenster und sah nach, was Franzon machte. Ja, er öffnete eine Anschovisdose da draußen, und die Brühe spritzte hoch wie aus einer Fontäne. Dann ging er hinein, und es klirrten Flaschen. Dieser verdammte Franzon, der konnte leben! Er hatte eine Tanzkapelle, obschon er selbst schlecht spielte. Aber er war Kapellmeister! Werktags arbeitete er als Kontorist im Elektrischen Installationsbüro. Wo es zwei weibliche Angestellte gab!

Das Wasser war kalt geworden, er mußte ein wenig warmes nachgießen und faßte mit seinen glatten, eingeseiften Händen vorsichtig den Topf an. Dann begann er wie üblich damit, die Hände zu waschen und die Nägel zu bürsten. Das Wasser wurde schwarz und ölig, man konnte es nur noch ins Abwasser schütten. Er nahm nun frisches, so heiß, wie er es ertragen konnte. Er war verschwenderisch, aber Samstag war es nur einmal in der Woche, und da war den ganzen Tag Samstag! Am besten hütete man sich vor Mamas Seife. Es war nicht gut Kirschen essen mit ihr, falls die grauschwarz war, wenn sie sich am Abend waschen wollte. Er rieb Gesicht und Hals, prustete und spritzte, daß die Stabbretter auf dem Fußboden graugesprenkelt wurden, wusch sich mit dem kleinen Finger die Ohren aus und grinste sich im Spiegel an. Er schneuzte sich, um den Ruß aus der Nase zu bekommen, und dann machte er mit dem Körper weiter. Aber um diese Jahreszeit, wo er viel anhatte, war er ziemlich sauber.

Zum Schluß stellte er die Waschschüssel auf den Fußboden, mit einer Zeitung als Unterlage, und wusch sich die Füße, indem er sie in die Schüssel stellte und lange sitzen blieb, bevor er sie mit Seife abbürstete. Der Ruß war durch die Strümpfe über die Knöchel hinaufgedrungen, das war vielleicht ein Mist. Das Wasser war nun kalt und schwarz, und er kippte es in den Ausguß. Ein Segen, wie die Mutter sagte, und damit hatte sie recht. Er dachte an den Eimer, der in der Hovlundagata 60 unter dem Waschtisch gestanden hatte. So ein Geschwappe. Und dann die Speichelplempe vom Zähneputzen, die obenauf schwamm, und die Haarsträhnen – es ekelte ihn noch immer. Fredrik hatte eine Schwäche, doch er hoffte, daß sie mit der Zeit verschwinden würde: er war wählerisch.

Er fror jetzt und legte ein paar Scheite nach, bevor er sich abzutrocknen begann. Rauhe Hinterbacken, das war gut so. Nicht so mädchenhaft glatt wie noch vor einem Jahr, auch Haare an den Beinen. Der Pimmel aber war vom Wasser und der Kälte zusammengeschrumpft. Das sah scheußlich aus, er mußte versuchen, die Falten herauszuziehen, und nachsehen, ob er keinen Schaden erlitten hatte. »Piephahn«, sagte die Mutter. Immer noch! »Zieh dir dicke Unterhosen an, damit du dir den Piephahn nicht verkühlst!« Großer Gott, so was mußte man sich anhören. Aber eines schönen Tages würde er es ihr verbieten.

Er nahm einen Zipfel des Handtuchs und machte sich damit die Nase sauber. Erst als er sah, wie schwarz der wurde, dachte er wieder daran, daß er das nicht machen durfte. Was er statt dessen nehmen sollte, fiel ihm nicht ein. Mit dem Taschenmesser kratzte er das Schwarze unter den Nägeln weg, aber es ging nicht alles weg. Es saß zu hartnäckig dort. Und es würde dort bleiben, zeit seines Lebens. Er bog die Finger nach innen und betrachtete die Nägel. Kurz und breit, er schlug nach der mütterlichen Seite. Adam hatte lange, schmale Finger, und ließe er es nur bleiben, auf den Nägeln zu kauen, würden sie gewölbt werden. Wenn er Geld hätte, viel Geld, und selbst darüber verfügen könnte, würde er sich einen Siegelring kaufen. Mit schwarzem Blutstein, so einen, wie Franzon hatte oder ein bißchen größer.

Auf dem Sofa lag eine saubere lange Unterhose bereit, doch er schlich wie ein Dieb zur Kommode und suchte statt dessen nach einer kurzen aus Baumwolle, fein und gemangelt und mit flachen Stoffknöpfen. Man fror doch nicht an den Beinen, jedenfalls nicht an einem Samstag. In Franzons Zimmer klirrte es, sie stießen miteinander an. Zum Teufel, sollte man … nein. Die Mutter könnte kommen.

Er hängte den Spiegel wieder an seinen Nagel und kämmte sich mit Wasser und zog den Scheitel auf der linken Seite.

Ganz oben hatte er einen Wirbel, so daß die Haare abstanden. Einmal hatte er versucht, ihn wegzubekommen, indem er die Haare an dieser Stelle bis auf die Kopfhaut abgeschnitten hatte. Aber das machte er nicht noch einmal.

Er bekam allmählich einen Bart, das konnte niemand bestreiten. Auf der Oberlippe waren lange, weiche Haare, jeden Tag mehr. Wenn man herginge und sie rasierte? Würden sie dann fester werden? Die Frage war nur, was man dazu nehmen sollte. Franzons Rasiermesser vielleicht. Er war jetzt mit Westin weggegangen, und in dem Zimmer war es still. Fredrik schlich auf Zehenspitzen hinein. In dem eben verlassenen Raum roch es geheimnisvoll, und warm war es. Anschovis und Branntwein und Haarwasser lagen in der Luft. Sie hatten natürlich vergessen, die Ofenklappe zuzumachen; das hätte die Mutter sehen müssen! Wenn jetzt jemand käme, würde er sagen, daß er nur da drinnen war, um die Ofenklappe zuzumachen.

Auf dem Fensterbrett stand eine blaue Flasche mit Haarwasser. Ob man das mal gegen den Wirbel probieren sollte? Ach was, nicht die Bohne half das. Er konnte es nicht lassen, die oberste Kommodenschublade zu öffnen, vorsichtig, damit nichts von seinem Platz rückte. Da lagen sie: der Rasierpinsel aus zweifarbigem Dachshaar, die Rasierseife, die nach Mandel duftete, das Messer mit gelbem beinernen Griff und Messingnieten. Er befühlte sie mit dem Zeigefinger. Es war ziemlich scharf. Das Streichleder hing neben dem Spiegel. Diejenigen, die noch einen Vater hatten, bekamen damit Prügel, hier waren es nur die harten Finger der Mutter, die das Zusammenleben ins Lot brachten. Prügel hatte er nie bekommen, aber kleine, schmerzhafte Ohrfeigen, Kniffe in den Oberarm, Schnalzer aufs Ohr.

Man brauchte warmes Wasser, wenn man sich rasieren wollte. Und das Messer sah scharf aus. Der Kupferschmied am Vanstorpsväg hatte sich mit so einem Ding den Hals durchgeschnitten. Der Konditor von Anker hatte dagegen Blausäure genommen. Das sei dasselbe Zeug wie Bittermandelöl, hatte Konrad gesagt. Es wäre nur ein Schluck, und mit einem Ruck ging es geradewegs hinein in die Ewigkeit.

Darunter war etwas. Die Ecke einer Zeitung. Nein, nur eine Broschüre. Oho! Eine braungetönte Fotografie, ein weiches Etwas, Schenkel, Stoff, Falten, lockiges Haar. Er hatte Hygiene-Schriften hier, das hätte man sich ja an allen zehn Fingern abzählen können! Vorsichtig kramte er das Heft heraus und versuchte sich einzuprägen, wie die Sachen lagen. Die Schachtel, eine grüne Schachtel. Was war wohl in der Schachtel? Er konnte kaum schlucken, sein Hals schwoll und pochte, und er hatte das Gefühl, pinkeln zu müssen, obwohl er gar nicht mußte.

»Was, in drei Teufels Namen, ist denn das hier? Antworte!«

Er knallte die Schublade zu, als er die Stimme hörte, die Sachen mußten darin durcheinanderfliegen. Er stürzte hinaus, hielt sich die Hand vor die Unterhose, denn der steife Baumwollstoff war ausgebeult.

»Riech mal!«

Sobald er sich beruhigt hatte, hörte er, daß die Stimme von unten kam, von Olssons, er mußte auf dem Balkon draußen sein und brüllen. Jetzt mischte auch eine Frauenstimme in dem Ganzen mit, beteuerte, daß sie von nichts wisse. Fredrik setzte sich auf einen Stuhl und hob die Füße von dem eiskalten Linoleum hoch, als er sich die Strümpfe anzog. Unten ging das Gebrüll und Gegacker weiter. Er schnappte auf, daß der Alte Anschovisbrühe in seinen Hut bekommen hatte, aber er war offensichtlich noch nicht darauf gekommen, daß sie von oben gekommen war. Die Kleider waren nach einem Ordenstreffen zum Auslüften draußen gewesen, und die Tante hatte den Hut umgekehrt hingelegt.

»Den Hut! Wolltest du den Hut lüften! Bist du nicht ganz gescheit? War es denn nötig, Anschovisbrühe hineinzuschütten?

Riech mal! *Ist* es denn nicht Anschovis? Was ist es dann? Willst du mir vielleicht weismachen, daß die Katzen hineingepißt haben?«

Fredrik zog sich rasch an, um wegzukommen, bevor sie nach oben sahen und zu überlegen anfingen. Am besten kümmerte sich die Mutter um diese Geschichte, sie hatte eher Haare auf den Zähnen. Das frisch gebügelte Hemd hatte einen Brandfleck vom Bügeleisen, doch das machte nichts, denn er war an dem Ende, das man in die Hose stopfte. Die Mutter war in vieler Hinsicht gut, aber um die Wahrheit zu sagen, sie hatte es meistens ein bißchen pressant. Er zog den fertig gebundenen Schlips über den Kopf und steckte die Klubnadel daran. Die Jacke, die Hose, den Schmachtriemen konnte er noch ein Loch enger schnallen. Man wurde nicht gerade dicker heutzutage.

Die Schuhe waren schon gebürstet, das hatte er am Freitagabend gemacht. Das war eine komplette Zeremonie, denn er machte es genau wie sein Vater. Die Mutter hatte ihm erzählt, wie genau der es mit seinen Schuhen genommen habe, er habe sowohl einen Flanellappen als auch eine Bürste benutzt. Jetzt nahm er den Mantel und die Sportmütze, und dann polterten seine stumpfen und polierten Schuhe die Treppen hinunter, genau im richtigen Augenblick, bevor bei Olssons die Tür aufflog.

»Wollen wir in die Stadt gehen?« konnte man heutzutage zueinander sagen. »Wir gehen ein bißchen in die Stadt.«

Es waren freilich dieselben Bretterzäune und Häusergiebel wie eh und je, dieselben von Hunden verpinkelten Schneehaufen wie vor dem Neujahrstag, und die Holzhandlung war kein bißchen von der Stelle gerückt. Sie lag nach wie vor im Zentrum. Zu Silvester hatte man auf dem Marktplatz eine Tribüne mit Flaggen und kronenverzierten Schilden, Fichtenreisern und Illuminationsgirlanden errichtet. Alles, was nur irgendwie Beine hatte, war in dieser kalten Nacht draußen gewesen und hatte die Männer der Stadt einander der Tatkraft, Initiative,

Genialität und des Weitblicks, die sie nun bald fünfunddreißig Jahre unermüdlich an den Tag gelegt hätten, rühmen hören. Leitsterne und Leuchttürme hatten aufgestrahlt, Wege in die Zukunft waren abgesteckt, Gott, der König und der tote Großhändler waren unsichtbar zugegen gewesen. Hinterher hatte es ein Festbankett gegeben, und niemand wußte, was es da zu essen gab, aber Fredrik war sich sicher, daß es keine gebratene Pferdeleber war. Und so gehörte der Ort in die Reihe derer, die zur Stadt erhoben worden waren. Er konnte also in die Stadt gehen, wenn er wollte.

Dort setzte man sich natürlich ins Café, doch es war schwierig, da in Ruhe zu sitzen, denn es gab ständig etwas, was die Mutter verrichtet haben wollte. Tanzen zu gehen traute er sich nicht, denn er wußte nicht, wie man das machte. Es sah so furchtbar kompliziert aus, die Füße richtig zu setzen und gleichzeitig ungerührt dreinzuschauen und dem Mädchen direkt ins Gesicht zu sehen und womöglich zu plaudern. Worüber eigentlich?

Konrad Eriksson nahm ihn immer mit ins Volkshaus, wenn man dort Reigen tanzte. Das war doch ein wenig anders. Man trabte durch den Raum, und aus den Liedern ging ziemlich klar hervor, was man tun mußte, und aufzufordern brauchte man auch nicht. Plötzlich stand eben ein Mädchen vor einem, und man mußte es bei der Hand nehmen und den Arm kräftig vor und zurück schwingen oder mit untergehakten Armen mit ihm im Kreis herumhopsen, während man »Petersil und Suppengrün fiderallala« sang. Auch wenn er nie mitsang. Es waren vor allem die Mädchen, die sangen.

Nach den Reigentänzen kam das eigentliche Programm, und meistens wirkte Konrad dabei mit. Wenn aber die Deklamationen und Reden zu Ende waren, wenn der Kaffee ausgetrunken war und der Sängerchor sich aufgelöst hatte, dann wurde es schlimmer. Dann spielte das Orchester auf, meistens Franzons Kapelle, und der Tanz polterte über den Bretterboden. Die

Glühlampen an der Decke schaukelten hin und her, und die Papiergirlanden wurden schlaff in der Wärme, so daß die Tanzenden sie mit den Haaren streiften. Konrad tanzte nie mit den Mädchen, aber seinen Onkel Valentin sah man für gewöhnlich auf dem Tanzboden. Er war ein leidenschaftlicher Walzertänzer, scharrte mit den Absatzeisen in langen, ausladenden Rückwärtsdrehungen dahin und bekam eine schweißglänzende Stirn. Fredrik bekam indes ganz feuchte Hände, denn er wußte, daß bald der Damenwalzer kommen würde. Er drehte sein Taschentuch in den Handflächen, bis es eine kleine, nasse Wurst war. Dann verzog er sich zum Ausgang und stolperte genau in dem Augenblick hinaus, da der Kapellmeister rief, daß die Reihe nun an unseren entzückenden Damen sei.

Meistens ging er jedoch zur Hovlundagata, wenn er frei hatte, trabte, die Hände tief in den Manteltaschen vergraben, bis zur Nummer 60. Adam war in der ersten Woche nach dem Umzug zurückgegangen, um den Igel zu füttern, dem es sonst, wie er glaubte, schlecht ergangen wäre. Dann bekam er in der Magasinsgata zahme Eichhörnchen und vergaß alles. Doch Fredrik ging dorthin. Manchmal hatte er Tüten von Mutter dabei, ebensooft ging er jedoch ohne ein anderes Anliegen hin, als mit Konrad zusammenzusein, der stets auf dem Küchensofa saß und las. Über seinem Kopf waren mit Reißzwecken Ansichtskarten an der Wand befestigt. Es waren Bilder von Marx und Lassalle, aber auch von den dreien, die wegen Landesverrats angeklagt worden waren und im Gefängnis gesessen hatten: Oljelund, Höglund und Hedén. Wenn eine neue Ansichtskarte kam, zeigte er Fredrik die Rückseite. Sie waren alle in Norrköping abgeschickt und mit Ebon Johanssons hastiger und ungeduldiger Handschrift geschrieben.

Auch Konrad hatte keinen Vater. Eriksson war tot. »Umgekommen«, sagte die Mutter und kniff den Mund zusammen, wenn er zu Hause danach fragte. Im Café erfuhr er, daß er besoffen gewesen sei und es mit einer Straßenbahn aufgenommen habe. Aber daß sie keine Väter hatten, stellte sie nicht direkt gleich, denn Konrad war erwachsen. Doch er war ein recht merkwürdiger Erwachsener. Er griff Fredrik nicht in den Schritt und fragte, ob der Junghahn bald zu krähen anfangen werde. Er sagte nicht:

»Red du nur! Der Verstand hindert dich nicht daran, wie ich höre.«

Vielmehr hörte er zu. Er schickte ihn nicht Bier und Matanzaszigarren holen, wollte nicht armdrücken und fingerhakeln und dann lachend loslassen, so daß Fredrik zu Boden purzelte. Er fragte nicht, ob er sich traue, seine Hand unter den großen Hammer zu halten, und sagte nichts über seinen Bartwuchs, sobald er zur Tür hereinkam.

Er saß unter seinen Ansichtskarten, las viel und glaubte an die Revolution. Er sagte jedoch, daß sie eine äußerst langsame Bewegung im Meer der Geschichte sei, eine Dünung, die sie sanft an den Strand spüle. Das, was in Rußland geschehe, sei nur ein heftiges Wellenbrechen, ein Schwappen und eine ganz oberflächliche Brandung.

Ein andermal sagte er, daß die Revolution ein Licht sei, das immer mehr Menschen erhelle und sie sichtbar mache. Das glaubte Fredrik zu verstehen. Sie bekämen Wert, wenn das Licht auf sie falle, meinte er, vorher hätten sie keinerlei Wert gehabt. Nur Großkopfete, Oberschichtler und Intelligenzler hätten gezählt. Jetzt aber zähle ein gewöhnlicher Arbeiter, jedenfalls dann, wenn er ordentlich sei. Es säßen bald ebenso viele Sozialdemokraten wie Rechte im Stadtrat. Jetzt sei man praktisch gezwungen, einen tüchtigen Arbeiter für gleich viel wert zu erachten wie einen, der aus gutem Hause sei, nicht wahr?

»Nein«, sagte Konrad. »Wir sollen nicht darum kämpfen, daß unsere Menschenwürde von Großhändlern anerkannt wird.«

Dann sagte er, daß Lunkan, der morgens, wenn sonst niemand wach war, Scheißkübel fuhr, der einzig wahre Revolutionär in dieser Stadt sei. Aber das ging denn doch zu weit! Ausgerechnet Lunkan, der nirgends organisiert war, der nicht im geringsten kämpfte. Wenn Lunkan ein Revolutionär sein sollte, dann wäre er, Fredrik Otter, ein Schimpanse!

Ein jeder Mensch, sagte Konrad, der sich selbst Wert zuerkenne, ohne danach zu streben, diesen zu bekommen, der sei ein Revolutionär.

Wenn es nur darauf ankam, daß man nicht strebte, dann war wohl auch Konrad selbst ein recht guter Revolutionär, das verstand Fredrik. Der ging zu Anker und knetete seine Teige, interessierte sich aber nicht dafür, wie sie verbacken wurden. Er lieferte seiner Mutter den Lohn ab und lieh sich Bücher von Ebon Johansson, der sie aus Norrköping schickte.

Sie saßen einander gegenüber, er und Konrad. Frida hatte die Teller abgeräumt, aber den Tisch nicht abgewischt. Es lagen Kartoffelschalen darauf, und das war etwas, was Fredrik nicht verstand. Er dachte an F. A. Otter, seinen Vater, und was der zu Kartoffelschalen auf dem Tisch gesagt hätte. Er mußte sie sich wegdenken, denn sie zerstörten ein Bild, das er von Konrad hatte.

Hier saß er und las. Über ihm waren die Schnüre gespannt, an denen Frida immer die Wäsche aufhängte. Sie liefen kreuz und quer und waren voller Knoten. Ingrid spazierte mit einem Puppenwagen hin und her, den David ihr gemacht hatte, wobei er für die Räder große Garnrollen genommen hatte. Sie besaß eine Puppe, die hieß Lena-Malunta. Fredrik hatte noch nie in seinem Leben etwas so Schmutziges, so absolut Verdrecktes gesehen wie dieses Puppengesicht. Es war eigentlich aus einem Stück Trikot eines Unterhemdes. Er wünschte, daß sie es wenigstens bleiben ließe, es zu küssen, sie ließ es aber nicht. Sie küßte es stürmisch ein ums andere Mal und sagte:

»O du mein Mädi, mein Süßi, mein Goldi, meine Lena-Malunta!«

Sie hatte auch einen gestrickten Hund, den nannte sie Muffelutten, und auch den küßte sie und führte ihn an einer Schnur Gassi. Diese beiden, Konrad und Ingrid, waren oft allein zu Hause, und da war er daran gehindert, auszugehen, denn sie durfte nicht allein bleiben. Es schien jedoch nicht, als ob ihm das etwas ausmachte, und sie durfte oft auf seinem Schoß sitzen, und zu Fredriks heimlichem Ekel küßte sie ihn dann mit denselben Lippen, mit denen sie eben erst die schmutzige Puppe geküßt hatte, besonders wenn er etwas getan hatte, worum sie ihn gebeten hatte. Er knipste die langen Gräten von den Rückenwirbeln eines Stockfischs. Die kratzte er dann aus, und so bekam sie ein Puppenservice mit kleinen Kaffeetassen. Fredrik traute sich nie etwas zu tun, worum sie ihn bat, aus Furcht, daß sie sich auch auf ihn stürzen würde.

Er verstand nicht alles, was Konrad sagte. Aber er begriff allmählich, daß er nicht ganz die gleichen Ansichten hatte wie die meisten bei den Versammlungen im Volkshaus. Sein Onkel Valentin war nicht so kompliziert. Der schnappte sich Fredrik vor dem Lohnbüro und sagte ihm, daß er den Gewerkschaftsbeitrag zahlen solle, und damit war die Sache klar.

Bei Konrad zu Hause fürchtete er die Armut, dachte aber nicht über deren Ursachen nach. Er wußte nur, daß man auf einem scharfen Grat balancierte, darunter war die Armut, und stürzte man da hinunter, war es aus. Doch man stürzte nicht hinunter, wenn man arbeitsam war und samstags saubere Strümpfe anzog, keine Kartoffelschalen auf dem Tisch liegen ließ, sich hütete, ein allzu loses Mundwerk zu haben, nicht im Übermaß wichste und nicht zu sozialistisch wurde und sich ereiferte.

Das machte Konrad vielleicht auch nicht, nach außen hin. Ziemlich ruhig sagte er, daß auf dem Dach des Schlosses in Stockholm jetzt Maschinengewehre montiert worden seien.

»Aber wieso denn?« fragte Fredrik erstaunt. »Gibt es hier doch noch Krieg?«

»Nein, aber es gibt Hungerkrawalle. Die Frauen, die plündern da Milchläden und Metzgereien.«

»Wollen die auf die schießen?«

Er antwortete nicht. Er spitzte gerade Zündhölzer an für ein altes Fuchs- und Gänsespiel und steckte sie in die Löcher.

»Sie haben übrigens recht damit«, sagte er schließlich. »Die Frauen, die da plündern. Du weißt doch, wer den armen Leuten das Brot wegißt. Und die Reichen haben jetzt nach der Revolution in Rußland Angst. Deswegen sind die Maschinengewehre auf dem Schloß in Stockholm.«

Dann spielten sie. Konrad war Fuchs und gewann leicht. Er sprang über eine Gans nach der anderen, es war das reinste Massaker. Dann drehte er das Spiel und war eine Weile Gänse, nur um Fredrik zu zeigen, daß die vielen Gänse den Fuchs einschließen und ihn aushungern konnten. Aber da zog sich das Spiel in die Länge.

An der Wand über seinem Bett hatte Fredrik ein Bild des deutschen Ingenieurs und Erfinders Werner von Siemens. Er selbst ging in die finstre Gießerei und hielt sich für den Augenblick parat, da er seine erste Erfindung machen würde. Er hatte viel über das Wehen des Geistes gelesen, das im Gehirn eines Erfinders sich erhebt, über Knipser und plötzliche Lichter. So ungefähr ahnte er, wie das zugehen mußte. Er war durchaus nicht so kindisch, zu glauben, daß automatische Revolverbänke und ganze Lokomotiven fix und fertig bis zur letzten Schweißnaht daherbrausten und sich dem geistigen Auge des Erfinders darböten.

Fredrik glaubte, daß die Technik die Befreierin des Menschen sei, und es fiel ihm schwer, sich für Konrads langsame Revolution zu begeistern, vor allem deswegen, weil sie die Technik nicht einzubeziehen schien. Nicht einmal Schnellfeuergeschütze mit Rohrrücklaufbremse, auf ein kariertes Blatt Papier auf dem Küchentisch gezeichnet, interessierten Konrad, und die, glaubte Fredrik, könnten doch von Nutzen sein. Nein, seine Revolution schien von Körpern und Worten vorangetrieben zu werden.

Aber der menschliche Körper ist eine Maschine mit schlechtem mechanischen Wirkungsgrad, und vor allem eine sehr teure Maschine. Das hatte er in derselben Zeitung gelesen, aus der er das Bild von Siemens ausgeschnitten hatte. Während zehn Stunden normaler und ununterbrochener Arbeit lieferte er eine Ausbeute von ungefähr einer fünfzehntel Pferdestärke. Und da sagte Konrad, daß die Menschen in den Fabriken und Gruben wie Tiere schufteten. Wie ein fünfzehntel Pferd schufteten sie, wenn man genau sein wollte. Fredrik versuchte ihm den unzulänglichen Nutzeffekt eines menschlichen Körpers zu erklären, und das war das einzige Mal, daß Konrad über ihn schmunzelte. Gleichwohl wußte er, daß es richtig war, er wußte es von seinem eigenen Körper! Die Nahrungsaufnahme wurde in viel zu geringem Grad in Leistungsausbeute umgewandelt. Sie ging für den Unterhalt drauf. Er selbst wuchs.

Er wuchs derart, daß die Hemdsärmel die Arme hinaufzukriechen schienen, und er war ständig hungrig, hungrig und unwohl. Denn sicherlich war der Erfindungsreichtum der Mutter in der Krisenzeit groß, mit Pferdeleber und gekochten Dorschköpfen mit schwabbeligen und traurigen großen Augen. Aber er aß nicht alles mögliche. Manchmal reichten ein paar Worte, damit er den Appetit verlor. Sie hatte aus den unedleren Teilen eines Schweins Sülze gekocht, und Adam, der sich für das Fleisch hatte anstellen müssen, sagte, daß dieses Schwein bestimmt vorn und hinten eine Schnauze gehabt habe. Da wurde Fredrik mißtrauisch und stocherte auf dem Teller in den schlabbrigen Stücken mit den Gewürzkörnern und Lorbeerblättern herum, aß aber nichts mehr.

Im Café gab es zum Surrogatkaffee und den Laibchen aus Bohnenmehl Klaviermusik, denn es galt, die Jungen von der Fachschule zu halten. Sie hatte beim Auktionator ein gebrauchtes Klavier erstanden und war mit Franzon, dem Untermieter, übereingekommen, daß er abends nach unten kam und spielte.

Eines Nachmittags im Februar schien die Revolution doch gekommen zu sein. Eine Gruppe Frauen versammelte sich auf dem Marktplatz und marschierte durch die Magasinsgata, daß der Matsch spritzte, und diejenige, die vornweg ging, trug ein Plakat an einer Stange. BROT, stand darauf, UNSERE KINDER HUNGERN. Sie gingen bis zur Fachschule, stellten sich vor den Eingang und riefen, daß der Rektor herauskommen solle, da sie mit ihm reden wollten. Nach einer Weile erschienen in den Fenstern der Klassenzimmer Gesichter, aber die Schüler, die sonst immer auf dem Hof auf und ab gingen und rauchten, wenn Pause war, kamen nicht heraus. Die Frauen riefen im Chor:

»Weg mit der Fachschule! Fahrt heim!«

Viele hörten nun von dem Brotmarsch zur Schule, und während der Februartag verdämmerte, füllte sich der Schulhof mit Leuten, die umherschlenderten und guckten. Die Frauen aber standen dicht zusammengedrängt und stampften in der Kälte und riefen die ganze Zeit: »Fahrt heim! Fahrt heim!« In den Räumen wurde das Licht ausgemacht, und man konnte schwarze Tafeln, auf denen Ziffern standen, und Lampen, die an Schnüren von der Decke hingen, sehen. Die Kerle, die hier zur Schule gingen, standen an den Fenstern, doch sobald sie eine Scheibe einen Spalt weit öffneten, schrie eine der Frauen auf dem Hof:

»Haut bloß ab! Ihr eßt unseren Kindern alles weg!«

Den Rektor hatte bisher niemand zu Gesicht bekommen. Als es aber fast dunkel war und noch kein einziger der beinahe tausend Schüler herausgekommen war, verbreitete sich das Gerücht, daß er auf dem Weg nach unten sei. Der Hausmeister der Schule lief ein und aus und erstattete über die Lage auf beiden Seiten der Eingangstür Bericht. Eine Weile später polterten Finnen- und Skistiefel die große Treppe hinunter, und dann wurde die Eingangstür aufgerissen, und der Rektor stand da in schwarzem Hut und Überrock, und sein leuchtendweißer, gestärkter Hemdkragen war weithin zu sehen. Im Schein der Laterne über der Tür war sein Gesicht rot und erregt. Hinter ihm auf der Treppe standen die Schüler. Einige trugen Fahrtenmesser am Hintern, denn die Schüler der Fachschule kamen aus fast allen Teilen des Landes. Einige Finnen waren darunter und ein Russe. Aber der Russe sollte so freundlich sein, daß er schon fast albern sei, und nur daran interessiert, Schach zu spielen.

»Meine Damen und Mitbürger!« sprach der Rektor.

»Hau ab!« schrien die Frauen.

»Es ist verständlich, wenn Sie in diesen schweren Zeiten aus Sorge um Ihre Kinder…«

»Weg mit dem ganzen G'sindel! Was habt ihr hier überhaupt zu suchen?«

»Solln die Kinder nichts zu essen kriegen, bloß weil ausgewachsne Mannsbilder in die Schule gehn?«

»Ihr wollt wohl nicht arbeiten, was?«

»Aber lassen Sie uns erst«, sagte der Rektor, »ein grundlegendes Mißverständnis beseitigen!«

»Wir werden schon dafür sorgen, daß du auch wegkommst, du!«

Da war der Rektor empört und brüllte seinen Schülern eine Frage zu. Gedachten sie sich fortjagen zu lassen? Aus dem Treppenhaus, das eine ebenso prächtige Akustik hatte wie ein großes Badezimmer, war ein Brummen zu vernehmen. Dann schlug er die Tür zu, und sie sahen ihn nicht wieder. Der Hausmeister schloß ab.

Fredrik hörte von dem Auflauf und eilte dorthin, nachdem sie in der Gießerei Feierabend gemacht hatten. Aber da waren die meisten schon weg; die Schüler waren durch die Hintertür gegangen, und die Schaulustigen schlenderten unter den Straßenlaternen der Magasinsgata dahin. Ein paar Frauen standen noch da, und man konnte das Plakat betrachten, doch Fredrik fand nicht, daß das viel von einer Revolution an sich hatte. Er hörte, wie sie sagten, daß sie kalte Füße hätten und daß sie nach Hause müßten und Kohlrüben aufsetzen.

Dieser Krieg war nur Scheiße! Anfangs war es spannend und aufregend gewesen; als der Landsturm eingerückt war, hatten von morgens bis abends die Glocken geläutet. General von Emmich hatte gesiegt, und in der Zeitung hatte ein Porträt von ihm als dem Bezwinger von Liège gestanden. Putte Lundholms Bruder, der in Stockholm wohnte und bei der Göta Leibgarde diente, war in einer neuen Uniform zu Hause gewesen, um sich von seiner Mutter zu verabschieden. Er hatte am Ärmel drei Schnörkel bekommen und eine Erkennungsmarke und sollte hinaus nach Värmdö. Dort würde er natürlich sterben. Doch mittlerweile war es 1917, und er lebte immer noch und kam manchmal nach Hause und war nach wie vor nur Furier. Jetzt mangelte es an allem, sogar an Kartoffeln. Die Leute lagen krank darnieder. Warum war alles so klein und erbärmlich? Warum passierte bloß nie etwas?

Im Frühling, als Anker kein Mehl mehr beschaffen konnte zum Backen, verlor Konrad seine Arbeit.

»Was willst du jetzt machen?« fragte Fredrik.

»Ich werde an meiner Abhandlung schreiben.«

Er saß wie üblich unter den knotigen Wäscheleinen, die über seinem Kopf zusammen- und auseinanderliefen. Zum ersten Mal war Fredrik in seiner Gesellschaft ungeduldig.

»Zur Erlangung der Aufnahme in die weithin berühmte Philosophische Fakultät der Hovlundagata-Universität werde ich an meiner Abhandlung über die Wanze schreiben. Sie wird hier unten an der Holzschuppentür angeschlagen werden. Ich bin soeben bei der Wanze und dem Liebesleben angelangt.«

»Mensch, wenn du in der Gießerei was kriegen könntest!« sagte Fredrik und betrachtete Konrads weiße Bäckerhände und seinen dünnen, geschmeidigen Körper.

»Nicht das Liebesleben der Wanze, darum können sich die Naturwissenschaftler kümmern. Vielmehr die Wanze im menschlichen Liebesleben. Stell dir mal vor, daß alle vier Beine von Romeos und Julias Bett in Anschovisdosen mit Petroleum stehen. Die Nacht bricht herein, es knackt und raschelt in der Tapete. Romeo säuselt, und eines dieser flachen, kleinen Wesen nach dem anderen, dieser tapfersten Gefährten des Menschen, läßt sich von der Decke fallen. Knack. Knack. Julia mit ihrem zarten Teint und süßen Blut wälzt sich im Bett. Sie juckt sich ein bißchen. Im Bettzeug beginnt sich was zu rühren. In rauhen Mengen rieselt und tropft es von der Decke, denn nun haben sie ihre Scheu überwunden. Romeo setzt sich auf und kratzt sich. Die Beulen schwellen an und bluten, als er kratzt, aber er kann es jetzt nicht mehr lassen. Alles Feingefühl ist überwunden, alle Scheu und Scham. Unter dem Bettzeug schwelt und knackt es. Es ist die Macht der Wanze über diese Welt, die sich da rührt!«

»Hör doch auf!« sagte Fredrik.

»Nächstes Kapitel: Die Wanze und die Menschenwürde.«

»Kommst du mit nach Oxtorp? Ich soll für Mama zwei Hühner holen, die hat ihr jemand versprochen. Eins davon kriegt ihr.«

Sie stiefelten durch die Schneeschmelze nach Oxtorp. Das waren zehn Kilometer. Der Bauer gab ihnen die Hennen, denen das Genick gebrochen war und die mit einer Schnur an den Beinen zusammengehalten waren. Nach Hause zurück fuhren sie mit dem Zug und setzten sich in das leere Erster-Klasse-Abteil. Konrad trennte die Hühner und setzte sie, mit ihren hängenden Köpfen an der Rückenlehne ruhend, ordentlich aufrecht auf die Samtbank. Ihre Augen wirkten bleich und müde. Er trieb die ganze Fahrt über mit ihnen Konversation, und vollkommen naturgetreu waren sie vornehm unwillig zu antworten. Der Schaffner kam erst bei der Einfahrtsweiche herein und kontrollierte die Fahrkarten, doch da hatte es nicht mehr viel Sinn, sie hinauszuwerfen. Er tat es aber trotzdem.

Als der Sommer kam, war Konrad Eriksson so dünn wie ein Rasiermesser, und sein Rücken war gekrümmt. Er lief umher und sah aus, als habe er Magenschmerzen, und das hatte er auch. Er vertrage den bitteren Kaffee aus Löwenzahnwurzeln nicht, sagte er.

Nun nahm er Fredrik mit hinaus nach Rosenholm zum Fischen. Das war gar nicht so verkehrt. Der Himmel war hoch und blau da draußen, und Fredrik lag auf dem Boden eines alten Kahns und paffte »39er«. Hin und wieder mußte er den Lumpen, der ein Leck abdichtete, anders hineinstopfen, um am Rücken nicht naß zu werden. Durch die Erlen schimmerte das kleine Herrenhaus von Rosenholm, und vom Hofplatz her hörte man das Geräusch eines Rechens im Kies.

Konrad hatte bei der Mühle Netze geliehen bekommen, die legten sie samstags abends aus und wollten sie zeitig am nächsten Morgen einziehen. Fredrik kam jedoch sonntags morgens nur schwer aus dem Bett. Wenn sie hinauskamen, waren die jungen Brachsen in den Netzen, die im seichten Wasser lagen, wo es schnell warm wurde, meistens eingegangen. Die Schleien indes lebten und mußten geschlachtet werden, da sie soviel Blut hatten. Sonst würde das Fleisch nicht schmackhaft. Die Fische ekelten sie schließlich an. Sie hatten Blutschleim und Schuppen an den Händen, und aus den Köpfen der Schleien strömte unaufhörlich dunkles Blut. Die Sonne trocknete die Seiten des grünschwarzen, schuppenlosen Fisches zu Leder und die der Brachse zu einer geschuppten Rüstung, auf der die Fliegen umherspazierten und nach Rissen suchten. Sie ließen den Fischhaufen auf dem Boden des Kahns einen Fischhaufen sein und legten sich ins Gras, schauten hinauf in den leeren Himmel und rauchten, um das Magenknurren zu besänftigen. Etwas weiter entfernt knallten Spielkarten auf einen Steg, wo eine Clique lag und Tippen spielte.

Eintagsfliegen mit Schwanzborsten am Hinterteil schaukelten auf der Spitze des Schilfrohrstengels. Sie krümmten das Hinterteil, als wollten sie sich paaren, und ihre Oberkörper hatten sich zu einem Buckel ausgewachsen. Doch wenn sie flogen, schillerten sie, und Fredrik versuchte ihnen mit den Augen zu folgen. Er verlor sie sofort aus dem Blick. Ins Wasser hinunter wollte er nicht schauen, denn dort arbeitete sich langsam ein Pferdeegel in eine Schnecke, um sie aufzufressen, und im Schlamm auf dem Grund wogten Röhrenwürmer.

»Hast du mal das Meer gesehen?« fragte er Konrad.

»Ja, bei Oxelösund.«

»Ist es denn so was Besonderes?«

»Es ist sauber.«

Fredrik lag da und versuchte sich ein großes Wasser ohne Egel und Würmer vorzustellen, ein Wasser, rein und scharf wie Branntwein, ein Meer, das bis Estland reichte.

»Mein Papa konnte ohne das Meer nicht leben«, sagte er.

»Nein.«

»Erinnerst du dich an deinen Papa?«

Konrad lachte auf.

»Natürlich erinnere ich mich an meinen Papa. Er hat Butter in den Kaffee getan.«

Eriksson war einer von den Menschen gewesen, denen nichts gelingen wollte. Das hatte Fredriks Mutter gesagt. Nach dem Streik war er arbeitslos geworden und fing dann wahrscheinlich zu saufen an. In Norrköping waren ihm mehrmals Unfälle passiert. Es sah fast so aus, als spielte er mit den Unfällen, wie andere draußen im Holzschuppen mit der Remington spielen oder oben auf dem Boden mit einem Seil, auch wenn nie etwas daraus wird. Schließlich kam er unter eine Straßenbahn. Niemand konnte etwas Schlechtes über ihn sagen, und so furchtbar versoffen war er nicht gewesen, zumindest nicht vor dem Streik. Er habe aber keinen Mumm in den Knochen gehabt, hatte die Mutter gesagt.

»Er hat wirklich immer Butter reingetan, wenn wir welche hatten«, sagte Konrad. »Einen ganzen Teelöffel voll. Er hat sie in den Kaffee getan, und dann hat er sie zergehen lassen, so daß es obenauf in der Tasse Perlen und Ringe gegeben hat. Das hat er dann getrunken. Das war natürlich echter Kaffee. Weißt du überhaupt noch, was echter Kaffee ist?«

»Nein.«

»Echter Kaffee, das ist wie die Achselhöhle einer Mulattin, er ist braun und heiß und sanft und duftet. Man ißt dazu eine

Scheibe Roggenbrot, mit viel Butter drauf – nein, auch das noch!«

»Um was geht's hier?«

»Verflixt noch mal!« sagte Konrad. »Die hat die Mulattin angelockt. Wir essen«, sagte er freundlich zu den Köpfen, die über die Engelwurzen emporragten.

»Und was?«

»Roggenbrotscheiben mit Schmalz.«

Es waren drei halbwüchsige Kerle und ein Mädchen mit von Mücken zerstochenen Beinen unter einem viel zu kurzen Rock. Einer von ihnen hielt noch immer das Kartenspiel in der Hand, als er die Engelwurzen auseinanderbog. Fredrik fühlte sich sicher, weil Konrad dabei war, der, wenn auch dünn, doch immerhin erwachsen war.

»Weißes, ganz weiches Schmalz mit ein paar Zwiebeln und Apfelstücken drin«, sagte er. »Ich leg dann auch noch immer eine Scheibe kalten Speck drauf.«

»Den Teufel legst du drauf!« meinte der größte der Kartenspieler. »Ihr habt überhaupt nichts zu essen.«

»Nein, nur 'n klein bißchen was Warmes«, gab Konrad zurück. »Kleine Frikadellen und Zwiebelströmling und Schlackwurst und Rollmops.«

»Was ist das denn für 'n Scheiß?« fragte der Größte und Stärkste.

»Entschuldige. Dann eben Reibekuchen. Wir müssen aber einräumen, daß die kalt sind. Wir nehmen sie immer in die Hand und tun Butter drauf. Aber vielleicht wollt ihr ja Speck dazu haben?«

»Wenn ich 'n Reibekuchen hätt', tät er auch ohne runtergehn.«

Sie hockten sich ins Gras. Was mag das bloß für ein Mädchen sein, das da dabei ist? fragte sich Fredrik. Was für mükkenzerstochene Beine. Und wie die dasitzt. Man sieht hinauf bis zur Möse. Das ist ja furchtbar! Konrad spinnt wohl, so wie der draufloslegt und auch noch mit den Händen herumfuchtelt. Die sind vollkommen weiß und weich vom Teig – womöglich denken die sich, daß er nie was tut, und dann kriegen wir Prügel.

»Schmalzbrocken eßt ihr doch wohl?«

»Das ist, wenn man ein Brot in Schweineschmalz einbrockt«, sagte das Mädchen.

»Man darf nicht vergessen, Milch dazuzugießen«, meinte Konrad. »Man ißt das mit Speck.«

»Vater tunkte früher immer Speck in den Kaffee.«

»Aber das mußte dann doch amerikanischer Speck sein? Ach, lieber, fetter, bittersalziger, amerikanischer Speck, wo willst du deine Zartheit hernehmen, wenn nicht von einer Tasse heißem und dampfendem Java?«

Konrad hatte keinen Bammel. Er legte sich auf den Rücken ins Gras, verschränkte die Arme unter dem Kopf und schaute hinauf ins strahlende Blau. Dann begann er, Blutbrot zu beschreiben.

»Vor allem auf die Schwingung kommt es an, wenn Blutbrot richtig gebrüht ist. Die Schwingung und der Duft. Und dann die weiße Soße. Steif und glatt. Ein kleines Butterklümpchen drin – das schadet nicht. Schön für den, der es zufällig auf den Löffel kriegt. Aber ich liege hier und rede und vergesse dabei das Wichtigste.«

»Und das wäre?«

»Schweinswurst«, sagte Konrad beinahe flüsternd. »Sie ist die Königin! Heil dir, Schweinswurst! Glänzend bist du und gut gestopft und glatt – und nicht zu vergessen, deine kleinen, süßen zusammengebundenen Wurstzipfel und dein kleiner Bindfaden. Jetzt müssen wir vorsichtig sein, denn ihr wißt, daß Wursthaut empfindlich ist, und die hier ist mit Leckereien gestopft, mit feinem Schweinefleisch und Speck und ein bißchen weichem Kartoffelmehl, durch den Wolf gedreht, bis es flüssig und rosa ist, ganz rosa. Stich sie mit einer Nadel an, klopf auf ihr kleines, zartes Ende, und dann hinein mit ihr in die Brühe! Gewürzkörner. Lorbeerblätter. Eine Zwiebelscheibe.«

Das Mädchen hatte ihre braungebrannten Pfoten auf die Knie gelegt. Doch sie saß noch genauso da wie vorher. Fredrik versuchte nicht hinzugucken.

»Jetzt siedet sie ganz sachte, und kleine Fettperlen steigen an die Oberfläche und zerplatzen. Ja, meine Lieben. Derweil kochen wir Kartoffeln. Ja, wir schälen sie natürlich roh. Es muß schnell gehen. Salze ein bißchen! Paß auf die Wurst auf! Leg noch einen Ring in den Herd, sie darf nicht kochen! Wenn die Kartoffeln weich sind – prüf das mit einem Schaumschläger –, dann gieß das Wasser ab! Während ich die Wurst umdrehe – in nur wenig Brühe. Wir wollen nicht soviel Plempel drum herum haben, denn ein bißchen was von dem Guten rinnt immer heraus, und das wollen wir als Soße nehmen. Heieiei, stell Senf auf den Tisch! Jetzt nehmen wir den Stampfer und zerdrücken die Kartoffeln, so, ja. Nicht ein Stück darf ganz bleiben. Es ist wirklich furchtbar unangenehm, wenn man Kartoffelbrei ißt und so ein halbrohes und klumpiges Stück in den Mund kriegt. Nein, zart und duftig. Jetzt schlagen wir es auf. Und ein Eigelb hinein!«

»Naa«, meinte das Mädchen.

»Doch. So geht das! Keine Knauserei. Schlag nur weiter. Muskat ist gut in Kartoffelbrei, doch wir wollen uns nicht so haben. Gib mir das Schneidebrett! Und das Messer. Wahnsinnig nett. Jetzt nehm ich die Wurst heraus – oje, sie ist geplatzt!«

Sie hielten den Atem an.

»Keine Aufregung. Sie liegt, wo sie liegt, und ich halte das Schneidebrett schräg und laß die Brühe in die Schüssel fließen. Siehst du, wie sich ihre Farbe verändert hat, wie tiefrosa sie ist, wie sie sich krümmt, wenn ich Scheiben abschneide, und wie die Haut zusammengerollt ist wie kleine Strümpfe?«

Sie lauschten mit halboffenen Mündern, und Fredrik vergaß

zu gucken, wie das Mädchen saß. Es war, als ob sich selbst die Poren ihrer Haut geöffnet hätten, und ihre Augen brannten, da sie nicht zwinkerten. Doch wer dachte schon daran? Konrads weiche, weiße Hände gestikulierten, als er das Aufschneiden beschrieb, und sie folgten ihren Bewegungen.

»Tja!« sagte er abrupt. »Alles hat ein Ende. Die Wurst hat zwei. Habt ihr Hunger?« Das kam zu unvermittelt, er holte sie nicht langsam in die Wirklichkeit herunter. Plötzlich, viel zu plötzlich erreichten sie den Boden, es schepperte wie das Blech einer leeren Milchkanne. Und da saßen sie nun.

Ihre Mägen drehten sich um, und sie schluckten Speichel. Konrad stand auf und lachte ein bißchen über sie. Das war dumm von ihm, dachte Fredrik. Er war zu lässig und kehrte ihnen den Rücken zu, als er zum Boot ging, und plötzlich traf ihn genau unter den Schulterblättern ein harter Stoß, und die Luft fuhr aus seinen Lungen. Als er sich umdrehte, lächelte er, sah aber etwas töricht aus. Er konnte nicht sehen, wer das gewesen war, denn sie hatten alle drei die Hände in den Hosentaschen, und das Mädchen saß nach wie vor im Gras.

»Komm jetzt!« sagte Fredrik und sprang in den schaukelnden Kahn hinunter.

Konrad bekam noch einen harten Rempler und einen Faustschlag auf den Oberarm, und dann kam er mit dumpfem Laut ins Boot geplumpst und rutschte auf einer Schleie aus. Fredrik bekam die Ruder nach oben, doch Rudern war unmöglich, denn das Ufer war vollkommen zugewachsen. Er zog ein Ruder aus der Dolle und stieß ab. Zwei der jungen Kerle wateten durch den Schlamm hinterher und versuchten Konrad zu erwischen. Fredrik stakte, was er nur konnte, und dachte, daß er ihnen schlimmstenfalls mit dem Ruder eins überbraten werde. Aber warum sah Konrad noch immer bloß verwundert drein?

»Du Satansbraten! Komm, wir erzählen dir was!«

»Wir werdn dir's Maul stopfen!«

Doch jetzt war der Kahn flott, und Fredrik ruderte, was er

vermochte, es spritzte um die Ruder, und rings um sie herum landeten mit satten Platschern Laichkraut und Schlammbatzen und bespritzten sie. Von den vieren am Ufer warf das Mädchen am meisten, sie traf jedoch auf diese Entfernung nicht.

»Das ist ja unglaublich!« meinte Konrad, als sie außer Reichweite kamen. Er versuchte sich zum Verschnaufen auf den Boden des Bootes zu legen, doch da war es naß, und die Schleien und jungen Brachsen schwammen umher.

Sie ruderten zur Mühle und gaben die Netze zurück. Dann gingen sie mit den Fischen in einem Eimer auf der Landstraße nach Hause. Fredrik sprach nicht viel. Es war ihm äußerst unangenehm, daß die Kerle dort unten über Konrad, der doch ein Erwachsener war, hergefallen waren. Es hatte sich etwas verändert, und das wollte er nicht.

Er war an dem Samstagnachmittag, an dem Konrad nach Hause kam und sich wunderte, daß Ingrid nicht da war, in der Hovlundagata 60. Fredrik wußte, daß sie bei dem Regen nicht unten im Hof war und spielte. Sie war wieder Pflegekind, doch diesmal bei einer Familie, die in der Eisenbahnersiedlung wohnte. Seine eigene Mutter hatte sie dorthin gebracht. Frida hatte nicht gekonnt. Er konnte nicht verstehen, weshalb Frida Konrad das so barsch erzählte, fast so, als sei sie böse auf ihn. Und dann kam die häßliche Szene, wo Fredrik wegschauen wollte, aber nicht konnte. Konrads Gesicht wurde vollkommen starr, und dann putzte er Frida herunter. Als sie entgegenhielt, daß es nicht ginge, Ingrid länger daheimzubehalten, schubste er sie gegen den Herd. Fredrik stand da und sah zu, obwohl er es nicht wollte, er sah Frida gegen die Stange prallen, die um den eisernen Herd lief, und er hörte das Geräusch, als ihr Hüftbein dagegenschlug. Es mußte weh getan haben, sie hielt sich mit beiden Händen an der Hüfte und sog an der Unterlippe.

»Ich war gezwungen dazu«, sagte sie.

Da stürzte Konrad zum Fenster und stellte sich mit dem Rücken zu ihr und sagte, daß sie einem alles nähmen, reichte es denn nicht, daß sie ihnen das Essen wegäßen, müßten sie nun auch die Kinder wegnehmen?

»Geh heim, Fredrik!« sagte Frida.

Konrad packte die Gardine und zog mit einem Ruck daran, so daß sie mitsamt der Stange und allem zu Boden fiel, und Frida sah aus, als wollte sie zu weinen anfangen, tat es aber nicht.

»Ich geh hin!« schrie er.

»Nein, das tust du nicht. Wenn du dich beruhigt hast, kapierst du auch, daß uns nichts anderes übrigbleibt. Das Mädel braucht was zu essen. Und hier gibt's nichts. Du hast ja keine richtige Arbeit mehr.«

Konrad fing zu weinen an und sagte, daß alles seine Schuld sei. Fredrik wollte jetzt gehen, doch er kam nicht am Küchentisch vorbei zur Tür, denn dort stand Konrad und weinte. Dann fiel sein Blick auf Ingrids alte Puppe und ihren Hund, die auf dem Fußboden lagen, und er hob sie auf und sagte, daß er die zumindest hinbringen wolle.

»Nein«, sagte Frida.

»Aber die braucht sie!« weinte Konrad.

Frida nahm sie und schlug sie in eine Zeitung ein und sagte zu Fredrik, daß er sie hinbringen solle.

»Se heißen Ek«, erklärte sie. »Er ist Lokführer, und se wohnen in der Eisenbahnersiedlung. Grüß von uns!«

Er nahm das Päckchen, das kaum zusammenhielt, drückte sich an Konrad vorbei und gelangte zur Tür hinaus. Zuerst dachte er, daß er nie wieder dorthin gehen wolle. Dann dachte er, daß das vielleicht nur ein böser Traum sei. Am nächsten Tag würden sie sich nicht einmal mehr daran erinnern, daß Konrad geweint hatte. Er hoffte, daß der schauderhafte Hund und die Puppe nicht aus dem Päckchen herausragen würden, wenn er durch die Stadt ging. Es war eigenartig, daß Konrad sich soviel aus Ingrid machte. Sie war doch so klein. Eigenartig, daß er sie nicht lästig fand. Denn das war sie.

Er klopfte bei der Familie namens Ek an, und die Tür wurde von einer Frau in Pantoffeln und einer großen, sauberen Schürze mit Volants auf den Schultern geöffnet. Er starrte sie an und überreichte den Hund und die Puppe.

»Was ist denn das?« fragte sie.

»Das sind Spielsachen von Ingrid Eriksson«, sagte er. »Ich soll schön grüßen.«

»Aha«, meinte sie. »Es ist gut. Ich danke dir.«

Sie legte das Päckchen jedoch auf die Holzkiste im Flur, wie er noch sah, ehe er ging, und er war sicher, daß es am Abend, wenn Ingrid eingeschlafen sein würde, im Küchenherd landen werde. Er für seinen Teil hielt das für kein Unglück.

Jetzt wollen wir uns angucken, wie das im März 1918 war, als sich Tora Otter und Frida Eriksson im Casinotheater in der Stadt den »Graf von Luxemburg« ansahen.

Sie hängten ihre Mäntel draußen im Flur unter die braunbemalten Hutablagen, behielten aber ihre Hüte auf und auch die Strickjacken an, denn es war kalt. Die Eintrittskarten hatten sie im voraus beim Tabakhändler gekauft, und Tora hatte in ihrer Handtasche eine Tüte gemischter Bonbons dabei. Dann gingen sie hinein und grüßten Bekannte nach rechts und nach links und suchten nach ihren Nummern, die in Weiß auf die braunen Bänke gemalt waren. Sie setzten sich. Frida blickte unverwandt nach vorn auf den Vorhang. Tora sah sich nach Leuten um, die sie kannte, und erzählte Frida, wen sie sah. Jetzt kam das Orchester herein, setzte sich unterhalb der Bühne und rumpelte mit Stühlen und Notenständern, und dann begann das Horn zu muhen und die Klarinette auf und ab zu klettern.

Als der Saal voll war, wurden die Deckenlampen gelöscht, und der Dirigent trat in das Licht, das auf den Vorhang fiel. Er trug einen Frack und ein weiches Hemd und hatte den gleichen abwesenden Gesichtsausdruck wie die Musiker. Der Vorhang ging nicht sofort auf. Sie spielten zuerst ein Stück, das ziemlich lange dauerte. Die Leute schwatzten miteinander, und Uhrmacher Palmquist zischte: »Psst.«

Endlich begann sich der Vorhang zu bewegen; auf halbem

Wege blieb er einen Moment stecken und ruckte. Dann ging er hoch und verschwand. Ein kalter Hauch von ungeheizter Luft und alten Kleidern zog herein, und dann wurde es blendend hell, und lauter Leute mit spitzen Gläsern in den Händen, die sie über den Kopf hielten, hoben zu singen an. Sie sangen: »Karneval! Ja du allerschönste Zeit. Trala lalala!«

Tora flüsterte Frida zu, daß sie die Mäntel hätten anbehalten sollen. Die ganze Zeit kam frische Kaltluft von der Bühne auf sie herunter, doch die Schauspieler und Tänzerinnen hatten so rosige Gesichter, daß ihnen nicht anzusehen war, ob sie froren.

»... tönt der frohe Sang durch die Stadt entlang!« sangen sie.

Der, der den Grafen von Luxemburg spielte, trug einen schwarzen Mantel mit einer kleinen Pelerine darüber. Er sprang auf einen Tisch und sang, und all die andern standen um ihn herum und hoben ihre Gläser. »Mein Ahnherr war der Luxemburg, von dem die Dichter schrieben«, sang er. Das Lied handelte davon, wie es ist, arm zu sein, und wie man damit fertig wird und trotzdem lacht und singt. Er sah wirklich aus, als wüßte er, wovon er sprach, denn er war schlank wie eine Gerte und hatte blaue Schatten auf den Backen. »So liri liri lari, das ganze Moos ging tschari.« Es kann ja auch nicht allzu lustig sein, mit Kulissen und Kisten voller Kleider umherzuziehen und womöglich nur an Weihnachten nach Hause zu kommen.

Der Magere sollte sich mit derjenigen, die Angèle hieß, verheiraten, aber nur, um einem Tattergreis mit Monokel und weißen Gamaschen zu helfen; sie sollten gleich wieder geschieden werden. Weder Tora noch Frida verstanden, warum sie das alles so verzwickt machen mußten, doch dann war Pause, und sie standen draußen auf dem Flur und unterhielten sich mit dem anderen Uhrmacher, dem, der nicht so ein merkwürdiges Wesen hatte wie Palmquist, und der sagte, daß sie das täten, damit sie Gräfin würde. Sie könnte sonst den Alten mit dem weißen Struppelkopf nicht heiraten. Daß sie diesen alten Hummer überhaupt haben wollte, der hatte ja ein ganz rotes Gesicht! Ebba war auch da, und man konnte sich fragen, was sie wohl dachte. Sie hatte den Brauer fest untergehakt und auch hier drinnen die Fuchsboa um. Und das konnte man auch gut brauchen, denn es war verdammt kalt. Tora sagte zu Werner Karlsson, dem Türschließer und Hausmeister im Casino, daß er zu spät zu heizen angefangen habe. Der schob jedoch die Schuld auf die Brennstoffkommission.

Sie heiraten mit einer spanischen Wand zwischen sich, denn sie dürften einander nicht sehen, sagte der Alte. »Lüü-be? Nie kam sie mir noch nah!« sang sie. »Lüü-be? Nie war der Rechte da!« Doch sie sah ein bißchen boshaft aus. Da war die andere besser, die, die Juliette hieß. Die hatte einen runden und kräftigen Rücken, und wenn sie sang, klang es, als ob sie gluckste. »Bin Bohemièn, mir gehört die Welt, denk' nur eh bien, 's geht auch ohne Geld! Wir bummeln durchs Leben, was schert uns das Ziel-glucks-iel? Geht's auch daneben, wir fragen nicht viel-glucks-iel!«

Dagegen ließ sich nichts einwenden. Einen etwas massigen Steiß hatte sie indes, und der Fußboden war schlecht. Er knackte, und dieser verflixte, geizige Malmén würde wohl nicht eher etwas unternehmen, als bis eine ganze Operettengesellschaft durch den Bühnenboden gekracht sein würde. Frida schlief ein, und Tora stieß sie ein wenig am Arm und bot ihr Bonbons an, damit sie wieder munterer würde.

»Sind se jetzt verheiratet?« fragte sie.

»Ja, und jetzt treffen se sich, aber se wissen nicht, wer se sind.«

Und sie verliebten sich ganz heftig ineinander. Jedesmal, wenn sie aufeinander zuliefen, schaukelten die Lampen ein bißchen. Manchmal war die Musik leise, und dann hörte man, wie die Leute husteten und sich schneuzten.

»Liebe, ach du Sonnenschein, du bist so zuck-zuck-zuckzuk-ker-süß! Liebe, ach nur du allein…«

Da bot sie Frida nochmals ein Bonbon an, und sie zwinkerten sich zu.

In der nächsten Pause kam Uhrmacher Krantz wieder auf sie zu und hatte Ivan Roos, den Lagerleiter der Eisenhandlung, dabei. Sie luden sie zu einer Limonade ein.

»Das sollte natürlich Champagner sein«, sagte Ivan Roos und hob sein Glas. Der Uhrmacher meinte, daß das ein verlogenes Bild des Lebens sei, was da auf der Bühne dargestellt werde.

»Ach was!« erwiderte Tora. »Mir gefällt's.«

Die Leute waren ziemlich still draußen im Flur, und der Türschließer warf diejenigen, die rauchten, hinaus, obwohl niemand froher gewesen wäre als Malmén, wenn es gebrannt hätte, so daß er die Versicherung ausbezahlt bekommen hätte.

Den letzten Akt fanden sie ein wenig lang, und Frida döste mehrmals ein. Aber nun tanzten sie da droben Walzer, daß die Lampen schaukelten, und ach wie war das herzend scherzend und hupfend schupfend! Er straffte die Waden, doch an seiner Stelle hätte Kalle Barkling sein müssen. Der da war so dünn. Sie wurden natürlich nie geschieden, doch damit hatte man ja von Anfang an gerechnet. Just als sie den letzten Walzer tanzten, kippte im Zuschauerraum die hinterste Bank um. Die Jungen ganz hinten hatten sich zu weit zurückgelehnt, sie wurden allmählich ein wenig unruhig. Alles stockte eine Sekunde, doch dann tanzten und sangen sie weiter, als ob nichts gewesen wäre. Als die Jungen versuchten, die Bank wieder aufzustellen, scharrte es auf dem Fußboden, und man hörte Stimmen und unterdrücktes Gelächter. Wahrscheinlich hatten sie ein bißchen zuviel intus, doch da konnte ihnen kein Mensch helfen.

Der Vorhang fiel, und gleichzeitig hörte das Orchester auf zu spielen und begann Bogen und Mundstücke einzustecken. Sie applaudierten ihnen, der Vorhang ging wieder auf, blieb hängen und wurde losgerissen, und alle Schauspielerinnen und Schauspieler traten vor und knicksten und verbeugten sich. Sie applaudierten, bis der Vorhang endgültig hängenblieb und nicht mehr hochzubekommen war.

Sie gingen gemächlich heimwärts. Fridas Mund war wie ein Strich, so verlegen war sie, weil der Uhrmacher und Ivan Roos ihnen jeweils zur Seite gingen. Als sie über die Fußgängerbrücke auf den Marktplatz hinuntergekommen waren, bat der Uhrmacher, sie auf ein Gläschen zu sich einladen zu dürfen, bevor sie alle zu sich nach Hause gingen. Frida lehnte zuerst kurz und bündig ab. Als Tora jedoch ihren Arm ganz leicht drückte und für sie beide dankend einwilligte, kam sie mit. Sie wollten gar nicht erst die Mängel ablegen und sich hinsetzen, und das taten sie dann auch nicht. Krantz zündete die Lampen an. Sie merkten, daß es bei ihm junggesellenhaft roch. Er schenkte ihnen Wein ein. Sie begannen, sofort nachdem sie angestoßen hatten, ihre Mäntel wieder zuzuknöpfen. Der Uhrmacher aber stellte sein ausgetrunkenes Glas auf das Büfett. Dann tat er etwas, was sie für immer in Erstaunen versetzen sollte und was sie nie würden vergessen können. Sie hatten noch nie gehört, daß Uhrmacher Krantz amüsant sein konnte. Er setzte den einen Fuß vor den andern, beugte ein wenig die Knie und breitete seine Arme mit den kurzen Händen aus. Und dann sang er:

Kleiner Falter munter flattert
um blutroten Rosensproß
und zu der Knospe zärtlich plappert,
seine Sehnsucht sei ganz groß.
Rosenknospe lispelt bang:
In meinem Boudoir ich dich empfang!
Surre surre surre sum…
Surre sum!

Als er »surre sum« sang, stampfte er ein wenig, als hätte er getanzt, und streckte die Hände vom Körper. Dann wiederholte er das letzte noch einmal und neigte den Kopf. Damit war es zu Ende.

Nachdem sie sich bei ihm bedankt hatten, traten sie hinaus auf die kalte Straße und trennten sich. Frida würde heimwärts trotten und Tora zu sich hineingehen. Sie wohnte in der Nachbarschaft des Uhrmachers. Sie ging jedoch langsam über den Hof, langsamer als sonst, und dachte daran, daß sie über vierzig Jahre alt war und geglaubt hatte, daß sie das meiste vom Leben und davon, was sich ereignen könnte, wüßte. Nie aber hatte sie sich vorstellen können, daß Uhrmacher Krantz derart singen konnte.

Sie mußte an Liebe denken. Nicht, daß sie in den Uhrmacher verliebt gewesen wäre, nein, du lieber Himmel, und auch nicht in Ivan Roos. Aber Liebe.

Wie klein die ist. Sie braucht nichts, nicht einmal jemand, an den sie sich hält. Nur, daß wir miteinander sind und es uns gutgeht. Ja, sie freut sich über die Nähe und leuchtet nicht sonderbarer als eine Butterblume.

Dann war der Abend zu Ende, an dem sie und Frida Eriksson im Casinotheater waren. Sie ging in ihre Wohnung und dachte nicht mehr daran, vergaß ihn aber nie.

Der Eisenbahnarbeiter Algot Dahlgren war ein kleines Raubtier. Gustav Krupp von Bohlen und Alexander Lindh waren vielleicht Säbelzahntiger und menschenfressende Haie, Dahlgren aber war auf jeden Fall ein Mungo. Er war es, der das Waschhaus einrichtete. Durch sein Grundstück floß ein Bach, den staute er, stellte einen Waschkessel auf und setzte ein Dach darüber. Dann durfte man gegen eine Gebühr waschen. Das war Monopolkapitalismus. Er schloß sein Unternehmen erst, als das Wasser im Abwassergraben von den Kloaken aus den Häusern so verunreinigt war, daß die Wäsche braun wurde. Das heißt, die Hausfrauen gingen nicht mehr dorthin. Da saß er nun und brütete. Der Erbauer eines richtigen Imperiums war er also nicht. Und schließlich hatte er die Pension von der Eisenbahn.

Dann wusch man im Ort, wie immer man konnte, bis die Wäscherei an der Ecke der Magasins- und Hovlundagata entstand. Initiator war der Erste Eisenbahnbauinspektor Johan Sterkell. Er hatte kein Geld zum Investieren und wollte mit dem Unternehmen auch keines verdienen. Die Hausfrauen sollten eine Wäscherei bekommen und die Waschfrauen einen guten Arbeitsplatz, das war seine Absicht. Sterkell beschäftigte sich mit etwas, was man Gemeinwohl zu nennen pflegt. Er wollte nicht einmal ein Entgelt haben für die Stunden, aus denen Tage, Monate und Jahre seines Lebens wurden und die er bei Zusammenkünften, in Versammlungen, Ratssitzungen und Ausschüssen verbrachte. Es gab auch gar kein Entgelt, das er hätte bekommen können. Was wollte er dann haben? Ehre?

Ja, ein bißchen. Die wollte er gern haben. Vor allem wollte er, daß man das tat, was er sagte, und ihm recht gab. Er wollte gern, daß man ihm in den üblichen Formen dankte. Aber er wäre verlegen geworden, wenn er an der Stelle, die nach dem im Dämmer der Vorzeit verblichenen Hund eines Stationsvorstehers Mulles Grab genannt wurde, als Statue hätte stehen müssen, mit der Inschrift TATKRAFT FLEISS GENIE auf dem Sockel. Was er vor allem wollte, war, durch seine Stadt gehen zu können und zu sehen, daß sie wuchs und daß ihr Wasser frisch war.

Er war ein Morgenmensch, blieb nicht gerne mit den Gedanken der Nacht, die auf dem Grund der leeren Schale des Schlafs wimmelten, im Bett liegen. Er stand auf, sobald er morgens um fünf Uhr erwachte, und kochte sich seinen Kaffee selbst. Im Sommer machte er um diese Zeit seinen Morgenspaziergang. Er wollte allein durch die Straßen gehen, während die Fenster noch blind und geschlossen und die Gärten naß waren. Der Dampf, der vom Dach des Bahnhofsgebäudes aufstieg, war regenbogenfarben, auf dem Platz davor badeten die Hausspatzen in dem feinen Staub und befreiten sich von Läusen. Alle bösen Kräfte schliefen in muffigen Räumen und alle guten ebenfalls. Früh genug würde es nächtliche Sitzungen und ein endloses Kompromißschließen, trockene Gaumen und brennende Augen geben. Jetzt war er in seinen Gedanken Alleinherrscher und gleichzeitig beweglich.

Er hörte die Laubsänger, die im Geißblatt auf der Veranda des Stationsvorstehers sangen. Sie raschelten dort drinnen, und wenn er ganz still stand, ahnte er ein glänzendes Auge und einen mit feinstem Pinsel gezogenen Augenrand. Jetzt war die Zeit, da er die Furcht in sich hochkommen und wieder wegsinken lassen konnte, da seine Gedanken tasten und tappen, fehlgehen und zurückirren, aber immer noch etwas finden konnten, was er vorher noch nie gesehen hatte. Diese Gedanken drehten sich immer um Straßenbau, Wohnungsbau und Fragen der Kanalisation. Er sah und sah es auch wieder nicht, daß der weiße Steigeturm der Feuerwache auf der Seite, die immer im Schatten lag, rot wurde und leuchtete und daß sich in den Linden des Gerichtsparks Eichhörnchen jagten.

Gewöhnlich langte er bei Wärnström an, wenn sich die Arbeiter vor den Gittertoren sammelten, und er ging langsam auf die andere Straßenseite, horchte auf ihre Stimmen und sah manchmal in ihre Gesichter. Wenn der Pförtner sie einließ, pflegte er umzukehren. Es kam aber auch vor, daß er vor dem Einlaß stehenblieb und auf das Fabrikgelände schaute. Doch weiter als bis dahin kam er nicht, und auch die Angehörigen mit ihren Milchflaschen und Freßpaketen nicht, wie noch zu Wärnströms Zeiten. Als Svenska Motor AG das Werk übernahm, wurden die Gittertore zugemacht, die dann für immer zubleiben und bewacht werden sollten.

Die Wäscherei war ein roter, zweigeschossiger Ziegelbau mit schönen Bogenmustern über den hohen Fenstern. Dampf quoll aus den Schornsteinen, sickerte aus den Ventilen und drang aus offenen Fenstern heraus. Bis auf die Straße roch es nach Lauge. Während des Winters waren die Dächer und Fensterbretter in der Nähe des weichen und warmen Dampfes begehrte Aufenthaltsorte für Tauben und Krähen.

Sterkell hatte kein Geld, um damit Häuser zu bauen. Deshalb tat er sich mit Baumeister Magnusson und Alexander Lindh zu einer Gesellschaft zusammen, als er die Wäscherei gründete. Im Jahre 1906 wurde die neue Dampfmaschine gekauft und der Betrieb daraufhin in eine Aktiengesellschaft umgewandelt. Danach hatten Aktienpakete unterschiedlicher Größe mehrmals die Besitzer gewechselt, aber im großen und ganzen gesehen hatten sie in dem Kreis von Vermögen und deren Mehrern zirkuliert, die in Wirklichkeit die Gesellschaft ausmachten. In diese Vermögen gingen nicht nur gewinnbringende Unternehmen ein, sondern auch solche, die man mit Rücksicht auf den Gemeinnutz und in gewissem Umfang auf das gesellschaftliche Prestige künstlich am Leben erhielt.

Als die Stadt im Jahre 1918 die Wäscherei übernahm, wurden bei Fabrikant Carl Wärnström und Ingenieur Holger Iversen-Lindh die meisten Aktien ausgelöst. Aber auch der Direktor des Elektrizitätswerks hatte ein Paket, und es gab eine Anzahl kleinere Posten, unter anderem einen, der Großhändler Valfrid Johansson gehörte. Es läßt sich fragen, was der mit den Aktien einer Wäscherei wollte, bei der es nie eine Ausschüttung gab. Die Antwort ist, daß er nunmehr dem Kreis derer angehörte, die sich, nach den Worten des dahingeschiedenen Großhändlers Lindh, die Verantwortung für die Gesellschaft aufschulterten. Manchmal fand Valfrid, daß die Aufschulterei ein wenig teuer wurde. Aber letzten Endes war sie ja freiwillig, und sie stärkte das Vertrauen in seine Solidität. An dem Tag aber, als die Aktien ausgelöst wurden, war er schier unbändig froh, und es zeigte sich, daß er keinen allzu großen Verlust erlitten hatte.

Man konnte diese Wäscherei nicht genug rühmen. Schön war sie und vernünftig. Sie roch gut und gab in ihren bescheidenen Anfängen fünf Menschen ein Auskommen, und elf, als sie in ihrem Zenit stand. Sie wusch sauber für ein ganzes Gemeinwesen, war billig, wenn man seine Wäsche dort ablieferte, und noch billiger, wenn man sie dort selbst wusch. Die große Dampfmaschine stampfte zuverlässig und hätte bis zum heutigen Tag weitergestampft, wenn man es von ihr verlangt hätte.

Sie wurde von einem Maschinisten namens Evert Berg bedient. Er hatte eine tiefe und schöne Singstimme und einen mächtigen Brustkorb, um ihr damit Resonanz zu verleihen. Innerhalb dieser Ziegelmauern erschallte und dröhnte sie, und die Waschfrauen rieben zu den Tönen von »Es birst eine Saite«, denn er sang auf Beerdigungen. Er war groß, und seine blonden Haare auf dem rosigen Schädel waren kurzgeschnitten; der Gesang und die Dampfmaschine hatten aus ihm einen glücklichen Menschen gemacht. Die Frauen tranken jeden Tag Kaffee mit ihm, und er mußte sich nie ein Brot mitbringen.

In dem Haus roch es gut nach schäumendem Wasser und reinem Leinen. Laken schlugen, die Mangel polterte, der Dampf zischte, und Holzschuhe klapperten über die nassen Fußroste. Wäscheklopfer krachten im Beckenraum, und über dem Lärm glichen die Stimmen der Frauen denen von Vögeln. Da gab es Wut, wenn ein reines Laken beim Ziehen auf den Fußboden schlug, widerhallendes Gezänk, wenn ein Kopfkissenbezug fehlte, und lange Beratungen über den Trögen, wenn in den Waschkesseln Wäsche durcheinandergebracht worden war. Es wurden Schlußfolgerungen gezogen aus schmutzigen Kleidungsstücken, mit fleckigen Laken im Einweichbottich wurde Schmu gemacht, aber es wurde auch jeden Tag gelacht. Die Waschfrauen hantierten in Ruhe mit der heißen Lauge und halfen einander bei hartnäckigen Flecken und Tischtüchern, die sich auf den Mangelhölzern verzogen hatten. Sie hatten schwammige und aufgequollene Haut auf den Händen, harte Armmuskeln und Beine mit blauen Trauben von Krampfadern. Ihre Gesichter waren rein und rosig, und sie trugen gelbe Wachstuchschürzen über weißen Kitteln. Es gab auch eine Badeabteilung, in der zwei Badefrauen die Körper behandelten. Sie taten dies sachlich und zupackend, aber nicht unsanft. Sie arbeiteten mit Schwitzkästen, in denen sie Mannsbilder kochten, und Holzpritschen, auf denen sie sie abrieben und frottierten. Dorthin kamen alle zwei oder drei Wochen die Familien mit ihrer sauberen Unterwäsche in Beuteln und Körben und nahmen ein Wannenbad. Hinterher traten sie mit flammendroter und erhitzter Haut, die unter den Strümpfen juckte, hinaus in die Winterkälte.

Dem Eisenbahnbauinspektor Sterkell war die Idee zu seiner Wäscherei eines frühen Morgens gekommen, als er durch den kleinen Park unterhalb des Höhenrückens spazierte und auf die Himmelsöquelle horchte, die unter ihren Steinen murmelte. Er hörte sie und hörte sie auch nicht, denn seine Gedanken waren wie üblich mit öffentlichen Angelegenheiten beschäftigt. Später kamen andere Männer auf die Idee, Frauen unter die Erde in Keller mit Betonfußböden zu sperren, allein mit Maschinen, vor denen sie sich fürchteten. Noch später sperrten sie sie zusammen mit weißen Maschinen mit eingebautem Verschleiß und Stoffen, die schon nach eintägigem Gebrauch nach Schweiß rochen, in Küchen, und sie waren gezwungen, ihr Leinenzeug in große Einrichtungen zu geben, wo es in starken Bädern zersetzt, glanzlos heißgemangelt und maschinengelegt wurde und mit dumpfem Geruch herauskam. Vielleicht waren es scharfsinnigere Köpfe als der des Eisenbahnbauinspektors Sterkell, die auf diese Ideen kamen, doch sie kamen nicht morgens darauf.

Jetzt war Schluß damit, sich am Hintern zu kratzen, Kaffee zu trinken, auf dem Abort Sirupbrot zu essen, mit den Jungs zu raufen und am Spültisch zu stehen und das Essen in sich hineinzuschlingen, bevor man hinauslief und spielte. Nimm zum Beispiel Preiselbeerfleisch. Oder Schloßbraten. Das ißt man nicht gerade stehend am Spültisch.

»Na, Kleine!« sagten die Waschfrauen. »Du hast vielleicht Glück gehabt, du. Heieiei, das wirst du eines schönen Tages schon noch selber kapiern. Solche reellen Leut!«

Frida sagte jedoch gar nichts, denn sie mochte es nicht, wenn das Mädchen in die Wäscherei ging, sich an die Wand stellte und guckte.

Das erste, woran Ingrid dachte, als sie in die Eisenbahnersiedlung zog, war, daß sie nun mitten unter die Schwarzfüße gerate. Die wohnten in der Eisenbahnersiedlung und prügelten sich mit den Bäckerkindern von der anderen Seite. Ihr Anführer hieß Reinhold und wurde Floppen genannt. Er war der gefährlichste von allen. Edvin Anker hatte einmal eine große Ratte an einer Schnur gegen ihn geschleudert und ihn getroffen. Floppen wollte Edvin totschlagen, wenn er ihn zu fassen bekäme, und zwar mit einem Pfahl. Jeden Tag erhielt er Meldungen über Edvins Treiben. Derweil banden sie Stora Lula draußen bei der Hütte der Guttempler an die Fahnenstange und vergaßen ihn dort über Nacht, so daß er Fieber bekam.

Die ersten Tage blieb sie im Haus. Sie saß herum und dachte daran, daß sie jetzt auf den Schuppendächern Karten spielten und unter den Bretterstapeln Feuer machten. Wenn sie hinausginge, würden sie sie fesseln. Zu Eks traute sie sich nichts zu sagen, sie würden ihr auch gar nicht glauben. Die hatten keine Ahnung.

Sie gehörte dazu, seit sie in die Schule gekommen war. Damals gab es in der Hovlundagata niemand, der ihr hätte Gesellschaft leisten können, sondern sie hatte mit ihrem Schulranzen allein über die Fußgängerbrücke gehen müssen, und hinter dem Haus des Stationsvorstehers hatten Schwarzfüße gestanden, um sie zu erschrecken. Ingrid nahm alles ernst. Solche Menschen gibt es. Da keine Hilfe in Sicht war und sie keine Schonung erwartete, machte sie kehrt. Sie suchte einen Feldstein, den sie in den Schulranzen legte, und dann klomm sie erneut die Fußgängerbrücke hinauf. Als sie hinunterstieg, prüfte sie das Gewicht des Steins. Sie begann rechtzeitig den Schulranzen am Schulterriemen herumzuschwingen. Er flog schwer in einem weiten Kreis um ihre Hand. Drüben am Kiosk stand Floppen. Er lachte, denn sie sah so beherzt drein. Dann ging er ihr entgegen, um sich erschrecken zu lassen. Er glaubte natürlich, daß der Schulranzen leer sei, als er ihn jedoch mit dem Arm abwehrte, war er verdutzt. Wenn er ihn an den Kopf bekommen hätte, wäre er erschlagen worden, obschon das weder ihm noch Ingrid bewußt war.

»Das ist vielleicht ’n kleiner Teufel«, sagte Floppen. Er lachte noch immer über sie, als sie beim Lindhschen Haus um die Ecke trippelte und den langen Kungsgatahang zur Schule hinaufzulaufen begann.

Die Geschichte kam den Bäckerkindern zu Ohren, und damit war sie eine von ihnen. Drei Mädchen waren da nur dabei, die hatten rauhe Hände und schorfige Knie. Jeden Nachmittag zündeten die Bäckerkinder unter den Bretterstapeln Papier und Späne an, saßen um die schnell entflammten kleinen

Feuer, bis die Hitze verflog, trampelten darauf herum und kletterten wieder aus den Stapeln. Niemand wußte viel von ihrem Leben, und ihre Lieder standen nirgends geschrieben.

Doch jetzt gehörte sie nicht mehr dorthin. Sie wohnte in der Eisenbahnersiedlung. Als sie zu guter Letzt hinausgehen mußte, passierte überhaupt nichts. Für die Schwarzfüße war sie nichts anderes als die kleinen Mädchen, die mit ihren Puppen und angeschlagenen Kaffeetassen draußen spielten. Sie hatte eine neue Schürze bekommen und trug jetzt Strümpfe in den Schuhen, obwohl es Sommer war. Fürchteten sie sich vor Lokomotivführer Ek? Sie hatte keine Ahnung. Manchmal meinte sie, daß sie angefangen habe, sich aufzulösen, oder daß sie die Stimme verloren habe, wie es im Traum geschieht, wenn man mit panisch schreckerfülltem Herzen schreien will.

Da ging sie in ihrer feinen Schürze hinüber auf die Südseite und setzte sich vor das Haus des Schmieds und sah zu, wie Edvin und Sune Anker den Widder mit Zigarrenstummeln und ausgespuckten Priemen, die sie auf der Straße aufgesammelt hatten, fütterten. Sie nickten ihr zu, sagten aber nichts. Sie hatte Lust, irgend etwas zu machen, damit sie sie beachteten und sagten:

»Das ist vielleicht 'n kleiner Teufel!«

Auf dem Widder reiten oder Kohlen nach ihm werfen, so daß er gereizt würde. Doch sie traute sich nicht wegen ihrer Kleider.

Da kam Tora Otter die Straße entlanggegangen mit einer Strickjacke über dem Kleid und ziemlich staubigen Schuhen. Sie sah Ingrid mit ihren hellen Augen an und sagte schließlich:

»Da schau her, was für große Volants du an der Schürze hast! Die sehn ja aus wie Flügel.«

Darüber war Ingrid so erbittert, daß sie stumm blieb. Edvin und Sune ließen sich hinfallen wie immer, wenn sie so taten, als würden sie sich kaputtlachen. Dann nannten sie sie Engel. Und jedesmal, wenn sie einem der Bäckerkinder auf dem

Marktplatz begegnete, machten sie ihr gegenüber die gleichen Gebärden wie albernen Gänsen gegenüber. Sie stellten sich mit den Händen auf den Knien hin und streckten ihr den Hintern entgegen und taten, als würden sie furzen.

Sie sollte jetzt eher mit Mädchen spielen, sollte nicht auf der Erde herumtollen und nicht auf die Bäume kraxeln, und dann sollte sie zu Ingeborg Ek Mama sagen. Sie sagte gar nichts zu ihr.

Unterhalb des großen Gartens, der zum Lindhschen Haus gehörte, gab es einen Baugrund. Da hatte vor langer, langer Zeit einmal eine Kate gestanden. Im großen und ganzen war das jetzt wohl eine alte Müllhalde. Grauweiße Wirbelknochen krochen aus dem Gras hervor, Glasscherben und grinsende Stiefel. Die Mädchen hatten den Baugrund als Spielstube, und sie schufen unermüdlich Ordnung, doch das, was früher einmal gewesen war, wollte immer wieder aus dem Boden hervorkommen. An diesem Ort herrschte eine eigenartige Mischung aus Schrecken und häuslicher Gemütlichkeit. Jeden Morgen, wenn sie zu ihren Spielstuben kamen, wo kleine Stücke von Ziegelscherben die Räume abgrenzten, mußten sie Schnecken entfernen, die auf den Hausrat gekrochen waren und Schleimspuren hinterlassen hatten.

Weder wollte Ingrid anfangs mitmachen, noch durfte sie. Dann kamen sie jedoch dahinter, daß sie sich die Schnecken mit den Fingern anzufassen und wegzuwerfen traute. Da schickten sie sie nach der Blume, die »Kaffee« hieß. Sie suchte um die Abfallgrube herum, dort breitete diese normalerweise ihre großen Blätter aus. Sie war aber noch nicht reif, so daß man die braunen Samen hätte abstreifen können. Es gab nur Grünes.

»Das macht nichts«, sagten sie. »Dann ist es eben Spinat.«

»Bist du das, die se Engel nennen?« fragte ein Mädchen. Ingrid schwieg, doch aus allen Richtungen guckten sie sie an.

Sie spielten Vater-Mutter-Kind, doch keine wollte Papa

sein. Wenn die Jungs vorbeikamen, stießen sie die Konservendosen mit der Mischung aus Kaffeesamen und Wasser um oder spielten Betrunkene und torkelten so, daß die Kaffeetassen zu Boden fielen. Da mußte man hinter den Sauköpfen herputzen. Uffe war der einzige, den man mitspielen lassen konnte, denn er war erst fünf Jahre alt. Er war dick, doch er ließ sich tragen. Sie hatten ihn reihum als Kind, und manchmal konnte er an einem Tag zehnmal gewaschen und zu Bett gebracht werden. Wenn er krank sein sollte, zogen sie sich zwischen den Holunderstrauch und den Bretterzaun zurück und maßen ihm das Fieber. Man bekam dabei bis zum Hals hinauf Herzklopfen.

»Was habt ihr heute gespielt?« fragte Ingeborg Ek. Als sie hörte, daß es Vater-Mutter-Kind war, sagte sie: »Mit Jungs?«

»Nein, nur mit Klein-Uffe.«

Es gab vieles, was man nicht erzählte. Ingrid sagte nicht, daß sie manchmal nach Hause ging. Sie war nicht traurig, daß sie als Pflegekind bei Eks sein sollte. Sie war ja auch bei Rickard und Stella Lans in Åsen gewesen. Man konnte essen, soviel man wollte, und Mama kam zu Besuch. Wenn man dicker geworden war, durfte man wieder nach Hause fahren.

Anfangs war es auch bei Eks mit dem Essen nicht weit her. Der Krieg treffe alle, sagte Ingeborg, und ihre Brust hob sich, als sie seufzte. Aber er nahm ein Ende, und da wurde es besser. Sie machte Schloßbraten und Apfelpastete.

Aber Mama kam nicht zu Besuch. In der ersten Woche fragte Ingrid mehrmals, ob es nicht bald Sonntag sei. Dann kam der Sonntag, und die Kirchenglocken dröhnten. Der Weg hinauf zur Eisenbahnersiedlung war gerecht. Ingrid saß am Fenster und wartete darauf, daß Frida mit einem Hut auf dem Kopf und einer kleinen Tüte Semmeln aus dem Cosmopolite kommen würde. Doch sie kam nicht.

Da ging sie hin. Konrad freute sich dermaßen, daß er ganz aus dem Häuschen geriet. Er hob sie hoch bis über die Wäscheleinen und die Lampe.

»Mein kleines Mädel!« rief er. »Mein liebes, kleines Mädel!«

»Was ist denn mit dir los?« fragte sie. »Sobald ich dick g'wordn bin, komm ich z'rück.«

Er schwieg. Als es wieder Sonntag war, sagte Ingeborg Ek, daß sie nicht zur Hovlundagata gehen solle.

»Warum nicht?«

»Du sollst doch jetzt unser kleines Mädchen sein. Das willst du doch?«

Ihre Stimme zitterte wie immer, wenn etwas nicht stimmte, deswegen hielt Ingrid es für das beste, in Zukunft zu verschweigen, daß sie in die Hovlundagata ging.

Wie gut sie es doch getroffen hatte! Warm war es bei Eks, obwohl es Winter wurde. Man hängte seine Kleider am Abend an den Kachelofen, der war die ganze Nacht warm, und dann zog man ein angewärmtes Hemd an. Denn hier hatte man für Tag und Nacht unterschiedliche Hemden. Für den Tag war es ein kleines aus geripptem Trikot mit einem Bändel, das gerne entschlüpfen wollte, und einem Leibchen, an dem nie Knöpfe fehlten. Es wurde hinten geknöpft, damit das Leben nicht gar zu einfach wäre. Sie hatte Hosen, die außen hellbraun und innen weiß waren und an den Beinen ein Gummiband hatten. An der unteren Kante des Leibchens saß ein neues, feines Gummiband, kein schlaffes und ausgefranstes. Die Strümpfe hatten eine Farbe, die Ingeborg Ek »besch« nannte. Schließlich waren da noch braune Stiefel und für sonntags Schuhe mit Schleifen, Kleider aus kariertem Stoff und eine Schürze mit großen Volants.

Sonntags gingen sie spazieren oder fuhren mit dem Zug zu Verwandten nach Simonstorp, und da hatte sie einen hellblauen Mantel an und einen Hut auf. Der Hut hatte vorn eine breite Krempe, unter dem das kleine Gesicht des Engels hervorlugte. Ihre flinken Augen aber und ihr schmallippiger, immer verschlossener Mund waren nicht die eines Engels.

Der Lokführer hatte für sich und seine Familie Freifahrscheine für die Bahn, deshalb konnten sie ziemlich häufig fahren. Sie hatten auch in Flen Verwandte, die waren aber freireligiös. In der Stadt kannten sie einen Schuhhändler, einen Friseur und einen, der erster Gehilfe bei Melins Eisen war. Von denen war der Lokführer der vornehmste. Sicherlich begann der Schuhhändler hohe Einkünfte zu erzielen, und der Friseur vergrößerte, doch es konnten ja wieder schlechte Zeiten kommen. Dann besohlen die Leute lieber, als daß sie etwas Neues kaufen, und schneiden an den Küchentischen einander die Haare selbst. Die Züge fahren indes immer, das hat sich ja herausgestellt.

Ingeborg Ek war einer der arbeitsamsten und ordentlichsten Menschen der Welt. Vier Jahre lang hatte sie als Köchin im Lindhschen Haus gedient. Sie hatte das Küchenmädchen gehunzt, den Metzger in Schrecken versetzt und nie eine Hollandaise mit weniger als zehn Eigelb gemacht. Dann hatte sie Assar Ek geheiratet, der Rübenmus mit Eisbein Vol-au-vents vorzog. Sie hatte vorgehabt, einen oder mehrere Abende in der Woche als Kochfrau zu gehen, aber der Lokführer sagte: »Meine Frau geht nicht arbeiten. Die versorge ich.«

Und so wurde sie eine hingebungsvolle Hausfrau. Am hingebungsvollsten war sie an Weihnachten, da arbeitete sie sich regelmäßig zuschanden. An Neujahr erstand sie jedoch wieder auf und war an Dreikönig, wo nacheinander die Verwandtschaft kam, wieder die alte. Hinterher lagen Tannennadeln auf den Teppichen und auf der Polsterbank Zigarrenasche. Der Tannenbaum flog hinaus, und nun wurde saubergemacht, Stearin abgekratzt und Ringe wegpoliert, die die Gläser auf der Tischplatte in der Stube hinterlassen hatten. Die Kerzen hatten die Fensterfutter geschwärzt und die Gardinen verqualmt. Die Ofentüren waren wieder matt, und das Silber war vom Stockfisch angelaufen. Dann ratterte die Nähmaschine und krachte der Webstuhl bis zur Fastenzeit, wo sie Fastensemmeln buk, die es nach den braunen Bohnen zum Nachtisch gab, und wo es an der Zeit war, Birkenreiser hereinzuholen. Wenn die Frühlingssonne hervorzulugen begann, mußten die Fenster geputzt werden.

Für Ende März hatte sie eine Waschfrau bestellt, und als diese kam, gab es große Wäsche. Dabei wurde etwas Lauge aufgespart und die Buntwäsche gewaschen. Die Wäscheklopfer schlugen, und hinterher war sie mit einem Berg ungebügelter Wäsche allein. Beim Mangeln waren sie zu zweit. Sie trugen Wäschekörbe zur Mangelstube und wieder zurück, und sie stapelte die Laken zum Austrocknen auf dem Sofa in der Stube. Sie setzte sich hin, um die Bänder der Kopfkissenbezüge mit einem Tafelmesser zu fälteln. Danach war sie geschafft. Doch was machte das schon? Der Wäscheschrank war heiliger als die Tugend. Kam es ihr bisweilen unter, daß die Frage nach dem Sinn des Lebens sie beunruhigte, dann legte sich diese Unruhe, wenn sie die braunen Eichentüren aufschlug und die duftenden Stapel darin sah und die Bänder, die gekräuselt über die Ränder der Fächer herabwallten.

Zu Ostern buk sie. Außer Weißbrot und Rührkuchen gab es Fruchtschnitten, Eichenlaub, Mandelmuscheln, Vanillehörnchen, Meringen, Träume und Kognakkringel. Gottlob war der Krieg vorbei, so daß man wieder Sahne und Butter hatte.

Dann kam der Frühjahrsputz. Da kehrte sie den Keller zuoberst und den Dachboden zuunterst, Die Kleiderschränke nach außen und wieder hinein, da putzte sie den Geschirrschrank, wusch die Prismen der Lampen und klopfte die Plüschkissen in den Sofaecken. Sie rollte die Winterteppiche ein, wechselte Gardinen, polierte das Kupfer, nahm die Fensterpolster heraus und rieb den Anstrich in der Küche ab, bürstete die Paneele, nahm einen Mop mit einem Flanellappen drum herum, jagte Spinnweben in den Ecken der Zimmerdekken und scheuerte die Fußböden. Es roch nach »Hausmütterchens Seifenflocken« und zischte von »Heinzelmännchens Scheuerpulver«, die Schmierseife schäumte, und im Abfluß kochte die Soda.

Die Lerche war längst zurückgekehrt, die Stare schlugen sich schon um die Nistkästen an der Schuppenwand, die Bachstelze spazierte auf dem Kiesplatz zwischen den Wasserlachen, die den Frühlingshimmel spiegelten, umher, doch das sah sie nicht. Aus dem Rasen spitzte der gemeine Gelbstern hervor und wurde abgebrochen, als sie den großen Haargarnteppich aus der Stube darauf ausbreitete. Nach dem Frühjahrsputz ging sie jedoch hinaus und pflückte akkurate Sträuße Leberblümchen, Schlüsselblumen und schließlich Maiglöckchen.

Ja, der Sommer ist eine herrliche Zeit. Zu Mittsommer putzte sie wieder die Fenster, weißte Schuhe, machte Fleischklößchen und legte Hering ein. Nun fuhren sie zur Verwandtschaft nach Oxelösund. Dort saß sie am Femörehuvud auf den Klippen und häkelte Regalborten, während die anderen badeten.

Mit den ersten frischen Beeren machte sie Biskuitrollen und Creme. Dann wurde es ernst mit dem Beerenpflücken, und sie weckte ein und kochte Saft, bis die Gurken und die Ingwerbirnen soweit waren. Es dampfte und floß, sie hatte blaurote Hände und sah verbrüht aus im Gesicht. Jedes Jahr bereitete ihr das Eingemachte des Vorjahres und das des Vorvorjahres noch größeren Kummer. Sie kamen mit dem Aufessen nicht nach. Der grüne Schimmel, ihr bitterster Feind, wuchs still im Dunkel des Kellers und verstopfte die Flaschenhälse. Aber man mußte die Beeren doch pflücken, man konnte sie doch nicht für die Krammetsvögel an den Sträuchern lassen. Und sie hatten so viele Verwandte mit Garten. Sie brachten waschkörbeweise Äpfel, und so schälte sie und legte sie in Zitronenwasser und schälte und entkernte und schälte. Es gab viel Mus, sie hätte den großen Marktplatz damit bedecken können, doch das tat sie nicht. Aus den feinsten Äpfeln kochte sie Kompott. Das war für den Sonntagsnachtisch. Doch gnade ihr Gott, wenn die Verwandtschaft ein Schalenstückchen vom Kernhaus ins Kompott bekam! Es hing natürlich auch ein wenig davon ab, wer es bekam. Wenn es Onkel Manne war, war es nicht sicher, daß er es überhaupt merkte.

»Jetzt hast du, glaube ich, ein Schalenfitzchen in den Mund bekommen«, sagte Tante Hedvig. »Paß auf, daß es dir nicht im Hals steckenbleibt.«

»Das macht nichts«, sagte Onkel Manne und schluckte mit dem gleichen teuflischen Grinsen, das er auch aufsetzte, wenn er einen Himbeerwurm verschluckte. »Das reinigt den Magen.«

Und hierauf hielt er ihnen einen Vortrag über den Darmkanal, während Ingeborg nicht aufhörte, das Unbegreifliche, das geschehen war, zu bedauern, und Tante Hedvig sagte: »Aber das macht doch wirklich nichts, Ingeborg, Kleines. Solange es ihm nicht im Hals steckenbleibt. Ist doch schon gut. Wir passen halt besonders gut auf beim Essen.«

Sie aßen, und nachdem sie sich bedankt hatten und gegangen waren, hatte Ingeborg Kopfschmerzen und mußte ein Pulver einnehmen und sich bei herabgezogenem Rouleau hinlegen. Das tat sie ziemlich oft. Einmal im Monat lag sie mit einem warmen Topfdeckel auf dem Bauch und hatte kalten Schweiß auf der Stirn. Da sollte der Lokführer die Türen geräuschlos schließen, doch er vergaß es und machte sie deswegen in der Regel ein zweites Mal zu.

Dann kamen die Preiselbeeren. Sie pflegte fünfzig Liter zu pflücken. Das frisch Eingemachte war hell und leuchtend, das vom Vorjahr dunkel wie geronnenes Blut. Sie aßen wie besessen, um die braunen Höganästöpfe leerzukriegen. Zu guter Letzt gab es das jeden Tag zum Nachtisch, sie taten es in einen tiefen Teller, gossen Milch darüber und brockten Knäckebrot hinein. Trotzdem mußte sie noch neue Töpfe kaufen.

Nach den Preiselbeeren begann man in den Wäldern Elche zu jagen, und da brachte Onkel Elon aus Strångsjö eine Waschschüssel und einen Topf voll Elchfleisch. Sie schnitt und schabte Häute und zupfte Knochensplitter heraus, und dann drehte sie das Fleisch durch den Wolf und briet Fleischklößchen und legte Sauerbraten in Milch ein und briet ihn. Schließlich kam die Verwandtschaft zum Essen. Doch zuvor mußte sie die Fenster putzen, denn der Frost hatte nun endlich die Fliegen vertrieben.

Unterdessen stand die Wäsche in ihren Säcken und moderte und vergilbte. Zu guter Letzt kam dann die Waschfrau und weichte sie ein. Es waren die Unterhosen und Hemden und Laken eines halben Jahres. Alles mußte rechtzeitig, bevor der Herbstputz begann, gemangelt und gebügelt sein.

Der brach dann mit klappernden Fenstern und krachenden Teppichklopfern aus. Kleine Teppiche knallten durch die Frostluft, die Soda brodelte, die Wurzelbürste knirschte, und der Ausklopfer pfiff über die Sofapolster. Die Winterteppiche wurden wieder ausgerollt und die Fenster um ihre kleinen Gärten aus Torfmoos, Immortellen und Baumwolle zusammengeklebt. Sie schüttelte Mottenkugeln aus dem Wintermantel und der Krimmermütze des Lokführers, und alles wurde dunkel und ruhig und still nach der Unruhe und dem Flattern des Sommers. Der erste Schnee fiel und legte sich luftig und leicht auf die Äste und Kieswege und türmte kleine Kristalle auf, die aufeinander balancierten. Wäre er doch nur etwas früher gekommen, wo er ohnehin so früh kam, dann hätte man die Teppiche in ihm ausbürsten können!

Der erste Schnee war jedoch meist ein Blendwerk für ein oder zwei Tage. Die ziehenden Nebel und trostlosen Regen des Spätherbstes waren noch nicht vorüber. Lehm und Kies wurden manchmal bis weit in den Dezember hereingeschleppt. Sie holte nun das Silber und Kupfer und breitete Zeitungspapier auf dem Küchentisch aus. Dann begann der Tanz der Putzlappen, und das hellrote Hexenpulver wurde mit Wasser angerührt, wurde zu Creme, und die Creme wurde schwarz, wenn man ein Weilchen damit gerieben hatte. Zuletzt wurde mit

Zeitungspapier nachgerieben, so daß die Creme wieder zu Pulver wurde und wie trockener Staub in der Luft stand. Sie putzte die Topfdeckel auf dem Kaminsims, das Waffeleisen, die Aspikformen, die Käsekuchennäpfe, den Kaffeetopf, die kleine Kasserolle, die Bronzeleuchter aus Skultuna und den Messingmörser. All das mußte rechtzeitig vor dem Weihnachtsputz getan werden, damit sie es schaffte, den Stockfisch einzulaugen, Weihnachtsplätzchen, Schmalzgebäck zu backen und Fleischwurst zu stopfen.

Danach machte sie sauber und wechselte Regalborten, Gardinen und Tischdecken. Dann war es Zeit, Hering einzulegen und Preßsack zu machen, den Schinken zu pökeln und Weißbrot zu backen. Danach pflegte sie sich im allgemeinen an nichts mehr zu erinnern, lebte aber wieder auf, wenn der Schinken allmählich etwas hohl aussah und in dem Topf mit mariniertem Hering nur noch Möhrenstückchen und Zwiebeln schwammen, denn dann war es Januar.

Der kam mit Sonne auf weißem Schnee, und das Licht fiel unbarmherzig durch die Fenster und zeigte, daß nun die Zeit gekommen war, wo auf der Tischdecke Stearin, auf dem Teppich Tannennadeln, auf dem Sofa Zigarrenasche und auf dem Tisch Ringe von Gläsern waren.

Sie setzten sich auf die Treppe, die zum Dachboden hinaufführte und wohin selten jemand kam. Vom Hof fiel durch eine Zwirngardine, die jemand mit Reißnägeln über der Fensterluke, die noch niemals gewaschen worden war, befestigt hatte, Licht herein. Dort saßen sie, schwatzten, so leise sie konnten, und schubsten sich, aber nur freundschaftlich und leicht, während sie warteten und auf die Geräusche, die aus dem Haus heraufdrangen, horchten. Wenn sie endlich Konrad pfeifen und seine Schritte auf der Treppe hörten, ging Ingrid zur letzten Stufe der Bodentreppe hinunter und reckte den Kopf vor.

»Hallo«, sagte er. Dann horchte er nach oben, und sie waren ganz still, er konnte also nicht sicher sein, daß sie dort oben saßen. So mußte es sein. Da nahm er vorsichtig zwei Stufen auf einmal, und es knarrte und ächzte im grauen Holz der Treppe. Dann sah er es, das Grüppchen vor der Bodentür, die Hände um die Knie und ganz strahlende Augen.

»Ihr sitzt hier?« sagte er und klang erstaunt. »Wie kommt das? Wartet ihr auf jemand?«

Und sie waren ganz still, und Maj-Lis versuchte ihr Kichern zu unterdrücken.

»Da will ich nicht weiter stören«, sagte er mit einem eigenartigen Gesichtsausdruck, der ebenfalls dazugehörte, und damit machte er auf der Treppe kehrt. Ingrid flog auf und schlug die Arme um seinen Rücken und rang mit ihm, bis er sich geschlagen auf die Treppe setzte und seufzte wie vor etwas Grauenhaftem wie Teppichklopfen oder einem fettigen Mittagsabwasch. Die, die um ihn herumgehüpft waren und an seiner Jacke gezerrt hatten, setzten sich nun ruhig hin, und er erzählte.

Das war es, woran Ingrid sich erinnerte. Daß er erzählte, obwohl er groß war. Wie stolz sie war, einen Bruder zu haben, der einerseits erwachsen war und andererseits von Trollen erzählte und vom Eichhörnchen in der Kiste, vom Wullimann mit seinem einen Auge und Zähnen so lang und gelb wie Makkaroni und von dem pfiffigen Kerlchen, das einen König hereinlegte, so daß der in den Brunnen fiel.

Es waren die Kinder des Häuserblocks: Maj-Lis und Greger, die Zwillinge des Polizisten, Gudrun, Rövarn und Paulchen und Naemi, Birgit nicht. Die war jetzt groß und las »Singoalla« und kannte das Geheimnis des Lebens (in der Hochzeitsnacht steckt der Mann der Frau, wenn sie schläft, etwas Weiches und Geheimes hinein). Dann war da noch Sotarn, der später, als sie sich daran erinnerte, schon tot war. Doch die andern lebten noch. Zuerst wollte sie sich immer darauf besinnen, wie sie aussahen, bevor sie sich an Konrads Märchen erinnerte. Wie Gregers braune Tatzen auf seinen Knien lagen und wie warm sie waren von der Hitze des ganzen Sommers und wie verbrannte Flechten auf einem Stein rochen. An die Schmutzstreifen auf Maj-Lis' Hals wollte sie sich erinnern und an blonde Haare und Augenbrauen. An Rövarns Jacke, die seine Großmutter gestrickt hatte, und an Naemis Hut, ein steifes Barett aus dunkelblauem Samt mit einer Seidenquaste, die so lang war, daß sie am Hals kitzelte. Den hatte sie jedesmal auf, wenn sie nach Flen fuhr, wo ihre Tante wohnte. Einmal, als sie sich weit oberhalb der Wohnungen und aller Geräusche und oberhalb der kalt gewordenen Essensdünste auf die Treppe setzten, sollte Naemi wegfahren, fuhr aber nicht. Denn sie verkrochen sich neben der Bodentür, als ihre Mutter rief. Niemand antwortete, und seine Geschichte nahm kein Ende.

Nun saßen sie nicht mehr dort auf der Treppe, wenn sie nach Hause kam, denn fast alle unten im Hof waren ihr gegenüber verlegen und sagten nur hallo, und mehr war nicht. Sie ging direkt hinauf zu Konrad. Sie fand es am besten zu kommen, wenn Mama in der Wäscherei war, denn sie hatte rundweg gesagt: »Du sollst nicht hin und her springen.« Sie sollte jetzt bei Eks bleiben. Bald war es Winter. Vor ihnen lag ein Abgrund von Lichtlosigkeit, und der Himmel würde eine Farbe wie Kohlbrühe annehmen. Konrad freute sich, wenn sie kam, sagte nichts von Hin- und Herspringen und kochte für sie beide Kaffee aus Kaffeesatz. Dann erzählte er, was sie wollte, meistens von Trollen. Doch seine Geschichten wurden nun mit jedem Mal bitterer, und sie wurden wunderlicher, als sie es auf der Bodentreppe gewesen waren. Es kam vor, daß ihr, der sonst nie der Faden verlorengegangen war, von seinen vielen Worten schwindelte, und daß sie manches nicht verstand.

»Hast du schon mal Trolle gesehen?« fragte er. »Trolle, die im Wald umherhuschen, so graue Gespenster? Hast du das noch nicht gesehen, mein kleines Mädel, diese unruhigen Schatten da, die unter Schornsteine und Scheunenböden schlüpfen? Da bekommt man einen Stich ins Herz. Das geht recht schnell, man sieht sie nie lange. Falls sie nicht mit dem Fuß und ihrem zerlumpten Strumpf in einer Wurzel hängenbleiben, natürlich. Wenn sie sich umdrehen, ist ihr Gesicht leer, leere Augen, bloß ein grauer Fleck.«

»Erzähl ordentlich«, bat sie. »Erzähl nicht solche Sachen.«

»Es war einmal eine Trollfrau«, erzählte er. »Die hatte für ihr Kind nichts zu essen, denn im Wald herrschte strenger Winter. Sie scharrte auf dem Eis und kratzte an der Rinde, fand aber nie so viel, daß das Kind satt geworden wäre. Es sah ständig hungrig drein, und die Zähne wurden wie Feilen, denn es nagte ständig an allem herum. Wer wollte, konnte sehen, daß aus diesem Kind kein richtiger Troll werden würde, es war schmächtig und schlaksig, es bekam eine weiße Haut wie ein

Rhabarber, den man unter einen Eimer stellt und einem Licht entgegentreiben läßt, das er nie finden wird.«

Er lehnte sich im Sofa zurück und schloß die Augen, während er sprach, doch das mochte sie nicht. Sie rüttelte ihn und wollte, daß er die Augen aufmachte. Da erzählte er, daß die Mutterliebe bei den Trollen nicht in allen Wechselfällen des Lebens ewig und gleichbleibend sei. Christenmenschen, bei denen es ja ganz anders sei, die genug Fett und Essen und Schlaf und Bequemlichkeit und genügend Zeit hätten, die liebten ihre Kinder ja, daß die Glocken läuteten und die Haare kraus würden.

»Nein, Troll zu sein«, sagte Konrad, »das bedeutet Schlafmangel und Hetze und ein ewiges Hin- und Hergeziehe, was Christenmenschen niemals aushalten würden. Und es bedeutet Haß und Stiche ins Herz, wo Freude und Vogelsang sein sollten.

Aber Scham haben die Trolle, so wunderlich sich das auch anhören mag. Sie schämen sich für ihre Kinder, wenn die nicht wachsen und kräftige, spitze Ohren, dicke Schnauzen und feiste Schwänze bekommen wollen. Sie verbergen sie unter Lumpen und verstecken sie unter Steinen, drum heb nie einen Stein auf im Wald, wenn du gescheit bist! Du könntest ein Junges an den Hals bekommen. Und bisher hat noch keine Trollfrau ihr Kind weggelegt, damit es sterbe, ohne daß sie für den Rest ihres Lebens eine Eisnadel ins Herz bekommen hätte.«

»Das hat sie nicht getan! Das hat sie nicht getan!« schrie Ingrid und trommelte auf seine Brust, so daß er ihr Handgelenk packen mußte.

»Nein, nein, die hier nicht. Die hatte einen Alten, und insgesamt waren sie recht verständige Trolleute, obwohl dieser strenge Winter der Alten die Besinnung geraubt hatte, so daß sie mit leeren Augen umherschlich. Der Alte aber war im Vollbesitz seiner Sinne, und er zog manchmal in die Dörfer und wetzte Messer an einem Bock. Da band er den Schwanz ordentlich hoch und tat so, als wäre er vom fahrenden Volk, und das ging normalerweise gut. Es gab immer einen kleinen Verdienst und einige Wurstzipfel oder Brotkanten.

Eines Tages steht er unter einem offenen Fenster mit dem dumpfen Menschengeruch, den er ebenso schwer ertragen konnte wie der Dachs und der Fuchs. Da hört er zwei Menschen, auch einen Mann und eine Frau, himmelhoch jammern, daß sie keine Kinder hätten. ›Ach weh, daß das Leben so trist und leer ist!‹ Niemand zum Herumkommandieren und niemand zum Füttern und Kosen und Prügeln und niemand zum Verhätscheln und Verzärteln, im Alter keine Freude und kleinen Enkelkinder. Welch ergreifendes Elend, dachte der Trollkerl und ließ die Scherenschleifbank leer laufen. Diesen Menschen sollte man in ihrem großen Unglück doch helfen können!

Er zog heim in den Wald und warf einen Blick auf dieses Junge, das einem Rhabarberstengel glich. Wie ein Mensch so weißgelb war es, und der Schwanz war verkümmert, man mußte nur ein bißchen daran zupfen, dann fiel er ab wie eine vertrocknete Nabelschnur. Doch die Trollfrau schrie in höchsten Tönen, denn sie hatte bis zuletzt die Hoffnung gehegt, den Schwanz noch zum Gedeihen bringen zu können.

Nun zog der Alte in das Dorf zu den Leuten, die über ihre Kinderlosigkeit gejammert hatten, und verkaufte ihnen das Junge. Die Schnauze geschrubbt, die Haare mit einem Stöckchen entwirrt, der Lumpen entkleidet und auf ein Farnblatt gelegt, so war das Kind richtig präsentabel und menschenähnlich. Die Menschenfrau vergoß heiße Tränen, und der Menschenkerl bezahlte dem Troll einen ganzen Sack Geld, worüber der so froh war, daß er die Hütte mit kleinen Sprüngen verließ. Dann zog er heim in den Wald, und bei der Brücke rastete er und saß einfach nur da und hielt den Sack fest, und dann sang er:

Gluckse, mein Bächlein
Klimpre, mein Geldsäckelein

Die Trollfrau vergoß noch ein paar Tränen, und dann war sie wieder unterwegs und huschte über Moos, Reisig und Steine, um für den Rest der Kinderschar Nahrung zu beschaffen.

Im Dorf aber wuchs das Trollkind beim Menschenvolk heran, wurde christlich und bekam die Ohren gewaschen und mußte Verse auswendig lernen. Nun hätte man vielleicht vermutet, daß der Troll bei ihm mit großen Fersen und Haaren wie Nägeln und mit kräftigen Fingern doch zum Vorschein kommen würde, so daß man auf das Menschenpaar wegen seines häßlichen Kindes mit den Fingern zeigen würde, doch weit gefehlt! Das, was immer behauptet worden war, bewahrheitete sich: Die Liebe ließ die Haare lockig werden. Die vollkommen geraden Trollhaare fingen an sich zu kräuseln, denn es gibt keine Macht, die, wenn es zu gestalten gilt, so ohnegleichen ist wie die Menschenliebe. Sie könnte aus einem Schürhaken eine Sticknadel machen und die Schwingungen eines Schmetterlingsfluges über Wiesen und Bäche ausrichten. Das Kind wurde rund wie eine Sonnenblume und zart wie Sago und weich wie ein Hefeteig. Die Menschenleute hatten nur Freude an ihm und keinen Kummer. Sie sagten, daß es überhaupt keine Rolle spiele, woher ein Kind komme, denn es sei allein die Liebe, worauf es ankomme!

Ja, jetzt sitzt unser häßliches Kind im Schloß der Menschen und ißt Fastensemmeln zum Frühstück, statt Farnwurzeln zu nagen‹, sagte der Trollkerl zu seinen Kindern. Und dann erzählte er ihnen, wie man Fastensemmeln buk. Einiges hatte er wohl mißverstanden, das meiste aber war richtig.

›Die macht man ja aus Rahm und gesiebtem Mehl‹, erzählte er. ›Und der Rahm, der ist ganz oben im Kuheuter, drum muß man das ganze alte Kuhgestell ausmelken, um da dranzukommen, das dauert seine Zeit.‹

›Aber die Milch?‹ fragten die Kinder. ›Fließt ihnen die Milch über die Füße davon? Wie ist das denn? Wie ist das denn?‹

›Nein‹, sagte der Alte. ›Die Milch verkommt nicht. Die gibt man den Schweinen.‹

›Stell dir mal vor, wie ungeheuer nett die Menschen zu den Schweinen sind! Wo sie zu Trollen so fies sind‹, sagten die Kinder.

›Die Schweine brauchen sie, um Schmalz zu haben, und Schmalz brauchen sie, um die Bleche einzufetten, wenn sie Fastensemmeln backen‹, erklärte der Alte. ›So einfach ist das.‹

›Aber das Schweinefleisch!‹ lärmten die Trollkinder.

›Oh, das verkommt nicht. Das Schweinefleisch kocht man für die Hunde, und die Hunde sind die besten Freunde der Menschen, und sie beißen die Trolle. Gesiebtes Mehl erhält man, wenn man in einer Donnerstagnacht ein Mehlsieb siebenmal über einem Kirchturm schüttelt. Doch man muß so kräftig schütteln, daß nur ein bißchen Puder übrigbleibt…‹

›Aber das Schrotmehl!‹

›Das Schrotmehl ist so schön für Advent. Da bekommen die Menschen feuchte Augen und sprühen Funken in das Schrotmehl und zünden Kerzen an.‹

›Und die Kleie?‹

›Die Kleie streut man den Kühen hin, und aus den Kühen kriegt man den Rahm, und die Schweine kriegen die Milch, und die Hunde kriegen die Schweine, und die Trolle kriegen…‹

›Bisse!‹ schrien die Kinder. Sie wußten, wie Märchen erzählt werden mußten, denn es kam vor, daß der Alte manchmal Zeit hatte, ihnen etwas zu erzählen, wenn es Sommer war und es reichlich Hasenklee gab und die großen, trägen Waldschnekken nur von den Blättern gepflückt zu werden brauchten. Doch wenn er ein Weilchen erzählt hatte, wurden die Kinder quäkig und wild. Sie bekamen heiße Backen und funkelnde Augen und lärmten wie Untiere. Er mußte ihnen Hiebe versetzen und sie ausschimpfen und es ihnen geben, damit sie sich beruhigten. Dann konnte er sich auf das Haarmoos legen und sein Mittagsschläfchen halten.

Nun geschah es, daß Menschen in den Wald kamen, und einer von ihnen setzte sich genau auf den Bauch des Trolls, fächelte sich mit dessen Farn und sagte, daß es, puh, so warm sei im Wald, und ach Gott, wie viele Mücken und wie gräßlich die Schuhe drückten. Da galt es für den Alten, mucksmäuschenstill zu liegen und nicht zu atmen, um nicht entdeckt zu werden. Um jedoch die Wahrheit zu sagen, können Menschen genauso schlecht sehen, wie sie riechen können, und es ist fast schwierig, von ihnen gesehen zu werden.

Oft gingen Menschen an ein paar Trollen vorbei, die sich starr neben einen Baumstamm gestellt hatten, und brachen einige Zweige aus deren Mütze. Sie traten im Moor auf deren Köpfe, um trockenen Fußes hindurchzukommen. Sie fuhren in langen, sausenden Zügen auf ihren Schlittschuhen, wenn der Märzwind das Eis freigefegt hatte, und sahen selten nach unten, so daß sie die Gesichter im Eis gesehen hätten, denn warum sollten sie das tun?

Über all dem wurde das Trollkind, das verkauft worden war, wie die Menschen. Es hörte keine Rufe, wenn es durch den Wald ging, und hoch auf den Tannenspitzen, wo der starke Wind weht, niemand pfeifen oder rascheln oder Trauerlieder singen. Das waren doch bloß Axthiebe und scharfes Gebell, Gewehrschüsse und trockene Zweige, die geknickt wurden. Es war rund und vergnügt wie ein Leinfink mit blutroter Stirn und rosiger Brust. Es haßte Spinnen, Fliegen, Larven und Mäuse, hinter denen es in seiner Kindheit so eifrig hergewesen war, und wenn es aus der Quelle trank, sah es nichts.

Die Singdrossel setzte sich an sein Ohr und flötete so inbrünstig und so verständig: ›Kleine Schwester, was wissen wir nun von der Welt? Sollen wir uns zusammentun und alle Rätsel des Lebens lösen, eins nach dem andern? Oder sollen wir nur spielen, von einem Samenkorn und einem Tröpfchen Honig leben, bis die letzte Moosbeere im allerletzten Moor unter dem Schnee erfroren ist und wir von der Kälte und von der Asche großer Brände zum Schweigen gebracht werden?‹ Auf so etwas antwortete sie nicht, wer weiß, ob sie es überhaupt hörte. Sie war im Wald, um Nüsse zu sammeln, und das tat sie auch.

Wenn sie dort umherging, hatte sie immer einen Schwanz von Trollkindern hinter sich, die sie bewunderten und anguckten, ohne daß sie es merkte. Es raschelte im Blaubeergestrüpp und knackte hinter den Kiefernstämmen, und unter dem Gras der Wiese klang es wie von feinen Scheren. Sie hatte viele Geschwister, von denen sie nichts wußte, denn die Trollfrau hatte mehrere Kinder bekommen. Es war nun einmal so mit ihr, da kann man nichts machen, daß sie zwischen den Steinen und Astgabeln, wo sie eben hinkam, Kinder bekam. Sie hatten natürlich schwarze Gesichter und krumme Beine, und es war ihnen unbegreiflich, wie ihre Schwester so hell und rund sein konnte. Aber die Mutter, die aus den Tannenzapfen die letzten Samen für sie herauspfriemelte und ihnen zu essen gab, sagte, daß es allein die Liebe sei, auf die es ankomme. Sie war sanftmütig gestimmt, denn es war ein milder Winter gewesen, in dem die Ricke ohne Mühe Nahrung fand, und das Kitz, das gesetzt wurde, bekam schnell einen kleinen Bauch.

In der Mittsommernacht gingen die Trolle wie immer in dieser einen Nacht des Jahres ganz nahe an die Dörfer heran. Sie schauten sich die weißgekleideten Menschen an, wie sie sich mit Birkenlaub umgaben und Branntwein tranken. Sie sahen, daß sie einander erschlugen und mit Messern schnitten und sinnlos betrunken und betrogen waren und aus Verzweiflung und Schreck schrien. Die Spielmannsmusik legte Schleier über die Landschaft, der Wiesenkerbel leuchtete, und das war so schön.

Ihre kleine Schwester saß mit einem anderen Menschen, der

größer war als sie, auf einer Decke am Waldrand. Ausnahmsweise schien es, als lauschte sie den Geräuschen des Waldes.

›Was knackt denn da?‹ fragte sie.

›Das ist nichts‹, antwortete der Mensch.

›Was rauscht denn da?‹

›Nur das Rauschen.‹

Das Mädchen beugte sich vor, um noch besser zu hören, und hielt den anderen Menschen an der Hand, vielleicht aus Furcht.

›Aber was raschelt denn da drinnen?‹

›Das ist nur das Rascheln, das raschelt. Sonst nichts.‹

Die kleine Schwester war zufrieden, nachdem sie die Erklärungen der Menschen bekommen hatte. Sie ging heim und legte sich schlafen. Und im Wald knackte nichts, das Rauschen rauschte so sanft, und das Rascheln raschelte weiter.«

Seine Stimme wurde jetzt ganz leise, ja, Konrad sah tatsächlich aus, als ob er wieder schliefe, und Ingrid mußte auf seine Brust trommeln, damit er die Augen öffnete.

»Und dann?« fragte sie.

»Dann war Schluß.«

»Das war doch kein Schluß.«

»Doch.«

Da wollte sie, daß er noch eine Geschichte erzählte. Er tat es aber nicht.

Dann kam sie eines Tages nach Hause. Auch wenn es nicht ihr Zuhause war, wie Mama sagte. Der Schnee war geschmolzen, in dem kalten Sand waren Löcher, in die sie Schusser rollten, und vor dem Abort waren Hüpffelder in den Kies gezogen. Maj-Lis sagte hallo, wenn auch leise, und wechselte mit Naemi einen Blick. Greger sagte gar nichts. Konrads Fahrrad stand nicht vor dem Eingang, doch auf dem Zement zur Kellertür hinunter waren feuchte Spuren. Sie konnte nicht verstehen, weshalb er sein Fahrrad hinuntergebracht hatte. Der Frühlingshimmel war doch blau, auch wenn es am Nachmittag ein bißchen geregnet hatte. Und im übrigen hatte er nie Angst um sein Fahrrad.

Sie ging hinauf zur Wohnung, Mama öffnete und fragte, was sie wolle, blieb jedoch die ganze Zeit stehen und hielt die Tür fest.

»Wo ist Konrad hin?«

»Raus.«

»Wohin denn?«

»Er ist in die Stadt runtergeradelt.«

Es wurde ganz still, und Mama hielt die Tür fest. Ihr Gesicht war leer. Zuerst konnte Ingrid überhaupt nicht denken, in ihrem Kopf war es wie leergefegt und fast angenehm. Dann kehrte alles wieder, und sie fragte: »Er ist wohl *zu Fuß* in die Stadt runter?«

»Nein, mit 'm Rad. Jetzt geh z'rück zu Eks, die ärgern sich sonst über dich. Denk dran, wieviel du von denen gekriegt hast. Versprich jetzt, daß du nicht mehr hin und her springst. Versprichst mir das?«

Sie ging die Treppe hinunter, Stufe um Stufe. Sie dachte gar nichts, und der Magen schmerzte und pochte.

Unten waren noch immer die Fahrradspuren da. Fahrradspuren brauchen ihre Zeit, bis sie trocken sind, dachte sie. Wenn die Sonne nicht daraufscheint. Sie hatten ein Muster wie der Rücken einer Schlange, das kannte sie sehr gut, und es waren die von Konrad. Nur Konrads Fahrrad machte solche Spuren.

Sie nannten sie Engel, und sie war bestimmt in den Himmel gekommen. Gott war Lokführer, und er kam von langen und ermüdenden Reisen durch die Welten nach Hause. Da trugen sie ihm Speck und braune Bohnen auf und zündeten seine Lampen an. Während er aß, zählte Ingeborg auf, was sie alles getan hatten, daß sie zum Beispiel auf dem Markt gewesen waren und Strömlinge gekauft hatten. Er nickte und aß, und dann spitzte er mit dem Taschenmesser ein Streichholz an und begann sich die Zähne sauberzumachen. Mitunter erzählte er ihnen, bei der Ankunft in Hallsberg habe sich herausgestellt, daß das Schmiergefäß des rechten Zylinders kalt gewesen sei. Sie wußten nicht, was sie dazu sagen sollten. Sollte man nach der Ursache fragen, oder war sie bereits offensichtlich? Sollte man es bedauern, in höchsten Tönen jammern oder erstaunt sein? Zu gegebener Zeit befreite er sie aus ihrer Bedrängnis, indem er mitteilte, es habe daran gelegen, daß alle Löcher des Ölsiebs verstopft gewesen seien.

»Ja, du meine Güte«, sagte Ingeborg.

Oder er sagte: »Auf der Lok 648 hat ein Heizrohr in der Rauchkammer ein Leck bekommen. In Södertälje hat man es aber wieder abdichten können.«

»Wie gut!« meinte sie.

Sie hätten sich jedoch vierzig Minuten verspätet. Vierzig Minuten! Verstehe sie, was das bedeutete? Ingeborg starrte auf die Wand und vergaß ihre Handarbeit. Nein, eigentlich nicht. Güter und Menschen, lange Züge, wichtige Passagiere, womöglich königliche Personen. Himmel und Erde stürzten ein, und sie ging hier auf den Markt und kaufte Strömlinge!

»Weitreichende Folgen«, murmelte der Lokführer, den Blick bereits in der Zeitung. »Weitreichende Folgen.«

Manchmal las er ihnen aus der Lokalzeitung eine Todesanzeige vor oder eine Wettervorhersage. Da stehe, die Röcke würden die Waden hinaufrutschen, sagte er, doch das hatten sie freilich gemerkt. Einmal las er ein Gedicht vor. Es stand in der Zeitung und war von einem, der sich Svarta Masken nannte, geschrieben. Es handelte von einer Hausfrau, die nichts zu tun hatte, weil sie keine Kinder hatte. »›Oh, Kalson‹, rief sie. ›Wie furchtbar trist und öd mein Leben ist!‹« Und sie bat ihn um ein kleines Haustier, wenigstens eine Katze. Karlsson brachte eine Kiste nach Hause und sagte, daß ein Affe darin sei, der sei jedoch so fürchterlich wild, daß er den ersten Tag über in der Kiste sitzen bleiben müsse. Da sei ein Loch, damit er atmen könne, sie müsse ihm jedoch versprechen, nicht da hineinzuschielen. Und sie versprach es! Aber sie konnte doch nicht an sich halten. Sobald er zur Arbeit gegangen war, kroch sie natürlich auf den Fußboden und schielte in das Loch. Als Karlsson nach Hause kam, erwartete er, daß wie üblich braune Bohnen auf dem Tisch stünden.

> Doch ach, Frau Karlsson auf dem Boden lag,
> bleich und dem Ende nah.
> Es war ihr eignes Spiegelbild, das in dem
> Loch sie sah!

Da lachte der Lokführer herzhaft, so richtig herzhaft. Mehrere Male mußte er Ingrid das mit dem Spiegel in dem Loch der leeren Kiste erklären, bis er es schließlich leid war. Das war das einzige Mal, daß sie ihn Verse lesen hörte.

Er las, daß die Arbeiterdemonstrationen ausarteten, und sagte, daß die Unzufriedenen und die verkrachten Existenzen die ärgsten Sozialisten würden. Das sei eine Partei von Querulanten, sagte er. Niemand ihrer Bekannten beschäftige sich übermäßig mit Politik, und religiös seien sie auch nicht. Das seien gesunde und ordentliche Menschen, sagte Ingeborg, und das zu sagen, hatte sie oft Anlaß. Gesunde und ordentliche Menschen würden ohne Not kein Klistier brauchen, sagte sie ebenfalls. Wenn er gegessen hatte, kam der Segen. Da nahm er Ingrid auf den Schoß und ließ sie hüpfen, daß die Zähne aufeinanderschlugen, oder er klopfte ihr auf den Po, daß es wie Spielkarten auf einer Tischplatte klatschte. Dann legte er sich aufs Sofa, und allmählich senkte sich die Zeitung auf sein Gesicht, die Uhr tickte, der Regen rann über die Fenster, und Ingeborgs Häkelnadel blitzte im Lampenschein.

Meistens war er natürlich im Dienst, und da waren sie allein.

»Iß jetzt!« sagte Ingeborg. »Ich hab das doch für dich zurechtgemacht.«

Ingrid schob die zerdrückte Kartoffel auf der einen Seite des Tellers mit der Gabel zu einem kleinen Haufen zusammen.

»Du sollst nicht mit dem Essen spielen«, sagte Ingeborg. »Sei jetzt brav und iß! Du sagst doch selber, daß du dick werden willst.«

Doch das sagte sie gar nicht mehr. Das war lange her. Jetzt zupfte sie die Strömlingsstückchen auseinander und schob sie mit den Gabelzinken herum. Sie fuhren Runde auf Runde, genau wie die Jungen, wenn sie auf dem Platz des Sportverbandes Schlittschuh liefen.

»Sei brav jetzt! Schau mal her da!«

Da kam die Gabel an, ihr Mund wurde ein Strich, und die Zinken schmerzten auf der dünnen Haut ihrer Lippen. Sie drehte den Kopf weg. Hinterher trank sie Wasser, aber nie so, daß Ingeborg es mitbekam.

»Man muß essen, verstehst du. Schau nur, wie du aussiehst.«

Sie betrachtete ihre Hand und fand, daß sie aussah wie immer. Doch Ingeborg war jetzt ängstlich, sie sah oft nach ihr, und sie sprach leise mit dem Lokführer. Da passierte eines Abends etwas Merkwürdiges. Er nahm höchstpersönlich den Teller und die Gabel und setzte sich neben sie.

»Du ißt jetzt!« sagte er.

Die Gabel kam an, sie wandte den Kopf ab. Er roch nach Schmieröl. Die Übelkeit wälzte sich herauf und blieb stecken und wiegte sich im Rachen. Er packte sie am Nacken. Die Gabel stach auf die Lippen und knirschte an den Zähnen, und dann brach er ein.

»Iß!« sagte er.

Da ging der erste Bissen hinein.

»Siehst du«, sagte er, »das geht doch richtig gut.«

Der zweite Bissen, der dritte, der vierte. Er zählte. Als der Teller leer war, saß sie da und betrachtete seinen Rücken. Er zog gerade sein Hemd aus, Ingeborg hatte Waschwasser warm gemacht. Sein Körper war weiß wie feinstes Schmalz, aber von schwarzen Haaren überschattet, und überall sprossen kleine Knötchen.

Plötzlich sah sie Konrad mit seinem hellbraunen Rücken und den Wirbeln, die unter dem speckigen, schwarzen Gürtel und den Falten der Hose verschwanden, vor sich. Als sich der Lokführer das nächste Mal umdrehte, machte sie den Mund auf und ließ das Essen über das Kinn auf den Teller hinabquellen. Ein Teil davon landete auf dem Tisch. Sie mußte ein paarmal mit dem Unterkiefer arbeiten, damit alles herauskam, was sie in den Backen gesammelt hatte.

Erst starrte er sie nur an. Dann klatschte eine Ohrfeige. Ingeborg heulte laut.

»Warte du nur bis morgen, du!« sagte er. »Mein kleines Fräulein!«

Dann beachtete er sie den ganzen Abend nicht mehr. Tags darauf fütterte er sie und achtete darauf, daß sie jeden Bissen schluckte. Sie lagen ihr schwer im Magen. Sie setzte sich hin und befühlte ihren Bauch, wurde schläfrig und konnte den Kopf nicht heben. Nach und nach sammelte sich eine Menge Speichel in ihrem Mund, und nach zehn Minuten erbrach sie alles in den Abfalleimer. Sie starrten sie beide an.

»Das ist das Schlimmste, was ich je erlebt habe«, sagte der Lokführer. Dann legte er sich mit der Zeitung hin und sprach mit niemandem mehr.

Am nächsten Tag brummte ihr der Kopf, sie war matt, aber aufgeräumt, und wußte: das war das Schlimmste, was er je erlebt hatte. Verstopfte Ölsiebe und Heizrohre, die leckten – aber das hier! Sie verstand jetzt, daß sie krank war, und ein krankes Kind ist schlimmer als ein Zug, der auf der Strecke nach Göteborg stehenbleibt. Die Beine trugen sie nicht.

Sie mußte sich unbedingt ins Bett legen, und Ingeborg weinte beinahe unablässig. Der Stuhl neben dem Bett stand voller Gläser und Tassen, doch sie konnte nichts anrühren. Da standen eine Hühnerbouillon, die fest wurde und eine Haut bekam, rote und steife Götterspeise und Kakao mit bereits geschmolzener Schlagsahne. Sie lag da und dachte an nichts und glaubte Orte zu sehen, wo sie noch nie gewesen war. Es waren Gärten, feucht und glänzend, wie nach einem Regen, und mit Sonne auf allen Blättern. Da gab es leuchtende grüne Bäume mit kleinen, weißen Blüten und Büschel von Lilienblüten im Gras. Sie verstand, daß sie ein anderes Land sah, und wunderte sich darüber, daß alle Plätze und Gärten leer waren. Weit und breit sah sie keinen Menschen.

Der Doktor sollte kommen. Sie hörte ihn und auch Ingeborgs ängstliche Stimme über dem Scharren im Flur, als er seine Galoschen auszog.

»Hier riecht es nach Leiche«, sagte er. Hinterher erzählte Ingeborg immer, daß sie in Ohnmacht gefallen sei, als er das gesagt habe. Doch Ingrid hatte keinen Plumps gehört. Der Doktor kam herein und ergriff ihr Handgelenk, tastete mit kalten Händen ihren Bauch ab. Seine Kleider rochen nach Tabak, und sie reagierte jetzt so empfindlich auf Gerüche, daß sich ihr Magen zusammenzog und sie sich zu übergeben versuchte. Sie bekam eine Medizin, die nannte sich Stuhlzäpfchen, und Ingeborg schob sie ihr in den Po. Am Abend trank sie Saft, und am nächsten Morgen hatte Ingeborg ein Eigelb in den Saft geschlagen, und sie erbrach es nicht.

Tanten kamen und tranken Kaffee. Sie sprachen mit leisen, besorgten Stimmen, und sie hörte, daß die Krankheit Magenkrampf hieß. Der Magen tat aber gar nicht weh. Bevor die Tanten kamen, lüftete Ingeborg und zerstäubte Eau-de-Cologne im Schlafzimmer. Sie durfte jetzt im Bett des Lokführers liegen, damit Ingeborg in der Nacht nach ihr sehen konnte. Er war auf das Küchensofa umgezogen.

Alles war unwirklich. Sie befand sich mitten zwischen Traum und Wachheit. Wie schön das doch war, nichts zu tun, nichts zu sein und leicht zu schaukeln im Bett. Die feuchten Fahrradspuren gehörten einer anderen Welt an, einer, die nicht wirklicher war als die Gärten und Plätze, die sie sah. Alles, was weh tat, war weit weg.

Schließlich kam Tora Otter. Sie war es gewesen, die dafür gesorgt hatte, daß Ingrid bei Eks untergekommen war. Sie setzte sich mit dem Hut auf dem Kopf ans Bett, die Tür hatte sie zugemacht.

»Hast du Heimweh?« fragte sie.

Ingrid wartete darauf, daß sich ihr Gesicht auflösen würde, daß das Unwirkliche sie fortschaukeln würde. Doch sie blieb sitzen.

»Hast du Heimweh, hab ich dich gefragt.«

»Nein.«

»Ist das ganz sicher?«

Sie schwiegen beide eine Weile. Toras Gesicht blieb da. Ihre

Lippen waren ebenso schmal wie Ingrids. Sie mußte sich ganz vorsichtig darauf beißen, und da spürte sie, daß sie nicht taub waren. Es tat ein bißchen weh, als sie darauf biß.

»Willst du heim?« fragte Tora und zwinkerte nicht mit ihren hellblauen Augen.

»Nein, niemals!«

»Willst du nicht heim zu Konrad?«

»Ich pfeif auf Konrad.«

»Und Mama?«

Sie schwieg.

»Antworte!« sagte Tora.

»Ich pfeif auf sie. Ich will nie mehr dahin.«

Es schien, als überlegte Tora. Neben ihrem Kopf war der Kreuzstichhund hinter seinem Glas. Als Ingrid sich im Bett aufsetzte, drehte sich alles, doch sie sah, daß sich ihr Gesicht im Glas des Bildes spiegelte. Es war nicht genauso wirklich wie Toras, aber es war wirklicher als das des Hundes.

»Ja«, sagte Tora. »Ich werde jetzt gehen. Aber es ist schon schade. Ich hatte dich fragen wollen, ob du am Samstag auf den Markt kommen könntest. Aber es ist egal.«

»Warum denn?«

»Ja, ich bräuchte eine, die mir beim Bonbonverkaufen zur Hand ginge. Aber das geht ja dann wohl nicht.«

»Wann denn?«

»Am Samstag.«

Nachdem Tora gegangen war, aß sie Milchsuppe.

Am Samstag konnte sie nicht auf den Markt gehen. Ihre Beine trugen sie nicht richtig. Sie konnte nicht aus dem Haus. Es drehte sich alles im Kopf, wenn sie an die frische Luft kam. Ansonsten aber war nichts ungewöhnlich. Das Vormittagslicht war trist wie immer, und draußen rangierten die Züge. In die Hovlundagata wollte sie nicht gehen. Doch am Samstag darauf ging sie auf den Markt.

»Gut!« sagte Tora Otter. »Ich hab dich schon erwartet. Stell dich hier neben mich, dann siehst du, wie man's macht.« Sie zeigte ihr die Messinggewichte und das Eisengewicht, die Geldkassette mit den verschiedenen Fächern und den Schöpflöffel, mit dem man die Bonbons aufnahm. Kinder gingen vorbei und guckten Ingrid an. Sie wog Bonbons ab und kassierte. Einige Kinder kauften bei ihr ein, und dabei trauten sie sich nicht mehr zu sagen als das, was sie haben wollten.

Bei Eks in der Eisenbahnersiedlung aß sie weiterhin nur wenig. Es brauchte nur Kleinigkeiten, und schon ekelte es sie. Dann wuchs der Bissen im Mund, wurde haarig und begann sich herumzuwälzen. Als die ganze Klasse auf dem Schulhof fotografiert werden sollte, mußte sie zu Hause bleiben, weil sie so mager war. Sie verstand, daß Ingeborg sich ihrer schämte.

Sie durfte das Klassenfoto, auf dem sie nicht mit abgebildet war, immerhin kaufen. Am Abend betrachtete Ingeborg es. Sie trocknete sich die vom Spülwasser nassen Hände ab, nahm es und sagte, daß es recht gut sei. Ingrid sah ihr aufmerksam ins Gesicht. Dann legte sie das Bild wieder auf den Tisch und betrachtete es selbst, betrachtete jede einzelne von denen, die da so dicht beieinander standen, hinter sich die Schulmauer und zu ihren Füßen Kies. Es war keine Lücke entstanden durch ihr Fehlen. Es war, als hätte es sie gar nie gegeben. Sie nahm ihren Bleistift und setzte die Spitze zwischen Göta und Hildur. Aber da war kein Zwischenraum. Da zog sie Götas Arm nach, und das war gleichzeitig der Ärmel von Hildurs Strickjacke. Zuerst fuhr sie nach unten und dann etwas fester nach oben, so daß eine tiefe Bleistiftspur entstand. Dann zog sie sie noch mehrere Male nach, vor allem aber in der Mitte, wo Götas Ellbogen war, und am Ende gab es ein Loch im Papier, ein Loch mit niedergedrückten Kanten.

Als Ingeborg sah, was sie getan hatte, verlor sie gar nicht die Fassung. Ihr Gesicht wurde nur völlig starr, und sie sagte, daß es nun reiche. Nun müßte sie mit Assar reden. Da verstand Ingrid, daß das schlimmer war, als wenn sie lediglich die Fassung verloren hätte. Von dem Augenblick an versuchte sie, ihr Gesicht und ihre Stimme wegzuschieben. Sie hörte sie nur von ganz weit weg. Nichts von dem, was an diesem Abend vor sich ging, kümmerte sie. Sie bekam keine Schläge. Sie sah, daß der Lokführer wohl wollte, sich aber nicht traute. Seine Stimme und seine Hände waren ebenfalls weit weg. Ich pfeif auf die, dachte sie. Sie hatte gute Lust, das zu sagen, als Ingeborg weinte und fragte, wie sie um Himmels willen so etwas habe tun können. Seien sie denn nicht immer nett gewesen zu ihr? Habe sie nicht alles bekommen, was sie brauche? Da pfeif ich doch drauf, dachte sie. Sie sagte es aber nicht, denn dann würde das Getue in alle Ewigkeit fortdauern, und sie wollte ins Bett gehen. Sie wollte allein sein in ihrem Bett und daliegen und nichts sein, nichts spüren und leicht schaukeln.

Konrad hatte gesagt, daß Ingeborg und Assar mit all ihren Sachen an den Füßen vertäut durchs Leben gingen. Sie schleppten die Kupferkasserollen, das Himmelbett und die Kuckucksuhr mit sich herum. Das täte auch ihre Verwandtschaft, der Friseur, der Eisenhandelsgehilfe und der Schuhhändler, mit denen sie Karten spielten. Und wenn sie tanzten, war das alles an ihren Füßen vertäut. Deswegen hüpften sie nicht so hoch und schwangen ihre Beine nicht ganz so lustig. Wenn sie sich liebten, sagte Konrad, dann schepperten Ofengitter und Kupferkasserollen, dann rumpelten Bügeleisen und Familienbibel. Und wenn sie um ihr Leben liefen, dann gingen sie in Wirklichkeit ruhig und würdig, denn sie könnten nicht anders.

Aber sie pfiff ja auf Konrad. Sie durfte nicht einmal an ihn denken. Das hatte sie sich geschworen. Sie hatte sich mit einer Stecknadel in den Finger gestochen und drei Tropfen hellrotes Blut herausgepreßt, einen nach dem andern, und sie im Gesangbuch auf die grauenhafteste Strophe, die sie kannte, nämlich die, in der der Todesengel über allem schwebt und ruft, fallen lassen. Das bedeutete, daß sie sterben würde, wenn sie an

Konrad dächte. Wenn die Lehrerin das Gesangbuch zu sehen bekäme, würde Ingrid sagen, daß sie Nasenbluten gehabt habe.

Deswegen, weil sie an all die Sachen gedacht hatte, die jene mit Schnüren an den Füßen festgebunden hatten, würde sie nicht sterben. Das war kein Gedanke, sie hatte nur ein Bild gesehen, das Konrad sich ausgedacht hatte. Jetzt wollte sie endlich ins Bett gehen und nichts sein dürfen. Sie konnte hören, wie Ingeborg drinnen schluchzte und nicht mehr aufhörte, doch das machte ihr nichts aus, ganz und gar nichts.

Ingeborg Ek war verzweifelt. Waren sie denn nicht nett gewesen zu dem Mädchen? Und ob! Doch was hatte man davon? Schmächtig und mager war es, schmallippig und boshaft, zerstörte seine Sachen, randalierte mit Jungen und raufte oder lag allem gegenüber gleichgültig im Bett und weigerte sich zu essen. Sie hatte auch bestimmt kein Heimweh. Denn nun fragten sie sie sogar manchmal.

»Hast du Heimweh?«

»Nein.«

»Nach der Mama?«

Sie schüttelte nur den Kopf.

Linkshänderin war sie auch. In der Schule durfte man nicht links schreiben, darum schrieb sie anfangs fast überhaupt nicht. Als sie es probieren sollte, saß in der rechten Hand eine Kraft, die die Spitze der Stahlfeder fest ins Papier trieb, sie drückte und bog. Auf einmal spaltete sich die Feder, die zwei Stahlbeine wichen auseinander, und dann war sie kaputt und sah lächerlich aus. Die Lehrerin wurde natürlich ärgerlich, doch das half nichts. Das nächste Mal war es wieder das gleiche, die Kraft im Arm drückte drauflos. Es surrte gleichsam da oben. Sie versuchte, das der Lehrerin zu erklären.

»Ich hab einen Armkrampf«, sagte sie. »Es surrt da oben im Arm.«

Da durfte sie es links probieren.

Genauso schwer war es, ihr das Häkeln beizubringen. Weil sie die linke Hand nehmen mußte, konnte Ingeborg ihr nichts vorhäkeln und zeigen. Alles war spiegelverkehrt. Schließlich fiel ihr ein, daß Tora Otter auch Linkshänderin war, und so ging sie mit Ingrid zu ihr.

Tora betrachtete das Mädchen, das sich mit einem kleinen, vom Handschweiß schon ganz schmutzigen Knäuel Dochtgarn und der Häkelnadel in der linken Hand in die Ecke neben die Cafétheke setzte.

»Du bist stark«, sagte sie.

Dann mußte sie Hände waschen gehen. Tora schnitt das Garn ab und warf das verfilzte Ende weg, und dann begannen sie noch mal von vorn.

Jeden Dienstag stieg ein kleiner Mann mit Haaren in den Ohren und einer abgegriffenen Aktentasche unter dem Arm aus dem Zug aus Norrköping und begab sich direkt zum Lindhschen Haus. Alle wußten, daß dies Lilibeth Iversen-Lindhs Gesanglehrer war. Wenn ein Fenster offenstand, konnte man hören, wie sie mit tiefer und bebender Stimme, die bei entsprechender Wetterlage bis zur Post zu hören war, »mem mem mem!« intonierte. Sie sang, doch es waren keine gewöhnlichen Lieder. Man konnte nicht einmal verstehen, wovon sie handelten, und es klang immer traurig.

Als sich die Kinder des Personals und der ehemaligen Hausangestellten des Lindhschen Hauses 1920 zu der üblichen Weihnachtsfeier im Erdgeschoß eingefunden hatten, war es zufällig Dienstag. »Mem mem mem!« und »mum mum mum!« hörte man von oben. Sie saßen um den Küchentisch und hatten den Saft ausgetrunken und ihre Semmeln gegessen, als das Hausmädchen herunterkam und sagte, daß sie hinaufgehen und Frau Iversen-Lindh beim Singen zuhören dürften.

Sie saß dicht neben dem Flügel auf einem kleinen Stuhl, und sie mußten alle vor sie hintreten und sie begrüßen. Ingrid spürte, daß ihre Hand schmal war. Der Musiklehrer saß am Flügel, grüßte jedoch nicht, sondern glotzte nur. Sie durften sich auf ein Sofa setzen, das mit hellgrünem Samt bezogen war und sich durchbog.

Sie sang zwei Lieder. Ingrid mußte die ganze Zeit dringend Pipi machen, denn sie hatte viel Saft getrunken. Das Hausmädchen war gegangen; sie waren allein mit der Sängerin, deren Parfum im ganzen Zimmer zu riechen war, und dem Lehrer, der in der matten Lichtbahn saß, die die Sonne durch das Fenster warf, so daß man sah, daß seine Jacke an den Ärmeln blank war. Ingrid guckte zum Fenster hinaus, wo über die Fußgängerbrücke die Leute kamen und gingen und Hunde in Schneehaufen pinkelten. Evert, der Sohn des Polizisten, saß neben ihr und kratzte sich an den Beinen, und wenn er atmete, hörte man das, denn er hatte Polypen.

Ingrid mußte jetzt so dringend, daß sie auf dem Sofa nicht mehr stillsitzen konnte, sie mußte hin und her wackeln. Sobald Frau Iversen-Lindh mit dem Singen fertig sein würde, wollte sie sagen, daß sie aufs Klosett gehen müsse, und fragen, wo das denn sei. Das würde interessant werden, auf ihr Klosett zu gehen.

Das nächste Lied folgte jedoch so schnell, daß sie gar nicht dazu kam, zwischendurch ihre Frage zu stellen. Die Sängerin klang jetzt, als stecke sie am Spieß; sie schien wie ein Tier zu leiden, und sie dabei mittendrin zu unterbrechen war ein Ding der Unmöglichkeit. Es ließ sich aber nicht mehr länger verhalten. Ingrid rutschte vom Sofa und dachte, daß sie das Klosett auch auf eigene Faust finden würde. Frau Iversen-Lindh hatte vom Leiden verschleierte Augen. Evert, der Polizistensohn, starrte sie an und atmete schwer mit offenem Mund.

Nun passierte das große Unglück, daß Ingrid Eriksson sich in der Tür irrte, und anstatt in die Halle mit den Elchgeweihen und dem Schirmständer hinauszukommen, wanderte sie geradewegs in das kleine Speisezimmer mit Hummern und Artischocken und krümeligen Brötchen an den Wänden, englischen Stühlen mit Rohrsitzen und einem Büfett mit russischem Samowar aus Silber. Sie beschleunigte ihre Schritte, denn das Speisezimmer machte ihr angst. Sie verstand nicht, was sie da sah, und auch nicht, wozu das gebraucht wurde. Schnell, schnell ging sie durch die Doppeltüren und hielt nach der Klosettür Ausschau. Auf den Kommoden wand sich getriebenes Silber, und in einer kleinen Ausbuchtung sah sie sich selbst mit kleinem Kopf und kurzen Beinen und einem Bauch, der sich nach den Seiten hin ausdehnte. In dem Raum war ein Geruch nach Politur und Wachs, wie sie ihn bisher noch nicht kannte. Es war, als ginge sie durch ein anderes Land, nur das graue Licht war das gleiche wie das der Stadt und der Umgebung, in der sie sonst lebte. Es fiel durch die Spalten zwischen steifen Vorhängen aus Samt hinein.

Makartbukette standen unter Glasglocken, und es war ihr unbegreiflich, wie Blumen dort leben konnten, bis sie ganz dicht daran vorbeiging und sah, daß sie künstlich waren. Sie ging durch den gelben Salon, wo die Möbel krumme Beine hatten, und durch den grünen Salon, wo sie gerade hatten. Aus weiter Entfernung hörte sie Frau Iversen-Lindhs geschultes Jammern, ansonsten aber herrschte nur Stille, und Stille schien auch von diesen Möbeln und seidentapezierten Wänden auszugehen. Sie freute sich nahezu, als eine Uhr unter Glas tickte. Das Geräusch war jedoch feiner als ein Spinnenbein, das Ohr fühlte sich grob an, und es dröhnte vom Fließen des Blutes, wenn man hinzuhorchen versuchte, ob das kleine Dingelchen ginge. Da hätte sie sich beinahe angepinkelt. Sie spürte, daß ihr bereits ein paar Tropfen in die Hose gegangen waren. Ein Weilchen später war es besser, und sie lief weiter zwischen glatten und von brauner Ölfarbe glänzenden Bildern, die im Licht von den Fenstern schimmerten. Als sie ein wenig zur Seite trat, sah sie einen grünlichen Kopf mit starren Augen, der auf einer Platte lag.

Die Stimme der Sängerin und die Tontrauben des Flügels klangen immer entfernter. Nirgendwo ein Klosett, nicht einmal so etwas wie eine kleine Tür in der Tapete. Es gab nur große Doppeltüren, die durch Zimmerfluchten weiterführten.

Sie kam in das Schreibzimmer des toten Großhändlers. Dort war die Luft vollkommen staubtrocken, und die Möbel waren dunkelbraun. Auf dem Schreibtisch stand eine Bronzefigur. Sie mußte nachsehen, was sie darstellte, und sie zwickte die Beine zusammen und schob sich dorthin. Ein Adler. Er saß mit erhobenem Haupt. Der Scheitel war ganz blankgerieben. Seine Augen waren leer, er blickte an einem vorbei; vor sich hatte er einen Hasen. Eigentlich hielt er den Hasen, dessen Bauch aufgerissen war und hervorquoll, mit einem seiner stark bekrallten Füße. Sie starrte darauf und wünschte gleichzeitig, es sein lassen zu können, schluckte und schluckte, um den Speichel wegzubekommen und den Magen zu zwingen, sich zu beruhigen.

Das mußte die Hölle sein hier. Ein Weib, das in höchsten Tönen krähte, und als Zierde abgeschlagene Köpfe und Tierquälereien. Das müßte Konrad sehen. Dann erinnerte sie sich daran, daß die Todesstrafe darauf stand, an Konrad zu denken, und da verging die Übelkeit. Sie stolperte über hohe Schwellen weiter. Sie hatte jetzt fest damit gerechnet, daß sie in die Halle hinauskommen würde, aber es kam ein neuer Salon, und der war von seidenweichen Teppichen auf dem Fußboden leicht graublau getönt.

Mit einem Mal spürte sie, daß sie nicht mehr konnte. Sie blieb mitten im Zimmer mit überkreuzten Beinen stehen, und es brannte und schmerzte von der Qual des Harndrangs. Was sollte sie tun? Blieb sie hier stehen, dann ging es auf den Teppich. Das durfte nicht passieren. Bewegte sie sich, kam es ebenso. In der einen Ecke des Raums stand zwischen den Beinen eines vergoldeten Spiegeltischs ein blauweißer Krug. Käme sie nur dorthin, dann könnte sie in den Krug pinkeln. Doch sie merkte, daß das unmöglich war, er war zu weit weg.

Da kam ihr der Gedanke, daß es, wenn sie sich nur einmal hinsetzte, besser werden würde und sie eine Verschnaufpause bekäme und sich etwas überlegen könnte. Sie brauchte nur einen Schritt nach hinten zu machen, dann landete sie auf einem mit grauem Seidenplüsch bezogenen Sofa. O Gott, wie schön das war! Und da machte sie in die Hose.

In der ersten Bestürzung fand sie es nur wundervoll. Die Schenkel wurden naß, der weiche Plüsch schlapp und warm, und sie lehnte sich zurück und ließ es laufen.

Doch es wurde schnell kalt. Als sie sich erhob und nachguckte, war auf dem Sofa ein dunkelblauer Fleck. Herrgott da droben auf dem Himmelsthron, dachte Ingrid Eriksson. Jetzt ist es aus. Jetzt hab ich mich ins Unglück gebracht, jetzt gibt es verdammt große Scherereien.

Die gab es auch, aber nicht sofort. Zuerst legte sie ein Kissen, auf das mit winzigen Kreuzstichen, die Petit point genannt werden, kleine Rosen gestickt waren, über den Pinkelfleck, und dann rannte sie denselben Weg zurück, den sie gekommen war: vorbei an dem Adler und dem Hasen, dem abgeschlagenen grünen Kopf, der Uhr, die kaum zu hören war, durch das Speisezimmer, in dem es merkwürdig roch, und dann war sie zurück im Musikzimmer, wo die Zuhörer jetzt vom Sitzen krumme Rücken hatten und sich alle an den Beinen kratzten, Frau Iversen-Lindh »Des Herzens Wonne« sang und der Pianist auf dem Flügel hämmerte. Sie nahm einen Stuhl neben der Tür. Dort sah die Sängerin sie nicht, und als sie weggehen durften, schlich sie sich mit ihrem feuchten Fleck hinten als letzte hinaus.

Sie rannte den ganzen Nachmittag umher und wedelte mit dem Kleid, daß es ebenso trocknete wie die Strümpfe. Die Hose aber mußte sie am Abend in die hinterste Ecke der Holzkiste stopfen, denn sie war so dick, daß sie einfach nicht trocknen wollte.

Dann entwickelte sich die Katastrophe mit großer Gesetzmäßigkeit, wie Katastrophen es eben zu tun pflegen. Die Lindhsche Haushälterin traf Ingeborg Ek und sagte, daß die Kinder, die Frau Iversen-Lindh jedes Jahr zur Weihnachtsfeier einlade, wie Tiere seien, zumindest einige von ihnen, und hätte sie etwas zu sagen, dann gäbe es keine Weihnachtsfeier mehr. Eines von ihnen sei doch tatsächlich hergegangen und habe auf ein Sofa uriniert, als es niemand gesehen habe. Ingeborg war entsetzt, sah aber unschuldig drein. Der Fuhrmann war mit dem Fuder Nadelholz noch nicht gekommen, und sie hatte die Holzkiste noch nicht ausgeräumt. Das machte sie am nächsten Tag und fand eine feuchte Hose, die mysteriös roch. Fragen und Antworten. Bis der Lokführer sagte: »Lüg nicht!« und in der Küche den Streichriemen von seinem Platz neben dem Haken für das Tablett nahm. Sie gestand.

Ingeborg dachte an Selbstmord oder daran, zu Frau Iversen-Lindh zu gehen und zu sagen, wie es war. Es gab Tränen, Zerfall (das Rübenmus des Lokführers stand nicht auf dem Tisch, als er vom Dienst kam), Nervenattacken, Gespräche hinter verschlossenen Türen, verquollene Gesichter. Bei alldem versuchte Ingrid, nichts zu sein und leicht zu schaukeln, doch das ging schlecht. Nachts konnte sie kaum schlafen.

Seit Ingeborg Ek verheiratet war, wartete sie auf den glücklichen Umstand, der es rechtfertigen sollte, daß sie hier umherging und Haushaltsgeld vergeudete und das Leben für den Lokführer viermal so teuer machte, als es für ihn zu Hause bei seiner alten Mama gewesen war. Doch sie menstruierte jeden Monat und kam sich deshalb vor wie eine Betrügerin. Und die Jahre vergingen.

Es war mehr als verwunderlich, daß sie keine Kinder bekam. Sie hatte nie etwas mit einem anderen als Assar Ek gehabt, und der war kerngesund. Sie hatte auch nie draußen im Freien auf der Erde gesessen und sich erkältet und Ausfluß bekommen. Unter dem Busen war ihr Körper weit und rund. Er sah aus, als ob sie darin viele kleine Kinder hätte haben können: so dicht wie Ingwerbirnen in einem Topf müßten sie dort liegen. Aber sie taten es nun einmal nicht.

Sie ging zum Doktor. Der meinte, daß sie es sich nicht allzu eifrig angelegen sein lassen sollte, dadurch würde es nur schlimmer. Tante Hedvig sagte:

»Ja, ihr habt es vielleicht gut. Braucht nur an euch selber zu denken, habt keine Sorgen und könnt ausgehen, wann ihr wollt.«

Da ging sie nach Hause und weinte. Ständig, fand sie, durfte sie blassen Müttern, die mit einem runzligen Bündel im Arm dalagen und verklärt dreinschauten, Astern und Obstkuchen bringen. Oder Narzissen und Obstkuchen, Pfingstrosen und Obstkuchen, denn es passierte zu allen Jahreszeiten. Assar unternahm doch übermenschliche Anstrengungen. Sie wurde fünfunddreißig, und die Bündel waren herangewachsen und gingen in die Schule. Sie glichen Viktor und Evert und bekamen Arons Nase und Haralds Augen. Aber auf der ganzen Welt gab es keinen Menschen, der Assars Füße gehabt hätte, außer ihm selbst.

Er unternahm keine übermenschlichen Anstrengungen mehr, denn das Alter fordert sein Recht. Ingeborg wurde vierzig, und sie begannen mit dem Gedanken zu spielen, ein Pflegekind aufzunehmen, denn die können ganz wie eigene werden – schau, es hängt davon ab, wie man sie formt! Aber eines hatte Flechte, und eines hatte schadhafte Zähne, und eines glich diesem schrecklichen, versoffenen Fahrradhändler (was nicht weiter verwunderlich war, da es sich um den Vater handelte). Dann kam schließlich Tora Otter mit Ingrid Eriksson, die einen goldenen Lockenkopf hatte. Den hatte Tora, bevor sie das erste Mal dorthin gingen, sicherheitshalber mit Seife gewaschen. Sie nahmen also Ingrid, obwohl sie schon ziemlich alt war. Assar war nicht mehr scharf auf Kindergeplärr, und dann hatte sie auch eher das Alter der Cousinen und Cousins.

Ingeborg Eks Anstrengungen ließen nicht nach, im Gegenteil. Der Doktor hatte gesagt, daß es sich vielleicht einrenken werde, wenn sie ein Pflegekind annähmen. Es gäbe viele, die dadurch in Schwung kämen und später noch ein oder zwei Kinder bekämen. Assar Ek war bald fünfzig und wurde der Leibesübungen langsam müde. Aber Ingeborg war beharrlich, ohne sich deswegen schämen zu müssen. Sie gab keine schamlosen Leidenschaften vor, sondern sagte ganz einfach:

»Ob wir es wohl noch mal probieren sollten, Assar?«

Assar drehte sich auf die andere Seite und tat, als ob er schliefe, doch das half nicht immer. Und so mußte er es noch einmal probieren. Ingrid blieb dies nicht verborgen, denn in der Eisenbahnersiedlung waren die Wände dünn, und sie hatte einen leichten Schlaf. Sie schlief wie ein kleiner Hund und hörte es immer, wenn Assar und Ingeborg es noch einmal probierten. Und einmal hörte sie den Lokführer sagen:

»Was, zum Kuckuck, treibst du denn da?«

Doch seine Stimme klang, als schliefe er bald ein. Ingrid fragte sich ebenfalls, was Ingeborg treibe, denn es war ganz und gar totenstill, und erst nach fünf, zehn Minuten waren ein langes Schlurfen und ein müder Seufzer zu hören. Der Lokführer schlief da schon längst, das hörte man an seinem Schnarchen.

Ingeborg probierte jedoch bloß ein Mittel aus, das ihr die Frau des Schuhhändlers ins Ohr geflüstert hatte. Man solle sich hinterher hinlegen, die Beine hoch nach oben, und die Füße an der Tapete abstützen, bis man sicher sei, daß es geschnackelt habe. Sie hatte käseweiße Füße und ein rotes Gesicht, doch sie harrte aus, und der Lokführer merkte überhaupt nichts, denn der wurde ja so schläfrig hinterher. Und so schnackelte es!

Mein Gott! Sie war vierundvierzig Jahre alt. Zuerst glaubte sie, daß jetzt Schluß sei. Alle Hoffnung sei jetzt dahin, denn nun bekäme sie ihre Tage nicht mehr. Mit ihr als Frau wäre es nun zu Ende, das Blut würde in Wallung geraten, nächtliches Schwitzen würde einsetzen, und Weinkrämpfe würden so sicher kommen wie das Amen in der Kirche. Sie weinte bereits recht viel und wechselte nachts das Hemd. Da begann sie sich zu übergeben. Noch immer schöpfte sie keinen Verdacht. Vielleicht hatte sie geglaubt, daß sich ein solches Wunder im Körper ungefähr so bemerkbar machen würde, wie wenn der Stromabnehmer einer elektrischen Lok mit der Oberleitung in Berührung kommt und es einen blauen Blitz gibt. Der Körper aber umschloß seine Geschehnisse und Geheimnisse und arbeitete ruhig weiter, ohne daß sie eine Ahnung davon hatte, was mit ihr geschah. Die Brüste schwollen und spannten, abends konnte sie die Augen nicht mehr aufhalten, und im Gesicht bekam sie einen braunen Streifen. Eine Tante meinte schließlich:

»Hör mal, Ingeborg, willst du nicht mal zum Doktor gehen? Ich glaube, du bist schwanger.«

Und sie war es! Wunder über Wunder! Jubel und Tränen. Unfaßbares Glück! Sie trug einen kleinen Assar in sich! Der Lokführer würde ewiges Leben bekommen. Ihr Leben würde einen Sinn bekommen. Alles würde in Blau sein. Das Kind würde den Realschulabschluß machen. Der Wagen mußte neu gekauft werden, den Korbwagen der Cousinen und Cousins wollte sie dankend ablehnen. Sie hatten sich so geliebt, daß sie Ebenbilder von sich erzeugt hatten. Es würde nach Assar einen Assar geben und einen Assar nach diesem bis in alle Ewigkeit. Und er bräuchte auch nicht zur Eisenbahn zu gehen, wenn er nicht wollte. Und Ingrid…

Ja, Ingrid. Das kann man wirklich sagen: ganz das gleiche ist das nie, wenn es nicht das Eigene ist. Und man kann einen krumm gewachsenen Ast nicht geradebiegen. Sie hatten getan, was sie konnten, weiß Gott. Sogar gefragt, ob sie Heimweh habe nach der Mutter und wieder nach Hause ziehen wolle. Ja, sie sagten frei heraus, daß sie das dürfe, wenn sie das wolle, sie würden sie nicht hindern.

Aber es war schwer zu sagen, was die wollte. Da hörte man unversehens einen Gaunerpfiff hinter den Aborthäuschen und wußte, wer das war. Jetzt war sie immerhin so groß, daß sie zur Hand gehen konnte und auf Klein-Assar aufpassen. Das war gar nicht so dumm, denn es zehrt an den Kräften, mit über vierzig Jahren ein Kind zu bekommen. Aber sie war natürlich meistens bei Tora Otter im Café.

Er war schon ein ganzes Jahr fort. »Nimm bloß werktags nicht das Beste«, schrieb sie. »Auch nicht für drunter und wer wascht jetzt für dich fragt man sich manchmal es geht einem vieles durch den Kopf wenn man so rumsitzt.«

Er war in Stockholm und arbeitete in einer großen Knäckebrotfabrik. Wenn er die großen Backplatten auf Rädern in die Öfen schob, war es warm und gut, und es gab nichts zu klagen. Er wohnte in der Högbergsgata auf Södermalm, und in diesem Winter fror er abends wie ein junger Hund. Es ließ sich nicht lernen, die Kälte zu ertragen, wenn man aus der Fabrik kam. Schließlich erhitzte er Ziegelsteine auf dem Gaskocher, um die Wärme zu halten, als er für Holz kein Geld mehr hatte. Mager und zart war er, doch allein. Kein Mädchen zählte samstags abends die Wirbel seines Rückgrats, was schön gewesen wäre. An den Werktagsabenden saß er ja im Café und ging Punkt für Punkt den Anschluß an die Dritte Internationale durch. Er spürte, daß die Zeit der Täuschungen und Auflösungen nun weit zurücklag, und er war froh und voller Hoffnung.

»Sonst ist alles beim alten obwohl die Arbeitslosigkeit groß ist und viele fort müssen so wie David auch«, schrieb seine Mama. Wer weiß, ob sie den Brief überhaupt selbst geschrieben hatte. Er glaubte, daß das Papier, wenn sie schrieb, ebenso leer bleiben müßte wie ihr Gesicht, absolut leer. »Vielleicht hat Tora Otter für sie geschrieben, was weiß ich«, dachte Konrad.

»Wir haben vom Uhrmacher Krantz Geld geliehen gekriegt so daß Dagmar nach Norrköping gefahren ist und dort das Zuschneiden und Kleidernähen lernt mein Gott was für ein netter Mensch obwohl es mit dem Rücken schon schwer gewesen ist.«

Hatte sie irgendwelche Wünsche? Er versuchte sich vorzustellen, daß er daheim am Küchentisch säße und ihr ins Gesicht sähe. Konnte man sie überraschen? Konnte man sie überhaupt noch erschrecken? Aber verdammt schnell zufriedenzustellen ist sie, dachte er. Im Herbst wird sie das erste Mal wählen, das heißt, sie wird überhaupt nicht wählen. Sie wird gar nicht hingehen, weil sie nicht weiß, wie man das macht, und sie würde sich schämen, wenn sie es verkehrt machte.

»Jetzt hab ich ja Arbeit in der Wäscherei und brauch nicht mehr in die Häuser gehen und der letzte Dreck sein es sind auch recht nette Kolleginnen in der Wäscherei wenn wir da auch manchmal so unsere Momente haben so ist es ja überall. Dann hab ich ja Tora im Kaffee den Uhrmacher haben wir ja auch kennengelernt ja sogar Ivan Roos wenn du dich an die Eisenhandlung entsinnst das ist aber nicht so was nicht daß du meinst ich bin schließlich ein altes Weib das weißt du ja wohl auch.«

Nein, wie er es auch versuchte, er konnte sich nicht mehr auf ihr Gesicht besinnen. Er sah den Körper, sogar das Muster ihres Kleides, aber das Gesicht war nur ein leerer Fleck für ihn. Hat sie unsere Gesichter noch vor Augen? fragte er sich. Hat sie sie je gesehen? Ein Schrei nach Essen waren unsere Gesichter natürlich, ein Kind nach dem andern, ein Schrei nach Essen in ihrem eigenen Körper. Aber waren sie noch irgend etwas anderes?

»Valfrid Johansson hat am Markt gebaut Wärnström ist tot«, schrieb sie.

Kaum zu fassen, daß man fortging, bevor man in ihrer Küche zu einem Möbel wurde. Kaum zu fassen, daß sie da unten jetzt durch ihre grauen Straßen gingen, daß es von Baustellen und Lokschuppen her krachte. Daß Ingrid irgendwo Kästchen hüpfte, hinfiel und die Knie aufschürfte. Am Abend dasaß und an ihnen sog.

»Ich denke jeden Tag an Ingrid.«

»Ach ja, das tust du! Du denkst jeden Tag an Ingrid!« Plötzlich fuhr ihm etwas in die Hände, was das Papier zusammenknüllte und dann wieder glattstrich und es in Stücke zu zerreißen begann. Als es gänzlich zerrissen war und er wieder atmen konnte, trank er ein wenig lauwarmen Kaffee. Dann legte er den Brief auf das Wachstuch und begann die Fetzen zusammenzupuzzeln, was eine Weile dauerte.

»Wenn ich mich nur trauen tät würde ich bitten daß sie wieder heimkommen dürfte aber sie hat einen Groll auf uns gekriegt ich hab mich in meiner Dummheit so verhalten daß sie auch auf dich einen Groll gekriegt hat es ist genausogut wenn ich es sage ja es ist hart für eine Mutter die gern das Richtige gewollt hätte aber nicht immer getan hat.«

»Ach, Mutti, du Dummkopf! Frida!« Wenn man ihr nur hätte schreiben können. Oder mit ihr reden. Aber unsere Lippen sind starr, wenn wir einander gegenüberstehen, und die Gesichter leer.

»Wir haben ein gutes Frühjahr gehabt Dagmar hat zum Frühjahr in Norrköping ein gutes Zeugnis gekriegt und die ganze Zeit war Trockenwetter Tora Otter läßt dich grüßen und hat gesagt daß du im Kaffee anrufen kannst und erzählen was du tun willst wenn du nicht schreiben magst. Herzliche Grüße von deiner Mama Frida.«

Was du tun willst?

Ingeborg hatte Dampf drauf, die Hutkrempe schlug in die Luft. Sie war unterwegs, um Rebhühner zu kaufen, und hatte Ingrid dabei. Ohne zu zögern oder sich zu bescheiden, trat sie unter der scheppernden Türglocke beim Käsehändler Färman ein. Alle im Laden schauten sich nach ihnen um. Ingeborg stellte sich jedoch nicht an die Tür, um zu warten, bis sie an die Reihe kam. Sie ging weiter zu dem hinteren Raum, wo der Käsehändler Wild und Geflügel hatte, und sagte über die Köpfe der Wartenden hinweg:

»Ich möchte etwas Geflügel für Frau Iversen-Lindh!«

Der Käsehändler bremste das Messer in einem Västerbotten und sagte zu seiner Frau:

»Das übernimmst du, Hilda!«

Und Hilda Färman legte den Käsedraht hin, trocknete sich die Hände an einem sackleinenen Handtuch ab und lief Ingeborg nach.

Die Köchin im Lindhschen Haus hatte sich zwei Tage vor einem Diner für Gäste aus Stockholm mit Gallensteinen ins Bett gelegt. Nun war Klein-Assar bei einer Nachbarin untergebracht, und Ingeborg würde einspringen. Ingrid war zum Tragen zu Färmans mitgekommen.

Sie war noch nie in dem hinteren Raum gewesen. Es war kalt dort, und auf dem Fußboden lagen feuchte, rotgelbe Sägespäne. Der Geruch nach Tod mischte sich mit dem Duft von braunem Ziegenkäse und Fichtenreisern und großen Räucherlachsseiten, die glänzend vom austretenden Fett und mit Häuten, die aussahen wie Gold, auf Marmorplatten lagen. Sie sah dunkles Fleisch mit Haarbüscheln darauf und dünne, hellgelbe Röhrenknochen. Färman hatte sowohl Federwild als auch Haarwild. Doch sie wußte nicht, was das für Tiere gewesen waren, und traute sich nicht zu fragen, denn Ingeborg war hier drinnen eine andere als die gewöhnliche Ingeborg. Sie sollte bei Iversen-Lindh das Diner zubereiten.

Jetzt prüfte sie mit dem Zeigefinger die Schnäbel der Fasane und fand sie stumpf wie die alten Geflügels, und Hilda Färman lamentierte und versicherte, daß sie niemals altes Geflügel verkauften. Ingeborg sagte nicht gleich, daß sie Rebhühner haben wollte, sondern ließ die Frau des Käsehändlers weitere Fasane von der Wand herunterholen, wo sie an den Schwanzfedern aufgehängt waren, bis die Mortifikation ihren Verlauf genommen haben würde und sie herunterfielen. Sie setzte den gerupften Vögeln den Zeigefinger auf den Bauch, und wenn die Haut nachgab, nickte sie und war zufrieden. Ingrid bekam dagegen einen Brechreiz, als sie die schwarzblaue Haut und die eingekrümmten, steifen Krallen sah. Mußten Menschen denn so etwas essen?

Jetzt kletterte Hilda Färman auf eine Leiter, um an die Rebhühner heranzukommen, die paarweise mit Fichtenreisern zwischen den Füßen hingen, und sie versicherte Ingeborg, daß sie jung und fett seien, das sähe man an den großen Federn, die spitz seien und nicht rund wie bei alten Vögeln. Als Ingrid allein umherging und guckte, sah sie, daß ganz am Ende der Marmortheke ein Hase lag. Sein Fell sah nicht so aus wie die Haarbüschel und Fellreste, die bei dem dunklen Fleisch um die Röhrenknochen saßen. Dieses war buschig und weich, man konnte jedes einzelne Haar erkennen, wenn man es aus der Nähe betrachtete, und aus dem Braun kam Weiß hervor, ein dichtes, weißes Unterhaar, das sie gern berührt hätte. Er glich nicht den anderen Tieren, die geschlossene Augen und schlaffe Hälse hatten. Daß sie von Ast zu Ast sprangen oder über die Felder wechselten, war schon lange her. Sie waren schon seit Tagen tot, stark verändert und zugrunde gerichtet. Der Hase aber war anders. Sein Augenlid ruhte so leicht auf dem Auge.

Sie hatte nicht gewußt, daß man sich veränderte, wenn man tot war. Sie nahm die Hand aus der Manteltasche und betrachtete sie verstohlen. Es war Blut darin. Es bewegte sich unablässig. Wenn es stockte, würde die Hand erstarren und der Schmutz darauf viel besser zu bemerken sein. Dann würde sie eine andere Farbe annehmen, und die Haut würde aufspringen. Sie würde nicht mehr die alte werden, wenn man sie kräftig riebe, so wie sie es jetzt tat, es würden keine roten Flecken entstehen. Nicht einmal, wenn man sie schlüge, würde sie werden wie vorher.

Sie ging zu dem Hasen zurück und betrachtete ihn. Man konnte meinen, daß er gar nicht richtig tot sei. Als sie ihn genauer ansah, fand sie, daß von den Augen mehr als vorher zu sehen war. Um die Nase hatte er etwas Blut. Sie ergriff Ingeborgs Hand.

»Guck mal«, sagte sie. »Ich glaub nicht, daß der richtig tot ist.«

»Freilich ist der tot.«

Sie waren dabei, Paar für Paar die Rebhühner zu mustern und deren Krallen und Schnäbel zu befingern. Ingeborg sah kaum auf.

»Aber guck ihn doch mal an!«

»Das ist immer das gleiche mit dir. Gib jetzt Ruhe!«

Da ging Ingrid allein zu dem Hasen hin, sie trat ganz dicht an ihn heran und starrte auf den Nasenspiegel. Aus den feinen Rissen auf der Seite kam Blut, hellrotes Blut mit ein bißchen Schaum darauf. Sie konnte beobachten, daß eine Blase immer größer wurde und schließlich zerplatzte. Da zog sie Ingeborg mit sich und zeigte ihr das, und als diese versuchte, den Kopf abzuwenden, zog sie sie kräftig am Arm. Hilda Färman packte gerade die Rebhühner in den Korb und achtete nicht auf sie.

Ingrid streckte die Hand vor, Zeige- und Mittelfinger dicht beieinander, und berührte damit unmittelbar unter dem Vorderlauf, wo das Fell licht und weiß war, seine Brust. Wärme drang aus der Haut. Sie sah hoch, und Ingeborg versuchte sie wegzuziehen, doch sie fürchtete sich nicht mehr, sondern blieb mit den Fingern auf seiner Brust stehen. Nachdem sie sich geraume Zeit konzentriert hatte, spürte sie schwach sein Herz schlagen.

»Er ist nicht tot«, flüsterte sie Ingeborg zu.

»Komm jetzt!«

»Aber er ist nicht tot! Hörst du nicht?«

»Doch, doch. Wir gehen jetzt aber. Komm, schau her! Jetzt werden wir in dem Korb unser Geflügel bekommen und uns auf den Weg machen. Wir haben heut viel zu tun, du und ich.«

Das letzte sagte sie laut und lebhaft, damit Hilda Färman es hörte. Ingrid hielt jedoch ihre Hand fest und flüsterte, daß der Hase lebe.

»Wir gehn jetzt heim, Ingrid. So! Kümmre dich da nicht drum!«

»Aber er lebt doch. Das muß doch weh tun.«

»Er ist doch ganz dösig. Die werden so. Da spüren sie nichts. Komm jetzt!« wisperte Ingeborg und zog sie weg.

Da wurde Ingrid übel. Hilda Färman, die aufsah und ihr Gesicht erblickte, war verwirrt.

»Was ist denn?« fragte sie.

»Das Herz von dem Hasen schlägt«, sagte Ingrid laut.

Hilda ging zu dem Hasen hin und faßte ihn mit ihren roten Händen an.

»Jesses«, sagte sie. »Da ist bestimmt irgend etwas schiefgegangen. Er ist auch nicht ausgenommen.«

»Wir nehmen ihn mit heim«, sagte Ingrid und sprach schnell und fiebrig. »Wir nehmen ihn mit zu uns heim und legen ihn in eine Kiste, wie sie es mit dem Eichhörnchen gemacht haben, er kann wieder gesund werden. Wir nehmen ihn mit heim!«

»Was redest du denn da?« fragte Ingeborg. »Das Eichhörnchen? Nein, laß das jetzt! Igitt! Tun Sie doch etwas hier, Frau Färman! Ich habe noch nie Blut sehen können.«

»Ja, was soll ich denn tun?« fragte Hilda Färman verzweifelt. »Ist er womöglich angeschossen? Ja, ich kann ihn nicht totmachen. Ich könnte nie ein Tier totmachen.«

»Ich auch nicht!« erwiderte Ingeborg. »Tun Sie jetzt etwas hier, oder ich verlasse das Geschäft!«

»Ich hole Färman.«

Der kam, und als Ingrid ihn mit dem Gurt um den weißen Kittel und dem Messer an der Seite sah, fing sie an zu schreien. Ingeborg rannte zur Tür des Käsegeschäfts und schloß sie, und dann versuchte sie, Ingrids Gesicht in ihren Mantel zu drükken, um sie zum Schweigen zu bringen.

»Machen Sie schnell!« schrie sie den Käsehändler an.

»Ja verdammt noch mal, er ist angeschossen und lahm geworden«, erklärte er. »Das ist allerdings noch nie passiert. Er ist eben erst hereingekommen, der Jäger vom Gut hat ihn gebracht. Er hatte so viel, darum hat er den wohl nicht bemerkt.«

Ingrid kämpfte, um loszukommen, und sie sah, wie Färman den Hasen an den Hinterläufen packte und auf die Marmortheke schlug. Seine Hirnschale barst. Da rannte sie in die hinterste Ecke des Raumes und übergab sich heftig gegen die Wand, und dann kauerte sie sich mit dem Rücken zu ihnen hin und schrie. Ingeborg schämte sich und wußte nicht, wohin sie blicken sollte. Irgend jemand hatte vom Käsegeschäft her die Tür geöffnet und schaute herein. Der Käsehändler wischte sich an einem Lumpen die Hände ab, und seine Hilde lief mit dem Rebhühnerkorb hin und her.

»Komm jetzt!« sagte Ingeborg und versuchte das Mädchen auf die Beine zu bekommen. »Schau doch, du hast Sägespäne auf dem Mantel. Ingrid!«

Sie strebte zur Tür mit ihr, und Hilda Färman kam mit dem Korb hinterher.

»Die können Sie schicken«, sagte Ingeborg. Dann zog sie das Mädchen mit sich durch den Laden, ohne die Leute anzusehen, die dastanden und sie anstarrten, Ingeborgs käseweißes Gesicht anstarrten und Ingrids Mantel mit den Sägespänen darauf und ihre Schuhe, die vom Erbrochenen gesprenkelt waren. Draußen auf der Straße begann sie so laut zu weinen, daß sie wieder schrie, und Ingeborg rannte fast mit ihr und versuchte gleichzeitig, sie zu beruhigen.

»Tiere spüren nichts«, sagte sie.

»Doch!«

»Aber nicht so wie wir. Er war doch ganz dösig.«

Doch sie schrie nur noch schlimmer, und als sie endlich die Eisenbahnersiedlung erreichten, tauchte in jedem Fenster ein Gesicht auf, und Ingeborg hatte rote Flecken auf den Backen und blickte geradeaus. Als sie in die Wohnung kamen, packte sie Ingrid am Oberarm, schob sie ins Schlafzimmer und verschloß die Tür.

»Jetzt reicht's«, sagte sie. »Jetzt kann ich nicht mehr.«

Und dann brach sie in Tränen aus. Auf der anderen Seite der Tür weinte das Mädchen ein schreiendes Weinen, das seine Kraft aus Jähzorn zu schöpfen begann.

Unter Blinden ist der Einäugige König. Wer König ist, und sei es auch nur für Kinder und Hasen, hat die Macht, deren Schmerz abzustreiten. Wenn Klein-Assar schrie, ängstigte sich Ingeborg furchtbar, denn sie liebte ihn. Manchmal aber sagte sie, daß er schreie, um die Lungen zu kräftigen, und daß Kinder das bräuchten. Da nahm Ingrid ihn hoch und betrachtete eingehend sein Gesicht und sah, daß er Angst hatte.

Sie hatte sein erstes Lächeln gesehen. Es huschte über das Gesicht, der Mund verzog sich, und Speichel blubberte darum. Die Augen schielten ein wenig. Aber er lächelte. Und das tat er dann immer wieder. Sie zeigte es Ingeborg.

»Nein, so kleine Kinder lächeln nicht«, sagte sie. »Das sind Reflexe vom Magen.«

Als das richtige Lächeln kam, waren ein paar Monate vergangen. Dann konnte ihn selbst der Lokführer in den Bauch pieksen und Antwort bekommen.

Ingrid hörte auf zu schreien. Ihr Körper war matt, und die Augenlider brannten. Das ganze Gesicht juckte vom Salz der Tränen. Ihr fiel wieder ein, daß sie hätte versuchen sollen, nichts zu spüren, einfach gar nichts, und leicht zu schaukeln, als sie den Hasen gesehen hatte und das alles passiert war. Sie hatte es jedoch völlig vergessen. Das machte nichts.

Sie hatte keine Angst mehr. Ingeborg gehörte zu denen, die einem anderen Menschen nicht wie in einen Spiegel ins Gesicht gucken konnten. Das war ihr nicht vergönnt. Hier gibt es einen Schmerz, den du abstreiten mußt. Sonst kann er der deine werden.

Konrad saß wach in dem in Richtung Norden fahrenden Nachtschnellzug aus Malmö. Er hatte in einer von den dortigen Genossen organisierten Versammlung über die Religionsfrage gesprochen und nicht so recht das Gefühl, Gott abgeschafft zu haben. Um so mehr verspürte er dagegen, daß niemand gehört hatte, was er zu sagen gehabt hatte. Seine Stimme war immer so leise. Nun saß er abwartend da, während der Zug durch eine Landschaft halb verwachsener Moore, magerer Wäldchen und eingefriedeter Wiesen fuhr, die vor wenigen Wochen noch unter Wasser gestanden hatten und wo noch immer gelbgrau und wirr das Gras des Vorjahres vorherrschte. Er spähte eifrig nach einer Kätnerhütte oder einem Bahnwärterhäuschen, das er identifizieren könnte. Doch der Zug donnerte noch lange durch die ebene Landschaft mit Schonungen und lichtem Fichtenwald, die ihm keinerlei Anhaltspunkte lieferte. Einige Minuten lang dachte er, daß er sich an einem ganz anderen Ort befände, als er angenommen hatte. Er wußte, daß viele Plätze aussahen wie dieser. Ein Lagg ließ sich vom andern nicht unterscheiden.

Erst zweifelte er, dann war er aber plötzlich völlig sicher, denn nun verlangsamte sich das Tempo, und der lange Zug fuhr in die erste, spärliche Bebauung der Stadt ein. Man sah noch keine Wohnhäuser oder eine Kirche, sondern näherte sich dem Bahnhof entlang dem langen, flachen Industriegebiet, in dem er sich sehr gut auskannte. Da ging er ins Schlafwagenabteil, nahm seinen Koffer, verstaute hastig seine Sachen, die noch herumlagen, und verließ dann das Abteil. Er hatte den Impuls auszusteigen und die Stadt zu besuchen, obgleich die Kommunistische Partei Schwedens, die SKP, seine Reise bezahlte.

Als er in der Kühle des Morgens über den Bahnsteig ging, sah er, daß es noch nicht einmal vier Uhr war. Er schlug den Jackenkragen hoch, denn er hatte noch nicht sein Hemd angezogen, seit ihm die Idee zum Aussteigen gekommen war. Er empfand das, während er an die geschlossenen Wartesaaltüren klopfte, überhaupt nicht als merkwürdig. Dies war der Ort auf Erden, wo er sich immer ausgezogen fühlen würde. Ein Fahrdienstleiter trat aus einer Seitentür und fragte, was er wolle. Er bat ihn, den Koffer in Verwahrung zu nehmen und ihm über die Abfahrtszeiten der Züge nach Stockholm Auskunft zu geben. Als er den Bahnhof verließ, reute es ihn fast. Gegen Morgen zu war dies eine recht kalte Frühlingsnacht. Man konnte nirgendwo hineingehen und eine Tasse heißen Kaffee trinken, und es würde noch zwei Stunden dauern, bis er sich in den geheizten Zug nach Stockholm setzen konnte. Er mußte sich zwangsläufig bewegen.

Die Straßen waren menschenleer, und obschon einige neue Häuser errichtet worden waren, seit er nicht mehr hier lebte, war er vollkommen vertraut mit der Stadt. Er entdeckte, daß diese Vertrautheit seinem Körper innewohnte: der kannte die Steigung des Hangs, der zu der großen Eisenbahnbrücke hinaufführte, er spürte die Entfernung hinunter zum Konsumgebäude schon in den Beinen. Für ihn gab es hier keine Geheimnisse dieser Art. Das Licht war ihm wohlbekannt und sogar ohne Arg. Als er nachdachte, verstand er, daß es auf der Welt gar keinen anderen Ort geben konnte, wo er morgens um vier Uhr umhergehen und finden konnte, daß das Licht ohne Arg und wohlbekannt sei.

Er glaubte, daß die Häßlichkeit dieser Stadt mehr als irgend etwas anderes seine Seele verletzt habe, und wußte, daß er mit einer Wahnvorstellung aufgewachsen war: Die Welt ist klein, ohne Arg und häßlich. Sie ist nicht gefährlich.

Im Grunde fragte er sich, ob er diese Stadt jemals verlassen habe. Die Welt ist groß, schlecht und schön bis zum Wahnsinn. Das wußte er jetzt. Es kam vor, daß er sonntags frühmorgens, wenn er keine Arbeit verrichten konnte und auf seine eigene Gesellschaft angewiesen war, allein durch eine zugige, fremde Stadt ging. Da glaubte er manchmal, wieder hier zu sein. Die Wände der Häuser waren grau, Menschen und Hunde hatten gegen Bretterzäune gepinkelt, und die Bäume reckten sich schwarz in den Himmel. Ja, er war wieder daheim. Das war er jetzt, das war er allezeit, und er würde niemals davon loskommen.

Er ging jetzt rasch durch die ziemlich graue Morgenfrische, bis er zu einem privaten Park mit Thujen und Blutbuchen kam. Dort blieb er eine Weile stehen und sah sich nach den Grundmauern einer Kätnerhütte um, die auf dem Hügel gestanden hatte. Doch es war nicht einmal mehr eine Erhebung im Gras übrig. Er ging an einer Hecke entlang und bekam nasse Schuhe vom Tau. Dann zwängte er sich zwischen den Hecken zweier Villen hindurch; die eine war ein prachtvoller Bau aus rotem Ziegel und gehörte einem reichen Mann, die andere ein verputztes, zweigeschossiges Haus mit großen Glasscheiben an der Veranda. Hundegebell war zu hören, und ihm wurde klar, daß seine Schritte auf dem Rasen belauscht wurden.

Jetzt suchte er etwas, was er für wichtiger hielt als das Haus, in dem er geboren worden war: einen großen Apfelbaum, der vor seinem Elternhaus gestanden hatte. Es war kein Åkerö oder Säfstaholm, die in der Gegend üblichen Sorten, gewesen, sondern nur ein großer, unedler Baum, der, obgleich er sehr alt war, jeden Herbst Tonnen kleiner, graubehaarter und säuerlicher Äpfel lieferte.

Früher hatte er im Bett gelegen und ihn durch das Fenster betrachtet. Wenn er im Oktober das Laub abwarf, konnte er nachts auf dem Küchensofa liegen und durch die Zweige des Apfelbaums die Sterne sehen. Der Schullehrer hatte gesagt, daß die Erde nicht so groß sei, wie sie ihnen erscheine: Sie sei nur ein kleiner Apfel im Weltraum.

Das hatte ihm eine äußerst klare Vorstellung vom Aufbau des Universums vermittelt. Nachts konnte er, wenn es sternklar war, aufwachen und glauben, daß er auf den kahlen Weltenbaum sehe. Arme und Beine juckten von Läusestichen, und neben ihm schnaufte seine kleine Schwester im Schlaf. Das Bett war warm. Auf den Astspitzen saßen die Sterne, jeder Sproß und jeder Zweig des alten Baums trug Sterne, und die Erde war nur ein gefrorener Apfel, der noch bis zum nächsten Sturm hing.

So dazuliegen und in den klaren und öden Nächten den Baum anzusehen, hatte ihm ein aus Schreck und Sicherheit gemischtes Gefühl eingeflößt, das er nicht erklären und nicht zurückrufen konnte. Es konnte jedoch unversehens über ihn kommen, und dann erkannte er es wieder. Er hatte in späteren Jahren Bücher über den Kosmos gelesen. Doch das kindliche Bild von der Welt und den Himmeln war so stark, daß es alles Wissen, das er sich angeeignet hatte, überlebte.

Er bog mit den Händen das verschlungene Gras vom Vorjahr auseinander, fand aber nicht einmal mehr einen Stumpf des großen Baumes. Das machte ihn traurig und beinahe ängstlich. Er fragte sich, ob der Wind ihn umgerissen habe oder ob es Menschen gewesen waren, die ihn entfernt hatten.

Jetzt war ihm unlustig zumute, und er wäre gern umgekehrt, wenn er nur irgendwo hingehen könnte. Er entschloß sich jedoch, den langen Weg zum Kirchhof hinaufzugehen. Der führte erst abwärts, wußte er noch. Dann ging er gerade und eben zwischen den Häusern hindurch. Am Ende beschrieb er eine Kurve und ging in einer langen, sanften Steigung bergan.

Eigentlich war das da oben kein Kirchhof, sondern ein Friedhof. Die Kirche, die sehr viel später erbaut worden war, lag auf der anderen Seite der Bahnlinie. Hier war sein Vater gegraben.

Er hatte keine großen Aussichten, das Grab zu finden, denn es hatte keinen Stein, und er konnte sich nicht mehr richtig erinnern, in welcher Abteilung es sich befand. Er ging zwischen den schwarzen Bäumen hindurch, die kleine, hellgrüne Knospen auszutreiben begannen, und schaute sich die Gräber an. Er sah, daß die Bäume größer geworden waren, seit er das letzte Mal hier gewesen war. Da erinnerte er sich, daß auf dem alten Kirchhof der Bauern, der vor dem Friedhof in Gebrauch gewesen war, ein Grabstein mit der Aufschrift EIN BAHNREISENDER GEST. 1877 gestanden hatte. In diesem Moment fiel ihm ein, daß er seinen Koffer beim Fahrdienstleiter abgeliefert hatte und daß er keine Brieftasche bei sich trug. Es kam ihm überhaupt nicht in den Sinn, daß fast jeder x-beliebige Konrad Eriksson ohnehin erkannt hätte; er fühlte sich nicht sicher.

Es gab viele kleine Hügel mit Veilchen, die eben erst aufgeblüht waren, mit verblühten Krokussen, verwelkten Szillen und Fichtenreisern, die um die Rosenstöcke herum genadelt hatten. Viele Gräber waren aber auch mit Gras bedeckt und ohne Stein. Auf einigen lag Hundekot. Das berührte ihn unangenehm. Er schnippte mit einem krummen, herabgefallenen Ulmenzweig einen vertrockneten Köttel von einer kleinen Erhebung auf der Grasdecke weg und ging dann weiter. Hinter dem Friedhof hörte er einen Zug donnern. Da begann er zu rennen, um zu sehen, was für ein Zug das sei, womöglich hatte der Beamte ihn angeschwindelt. Es war aber nur ein Güterzug mit leeren, schlenkernden Wagen. Danach war er so außer Atem, daß ihm beinahe schlecht war.

Auf dem Rückweg ging er zwischen Häusern, in denen die Menschen noch schliefen und die Vorhänge zugezogen waren, hindurch. Er ging von der Straße ab und nahm einen Pfad, der den langen, mit spärlichen Kiefern bewachsenen Kiesrücken hinaufführte. Der Boden war stark abgetragen und rutschig von den Nadeln. Selbst die dicken Kiefernwurzeln waren dort, wo sie aus der Erde kamen, blank vom Gerenne und Getrotte. Eine Bodenvegetation gab es kaum noch. Auch er hatte als Kind an diesen Steilhängen gespielt, und ihm war klar, daß seine Füße den Boden mit abgetragen hatten. Früher aber hatten genau um diese Jahreszeit die Blaubeersträucher ihre hellgrünen Knospen ausgetrieben, und das vermißte er jetzt.

Als er noch ein Junge war, war es ein paarmal vorgekommen, daß er Sachen, die er gerne haben wollte, gestohlen hatte. Einmal hatte er einem Schulkameraden ein Taschenmesser weggenommen. Es war natürlich nicht möglich gewesen, es zu benutzen, ohne entdeckt zu werden. Deshalb hatte er es versteckt. Jetzt stand er vor dem Versteck. Ja, er war vollkommen überzeugt davon, daß es der richtige Baum und die richtige Wurzel waren. Er hatte seine Hand mit dem Taschenmesser und dem halben Unterarm unter eine Kiefernwurzel, die aus dem Sandboden hervorgekrochen kam, gesteckt und eine Höhle darunter ausgekratzt, in die er das Messer hineinlegte. Er hatte es nie hervorgeholt.

Obschon es früh am Morgen und außer ihm niemand wach war und mehr als zwanzig Jahre vergangen waren, seit er das Messer gestohlen hatte, sah er sich um, ehe er sich hinkniete und die Hand unter die Wurzel steckte. Es war nichts zu spüren darinnen. Er kratzte Sand weg und tastete sich immer weiter hinein, doch da war nichts. Schließlich wurde der Sand unter seinen Fingern allmählich feucht und kalt.

Da er überzeugt war, daß das Versteck so gut gewesen war, daß niemand anders das Messer gefunden haben konnte, verfiel er darauf, daß er sich geirrt habe. Nicht in der Kiefer oder der Wurzel, nein, ganz einfach in der Stadt, die, obwohl sie ganz der kleinen Ortschaft glich, in der er aufgewachsen war, dennoch nicht die richtige war. Er kam natürlich auf den Boden der Wirklichkeit zurück, sobald er wieder unten auf der

Straße war. Dort stand die Villa, in der die schwarzhaarige Dame gewohnt hatte, die, die Klavier gespielt hatte, daß man es bis hinaus auf die Straße hören konnte, die sich aber selten gezeigt hatte.

Bisher hatte er es vermieden, an die Menschen dieser Stadt zu denken, denn für die meisten von ihnen empfand er nichts als Gleichgültigkeit. Er verachtete sie vielleicht sogar, wenn es da überhaupt ein Gefühl gab, das er aus seinem Inneren und seiner Vergangenheit ausgraben konnte. Er hatte einen häßlichen Spitznamen gehabt, als er heranwuchs. In seinen Gedanken waren diejenigen, die in der Stadt wohnten, oft Menschen, die nicht hassen, aber Spitznamen geben konnten. Die schwarzhaarige Dame, die Klavier spielte, daß es bis hinaus auf die Straße zu hören war, gehörte jedoch nicht zu ihnen. Er wußte überhaupt nicht, wer sie gewesen war.

An anderen Stellen in dieser Stadt, dachte er, Stellen, so verborgen für mich und so geheim, als wären sie unterirdisch, gibt es eine andere Art Menschen. Da gibt es die Kundigen und Phantasievollen, die, die gefühls- und willensstark sind. Sie haben überlebt, auf irgendeine Art haben sie überlebt. Ich möchte ihr Geheimnis kennen. Ich möchte hinein in das letzte der nach Ratten stinkenden Löcher dieser Stadt, um zu sehen, ob es deren Geheimnis dort gibt. Gleichzeitig möchte ich das Weite suchen und muß dies auch tun.

Nun betrat er neben der Villa den Park, der unterhalb des Kiesrückens lag und Quellpark genannt wurde, weil es hier einmal eine alte Quelle gegeben hatte. Wo die gewesen war, wußte er nicht. Der Park war sehr düster, denn er lag nach Norden hin. Der Höhenrücken fiel steil zu einem kleinen Pfad an seinem Fuße ab. Das sah wie ein ziemlich großer Raum aus, wie ein Amphitheater, mit der dunklen, zu dem Pfad hin abschüssigen Flanke des Höhenrückens. Hier standen keine vereinzelten Kiefern, der Park war vielmehr dicht mit Erlen bewachsen, denn der Boden war feucht.

Er mochte diesen Park eigentlich nicht. Die Nordlage machte ihn düster. Hier gediehen nur Pflanzen, die Schatten vertragen konnten. Die großen Erlen, die im Parkgrund neben dem Pfad standen, waren natürlich Schwarzerlen, und bei den lichteren Eingängen im Osten und im Westen, woher er gekommen war, gab es ein paar Birken. Die Salweiden waren bereits als Sträucher geknickt und gebrochen worden. Hier wuchs kein Maiglöckchen im Schatten, sondern die unansehnliche Einbeere und das dünne Quellkraut. Das waren farblose Kräuter, die von den Leuten, die durch den Park gingen, kaum gesehen wurden. Die einzige farbenfrohe Blume, an die er sich hier erinnern konnte, war die rote Lichtnelke mit ihren behaarten, kräftigen Blättern.

Ein Stück den Abhang hinauf stand ein Podium. Es war mit einem Geländer umgeben, und innerhalb dieser Einfassung verliefen Bänke. Er wußte, daß man hier getanzt hatte; als er das Podium sah, dachte er jedoch vor allem an die dröhnende Blasmusik und die dunkelroten Fahnen, die an den Stangen hingen. In seiner Erinnerung hatten sie alle dunkelrote Fahnen gehabt: der Guttemplerorden, die Heilsarmee und die Arbeiterkommune. Er glaubte, daß sogar die Fahne der Genossenschaften anfänglich rot gewesen war. Seine eigene große Schwester war in der Loge, die »Die reine Quelle« hieß, aufgetreten. Das war für sie alle ein großer Tag gewesen. Er erinnerte sich noch gut daran.

Zuerst hatte die Mutter ihr die Haare geflochten, solange sie noch naß waren, und sie hatte sie drei Tage lang so getragen. Als die Zöpfe gelöst wurden, waren die Haare ganz kraus. Man hatte ihr eine Goldkrone auf den Kopf gesetzt, und in der einen Hand hatte sie einen Globus gehalten, den er selbst mit einem alten Kinderwagen beim Lehrer geholt hatte. Mit der anderen Hand hatte sie die Stange mit der roten Seidenstandarte umfaßt gehalten, auf die eine Frauenfigur und in Gold »Nationaler Templer Orden« gemalt waren. Er erinnerte sich noch, daß seine Schwester der Frau auf der Standarte, die ebenfalls eine Standarte trug, auf der wiederum, mit sehr wenigen Details, eine Frauenfigur gemalt war, erstaunlich ähnlich gesehen hatte.

Seine Schwester war sehr engagiert gewesen in der Loge, hatte Feste organisiert, die Bibliothek betreut und war schließlich Kassenführerin geworden. In der »Reinen Quelle« hatte sie Stimmrecht gehabt. Die Mutter ging weder zur Loge noch zu Versammlungen der freikirchlichen Gemeinschaften. Er glaubte nicht, daß der Vater das gern gesehen hätte. Die Agitationsversammlungen hatten sie geschreckt. Er wußte jedoch, daß sie in späteren Jahren, nachdem der Vater tot war, abends den Park aufgesucht und der Heilsarmee zugehört hatte. Er glaubte nicht, daß sie irgendeiner Religion anhing. Sie gehörte zu den Menschen, die nur ein Leben zu leben haben, mehr nicht.

Er dachte nicht gern an seine Mutter und tat es auch selten. Auf ihr Gesicht konnte er sich nicht besinnen. Er wußte nicht, ob das daran lag, daß es einmal so nahe gewesen war, daß es zu vertraut geworden war, oder ob es am Ende tatsächlich vollkommen leer war.

Manche Menschen sind wie das Gras, auf dem du herumtrittst. Auf sie zu steigen ist das Fundament deiner Lebensbedingungen, und du denkst nicht gerne daran. Du hättest es sehr schwer, wenn du nicht auf ihrer Würde, die genauso empfindlich ist wie die deine, herumtreten würdest.

Er wünschte, seine Mutter hätte ein geheimes Leben gehabt, von dem er nichts wußte, vielleicht wenn sie älter wäre und hier in dem schattigen Park säße und der Musik zuhörte. Selbst um das anspruchsloseste unterirdische Leben zu leben, bedarf es etwas Würde. Durfte er das so nennen? Er wußte auch, daß es Menschen gibt, die sich selbst verlieren, und eine Würde, die nie wiederhergestellt werden kann.

Der Platz, an dem er sich befand, war älter als die dröhnenden und schmetternden Blasorchester, das wußte er sehr wohl. Hier war nicht nur Morast gewesen, als man rings um den Höhenrücken Straßen und Häuser zu bauen begonnen hatte. Trampelpfade hatte es gegeben, der Erdboden war geebnet gewesen. Was jedoch in alten Zeiten hier vor sich gegangen war, wußte er nicht genau. Frauen hatten hier auf dem düsteren Pfad Angst, vergewaltigt zu werden, Kinder rannten eilends durch den Park, wenn sie allein waren. Man hatte auch irgend etwas getrieben vor langer Zeit, doch er konnte sich beim besten Willen nicht daran erinnern, was das gewesen war. Oder durch Wurzeln gezogen? Er wußte es nicht, doch er hoffte, daß er selbst nicht von einem alten Weib mit schmutzigen Fingern unter einer Wurzel hindurchgezogen worden war, ehe er so groß war, daß er sich daran erinnern konnte. Das wäre ihm unangenehm gewesen.

Er dachte lieber an die Blasmusiker und die schweren Fahnen, die in dem Dunkel, das hier drinnen herrschte, nie von einem Wind bewegt wurden. Die Menschen waren von den Katen, Höfen und Hintersassenhütten gekommen, um in diesem Ort Bahnarbeiter und Holzarbeiter, Waschfrauen, Gießer, Serviererinnen und Heizer zu werden, und sie hatten ihre Organisationen selbst aufgebaut. Er dachte gern daran, daß seine Schwester in der Loge »Die reine Quelle« Stimmrecht gehabt hatte. Aber außer ihrer Arbeitsamkeit, ihrer Stärke, ihrem Zusammenhalten und ihrer rauhen Moral mußten sie doch von Hause aus auch etwas Ungewisses, etwas, das der Nacht und dem Wald angehörte, etwas Abweichendes und Flüchtiges mitgebracht haben. Eine Art Würde, dachte er. Vielleicht Güte. Er probierte ein Wort nach dem andern, aber ebenso wie Frömmigkeit und Güte waren sie bereits von Menschen im Tageslicht belegt, für die Zibbe und das Lamm gab es keine mehr, auch nicht für die Wurzel und die Krone, die Wellen gegen den Fels, die Hundezunge, den Regen, das Gras und die warmen Hände.

Er fürchtete, daß diejenigen, die zuviel von dem mitgebracht hatten, was der Nacht und dem Wald angehörte, fort waren. Anfangs mußten sie auf den Agitationsversammlungen, den Ausflügen der Logen ins Grüne dabeigewesen sein, und sie hatten mit den Sammellisten in der Genossenschaft gestanden. Doch er wußte nicht, wo sie geblieben waren.

Nun merkte er, daß er fror, und er begann die Steigung hinanzugehen mit der Absicht, auf die andere Seite des Höhenrückens zu gelangen und zu sehen, ob die Sonne aufginge und schon wärmte. Er scheuchte einen großen Schwarzspecht aus einer Fichte auf. Der flog ohne einen Schrei zwischen den Stämmen davon. Die Grenze zwischen Nacht und Morgen war nicht leicht auszumachen, denn in diesem Park schwiegen die Vögel auch tagsüber oft. Doch allmählich verflüchtigte sich nun die Frühlingsnacht. Er freute sich, daß er wach war und dies alles mitbekam, auch wenn er elendiglich fror, wie man es im Übergang von der Dunkelheit zur Helligkeit immer tut.

Da vernahm er plötzlich ganz deutlich ein helles Lachen, das eilends erstickt wurde, und leise Stimmen voll unterdrückter Heiterkeit. Ihm war, als kämen sie von einer Stelle, wo die Bäume dichter standen und wo eine undurchdringliche Schonung von Erlen und Weiden aufgeschossen war, als wenn der Boden just an dieser Stelle besonders feucht wäre. Ihm war auch, als hörte er etwas klingen, und er mußte an Leute denken, die Proviant dabeihatten, Flaschen und Tassen. Es war die Zeit um Christi Himmelfahrt, doch wer sollte auf die Idee verfallen, sich nach Norden hin in den düsteren Quellpark zu setzen, um in aller Herrgottsfrühe im Freien ein Frühstück zu zelebrieren? Er wußte sehr wohl, wohin man in der Umgebung fuhr, wenn man den Vögeln lauschen, Männerquartett oder geistliche Lieder singen oder mit Branntwein anstoßen und ein Handtuch mit kleinen, mit zerteilten Fleischklößchen belegten Brötchen darauf im Gras ausbreiten wollte.

Als er erneut von weit her die Stimmen vernahm, merkte er,

daß das Lachen von Mädchen kam, und er dachte: Das muß ich mir merken, es gibt welche, die überlebt haben. Wer weiß, wie sie das angestellt haben, ich bin deren Geheimnis nicht auf der Spur. Aber sie lachen da drüben, das sind Morgen und Freude!

Er wollte unbedingt sehen, was sie vorhatten, jetzt, wo sie vollkommen still waren, und darum ging er durch die jungen Erlen näher heran und versuchte diese lautlos auseinanderzubiegen. Immer wieder hielt er inne und horchte. Manchmal waren die Stimmen zu hören, aber sie flüsterten nun, und sie klangen ernst, nahezu feierlich.

Schließlich war er nahe genug, um zu sehen, daß vier Mädchen im Alter von zwanzig Jahren auf einen Steinhaufen kletterten. Sie trugen Mäntel und ziemlich derbe Straßenschuhe. Eine von ihnen hatte eine silberne Suppenkelle in der Hand.

Sie sind also auf einem Ausflug, dachte er. Sie haben Proviant dabei, sie suchen nach einem Platz, wo sie sich hinsetzen können. Es ist ein trüber Morgen, und es wird bald regnen. Sie haben diese Stelle gewählt, obwohl sie nach Norden hin liegt, um windgeschützt sitzen zu können. Nun frischt er gleich auf, das hört man an den Baumwipfeln. Ein schönes Fest, feierlich und trotzdem ein bißchen heiter. Eine von ihnen trägt eine lange Ebereschengerte mit hellgrünen Blättern, die Vogelfüßen gleichen, an der Spitze, eine hat sich Gemeinen Gelbstern ins Haar gesteckt. Sie werden natürlich ein Handtuch im Gras ausbreiten und ihren Kaffee und vielleicht dünne Pfannkuchen mit Marmelade und Honig aufdecken.

Aber sie hatten nur den Löffel mit dem langen Stiel dabei. Sie waren nicht zum Essen hier draußen. Verwirrt sah er sie dicht hintereinander auf dem Steinhaufen balancieren, der lang war wie ein Graben und an dem Abhang des Höhenrükkens völlig unmotiviert aussah. Sie kehrten ihm den Rücken zu, und er konnte unmöglich sehen, was sie taten. Die Suppenkelle klang gegen den Stein.

Er fürchtete, daß sie ihn entdecken und sich erschrecken würden, und deshalb zog er sich in den Park zurück und hinauf zu dem Podium. Dort stand er dicht hinter einer Fichte, als sie von dannen zogen. Sie traten hinaus auf den Pfad in Richtung Osten und verschwanden, mit leisen, lebhaften Stimmen plaudernd.

Er wollte ihr Geheimnis kennen, und gleichzeitig sollte er sich jetzt auf den Weg machen, wenn er den Zug erreichen wollte. Er rannte zurück und merkte, daß er vor dem Geräusch seiner eigenen Schritte auf dem Boden, der hohl klang und ihnen eine dumpfe Resonanz verlieh, fast Angst bekam. Dort, wo sie sich auf dem Haufen zusammengedrängt hatten, konnte er nicht entdecken, daß sie etwas hinterlassen hätten, und von den Steinen hatten sie auch keinen weggerückt. Das wäre im übrigen auch schwierig gewesen, denn es waren schwere Steine.

Ein Geräusch drang an sein Ohr. Es glich einem sehr entfernten Gesang, es klang, als murmelten Stimmen harmonisch, aber unregelmäßig. Das konnte kein Gesang sein, auch kein Geplauder. Da bemerkte er, daß es von den Steinen herkam, und er trat näher hin. Es sang unter den Steinen. Er versuchte zwischen den Ritzen hindurchzuschielen, ob er etwas sehen würde, doch darunter war alles voller kleiner Steine.

Sein Verstand sagte ihm, daß er damit beginnen könnte, ein paar Steine umzudrehen, zu versuchen, die obersten von der Stelle zu rücken, was wahrscheinlich gelingen würde, da er über größere Körperkräfte verfügte als die Mädchen. Dann würde er der Sache auf den Grund kommen. Er könnte aber auch die paar Minuten, die er noch im Park bleiben konnte, darauf verwenden zu lauschen. Er entschied sich dafür, sich auf die singenden Steine zu setzen und zu lauschen, ohne nachzudenken und ohne zu versuchen, aus dem Gemurmel, dem ständig wiederkehrenden, hellen Geplauder und Singsang, das unter ihm war, Schlüsse zu ziehen.

Erst als er völlig außer Atem, da er fast den ganzen Weg zum Bahnhof gerannt war, wieder im Zug saß, begriff er, daß er die Himmelsöquelle gefunden hatte.

Nachts hing im Café Cosmopolite nur der Geruch kalten Tabakrauchs. Die Auslage war leer, und die Stühle standen mit den Beinen in der Luft auf den Tischen. Kurz vor fünf raschelte es in dem wilden Wein auf der Rückseite des Hauses: Das war Frida Eriksson, die in der Dachrinne der Veranda den Schlüssel suchte. Es war Anfang September. In dem nassen Gras lagen Äpfel mit Schnecken auf den Schalen, und nahezu unmerklich verabschiedete sich der Sommer Blatt für Blatt. Schon klebte gelbes Birkenlaub auf Fridas Schuhen, als sie die Küche des Cafés betrat und sich hinter der Tür die Schürze nahm, die dort an der Angel festgeklemmt hing.

Sie holte den Blecheimer, den Schrubber und den Lumpen hervor und ärgerte sich, daß nach wie vor eine alte Unterhose als Putzlumpen herhalten mußte. Die saugte schlecht auf. Tora Otter war im allgemeinen ein netter Mensch, aber manchmal konnte sie richtiggehende Anfälle von Knickrigkeit bekommen. Frida wollte nichts sagen. Sie würde statt dessen einen neuen Putzlumpen häkeln und über den Eimer legen.

Herd und Öfen waren noch warm. Sie hatte keine Mühe, das Feuer wieder in Gang zu bringen, und nach einer Weile schüttete sie vorsichtig Kohlen aus dem Eimer nach. Im Warmwasserbehälter war das Wasser so warm, daß sie damit den Küchenfußboden wischen konnte.

Es war eine längliche und enge Caféküche. Unter dem Küchentisch stand ein Hocker, doch für Stühle reichte der Platz nicht. Die Mädchen mußten sich mit dem Hintern an den Arbeitsplatten abstützen, falls sie hier eine Tasse Kaffee trinken wollten, wenn es ruhig war.

Sie löste einen Klacks grüner Seife im Wasser auf. Heutzutage gab es Pulver aller Art, doch sie traute ihm nicht und hielt sich an die Schmierseife, denn sie fand, daß erst dieser Geruch das Gefühl vermittelte, daß alles sauber war. Bevor sie zu kehren anfing, befeuchtete sie die Bürste, damit kein Staub auf den Backtisch und in die sauberen Näpfe, die Tora bereitgestellt hatte, wirbelte. Das meiste war mit Handtüchern abgedeckt. Beim Kehren beugte sie sich nach vorn, kauerte sich fast zusammen über dem Besen. Sie wurde allmählich kurzsichtig und fürchtete, in den Ecken Staubflocken zu übersehen.

Es waren vor allem Kuchenkrümel und Mehl auf dem Fußboden, und es knisterte, als sie die Schaufel nahm und den Kehricht ins Feuer warf. Dann wickelte sie die Unterhose um den Schrubber und machte sie im Eimer naß. Sie wollte nicht hängenbleiben. Die Hosenbeine schlackerten bald lose über das Linoleum. Sie mußte unbedingt für einen neuen Lumpen sorgen. Vor dem Küchentisch und dem Herd würde das Linoleum bald durchgetreten sein; es würde dort Löcher geben, in die das Putzwasser eindringen könnte. Das mußte sie Tora zeigen. Für neues Linoleum war wohl kein Geld da, doch sie könnte Stücke von dem, was aus dem Servierraum übriggeblieben war, einsetzen. Verflixter Lumpen! Jetzt kam die Bäkkerin. Wie pünktlich sie doch fertig wurde mit dem Küchenfußboden!

»Grüß dich«, sagte sie freundlich, als die Bäckerin eintrat, erwartete aber keine Erwiderung. Das war eine junge Person. Sie hatte rote Backen, denn sie war in dem kühlen Morgen schnell gelaufen, doch sie war nicht munter. Sie nickte Frida nur zu und trat dann an den Herd, guckte hinein, öffnete die Ofentür und streckte die Hand hinein.

»Der ist nicht richtig warm«, sagte sie.

»Das wird schon werden. Wie geht's dir denn?«

Sie erregte ihre Neugier. Irma Karlsson hieß sie und war mit einem Klempner verheiratet, der einen eigenen Betrieb hatte. Trotzdem ging sie backen. Kinder hatte sie keine. Mit dem Klempner stimmte etwas nicht. Er arbeitete nicht, wie er sollte. Gab Zusagen und kam nicht. Und das nicht etwa, weil er trinken würde.

»Es sind d'Nerven«, hatte Ebba Julin gesagt. Sie waren Nachbarn. Ja, alle haben ihr Kreuz, dachte Frida. Man kann froh sein, solang man gesund ist. Sie wechselte das Wasser in den Eimern und schepperte damit in den Verkaufsraum. Die Bäckerin schleifte den Mehlsack an und begann abzumessen, während auf dem Herd die Milch warm wurde.

Die Mädchen wischten immer die Theke und die Tischplatten, ehe sie abends nach Hause gingen, und stellten die Stühle auf die Tische. Sie sollte morgens den Fußboden übernehmen, mehr nicht. Doch sie hatte stets einen Lumpen aus der Küche dabei, denn es kam vor, daß sie müde gewesen waren oder daß sie im Lampenlicht nicht richtig gesehen hatten, und dann waren noch Ringe auf den Tischplatten. Besonders draußen im Verkaufsraum war das schwierig. Dort hatten die drei Tische weißlackierte Platten mit blauer Äderung als Marmorimitation. Die Platte auf der Theke dagegen war aus echtem Marmor. Es passierte leicht, daß man mit den Gebäckschalen dagegenstieß, so daß Splitter herausbrachen. Die Theke und der hohe Schrank dahinter waren neben dem großen Spiegel im Hinterzimmer die vornehmsten Einrichtungsgegenstände im Cosmopolite. Die Theke hatte eine geschnitzte, braunlackierte Front, und in die Wand des Schranks waren Spiegel eingelassen, die die Gläser und Bonbondosen nach mehr aussehen ließen. Die Schnitzereien in der Theke brauchte sie nie abzustauben. Das, sagte Tora, mache Ingrid jeden Tag. Das Mädel hocke mit einem zu einem kleinen Nippel zusammengezwirbelten Staublumpen da und pussle damit in den Kerben herum.

Sie kehrte den Fußboden und bekam ein Häufchen Kies zusammen, das sie durch die Hintertür hinausbringen mußte, denn den Schlüssel für die Tür zur Straße hatte Tora.

»Lauf nicht mit dem Kehricht hier herum!« sagte die Bäckerin, die gerade einen großen Hefeteig knetete und befürchtete, daß es staubte. Es wäre schöner gewesen, wenn man sich mit der hätte unterhalten können, dachte Frida. Aber sie hat wohl auch ihr Kreuz.

Jetzt wischte sie in langen Zügen den Fußboden, doch sie war nicht zufrieden damit, nur dazustehen und mit dem Schrubber hin und her zu fahren. Es wurde sauberer, wenn man sich mit dem Putzlumpen hinkniete, doch Tora hatte ihr klipp und klar gesagt:

»Wenn du dir die Knie kaputtmachen willst, mußt du woanders hingehen.«

Aber du liebe Güte, so gefährlich war das nun auch nicht! Wenn man nur runtergekommen wäre! Sie ging jetzt auch sonst nirgends mehr putzen, weil sie in der Wäscherei fest angestellt war.

Zuletzt öffnete sie ein Fenster, um die Feuchtigkeit und die nachtstille Luft hinausziehen zu lassen. Draußen auf der Straße fuhr ein Milchwagen vorbei, auf dessen Kutschbock der Bauer mit Melone und weißem Kragen saß. Sie hatte Lust, irgend etwas Boshaftes über ihn zu sagen, doch die Bäckerin kam ihr zuvor und rief aus der Küche:

»Mach die Tür zu! Was glaubst du denn, wie das aufgehn können soll, wenn's zieht!«

Im Hinterzimmer war die Luft kalt und roch übel. Sie schloß die Tür hinter sich und öffnete beide Fenster, wobei sie die Samtvorhänge so weit wie möglich zurückschob. Die Fenstergardine aus Zwirn mußte sie vorsichtig anfassen, denn sie war schon vergilbt und brüchig. Der Fußboden war dreckig, unter dem Tisch lagen Kies und Pfeifenasche und Zündhölzer, und sie kehrte mit raschen und heftigen Zügen. Im Durchzug wirbelten zerknülltes Papier und welkes Laub auf. Hier saßen abends die Arbeitslosen, zerfledderten die Zeitungen und spielten Schach. Sie hatten das Hinterzimmer in Beschlag genommen, und zwar gleich im ersten Winter, als die Arbeit knapp wurde. Das war wohl nicht gerade das, was Tora sich vorgestellt hatte. Sie konnte sie jedoch nicht hinausschmeißen. Fredrik war unter ihnen. Adam dagegen hatte nie in der Gießerei angefangen, sondern war Bertil Franzons Gehilfe und Filmvorführer geworden.

An der zur Straße gelegenen Längswand stand zwischen den Fenstern der große Spiegel, ein klein wenig vorgeneigt, damit er zwischen Fußboden und Decke paßte. Den Rahmen entlang verliefen unzählige Kräusel aus vergoldetem Gips, die sich ganz oben zu Blumen gruppierten. Hinter dem Aufsatz guckte ein Paar Augen hervor. Das war Marx. Die Jungsozialisten hatten vor langer Zeit Porträts an die Wände gehängt. Hinke Bergegren hatte Tora sofort erkannt und in eine Büfettschublade befördert, bevor er so viel Anstoß erregen konnte, daß es vormittags im Café leer blieb. Wer dieser bärtige Kerl nun war, hatte sie nicht genau gewußt und ihn deshalb über den Spiegel verbannt. Im Spalt zwischen Rahmen und Glas steckten Fotografien und Klubmitteilungen. Trotzdem blieb noch eine große Spiegelfläche frei, genug, um den ganzen Fußboden mit dem braungelben, nach Art eines Perserteppichs gemusterten Linoleum, die braunen Tische und Stühle, das Büfett mit den Schachspielen, den Spielkarten, »Zeitvertreib«, »Journal für das Heim« und den verschlossenen Schubladen mit den Protokollbüchern zu überblicken.

Frida sah sich manchmal in dem Spiegel, wenn sie den Fußboden wischte und Fussel von den Stuhlbeinen zupfte, bevor sie die Stühle wieder herunterstellte. Sie war klein jetzt. Die Kleider wurden zu groß. Die Beine waren dünn, und unter den

Strümpfen zeichneten sich geschwollene Adern und Knäuel von Knoten ab. Sogar die Schuhe wirkten zu groß. Manchmal stellte sie sich aufrecht vor den Spiegel und betrachtete das große Spiegelbild, auf dem sie selbst so klein war und der Fußboden mit dem Linoleum so groß wie ein abgeerntetes Feld, wie sie fand.

»Wie klein du bist, Oma!« sagten ihre ersten Enkelkinder, denn sie selbst schossen heute schnell in die Höhe.

»Ja, ich wachs jetzt wie ein Kuhschwanz nach unten«, antwortete sie dann immer, »für mich ist die Zeit halt gekommen.«

Es ärgerte sie jedoch, daß die alten Festtagskleider, die sie während der Arbeit unter einer Schürze trug, so groß wirkten, daß niemand verkennen konnte, daß sie für eine andere genäht waren. Die Haare hatten sich auch gelichtet. Der Knoten, den sie hinten gehabt hatte, war nur noch ein kleines Zwiebelchen. Wenn sie sonntags ausging, rollte sie die Haare im Nacken um eine kleine Wurst, mit deren Hilfe man Haarwülste machte, damit der Knoten größer aussah. Vorn konnte sie keine Haarwülste mehr hinbekommen und versuchte es erst gar nicht. Sie zog einen Mittelscheitel und kämmte die Haare glatt nach hinten. Dabei mußte sie mit dem Kamm immer sehr vorsichtig umgehen und locker sein in der Hand, wenn sie sich frisierte, denn sonst fielen ihr lange Strähnen aus.

Als sie in der Wäscherei anfing, schaffte sie sich neue Zähne an. »Jetzt, wo man nicht mehr in die Häuser gehen und der letzte Dreck sein braucht«, sagte sie zu Tora. »Denn so ist das, das kann ich bezeugen. Man wird für ein Nichts gehalten, und die Haushälterin bei Lindh nennt mich Madam. Das gehört sich heut doch nicht mehr.«

»Trag se, du!« sagte Tora. »Trag se auch untertags in der Wäscherei. Jetzt, wo du unter Leuten bist.«

Frida hatte einen Lumpen aus einem alten Bettuch in der Schürzentasche. Den befeuchtete sie mit Brennspiritus aus einer Flasche, die auf dem Büfett stand, und putzte damit sehr sorgfältig das Spiegelglas. Sie tat das etwas flotter, als es nötig gewesen wäre. Es war irgendwie fast wunderlich mit diesem Caféspiegel. Man war mitten in seinen alltäglichen Verrichtungen, und dann warf man zufällig einen Blick über die Schulter und sah ein Bild. »Du bist hier auf der Welt«, sagte der Spiegel. »so sieht es also aus, das Leben, an das du kaum denkst.« Da war es, als würden selbst die abgeschabten Stühle des Cafés anders, als man sie sonst sah, bedeutungsschwer gegen die goldbraune Wand. Es kam oft vor, daß Leute im Café saßen und in den Spiegel sahen, über ihr eigenes Bild hinaus auf die Stühle und das Büfett und den Garderobenständer an der Tür, als hätten sie das alles vorher noch nie gesehen.

Als Tora vor sieben Jahren das Café übernahm, hatte sie das Hinterzimmer mit einer ziemlich teuren Tapete tapezieren lassen. Darauf zogen sich Stränge kleiner Sträuße aus Rosen und vergoldeten Lyren bis hinab zum Boden. Der Untergrund war anfänglich schwach braungelb. Normalerweise war sie praktisch und vernünftig, und sie hätte eigentlich eine billigere Tapete aussuchen sollen. Aber sie wollte diese hier haben; sie habe sie einmal in einem Zimmer gesehen, sagte sie, und wisse, daß sie haltbar sei. Mehr erklärte sie dazu nicht. Nun war die Hintergrundfarbe dunkel geworden, die Rosen waren kaffeebraun, und die Vergoldung der Lyren glänzte satt und sah eigenartig kostbar aus in dem heruntergekommenen Caféraum. Die Frage war, ob Tora es nicht doch richtig gemacht hatte. Die Tapete riß freilich allmählich und hing von der Wand ab, und manchmal kam Tora mit einer Kaffeetasse Mehlkleister an und klebte sie wieder fest.

Frida stellte den letzten Stuhl herunter und sammelte Eimer und Bürsten ein. Jetzt hörte man Tora an der Vordertür. Der Schlüssel klapperte, und die Klingel schrillte wild, als die Stahlfeder gegen die Glocke schlug.

»Aber Jesses, ist Frida schon wieder am Lüften! Wie läuft's

denn bei dir, Irma? Geht der Teig auf? Hier ist's ja so kalt, daß man Eis kacken kann. Ja, die Frida, die ist schon lustig.«

Frida schloß ihre beiden Fenster im Hinterzimmer und nahm den Eimer und die Bürsten und schepperte hinaus.

»Man muß doch rauslüften, sonst wird's muffig«, sagte sie.

»Ja ja, grüß dich«, sagte Tora. »Irma kriegt nur Fladenbrote hin, wenn du lüftest. Jetzt wolln wir aber einen Schluck Kaffee trinken, Mädchen, ich leg bloß noch Holz nach im Herd. Aber was ist denn das nun wieder? Die haben vergessen, den Aschenkasten auszuleeren gestern abend, obwohl ich's ihnen gesagt hab. Um alles muß man sich selber kümmern!«

»Laß das!« sagte die Bäckerin. »Ich mag nicht, daß mir eine Menge Asche in den Teig wirbelt. Und Kaffee kannst da drinnen trinken, hier ist's schon eng genug.«

Frida und Tora wechselten einen Blick. Es war jeden Morgen das gleiche. Sie trank ihren Kaffee aus einer Tasse auf der Ofenbank, Brot wollte sie keines haben. Sie selbst aßen und tranken morgens nichts, bevor sie ins Cosmopolite gingen. Da mahlte Tora eine Handvoll Bohnen in der Mühle und goß frisches Wasser in die kleine Kaffeekanne, denn es war noch zu früh, um schon mit dem Kaffeekochen für die Gäste anzufangen. Dann holte sie unter dem Tuch auf der Arbeitsplatte zwei weiche Brötchen hervor und bestrich sie mit Butter. Manchmal waren sie noch so warm, daß die Butter schmolz. Sie setzten sich draußen im Verkaufsraum an eines der weißen Tischchen. Gegenüber im Garten der Polstererwitwe schien die Sonne in die Apfelbäume, und Frida wünschte sich manchmal, daß sie in der Küche hätte sitzen können, wo der Sonnenschein an solch einem Morgen wärmte.

»Mein Blut ist dünner gewordn«, sagte sie. »Ich frier, sobald ich mich hinsetz.«

»Du lüftest zuviel. Trink jetzt 'n bißchen heißen Kaffee!«

Draußen auf der Straße knarrten Fahrradketten und quietschten Pedale. Die ersten, die morgens zu den Betrieben unterwegs waren, waren immer die älteren und gesetzten Mannsbilder. Ihre Proviantbüchsen waren auf dem Gepäckträger festgeschnallt und hüpften, wenn sie durch die Löcher fuhren, die der Regen in der Straße ausgespült hatte. Dann kamen gewöhnlich die Grüppchen mit den Jüngeren, und manchmal fuhren sie zu viert oder fünft nebeneinander. Als letztes kamen mit laut scheppernden Ketten und hüpfenden Rädern die Nachzügler, meistens ohne Henkelmann. Man durfte jetzt nicht mehr einfach an die zehn Minuten zu spät kommen wie zu Wärnströms Zeiten.

Doch nun herrschte Arbeitslosigkeit, und es kamen fast nur noch die Älteren. Es wurde schnell ruhig auf der Straße. Frida und Tora schlürften ihre zweite Tasse Kaffee durch ein Zukkerstück und schauten sich jeden Mann, der vorbeifuhr, an. Dies war die ruhige Zeit des Tages. Vor nur wenigen Jahren aber hatte Tora sich selbst diese Pause nicht gegönnt. Sie hatte ihren Kaffee im Stehen getrunken und immer etwas zu tun gefunden, während sie das Brötchen hinunterschlang. Jetzt saßen sie ruhig da, Fridas Augen wanderten über den Fußboden und die frisch gewischten Tischplatten. Dann stellte sie plötzlich den Teller weg und fuhr hoch.

»Was ist denn jetzt los?«

»Ich hab gedacht, ich hätt' einen Fussel gesehn.«

Sie war kurzsichtig und fürchtete, daß sie allmählich nicht mehr sehen würde, ob es in den Ecken sauber war.

»Man wird älter und älter«, sagte sie. »Bald taugt man nichts mehr.«

»Red doch nicht!« sagte Tora.

Frida war 1863 geboren. Das war jenes Jahr, in dem sich die Zahl der unehelichen Kinder im Kirchspiel verdoppelt hatte, das Jahr, nach welchem die westliche Hauptlinie der Bahn fertig wurde und die Streckenarbeiter, die sie schräge Vögel genannt hatten, weitergezogen waren. Ihre Mutter hatten die Leute Banvalls-Brita genannt. Sie hatte den Gleisarbeitern in einer Bude Branntwein verkauft. Branntwein und Essen. Das war bald sechzig Jahre her. Manchmal passierte es, daß sie die Lust überkam, zu Tora zu sagen: Ich bin mit deiner Mutter in die Schule gegangen. Wir waren gleich alt und sollten zusammen eingesegnet werden. Toras Mutter war jedoch nie konfirmiert worden.

An einige Dinge rührte man nicht. Da erstarrte Toras Gesicht, und ihre Augen sahen an einem vorbei. Man sprach nicht über ihre Mutter, nicht über F. A. Otters Tod und nicht über den Jungen, der in Stegsjö aufgewachsen war. Und womöglich war das gut so, dachte Frida. Was vorbei war, war vorbei, und es nützte nichts, darüber zu reden. Doch manchmal überkam Frida eine ungeheure Lust, über früher zu reden, trotz allem. Sie konnte kichern und sagen:

»Stell dir vor, ich bin mit Valfrid Johansson Arm in Arm gegangen. Wir sind zu einer Agitationsversammlung gegangen.«

»Ja, der war früher mal rot, aber dann ist er schnell ausgebleicht«, sagte Tora.

»Sogar Händchen gehalten«, erzählte Frida. Diese Zeit stand deutlich und lebendig vor ihr. Tora mochte jedoch nichts, was alt war. Alten Krempel warf sie weg, wenn sie es sich leisten konnte, etwas Neues zu kaufen. Die Teppiche und Holzgefäße aus der Kate, in der sie aufgewachsen war, flogen hinaus. Sie sprach auch nicht gern über die Zeit, als der Ort lediglich aus einer Ansammlung alter Hütten um den Bahnhof herum bestand und die Wege lehmig und matschig waren. Eine Ausnahme gab es indes: Manchmal erzählte sie ein bißchen darüber, wie sie beim Restaurateur Winther im Bahnhofshotel Kassiererin gewesen war. Berühmte Tänzerinnen, Opernsänger, Dichter und Prinzen hatten dort gegessen und waren so nahe an sie herangekommen, daß sie den Geruch ihrer Kleider wahrgenommen hatte. Sie konnte Bilder in der Zeitung sehen und sagen: »Den hab ich im Hotel gesehen, als ich jung war.« Sie hatten echtes Knochenporzellan aufgedeckt und neusilberne Schalen und Bestecke. Als der Winthersche Betrieb versteigert wurde, hatte sie eine Menage aus Neusilber mit Salzstreuer, Pfefferdose und geschliffenen Glaskännchen für Essig und Sahne ersteigert. Sie stand im Glasschrank hinter der Theke, mußte oft geputzt werden und erfüllt keine andere Funktion, als ihre Gedanken ab und zu auf das große Hotel de Winther zu lenken.

Das Cosmopolite war ein heruntergekommenes Café mittleren Alters mit verräucherten Gardinen und abgestoßenen Tassen, leider. Außer abends war nie richtig viel los, und eine Serviererin war mittlerweile mehr als genug. Doch für einige Leute war es wohl eine Gewohnheit, geradezu eine Art Trost hierherzukommen, und sie kamen immer wieder.

Daß es so werden würde, hatte Tora sich nicht vorgestellt. Sie hatte eine Konditorei für Damen haben wollen, in die sich die Frauen setzen würden, nachdem sie bei Ölander Schuhe anprobiert oder in Elfvenbergs Manufaktur Stoffe angesehen hatten. Sie selbst war auch ein bißchen verbraucht, die Wangen waren kräftig geworden und ihre Haare fast braun, obschon sie damals, als sie bei Winther an der Kasse gesessen hatte, vollkommen blond gewesen war, einen Pony gehabt hatte und an den Schläfen Krausen. Auch schob sie das Kinn vor. Das war eine Angewohnheit, die sie sich zugelegt hatte.

Sie kaufte nach wie vor »Die Hausfrau« und legte sie auf einem Tisch im Verkaufsraum aus. Die besseren und etwas weniger besseren Frauen hatte sie sich schon aus dem Kopf geschlagen, aber manchmal dachte sie, daß es nicht ganz unmöglich sei, daß die Mädchen von der Haushaltsschule hereinkommen und eine Tasse Kaffee bestellen könnten. Besonders wenn sie umsonst in der »Hausfrau« lesen könnten, wie man Kohlköpfe füllt und sie hinterher wieder ganz aussehen läßt. Aber das lernten sie natürlich alles in der Schule.

»Jetzt muß ich schauen, daß ich in die Wäscherei geh«, sagte Frida. »Ich hab Evert vorhin kommen sehen.«

Sie setzte ihren Hut aus schwarzem Strohgeflecht auf und zog das Gummiband hinten um den Haarknoten, machte alle Knöpfe ihres Mantels zu, obwohl sie zur Wäscherei nur über die Straße gehen mußte, und dann bekam sie von Tora eine Tüte mit Semmeln für die Kaffeepause am Vormittag und machte sich auf den Weg.

Der Duft nach Reife und Moder aus den Gärten entlang der Hovlundagata schien jetzt mit dem Tau verdunstet zu sein, von der Brauerei her roch es nach süßem Malz, aus dem Cosmopolite nach frischgebackenem Brot, und aus den Ventilen der Wäscherei quollen Dampf und Laugengeruch. Die Handkarren rumpelten über die Magasinsgata, und da kam auch Fredrik Otter angeradelt, den großen Milchtopf des Cafés auf dem Gepäckträger und die Sahnekanne an der Lenkstange schwingend. Das war ein Balanceakt. Beim Fahren mußte er um eine Vierteldrehung verschoben sitzen, um den Milchtopf festzuhalten. Er verabscheute es, mit dem Handkarren durch die Stadt zu ziehen.

Berta Göhling beobachtete ihn durch das Fenster im Obergeschoß und schüttelte den Kopf, weil er immer noch keine Arbeit hatte. In der Küche des Cafés donnerten Teig und Nudelholz auf das Backbrett. Tora buk neben Irma Karlsson, und sie packte härter zu. Sie schlägt die Luft aus dem Teig, dachte die Bäckerin, traute sich aber nichts zu sagen. Nun begann die geschäftigste Zeit im Ort. Es krachte und zischte, schepperte, donnerte und quietschte; das waren die Geräusche der Wachheit. Bis zur vormittäglichen Kaffeepause waren es noch drei Stunden. Vögel hörte man nur in den abgelegensten Gärten, Vögel und das erste Klaviergeklimper.

»Wo ist Adam hin?« fragte Tora Fredrik.

»Der schläft.«

Sie sagte nichts, doch ihr Mund wurde zu einem Strich. Er versorgte sich. Trotzdem war sie um ihn besorgter als um Fredrik, der in diesem Altweibersommer ganze Tage beim Badcafé lag und mit den anderen Arbeitslosen Karten spielte. Deren sonst so weiße Körper waren nach dem langen, untätigen Sommer braun, das Schwarze um die Nägel begann sich im Wasser aufzulösen. Einige darbten bei Kaffee- und Brotdiät.

Adam schlief vormittags, denn Kino, Tanzkapelle und Lokalrevuen waren Abendarbeit. Aber war das denn Arbeit? Jeden Tag trug er seinen Sonntagsstaat, ein Hemd mit Schlips und Kragen. Kam mit Geld nach Hause und legte es auf den Küchentisch; sie wünschte lediglich, daß er es nicht dann getan hätte, wenn Fredrik dabei war, denn ihm mußte sie Geld geben, damit er sich im Bad Kaffee kaufen konnte. Sie hätte es gern gesehen, wenn er im Cosmopolite geblieben wäre, doch er wollte seine Besorgungen in den Morgenstunden erledigen und dann abhauen. Er schämte sich, dazustehen und Holz für die Öfen zu spalten. Er war zwar arbeitslos, doch diese Krankheit wollte er verbergen. Daß Holzhacken und Besorgungen Arbeit sein sollten, dem stimmte er nicht zu. Da gab es nur eines: das Werk.

Um acht Uhr trank Irma Karlsson draußen im Verkaufsraum tatsächlich etwas Kaffee, allerdings im Stehen und weil sie nicht umhinkonnte. Jetzt kam nämlich der Konditor, der jeden Morgen im Cosmopolite zwei Stunden lang Torten und feineres Mandelgebäck garnierte. Er zog sich in der Küche um, und währenddessen warteten Irma und Tora draußen.

»Die Damen können hereinkommen!« verkündete er schließlich mit klangvoller Stimme, und da war Tora schon so gereizt, daß sie nichts mehr sagte, denn er brauchte eine Ewigkeit, um die kleinkarierte Hose, den Kittel und die Schürze über den dicken Bauch zu ziehen und schließlich die Mütze aufzusetzen. Aber jetzt stand er blaß und mehlig in vollem Ornat da und schnitt einen Bogen aus einer Oblate, denn er wollte als erstes Mandelmakronen machen.

Als im Verkaufsraum die Glocke bimmelte, ging Tora hinaus und begann Brötchen in Tüten zu packen und grübelte dabei darüber nach, wie sie den Krauterer da draußen los würde, der nur das Geschirr schmutzig machte und eine Aufwartung verlangte wie zu seinen Glanzzeiten in Ankers Konditorei. Jetzt war er in Rente. Er mußte auch hier aufhören. Feinere Konditoreiwaren gingen kaum mehr. Sie mußte ihm bald kündigen, doch sie wußte nicht, wie sie es anstellen sollte, denn es bestand die Gefahr, daß er wie ein Kartenhaus zusammenfallen würde. Sie hörte das Geschlurfe seiner mehligen Pantoffeln, seine Bischofsstimme und auch, daß Irma schwieg, so daß es eisig wurde in der Küche.

Es ging auf neun Uhr zu, die Bäckerin band sich die Schürze ab, verabschiedete sich kurz und erinnerte daran, daß noch ein Blech Karlsbader Hörnchen im Ofen stand. Draußen kamen Tekla und Linnea über die Straße. Die jüngere Frau war groß und fesch, die Leute drehten sich nach ihr um. Tekla war so alt wie Tora, vierundvierzig, und hatte einen alten Samtdeckel auf dem Kopf. Als Serviererinnen im Bahnhofshotel waren sie Arbeitskolleginnen gewesen. Im Café spülte sie Geschirr, kochte Kaffee und bereitete Brote zu. Linnea servierte.

Der erste Gast des Tages war fast immer der Rechtsbeistand. Er war ein kurzbeiniger Mann mit einer dickleibigen Aktentasche, der im Hinterzimmer seine Melone umgekehrt auf das Büfett legte. Dann ließ er sich in dem Ledersessel nieder und bestellte eine Kanne Kaffee und zwei Hörnchen. Nach einer Weile trafen nach und nach seine Klienten ein. Er vertrat die Leute vor Gericht und war nicht so wählerisch wie die Anwälte, sondern nahm sich auch derer an, die mit Rattenfallen Fasane gefangen hatten und sich beim Nachbarn revanchierten, indem sie vor dem Küchenfenster Elchkadaver vergruben. Tora hatte ihn sich nach einer Zwangsversteigerung aufgehalst, bei der sie seinen alten Ledersessel erstanden hatte, von dem sie meinte, daß er gut ins Café paßte. Zu diesem Sessel kehrte er zurück, der nach seinen Zigarren roch und Flecken von seinem schweißigen Rücken hatte.

Es waren aber Frauen, die Tora in ihrem Café hätte haben wollen. Mädchen, Frauensleute, Frauen. Damen, wenn es ging. Die Telefonistinnen kamen einmal auf die Idee, daß sie sich ins Cosmopolite setzen könnten. Sie hatten Herrenbekanntschaften im Schlepptau, doch mit einem Mal waren sie weg. Sie hoben ab wie die Schwalben, und die Luft rauscht. Fort.

Ihre Herrenbekanntschaften blieben noch ein Weilchen, aber sie wollte ja keine Herren dahaben. Die verräucherten alles, es wird alles ein wenig braun und trist um Männer herum. Frauen schauen nach dem Einkaufen herein und sehen, daß zwei Bauern und ein Rechtsbeistand im Hinterzimmer sitzen, falls sie überhaupt etwas sehen können vor lauter Zigarrenrauch, der dick und gelb dort drinnen steht. Sie fliehen natürlich.

Was soll man da machen? Man kann den Rechtsbeistand ja nicht hinauswerfen. Man kann sich fragen, woran das liegt, daß ein Lokal, das anfänglich ebenso proper und strahlend war wie jede andere Konditorei auch, von Männern mit zerschlissenen Aktentaschen, Schuljungen, Arbeitslosen, Mädchen, die an den Zwirngardinen sitzen und heulen und glauben, man sähe das von der Straße aus nicht, einfacheren Trauergästen, Schachspielern und Händlern, die Seife und elektromagnetische Kraftgürtel verkauften, eingenommen wird. Hat es etwas mit der Luft zu tun oder den Wänden? Ist es zu finster im Cosmopolite?

Sie hatte drei von den weißen Tischchen beiseite getan und sie draußen im Verkaufsraum aufgestellt. Dort durften die Jungen nicht Pfeife rauchen, sie durften überhaupt nicht dort sitzen. Vormittags um halb elf Uhr kam Magnhild Lundberg von der Koedukationsschule und setzte sich dort nieder. Sie war neben der kleinen Gerda Åkerlund die letzte aus dem Frauenstimmrechtsverein, die noch ins Cosmopolite kam. Der Verein war aufgelöst, da er nicht mehr benötigt wurde. Man hatte die

Protokollbücher aus der Schublade und die kleine Flagge vom Büfett genommen. Tora konnte nicht unbedingt behaupten, daß sie froh war, daß das Ziel erreicht war. Sie vermißte sie, nicht nur wegen des Umsatzes. Sie hatte nicht oft Zeit, ins Kino oder zum Volksbildungsverein zu gehen. Hier hatte sie mit einer Hand auf der Hüfte und dem Nickeltablett unter dem Arm in der Tür gestanden und den ganzen »Gösta Berling« gehört.

Auch Franzon war hier hereingekommen, der Veranstalter von Filmtheatervorstellungen, Tanzabenden und Revuen, eines Abends im April, just zu der Zeit, da Gerda Åkerlund mit ihrem blonden Wuschelkopf über »Die Hausfrau« gebeugt saß. Linnea Holm hatte einmal darüber nachgedacht, was gewesen wäre, wenn Gerda nicht aufgeblickt hätte, wenn sie bloß ihre Seite zu Ende gelesen und dann hätte bezahlen wollen, während Franzon an ihr vorbei ins Hinterzimmer gegangen wäre und einen Kaffee mit Schuß bestellt hätte.

Er kam also herein, er hatte braune Augen und Handschuhe aus weichem Leder, hellgraue Hundedeckchen auf den Schuhen und am Schlips eine Krawattennadel mit einem unechten Stein. Gerda und er sahen sich in die Augen, und in diesem Augenblick war es passiert, darüber waren sich Tekla und Linnea einig, denn sie waren Augenzeuginnen gewesen. Gerda war Lehrerin an der Koedukationsschule und eine äußerst taktvolle und liebenswürdige Person. Sie veränderte sich nun. Franzon hatte drinnen angefangen, auf dem Klavier zu spielen, und es klang, als ob die kleinen Hämmer, deren Filzbeläge schon lange verschlissen waren, direkt auf den Boden eines eisernen Bettgestells schlügen. In gereiztem und hochmütigem Ton bat Gerda Linnea, hineinzugehen und dem Radau ein Ende zu setzen. Tekla und Linnea starrten sich bestürzt an. Fräulein Åkerlund empfindlich und herablassend! Als die Töne dennoch weiterhin aus dem alten Klavier schnarrten und perlten, ging Gerda selbst ins Hinterzimmer und fragte, ob er die Freundlichkeit haben wolle, mit dem Gehämmer auf dem verstimmten Instrument aufzuhören. Dann kam es, wie es kommen mußte. Nicht auf einmal und an einem Abend, aber im Laufe eines halben Jahres war alles vollbracht. Es fing damit an, daß er ihr Freikarten fürs Kino gab, die sie stolz ihren Schülerinnen und Schülern schenkte, und es endete damit, daß sie zusammen nach Stockholm fuhren. Von dort kam sie zurück –

eine Taube, die ihre Flügel durch den Kot der Straße geschleift hatte, eine Rose, die bespuckt worden war.

Was niemand wußte, war, daß er sie an einem späten Aprilabend, kurz nach ihrer ersten Begegnung im Cosmopolite, im Quellpark getroffen hatte. Gerda war damals nach einer langen Lehrerkonferenz sehr müde gewesen und ziemlich verdrießlich. Niemand weiß, was er zu ihr sagte, doch ahnte Gerda bei dieser Gelegenheit erstmals, daß die Welt keine große Koedukationsschule war, in der eigentlich Magnhild Lundberg schalten und walten sollte, was aber statt dessen dort leider Rektor Ossian Jansson tat. Sie wurde neugierig auf seine Welt, die sie lustig, ja, Gott verzeih ihr, geradezu ein bißchen lächerlich fand mit Tanzkapelle und knatterndem Kinematographen. Sie bekam jedoch einen Schock, als sie verstand, daß ein Wechsel, der prolongiert werden mußte, blutiger Ernst war, und dann erschien ihr der stolze Ernst der Koedukationsschule manchmal ein bißchen verdreht. Es kam vor, daß sie in der Aula stand und den Morgenpsalm mitsang, dabei aber eine kribbelnde Unruhe um Franzon und seinen Wechsel verspürte. Um einen Menschen, den sie kaum kannte! Als er sich aus seiner ökonomischen Klemme befreit hatte, wollte er sie im Cosmopolite zu einem Glas Portwein einladen. Tora stand in der Tür und sah aus wie der Todesengel, und Linnea mußte dreimal nachfragen, ehe die Bestellung ausgeführt werden konnte. Gerda wurde vom Rektor der Koedukationsschule verwarnt, und in ihren Ohren rauschte das Blut derart, daß sie nur folgendes auffaßte: Fräulein Åkerlund – Lehrerberuf – ist zu Ohren gekommen – Gerüchte – natürlich nicht beachten – aber sofort Eltern ganz ernsthaft ans Herz legen. Und das einzige, was sie davon wirklich verstanden hatte, war, ganz ernsthaft ans Herz legen, denn sie war ein ernsthafter Mensch. Ja, es ist tragisch, wenn ein ernsthafter Mensch Portwein trinkt und à quatre mains auf einem verstimmten Kaffeehausklavier spielt.

Sie war Pfarrerstochter, früh ohne Mutter. Der Vater war

streng gewesen wie Jehova und trug Unterwäsche nach dem Jägerschen System. Gerda hatte kalte Abreibungen machen und lernen müssen, sich aufzuopfern. Aber irgendwann einmal in der Kindheit mußte ihr kluges Herz den Gottesmann bereits durchschaut und verstanden haben – obschon Herzen nicht verstehen, sondern nur eine Erkenntnis umschließen und um diese herumwachsen –, daß Jehova ein Kind war, das sie brauchte. Er badete im Winter, schlief bei offenem Fenster und aß rohe Zwiebeln. Man hätte glauben mögen, daß er nicht sterben könnte, doch er bekam eine Gehirnblutung, lag lange still, saß dann ein halbes Jahr lang da und lallte, und Gerda, die eben mit dem Seminar fertig geworden war, pflegte ihn. Dann bekam er eine erneute Blutung und starb. Gerda weinte, wurde von freundlichen Menschen getröstet und richtete seine Beerdigung aus. Sie ließ sich das Erbe auszahlen, durchforstete seine Bibliothek und verkaufte die Möbel. Eines Abends saß sie da und dachte daran, daß sie eigentlich erleichtert war. Doch das erzählte sie natürlich niemandem. Sie wurde nur noch ein wenig ernsthafter.

Nun verhielt es sich mit Gerdas Ernsthaftigkeit aber so, daß sie in ihrem Innern saß. Nach außen hin war sie rotwangig und leicht umtriebig, lachte auch schnell über Nichtigkeiten und fuhr mit ihren jüngsten Schulkindern am Hang bei Himmelsö Grindar Schlitten.

Franzon war ein Paganini der Liebeskunst, der seine Saiten zur Hälfte einkerbte, damit sie auf der Bühne rissen, und dann das Stück auf der allerletzten zu Ende spielte, bengalische Feuer entzündete und in den Rauchwolken Hokuspokus veranstaltete. Gerda war für all das natürlich ein ungeübtes Publikum. Sie war sechsundzwanzig Jahre alt und hatte niemals jemand anderen geküßt als Jehova auf die Stirn und die jüngsten Mädchen aufs Haar.

Nun soll erzählt werden, wie es zuging, als Franzon einen kalten Spieß bekam. Er lud sie, wie schon gesagt, zum Portwein ein, und dann erzählte er ihr von seiner tragischen Kindheit. Er ging mit ihr im Quellpark spazieren und sprach von dem Feuer, das in ihm brenne, dem Feuer des Ehrgeizes.

»Ich habe selbst viel Aufmunterung bekommen«, sagte Gerda nachdenklich. »Besonders von Fräulein Lundberg, Magnhild Lundberg, die erst meine Lehrerin war, bevor sie meine Kollegin wurde. Eine Zeitlang war ich entschlossen, etwas Großes zu werden. Ich war wohl ein bißchen kindisch, fürchte ich. Ich glaube, es ist besser zu versuchen, etwas *Gutes* zu werden.«

Franzon, der reich zu werden gedachte, küßte sie. Als er mit dem Küssen fertig war, nahm er ihr Gesicht zwischen seine Hände, sah sie an und sagte:

»Sie haben mich angeflunkert, Gerda.«

»Angeflunkert! Ich soll geflunkert haben?«

»Ja.«

Dann schwieg er. Sie mußte bitten und betteln. Er müsse ganz einfach erzählen, womit sie ihn angeflunkert haben solle. Nun gut, Gerda habe nicht die Wahrheit gesagt, als sie behauptet habe, noch nie jemand geküßt zu haben. Aber du meine Güte! Wie könne er das annehmen! Das sei die lautere Wahrheit. Verstehe er denn nicht: Wie sollte sie ihn anlügen können? Da wurde Franzons Stimme ganz belegt, er küßte sie von neuem, noch haltloser, noch schmachtender, und dann flüsterte er in ihr erhitztes Ohr:

»Verstehen Sie denn nicht, Gerda! Wie kann eine so küssen, ohne jemals vorher geküßt zu haben? Ist das denn möglich?«

Woraufhin er sie wieder küßte. Dann flüsterte er ihr in das andere Ohr, und jetzt war seine Stimme halberstickt:

»Ja! Ja! Es ist also möglich. O Gerda, Gerda.«

Sie war ganz verwundert. Sie habe wahrlich nie annehmen können, daß an ihr in dieser Hinsicht etwas Besonderes sei, sie habe überhaupt nie viel an diese Dinge gedacht. Aber man könne also eine Art Naturbegabung für die Liebe haben.

»Ja«, sagte Franzon, »und dafür müssen Sie sich nicht schämen, Gerda. Das ist etwas Schönes.«

Und nun begann die sogenannte Heimlichtuerei. Ihr wurde erst Einhalt geboten, als Tora, die abends immer im Cosmopolite war, Bericht erstattet bekam und Franzon mit sofortiger Wirkung kündigte. Seine Koffer hatte sie bereits gepackt, und sie belferte so, daß das Wasserglas auf der Karaffe klirrte. Er fand sie vulgär, das hatte er im übrigen die ganze Zeit getan. Er ging ohne Bedauern. Das Zimmer war dunkel und lag zum Hof hin. Die einzige Zierde war ein Bild mit nebulösen Elfen, die auf einer Wiese tanzten, und das Linoleum müßte auch erneuert werden.

Inzwischen war es jedoch geschehen. Sie waren erwachsene Menschen, wie Franzon Gerda gegenüber so richtig hervorhob. Er war zweiunddreißig und sie sechsundzwanzig. Man versorgte sich selbst und belästigte niemand mit seinen Ansichten. Man sollte das Recht haben, sich in aller Ruhe zu treffen, und nicht auf den feuchten Bänken im Quellpark zu frieren oder in dem kleinen Raum, in dem der Filmprojektor surrte, zu schwitzen wie in einer Sauna. Gerda war weder prüde noch töricht. Deshalb ging sie, ein erwachsener, selbständiger, verantwortungsvoller und denkender Mensch (sagte sie sich), in der Magasinsgata 9 über den dunklen Hof und blieb mit wild schlagendem Herzen hinter der Ecke stehen, wenn sie draußen auf der Straße Schritte vernahm. Sie stieg die Treppe hinauf, wenn diese nicht in den Hof kamen. Franzon kurbelte an seinem Grammophon, zündete die kleine Lampe mit Perlfransen um den Schirm an und schenkte Portwein ein.

»Nur einen Fingerhut«, bat Gerda.

»Du sollst jetzt nicht nähen«, sagte er. »Du sollst dich mit mir unterhalten und mir Ratschläge geben. Soll ich meine Vereinigte Margarine losschlagen? Soll ich einen Wechsel unterschreiben und einen neuen Projektor kaufen? Wie läuft das mit dem ›Mädchen vom Moorhof‹? Wird das bei den Leuten noch eine Woche ziehen? Was kosten die Anzeigen? Ach, Gerda, ich brauche dich. Ich brauche die klugen Ratschläge einer erwachsenen Frau. Red mit mir!«

Und Gerda, die praktisch ihr ganzes Leben zur Schule gegangen war, entdeckte, wie sie da auf der schwankenden Ottomane mit dem braunroten Überwurf und den großen, gehäkelten Kissen saß, daß sich das Leben die ganze Zeit selbst gelebt hatte, während sie französische Verben konjugierte. Sie lernte, daß der Unterschied zwischen Vereinigter Margarine und Schwedischer Emballage der Unterschied zwischen verdoppeltem Wohlstand und rettungslosem Ruin sein konnte, daß man nicht Geld brauchte, um Filmprojektoren zu kaufen, sondern ein längliches Stück Papier, daß Franzon, wenn Frauen weinten, Geld verdiente, er dagegen nichts verdiente, wenn sie sittlich entrüstet waren und ihn boykottierten.

»Frauen sind mächtig«, sagte er. »Mächtig und stark. Erzähle mir, wie Frauen denken! Rate mir!«

Da sah sich Gerda »Das Mädchen vom Moorhof« an und sagte, daß er den Film noch eine Woche laufen lassen solle, denn es sei ein ernster, bedenkenswerter und sehr schöner Film. Dann sah sie sich »Steuermann Ljungs Flammen« an und sagte, daß er den wieder in seine braune Schachtel legen, den Riemen darumspannen und nach Stockholm zurückschicken solle. Und Franzon schickte »Das Mädchen« zurück, ließ den »Steuermann« laufen und verdiente viel Geld.

Er fingerte oft an der Lampe herum, es war eine altmodische Petroleumlampe. Er möge das gelbe Licht, sagte er. Gerda hatte sich auch noch nie mit dem elektrischen Licht aussöhnen können, außer wenn sie Hefte korrigieren mußte. Doch sie qualmte und bereitete alle möglichen Schwierigkeiten, er mußte den Docht herunterdrehen. Und es wurde dunkler in dem kleinen Zimmer mit dem Elfentanz und schien wärmer, und sie waren erwachsene und selbständige Leute und kosten und küßten einander. Es war nichts Unrechtes daran, wie Franzon so richtig hervorhob.

Aber es konnte nicht immer so weitergehen. Plötzlich spürte Gerda, daß es so weit gekommen war, daß sie sich zusammennehmen mußte. Eine Minute lang war es süß und dick im Hals, ihr wurde heiß an Stellen, an die sie nicht denken wollte, und sie mußte immer wieder schlucken.

»So«, sagte sie. »Jetzt wollen wir vernünftig sein!«

Und sie fühlte sich fast wie damals, als sie Jehova hatte gut zureden müssen, weil er so hemmungslos im Winter badete, obwohl er schon über Siebzig war. Da passierte es eines Abends, daß sie zu lange zögerte, und als sie Franzon gut zuredete, ließ er sich nicht gut zureden. Er hatte sich verändert, hatte harte Hände, kräftige Beine, und sein Atem klang, als ob er gerannt wäre. Da mußte sich Gerda erheben und ihn von sich stoßen. Sie kehrte ihm den Rücken und brachte die Knöpfe ihrer Bluse in Ordnung, und dann drehte sie die Lampe hoch.

Als sie sich umdrehte, verhielt sich Franzon ganz eigenartig. Er saß vornübergebeugt auf der Ottomane und hielt eines der Kissen mit gehäkeltem Bezug fest, und sein Atem klang jetzt, als ob er gerne gejammert hätte, auch wenn er es zu unterdrücken versuchte. Da wollte Gerda lächeln, denn sie dachte wieder an Jehova und seine verschiedenen Kunststückchen, und deshalb legte sie den Zeigefinger unter Franzons Kinn, um ihm ins Gesicht zu sehen und ein bißchen zu schäkern. Das ging aber nicht. Er hatte sich verändert. Ihm stand der Schweiß auf der Oberlippe, und sein Gesicht war weiß. Ganz offensichtlich hatte er starke Schmerzen, und er bat sie mit erstickter Stimme, ihn eine Weile in Frieden zu lassen.

Es dauerte einige Minuten, bis er soweit war, daß er wieder sprechen konnte. Unterdessen glaubte Gerda vor Angst sterben zu müssen. Sie wußte nicht, worum es ging, und glaubte, daß er womöglich Schwierigkeiten mit seinem Herzen hätte, daß sie ihm den Garaus gemacht hätte mit ihren Künsten, diesen Künsten, in denen sie, ohne es selbst zu wissen, laut Franzon, von Natur aus so geschickt war. Doch er starb nicht. Sie bat ihn, ihr um Gottes willen zu erzählen, was passiert sei. Zuerst sagte er, daß er das nicht könne, es sei unmöglich, darüber zu sprechen. Aber allmählich gelangte er doch zu dem Schluß, daß Gerda ein reifer Mensch sei. Sie habe das Recht zu erfahren, was sich zwischen ihnen abspielte.

Wenn ein Mann und eine Frau zusammen seien und sich gern hätten, dann zielten ihre Liebkosungen auf eine Vereinigung ab, nicht wahr? Gerda, die eine erwachsene Frau war, wußte das, da brauchte er nicht herumzudrucksen. Nein, zwischen ihnen solle es niemals Drucksereien geben. Nun denn! Es verhalte sich nun so, daß der Mann anders geschaffen sei als die Frau. Das habe sie verstanden, sagte Gerda ernst, und Franzon mußte einen Moment den Kopf abwenden und das Gesicht in ein Kissen drücken. Sie glaubte schon, daß er erneut starke Schmerzen bekommen habe. Was immer das auch war, es ging vorüber, und er konnte ihr erzählen, daß sich der Körper des Mannes auf eine Art auf diese Vereinigung vorbereite, wie es der der Frau nicht tue. Er selbst könne im übrigen weder etwas dafür, noch habe er es in der Gewalt. Geschehe es dann, daß trotz der Vorbereitung nichts daraus würde, daß es zu einem abrupten Abbruch komme, dann treffe das ein, was eben eingetroffen sei. Dann bekäme er Schmerzen.

Gerda wurde ganz still. Sie wollte den Kopf abwenden, die Augen niederschlagen. Aber sie mußte mutig sein, und sie sah ihm direkt ins Gesicht. Tue das da denn sehr weh?

»Ja«, sagte Franzon. Er hörte sich dabei wie ein alter Isländer an, dem man die Hand abgeschlagen hatte und der seinen Bogen nun mit dem Armstumpf spannte. Da beschloß Gerda, ihm nie wieder weh zu tun.

Sie saßen auf Abstand voneinander, er auf dem Sofa und sie im Korbstuhl. Sie küßten sich ein bißchen, und beim Abschied drückte sie ihn mütterlich. Eines Abends aber vergaßen sie sich, und ehe Gerda sich zusammennehmen konnte, waren sie wieder soweit. Doch dieses Mal war sie nicht mehr wie ein unschuldiges und unwissendes junges Mädchen. Sie hatte gewußt, was passieren würde, sie hatte ihn zu Vorbereitungen verlockt, die er selbst nicht in der Gewalt hatte, er würde nun binnen kurzem heftige Schmerzen bekommen, und sein Gesicht würde grau und schweißig werden. Anstatt ihn von sich zu stoßen, legte sie sich zurück auf das Ottomankissen und löste den Rockbund, an dem er so lange herumgefummelt hatte.

»Komm!« sagte sie.

»Meine Kleine, Liebes«, sagte Franzon. »Bist du sicher, daß du das auch willst?«

»Ja«, erwiderte Gerda ernst, denn sie hatte gelernt, die Konsequenzen ihrer Handlungen zu tragen.

Nun kam der Sommer mit der berühmt-berüchtigten Reise nach Stockholm und Magnhild Lundbergs Kampf gegen den Elternbeirat und Rektor Ossian Jansson. Der sollte gerade von Erfolg gekrönt werden, als Gerda Magnhild erklärte, daß sie genau das getan habe, wovon man hinter ihrem Rücken rede, und daß sie auf keinen Fall davon Abstand zu nehmen gedenke, Franzon weiterhin zu treffen, denn sie liebe ihn. Ihre Augen waren fiebrig. Ihre Anstellung lief aus und wurde zum Herbst nicht mehr verlängert, doch Rektor Jansson ließ sich darauf ein, ein Dienstzeugnis mit guten Noten, auch was den Lebenswandel betraf, auszustellen. Magnhild glaubte ihr eine Stelle in Skara verschaffen zu können. Gerda sagte:

»Ich zieh nirgendwohin. Er braucht mich.«

Sogar Franzon versuchte sie zu überreden, er wolle nicht egoistisch sein, sagte er. Ende Sommer zog sie in das Zimmer, in dem er bei Tora Otter in der Magasinsgata 9 gewohnt hatte. Sie durfte das Klavier aus ihrem Elternhaus in die Stube stellen. Im August begann sie Klavierstunden zu geben.

»Tu das nicht!« sagte Magnhild, denn ihr schwante, wie es enden würde.

»Ich muß leben.«

Gerda war nicht mehr fiebrig, sondern entschlossen.

»Dann leb eine Zeitlang von deinem kleinen Kapital, während du dir überlegst, wie du dein Dasein in Ordnung bringen willst.«

»Das Kapital ist angelegt.«

»Von Franzon?«

Gerda nickte.

»Er versteht etwas von solchen Sachen«, sagte sie. Davon war Magnhild überzeugt, und sie bekniete sie, daß sie versuchen solle, ihr Geld wiederzubekommen.

»Man nimmt kein Geld zurück, das man langfristig angelegt hat. Da macht man Verlust. Die Stelle in Skara hätte ich ja doch nicht bekommen. Der Ruf über meinen Lebenswandel ist meinem Zeugnis dorthin vorausgeeilt. Im übrigen ist mein Platz hier.«

»Das hier ist der einzige Platz auf Erden, wo du nicht hingehörst«, sagte Magnhild müde. »Versuche, dein Geld zurückzubekommen.«

»Verzeihen Sie mir, Magnhild«, entgegnete Gerda, »aber Sie haben Ihr ganzes Leben in der Schule verbracht und können billigerweise über den Aktienmarkt nichts wissen. In einer modernen Gesellschaft...«

»Ach was!« fiel ihr Magnhild Lundberg ins Wort. »Heirate ihn bloß nicht! Verzeih, daß ich aufrichtig bin zu dir.«

Vom Heiraten war jedoch gar keine Rede. Die Zeiten waren nicht danach. Äußerst wenige junge Leute konnten es sich bei dieser Arbeitslosigkeit leisten zu heiraten, Gerda wußte das. Und Franzons Stärke im Geschäft war es gerade, daß er nicht mehr als eine Kleiderbürste, ein gutes Haarwasser und die Brieftasche in der Innentasche brauchte.

Doch er verlobte sich mit Gerda. Sie sagte ihm, daß ihre Situation sehr schwierig geworden sei, und er war bestürzt, fast ein wenig erschüttert, denn das waren zu starke Worte, um von Gerda zu kommen, einem Mädchen mit wahrem Pfadfindergeist. Er forschte nicht nach, was sie im Lehrerinnenzimmer und im Milchladen durchgemacht hatte, sondern nahm sie auf einen schnellen Spaziergang durch den Quellpark mit (denn der Abend war windig und kühl) und steckte ihr einen Ring an den Finger. Sie befanden sich an genau derselben Stelle, wo er sie das erste Mal geküßt hatte. Es war ein kleiner Silberring mit Markisen um einen spitzen, ovalen Blutstein, und er verfiel nicht darauf, daß er seiner Mutter gehört habe oder so, er überreichte ihn ihr lediglich. Er hatte ihn in einem Antiquitätengeschäft in Stockholm gekauft. Hinterher aßen sie im Hotel de Winther Kalbsfilet Oscar, und Gerda fragte, ob sie zum Andenken die Speisekarte behalten dürfe. Sie klang schüchtern, denn sie war es nicht gewohnt, in ein Restaurant zu gehen.

Drei Schüler wurden zu ihren Klavierstunden angemeldet, und sie dachte: Das wird schon noch besser, da kommen noch mehr. Ich bin jetzt verlobt, und es legt sich alles. Ich habe nichts Unrechtes getan, und die Menschen sind eigentlich nicht gemein, nur gedankenlos und neugierig. Drei Stunden in der Woche waren nicht viel zum Leben, es war überhaupt nichts. Sie bekam jedoch von Tora Otter einen Aufschub bei der Miete und ein Mittagessen auf Kredit, was etwas lästig war, weil sie wußte, daß Tora Franzon haßte, wie sie Läuse und Ratten haßte. Am schwierigsten war es, ihre Einsamkeit auszufüllen, deshalb fing sie an, Spaziergänge zu machen. Vormittags ging sie den Pfad auf dem Höhenrücken bis Himmelsö Grindar und spazierte dann auf der Landstraße nach Hause. Damit sie nicht verrückt würde vor lauter Einsamkeit, ging sie nach den Spaziergängen ins Café Cosmopolite und trank Schokolade.

Die drei Jungen, denen sie Klavierunterricht gab, waren ganz anders als ihre Schüler in der Koedukationsschule, doch sie versuchte, sie gleich zu behandeln. Der, der Sture hieß und montags nachmittags kam, ging schnurstracks zum Klavier, setzte sich, legte seine Finger auf die Tasten und begann, ohne zu zögern »Kleine Glocke bim bam« zu spielen.

»Du sollst doch beim C anfangen, Sture«, sagte sie. Zu ihrem Entsetzen stellte sie fest, daß sie seine Hände wie Schweinsfüße fand, die man für gewöhnlich in Aspik sieht. Sie waren kurz, bleich und dick, und er hielt die Finger dicht beieinander. Sie bekam ein ganz schlechtes Gewissen, weil sie geglaubt hatte, daß sie Kinder gern hätte.

»Wie heißt dieser Ton hier?« fragte sie freundlich und schlug das tiefe C an.

»Ö«, sagte Sture.

Sie starrte ihn verdutzt an und glaubte es in seinen Augen boshaft blitzen zu sehen, entschied aber, daß er unwissend sei.

»C«, sagte sie. »Jetzt werden du und ich versuchen, ein bißchen zusammen zu spielen. Leg deine Hände ganz genauso hin wie ich die meinen.«

Und so versuchten sie es. Nach einer Weile merkte sie, daß ihr Ton schrill war, und sie fand, daß sie ihrer ersten Klavierlehrerin zu ähneln begann, einem großen deutschen Fräulein, das den Takt mit einer Stricknadel geschlagen hatte, mit der sie auch auf ihrem Haarboden herumstocherte. Jedesmal, wenn sie kam, hatte sie gefragt, ob Papa zu Hause sei, und Gerda war so naiv gewesen, daß sie nicht begriff, daß die deutsche Dame, die Schuppenprobleme hatte, ihre Stiefmutter werden wollte.

»Fang beim C an!« sagte sie, und Sture schlug mit seinen Schweinsfüßen den Ton doppelt an, sowohl im Baß als auch im Diskant.

Sie verstand jetzt, wenn sie ihre eigene Stimme hörte, daß sie nie eine Pädagogin gewesen war. Sie hatte geliebt und war ihrerseits geliebt worden in der Koedukationsschule, das war alles. Nun gingen die Mädchen mit gesenktem Blick an ihr vorüber, und die Jungen rissen sich die Mütze vom Kopf, verdrehten aber die Augen dabei.

Im Milchladen erzählte man über sie, daß sie eines Morgens blaß und mit verbundenen Handgelenken heruntergekommen sei. Das war nicht wahr.

Sie stand auf Tora Otters Balkon und hörte, was man unten im Hof über sie sprach. Da mußte sie hineingehen und sich setzen. Sie betrachtete die Innenseite ihrer Handgelenke und sah das Muster der Adern unter der Haut, die an dieser Stelle sehr blaß war. Wenn sie die Hände zurückbog, spannte sie sich, und sie sah die Adern deutlich.

Einige Menschen sind böse.

So durfte man nicht denken. Unglücklich vielleicht und unwissend. Am Abend aber, als sie schlafen wollte, wurde ihr Bewußtsein eingekreist. Sie träumte von Menschen mit Schweinehufen anstelle von Händen, und sie schnauften und schrien weit dort unten, wohin sie gerade sank.

Wie können die bösen Menschen unsere Gedanken kennen, ehe wir sie selbst kennen? Was wollen sie von uns?

Zwischen zwölf und eins war es im Cosmopolite so still, daß man die Fliegen in der Lampenschale surren hören konnte. Tekla stand am Fenster und sah die Mädchen von der Koedukationsschule in die Magasinsgata einbiegen, anstatt wie üblich hierherzukommen und Tortenstückchen zu kaufen. Sie gingen zu Anker. Sie war froh, daß Tora zu Hause war, für Fräulein Åkerlund und Adam Strömlingsfilets briet und das nicht sah. Womöglich durften sie nach der Geschichte mit der Lehrerin und Franzon nicht mehr in das Café gehen?

Sie ging hinaus in die Küche und nahm Mandelgebäck aus einer Dose, als die Glocke im Laden bimmelte. Als sie hinauskam, stand ein Mann da und hielt, während er sich umsah, die Tür fest, weswegen die Feder der Glocke, die zur Seite gekippt war und keinen Laut von sich gab, hängengeblieben war. An dem gefirnißten Pappkoffer, dessen Riemen zum Befestigen auf dem Fahrrad auf den Boden hingen, sah sie, daß es ein Hausierer war. Da bekam sie Angst, und ihre Angst hing dick zwischen ihnen und zwang seinen Blick, um den Schrank und die Fächer zu schweifen, bis ihre Augen gehorsam zeigten, daß die kleine, schwarzlackierte Geldkassette vor ihrem Bauch gleich unter der Theke stand. Nun war sie angewiesen worden, laut in die Küche hinauszurufen, ganz so, als wäre Linnea dort und nicht mit einem Paar Schuhe zum Besohlen unterwegs.

»Du mußt einen Augenblick warten, ich hab Kundschaft!«

Doch das tat sie nicht. Der Hausierer erfaßte ihren Schreck und war in dem Moment bereit, alle ihre Erwartungen zu erfüllen.

Da kam ein älteres, schwarzgekleidetes Paar zur Tür herein, und ganz, als habe man ein Gewicht in eine Waagschale geworfen, schnellte Teklas Mut nach oben und der des Hausierers nach unten, und sie fragte ihn, was er wolle. Er wollte wissen, ob sie im Café von Mäusen belästigt würden, und Tekla, die für einen solchen Fall keine Anweisung bekommen hatte, antwortete ehrlich, daß sie gerade damit zu tun hätten, sie sich vom Leib zu halten. Das Paar, das sich an einen der weißen Tische im Verkaufsraum gesetzt hatte und tiefe Trauer trug, sah sich an, und die Frau schüttelte unter dem Schleier den Kopf. Da könne er ihren Kummer erleichtern, sagte der Hausierer. Er habe etwas in dem Koffer, was das einzig Richtige sei, wenn man keine Männer im Haus habe, oder hätten sie Männer hier im Haus? Doch so dumm war Tekla auch wieder nicht, sie kniff den Mund zusammen. Der Hausierer sagte, wie die Wunde, so das Pflaster, so habe er die einzig richtige Mausefalle für Frauen, nämlich die Mausefalle, die die Maus garantiert nicht zu Mus zerquetsche. Denn das sei etwas, was Frauensleute nicht mögen – »oder habe ich nicht recht?« Und der alten Frau hinter dem Trauerschleier schauderte hörbar. Ihr Mann versuchte, mit der Stockkrücke gegen die Tischkante zu klopfen, um auf sich aufmerksam zu machen und bestellen zu können. Er war jedoch so zurückhaltend, daß es eher klang, als picke eine Kohlmeise auf dem Fensterblech, und Tekla ließ den Hausierer nicht aus den Augen.

»Wir wollen nichts haben«, sagte sie.

Das sei völlig klar, das habe er verstanden, aber anschauen koste ja nichts. Dies hier sei eine Revolution auf dem Gebiet der Mäusebekämpfung, die er ihr in der Tat gerne zeigen wolle, rein interessehalber. Wie gesagt, Fallen machten Mus aus den Mäusen, und in den Käfigen blieben sie liegen, das sei ebenso schlimm, denn dann müßte man sie totmachen, und das mögen Frauensleute nicht, habe er nicht recht? Nein, hier habe sie die einzige Falle, die eine Maus garantiert hübsch und sauber auf eine Art und Weise ums Leben bringe, die das empfindsamste weibliche Gemüt gutheißen könne. Sie erdrossele nämlich die Maus.

Wenn sie sich mal diese kleine Stahldrahtöse anschauen wolle, dann sehe sie, daß sie hier den Kopf durchstecken müsse, um an das Stück Speck zu kommen. Es gäbe keine anderen Strategien, denn der Speck liege in diesem kleinen Blechkonus, hier stecke sie also den Hals hinein und beginne den Bissen herauszuziehen, und der Bissen sei an diesem kleinen Haken hier befestigt, der seinerseits an dem Draht befestigt sei. Folglich ziehe die Maus die Schlinge um ihren eigenen Hals zu, könne man sagen, und der entscheidende Augenblick komme, wenn die Maus Unrat wittere und zurückschrecke. Da breche sie sich sozusagen selber das Genick! Mithin eine Falle, die allen anderen Mausefallenprinzipien entgegengesetzt funktioniere, der Schrecken selber töte die Maus, eine Form von ungewöhnlich avanciertem Selbstmord mit anderen Worten!

Jetzt verließen der alte, schwarzgekleidete Mann und seine Frau das Cosmopolite. Sie stützten sich schwer aufeinander. Tora, die soeben von der Straße hereinkam, begegnete ihnen auf der Treppe, und als sie sah, daß weder Teller noch Tassen auf den Tischen da drinnen standen, fragte sie:

»Sind die gegangen?«

Und Tekla nickte stumm.

»Warum denn?«

Da blickten sich Tekla und der Hausierer einen kurzen Moment an, und dann sagte sie:

»Ich weiß nicht.«

»Bist du es, Evald?« fragte Tora. »Dich hab ich lang nicht mehr gesehn. Hast du denn Arbeit gekriegt?«

»Ja, ich verkaufe eine Konstruktion zur Schädlingsbekämpfung für eine Blechmanufaktur in der Storgata 43«, sagte der Hausierer.

»Ach so, Mausefallen-Nisse. Ja, meine Güte! Wie weit bist du denn schon herumgekommen?«

»Bis Gällivare.«

»Wenigstens die Welt kriegt ihr zu sehn, wenn auch sonst nichts. Arme Kerle! Willst du Kaffee haben?«

»Ja, ich wollte eine Wanne Java leer machen, und dann macht man es wohl wie der Tau«, sagte Evald.

»Was?«

»Man verflüchtigt sich.«

»Was für ein Gebäck willst 'n haben?«

»Ja, ich kann ja einen Wecken nehmen.«

Sie ging jedoch hinaus in die Küche und bestrich zwei Scheiben Roggenbrot mit Butter und belegte sie mit Kalbssülze und roten Beeten.

»Das hier braucht er nicht zu bezahlen«, sagte sie zu Tekla. »Weil es nicht aus dem Verkauf ist. Aber den Kaffee laß ihn bezahlen.«

»Ich sollte vielleicht mal die moderne Mausefalle vorführen«, sagte Evald. »Die einzige Mausefalle für Frauen.«

»Nein, laß das bleiben hier drinnen. Und dann mach's mal gut! Denn du fährst ja wohl weiter?«

»Ja, es wird langsam Herbst, da macht man's wohl wie die Schwalben und flattert in den Süden«, sagte Evald. »Das Lager hat man ja aufgefüllt.«

Und er aß und bedankte sich, denn das war etwas, was er gelernt hatte auf seiner Bikerertour, sich zu bedanken und Romani zu babbeln. Dann schnallte er seinen Pappkoffer wieder auf den Gepäckträger und radelte den Vanstorpväg hinaus und bog bei Källstugan nach Norrköping ab.

Konrad Eriksson stand mit einem dünnen, schwarzgekleideten Mädchen an seiner Seite da, und wenn man genau hinschaute, sah man, daß er sie nicht nur untergefaßt hatte, sondern auch seine Hand mit der ihren verschlungen hielt. Tora, Linnea und ein kleiner Junge, der herinnen war, um für zwei Öre Kuchenkrümel zu kaufen, sie standen alle drei da und starrten sie an.

»Ja, guten Tag«, sagte Konrad. »Man ist jetzt wieder da.«

Er hatte, bevor er nach Hause fuhr, sorgfältig seinen Anzug gebürstet. Jetzt wand er die Finger und den Arm aus der Verschlingung mit dem dürren Mädchen, schob es ein wenig vor und sagte:

»Darf ich Agnes, meine Verlobte, vorstellen?«

Tora und Linnea sahen sich an und dann das Mädchen, das tatsächlich einen Ring trug, aber aussah, als fröre es an den Fingern.

»Da schau her!« sagte Tora. »Hast du mitten in der Woche frei?«

Eine Weile wurde es ganz still.

»Verlobte?« sagte sie dann, und das Mädchen in dem schwarzen Kleid sah aus, als wollte es gleich zu weinen anfangen, so daß Linnea sich räusperte.

»Es ist doch ein bißchen Kaffee gefällig?« sagte sie.

Es gab Kaffee, und die Dürre rührte in der Tasse, während

Tora fragte und Konrad antwortete. Sie hatte bald aus ihm herausgeholt, daß er arbeitslos war und das Mädchen obendrein. Ihr war jedoch nicht gekündigt worden, sondern sie hatte von sich aus aufgehört.

»Von sich aus aufgehört! In Zeiten wie diesen!«

Ja, aufgehört, um bei ihm, Konrad, ihrem Verlobten, sein zu können. Sie wollten nämlich heiraten. Glaubte er denn, daß heutzutage irgend jemand heiraten könnte? Wo sie nichts zum Leben hätten? Sie müßten doch so und so leben, verheiratet oder nicht, das mache keinen Unterschied, warum also nicht heiraten? Da sahen sich Tora und Linnea erneut an, und dann schloß Tora die Tür zum Verkaufsraum, blickte Konrad eindringlich an und fragte so leise, daß sie fast wisperte.

»Seid ihr gezwungen?«

Da brach Agnes in Tränen aus, und Konrad ging um den Tisch herum und legte ihr seinen Arm um den Rücken. Er sagte zu Tora, daß sie sich überlegen solle, was sie sage. Er sei kein kleines Kind mehr, siebenundzwanzig Jahre alt, und Agnes sei einundzwanzig. Dann kam in kurzen Zügen die Lebensgeschichte der Dürren auf den Tisch, während auch Tora eine Tasse Kaffee trank, die Augen dabei auf die Tür geheftet, für den Fall, daß jemand käme. Sie enthielt einen Vater, ziemlich betagt, der noch bis vor vierzehn Tagen in einer Glaserei auf Söder Scheiben geschnitten hatte. Agnes selbst hatte bei Herman Meeths gearbeitet. Man hatte sie Agnes von der Seide genannt, und sie hatte in einem Heim für junge Arbeiterinnen auf Kungsholmen gewohnt, wo man zu dritt in einem Zimmer lebte und mit mehreren zusammen eine Küche hatte. Sie hatte mit Svea vom Parfüm und Lisen von den Handschuhen zusammengewohnt, und es war verboten, Herrenbesuch in den Zimmern zu haben. Jeden Abend um zehn Uhr kam Fräulein Zahr, die Vorsteherin, ging durch die Zimmer und sagte: »Gute Nacht, Mädchen!« Sie holte den Gasschlauch aus der Küche, damit niemand Kaffee kochen oder sich umbringen konnte.

Morgens um sechs Uhr kam sie wieder mit einem munteren »Guten Morgen, Mädchen!« auf den Lippen und dem Gasschlauch. Bei Meeths war die Bezahlung schlecht gewesen, aber man hatte lernen können. Und diese Stelle habe sie aufgegeben? Das hatte sie. Um Konrad zu folgen.

»Ja sapperlot!« sagte Tora. »Arme Kinder! Wie willst du denn hier Arbeit kriegen? Was ist bloß in euch gefahrn?«

»Für Agnes ist es leichter, hier Arbeit zu kriegen, als für mich in Stockholm«, meinte Konrad, und Tora wurde ganz still, denn sie mußte über die Logik, die darin lag, nachdenken.

»Sie kann eine Stelle in einem Haushalt annehmen«, sagte er.

»Entschuldige die Frage«, sagte Tora ungewöhnlich taktvoll. »Aber hat Agnes Trauer?«

Ja, so sei es. Der Papa aus der Glaserei sei kürzlich gestorben. Sie habe vierzig Kronen Schulden für die Trauerkleidung, erklärte Konrad. Nicht bei Meeths, denn dort einzukaufen, sei für sie allemal zu teuer. Und dann habe sie noch sechzig Kronen Schulden beim St.-Görans-Krankenhaus, seit sie vor zwei Jahren Grippe gehabt habe. Hundertzehn Kronen seien es anfangs gewesen. Am Ende hätten sie es vom Lohn einbehalten, fünf Kronen jeden Monat.

»Warum mußtest du das erzählen?« fragte Agnes, nachdem Tora zum Bedienen in den Verkaufsraum hinausgegangen war.

»Das war das letzte«, sagte Konrad. »Jetzt weiß sie alles, und das ist sowieso gleich, weil sie auf keinen Fall Ruhe gibt, bis sie dir alles aus der Nase gezogen hat.«

»Werden wir dann deine Mama besuchen?« fragte Agnes.

»Ja, aber die fragt wahrscheinlich nichts. Tora ist am schlimmsten. Obwohl sie uns bestimmt hilft.«

Dann fürchtete er, daß er womöglich zuviel gesagt hatte, daß er sich hatte hinreißen lassen davon, wieder zurück im Cosmopolite zu sein. Hier geschahen ja keine Wunder und galten keine anderen Gesetze als draußen in der Stadt und drinnen in den Häusern und Fabriken. Auch wenn Tora Otter ein ganz netter Mensch war, so konnte sie doch nichts Unmögliches vollbringen.

Hier war es heruntergekommen und freudlos, weil es hinten und vorn nicht reichte. Aber es war wenigstens offen, man konnte hergehen und sich hinsetzen, und es stand nicht sofort jemand vor einem und fragte, was man bestellen wolle. Man konnte fünf oder zehn Minuten in seiner Ecke sitzen, während aus der Küche das Geschepper von Backblechen und Stimmen zu hören waren. Eigentlich passierte gar nichts. Man ging in das gleiche Lokal, sah einander, blätterte ein wenig in den Zeitungen. Das, was geschah, geschah wenigstens nicht im Verborgenen. So war zum Beispiel Gerda Åkerlund eines Abends hier hereingekommen und hatte geweint, anstatt zu Hause zu sitzen und sich in die Handgelenke zu schneiden. Und Agnes, die völlig verschüchtert gewesen war, als sie hier hereinkam, beruhigte sich allmählich. Sie traute sich sogar, sich zu bewegen, den Ledersessel auszuprobieren und an den großen Spiegel heranzutreten und die Fotografien und Klubmitteilungen, die zwischen Glas und Rahmen steckten, anzugucken.

Da war die Fußballmannschaft mit Fredrik als Torwart. Er stand ganz hinten mit seiner Sportmütze auf dem Kopf, war aber so hochgewachsen, daß man ihn trotzdem sah, und er hatte die Arme vor der Brust verschränkt. Auf einer anderen Fotografie stellte er bei einer Maskerade, die Franzon ausgerichtet hatte, einen Kachelofen dar. Man sah nur die Füße und mußte wissen, daß das er war. Wenn man genau hinschaute, sah man in dem Kachelofen ein weiteres Paar Füße. Es war ausgelassen zugegangen bei der Maskerade, und Tora hatte das Bild häufig betrachtet. Wie sollte man jedoch aus einem Paar Füße Schlüsse ziehen können? Es waren jedenfalls schwarze Schuhe, keine sehr hohen Absätze und zwei Riemen über dem Spann. Ganz rechts stand Adam in einem Wust von Tüchern und mit einem Bart, der direkt auf das Gesicht geschwärzt worden war. Er blickte finster und wild drein und stellte einen Beduinen dar. Ja, er sah aus, als sei er im Theaterkostüm geboren, während Fredrik wie ein großes, gutmütiges Pferd wirkte, egal, was er auch anzog. Die Ansichtskarte aus Berlin hatte Ebba Julin geschickt, als sie mit dem Malermeister dorthin gefahren war und einen Pelzmantel gekauft hatte. Sie hatten für ihre schwedischen Banknoten einen Koffer voll deutsches Geld bekommen. Es sei unbegreiflich, aber man nütze es am besten aus, solange das anhalte, schrieb Ebba auf der Rückseite.

Agnes sah jetzt etwas weniger verfroren aus, nachdem sie eine Weile allein in dem braunen Raum gewesen waren, und sie setzte sich wieder Konrad gegenüber und streckte die Hände über die Tischplatte. Da saßen sie nun und hielten Händchen. Sie war ebenso blond wie er und hatte kurzgeschnittenes Haar. Tekla lugte ab und zu durch die Tür, und Tora, die hinter der Theke stand, konnte das Gucken auch nicht lassen. Agnes sähe wohl gar nicht so übel aus, wenn sie etwas auf die Knochen bekäme. Aber konnte sie wohl zupakken? Wie sollte man sich unterstehen, sie in einen Haushalt zu empfehlen? Wußte sie denn, wie man einen Fußboden scheuerte oder einen Hefeteig behandelte, die Agnes von der Seide?

Um halb vier kam Ingrid. Sie kam jetzt immer direkt von der Schule, schmiß ihren Schulranzen auf einen der weißen Tische, und Tora sagte:

»Leg deinen Ranzen nicht dorthin.«

Dann bekam sie ihre Schokolade und zwei Wecken. Sie hatte neben der Theke einen ziemlich hohen Hocker, auf den sie hinaufkletterte. Eigentlich war das eine kleine Leiter zum Fensterputzen. Tora sagte nichts, aber sie warf ständig Blicke in den Raum auf Konrads Rücken. Als Ingrids Stimme im Café zu vernehmen war, bemerkte man an ihm nur, daß sich der Rücken straffte.

»Was ist los?« fragte Agnes.

Er schüttelte den Kopf. Nach einer Weile wollte sie aber doch wissen, was los sei, ihre Augen waren vor Unruhe weit aufgerissen. Da flüsterte er, daß das seine Schwester sei, die draußen im Verkauf sitze.

»Willst du ihr denn nicht guten Tag sagen?«

»Sie will nichts mit mir zu tun haben«, antwortete er. »Sie haßt mich tödlich.«

Und als Agnes nur ängstlich dreinblickte, sagte er leise:

»Man braucht aber nicht um sie zu fürchten. Sie ist ganz lebendig.«

Jetzt schenkte er ihnen den letzten Kaffee aus der Kanne ein. Der war fast kalt, und er rührte lange, bis das Zuckerstück zerfiel. Agnes merkte, daß er ab und zu einen Blick in den großen Spiegel warf. Sie begriff, daß er so saß, daß er das Mädchen da draußen sehen konnte.

»Wie wär's, wenn ich dir ein Märchen erzählen würde?« sagte er.

»Das kannst du ja machen«, erwiderte sie unsicher.

»Wie wär's, wenn ich das machen würde? Wenn ich dir etwas von dem kleinen, kleinen Land erzählen würde?«

»Hast du die Schokolade ausgetrunken?« hörten sie Toras Stimme, doch sie bekam keine Antwort. »Aber da ist ja schon Haut drauf. Trinkst du denn nicht?«

»Soll ich das machen?« fragte Konrad, und im Café wurde es ganz still.

»In dem großen Land gibt es ein kleines, kleines Land«, begann er. »Es liegt in dem großen wie die Nuß in ihrer Schale oder der blutrote Keim im Ei der Taube.«

Die Türglocke bimmelte, und man hörte Stimmen. Tora verkaufte Tortenstücke. Schließlich klimperten die Münzen in der Geldkassette, und die Tür schlug zu. Konrad, der die ganze Zeit nur mit den Händen um die Kaffeetasse und gesenktem Kopf dagesessen hatte, richtete sich wieder auf und sagte:

»Dort führen die kleinen, kleinen Wege zu den kleinen Häusern, und darin sitzen die Menschen und essen ihre Kohlsuppe mit kleinen, kleinen Löffeln. Dort gibt es eine kleine Kirche, die so kleine Glocken hat, daß sie wie Schellen bimmeln, wenn sie den Sonntag einläuten, und über das kleine Land spannt sich, dicht wie eine Mütze, ein grauer, kleiner Himmel, und macht, daß alle Geräusche klein und nahe sind.«

Als er verstummte, waren keine anderen Geräusche als Linneas und Toras entfernte Stimmen und das stete Schnarren der Kaffeemühle zu hören.

»In dem kleinen Land, wo die Pferdeäpfel nicht größer sind als Sago, hatten die Bauern jahrhundertelang ihre Mistungetüme gefahren. Aber dann kam eine kleine Eisenbahn, und Schranken gingen auf und nieder, und kleine Züge schnauften, und es entstanden kleine Fabriken. Es kamen eine kleine Sozialdemokratie und kleine, kleine Arbeiterführer auf, die die Faust schüttelten und kleine Melonen aufhatten. Als das große Land seinen großen Streik hatte, da hatte das kleine Land einen kleinen Streik, doch die kleinen Züge schnauften natürlich weiter, und es war eigentlich nichts geschehen.

Und dann brach der Krieg aus und der große Hunger kam, und in dem kleinen Land gab es einen kleinen Hunger, der die kleinen Mägen quälte. Da schüttelten die großen Arbeiterführer ihre Fäuste und sagten, daß es nun eine Revolution gebe und man ihnen eins auf den Kopf geben müsse.

In dem kleinen Land war keine Rede von einer Revolution, denn dort war das Elend ja so klein. Es gab auch Arbeitslosigkeit, und das Elend war groß und unerschütterlich. Ja, in dem großen Land lag allem Fortschritt ein unbewegliches Elend zugrunde. Es war das eigentliche Fundament, auf dem alles ruhte.

Das kleine Land hatte so geringe Arbeitslosigkeit und so kleine, harmlose Arbeitslose. Sie saßen im Lokal und schwatzten ihre kleinen Worte. Alles würde wieder gut werden, denn ihr Land war ja so klein. Und so saßen sie da und betrachteten ihr Elend und sagten: ›Schau unser kleines Elend an, wie klein es doch ist und so harmlos!‹«

Er verstummte.

»Und dann?« fragte Agnes.

»Dann war nichts mehr.«

»War nichts mehr?«

»Nein, dann war Schluß.«

»Aber das war doch kein…«

Konrad legte den Finger auf den Mund. »Jetzt wollen wir mal gehen«, sagte er.

Da hörten sie auf dem Linoleum springende Schritte, und dann stand Ingrid hinter ihnen in der Tür. Konrad drehte sich nicht um.

»So kann das doch wohl nicht sein!« schrie sie direkt in den Spiegel. Er hob langsam den Kopf und blickte in ihr Spiegelgesicht, das ein wenig schräg aussah.

»Das war doch kein Schluß!«

Sie schluchzte und schrie in einem, und dann machte sie auf der Stelle kehrt und warf die Tür zu, daß sie draußen im Schrank die Gläser klirren hörten. Dann schrillte und bimmelte die Glocke über der Tür, und sie rannte vom Cosmopolite weg. Sie sahen sie ohne Schulranzen, den hatte sie vergessen, in die Magasinsgata einbiegen, und der Gürtel baumelte an dem braunen Mantel.

»Aber du liebe Güte!« sagte Agnes.

»Jetzt gehen wir«, sagte Konrad und freute sich.

»Ich muß morgen wieder herkommen. So sieht es leider aus.«

Dann verschlang er seine Finger wieder mit denen seiner Verlobten, nachdem er Tora die Hand gegeben und ihr für den Kaffee, zu dem sie sie einladen wollte, gedankt hatte, und als sie gingen, standen Tora und Linnea am Fenster und sahen ihnen nach. Tekla kam ebenfalls heraus und schüttelte den Kopf.

Agnes sah neben dem langen Konrad wie ein kleiner, schwarzer Nähfaden aus.

»Wenn die einen halben Liter Blut im Leib hat, dann ist das viel«, sagte Tora.

Ein paar Telefonistinnen in hellen Strümpfen und ziemlich kurzen Röcken gingen vorbei, aber sie sahen erst gar nicht in Richtung Caféfenster. Als sie verschwunden waren, meinte Tora:

»›Schön‹, sagte Gustava über den Kuß, den sie nicht bekam«, doch ohne rechte Überzeugung.

»Jesses, jetzt kommt Nille«, sagte Linnea und wischte mit einem Lumpen einen der weißen Tische ab. Ihre Überraschung kam jedoch nur daher, daß sie, als Konrad mit seiner Verlobten hiergewesen war, die Zeit vergessen hatte.

Nille kam täglich um vier Uhr, und das, seit Tora das Café gekauft hatte. Er war damals, als die Firma noch klein gewesen war, bei Großhändler Lindh Kontorist gewesen. Er war ein sehr einsamer Mensch mit pedantischen Gewohnheiten. Er hatte schon immer wie ein kleiner Junge ausgesehen, hatte nie einen Bart bekommen und war nie stärker geworden. Er trug nach wie vor einen gestärkten Kragen und Manschetten, und er war so unbeirrbar pünktlich, daß er auf der Treppe zum Café stehenblieb und seine Taschenuhr kontrollierte, ehe er eintrat.

Er alterte nicht wie alle anderen, sondern welkte nur langsam dahin. Seine rosigen Pausbäckchen waren grau und dürr wie Papier geworden. Früher hatte er immer im Hinterzimmer gesessen und sich in dem großen Spiegel betrachtet. Er verkehrte ja mit niemandem, aber dort sah er immerhin noch einen kleinen Nille. Als die Jungen von der Fachschule ihn ausräucherten, setzte Tora ihn im Verkaufsraum an einen der weißen Tische, und er guckte manchmal in das Spiegelglas im Schrank.

Nille hatte kaum seine Schokolade ausgetrunken, seine gelbe und vertrocknete Oberlippe mit einer kleinen Serviette aus Reispapier abgewischt, da kam Magnhild Lundberg herein und fragte nach Fräulein Åkerlund. Sie habe es dreimal in der Magasinsgata 9 versucht, es sei wichtig und dringend. Pflege sie denn um diese Zeit spazierenzugehen?

Es verging eine halbe Stunde, dann war sie wieder da. So stattlich sie auch war, wie sie da so in der Tür stand, so war doch allmählich zu merken, daß sie den ganzen Nachmittag straßauf, straßab gelaufen war. Gerda war nirgends zu finden. Schließlich waren sie beide so aufgeregt, daß Magnhild Lundberg an die Theke trat und ihre Hand auf Toras legte, was ein merkwürdiges Gefühl war, und dann sagte sie mit leiser Stimme:

»Ich denke, ich habe für Fräulein Åkerlund eine Stelle besorgt.«

»Trinken Sie eine Tasse Kaffee und setzen Sie sich!« sagte Tora. »Ruhen Sie sich etwas aus! Ich werde Fredrik ausschikken, um nach ihr zu suchen, sowie er kommt.«

»Ich muß jetzt gehen, denn wir haben den ganzen Abend Lehrerkonferenz. Richten Sie Fräulein Åkerlund, wenn sie kommt, nur aus, daß sie die Freiherrin Fogel auf Sjögesta anrufen soll!«

»Jesses!« sagte Tora.

Da konnte Magnhild das, was sie den ganzen Nachmittag hatte erzählen wollen, nicht länger mit sich herumtragen, sondern modulierte ihre imponierende Stimme fast zu einem Flüstern und sagte, daß die Freiherrin eine Reisebegleiterin und Vorleserin suche für ihren alten Bruder Jacob, der seiner Lungen wegen in die Schweiz fahren werde. Als sie gegangen war, stand Tora ein Weilchen müßig an der Theke und dachte, daß es also so weit gekommen sei, daß sie alle dafür dankbar sein würden, wenn Gerda Åkerlund einem alten Baron, der in eine Tüte spuckte, vorlesen dürfte.

Sie hörte die Sirene von Svenska Motor. Kurz darauf kamen die Männer auf ihren Fahrrädern. Sie stießen auf die Arbeitslosen, die vom Badcafé draußen am Hällsee hereinfuhren. Ihre Badehosen waren zum Trocknen über die Lenkstangen gezogen und flatterten im Wind, wenn sie um die Wette fuhren. Sie vermutete, daß es da draußen im Wasser allmählich kalt würde, obgleich sie einige schöne Altweibersommertage gehabt hatten. Doch sie wußte, daß zumindest Fredrik lieber dort lag und sich blau fror, als daß er sich während der Arbeitszeit untätig in der Stadt zeigte.

Der erste der Abendgäste war Valentin. Sie fragte sich, ob er zu Hause ordentlich esse, da er immer so zeitig kam. Er lebte allein, und er aß am liebsten eine große Scheibe amerikanischen Speck, den er in den Kaffee tunkte. Am Abend ging er ins Café, weil er sich unter jungen Leuten wohl fühlte. Er trug nach wie vor seinen schwarzen Vollbart, um seine Hasenscharte zu verbergen. Sachte blätterte er die Seiten der Lokalzeitung um, wobei der Pfeifenrauch in weißen Ringen zur Decke stieg.

»Willst du deinen Kaffee sofort haben?«

»Das pressiert nicht.«

Sie tappte immer wieder um ihn herum und wartete auf Fredrik, doch es wurde sechs Uhr, und es wurde halb sieben, und am Ende kam Adam allein.

»Wo ist Fredrik?«

»Daheim und zieht sich an.«

»Braucht das denn so ewige Zeiten? Ist Fräulein Åkerlund nicht gekommen? Dann nimmst du das Fahrrad und fährst die Himmelsö-Allee hinaus und dann um Lilla Himmelsö herum, so daß du auf der Landstraße heimfährst, und wenn du sie siehst, dann sagst du ihr, daß sie schleunigst herkommen soll.«

»Ich muß ins Kino!«

»Das schaffst du schon. Sag ihr, daß es wichtig ist! Aber sag auch, daß nichts mit Franzon ist«, fügte sie hinzu.

Er knurrte, als er Fredriks Fahrrad fand, steckte die Klammern an die Hose und fluchte leise, denn er fürchtete, seinen Anzug zu ruinieren.

Nach und nach kamen die Arbeitslosen, und der Pfeifenrauch verdichtete sich. Tora hörte die Schläge auf die Schachuhren, während sie draußen im Verkauf umherwanderte und auf die Straße hinaussah. Da kam Franzon. Er hatte einen entschlossenen Schritt, und sie fürchtete, daß er etwas über Fräulein Åkerlund wüßte. Er wollte aber nur nach Adam fragen. Sie raunzte, daß er erst in einer halben Stunde anfinge, so daß es wohl keine Eile habe. Im übrigen könne er den Film auch selber vorführen. Er trank rasch eine Tasse Kaffee, sagte aber, daß sie sie anschreiben solle. Sie hatte gehört, daß er umherginge und sagte, daß er aus Prinzip keine Rechnungen bezahle, ehe er nicht absolut dazu gezwungen sei. Wegen Adam wollte sie ihn jedoch nicht hart anfassen. Wie die Dinge lagen, bekam er jede Woche sein Geld: Er versorgte sich selbst.

Während sie dastand und Franzon betrachtete, wie er seinen Kaffee austrank, dachte sie, daß der von allen Mannsbildern das schlimmste sei. Es war unfaßbar, daß dieses Aas einmal an ihrem Küchentisch gesessen, sich aus ihrem Topf Milch eingeschenkt und spätabends, wenn er aus dem Kino oder von der Tanzkapelle kam, kalte Strömlingsfilets auf Knäckebrot gegessen hatte. Und ich hielt ihn auch noch für witzig! dachte sie.

Die Dämmerung brach herein, auf der Straße wurde es ruhiger und im Café lärmiger. Adam kam zurück und hatte Gerda Åkerlund nirgends gesehen. Da wurde es Tora innerlich kalt vor Unruhe, doch sie sagte nichts zu ihm. Etwas später erwischte sie ihn draußen in der Küche mit der Himbeeressenz am Mund, und ihre Hände flatterten um seine Ohren, daß er beinahe die Flasche fallen ließ.

»Hast du keine Scham im Leib!«

»Aber das ist doch nur, um gut aus 'm Mund zu riechen, Mutti! Falls man Mädchen trifft.«

»Ich weiß schon, du, das ist, weil's Schnaps ist. Jetzt schaust du aber, daß du weiterkommst, und um die Essenzen scherst du dich den Teufel, hast du mich verstanden?«

Dann kam Fredrik in gestreiftem Hemd und mit weißem Kragen, Selbstbinder und gescheitelten Haaren. Um ihn herum stand ein Duft nach »Azymol Stimulus«.

»Ist Fräulein Åkerlund schon daheim?«

Er schüttelte den Kopf. Ihr wurde nun nahezu speiübel. Sie hatte vorgehabt, eine Tasse Kaffee zu trinken, konnte es aber nicht.

»Habt ihr gegessen?«

»Ich hab kalte Strömlinge und Bratkartoffeln gegessen.«

»Wo willst du hin? Heute ist doch keine Abendschule.«

»Ins Kino«, sagte er kurz.

»Dafür hättest du dich aber nicht so rauszuputzen brauchen!«

Er antwortete nicht. Als er gegangen war, betrachtete sie das Foto von der Maskerade, das drinnen am Spiegel steckte. Sie starrte lange auf die Füße in den schwarzen Schuhen mit den Riemen über dem Spann. Es gab auch noch ein anderes Foto, auf dem er mit dem Deutschlehrer und zehn anderen Schülern in der Abendschule saß, doch das waren alles Männer. Sie saßen unter den schwachen Lampen, die an langen Schnüren von der Decke hingen, und hielten ihre Federhalter auf das Papier. Er war tüchtig, besonders in Mathematik, aber auch in Deutsch gar nicht so schlecht.

Sie suchte auf den Bildern vom Amateurtheater und den Ausflügen, doch nirgendwo fand sie ein Mädchen, an dem man sich die schwarzen Schuhe hätte vorstellen können, und sie war so vertieft, daß sie den Radau um sich herum und das gellende Klavier gar nicht wahrnahm. Auch den Uhrmacher bemerkte sie erst, als sie wieder in den Verkaufsraum hinauskam. Da draußen war die Lampe nicht angezündet, das hatte sie vergessen. Er saß im Halbdunkel und wartete.

»Das ist heut ein verflixter Tag gewesen«, antwortete sie auf seine etwas umständliche Anfrage.

»Ich hab dem Konditor sagen müssen, daß er aufhörn muß. Aber der tut, als ob er nicht kapiern tät. Konrad Eriksson hat seine Arbeit in Stockholm verlorn und ist mit einer Verlobten heimgekommen. Bei Adam ist auch nicht alles so, wie's sein soll, und Fredrik hat mit dem Strawanzen ang'fangen. Den ganzen Tag haben mir die Leut den Laden eing'rannt, aber schaun Se bloß, wieviel Backwaren ich noch übrig hab! Bald kann ich die Bäckerin auch noch entlassen – mehr als ich auch selber backen kann, geht nicht weg.«

»Ja, wir stehen mitten im Leben«, sagte der Uhrmacher. »Alles, was uns im Augenblick gerade widerfährt, scheint so bedeutsam, als würde es über Jahrtausende hinweg Folgen haben.«

»Wie se aber dann klarkommen soll, weiß ich auch nicht. Ich glaub nicht, daß der Klempner arbeitsfähig ist. Ich muß mich aber entscheiden.«

»Und das wird es ja auch haben«, sagte der Uhrmacher.

»Was?«

»Folgen.«

Von ihrer Unruhe um Gerda Åkerlund erzählte sie ihm jedoch nichts, die behielt sie für sich selbst und für Magnhild Lundberg, als diese schließlich hinter der Glasscheibe auftauchte, ein großes, müdes Gesicht im Dunkel des Abends. Da schüttelte Tora nur den Kopf, ohne daß der Uhrmacher es sah, und Fräulein Lundberg verschwand von der Treppe.

Nun begab sich Magnhild Lundberg direkt zum Casinotheater auf der anderen Seite der Bahnlinie und fragte nach Franzon. Der Filmvorführer – es war Adam Otter – sagte jedoch, daß er im Volkshaus sei, wo er ein neues Kino eröffne. Magnhild ging den weiten Weg wieder zurück, und als sie vor dem Volkshaus ankam, war sie sehr müde. Am einen Ende des großen Ziegelbaus lag die Bierstube und am anderen das Theater. Jetzt sah sie, daß es ein neues Schild bekommen hatte, CORONA stand darauf. Sie machte sich nicht die Mühe, das Plakat anzuschauen. Sie ging an einer kleinen Schlange von Menschen vorbei, die ihr alle klein und sehr verbraucht vorkamen, und strebte zur Kasse, wo sie gebieterisch nach Franzon fragte.

»Er ist da oben«, sagte die Kassiererin. »Aber er hat's gerade recht pressant. Es ist bestimmt etwas mit dem Licht nicht in Ordnung.«

»Bitte holen Sie ihn«, sagte Magnhild, und die Kassiererin verließ nach kurzem Zögern ihr Kabäuschen. In der Schlange hinter der Lehrerin war es ganz still. Da fiel ihr ein, daß sie hier vor allen Leuten nicht nach Gerda fragen könne. Sie stieg deshalb hinter dem Mädchen her eine steile, schwankende Treppe hinauf. An der Wand hingen Bilder von Schauspielern, die sie nicht kannte.

Franzon begegnete ihr in der Tür zum Kinosaal. Er war dabei, seine Jacke überzuziehen. Sie sah flüchtig den glänzenden

Satinrücken seiner Weste, als er sich umdrehte und einem Monteur auf einer Leiter etwas zurief, und ihr fiel auf, daß er Ärmelhalter aus Gummiband trug.

»Wo ist Gerda?« fragte sie. Erst hinterher besann sie sich, daß sie besser Fräulein Åkerlund gesagt hätte, und es ärgerte sie, daß sie sich nicht vorgesehen hatte.

»Sie ist hier«, sagte Franzon.

»Ich möchte sie sprechen.«

»Jetzt nicht«, entgegnete er mit einem raschen und leicht ungeduldigen Lächeln. »Wir fangen gleich an. Das ist eine Premiere hier.«

Er hatte jetzt endlich seine Jacke ordentlich an. Es berührte sie unangenehm, daß er mit Gerda in Hemdsärmeln und Ärmelhaltern aus Gummiband verkehrte.

»Dann gehe ich hinein«, sagte sie.

»Natürlich«, erwiderte Franzon. »Geben Sie nur an der Kasse Bescheid, dann werden wir einen guten Platz bereithalten. Viel Vergnügen!«

Sie konnte keine Ironie heraushören. Er hatte es eilig, doch er war äußerst höflich. Sie ging hinunter zur Kasse, und nun wurde ihr klar, daß sie sich ganz hinten in der Schlange anstellen mußte. Sie fühlte sich eigenartig, wie sie da so stand und auf die Menschen vor sich blickte, denn sie wirkten nach wie vor klein. »Das ist die Haltung«, entschied sie im stillen. »Das ist der unzureichende Turnunterricht in den Volksschulen, der dieses Resultat hervorbringt!« Auf dem Plakat sah sie, daß der Film »Die Madonna im Schlafwagen« hieß. Sie war nicht mehr im Filmtheater gewesen, seit es ganz neu aufgekommen war. Film, das waren für sie Leute, die die Hosen verloren oder mit Melone und Unterhosen bekleidet ins Wasser plumpsten. Es waren auch Bilder von schwarzlippigen Heldinnen, die wild mit den Augen rollten und deren Busen sich in einem Wahnsinnstempo hoben und senkten. Sie hatte das lächerlich gefunden. Gerda hatte versucht, sie in »Herrn Arnes Schatz« mitzunehmen, den sie als außerordentlich starken und ergreifenden Film bezeichnet hatte. Magnhild war nicht hingegangen.

Als sie an die Kasse kam, erhielt sie eine Eintrittskarte, die Franzon hatte reservieren lassen. Die Kassiererin nahm von ihr kein Geld dafür. Sie fühlte sich unbehaglich. Gerda sah sie nirgendwo in dieser Lokalität, dafür aber die Schneiderin Linell und eine junge Frau namens Dagmar Eriksson, die einen etwas verwachsenen Rücken hatte. Die beiden schlichen herein wie Mäuse in der Dämmerung auf einem Dachboden, so leise. Als sie sich gesetzt hatten, blickten sie unverwandt auf den Vorhang aus rotem Samt, auf den in Gold und Silber ein belaubter Zweig appliziert war. Magnhild mußte eingestehen, daß Franzon bei der Dekorierung dieses engen und steilen Raums eine glückliche Hand gehabt hatte. Sie sah kostbar aus.

Jetzt polterte und schlurfte es von unten herauf, es war ein schreckenerregendes Geräusch, das sie nicht identifizieren konnte. Sie saß jedoch so, daß sie durch die offene Tür die Treppe gerade hinuntersehen konnte, und nach einer Weile erschien eine Hand auf einem Holzschragen und ein starker, gekrümmter Arm. Es folgte ein langes Schlurfen, schließlich hoben sich ein Kopf und ein Körper hoch, und dann folgte der nächste Schragen; das ging so eine Stufe nach der anderen. Es war ein total verkrüppelter Mann, den sie noch nie gesehen hatte. Ihr erster Impuls war hinzugehen, die Situation zu klären und ihn auf eine würdigere und schonendere Art die Treppe heraufzubringen. Sie sah jedoch ein, daß sie da nichts machen konnte. Sie konnte ja unmöglich einen schweren Mann mit lahmen Beinen tragen.

Nach viel Gepolter und einem Schlag bei jedem Aufsetzen der Schragen auf dem Fußboden erreichte er schließlich seinen Sitz und fiel praktisch hinterrücks auf ihn. Magnhild schloß erleichtert die Augen, hörte ihn aber noch eine Weile mit den Schragen herumpoltern, um sie so an den Stuhl heranzubekommen, daß niemand darüberstolperte. Offenbar hatten sie gewartet, bis er auf seinem Stuhl saß, denn nun wurde es in dem Raum vollkommen dunkel und mucksmäuschenstill, bis jemand hustete. Da unten konnte sie ganz deutlich leichte Schritte vernehmen. Dann begann sich mit einem wispernden Geräusch der Vorhang zu teilen. Schon hörte man das Klavier, und sogleich flimmerte das erste fahle Bild über die Leinwand. Es zeigte ein schloßähnliches Gebäude gegen einen Himmel aus dahinjagenden Wolken, und quer darüber stand DIE MADONNA IM SCHLAFWAGEN. Der Pianist spielte die Mondscheinsonate.

Magnhild versuchte, darauf zu achten, ob Gerda irgendwo hereinkäme, nachdem es begonnen hatte. Deshalb verfolgte sie die Handlung nur unaufmerksam. Einer jungen Dame wurde von einem jungen Herrn der Hof gemacht, sie trafen sich in Gartenhäuschen und Hainen rund um das Schloß. Der Pianist spielte das »Lied der Birke« im Wechsel mit der »Indianischen Legende«. Sie erkannte die Stücke sehr wohl. Offensichtlich war der Vater des jungen Mädchens diesem Freier gegenüber skeptisch, und die Treffen mußten heimlich stattfinden. Eine barsche Haushälterin gab es auch. Sobald sie sich zeigte, wurde »Sooft ich meine Tabakspfeife« gespielt. Sie fragte sich, wie man auf solch eine Idee kommen konnte, mußte aber gleichzeitig zugeben, daß das Thema, wenn man Bach nicht kannte – was das Publikum mit Sicherheit nicht tat –, eine recht treffende Illustration zu der barschen, aber dennoch gutmütigen Erscheinung der Haushälterin war.

Dann verlor Magnhild erneut den Faden und fand ihn erst wieder, als der Vater des Mädchens zu Pferde saß. »Der fröhliche Landmann« wurde jetzt gespielt. Gewiß war das außerordentlich lächerlich, gleichzeitig konnte sie aber nicht begreifen, woher der Pianist dieses Repertoire haben mochte. Sie hatte Gassenhauer erwartet. Der Ritt ging jetzt über Stock und Stein – »Der wilde Reiter« –, und da ging das Pferd durch! Der alte Mann hing halb aus dem Sattel und schlenkerte herum, das würde schlimm enden – »Sturmgalopp«! Doch da kam der Freier. Welch ein Mut immerhin! Schau nur, wie der alte Mann dahing – hatte er sich das Rückgrat schon gebrochen? Der Freier hatte ihn eingeholt und das Pferd am Zaum ergriffen. Nein, er war bestimmt unverletzt. Kaum zu fassen, was die fertigbrachten! Wie stellten sie das bloß an? Diese Leute mußten tatsächlich reiten können. Magnhild mußte die Handschuhe ausziehen, denn sie hatte ganz warme Hände bekommen.

Nun flackerte das Feuer, und sie spielten Karten. Das Mädchen schenkte Tee ein. Ja, schau an, der junge Mann gehörte auch zu diesem Idyll. Jetzt war er also akzeptiert.

Hier treten sie offenbar die Hochzeitsreise an. Das geht schnell. Man springt über gewisse Momente der Handlung. Ist es denn wirklich möglich, daß alle diese schweigenden Menschen in der Dunkelheit die halsbrecherischen Verkürzungen und die blitzschnellen Bewegungen verstehen? Magnhild hatte genug damit zu tun, alles mitzubekommen, und sie begann sich zu fragen, ob diese Kunstform nicht über die Köpfe ihrer Verehrer hinwegspielte. Denn wie Verehrer sahen sie aus, als sie sich vorsichtig umdrehte und in dem fahlen Licht der Leinwand die nach oben gewandten Gesichter betrachtete. Doch sie wirkten wahrhaftig nicht verwirrt oder verwundert. Sie kamen besser mit als sie: Ein sonderbares Gefühl ergriff sie, ein Gefühl, das sie seit ihrer Kindheit nicht mehr verspürt hatte und das sie nicht benennen konnte.

Ah, die Hochzeitsreise, das waren natürlich Blumen und Glück, Glück – Eisenbahn, Schiff, Sonne, Romantik und prachtvolle Toiletten. Man war offensichtlich in Rom – und »Wien bleibt Wien« und die Barcarole aus Hoffmanns Erzählungen, das war dann wohl Venedig. Ja, die Musik erklärte ja eine ganze Menge. »Gold und Silber«. Er war ja reich. Warum hatte er das denn nicht gesagt? Ja, er wollte natürlich, daß sie ihn um seinetwillen liebte, das stand auch in dem Text. Wie ungemein naiv.

Aber es war doch schön, daß es dem Mädchen auf jeden Fall gutgehen würde. Sie hatte etwas Zerbrechliches an sich. Diese schwarzen Augen, das Haar tief in die Stirn. Sollte man die Haare jetzt wirklich so tragen? Kraus und wuschelig. Ja, bald würden die Mädchen der Koedukationsschule wohl auch anfangen, mit Herrenschnitt herumzulaufen. Es wäre interessant zu sehen, ob sie im Nacken kurze Haare hatte, igitt, man sah ja aus wie ein Piassavabesen, wenn man die Haare hinten abschnitt. Doch sie trug die ganze Zeit hohe Pelzkragen und Spitzennegligés.

Glück, Glück. Doch Magnhild hätte beinahe nicht rechtzeitig aufgepaßt. Erst die Musik warnte sie. Er kam spät nach Hause. Noch dazu fast jede Nacht. Und sie liegt da in der Dunkelheit, die wahrlich gar nicht so dunkel ist, sorgt sich und wartet.

Mit einem Mal hatte Magnhild das Gefühl, daß Gerda da sei, ganz in der Nähe. Doch wo? Sie sah keine anderen Gesichter als die, die von Anfang an dagewesen waren. Über ihnen surrte der Filmprojektor hinter der kleinen Luke, aus der ein stark leuchtender Streifen fiel. Er bildete einen immer breiter werdenden Lichtstrom bis vor zur Leinwand, wo er zu einem müden und bekümmerten Gesicht wurde, während er dastand und seinen Frack auszog. Jetzt schau nur, er war doch tatsächlich in Hemdsärmeln, das waren recht intime Bilder! Wenn das nur nicht schlimmer wird, dachte Magnhild. Hier saß sie nun und kam nicht heraus. Sie würde sich im Kollegium dem Gelächter aussetzen, wenn das dort bekannt würde.

Es stellte sich heraus, daß er Spielschulden hatte. Er schleppte zwielichtige Gestalten nach Hause. Ja, er war ganz einfach ein Spieler! Ach herrje, das arme Mädchen, mußte man da sagen. Und gleichzeitig hatte sie HOFFNUNGEN. Hoffnungen? Ja, so stand das da, und er war wohl eigentlich kein arger Spitzbube, denn er legte den Kopf auf ihren Schoß und sah zu ihrem Gesicht auf. Glücklich, trotz alledem. Ach so, Hoffnungen! Wahrhaftig. Die scheuten aber auch vor nichts zurück! Und so gelobte er, nie wieder zu spielen.

Ein außerordentlich einfältiger Schluß, fand Magnhild. Als sie aber, zwangsläufig gegen all diese verhalten murmelnden Menschen gedrückt, zum Ausgang ging, wurde es für sie beschämend, denn sie bekam mit, daß sie erst den halben Film gesehen hatte. Das war offenbar eine Art Zwischenakt. Aber wo brachte man den zu? Auf der Straße? Wo die aus der Bierstube hinausgeflogenen Gäste standen und schwankten. Wahrscheinlich.

Doch Magnhild wollte jetzt Gerda ausfindig machen. Sie wußte, daß sie da war. Franzon hatte es gesagt. Selbst wenn er sie sehr wohl auch angelogen haben konnte, hatte sie doch stark und eindeutig Gerdas Gegenwart gespürt. Da fiel ihr Blick auf das Klavier. Es stand ganz unten bei der Bühne. Während der Vorstellung hatte lediglich eine kleine, abgeschirmte Lampe die Noten beleuchtet. Jetzt war es leer.

Sie ging an allen Bankreihen vorbei hinunter zu der Bühne und trat an das schwarze Klavier, das richtig gestimmt und absolut nicht schrill gewesen war, wie sie sich das bei Kinoklavieren vorgestellt hatte. Sie war jetzt allein in dem Saal, der vom Atem der Menschen und der starken Lampe des Projektors warm war. Auf dem Klavier lag ein ganzer Stapel Noten, und sie griff nach dem ersten Heft. Auf dem Titelblatt stand in kräftiger und gleichmäßig fließender Handschrift der Name – der Pianistin.

»Das war überhaupt nicht gut«, sagte Gerda. »Ich schäme mich richtig. Es wurde nicht so, wie ich es mir gedacht hatte. An mehreren Stellen bin ich ganz einfach nicht mitgekommen. Vor allem am Anfang. Das war ja so dürftig mit dem ›Lied der Birke‹ und ›Hiawatha‹ – aber ich habe ganz schlichtweg beinahe den Faden verloren.«

»Das war ganz hervorragend«, sagte Franzon. »Das war genau der richtige Dreh. Gefühlvoll. Energisch. Hier hast du Kaffee.«

Sie wähnte sich mit ihm allein auf der Welt und merkte, daß es hinter der Kulisse nach Staub und frischem Holz roch. Alles war so klar und deutlich.

»Mir zittern immer noch die Hände. Kenne ich jemand da draußen?«

»Nicht eine Seele«, erwiderte Franzon. »Und du bist nicht zu sehen. Wenn's denn nun schon so wichtig ist.«

Das Filmdrama sei literarisch geworden, hatte er gesagt. Es sei kein vulgäres Spektakel mehr, sondern Literatur, Drama – und Musik! In der ›Roten Mühle‹ in Stockholm hätten sie bei einer Premiere ein vierzehnköpfiges Orchester!

»Du kannst getrost spielen, Gerda!«

Doch sie war davon nicht ganz so überzeugt wie er.

Als sie wieder in das Dunkel trat, war sie fast noch nervöser als vor der Pause. Sie spürte die Gegenwart des Publikums in dem warmen Raum, hörte sein Husten und unzusammenhängendes Getuschel. Doch sehen konnte sie es nicht. Der zweite Akt war voller schwieriger Passagen und hatte viele schnelle Läufe, bei denen sie zwischen verschiedenen Tempi wechseln mußte. Sie zog an dem Strickchen, so daß das kleine, gelbe Licht anging, und im selben Augenblick begann der Projektor zu surren, und das erste Bild blitzte auf.

Das Kind war da, und das junge Paar lebte arm in New York. Er sagte, daß er zu spielen aufgehört habe, aber bald war man wieder in Nizza – neue Kleider, das Kind in Spitzen! Und es gab ein Fest. Gerda hätte alle vierzehn Musiker der »Roten Mühle« in Stockholm auf einmal sein wollen. Die Juwelen glitzerten, und die Frauen blickten mit schwarzen Augen über den Fächerrand. Alarm! Die Rubine sind gestohlen worden. Jetzt erscheint zu den Klängen von Schuberts Militärmarsch die Polizei.

Sie sind auf der Flucht, denn natürlich hat er die Rubine gestohlen. Sie befinden sich in einem Zug, aber er kann nicht im selben Schlafwagen fahren wie sie und das Kind, weil die Polizei hinter ihm her ist. Sie muß zusammen mit einer geschwätzigen Dame fahren, deren Mund die ganze Zeit wie ein Zwiebelhakker geht. Die Polizei jagt ihren Mann über die Wagendächer. Der Griff der Notbremse geht nach unten, um die Zugräder funkt es, und der Dampfstrahl aus der Pfeife steht senkrecht nach oben.

Ist er tot? Sie weiß es nicht. Gerda spielt das Regentropfenprélude, und dann erscheint das vom Regen gestreifte Abteilfenster und das Gesicht der jungen Frau, wie sie hinausschaut und sieht, wie er auf einer Bahre weggetragen wird. Das Kind hat sie auf dem Arm.

Es endet zu Hause bei ihrem Vater – dahinjagende Wolken über dem Schloß des Vaters, manchmal zeigt sich der Mond. Gerda spielt die Mondscheinsonate. Das Kind hat sie in einen Korb gelegt, den sie auf die Treppe gestellt hat; die alte Haushälterin findet es. »Sooft ich meine Tabakspfeife.«

Der Vater wankt hinaus in den Regen zu dem alten Gartenhaus, dessen Scheiben im Mond glänzen. Gerda haut die Mondscheinsonate in die Tasten. Er schaut durch das Fenster hinein und sieht eine schmale, bleiche Hand herabhängen. Darunter liegt eine schwere, schwarze Pistole.

Im Haus nimmt die Haushälterin das Kind hoch und lächelt es an, draußen im Gartenhaus kniet der Vater vor dem toten Körper nieder. Die allerletzten Takte der Mondscheinsonate, und das Schloß verschwindet in den Wolken, gleich wird sich der Mond verfinstern. Da nimmt Gerda geschwind die Hände von der Klaviatur und rennt hinaus.

»Gut!« sagte Franzon. »Aber du brauchst dich nicht so zu beeilen. Wir machen das Licht erst an, wenn du draußen bist.«

Er umarmte sie. Ihr fiel auf, daß er das an diesem Tag zum ersten Mal tat.

»Ich habe den Schuß nicht hingebracht! Das muß ihnen die ganze Szene verpatzt haben!«

»Ach du liebe Güte, nein! Alle weinen sie.«

»Aber morgen!« meinte Gerda. »Da werde ich ihn an der richtigen Stelle plazieren. Da bin ich mir nun sicher!«

»Magnhild Lundberg wartet auf dich«, sagte er.

Ein Bauer in Närke hatte von dem Jahr an, da es zum Konfirmandenunterricht ging, ein Mädchen gedungen. Es war Waise und hieß Linnea Holm. Als sie achtzehn Jahre alt war, kam sie nach Örebro und erhielt Arbeit im Haushalt eines Schuhhändlers. Eines Samstags traf sie den Bauern auf dem Markt. Sie lud ihn zum Kaffee nach Hause ein. Sie war stolz auf das beinahe wohlhabende Haus des Schuhhändlers und wollte ihm die Küche zeigen, in der sie arbeitete, und die schön möblierten Zimmer. Sie waren allein.

Am selben Tag kam sie zur Polizei und zeigte an, daß er sie vergewaltigt habe. Man machte dort keinen Hehl daraus, daß man über die Geschichte lachte. Man sagte:

»Habt ihr hinterher auch Kaffee getrunken?«

»So war das nicht«, sagte Linnea Holm.

»Das war dumm von dir, ihn mit heimzunehmen«, meinte die Polizei.

»Er war wie ein Vater für mich«, entgegnete sie.

Sie zeigte ihnen die blauen Flecken von seinen Faustschlägen, und sie sagten:

»Bei Hunden und Katzen ist Beißen und Kratzen.«

Anklage wurde nicht erhoben, aber ihre Anzeige machte ihm eine Zeitlang das Leben schwer. Er hatte eine Frau und drei Kinder. Linnea bekam eine Stelle in einem Speiselokal. Da konnte man dann hingehen und sie sich anschauen.

»Die schaut recht aufgeblasen drein«, sagte man.

»Nimm dich vor der in acht«, sagte man ebenfalls. »Hinterher kommt sie an und erzählt etwas von einer Vergewaltigung.«

Sie hatte ein etwas strenges Gesicht mit regelmäßigen Zügen, ihre Haare waren schwarz. Es gab welche, die fanden, daß sie anders aussehe, daß es mit ihr etwas Besonderes auf sich habe.

»Loch bleibt Loch«, sagte man dann.

Sie kam zu Tora Otter ins Cosmopolite, doch Örebro war nicht weit, und nach ein paar Wochen wußte man, wer sie war und was sich zugetragen hatte. Ganz das gleiche wurde es nicht, denn das Cosmopolite war kein Speiselokal mit Schnapskonzession. Da saßen keine betrunkenen Männer, sondern halbwüchsige Jungen aus der Schule und den Werkstätten. Selbst wenn sie deren heißeste und heimlichste Gedanken mit Beschlag belegte, so trauten sie sich kaum, etwas zu ihr zu sagen, was mehr als die alltäglichste Bedeutung hatte.

Am selben Abend, an dem Gerda Åkerlund zum ersten Mal im Kino Corona spielte, kam ein Mann aus Örebro ins Cosmopolite. Er grüßte Linnea wie eine Bekannte, sie nickte ihm äußerst kurz zu und fragte, was er zu bestellen wünsche. Als er seinen Kaffee trank und sie herumging und auf den anderen Tischen die Aschenbecher ausleerte, erzählte er plötzlich laut und deutlich die alte Geschichte von dem Mädchen, das vor dem Gericht sagt:

»Zuerst hat er mich vergewaltigt. Dann haben wir Kaffee getrunken, und danach hat er mich wieder vergewaltigt.«

Alle waren ein wenig verlegen, weil Linnea im Raum war, die meisten aber lachten. Der Mann erwies sich als ein richtiger Unterhalter, und den ganzen Abend über erzählte er ihnen Geschichten von Nähmaschinenvertretern und schlagfertigen Kätnern. Jedesmal aber, wenn Linnea mit einem Tablett den Raum betrat, rief er:

»Habt ihr das denn schon gehört?«

Und dann erzählte er von neuem von dem Mädchen, das vor Gericht in einem Vergewaltigungsprozeß gehört wird und sagt: »Zuerst hat er mich vergewaltigt. Dann haben wir Kaffee getrunken, und dann hat er mich wieder vergewaltigt.« Viele waren verlegen, aber gleichzeitig war er ja so unwiderstehlich amüsant in seiner Dreistigkeit, daß man einfach lachen mußte. Er unterbrach sich mitten in einer Anekdote, die er gerade erzählte, um erneut die wohlbekannte Geschichte zum besten zu geben, wenn Linnea erschien. Die Kerle waren mittlerweile in eine derartige Spannung versetzt, daß sie schon fast zwangsläufig über ihn lachten und sich fragten, wie weit er es wohl würde treiben können. Mehrere dachten daran, ihm das Wort abzuschneiden, doch ehe sie überlegt hatten, was sie sagen sollten, hatte er die Geschichte von neuem zum besten gegeben, die jetzt nur noch ein Schwall von Worten war: »Zuerst hat er mich vergewaltigt. Dann haben wir Kaffee getrunken, und dann hat er mich wieder vergewaltigt.« Diejenigen, die sich unangenehm berührt fühlten, begannen indessen das Café zu verlassen. Während sie bezahlten, war Linnea ziemlich lange im Raum. Da sagte der Mann seine Tirade mit weiblich schriller Stimme her, und die jüngsten Knaben konnten ihre Spannung schlechterdings nicht mehr beherrschen, lachten, daß ihnen die Tränen in die Augen stiegen, und beugten sich vornüber über die Tische. Linnea sah starr und unzugänglich drein. Es war offensichtlich, daß sie so tun wollte, als höre sie nichts.

Am peinlichsten berührt von der angespannten und merkwürdigen Stimmung im Café schien Tekla. Sie steckte in der Küche, ging aber ab und zu in den Verkaufsraum, um Backwerk in die Schalen nachzulegen. Zuletzt tippelte sie hin und her, ohne an der Theke überhaupt etwas zu tun zu haben, und brummelte leise vor sich hin, als wollte sie etwas sagen. Tora war in der Küche beschäftigt und voller Sorge um Gerda Åkerlund. Sie merkte nichts von dem, was im Café vor sich ging. Als Tekla ihr es schließlich erzählen wollte, war sie nach Hause gegangen in die Magasinsgata, um zu sehen, ob Fräulein Åkerlund zurückgekommen sei.

Der Mann aus Örebro war jetzt mit vier Jungen allein im Café, und es klang ziemlich öde, wenn seine Stimme und deren Lachsalven in immer größeren Abständen ertönten. Schließlich wollten sie bezahlen, Linnea kassierte bei dem, den sie kannte, zuletzt. Er gab ihr ziemlich viel Trinkgeld, aber sie nahm nur den Betrag für den Kaffee an, als er ihr das Geld in die Hand zu zählen begann. Er hatte eine ganze Hosentasche voll Kleingeld. Das reihte er nun auf dem Tisch auf, was lange dauerte. Die Jungen verzogen sich zum Ausgang und lachten nervös, denn Tora Otter war durch den Haupteingang zurückgekommen, und sie hatten sie in die Küche gehen sehen.

»Habt ihr das schon gehört, Jungs«, sagte der Mann und legte ihnen die Arme um die Schultern. Während sie die Tür öffneten und mit ihm hinauszuziehen versuchten, hörte Tekla, wie er ein letztes Mal die Wörter, die jetzt allmählich vollkommen sinnentleert klangen, aneinanderreihte. »Zuerst hat er mich vergewaltigt. Dann haben wir Kaffee getrunken, und dann hat er mich wieder vergewaltigt«, leierte er. Sie lehnte sich an die Theke, und ihr war, als schwindelte ihr. Im Hinterzimmer lief Linnea umher und trug das Geschirr von den Tischen zusammen, doch das Geld, das er dagelassen hatte, rührte sie nicht an.

Da ging Tekla hinein und las alle Münzen von der Tischplatte auf. Als sie sie jedoch in Händen hatte, wußte sie nicht, was sie damit anfangen sollte. Sie lief leise brummelnd hin und her und zur Kasse, ging aber wieder zurück. Linnea schenkte ihr keinerlei Beachtung. Zu guter Letzt ließ sie die Münzen in eine Zinnvase, die auf dem Büfett stand, rieseln. Das war eine Sporttrophäe, die Fredrik Otter erobert hatte. Es prasselte, als sie hineinfielen, und da blickte Linnea auf die Vase.

»Mach dir nichts aus dem, was der gesagt hat«, sagte Tekla plötzlich, ging zu ihr hin und faßte sie am Arm. Linnea war überrascht von der Berührung. Sie reagierte fast wie ein Hund, der von hinten getätschelt wird. Zum ersten Mal an diesem Abend glomm in ihren Augen Haß auf. Tekla begann zu weinen. Sie war eine alte Frau und weinte lautlos und wischte sich mit einem zusammengerollten Taschentuch die Tränen schneller ab, als sie ihr über die Wangen zu laufen vermochten.

»O je, o je, o je«, jammerte sie leise.

»Sei still!« sagte Linnea. »Ich will nicht, daß Tora was mitkriegt.«

Sie stellten nun zusammen die Tassen auf ein Tablett, nachdem sie zuerst alle Kaffeereste in einen leeren Eimer geschüttet hatten. Linnea nahm einen Lumpen und wischte die Unterteller aus, so daß Zigarettenkippen, Asche, Zündhölzer und zerbröckelte Zuckerstücke in den Eimer fielen. Tekla wischte die Tische ab. Unablässig brummelte sie, sie klang jedoch zunehmend trotziger. Am Ende war zu verstehen, was sie sagte.

»Du brauchst das nicht bereuen. Wirklich nicht.«

Linnea sah sie an. Zum ersten Mal tat sie, als bekäme sie etwas von dem mit, was an dem Abend vorging, abgesehen davon, daß Tekla sie angefaßt hatte, worauf sie, ohne sich besinnen zu können, reagiert hatte. Sie ging nun hinaus in die Küche und setzte eine Kanne Kaffee für sie auf. Tora hatte den Inhalt der Geldkassette gezählt. Linnea fragte sie, ob sie auch einen haben wolle. Sie hatte jedoch im Laufe des Tages schon zuviel Kaffee getrunken, darum schüttelte sie den Kopf und trug die Summe, die sie zusammengezählt hatte, in ein braungestreiftes Kassenbuch ein.

Linnea deckte einen Tisch vor dem Spiegel und setzte sich dann in den Ledersessel, dessen Federn noch eine ganze Weile nachklangen. Sie zog die Schuhe aus und massierte sich vom Spann aus ein Stück aufwärts behutsam die Beine.

»Ich hab mich manchmal gefragt, ob du es nicht bereut hast,

daß du diesen Kerl angezeigt hast«, sagte Tekla und schlürfte den Kaffee aus dem Unterteller in sich hinein, ohne Linnea anzusehen. »Ja, du brauchst nicht antworten, ich denk schon, ich begreif's auch so. Denn es ist ja nichts herausgekommen dabei. Er ist ja nicht angeklagt worden oder so. Du hast wohl schon oft daran gedacht. Und du hast viel ausstehn müssen dafür, daß du ihn angezeigt hast, und du hast wahrscheinlich gedacht, daß es klüger gewesen wär, wenn du geschwiegen hättest.«

Linnea saß da und rührte in ihrer Tasse. Jetzt seufzte sie plötzlich, und es sah beinahe aus, als hätte sie aufgelacht. Doch Tekla fand, daß es ein bißchen garstig aussah.

»Jetzt kann das gleich sein«, sagte Linnea.

»Nein, das war gut, daß du den angezeigt hast. Das sag ich dir.«

Sie sah Linnea nicht an, als sie fortfuhr.

»Wie ich im Bahnhofshotel serviert hab, auch wenn das jetzt ewige Zeiten her ist, da war da ein Kerl, der war so ekelhaft, daß ich ihn nicht mal mit 'ner Zange hätt' anlangen mögen. Aber der wollte unbedingt was von mir, und wie er es im guten nicht gekriegt hat, kannst dir ausrechnen, wie der sich auf-g'führt hat. Ich hab ihn mir aber nicht anzeigen trauen oder mich bei irgend jemand ausweinen. Wer hätt' mir denn schon geglaubt? Ich will nicht abstreiten, daß man sich manchmal ein bißchen Spaß gegönnt hat. Das war mit den Bahnbeamten. Man war schließlich jung und fidel. Und drum, wer hätt' mir schon geglaubt? Er sah auch nicht anders aus als die andern. Es war bloß so, daß ich ihn so ekelhaft gefunden hab. Aber das vergißt eine ihr Leben lang nicht mehr. Du hast jedenfalls recht g'habt, daß du ihn angezeigt hast, weißt. Es ist viel schlimmer, mit der Sache allein zu sein, weil man's nie vergißt und sich fühlt, als wär man hernach weniger wert als das Wasser.«

»Was soll das denn genutzt haben, daß ich ihn angezeigt hab?« fragte Linnea hitzig.

»Das weiß ich nicht«, sagte Tekla. Dann fing sie heftig zu weinen an und schlug die Tasse um, als sie sich über den Tisch beugte. Linnea wischte vorsichtig den verschütteten Kaffee um ihre Arme und ihren Kopf herum auf und strich ihr über den Rücken und sagte, daß sie sich beruhigen solle, doch es dauerte lange, bis die Schluchzer aufhörten, denn sie kamen tief und stoßweise.

»Wie ich mich aufführ, ich altes Weib!« sagte sie schließlich und hob den Kopf. Sie nahm ihr feuchtes Taschentuch, das zusammengerollt in ihrer Schürzentasche lag, und trocknete sich die Wangen.

»Ich bin so altriert g'wesn, wie der Kerl aus Örebro nimmer aufg'hört hat«, sagte sie.

»Der kommt nie mehr her«, meinte Linnea. »Der war in der Stadt, um Arbeit zu suchen, aber der kriegt nichts. Dieser Scheißkerl doch nicht.«

»Den will niemand haben«, sagte Tekla. »So eine Dreckschleuder. Den sehn wir nimmer.«

»Hast gemerkt, daß das frischgekochter Kaffee war?«

»Wirklich?«

»Du schniefst und schnaufst hier bloß rum«, sagte Linnea. »Ich hab frischen Kaffee gekocht, und du hast es nicht mal gemerkt.«

»Weißt was«, sagte Tekla. »Du hättest in seinen Kaffee spucken solln.«

»Ja, das hätt' ich tun solln. Ich hab auch dran gedacht. Aber stell dir mal vor, den hätt' jemand anders gekriegt!«

»So was, am End ist's doch noch Abend g'wordn«, sagte Tekla, nachdem sie das Geschirr gespült und die Handtücher aufgehängt hatte. Sie setzte ihren kleinen, schwarzen Hut auf, der schon damals, als er modern gewesen war, einen Schlag abbekommen hatte, und der jetzt wie ein Fladen aussah.

»Kauf dir doch einen neuen Hut!« sagte Linnea und stieß sie leicht in die Seite. Sie fingen beide an zu lachen.

»Hol's der Teufel, ich glaub, das werd ich tun«, sagte Tekla.

»Worüber lacht ihr denn, Mädchen?« fragte Tora vom Küchentisch her.

»Über Teklas Hut. Sie wird sich einen neuen kaufen.«

»Gib mir dann den alten, dann hab ich was zum Herdputzen!«

Sie fingen wieder an zu lachen. Dann wünschten sie Tora eine gute Nacht.

»Ja, gut Nacht, euch auch, Mädchen. Ich werde auch gleich gehn.«

Als sie die Tür hinter ihnen zuschlagen hörte, fühlte sie sich einsam. Sie fragte sich, warum sie für sich allein im Gastzimmer gesessen und Kaffee getrunken hatten. Jedesmal, wenn sie sich einsam fühlte, glaubte sie, daß sie sich da irren müsse. Sie war doch tagaus, tagein ständig von Leuten umgeben.

Sie war jetzt, da der späte Abend gekommen war, viel ruhiger. Das letzte Mal, als sie zu Hause in der Magasinsgata gewesen war, war durch den Spalt unter Gerda Åkerlunds Tür Licht gedrungen. Sie fragte sich, ob Fredrik schon zu Hause sei.

Dann überlegte sie wieder, weshalb sie sich in das Hinterzimmer eingeschlossen hatten und worüber sie gesprochen haben mochten, die alte, verbrauchte Tekla mit ihren ausgelatschten Füßen und die junge, aufrechte Linnea, die schwarze Haare hatte.

Sie schlug das Kassenbuch zu. Es hatte nicht viel Sinn, sich darüber Gedanken zu machen, wie sie, was das Café betraf, dastand, denn das war so verzwickt. Anders als mit dem Markt. Da wußte sie ganz genau, was draufging und wieviel sie dabei verdiente. Das Café hatte so viele Ausgabeposten, aber nur eine Einnahmequelle: die Leute, die kamen und ihren Kaffee tranken oder eine Tüte Backwerk kauften.

Sie legte das braune Kassenbuch oben im Schrank an seinen Platz hinter der Menage aus dem Hotel de Winther und stellte die Geldkassette unter die Theke zurück. Dann ging sie herum und löschte eine Lampe nach der anderen, und in den hohen Räumen wurde es dunkel. Von der Hovlundagata her fiel durch die Zwirngardine das verschwommene, grauweiße Licht einer neuen Straßenlaterne herein, und das Fenster warf ein schwarzes Schattenkreuz auf den Fußboden. Sie schloß die Tür zur Straße hin zweifach ab, blieb eine Weile stehen und schaute hinaus. Aber es waren keine Schritte im Kies des Trottoirs und auch keine Stimmen zu hören.

Dadurch, daß es draußen so still war, hatte sie den Eindruck, daß alles, was vor dem Fenster zu sehen war, ganz weit weg sei, daß der Garten der Polstererwitwe, der hinter der Straßenlaterne dunkel schimmerte, in einem fernen Land liege. Sie wünschte sich plötzlich einen Regenschauer, der dort drüben auf das Teerpappedach trommeln und ihr beweisen würde, daß es nicht so weit entfernt war. Da dachte sie, daß sie in der letzten Stunde, als sie über dem Kassenbuch gesessen hatte, sehr müde geworden sein mußte. Sie sollte wohl besser heimgehen und sich ins Bett legen. Doch zuvor würde sie noch ein Butterbrot mit kaltem Strömling essen und ein Glas Milch trinken.

Sie zog in der dunklen Küche ihren Mantel an, setzte ihren Hut auf und ärgerte sich wie immer darüber, daß der Schalter so schlecht angebracht war, daß sie das Licht nicht bei der Tür ausmachen konnte, wenn sie ging. Dann schnüffelte sie ein bißchen in die Luft, ob es nicht nach Asche oder feuchtem Spüllumpen riechen würde, wenn die Bäckerin käme. Als letztes, ehe sie das Cosmopolite verließ, versteckte sie den Schlüssel im wilden Wein über der Dachrinne der Veranda.

Im Schatten des Sattlerhauses saß Tora Otter mit Rickard und Stella Lans und unterhielt sich, während sich auf der gelben Sahne in der Kanne langsam eine Haut bildete. Der Kaffeetisch stand ganz dicht bei der Wand, denn der Schatten war kurz. Als Ingrid sich nach ihnen umdrehte, sah es aus, als säßen sie aufrecht da und schliefen. Fredrik und Jenny hatten sich verdrückt. Sie nahm an, daß sie im Haus waren und sich in den Armen lagen und schmusten, obwohl es so heiß war.

Es war der zweite Sonntag im Juli 1925, und Ingrid Eriksson ging einsam durch das Dorf. Rinderbremsen und Blindbremsen sirrten mit hohem Ton in der Luft, die heiß wie Bratfett über den Feldern stand. Die Fensterscheiben, an denen sie vorbeiging, blitzten und spiegelten. Die Häuser standen entlang der Landstraße, und bei den meisten wußte sie noch immer, wer darin wohnte. Wenn sie näher am Straßenrand ging, sah sie in die geschlossenen Zimmer. Klebrige, gelbe Spiralen mit Fliegen daran hingen von den Decken. Manche bewegten sich sanft. Auf einem Sofa unter einem Fenster lag jemand mit einer Zeitung auf dem Gesicht. Mit einem Tintenstift hatte er das Kreuzworträtsel zur Hälfte ausgefüllt, was dumm war. Jetzt konnte er nicht radieren. Sie stand so nahe, daß sie lesen konnte: »Welche Ringe bringen Glück?«

Jenny und Fredrik hatten sich verlobt. Sie seien keine richtigen Geschwisterkinder, hatte Dagmar gesagt, denn Rickard

Lans sei eigentlich Toras Onkel, obwohl sie gleich alt waren. Wenn man verlobt war, durfte man sich miteinander verdrükken, ohne daß jemand etwas sagte. Wenn eine Cousine und ein Cousin heirateten, konnten sie Kinder kriegen, die ins Heim kamen.

Hier führte der Weg an der Flanke des Höhenrückens steil nach oben und verschwand hinab zum Malsee. Das war der Weg zum Schmied. Als sie klein war, war sie an einem Tag, genauso heiß wie diesem, dort gewesen. Er hatte bei Rickard Lans etwas ganz Teures bestellt gehabt, ein Sielenzeug aus weichem Kalbsleder. Das seien aber seltsame Maße, hatte Rickard gesagt. Er stellte es dennoch her. Das sei für eine Färse, die nicht stillstehen wolle, sagte der Schmied. Als er kam, um es abzuholen, sagte Rickard, daß es nicht fertig sei, obgleich es auf dem Schrank lag. Das wußte sie. Deshalb sprang sie auch neben Rickard her, als er schließlich damit hinging. »Ich will selber gehen«, sagte er.

Der Schmied war nicht zu Hause. Wußte er das? Um den Hügel herum und drinnen in dem dunklen Viehstall, wo die Stechfliegen lediglich ein Kalb zum Plagen hatten, war es totenstill. Rickard rief in den Hausflur, bekam aber keine Antwort. Er sagte zu Ingrid, daß sie sich auf den Mühlstein unterhalb der Vortreppe setzen und warten solle, während er hineingehe. Sie lief jedoch geschwind ums Haus herum und stellte sich auf eine Bank, so daß sie durch das Küchenfenster hineinlugen konnte. Hier gab es keine weißen Gardinen und Pflanzen am Fenster wie bei Stelle Lans zu Hause. Auf dem Grund einer Kaffeetasse spazierten Fliegen.

An einer Eisenstrebe am Herd war eine Frau angebunden. Sie hatte ein selbstgemachtes Sielenzeug aus Seilen um. Sie kaute unablässig. Die Haare hatte sie nicht wie andere Frauen hinten hochgesteckt. Ihre Hände zupften an den Töpfen auf dem Herd und an einem ausgefransten Handtuch herum.

Ingrid sah Rickard Lans' Gesicht, als er hinten bei der Tür

ins Dunkel trat. Es war ein weißgrauer Fleck. Die Frau fuhr herum, so daß sie ihm den Rücken zukehrte. Er versuchte um sie herumzugehen, doch sie drehte sich die ganze Zeit, und am Ende hatte sie das Seil um sich gewickelt. Da begann er rückwärts zu gehen.

Als er herauskam, trug er noch immer die Kalbsledersiele unter dem Arm. Dann gingen sie hinunter ins Dorf, und Ingrid hatte Mühe, mit ihm Schritt zu halten. Beim Händler Roos standen alle um ihn herum, als er das Hospital in Nyköping anrief und sagte, daß sie kommen und die Frau des Schmieds abholen sollten. Der Schmied selbst kam nach einer Weile aus dem Wirtshaus. Als er erfuhr, daß sie sie abholen würden, sagte er, daß er sie behalten wolle. »Zu dem, was se soll, taugt se«, sagte er.

In St. Anna in Nyköping saßen Frauen, die aus unglücklicher Liebe wahnsinnig geworden waren, und Männer, die über Gott gegrübelt hatten oder glaubten, daß sie Kaiser sein müßten. Als Ingrid acht Jahre alt war, hatte ihr Bruder Konrad geglaubt, daß er wahnsinnig werden würde. Sie selbst glaubte, es niemals zu werden. Sie fragte sich, wie sich die Frau des Schmieds unter all diesen Frauen wohl fühlen mochte. Sie war ja von keinem Bräutigam sitzengelassen worden.

Einmal hatte eine wahnsinnige Frau versucht, Sattler Löfgren mit ihren Stricknadeln in den Rücken zu stechen. Ein Hosenträgerknopf hatte sich gelöst und war mit dem Riemen ein Stück den Rücken hochgerutscht. Dort war es dem Stoß im Weg gewesen und hatte die Nadeln am Eindringen gehindert. Daraufhin trug er ihn, einen gelben beinernen Knopf, im Dekkel seiner Uhr immer bei sich.

»Ein Knopf, ein beinerner Hosenknopf, der Hosenknopf, der knallte«, zählte sie die Stufen, als sie die Vortreppe des Guttemplerhauses hinaufhüpfte. Es war vollkommen still, und an der Tür hing ein Zettel, daß am 21. April Versammlung sei. Das war aber lange her. Hier war sie, als sie klein war, herumgerannt, was das Zeug hielt, um bei den Tableaus dabeisein zu können, die Stella Lans ausgerichtet hatte. Hatte Schnapsflaschen gesammelt und war beim Kätner Larsson gewesen und hatte eine Wiege ausgeliehen. Der hatte vierzehn Kinder gehabt, doch der Badedirektor von Åsen hatte gemeint, daß das nicht so schlimm sei, weil er ihnen ja keine Ausbildung angedeihen lassen müsse.

Dort drinnen im Halbdunkel stand nun eine Kulisse mit großen Hängebirken und einem blauen See, sie konnte sie durch die Fensterscheiben kaum ausmachen. Für das Tableau, das »Zahltag« geheißen hatte, waren die Birken jedoch verhängt worden. Man hatte statt dessen das Heim eines Trinkers gesehen. Die Frau saß an der Wiege, die Ingrid angeschleppt hatte, und betrachtete ein Kind. Drei weitere saßen auf dem Fußboden zwischen den Flaschen; sie hatte jedoch nicht mitmachen dürfen, da sie nicht geglaubt hatten, daß sie stillsitzen würde.

Ein Hund bellte in der Ferne, und Karrenräder knirschten durch den Kies. In Åsen war es so still, daß sie sogar die Schwanzhaare der Stute über das Maul des Fohlens streichen hören konnte. Sie standen auf der Koppel hinter dem Bethanienstift. Am Straßenrand lag ein schöner Stock. Irgend jemand hatte die Rinde spiralenförmig abgeschnitten. Ingrid kümmerte sich nicht darum, daß sie bereits konfirmiert war, sondern hob ihn auf und schlug damit über den verblühten Wiesenkerbel. Vor der Kapelle lagen Fahrräder, sie waren übereinandergefallen. Sie zog mit dem Stock über die Speichen, um ein singendes, knatterndes Geräusch zu erzeugen. Da hörte sie, daß es vom Fenster her, das sie trotz der Pferdelausfliegen und Bremsen geöffnet hatten, zu brummen und blasen begann. Die Orgel intonierte, und dann fiel der Gesang ein. Eine der Stimme war so durchdringend laut, daß sie jedes Wort verstehen konnte.

Volk des Lammes, Zions Sippe,
reu'ger Schafe kleiner Haufen,
die hinan zur Himmelskrippe
über Dornenpfade laufen.

Dort kam Vera. Plötzlich stand sie einfach da. Aus ihrem Baumwollkleid war sie schon ziemlich herausgewachsen, so etwas trugen die meisten anderen werktags auf, und dann hatte sie Schuhe mit Gummisohlen an. Deshalb war sie auch so leise gegangen, daß Ingrid sie nicht gehört hatte.

»Erinnerst du dich an mich?« fragte sie.

Sie kam von einer Kate jenseits des Höhenrückens. Als sie kleiner gewesen war, hatte sie Zöpfe gehabt. Jetzt waren ihre Haare kurz und stumpf abgeschnitten, und auf einer Seite hatte sie eine lange Haarspange. Ingrid wußte nicht, was sie zu ihr sagen sollte.

»Bist du schon konfirmiert?« fragte Vera, und als Ingrid nur nickte, sagte sie:

»Ich noch nicht, ich werd's nächstes Jahr.«

Ingrids Konfirmationskleid hatte Dagmar genäht, doch für den Hut hatte sie sich geschämt. Der war aus schwarzem Wachstuch gewesen. Das sah Tora ähnlich, einen solch komischen Hut zu kaufen, nur weil er billig war. Eigentlich hätte ihn ja Ingeborg kaufen sollen, doch das wurde nie geklärt, wer für sie einkaufen oder die Strümpfe stopfen sollte. Mama auf jeden Fall nicht. Ein Wachstuchhut! Nur gut, daß Vera das nicht wußte.

Salems Kinder, Gottes Schützling,
Schiffchen klein und Herde schwach.
Seid auf Erden stets ein Fremdling
und ein Ziel für Mord und Schmach.

»Es ist Missionstag«, verkündete der Prediger. Hinter den Fenstern hatten die, die erwachsen waren, ihre Treffen, oder sie schliefen auch oder saßen eben da und unterhielten sich über das Einziehen neuer Zwischenböden. In den Vasen hatten sie von der Sonne verschossene Immortellen, und draußen standen die Pfingstrosen, die vor lauter Insekten, die sich in sie hineinwühlten, summten. Die Verlobten verdrückten sich. Jenny und Fredrik konnten nicht heiraten, weil sie es sich nicht leisten konnten. Niemand konnte das. Man müsse warten, sagten die erwachsenen Leute. Aber Konrad und Agnes, die heirateten trotzdem.

Jetzt gingen sie an dem Häuschen, in dem Ulla und Lotta gewohnt hatten, vorbei. Das war so alt, daß das Fensterglas blasig war. Die beiden waren in der Badeanstalt Putzfrauen gewesen. Jeden Abend zogen sie einen kleinen Karren nach Hause. Dabei stimmten sie ein großes Lamento an, um ihn über die Schwelle zu bekommen. Als sie starben, erst Ulla und dann Lotta, kippte man alles, was sie während ihres langen Lebens in der Badeanstalt auf ihren Karren geladen und nach Hause gebracht hatten, in die Grube neben der Geröllhalde, eine Grube, von der der Schullehrer sagte, daß sie aus der Eiszeit sei.

Ingrid und Vera waren mit den Töchtern des Händlers Roos dort hinuntergerannt. Zuerst lagen sie nur am Rand der Grube und guckten, aber dann waren sie unten und stöberten in den Sachen. Da lagen künstliche Blumen, Fächer, Planchetten und Schnürmieder, Kotillionorden, kleine Seidenschuhe mit abgebrochenen Absätzen, Kämme und Bänder. Hunderte von Medizinfläschchen gab es, in denen noch kleine Reste waren. Rikkard Lans war mit zwei Mann hergegangen und hatte die Grube zugeschüttet.

Jetzt waren sie beim Telefonisten angelangt und sahen das Haus des Händlers mit den toten Birken auf der Vortreppe. Die standen noch vom Mittsommer da. Kein Lüftchen regte sich. Aus einem Ameisenhaufen surrte es. Direkt darüber stand ein beißender Gestank nach Gift in der Hitze. Als Ingrid auf ihrem Arm eine Fliege erschlug, weil sie stach, sah sie, daß diese einen Blutfleck hinterließ. Da vernahm sie ein Geräusch von Wasser, das unter Steinen rann.

Konrad sagte, daß unter der Erde eine Landschaft aus Wasser mit Strömen, Quellen von Bächen und Seen sei. Sie gleiche und folge der Erdoberfläche und deren Hebungen und Senkungen, sei aber wie das Bild in einem Spiegel. Konrad sagte, daß es Menschen gebe, deren Leben ein umgekehrtes und gespiegeltes Bild vom Leben aller anderen sei, und er behauptete, daß sie Kräfte hätten, die noch niemand erprobt habe.

Hier führte der Pfad steil hinab in den Park rund um die leere Badeanstalt. Hier unten unter den Bäumen war es kühl, das Grün auf dem Boden war schütter und fahl. Zwischen den Baumwurzeln konnte man braune Erde sehen. In den Rabatten um die Pavillons und Lauben schoß borstiger Schachtelhalm in die Höhe und hatte alles andere Leben verhungern lassen. Die Tür zur Gotischen Quelle war nur angelehnt. Die Mädchen gingen hinein und horchten auf das Echo von den Gluckssern der Tropfen. Ingrid begriff jedoch nicht, weshalb es an einem heißen Tag von der Decke rann. Ein fast gänzlich verrosteter Becher hing an einer Kette in das braune Wasser, das nach Eisen roch. Fein und vornehm war es hier einst gewesen oder zumindest gewollt, daß es so würde. Sie erinnerte sich, daß sie und die Roosmädchen im Kurpark weißgekleideten Damen Pfefferkuchen verkauft hatten. Diese hatten Blicke miteinander gewechselt und die Kuchen ihren Hunden gegeben.

»Danke, meine kleine Freundin«, hatten sie gesagt.

Es hatte weniger bessere Leute gegeben, die in den billigeren Zimmern wohnten oder in Kost und Logis, und wogende Damen mit schwer beringten Händen, die Abhilfe von geheimen Leiden gesucht hatten.

Die hätten gern schwatzen und geküßt werden wollen, doch davor sollte man sich in acht nehmen. Über deren Körper, sowohl oben als auch unten, konnten sich die Badefrauen etwas erzählen, wenn sie Kaffee tranken, doch an ihren reinen Händen mit der aufgequollenen Haut war nichts Gefährliches hängengeblieben, obwohl sie sie jeden Tag angefaßt hatten.

Vera trat beim Gehen kleine Steine vor sich her, und Ingrid wußte nicht recht, worüber sie mit ihr reden sollte. Schließlich aber fragte Vera ihrerseits:

»Wirst du denn jetzt, wo du konfirmiert bist, in Stellung gehen?«

Das wußte sie nicht genau. Es war doch Sommer und so heiß. Sie hatte keine Lust, darüber zu reden.

»Wenn ich erst mal konfirmiert bin, werde ich eine Stellung kriegen. Ich habe einen Bruder in Stockholm«, sagte Vera.

»Ja wirklich?«

»Er ist bei der Göta Leibgarde.«

Aber dann wußte sie nicht recht, was sie noch sagen sollte. Mit dem Dragonerbruder hatte sie ihre Ressourcen mit einem Male verbraucht.

»Ich habe einen Bruder, der geheiratet hat«, sagte Ingrid. »Er und seine Frau wohnen über dem Casinotheater und führen für einen, der Franzon heißt und das Haus gekauft hat, die Boxerhalle. Da sollen auch noch ein Pingpongsaal und Billard eingerichtet werden.«

Konrad hatte ein Zimmer und Küche, vermietete das Zimmer aber als Geschäftsstelle an die Kommunistische Partei; das erzählte sie Vera, die dastand und mit der Spitze ihres Stoffschuhs im Kies stocherte, jedoch nicht. Von der Straße her waren Stimmen zu hören, zwischen den Bäumen blitzte es rot und gelb, und dann sahen sie die Schwestern Roos mit einem jüngeren Mädchen in der Mitte kommen. Nach einer Weile gingen sie alle fünf nebeneinander die Straße zum Baderestaurant hinab. Als sie die Gotischen Quellen passiert hatten, kehrten sie um und gingen wieder zurück, um unter den Bäumen Schatten zu suchen. Die Händlerstöchter trugen Vingåkertrachten. Ihnen war sehr warm, denn die Röcke aus roter Wolle reichten bis hinab zu den Knöcheln, und darunter trugen sie selbstgestrickte, grüne Strümpfe.

Die Schwestern Roos gleichen einander wie Brachse und Blicke. Sie waren ziemlich breit unter den Vingåkertrachten, deren Röcke genau auf der Brust gefaltet waren und an bestickten, gelben Seidenmiedern hingen. Der Händler wollte nicht, daß sie sich wie alle Mädchen die Haare abschnitten. Die Haare der Jüngsten waren gelb und dick. Sie hatte ein ganzes System von Zöpfen und Kringeln im Nacken und um die Ohren.

»Hast du bei deiner Konfirmation diese Schuhe da angehabt?« fragte die eine Schwester, und Ingrid hätte am liebsten nein gesagt, traute sich aber nicht. Sie waren zum Reinwachsen gekauft worden. Beim Gehen bog sich die Vorderkappe um. Sie redeten nicht sehr viel. Die Schwestern beschäftigten sich mit dem kleineren Mädchen, das bei ihnen aus Stockholm zu Besuch war. Sie achteten darauf, daß ihr weißer Breton mit dem Anker auf dem Hutkopf geradesaß, und sie zogen die Ripsbänder durch die Finger, wenn die sich aufrollen wollten.

»Da läuft Anna«, sagte eine der Schwestern. »Se wartet auf Ivar, aber der ist bei Papa, und se sitzen im Herrnzimmer. Solln wir ihr das sagen?«

Sie wich ihnen natürlich aus. Das war ja nicht weiter verwunderlich, wenn sie auf ihren Verlobten wartete.

Valborg Roos begann ihr nachzulaufen und geriet vor Anstrengung ganz außer Atem. Der rote Wollstoff schlug ihr um die Beine.

»Er ist bei Papa!« rief sie, und jetzt drehte sich Anna um. Als sie beim Telefonisten anlangten, konnte sie es selbst sehen: Händler Roos kam gerade aus dem Haus und Ivar hinterdrein. Sie waren in Weste und Hemdsärmeln, und die toten Birken raschelten, als sie daran vorbeigingen. Hinter ihnen kam das

Mädchen mit einem Tablett, auf dem es klirrte, und sie verschwanden in der Laube.

»Da bleiben se wohl sitzen«, sagte Valborg. »Wie schade für dich, hier rumlaufen und warten zu müssen.«

»Das tue ich überhaupt nicht«, sagte Anna. »Ich gehe bloß spazieren.«

Sie hatte sich fein gemacht mit glänzenden Seidenstrümpfen, die die Beine etwas dicker aussehen ließen, als sie waren. Sie guckten alle miteinander auf ihre Beine und auf die Silberkette um ihren Hals, die Armbanduhr und den Ring. Das waren Brautgeschenke. Ihr Verlobter hatte eine Agentur und verkaufte ganz gut, vor allem Nähmaschinen, aber auch Teile für Detektorempfänger.

»Was wollt ihr denn jetzt, wo ihr konfirmiert seid, machen?« fragte Anna. Sie drehte an dem Ring, und Gunhild Roos ließ die Augen nicht von ihm.

»Man wird sehn«, antwortete Valborg.

»Wenn ich erst mal konfirmiert bin, werde ich in Stellung gehn«, sagte Vera. »Ich gehe nach Stockholm.«

»Und du glaubst, daß du da eine Stellung kriegst, was?« meinte Valborg. Dann flüsterte sie ihrer Schwester etwas ins Ohr, und sie fingen zu kichern an. Ingrid vermutete, daß es über den Stallgeruch von Veras Kleid sei. Der war zwar nicht stark, aber doch wahrnehmbar. Sie fürchtete, daß sie auch sie fragen würden, was sie nach der Konfirmation tun wollte. Die Zeit nach dem Sommer konnte sie sich überhaupt nicht vorstellen. Da war alles leer.

»Papa will, daß wir auf eine Schule gehen sollen«, sagte Valborg Roos.

Da war Geld da, so daß sie Krankenschwestern oder Handarbeitslehrerinnen werden konnten, wenn sie wollten. Die Stickereien auf dem gelben Seidenmieder und dem Taschentuch, das zur Vingåkertracht gehörte, hatten sie selbst angefertigt. Es wäre aber dumm, etwas zu werden, wenn man ja doch mal heiratete. Obwohl sie das vor Anna nicht sagen wollten. Sie war achtzehn und hatte nie in Stellung zu gehen brauchen. Sie war zu Hause gewesen, bis Ivar kam, und jetzt lief sie nur herum und wartete. Sie schien nicht ganz anwesend zu sein. Ingrid nahm an, daß sie sich wohl am liebsten mit Ivar irgendwohin verdrücken würde. Obwohl es so heiß war. Da sprach die kleine Stockholmerin, sie hieß Fanny, das aus, was sie alle gedacht hatten. Sie verdrehte es aber.

»Ich werde nie, niemals heiraten!«

»Du bist ja auch erst zwölf.«

Valborg Roos nahm sie und setzte ihr den Hut zurecht.

»Warum solltest du denn nicht heiraten?« fragte sie. Fanny wollte es jedoch nicht sagen.

»Du wirst es dir schon noch überlegen. Willst du denn eine alte Jungfer werden?«

Nein, aber sie wollte auf keinen Fall heiraten. Wegen dem da. Sie blickte Anna an, doch die sah nur geradeaus und schien in der Hitze vor sich hinzudämmern.

»Wegen dem da?«

»Ja, wegen *dem da!*«

»Was weißt du darüber?« fragte Valborg, und sie wie ihre Schwester blickten wieder auf Anna und versuchten, nicht laut zu kichern. Aber Fanny, die aus Stockholm war und erst zwölf Jahre alt, redete drauflos, wie sie, als sie noch klein gewesen sei, geglaubt habe, daß es zuginge, wenn Leute heirateten. Der Pfarrer würde etwas tun oder sagen, damit die Keime zu wachsen begännen. Die Schwestern Roos mußten einander anfassen und sich die Taschentücher vor den Mund halten.

»Aber die, die nicht verheiratet sind?« fragte Vera. »Und die trotzdem Kinder kriegen, was hast du geglaubt, was die machen?«

»Na ja, bei denen kam es daher, daß sie so sündig waren.«

Mittlerweile wisse sie aber sicher, daß der Pfarrer mit dem da nichts zu tun habe. Das passiere, wenn die Frau schlafe. Da fahre der Mann mit irgend etwas unter ihr Hemd. Nein, nie im Leben wolle sie heiraten! Die Schwestern Roos hatten ganz rote Köpfe und taten, als husteten sie.

»Obwohl sie vielleicht gar nichts merkt«, sagte Fanny. »Das ist vielleicht so, wie wenn man betäubt ist.«

Über Annas dicke Seidenstrümpfe krochen Fliegen. Sie schlug nach ihnen und bekam einen häßlichen Blutfleck auf der Seide. Sie setzte sich auf die Treppe eines Pavillons und rieb den Strumpf mit einem Taschentuch, das sie mit Spucke befeuchtet hatte. Alle sahen darauf, außer Fanny.

»Weißt du, was er da macht?« fragte sie.

»Na ja«, sagte Vera. »Da ist wohl nichts Merkwürdiges dran, das ist doch genauso, wie's die Tiere machen, das hast du doch wohl schon gesehen.«

Sie war rot bis hinunter zum Hals, und Anna schaute weg. Da sah Ingrid unvermittelt ein spitzes Hundeglied vor sich, von dem es tropfte. Sie war außer sich vor Ekel und versuchte, sich von dieser Vorstellung zu befreien, vermochte es aber nicht; sie tauchte wieder auf, und ihr war zum Speien. Valborg Roos packte Vera am Oberarm und sagte:

»Was sagst du da, he?«

»Was ist denn?« entgegnete Vera.

»Sind Menschen wie Tiere, he?«

»So hab' ich das doch nicht gemeint. Aber irgendwie ist es doch das gleiche.«

Valborg langte ihr eine.

»Aha, Menschen sind wie Tiere! Se machen's wie Tiere, was? Nimm das z'rück!«

Da fing Fanny an zu weinen.

»Jetzt weint se. Hörst du das, du eklige Kröte. Du bist schuld, daß se weint.«

»Du nimmst das jetzt z'rück«, sagte Gunhild.

Vera hielt sich die Backe. Da packte Gunhild sie am Arm und riß ihr die Hand weg und langte ihr nochmals eine.

»Gib mir den Stock!« sagte Valborg und nahm Ingrids gestreiften Stock. Sie ließ ihn los. Sie versuchte, dieses tropfende, spitze Ding eines Hundes nicht mehr vor sich zu sehen, und schlug die Hände vors Gesicht. Aus der warmen Luft um sie herum drangen das Geräusch von stolpernden Schritten und Schubsern im Kies und Annas Stimme an ihr Ohr:

»Mädchen! Denkt dran, daß ihr konfirmiert seid! Was macht ihr denn bloß?«

Als Ingrid aufblickte, sah sie, daß Anna sich von ihnen entfernte und zum Dorf zurückging. Fanny heulte laut und rannte ihr nach. Die Roosschwestern tobten hinter Vera her die Böschung zum Baderestaurant hinunter. Es war steil, und Vera verlor das Gleichgewicht. Als die zwei sie eingeholt hatten, packten sie sie von beiden Seiten an den Armen und zogen sie zu dem Gebäude, und Gunhild zwang sie jedesmal, wenn sie ihnen zu entkommen versuchte, in die Knie. Ingrid ging in die Hocke und rutschte die Grasböschung hinunter. Als sie auf dem Kies unten landete, waren die anderen schon im Haus. Die Verandatür stand hinter ihnen, schief in den Angeln hängend, offen. Von drinnen waren alle Geräusche deutlich zu vernehmen, da viele Glasscheiben ausgeschlagen waren.

»Aha, Menschen sind genau wie Tiere, was? Du siehst wohl wie ein Kuhkalb aus, du. Riechst du, was die für einen Geruch an sich hat?«

»Wahrscheinlich sieht die zwischen den Beinen wie eine Kuh aus«, meinte Valborg.

Ingrid ging Schritt für Schritt über die Schieferplatten, die das Gras und das Moos aus der Kiesbettung zu brechen drohten. Zwischen den Dielen auf der Veranda schloß Epilobium hoch. Beim Hineingehen blieb sie mit dem Fuß zwischen zwei morsch gewordenen Brettern stecken. Sie zog den Fuß nicht wieder herauf. Das geht nicht, dachte sie. Ich krieg' den Fuß nie los, ich komm' nirgendshin. Sie hörte es auf dem Fußboden des Speisesaals poltern, und Gunhild schrie:

»Beißt du, was? Paß bloß auf, daß wir dir den Stock nicht reinstecken!«

Ingrid mußte die Hände vors Gesicht schlagen. Es war nicht möglich, das Bild zu vertreiben. So etwas Ekelhaftes hatte sie noch nie gesehen. Hunderute hieß das. Daß es so ein ekelhaftes Wort überhaupt geben konnte. Wie soll man von solch einem Wort loskommen? Wenn es das nun einmal gibt. Sie wollte schreien und um sich schlagen. Der Fuß, der sich zwischen den Brettern verklemmt hatte, tat weh. Sie schob ihn noch weiter hinein, damit es noch weher täte.

»Schau mal her!« schrie Valborg. »Schau her, sag' ich! Sie sieht da aus wie eine Kuh. Das hab' ich mir doch gedacht.«

Ingrid hob den Kopf nicht, sie hatte aber gleichwohl das Geschlechtsteil einer Kuh vor Augen, kotig vom Mist und mit fließenden Falten und Vertiefungen.

»Schau!«

Da sah sie hoch. Valborg hatte sich auf Veras Brust gesetzt, und Gunhild hielt ihr mit ihren kräftigen Armen die Beine auseinander. Vera sah da gar nicht wie eine Kuh aus.

»Laßt sie los!« sagte Ingrid leise. Dann begann sie ihren Fuß freizupendeln. Gunhild richtete sich auf und klopfte den Staub aus dem roten Wollrock. Ihr Gesicht glänzte.

»Kuhkalb!« sagte Valborg und stand auf.

Sie gingen an Ingrid vorbei hinaus. Ihre Zöpfe waren im Nacken so fest gedreht, daß sie nicht in Unordnung geraten waren. Vera hatte sich aufgesetzt und den Rock hinuntergeschoben. Nun rutschte sie mit der Hose in der Hand zur Wand. Als sie zur Tür kam, stand sie auf, stolperte hinaus und verschwand im Innern des Gebäudes. Ingrid konnte hören, wie sie weinte.

Der große, graue Fußboden des Speisesaals war leer. An die Wände waren Bilder der Gotischen Quelle, der Kirche von Vallmsta und des Stammgutes gemalt. Draußen konnte sie die Schritte der Roosschwestern im Kies hören, wie sie ins Dorf zurückgingen. Sie gingen langsam, denn ihnen war gewiß sehr heiß. Ihre roten Röcke mit den grünen Schürzen wippten.

Als Ingrid nach Vera rief, bekam sie keine Antwort. Es war vollkommen still. Nach einer Weile schlug auf der anderen Seite des Baderestaurants eine Tür zu, und sie war allein.

Mit dem Tafelaufsatz aus Spiegelglas auf dem großen Speisezimmertisch, Silberjardiniere und Platztellern auf Spitzensets sollte für ein Werktagessen der Familie im Lindhschen Haus gedeckt werden. Wozu das? Das wußte die Küche nicht, aber wahrscheinlich war die Hausfrau verrückt geworden.

Die Speisefolge war dieselbe, wie sie am Morgen festgelegt worden war: Spinatsuppe mit Eihälften, Beefsteak mit Zwiebeln, Grießpudding mit Fruchtsoße. Nach einigem Nachdenken stellte Frau Iversen-Lindh die Silberkandelaber auf den Tisch. Bei einer Totenwache wären sie nicht angebracht gewesen. Ingrid mußte die Gläser aufdecken. Von rechts her kamen der Reihe nach gravierte Seltersgläser, Sherrygläser mit geschliffenem Fuß, grüne Rheinweinrömer, Kelchgläser für Rotwein und Madeiragläser. Die Seltersgläser mußte man unmittelbar bevor der Salat aufgetragen würde einsetzen. Der Salat?

»Ja, den brauchen wir unbedingt.«

»Das war nicht abgesprochen«, sagte die Köchin.

»Man darf nicht auf den Kopf gefallen sein, Alma. Ein bißchen Phantasie!«

»Das war aber nicht abgesprochen«, beharrte Alma stur.

So wurden kalte Bohnen aus einer Konserve angerichtet, und man goß Vinaigrette darüber. Die Küche fand, daß das grau aussah, aber in Frankreich nannte man das Hors d'hœuvre.

»Nicht auf den Kopf gefallen sein! Auch ein bißchen gute Laune, das schadet nicht. Wir gehen mit Freude an unsere Verrichtungen, nicht wahr, Ingrid?«

Antworten sollte man darauf allerdings nicht. Seltersgläser, Sherrygläser, Römer. »Nein, beginne von rechts, kleine Freundin!« Dann die Madeiragläser zum Grießpudding. Nun gut. Danach ging das Seltersglas von rechts aus. Alma konnte ohne Vorwarnung weder Bouchées noch Kanapees zustande bringen. Sie weigerte sich, Zwieback auszuhöhlen. Ja ja, Alma hatte so ihre Art.

»Die Servietten brechen wir einfach, drei Falten übereinander.« Nun wurde die Silberlade aufgeschlossen. Das schwere Silberbesteck mußte erst gezählt werden, ehe Ingrid es auf ein Tablett bekam, woraufhin die Lade geschlossen wurde. Es war noch nicht lange her, daß Ingrid ihren Dienst begonnen hatte, doch die Rituale kannte sie bereits. Sie sollte in der Küche zur Hand gehen dürfen und zum Hausmädchen ausgebildet werden, wenn sie dafür eine Anlage zeigte. Weil sie weder eine höhere Schulbildung hatte noch herzensgut war, weder Småländerin noch Norrländerin noch aus besserer Familie, weder sonderlich anstellig, zuverlässig, gewandt, flink, heiter, solide noch verantwortungsvoll, deswegen war sie nicht sicher gewesen, überhaupt eine Stellung zu bekommen. Jedesmal, wenn sie mit ihren Putztüchern in der Hand den blauen Salon betrat, dachte sie, daß sie jetzt nicht hier wäre, wenn Frau Iversen-Lindh gewußt hätte, daß sie auf das Sofa gepinkelt hatte.

Sie ging das Besteck mit dem Monogramm des alten Großhändlers durch: Suppenlöffel, Fischmesser…

»Fischmesser?«

»Ja, wir müssen ein Fischgericht haben. Wegen des Fischmessers.«

Jetzt hatte sie es aber erwischt! Almas aufgedunsenes Gesicht war ausdruckslos, was einem Ausbruch gleichkam, sobald Frau Iversen-Lindh sich aus der Küche begeben hätte.

»Ein wenig kalte Fischfarce? Nein, in einer Fischfarce sind ja keine Gräten!«

»Ne-ein«, sagte Alma mit einem leichten Beben in der Stimme, das andeutete, daß sie, wenn jemand eine aus ihrer Fischfarce gezupfte Gräte vorweisen würde, bereit sei, Truhe und Koffer zu packen. Schließlich wurde entschieden, daß der Fischgang aus zwei kalten Essigströmlingen pro Person bestehen sollte, und Frau Iversen-Lindh, die seit einem halben Jahr Konsulin genannt werden wollte, verließ die Küche.

»Häng nicht herum!« sagte Alma zu Ingrid. »Hack schon mal die Zwiebeln! Lern die Zeit zu nutzen! Das ist jetzt nicht der rechte Moment, um rumzustehen und ans Kino und Mannsbilder zu denken.«

»Sie soll mit mir aufdecken«, sagte Tyra, das erste Hausmädchen. So mußte Ingrid mit den Fingerschalen in das Speisezimmer hinaufgehen. Mit vollkommen glattem Gesicht fragte sie die Konsulin, ob die nach dem Grießpudding aufgetragen werden sollten.

»Nein, nach dem Salat. So! Wir machen das gutgelaunt, nicht wahr? Es ist sehr wichtig, daß man seine Arbeit gutgelaunt macht. Arbeitsfreude, siehst du, Ingrid. Aber du hast ja eine Mütze auf, Patrik!«

Der Sohn war sechzehn Jahre alt. Er war mit einer Sportmütze mit herunterhängenden Ohrenklappen, heruntergerutschter Pyjamahose, Morgenrock und Halstuch bekleidet in das Speisezimmer herabgekommen. Er hatte einen schlechten Mundgeruch, verquollene Augen und eine kratzige Stimme. Der Tennisklub hatte den Jahresabschluß mit einem Ball begangen.

»Ich bin erkältet«, sagte er. »Ich glaube, es ist auf die Ohren gegangen. Man ist am besten vorsichtig.«

Seine Mutter bat ihn, hinaufzugehen und sich zum Essen, das im großen Speisezimmer eingenommen werden würde, umzuziehen.

»Der Übung wegen.«

Er polterte die Treppe hinauf. Frau Iversen-Lindh sagte, daß Ingrid nun die Gelegenheit nutzen solle zu lernen, wie man bei einem großen Essen serviere, wenn ihre Hausfrau für die Kinder schon diese Generalrepetition in Tischetikette veranstalte. Und die Planung dürfe nicht fehlschlagen! Ein großes Essen, sagte die Konsulin, sei eine Feldschlacht, wenn auch glücklicherweise eine unblutige, und ein geglücktes Essen sei für die Gastgeberin ein glorreicher Sieg.

Sie war so gut aufgelegt, daß sie den völlig sprachlosen und starr dreinblickenden Mädchen in ihren schwarzen Wollkleidern, weißen Mullschürzen und den Bändern im Haar erzählte, was ein Oberst aus Stockholm einmal bei einem großen Essen gesagt habe. Das habe sich bei einem ehemaligen Leibarzt zugetragen, dessen Frau Victoria hieß.

»Er erhob sein Glas zur Dankesrede, und dann sagte er nur ein Wort: Victoria.«

Sie sah sie an. Sie waren still und stumm.

»Victoria!«

»Aha«, sagte Tyra.

»Das bedeutet Sieg! Auf Latein. Sie hieß ebenfalls so. Versteht ihr?«

»Ja, freilich«, versicherte Tyra. Ingrid blickte zur Seite, denn manchmal traute sie sich nicht, dem Blick der Konsulin zu begegnen.

Elf Jahre lang hatten Iversen-Lindhs nur eine Tochter gehabt, aber dann hatte Lilibeth überraschend einen Sohn geboren. Während des Krieges wurde noch ein österreichisches Kriegskind aufgenommen, damit der Sohn einen Spielkameraden bekäme. Wolfgang Altmeyer lebte nach wie vor im Haus und war zwei Jahre älter als Patrik. Die Tochter war tot, und die Großmutter hatte sich der beiden Kinder angenommen, zweier Mädchen, die Elisabeth und Caroline hießen. Sie waren sieben und neun Jahre alt. Frau Iversen-Lindh versammelte die vier nun im gelben Salon, wo man auf den Herrn des Hauses wartete, der werktags fast immer zu spät zum Essen kam. Währenddessen sprach sie davon, wie wichtig Pünktlichkeit sei. Patrik trug immer noch die Sportmütze mit den Ohrenklappen, hatte aber Jacke und Hose angezogen. Um den Hals hatte er ein großes Halstuch geschlungen, weshalb nicht zu kontrollieren war, ob er wirklich Schlips und Kragen trug. Wolfgang war wie üblich äußerst korrekt gekleidet und hatte einen schnurgeraden Seitenscheitel, die Kopfhaut leuchtete dort weiß aus den schwarzen Haaren. Er hörte aufmerksam zu, doch sein Blick verunsicherte Lilibeth wie gewöhnlich etwas. Die kleinen Mädchen beschäftigten sich mit ihren Puppen.

Nachdem der Herr des Hauses endlich eingetroffen und sich über die Situation klargeworden war, sagte er, daß das eine gute Idee sei, eine sehr gute. Sie müßten einmal etwas lernen, sie seien wie die Affen. Wie die Affen! Ganz gewiß. Sie äßen wie die Affen und schrien wie die Affen.

Nun zogen sie in das Speisezimmer ein, der Hausherr und eine Tischdame vornweg, die Gastgeberin und ihr Kavalier zuletzt. Patrik sollte bei Tisch neben seiner Mutter sitzen, denn er würde am meisten von der Übung, den Ehrenplatz einzunehmen, profitieren. Wolfgang bleckte die Zähne zum Zeichen der Zustimmung. Patriks Pyjamahose zeigte sich nun langsam, denn er trug sie unter der anderen, und das Gummiband war ausgeleiert. Die Gastgeberin tat, als merke sie nichts, und lächelte ihn an, lächelte die kleinen Mädchen an, die Wände und die Spiegel, an denen sie vorbeigingen.

»Sei jetzt nicht stumm wie ein Fisch, Patrik. Wolfgang! Was sagen wir?«

Wolfgang lächelte, antwortete aber nicht.

»Patrik! Erstirbt die Konversation bereits, wenn wir uns zum Speisezimmer in Bewegung setzen? Denk daran, daß es vom Speisezimmer zum Salon ein weiter Weg sein kann. Worüber sprechen wir?«

»Ich weiß nicht. Über die Börsenkurse.«

»Auf gar keinen Fall. Einen Vorschlag, Wolfgang!«

»Die Gemälde vielleicht.«

»Ausgezeichnet! Wir hören, Patrik.«

»Woffe kann ja über die Gemälde reden, wenn es ihm Spaß macht.«

Sie gingen an dem grünlichen Holländer vorbei, dessen abgeschlagenes Haupt auf einem äußerst naturgetreu gemalten Silberteller plaziert war. Wolfgang nannte die Namen Harten-Troef und Dubourg, denn er hatte ein ausgezeichnetes Gedächtnis. Frau Iversen-Lindh wurde ganz aufgeregt, weil sich alles so gut anließ, und lachte frohgemut. Holger Iversen-Lindh hatte jedoch die Zeitung mit hineingenommen, und die Hausfrau gab ihm, als sie sich setzten und er sie neben sich auf den Tisch legte, mit den Augenbrauen Signale. Doch er begann die Notierungen der Fondsbörse durchzugehen und wies darauf hin, daß die Kinder etwas lernen sollten, nicht er.

Der Auftakt gestaltete sich geräuschvoll. Caroline verabscheute Eier. Sie mußten aus der Suppe gefischt werden. Die Zeitung war Frau Iversen-Lindh ein Dorn im Auge, solange sie auf dem Tisch lag. Patrik bezichtigte Wolfgang, seine karierten Golfstrümpfe ausgeliehen und sie feucht unter dem Bett liegengelassen zu haben. Da erhob die Gastgeberin ihr Glas. Sie hatte ebenso wie ihr Mann den fünfzigsten Geburtstag bereits hinter sich. Zu diesem Zeitpunkt hatte das Zahnfleisch längst damit begonnen, sich zurückzuziehen und die Zahnhälse freizulegen. Ein Lächeln in diesem Alter entblößt deshalb sehr viel mehr von den Zähnen als früher. Bei Holger Iversen-Lindh verhielt sich das ganz genauso, doch lächelte er nicht so häufig, denn er war ein Mann. Die Konsulin lächelte sogar Tyra an, als diese die schlüpfrigen Eihälften aus der Spinatsuppe herauszubekommen versuchte, ohne daß sie auf der Decke landeten, denn sie war der Ansicht, daß auf dem Gesicht einer perfekten Gastgeberin ein gelassener und stoischer Frohmut ruhen sollte, und stürzte auch das Personal herein, bräche sich die Knochen und plazierte den Kalbsbraten auf der Türschwelle.

Als Ingrid die Fingerschalen brachte, bemerkte Holger Iversen-Lindh, daß es verkehrt sei, das Wasser nach dem Salatgang aufzutragen. Man bringe es vielleicht nach dem Obst.

»Nach dem Salatgang«, sagte Lilibeth Iversen-Lindh mit unerschütterter Gastgeberinnenruhe und zeigte ihre entblößten Zahnhälse.

»Ja, wenn es Spargel gibt! Oder Artischocken.«

»Schocken, lieber Holger. Nicht Tschocken. Darf die Gastgeberin mit dir anstoßen, Wolfgang? Wolfgang!«

»Gnä' Frau!«

Wolfgang wußte, daß sie es mochte, wenn er ein paar österreichische Brocken einflocht. Patrik könnte ruhig ein paar englische Brocken dazwischenstreuen.

»Auf jeden Fall ist das verkehrt«, sagte Iversen-Lindh. »Es gehört nach dem Obst.«

»In dem Fall wäre es zum Obstwaschen da«, sagte seine Frau mit einem Lächeln, das immer langmütiger wurde und bald betrübt sein würde.

»Zum Obstwaschen! *Zum Obstwaschen!*« lärmte der Konsul von Andorra und Ritter des Vasaordens. »Soll man denn in einem Privathaus das Obst waschen? Möglicherweise in einem Restaurant. Aber in einem Privathaus!«

Er lachte jetzt wie bei einem Herrenessen, fand Frau Iversen-Lindh und gab ihm mit den Augenbrauen Zeichen.

»Das hieße, davon auszugehen, daß es in der Küche nicht gewaschen worden wäre! Das wäre ein schönes Kompliment für die Hausfrau!«

»Ja, ja, ja«, erwiderte die Konsulin. »Du weißt vielleicht auch nicht alles, mein lieber Holger. Und norwegische Sitten sind vielleicht nicht genau dieselben…«

Das war eigentlich der Todesstoß, und der aufmerksame Wolfgang Altmeyer wunderte sich, daß sie ihn schon so früh versetzte. Normalerweise hätte Holger Iversen-Lindh bei dieser Erinnerung an seine norwegische Herkunft wie ein harpunierter Wal am Tisch verbluten müssen. Sie gemahnte nämlich stillweigend auch ein wenig an den Fischhandel und die Walkuchen und Fischklöße, die seine Mutter in der Küche hinter dem Laden gekocht hatte. Iversen-Lindh überhörte es jedoch. Er hatte nämlich einen Trumpf in der Hand, und den spielte er jetzt aus.

»Du weißt vielleicht, daß das Wasser parfümiert zu sein pflegt!« Die langmütige und bekümmerte Konsulin Iversen-Lindh wußte das wohl. Er bräuchte sich aber nicht aufzublasen.

»Kann man mit parfümiertem Wasser Obst waschen? Hä? Und es dann essen! Willst du deine Trauben in weiß der Teufel wie das Zeug heißt waschen, das du unter den Armen und fast überall hast? Hä?«

»Holger!«

»Durchaus nicht«, sagte der Konsul befriedigt. »Mit dem Wasser, ob parfümiert oder nicht, wäscht man sich. Nach dem Obst.«

»Lieber Holger«, sagte Frau Iversen-Lindh ganz ruhig und säuerlich lächelnd, »parfümiertes Wasser ist spießig.«

Dies war keine logische Bemerkung. Doch sie setzte Konsul Iversen-Lindh matt. Er wußte, was sie meinte.

»Was, zum Teufel, meinst du damit?« brüllte er. »Worum geht es denn, verflucht noch mal?«

Die Augenbrauen seiner Gattin gingen wie Winker rauf und runter, doch das half nichts. Er schlug mit der flachen Hand auf den Tisch. Das Madeiraglas kippte auf die Kante des Spiegelaufsatzes und ging entzwei. In solch einer Lage gilt es für die Gastgeberin, ihren stoischen Frohmut zu bewahren und, während sie dem Personal ein unmerkliches Zeichen gibt, daß es die Scherben des Erbstücks zusammenfegen solle, leichthin zu bemerken:

»Wie reizend! Gläser zu zerschlagen – das bedeutet eine Hochzeit, nicht wahr?«

Frau Iversen-Lindh hatte indes ihre Grenze erreicht. Sie hob das Kinn und rief nach Gott.

Tyra fegte nun mit dem silbernen Tischbesen das Glas zusammen. Ingrid nahm es in einer Serviette entgegen, Frau Iversen-Lindh schnitt sich in den Mittelfinger, und die kleinen Mädchen heulten laut. Patrik fragte, ob er nach oben auf sein Zimmer gehen dürfe, da er Halsschmerzen habe, und der Konsul brüllte, wobei sein Gesicht die Farbe frisch tranchierten Walfleisches annahm. Wolfgang Altmeyer saß schweigend da, den Kopf leicht geneigt.

Die Tafel wurde aufgehoben. Tyra faßte die kleinen Mädchen bei der Hand und brachte sie ins Kinderzimmer, wo sie ihren Grießpudding mit Fruchtsoße bekamen. Auf Wolfgangs Arm gestützt, zog sich Frau Iversen-Lindh auf ihr Zimmer zurück. Der Konsul ging ins Kontor. In der Küche kochte Alma für das Personal Kaffee.

Konsul und Konsulin Iversen-Lindh hatten Angst. Er hatte keine Angst, das Glas bis zum verkehrten Westenknopf zu heben oder mit der Dankesrede zu beginnen, ehe die Gastgeberin ihre Serviette auf den Tisch gelegt hatte. Darauf gab er nichts. Er hatte jedoch Angst, Geld einzubüßen.

Zu Zeiten des alten Großhändlers floß das Geld herein. Er war dabeigewesen, hatte den Alten bewundert und viel gelernt. Doch für das meiste davon hatte er nach dem Kriege keine Verwendung mehr. Mitten im Weltkrieg war er nach Rußland gefahren, um zu versuchen, die russischen Vermögen der Firma vor der Revolution der Bolschewiken zu retten, und war mit Koffern voller Banknoten zurückgekommen, die bald nur noch Papierwert hatten. Damals hatte er sich an den Widerwillen des Schwiegervaters gegen Geschäfte mit Rußland erinnert, und er wünschte, er hätte diesen Riecher gehabt.

Der alte Herr hatte das Haus mit Empire- und Rokokomöbeln vollgestellt, mit Münzen, Medaillen, englischem Porzellan, mehr oder minder obskuren Holländern, Dresdner Figurinen, alten Waffen, in Leder gebundenen französischen Klassikern und Wagenladung auf Wagenladung Zinn und Silber. Das meiste stammte von sörmländischen Herrenhöfen.

Es gab eine Welt, zu der nicht einmal der Alte Zugang gefunden hatte und von der er äußerst wenig in seinen Sammlungen hatte. Das waren die großen Rittergüter und Fideikommisse. Deren Reichtümer beruhten auf Grundbesitz, und Lilibeth glaubte, daß diese unerschütterlich seien wie Urgestein und die Ekliptik, doch da irrte sie sich, soviel begriff er nach dem Krieg. Wahr war indes, daß diese Reichtümer vor langer, langer Zeit und ohne nennenswerten Widerstand erworben worden waren. Der alte Großhändler hatte den Grundstock für ein recht großes Vermögen gelegt, und angefangen hatte er mit Espenholz, was unbeständiger ist als Ländereien. Er hatte dies zu einer Zeit getan, da sich allmählich Widerstand regte und dieser sich zu organisieren begann. Menschen, die vorher keinen anderen Wert gehabt hatten als den einer lebendigen Kraft, einer Kraft im Verhältnis zum Pferd, zur Dampfmaschine und zum Verbrennungsmotor, freilich ausgestattet mit Urteilsvermögen und der Fähigkeit zu differenzieren, trotz allem aber nichts anderes als ein von intelligenter Steuerung und von Schutz und Erbarmen abhängiges Kraftpotential, diese Menschen wollten nun selbst den Preis ihrer Arbeitsstunden festsetzen und sich der Barmherzigkeit entziehen. Es war eine Kraft zum Vorschein gekommen, beängstigend wie ein Verbrennungsmotor, der auf höchsten Touren lief, oder ein Dampfkessel, der bis zum Überdruck aufgeheizt worden war. Am beängstigendsten war diese Kraft in den Kriegsjahren gewesen. Nun hatten sich sozialdemokratische Minderheitsregierungen als ziemlich bereitwillig, aber machtlos erwiesen, so nach und nach etwas von dem Dampf abzulassen. Das Zischen war irritierend, aber nicht eben unheilverkündend. Doch in seinem Innersten denkt der Mensch nicht, sondern schützt das, was seine Angst ist. In seinen Innersten wußte Iversen-Lindh auch, daß diese Zeit vorbei war, wenn nicht zu seinen Lebenszeiten, dann zu Patriks.

Seine Frau hatte Angst vor dem Personal. Nein, zu merken war ihre Angst von niemandem, kaum, daß sie selbst etwas davon merkte. Sie behandelte es nach wie vor mit der freundlichen Nachsicht, die sie den Spalten für die Gastgeberin der »Hausfrau« entnommen hatte und die ein Echo von den großen Gütern war, wo die englische Selbstbeherrschung waltete. Ihr Frohmut war die äußerste Kränkung, ihre gleichbleibende Freundlichkeit eine Demütigung für die, die keine Menschen waren, sondern Möbel. Von Möbeln ließ man sich nicht reizen, höchstens ärgern. In ihrer Angst verlor sie jedoch manchmal den Kopf und behandelte ihr Personal wie Menschen, indem sie es ausschimpfte und anschrie und hysterische Anfälle bekam, die dann im Bett endeten, wo Tyra ihr gemäß den Anweisungen des Konsuls zwei Gramm Brom verabreichte. Sie hielt auch ihre Hand, während die Konvulsionen nachließen. In einem solchen Moment waren sie einander nahe, und Tyra verachtete sie nicht mehr, sondern hatte Mitleid mit ihr. Sie hatte sich ausgeschrien und war müde wie ein Kind.

Doch es kam ein neuer Tag, und alles war wie immer. Das Personal wollte nichts lernen. Es hatte glatte Gesichter, und seine Blicke fand sie kalt. Das neue Mädchen, Ingrid, starrte sie an, lächelte selten, gab einsilbige Antworten. Ihre Pflegemutter Ingeborg war beim alten Großhändler Köchin gewesen, und Lilibeth entsann sich ihrer mit Wärme und Freude. Solche Gesichter hatten Zuversicht vermittelt. Die waren gelehrig, dankbar. Sie konnten ihre Eigenheiten haben, aber sie waren – ehrlich! Ja, das war das richtige Wort.

Wenn Holger Iversen-Lindh und seine Frau Angst bekamen, zogen sie sich ins Schlafzimmer zurück und schossen einander giftige Pfeile ins Herz. Sie fingen damit an, daß sie über Tischmanieren herzogen und sich gegenseitig der Spießigkeit ziehen. Und es endete damit, daß sie über ihre Verlobungsreise sprachen.

Frisch verlobt hatten sie zusammen eine Studienreise zu mehreren Herrenhöfen von Hüttenbaronen unternehmen dürfen, mit denen der alte Großhändler geschäftlich oder freundschaftlich verbunden gewesen war. Die Braut sollte Erfahrungen als Hausherrin sammeln, wozu auch englische Selbstbeherrschung und die Planung eines Festessens gehörten. Sie hatten selbstverständlich einen Anstandswauwau dabeigehabt, Lilibeths damalige Musiklehrerin, die zehn Jahr älter war als sie.

Im Spätsommer heirateten sie. Die Braut trug ein weißes Nachthemd aus Rohseide mit handgeklöppelten Spitzen, die Haarwülste waren abgenommen, und auf den Wangen hatte sie Reispuder. Nachdem der Bräutigam sich zuerst neben und dann auf sie gelegt hatte und bereit war, das Gerät hervorzuholen, vor dessen Anblick ihr geschaudert hatte und das er selbst sich auch rot, angeschwollen und rauh vorgestellt hatte, stellte sich heraus, daß er impotent war. Er hatte ein höchst bescheidenes, kleines, rosafarbenes Glied, das er ganz schnell wieder unter dem Nachthemd verbarg.

Das Unglück wollte, daß er vom Champagner, Sherry, Burgunder, Bordeaux, Portwein und Kognak ziemlich angeschlagen war. Den Nacken schweißig und den Haaransatz feucht, so daß das schwarze Haar sich lockte, bekannte er, daß er ihrer nicht würdig sei. Ja, angesichts all der weißen Pracht mit Spitzen aus Vadstena verfiel er darauf zu erzählen, daß er während der gesamten Verlobungsreise nachts, nachdem er in den Parks der Hüttenbarone mit der Braut geturtelt hatte, mit der Musiklehrerin geschlafen habe. Doch nun sollte nichts mehr zwischen ihnen stehen. Er wolle bekennen und Absolution erhalten, denn er sei sich eigentlich den ganzen Sommer über widerwärtig vorgekommen. Jetzt komme er sich aber nicht mehr widerwärtig vor! Wenn sie ihm jetzt nur verzeihen möge!

Lilibeth bekam einen Nervenschock, und im Herbst war sie krank. Anfangs hatten sie überhaupt nicht mehr über dieses Thema gesprochen. Er hatte sich zu einigen Geschlechtsakten gezwungen und dann aufgegeben. Sei waren nun schon achtundzwanzig Jahre verheiratet, doch die Wunde in Lilibeths Herz war immer noch genauso frisch, da sie regelmäßig wieder aufgerissen wurde. Angefangen hatte es während des Krieges und der Hungerrevolten, als es ihnen unmöglich wurde, ihre Angst allein zu ertragen. Stundenlang hielten sie sich im Schlafzimmer mit den weißen Möbeln auf, Stunden der Pfeilschüsse, des Schweigens, Weinens, furchtbarer Schreie und schließlich heftiger Schläge, wenn die gnädige Frau steif wie ein Brett im Bett lag und sich selbst mit beiden Händen ohrfeigte.

Sie verwechselten die Ermattung, die sich einstellte, wenn er endlich ihre Hände von dem brennenden Gesicht losbekam, sehr schnell mit Versöhnung, und die Versöhnungsszenen wurden, angeheizt durch Brom und Kognak, zur Passion ihrer mittleren Jahre. Sie waren zutiefst unglückliche Menschen, das konnte hören, wer wollte und sich nachts draußen in den dunklen Korridoren des Hauses zu schaffen machte, wo Zinnkrüge und Silberbecher matt glänzten und die Schreie der Frau aus dem Schlafzimmer zu vernehmen waren und sich fern wie das Geschrei großer Vögel an einem leeren Meeresstrand anhörten.

Tyra wartete der gnädigen Frau auf. Sie half ihr vor Tischgesellschaften bei der großen Toilette, und die begann immer mit einem Gramm Brom und Wechselfußbädern. Die Konsulin hatte Dauerwellen, so daß die Frisur sechs Monate hielt, aber sei mußten natürlich gelegt und gekämmt werden. Dann saß sie zehn oder fünfzehn Minuten unter einem Handtuch über eine Waschschüssel mit heißem Wasser gebeugt, und hinterher mußte Tyra ihr vorsichtig und mit Baumwolle umwickelten Fingerspitzen die Mitesser ausdrücken und Lanolincreme auftragen. Wenn sie sich gepudert hatte, prüfte Lilibeth Iversen-Lindh im Spiegel lange und eingehend, ob die Haut unter dem feinen Puder grob aussähe. Sie fragte Tyra danach, und Tyra sagte, sie finde, daß sie gut aussehe.

»Ganz sicher?«

»Ja, gewiß. Die gnädige Frau sieht aus wie vierzig.«

Sie sollte eigentlich Konsulin sagen, aber in Momenten wie diesen wurde sie nicht korrigiert. Lilibeth nahm unmittelbar unter der Drosselgrube die Haut zwischen die Finger und preßte sie zusammen. Erst nach einem Weilchen ließ sie sie wieder los, und dann schaute sie in den Spiegel, ob sie schnell wieder glatt würde. Doch sie war faltig und blieb es auch. Sie bat Tyra, die Schmuckschatulle zu bringen, und dann suchte sie einen großen Halsschmuck aus.

Damit die Arme der Konsulin weiß und glatt würden, verrührte Tyra Eidotter mit Mandelöl und Rosenwasser und fügte einige Gramm Benzoetinktur aus der Apotheke hinzu. Die Nacht vor jeder entscheidenden Schlacht im Gesellschaftsleben lag die Konsulin mit verbundenen Armen im Bett, und morgens wurden sie gewaschen und mit »Paulis Lilienmilch« eingerieben. Dennoch trug sie nunmehr zu ihren Abendkleidern gerne Chiffonärmel.

Tyra hatte mit den persönlichen Diensten für die gnädige Frau so viel zu tun, daß Ingrid weitgehend alleine saubermachen mußte. Zweimal im Monat kam eine Putzhilfe für die groben Arbeiten. Jeden Morgen mußte sie jedoch die Betten machen, lüften und in den Schlafzimmern abstauben, desgleichen in den Gesellschaftsräumen, die am Abend vorher benutzt worden waren, meistens die Bibliothek und das Billardzimmer.

Danach deckte sie im kleinen Speisezimmer den Frühstückstisch ab, brauchte aber nicht abzuspülen, denn dafür war in der Küche ein Mädchen da. Dagegen mußte Staub gewischt werden, und Krümel waren hinauszufegen. Manchmal machte die gnädige Frau mit einer Gießkanne und einer kleinen Schere zwischen den Blumen die Runde, meistens aber verbrachte sie den Vormittag in ihrem Schlafzimmer, wo es ein Telefon gab. Dann goß Ingrid die Palmen und die Pflanzen in den Fenstern. Wenn sie Läuse hatten, sollten sie geduscht werden. Die Mühe, nachzusehen, machte sie sich nie. Hin und wieder fand sie in den Blumentöpfen Zigarrenstummel. Die drückte sie in die Blumenerde und fragte sich, ob die Pflanzen davon wohl eingingen.

Jeden Tag sollte sie sich nach einem bestimmten Plan durch das Haus arbeiten. Zu Beginn des Monats war vorgesehen, daß sie die Zinngegenstände in der unteren Halle putzte und die Mahagonimöbel im vorderen und hinteren Raucherzimmer polierte und dann mit den Lappen für das Silber, die Edelhölzer und das Kristall durch die Empiresalons und gustavianischen Kabinette, Speisezimmer und Schreibzimmer ging, bis sie am Ende des Monats in den Schlafzimmern anlangte und den Durchgang damit vollendete, die Wandleuchter und Spiegel über dem Toilettentisch der gnädigen Frau sowie die Bürstengarnitur und das Service für Kämme und Puder zu putzen.

Sie mußte den Mittagstisch decken und das Speisezimmer hinterher wieder in Ordnung bringen, nachmittags bei den Tees der Konsulin aufwarten, den Tisch für den Abend decken, servieren, Kaffee und Erfrischungen bringen, die Tagesdecken von den Betten nehmen und die Schuhe zum Putzen nach unten tragen. Die Kleider aus den Schränken der Herrschaft brauchte sie nicht auszubürsten und zu lüften und auch nicht die weißen Blusen der Konsulin zu waschen und zu bügeln. Das machte Tyra. Dagegen mußte sie aus Patriks und Wolfgangs Hosen und Schlipsen Flecken entfernen und deren Strümpfe waschen. Sie wußte nun, wie ein junger Herr roch.

Der Arbeitstag ging von sieben Uhr morgens bis zehn Uhr

abends, wenn keine Tischgesellschaft gegeben wurde. War das der Fall, dann dauerte er bis ein oder zwei Uhr und endete damit, daß sie den Gästen in die Überschuhe und in Hut und Mantel half, sich gegen Zwickereien in die Hinterbacken und Tatschereien an den Busen wehrte, Aschenbecher ausleerte und lüftete. Sie bekam fünfunddreißig Kronen im Monat. Der erste Monatslohn ging für das schwarze Wollkleid und die Mullschürzen drauf, die sie sich anschaffen mußte. Blaue Kleider und gewöhnliche weiße Baumwollschürzen hatte sie vorher gehabt.

An das große, düstere Haus mit seinen nächtlichen Schreien und Reihen von glänzenden Gegenständen, die sie zu polieren hatte, konnte sie sich nicht gewöhnen. Sie dachte, daß sie sich in der Hölle befinden müsse und daß die Zeit hier bald ein Ende nehmen würde. Anfangs war ihr das Unglück, sich in diesem Haus zu befinden, eigentlich nicht persönlich nahegegangen. Sie war natürlich müde, aber vollkommen davon überzeugt, daß dieses seltsame Gereibe und Geputze von reihenweise aufgestellten Dingen bald vorbei sein würde. Wie, wußte sie allerdings nicht. Sie fühlte sich wie in einer Leichenkammer, wenn sie durch die Räume ging und auf die Ölgemälde und Silberdinger starrte. Tyra schien zu glauben, daß irgendwo im Leben eines Menschen ein unermeßlicher Hort an Geld und Wertgegenständen versteckt sei und daß es gelte, darüber zu stolpern und den Schatz zu heben. Konrad hatte Ingrid jedoch beigebracht, wenn Werte vorhanden seien, so habe jemand gearbeitet. Sie ging durch ein Leichenhaus. Es roch übel im Lindhschen Haus. Es stank nach Tod und Ausbeutung.

Ihre Arbeitskolleginnen mochte sie nicht sonderlich gut leiden. Die Haushälterin stand über ihnen allen. Vor ihr hätte sie sich fürchten sollen, tat es aber nicht. Womöglich kam das daher, daß sie keine Angst hatte, ihre Stelle zu verlieren, sondern beinahe darauf wartete, daß dies geschehen würde. Oder auch deshalb, weil der Hausdrachen, der die Fachschule für Hauswirtschaft in Uppsala absolviert hatte, etwas auf dem Kopf trug, was einer altmodischen Bademütze mit einem Abzeichen vorn glich. Alma war zänkisch, Tyra doof, und das Küchenmädchen hatte sowohl vor der Köchin als auch vor der Haushälterin panische Angst. Wenn es vorkam, daß die Konsulin sich in die Küche hinabbegab, mußte es meistens in die Rumpelkammer hinausgehen, wo sie Kupfergeschirr und Wurzeln putzte, weil ihre Schürze nicht sauber genug war.

Es gab einen Chauffeur, der die zwei Autos fuhr und Ledergamaschen trug. Er redete nie mit ihr. Patrik war pickelig und machte einen groben Eindruck. Er hätte wohl gerne poussiert, traute sich aber nicht. Ingrid war älter als er und sah ihn forschend an. Der Österreicher war schlimmer. Der war hart. Der scheute vor nichts zurück. In seinen braunen Augen blitzte es. Sie war peinlich darauf bedacht, nie mit ihm allein zu sein. Der Konsul kümmerte sich nicht um sie.

Eine Zeitlang hatten sie viel damit zu tun, mit Tabletts zur Konsulin zu laufen, die sich matt fühlte und im Bett lag. Sie mußte sich schließlich die Lungen untersuchen lassen und einen Monat in einem Sanatorium zubringen. Ingrid sann darüber nach, daß sie nicht das geringste Mitleid mit der Konsulin empfand. Tyra war netter als sie. Der tat sie manchmal leid.

Sie hatten heimlich am Detektorgerät der gnädigen Frau Radio gehört, hatten abwechselnd die Kopfhörer aufgesetzt und Musik aus fast ganz Europa hören können, außer aus Stockholm, das in der Stadt, in der sie lebten, schlecht zu empfangen war. Die Gnädige ließ den Detektorempfänger zu Hause, als sie fuhr. Ihr war es vermutlich zu schlecht gegangen, um an ihm Freude zu haben. Tyra stiegen bei diesem Gedanken zuerst ein paar Tränen in die Augen, doch dann freute sie sich zusammen mit Ingrid, daß sie Radio hören könnten, fast soviel sie wollten. Doch es funktionierte nicht. Sie drehten und probierten. Schließlich zeigten sie es dem Chauffeur, der ihnen erklärte, daß ein kleines, aber wesentliches Teil abgeschraubt worden sei. Er sagte auch, wie es hieß, doch sie verstanden ihn nicht.

»Sie gönnt's uns nicht, daß wir horchen«, meinte Ingrid.

»Ach, es ist ihr wohl so schlecht gegangen, daß sie nur da drankam«, entgegnete Tyra.

»Du bist wirklich nett, Tyra«, sagte Ingrid.

Sie fragte sich, wie sie selbst werden würde, wenn sie hier noch lange lebte.

Die gnädige Frau kehrte indes zurück, und es wurden wieder Tischgesellschaften gegeben. Der große Schauspieler sollte kommen. Sie hatte ihn im Film gesehen. Er sah auch genauso aus, als er aus dem Daimler stieg. Sie empfanden es beinahe als unwirklich, aber schon bald faßten sie ihn an oder doch zumindest seinen Überzieher mit dem weichen Pelzkragen, den er im Nacken hochgeschlagen hatte, obschon es richtig Sommer war. Sie fragten sich, ob er krank sei. Er hatte dunkelblaue Ringe unter den Augen.

Er war nach Rosenholm hinaus geladen worden, dem kleinen Herrenhof, den der Konsul von Restaurateur Winther gekauft hatte. Er wollte sich auf eine Rolle vorbereiten und in der ländlichen Umgebung erholen. Aber es gab auch eine große Tischgesellschaft. Die Konsulin legte sich mit Gurken auf den Augen und Eiern am Hals hin, und der Speisesaal wurde so dekoriert, daß er ein Gartenlokal in Tirol darstellen sollte. Es ging jedoch fürchterlich daneben. Die Leute sollten mit Booten langsam auf dem kleinen See umherfahren, und am Ufer sollte es, genau wie zu Winthers Zeiten, Feuer und Musik geben. Doch es wimmelte von Mücken. Die meisten Gäste drängten sich in dem Gartenhaus mit den Erfrischungen zusammen. Am schlimmsten aber war es mit dem Schauspieler. Sicherlich war er groß, aber schweigsam war er auch. Das ganze Essen über saß er düster grübelnd da und antwortete zerstreut. Hinterher wollte er sich auf seine Rolle vorbereiten, anstatt an der Bootspartie teilzunehmen.

Die Konsulin hatte das nicht ernst genommen, doch er ging mit einem blauen Rollenheft, auf dem »Nationalmonument« stand, umher. Über dem Lesen geriet er in den sumpfigen Uferrand und ruinierte seine weißen Schuhe. Tyra und Ingrid versuchten, sie zu waschen und sie wieder aufzupolieren und übergaben sie ihm dann mit einem halberstickten Ausdruck des Bedauerns. Sie waren fast hysterisch vor Schüchternheit. Tyra hatte nicht einmal hineingehen wollen. Ingrid weigerte sich jedoch, allein zu gehen.

Er war sehr liebenswürdig und sehr müde. Sie bekamen fünf Kronen, die sie sich teilen sollten, und er fragte, ob sie ihn im Kino gesehen hätten. Nach einer Weile merkten sie, daß sie dastanden und sich mit ihm unterhielten. Er versuchte Ingrid weder in den Busen noch in den Hintern zu kneifen, als sie mit Milch und Kognak wiederkam. Er lächelte nur und sagte: »Danke, meine kleine Freundin. Vergiß mich nicht!«

»Danke, meine kleine Freundin. Vergiß mich nicht!« mußte Ingrid in der Küche wiederholen. Dort blieben sie bis zwei Uhr auf. Die Gesellschaft war mißglückt, und die gnädige Frau brauchte Kompressen und Brom. Draußen in der Küche fühlten sie sich dennoch zum ersten Mal ein wenig zusammengehörig, blieben länger als nötig auf und machten für sich selbst Kaffee warm.

»Danke, meine kleine Freundin. Vergiß mich nicht!«

Genau so. Und gleichsam betrübt. Auch habe er nicht zu zwicken und zu tatschen versucht, das hob Ingrid hervor. Es war schön, es war fast wie im Film. Sie würden seine Augen mit den dunklen Ringen nicht vergessen, und auch nicht den Pelzkragen, den er mitten im Juli im Nacken hochgeschlagen hatte. Nein, sie würden es nicht vergessen. Dessen konnte er gewiß sein. Am Tag darauf sagte der Chauffeur, daß der Große nur an kleinen Jungs interessiert sei und daß er deshalb nicht zu zwikken versucht habe. Doch sie glaubten ihm nicht. Alma warf ihn aus der Küche, denn sie wollte backen.

Nach jeder Tischgesellschaft, die keine Victoria geworden war, mußte geputzt werden. Die gnädige Frau hatte Schmerzen über den Augen und in den Schläfen. Im vollen Tageslicht durch das Haus zu gehen und den Staub in den Sonnenbahnen wirbeln zu sehen, flößte ihr große Angst ein. Nachdem der große Schweigsame abgereist war und sie alle in das Lindhsche Haus in der Stadt zurückgekehrt waren, ordnete sie ein Großreinemachen an, obwohl keine Putzhilfe bestellt worden war. Der rote und der grüne Salon mußten saubergemacht, alle Textilien herausgenommen und gebürstet, geklopft und gelüftet werden. Danach mußten der Fußboden gereinigt und gebohnert und die Fenster geputzt werden.

»Es ist absolut unmöglich, daß wir das schaffen«, sagte Ingrid zu Tyra.

»Wir müssen es auf jeden Fall versuchen.«

»Wir haben noch keinen freien Nachmittag gehabt, seit ich hier bin. Einen in der Woche sollten wir haben. Wie viele hast du denn gehabt, seit du angefangen hast?«

»Pah!« erwiderte Tyra. »Aber wir haben ja Geschenke gekriegt, als sie aus Stockholm gekommen ist. Wir können jetzt nicht zu meckern anfangen. Es sind ja auch so viele Gesellschaften gewesen.«

Das gesamte Personal hatte zum Empfang auf der Treppe gestanden, als Iversen-Lindhs das letzte Mal aus Stockholm kamen. Geschenke waren verteilt worden. Ingrid hatte einen geblümten Frisiermantel bekommen.

Sie fingen im roten Salon an. Tyra verschwand mit Teppichen und Kissen hinaus in den Garten. Ingrid sollte den Fußboden wischen, schüttete aber zuviel Wasser aus. Als die Konsulin hereinkam. Die schrie auf. Ingrid sah auch ein, daß der Boden von zuviel Wasser zerstört würde, vermochte aber nichts anderes zu tun, als daraufzustarren und den Mop hin und her zu ziehen. Tyra kam angesprungen und begann zu wischen, Lumpen auszuwinden und erneut zu wischen.

Dann bat die Konsulin Ingrid zu einem Gespräch. Sie redeten fünfzehn Minuten lang miteinander. Am Ende griff sich Frau Iversen-Lindh ans Herz und bat Ingrid mit nach wie vor bekümmerter Beherrschtheit, ihr in die Küche zu folgen, damit sie die Ansicht der anderen anhören könnten. Sie sei nämlich überzeugt, daß sie das Vertrauen und die Unterstützung ihres Personals besitze, sagte sie. Ingrid war bereit, ihr recht zu geben, schwieg aber.

Sie stellten sich an einer Wand auf, als habe sie jemand darum gebeten. Die Konsulin stand an der Tür zum Servierraum und stützte sich auf die Klappe, wo die Haushälterin die Abrechnungen verwahrte. Sie erzählte ihnen, daß Ingrid, die jüngste von ihnen allen, die keine Erfahrungen von früheren Stellungen habe und die am Vormittag beinahe den unersetzlichen bemalten Fußboden im roten Salon zerstört habe, mit ihr über Arbeitszeiten, Freizeit und Lohn gesprochen habe. Über Pflichten und gemeinschaftliches Arbeiten habe sie nicht gesprochen, und nun fürchte sie, die Konsulin, daß die kleine Ingrid deren Arbeitsfreude zerstört habe.

»Haben wir denn keine Arbeitsfreude zusammen gehabt?« fragte sie in die Küche hinein, in der es vom Warmwasserbehälter her nach feuchtem Dampf roch. Niemand antwortete.

»Ich will, daß ihr vollkommen offen sprecht«, sagte sie sanft, aber ein wenig bekümmert. »Seid ihr ungerecht ausgenutzt worden und habt eure Freizeit nicht bekommen? Ingrid ist ein sehr junges Mädchen, ich bin aber dennoch der Meinung, daß sie ein Recht hat, auf ihre Fragen eine Antwort zu erhalten.«

Alma schaute auf den Bolinderherd und die Kupferformen über der Klappe. Sie zog die Unterlippe ein und sog daran.

»Tyra!«

Das war ein Befehl.

»Jaa«, sagte Tyra. »Ich weiß nicht. Es ist klar, frei hat man freilich nicht... aber es sind ja natürlich auch viele G'sellschaften g'wesn. Was das anlangt.«

»Aber die Arbeitsfreude!« sagte Frau Iversen-Lindh. »Haben wir denn keine Arbeitsfreude zusammen gehabt!«

Da schwieg Tyra. Dann half sie Frau Iversen-Lindh hinauf auf ihr Zimmer und ging zum Kontor, um den Konsul zu holen. Der war äußerst irritiert, als er aber den Ernst der Nervenattacke begriff, die seine Frau ereilt hatte, schickte er nach dem Arzt und dann nach Ingrid. Die hatte inzwischen bereits ihren Koffer gepackt und bei der Haushälterin den Schlüssel und die Adresse hinterlassen. Das tat sie, um nicht beschuldigt zu werden, etwas von den Sachen, die sie geputzt hatte, gestohlen zu haben.

Sie gingen vorsichtig über die gesprungenen Steine der Terrasse, die alte Dame vorneweg und Ingrid mit den Handtüchern und dem Bademantel hinterdrein. In einem verschnürten Stoffbeutel, der an ihrem Arm baumelte, trug sie einen Bimsstein und eine Florodolseife in einem Glasbehälter mit Silberdeckel. Das Gras war noch naß, und die alte Dame hob den Rock. Am Uferrand schritt sie sehr vorsichtig, denn der bestand nur aus Schlick, der um modrige Schilfrohre herum festgebacken war. Der Steg schwankte, und als sie ihn betraten, sah Ingrid unwillkürlich zu, daß sie etwas mehr Abstand hielt.

Eine Morgenbrise kam auf und schaukelte die Seerosen beim Badehaus. Ingrid sah, daß sich zwischen den Pfeilern schwarzes Gewürm bewegte. Die Reflexe der kleinen Wellen an den Wänden kamen nach einer Weile zur Ruhe. Sie setzte sich und blickte, so wie es ihr geheißen war, zur Wand, während die alte Dame sich auskleidete. Sie wurde von dem Geruch morschen Holzes und dem süßen Aroma des Sees nach Seerosen und sonnigem Wasser umgeben.

Jetzt wollte die alte Dame ins Wasser hinabsteigen, und da war Ingrids Platz neben der Leiter. Gleichzeitig wurde sie aber freundlich gebeten wegzusehen, und das tat sie auch immer. Die ersten Male hatte sie ein bißchen auf den weißen Rücken geschielt. Von hinten war die alte Dame sehr schmal. Vielleicht hatte sie auf dem Bauch Falten. Den hatte Ingrid aber nie gesehen. Sie hatte vier Kinder geboren, drei davon lebend. Eines war Rittmeister, eines Attaché und eines von ihnen Gutsherrin. Die drei Kinder lebten in Malmö, Brüssel und Herefordshire, und sie ließen nicht zu, daß sie allein badete. Die Stufen, die in das nicht ganz klare Wasser hinabführten, waren glitschig. Von Christi Himmelfahrt bis zum ersten September badete sie jeden Morgen. Die Alten in der Küche sagten, daß sie einmal nach dem Verzehr verdorbener Erdbeeren, die sie nicht habe wegwerfen lassen wollen, Sommerdurchfall bekommen habe. Damals habe sie nicht gebadet.

Ehe sie fertig angekleidet war, sah Ingrid ihren nackten Fuß. Jeder Teil ihres Körpers, der für gewöhnlich nicht zu sehen war, erfüllte Ingrid mit Mitleid und Scham. Der Fuß war ganz klein. Sie hatte bei einer erwachsenen Frau in der Tat noch nie einen solch kleinen Fuß gesehen. Er war ebenso weiß wie ihr Rücken. An der trockenen Haut und den kleinen, aber gelb und dick gewordenen Nägeln sah man, daß er alt war.

Als sie von dort weggingen, war das Wasser von der Seife ölig. Ingrid sah noch einmal nach den Seerosen und hätte gerne gesagt, daß sie von weitem so schön aussähen, wenn man aber in ihre weißen Kronen schaue, sehe man braune Fäule und kleine Insekten. Doch sie sagte nichts. Sie pflegte die alte Dame nicht unaufgefordert anzusprechen, wenn es ihr nichts mitzuteilen oder nach ihren Wünschen zu fragen galt. Dagegen sprach die alte Dame oft mit ihr, und da antwortete sie, ohne sich allzusehr Zügel anzulegen.

Nach dem Bad half sie ihr die Haare hochzustecken und die Haube zu binden, die eigentlich nur hoch oben auf dem Kopf ein kleiner Fleck aus Spitzen war, die auf ein Seidenfutter genäht waren. Ihre Haare begannen oben schütter zu werden, das konnte man sehen, falls man, wenn sie die Haube abnahm, nahe bei ihr stand. Sie war so klein, daß sie fast immer vorzog, einen gewissen Abstand zu anderen Menschen zu halten. Sonst wäre sie gezwungen gewesen, zu ihnen aufzublicken.

Ingrid machte jetzt nicht das Bett der alten Dame, sondern öffnete nur weit die Fenster und nahm das Nachtgeschirr zum Entleeren mit nach unten. Auf der Treppe trug sie es mit Papier bedeckt. Es gab keine andere Treppe ins Erdgeschoß hinunter, wo die Küche lag, als die große, geschwungene Eingangstreppe. Über sie kam man direkt in die große Halle. Zur Küche mußt man quer über den Steinfußboden gehen. Sie sollte immer auf halber Treppe stehenbleiben und aufmerksam lauschen, ehe sie mit dem Nachtgeschirr hinunterging. Wenn irgendein männliches Wesen hereingekommen sein sollte und mit seiner Mütze in der Hand stünde, das galt auch für den Kutscher, dann sollte sie den Topf in eine Nische hinter eine Urne stellen, dann hinuntergehen und fragen, was er wünsche. Sie konnte männliche Schritte sehr gut von denen der alten Frauen aus der Küche unterscheiden.

Ehe sie das Frühstück nach oben brachte, kam die alte Dame herunter in die Küche und hielt mit den Bedienten eine Hausandacht. Am ersten Morgen hatte Ingrid das unwirklich gefunden. Mittlerweile dachte sie sich nicht mehr viel dabei, sondern sang die Lieder immer mit. Sie war es auch, die der alten Dame das Buch und das Brillenfutteral reichte.

»Bitte sehr, Ihro Gnaden«, sagte Ingrid.

»Danke, Ingrid. Steckt das Lesezeichen noch an seinem Platz?«

Es steckte an seinem Platz.

Die Tage auf Lilla Himmelsö begannen in der hellen Jahreszeit immer auf diese Weise. Im Winter begannen sie damit, daß das Hausmädchen die Kachelöfen einheizte. Doch bisher hatte Ingrid hier noch keinen Winter erlebt.

Während der Andacht saß sie da und betrachtete den Fußboden im Eßzimmer der Bedienten. Er bestand wie im ganzen Erdgeschoß aus großen, quadratischen Steinfeldern, in denen sich erstarrte, urzeitliche Krebsschwänze abzeichneten. Ingrid musterte Nannas Füße. Die alte, getreue Dienerin versorgte die Hühner und verrichtete gröbere Küchenarbeiten. Die Köchin hieß Beda. Ihre Füße waren ebenfalls platt und an den Seiten voller Knoten. Doch konnte sie, im Gegensatz zu Nanna, immer noch Schuhe tragen. Nanna schlurfte tagaus, tagein in Filzpantoffeln über den Steinfußboden. Wenn sie die Röcke schürzte, um den Fußboden zu scheuern, sah man, daß sie an den Knien etwas hatte, was großen Birkenpilzen ähnelte. An den Ellbogen hatte sie ebenfalls Ansammlungen von schorfiger und aufgequollener Haut, doch bei weitem nicht so große.

Es roch nach feuchtem Spüllappen. Zur Küche hin gab es keine Tür, die man hätte schließen können: das Eßzimmer der Bedienten lag in einem großen Alkoven. Die Nase der alten Dame bewegte sich, während sie aus Paulus vorlas. Ein Weilchen noch, und sie würde dem nachgehen. Dann konnte Beda sich schämen. Zwar hatte Nanna abgespült und vergessen, den feuchten Spüllappen hinauszuhängen, aber dafür verantwortlich war Beda. Der Kutscher war nicht dabei. Er fand oft irgendwelche Anlässe, um sich von der Hausandacht fernzuhalten. Meistens führte er an, daß eines der Pferde krank zu sein schiene. Es waren alte Pferde. Sie hießen Castor und Diana. Man sprach im Haus oft über ihren Gesundheitszustand.

Erst nach dem Lied war es Zeit, das Frühstückstablett anzurichten. Morgens hatte Ihro Gnaden lediglich ihr Leinsamensüppchen gegessen, damit ihr Magen ordentlich funktionierte. Ehe sie nach oben ging, erledigte sie ihre Verrichtung auf dem Nachtstuhl, denn auf Lilla Himmelsö gab es keine Wasserklosetts. Das Geschirr dieses Stuhls zu leeren und sauberzumachen war Nannas Angelegenheit. Aus Rücksicht auf deren geschwollene Füße und Beine, die ihr das Treppensteigen schwermachten, nahm Ihro Gnaden ihre Verrichtung jeden Morgen im Erdgeschoß vor, ehe sie nach oben ging und ihr Frühstück einnahm.

Nach dem Frühstück widmete sie sich dem Briefeschreiben. Sie benutzte Briefkarten, die fünf Öre kosteten und die man auf beiden Seiten beschreiben konnte. Sie schrieb sie voll, und am Ende setzte sie mit ihrer mikroskopisch kleinen Handschrift darunter:

Absenderin Augusta Jaquette de Valiers
geborene Fogel, Lilla Himmelsö Gutshof

Sie führte eine umfassende Korrespondenz. Am wichtigsten waren die Briefe an die Kinder. Sie schrieb ihnen zweimal in der Woche über das Wetter, über die Gesundheit der Bedienten und über ihre eigene, was keiner langen Ausführungen bedurfte. Sie schrieb auch, daß sie Gott hierfür danke. Die Briefe an die Kinder wurden immer mit einigen Reflexionen zu geistlichen Fragen beschlossen, die die Kinder lasen oder auch nicht. Das wußte sie nicht, denn sie berührten sie nie in ihren Antwortbriefen. Manchmal konnte sie auch, anknüpfend an einen der Gegenstände, die Ingrid währenddessen abstaubte, eine kleine Episode aus der Vergangenheit erzählen.

Das war Ingrids Hauptbeschäftigung auf Lilla Himmelsö, die alten Gegenstände, von denen die meisten sehr schön waren, abzustauben und zu putzen. Fast nichts war zu Ihro Gnaden Lebzeiten erworben worden. Es war auch der Zweck des Lebens der zwei alten Frauen in der Küche, des Kutschers und Ingrids, wenn sie es denn wollte, den Körper der bejahrten Dame zu pflegen und die alten Dinge, auf die sie so viel Wert legte – nicht immer im Verhältnis zu deren Marktpreis –, zu bewahren. Falls auf Lilla Himmelsö ein Feuer ausbrechen sollte, hatte sie sie angewiesen, sich als erstes darauf einzurichten, den Paradedegen ihres Vaters sowie dessen Porträt in Sicherheit zu bringen.

Manchmal erzählte die alte Dame Ingrid auch von den Gegenständen, die sie umgaben, über die Figurinen im Glasschrank, die Uhren und die kleinen Tische. Wenn sie das getan hatte, vermeinte man einen Augenblick, daß die Dinge Herzen hätten, die schlügen, und lebendige Oberflächen, die von Kratzern und Beschädigung wimmerten. Was sie erzählte, war oft lehrreich. In den Anekdoten kamen Könige, Ministerpräsidenten und Justizminister vor. Oft war sie, wenn sie von ihnen erzählte, ironisch und ganz und gar nicht untertänig.

Ingrid mußte auch anderes lernen. An einem der ersten Tage stand sie mit einer Papierschere da und wartete, während Ihro Gnaden eine Ansichtskarte in ein Album steckte. Sie langweilte sich etwas und putzte sich mit der Schere die Nägel. Da wurde die alte Dame ironisch. Wüßte Ingrid, was die Sozialdemokraten über die Religion sagten? Das wußte sie wohl, traute es sich aber nicht zu sagen.

»Na«, meinte Ihro Gnaden, »sie sagen doch, daß sie Privatsache sein solle. Das kann man möglicherweise bestreiten.«

Sie drückte energisch, um die Ecken der Ansichtskarte in die Laschen der Albumseite zu bekommen. Als Ingrid ihr die Schere reichte, die für diesen Moment vorgesehen war, wies sie sie zurück.

»Das kann man wie gesagt bestreiten«, sagte sie. »Doch alles, was zur Maniküre gehört, sollte dagegen unter allen Umständen privat vorgenommen werden.«

Daraufhin mußte Ingrid die Schere saubermachen.

Sie sprach nie über den Geldwert der Dinge. Ein sehr schönes Service mit rosafarbenen Blumen und kleinen Goldblättern durfte nicht einmal unten in der Küche abgewaschen werden. Es wurde nur benutzt, wenn sie gelegentlich Gäste empfing. Ingrid hatte es gerade in einer kleinen Kammer neben dem Schreibkabinett abgewaschen, als der Graf des Stammgutes herauskam und seine Zigarre im Wasser löschte. Dann nahm er eine seiner eigenen Zigarren aus der Tasche und zündete sie an. Er sagte, daß es ihn freue, daß sie so behutsam abwasche. Die meisten würden es nicht wagen, ein solches Porzellan, wie Frau de Valiers es aufdecken ließ, hervorzuholen. Von Zigarren habe sie allerdings keine Ahnung, sagte er. Ingrid war es stellvertretend für Ihro Gnaden unangenehm, denn sie verstand sehr wohl, daß er Ihro Gnaden für so geizig hielt, daß sie zwar ein Porzellan hinstellen konnte, das ein Vermögen wert war, aber billige Zigarren und schlechten Rotwein kaufte. Vielleicht war sie geizig. Auf jeden Fall war sie sehr sparsam. Sie hatte einfache Gepflogenheiten und kam selten mit anderen Menschen als ihren Bedienten zusammen.

Zu ihren Festtagen überreichte sie ihnen Geschenke. Die waren uralt und aus den nach Kampfer riechenden Tiefen der Kommodenschubladen hervorgeholt. Weißes war vergilbt, Papier brüchig und Federn geknickt. Ingrid bekam zu ihrem Geburtstag eine Dose Lippensalbe aus einer Pharmacie in Lausanne. Sie bestand aus ranziger Kakaobutter. Ihro Gnaden war sehr bekümmert und roch mehrere Male an der Dose. Ihr guter Wille sagte ihr jedoch, daß die schwach rosa Paste in gutem Zustand sei.

Gemeinhin nahm sie um vier Uhr ihre Hauptmahlzeit aus viel Gemüse und äußerst wenig Fleisch ein. Sie mochte es nicht, wenn ihr Stuhlgang dunkel wurde, und dies war der einzige Grund dafür, daß sie sich jeden Morgen einen Ruck gab, sich umwandte und in den Stuhl sah. Fand sie, daß der Stuhlgang zu dunkel aussah, aß sie an den folgenden Tagen noch weniger Fleisch. Die Bedienten aßen im großen und ganzen das gleiche wie sie, aber reichlicher, und mit Ausnahme von kleinen Omeletts, einigem leichteren Backwerk sowie Kalbsbries. Um fünf Uhr begann sie sich für die Nacht herzurichten. Ingrid mußte ihr das Spitzenhäubchen vom Kopf nehmen und das weiße Haar bürsten. Sie füllte das Bidet mit kaltem Wasser. Es war sehr kalt, denn es kam aus der Quelle, aber es sollte nicht angewärmt werden. Dagegen wurde eine Wärmflasche aus Zinn mit heißem Wasser gefüllt und an einem langen Schaft in ihr Bett gesteckt.

Wenn sie sich eine gute Nacht gewünscht hatten, schloß Ingrid die alte Dame im Schlafzimmer ein und legte den Schlüssel im Zimmer der Bedienten in die Nische des Kachelofens. Vom Schlafzimmer her gab es eine Klingelleitung, so daß sie sie rufen konnte. Sie hatte große Angst, in ihrem Zimmer zu verbrennen, wenn sie sich einschloß, sie wagte es aber auch nicht, bei unverschlossener Tür zu schlafen.

Ingrid dachte oft an den Schlüssel, wenn sie unterwegs war. Sie sah ihn dann in der kleinen, mit blauen Ranken ausgemalten Nische des Kachelofens vor sich.

Bis in die Stadt war es ziemlich weit. Länger als bis zehn Uhr durfte sie nicht ausbleiben. Gewiß schlief Ihro Gnaden und konnte sie nicht kontrollieren. Aber man tat ungern etwas gegen ihren Willen. Auf keinen Fall hinterging man sie. Darum wurde es nicht oft etwas mit der Stadt. Statt dessen gab es kalte Spaziergänge in der Allee und am Seeufer entlang, und manchmal ging sie auf der Landstraße bis hinaus nach Rosenholm.

Sie brauchte nicht allein zu gehen. Zuerst war da ein Junge namens Arnold, der sie begleitete. Sie schmusten in dem feuchten Bootshaus. Danach kam Birger, der genauso alt war wie sie. Weil ihr kein anderer Ort einfallen mochte, ging sie auch mit ihm zum Bootshaus. Sie trafen sich einige Male, aber dann wurde es ihm offenbar zu weit, bis nach Lilla Himmelsö hinauszuradeln. Sie vermißte ihn nicht sehr, doch ihr wurde es etwas langweilig, denn all die alten Leute gingen früh schlafen. In all den Jahren, in denen Ihro Gnaden alterte, hatten drinnen in der Stadt Arbeitslosigkeit und Inflation geherrscht, es hatte Streiks und Unruhe auf dem Arbeitsmarkt gegeben, doch am Leben dieser alten Dame änderte das nichts. Bisweilen fuhr sie in die Stadt, um einige kleine, aber notwendige Einkäufe zu tätigen. Dann nahm sie Ingrid mit. Castor und Diana hatte der Kutscher sorgfältig gestriegelt, doch sie waren sehr langsam. Der Kutscher hatte einen verwachsenen Rücken, die Wagensitze waren aufgeplatzt, und das Leder hatte grüne Stockflekken. Ingrid genierte sich sehr, falls jemand sie sehen würde, den sie kannte, besonders wenn es Jungen wären.

Im zweiten Frühling, den sie dort verbrachte, traf sie Harald. Er war dreiundzwanzig und arbeitete im Zeichenkontor bei Svenska Motor. Sie verstand überhaupt nicht, weshalb er mit einer ausgehen wollte, die so viel jünger war als er selbst. Sie fürchtete, kindisch zu wirken, lehnte es aber gleichzeitig ab, sich zu verstellen und mehr zu wissen vorzugeben, als sie wußte. Die Gespräche gerieten oft ins Stocken, weil sie zu Boden sah und schwieg. Dann entstand eine Spannung zwischen ihnen, wie wenn sie ein sehr viel älteres Mädchen gewesen wäre.

Sowohl Birger als auch Arnold hatten es lästig gefunden, daß sie so weit von der Stadt weg wohnte. Sie wollten mit ihr ins Kino gehen oder sich ins Cosmopolite oder zu Anker setzen Harald dagegen fand das von Vorteil. Er liebte Spaziergänge. Schon bald war ihr klar, daß er noch mehr als Spaziergänge mit ihr allein zu sein liebte. Er zog das Bootshaus den offenen Feldern vor.

Ihre Bekanntschaft nahm in der Schneeschmelze, Ingrids zweitem Frühling auf Lilla Himmelsö, ihren Anfang. Er fuhr sie vom Kino nach Hause. Sie saß vorn auf der Lenkstange, denn sein Fahrrad hatte keinen Gepäckträger. Mitten vor dem alten Kartoffelkeller in der Himmelsö-Allee, der zu den Unterkünften der Instleute, den fest angestellten Landarbeitern, gehörte, spürte sie seine Lippen auf ihrem Haar. Das gab ihr ein Gefühl, wie wenn sie eine Haarnadel in eine Steckdose gesteckt hätte. Doch es war nicht schmerzhaft. Lange nachher konnte sie es wieder hervorrufen, indem sie an das Ereignis dachte. Es wurde aber immer schwächer. Wenn er sie küßte, bekam es neue Nahrung, und sie schlief abends oft damit ein. Beda und Nanna schnarchten alle beide, trotzdem war es, als wäre sie ganz allein. Sie murmelte »Harald, Harald« ins Kissen und spürte, daß der grobe Kissenbezug vor ihren Lippen warm und feucht wurde.

Dann pflückten sie Gemeinen Gelbstern auf der Koppel hinter dem Pferdestall. Er wollte, daß sie sich mit ihm hinter die Eichen stellte. Dann suchten seine Lippen ihren Mund. Sie waren kalt im Wind, sehr hart und feucht, seine Zunge aber war warm. Als sie abends daran denken wollte, wurde es zuviel. Er sprach jetzt nicht mehr soviel mit ihr. Sie trug ein gelbes Voilekleid, das Dagmar für sie genäht hatte, doch das bemerkte er gar nicht.

Er war am Gummiband ihrer Hose. Manchmal, wenn sie abends unter der groben, graugelben Wolldecke mit den blauen Borten lag, die Ihro Gnaden für die Bedienten bereithielt, ließ sie den Finger dort über die Haut gleiten, wo das Gummiband der Hose gesessen hätte, wenn sie sie angehabt hätte. Sie dachte nie an den nächsten Tag oder daran, wie sie sich verhalten sollte. Sie merkte aber, daß es mit jedem Mal, da sie zusammen waren, immer schwieriger wurde, miteinander zu reden und zu lachen.

Harald hatte aschblondes, gewelltes Haar, das vorn hochstand, und ein klares Profil. Seine Nase war groß und ganz gerade. Sie fand, daß er schöne Zähne hatte, sie hatte nie Essensreste dazwischen gesehen, und das Weiße seiner Augen war rein. Sie dachte sehr gern an ihn. Mittlerweile war es fast besser, an ihn zu denken, als mit ihm zusammenzusein. Wenn sie Melodien sang, die von Liebe handelten, hatte sie Harald vor Augen. »Ich bin verliebt, ich bin verliebt«, sang es in ihr. Sie schrieb »Harald Simonsson, Vanstorpsväg 31« auf ein Blatt Papier und »Svenska Motor AG«. Dann verbrannte sie das Papier im Küchenherd. Beda wurde argwöhnisch.

Am Mittsommerabend wollte Ihro Gnaden, daß sie kleine Kränze binde, um sie am nächsten Tag draußen auf der Terrasse auf den Kaffeetisch zu legen. Harald kam heraus, und sie bat ihn, ihr am Abend beim Blumenpflücken zu helfen. Die Rittmeisterfamilie wurde mit einem späten Abendzug aus Malmö erwartet, so daß sie eigentlich nicht frei hatte. Doch sie fand das nicht so schlimm, denn Harald kam ja trotzdem. Er wollte nicht tanzen gehen. Er war Esperantist und konnte Gitarre spielen, tanzen aber nicht.

Sie pflückten Blutröschen im Wäldchen oberhalb von Rosenholm. Da zog er sie unter sich auf den Boden und begann sie naß und ungestüm zu küssen. Gleichzeitig versuchte er ihre Hose herunterzuziehen. Als er einige Sekunden lang ganz ruhig mit dem Mund an ihrem Hals lag, gelang es ihr, sich aus seinem Griff zu winden, der in diesem Augenblick nicht besonders fest war. Im Nu war sie auf den Beinen; damit es aber nicht so komisch wirkte, begann sie ihn zu necken und brachte ihn dazu, sie zu jagen, sowie er sich aufgerappelt hatte. Er strich seine Hose zurecht und hatte Laub vom vorigen Jahr in den Haaren. Als sie mit den Blutröschen- und Butterblumensträußen davonrannte, lief er ihr nach. Er rannte jedoch schneller und zielstrebiger und schnitt ihr den Weg ab. Da setzte sie über einen Zaun, die Sträuße hoch in der Luft. Als sie unten aufkam, tat es in den Füßen weh. Er kam hinterher, blieb aber an einem Zaunpfahl hängen. Sie hörte das Geräusch, als seine Hose zerriß.

Der Riß ging von der Tasche aus nach hinten und dann in rechtem Winkel nach unten. Es gab eine große Klappe, die flatterte, wenn er sich die Hinterbacke nicht hielt. Trotzdem war darunter die weiße Unterhose zu sehen. Er besaß nur dicsen einen guten Anzug. Zuerst lachte sie. Dann merkte sie aber, daß er wütend wurde. Er mußte mit der zerrissenen Hose in die Stadt radeln.

Als sie sich das nächste Mal trafen, war sie sehr sorgfältig ausgebessert, doch man sah, wo der Riß gewesen war.

»Wir gehen zum Bootshaus«, sagte er.

Das wollte sie nicht.

»Komm jetzt! So kannst du nicht weitermachen.«

»Ich hab Ihro Gnaden versprochen, um sieben reinzugehen«, sagte sie. »Sie will Honigwasser haben, weil sie erkältet ist.«

Sie log. Das verabscheute sie sonst. Lieber schwieg sie. Doch im Augenblick war ihr unbehaglich zumute. Das nächste Mal spazierten sie nur auf der Himmelsö-Allee. Er sagte, daß er es ziemlich eilig habe, in die Stadt zurückzukommen, denn er müsse nach Hause und an den Esperantistenklub in Melbourne schreiben. Als er vor dem Pferdestall sein Fahrrad holen wollte, hörten sie, wie im Hauptgebäude ein Fenster geöffnet wurde. Dann ertönte erstaunlich durchdringend die Stimme der alten Dame:

»Ingrid!«

Sie antwortete auf das zweite Rufen.

»Ich fahre«, sagte Harald.

»Ingrids guter Freund!« rief Ihro Gnaden nun. »Ingrids guter Freund soll heraufkommen und sich vorstellen.«

Sie sahen sie nicht, die Apfelbäume nahmen die Sicht auf den weißen Steinbau, der nur zwei Stockwerke hoch war. Hatte sie sie gehört? Oder das gelbe Voilekleid durchschimmern sehen?

»Sag, daß ich gefahren bin!« sagte Harald.

Sie hörte den Kies unter seinen Fahrradreifen knirschen, als sie zum Haus ging, und überlegte, daß Ihro Gnaden dieses Geräusch vielleicht auch hörte.

Sie saß in ihrem Schlafzimmer mit einem Buch, das »Der Römerbrief« hieß. Ingrid erkundigte sich nach ihrem Befinden.

»Das ist ausgezeichnet«, antwortete sie. »Du brauchst dir keine Sorgen um mich zu machen, Ingrid. Ich kann nur bisweilen schlecht einschlafen.«

»Er ist gefahren«, sagte Ingrid. Sie konnte es nicht über sich bringen, sie anzulügen.

»Ach!« meinte Ihro Gnaden. »Er hatte es vielleicht ein bißchen eilig. Dann wohl ein andermal. Ich finde, daß Ingrids guter Freund heraufkommen und sich vorstellen sollte.«

Er ist nicht mein guter Freund, dachte Ingrid. Nein, das

ist er nicht. Ich weiß nichts über ihn. Das geht schon länger als drei Monate. Ich weiß bloß, wie er aussieht und wie er sich anfühlt.

»Du kannst jetzt zu Bett gehen, Ingrid«, sagte Ihro Gnaden. »Ich brauche nichts mehr.«

»Gut Nacht, Ihro Gnaden.«

»Gute Nacht, Ingrid.«

Sie ist besorgt um mich, dachte sie, als sie zu Bett gegangen war. Das Zimmer roch warm und dumpf von Bedas und Nannas alten Körpern. Nein, er ist nicht mein guter Freund.

Sie dachte viel an ihn, ja, ganze Tage konnten in dem stillen Haus, in dem Nannas Filzsohlen über den Steinfußboden schlurften, vergehen, an denen sie fast ununterbrochen an ihn dachte. Wenn sie abends in ihrem Bett lag und dort, wo der Hosengummi eingeschnitten hatte, mit den Fingerspitzen über die Haut strich, fühlte sie sich wie im Fieber. Sie wollte, daß aufregende Ding geschehen sollten. Jemand sollte mit einem Auto nach Lilla Himmelsö herauskommen und unter den Apfelbäumen hupen und sagen, daß sie mit zum Krankenhaus kommen müsse, wo er im Sterben liege. Da wäre ihr Kummer so groß, daß sie nicht wüßte, ob sie ihn ertragen würde. An diesem Punkt hörte sie auf, sich vorzustellen, wie es weiterginge.

Sie dachte auch an Fredrik und Jenny, die vielleicht bald heirateten, weil er eine bessere Arbeit bekommen sollte, und sie fragte sich, ob sie schon zusammen in einem Bett gelegen hätten. Sie fragte sich auch, ob Fredrik Jennys guter Freund sei, war sich dessen aber nicht sicher. Beim Einschlafen dachte sie an gute Freunde, an einen Hund, der einem anderen kleinen Hund mit langen, behutsamen Zügen das Fell leckte und ihn saubermachte, und an Bedrik und den alten Kling im Kärrhagshäuschen.

Bedrik hatte eine Krankheit, von der er immer nur zitterte. Man konnte nicht mehr verstehen, was er sagen wollte. Da beugte sich der alte Kling zu ihm hinab und legte ihm sein Ohr an den Mund, so daß es naß wurde und er von dem Zucken, das durch Bedriks Körper ging, erzitterte. Dann konnte er erzählen, was jener sagen wollte. Manchmal war es nur guten Tag, obwohl es so lang dauerte.

»Er sagt guten Tag«, sagte der alte Kling dann.

»Guten Tag«, erwiderte Ingrid.

Jeden Samstagvormittag ging sie mit zwei Körben von Ihro Gnaden zum Kärrhagshäuschen. Es bestand lediglich aus zwei großen Zimmern mit Herd, beide gleich. Mitten im Raum war ein mit Zeitungen bedeckter Tisch. Entlang der Wände standen Betten und Ausziehsofas, eine Holzkiste und ein Büfett. Auf einem kleinen Kasten stand eine Blechwanne zum Geschirrspülen. In dem einen Zimmer wohnten Bedrik und Kling sowie ein ehemaliger Kutscher namens Danielsson. In dem andern wohnten vier alte Frauen. Schon in der Diele stank es nach Urin.

Als Ingrid das erste Mal Lebensmittel sowie die Zeitung »Glaubenszeuge« dorthin brachte, versuchte sie, die mit Zeitungen belegten Tische zu decken, sie mußte jedoch schleunigst hinausgehen und sich in die Nesseln am Steinsockel übergeben.

Sie bekamen eine aus Fleischbouillon gekochte Graupensuppe. Ihro Gnaden schickte auch Kaffee mit, doch keinen Tabak. Alle, die im Kärrhagshäuschen wohnten, waren getreue Bediente auf Lilla Himmelsö gewesen.

Die Frauen wollten ihr die Hand geben, als sie ihr für die Gaben dankten. Sie wollten, daß sie noch bliebe und ihnen über die Ereignisse, die sich während der Woche in dem großen Haus zugetragen hatten, und die Gesundheit der alten Dame berichtete.

Für Ihro Gnaden war es zu weit, um selbst zum Kärrhagshäuschen zu gehen. Sie spazierte jedoch durch die Allee bis zum Torwärterhäuschen. Zweimal die Woche ging ein Strömlingshändler namens Lundberg mit seinem Karren bis hinaus nach Lilla Himmelsö und verkaufte den Instfrauen Fisch. Das tat er deswegen, weil sein eigener Vater Instmann auf dem Gut gewesen war. Als Kind war er mit dem Arm in eine Dreschmaschine geraten. Als der verheilt war, blieb das Ellbogengelenk steif, und er mußte ihn angewinkelt halten. Er konnte keine Arbeit bekommen, doch er kaufte eine Kiste Strömlinge, die er auf den Karren stellte und durch die Lande zog.

Eines Vormittags begegneten sie Lundberg in der Allee. Ingrid trug einen grünschillernden, schwarzen Baumwollschirm, den sie über die alte Dame hielt, denn das Wetter war nicht das beste.

»Wolln Se ’n paar Strömlinge haben?« fragte Lundberg, als er sie sah. Ihro Gnaden pflegte nicht verlegen zu werden, doch Ingrid sah, daß sie schluckte, die dünnen Lippen schloß und zum Sprechen ansetzte, ohne daß etwas daraus wurde. Lundberg glaubte möglicherweise, daß ihr die Strömlinge um die Kiemen herum zu rot seien, darum sagte er:

»Das sind prima Strömlinge. Se wolln bestimmt ’n paar Kilo haben?«

Da sagte die alte Dame äußerst zurückhaltend, doch mit ganz klarer Stimme:

»Sieh er, ich pflege Ihro Gnaden genannt zu werden.«

Lundberg war im Begriff, Strömlinge auf eine Zeitung zu packen.

»Ich hab aber noch nie irgend ’ne Gnade von Ihnen g’sehn«, sagte er. »Wie wolln Se’s haben?«

Als sie durch die Allee zurückgingen, atmete die alte Dame etwas kürzer, aber jedesmal, wenn sie mit Ingrid sprach, lächelte sie ein wenig. Sie gingen an den Unterkünften der Instleute auf der Anhöhe vorbei. Die Instleute und Stallknechte hatten mit der alten Dame nichts mehr zu tun. Die große Landwirtschaft war verkauft, und der neue Eigentümer ließ sie von einem Pächter betreiben. Ingrid wünschte, daß keine der Instfrauen mit einem Eimer voll Spülwasser an den Hang heraustreten und Ihro Gnaden zunicken möge. Sie gingen etwas flotter als sonst durch den feinen Sprühregen, der jetzt gerade noch ein leichter Nebel in der Luft war.

Die Tage waren still und glichen einander. Morgens schloß Ingrid die Schlafzimmertür auf. Das einzige, was drinnen zu hören war, war die Uhr auf dem Kaminsims. Sie befürchtete oft, daß die alte Dame in dem Bett nicht schlafe, sondern bereits tot sei. Sie fand, daß das geschnitzte Eichenbett wie ein Sarg aussah, und sie bekam Angst um die Gnädige.

Ja, ich habe Angst, dachte sie. Hier passiert nichts, und wie ich hierhergekommen bin, war sie mir vollkommen fremd. Sie hätte ein schön geformter Stein sein können oder ein Vogel, den ich noch nie zuvor gesehen habe. Sie ist ein Stein oder auch tot. Doch mit mir geht die ganze Zeit etwas vor. Ich habe gelernt, eher als sie selbst die Gedanken zu denken und ihre Wünsche zu wissen. Wann hat das angefangen? Sie würde meine Gedanken nie denken, und wenn wir hier tausend Jahre herumliefen.

Die alte Dame war bleich und lag unbeweglich auf dem Rükken. Auf der einen Schulter zeigte sich der dünne, weiße Zopf. Die Nase war scharf geschnitten und ragte zwischen zwei großen Falten, die ihre Wangen waren, vor. Man konnte nicht sehen, ob sich unter dem weißen Baumwollbatist des Nachthemds die Brust hob und senkte.

Wie sollen wir unsere Feinde erkennen?

Astrids und Leopolds Hochzeitsbild hing bei Dagmar Eriksson im Flur an der Wand. Ihre Mama Frida pflegte davorzustehen und es zu betrachten, wenn sie heraufkam. Nach einer Weile seufzte sie jedesmal.

Das Brautkleid der Prinzessin war aus weißer Seide und reichte bis zur Wade. Zwei Reihen ziemlich großer Randspitzen schlossen es nach unten hin ab. Die Schleppe war lang, sämig wie dicke, halbgeschlagene Sahne floß sie über den Fußboden hin.

»Das ist weißer Crêpe Satin«, sagte Dagmar. Sie als Schneiderin mußte es ja wissen. Der Schleier war natürlich aus Brüsseler Spitze. Er saß um den Kopf wie eine Haube, hatte Randspitzen, die weit in die Stirn reichten, und war mit einem kleinen Kranz aus Orangenblüten umwunden. Der Brautstrauß bestand aus Maiglöckchen.

»Die haben se natürlich 'zogen«, sagte Frida. »Se hat ja im November g'heiratet. Ja, die Zeit vergeht. Das ist schon ein Jahr her jetzt.«

Ganz weit hinten auf dem Scheitel saß eine Myrtenkrone, und man konnte sich schon fragen, ob Prinzessin Astrid die Myrte in einem Topf an dem Fenster mit den weißen Gardinen in der Hovslagargata stehen hatte oder ob man die Myrte in großen königlichen Gewächshäusern zog, denn da brauchte man ja eine ganze Menge. Sie trug weiße, ganz glatte

Strümpfe; die Schuhe sah man nicht, sie hatten die Schleppe darübergelegt. Man konnte sich fragen, weshalb. Weiße Handschuhe, von denen sah man auch nicht gerade viel.

»Märtha hat große Hände, wird g'sagt. Man fragt sich, ob Astrid die auch hat.«

»Gar nicht«, sagte Frida. »Es wird soviel g'redet.«

»Aber ich hab eine getroffen, die in einem Handschuhgeschäft in der Regeringsgata war, und die hat erzählt, daß Märtha voriges Jahr dagewesen war und Glacéhandchuhe kaufen wollt. Siebendreiviertel hatte se.«

»Siebeneinviertel muß es doch wohl g'wesn sein.«

Schau, wie ihre Hand die seine unter der Uniformmütze, die er auf den Knien hatte, suchte. Er schaute sie mit fast geschlossenen Augen an. Sie sollen ja so verliebt sein ineinander, das war eine Wahl des *Herzens.*

»Er ist mehrmals auf Fridhem drunten zu Besuch g'wesn. Obwohl se da g'sagt haben, daß er anders heißn tät. Se mußten ja so heimlich tun«, sagte Frida. »Aber se haben ihn an seinen lockigen Haar' erkannt.«

Aber wieviel Krempel der arme Kerl doch hatte, auf den er achten mußte! Handschuhe, Mütze, Schwert.

»Jetzt ist er wahrscheinlich froh, daß er se gekriegt hat.«

Das Brautkleid war ziemlich tief ausgeschnitten, und sie hatte ein Halsband um, das aus Gold und kleinen Perlen zu sein schien.

»Stell dir mal vor, daß so eine auch ihre Sachen hat und genau wie wir auf den Abort geht«, sagte Dagmar. »Das mag man gar nicht glauben.«

Frida schämte sich, wenn sie so daherredete. Die Mädchen hatten heutzutage so ein lockeres Mundwerk. Auch gab es nichts, worüber sie sich zu reden scheuten. Man konnte aber schon sagen, daß Dagmar noch zu den Vernünftigeren gehörte. Sie war von Anfang an fest entschlossen gewesen, daß das mit der Schneiderwerkstatt klappen mußte, und da mußte man seine Zunge im Zaum halten und durfte die Frauen nicht verdrießen. Sie hatte in der Storgata genau über der Missionsbuchhandlung und Perssons Metzgerei ein Zimmer mit Küche gemietet. Die Wohnung lag zum Hof hin, aber der Aufgang war derselbe wie für die Mietparteien zur Straße hin. Es war teuer, aber eine gute Lage lohnte sich. Die Frauen wollten nicht weit gehen, und man konnte nicht an übelriechenden und lauten Treppenaufgängen wohnen, wenn man Kundinnen haben wollte, die zahlungskräftig waren.

Die Küche hätte besser ausgestattet sein können. Immerhin gab es einen Wasserhahn, einen Ausguß und einen alten Spültisch. Der Herd wollte in den Raum qualmen, doch Dagmar mühte sich nicht groß damit ab, ihn einzuheizen. Sie hatte Öfen, und Kaffee machte sie auf dem Gaskocher. Wer überall Stoffe und Kleidungsstücke hängen hat, kann ohnehin nie Kohl kochen oder Essigmarinade zubereiten, um Strömlinge darin einzulegen. Von Bratheringen oder Kartoffelpuffern ist ebenfalls nie die Rede. Ihr Stammgericht war eine Scheibe Kalbssülze aus der Metzgerei, doch meistens hatte sie nur Zeit für Kaffee und ein belegtes Brot.

Die Nähmaschine war eine ganz neue Singer mit viel Extrazubehör: Kordelfuß, Kräuselfuß, Säumer und vieles andere mehr. Sie hatte sie auf Raten gekauft, machte sich aber keine Sorgen, daß sie sie nicht würde abbezahlen können. Sie erhielt viele Aufträge. War sie aber stark? fragte sich Frida im stillen. Als Kind hatte sie die englische Krankheit gehabt, und ihr Rükken war ziemlich schief geworden. Eigentlich fiel es ihr schwer, lange in einer Stellung stillzusitzen. Frida hatte sie im Zimmer hin und her wandern sehen, während sie die Nähte eines Kleidungsstücks versäuberte.

Ihre Hände waren nicht grob, denn sie hatte Zeit ihres Lebens nur mit weichen Stoffen zu tun gehabt, doch die Finger waren leider zerstochen. Sie versuchte sie mit Salbe zu pflegen. Es war für die Kundinnen nicht angenehm, bei der Anprobe eines Ausschnitts rauhe und zerkratzte Fingerspitzen am Hals zu spüren. Sie war peinlich darauf bedacht, ihre Haare mit »Hausmütterchens Seifenflocken« zu waschen, weil sie ihren Kundinnen so nahe kommen mußte, wenn sie ihnen etwas anpaßte, auf die Knie fiel und die Säume hochsteckte. Sie wußte auch, wie wichtig es war, daß sie sich unter den Armen wusch und nie ein unausgelüftetes Kleid anzog, das sie bei der Nachtarbeit angehabt hatte. Sie war fest entschlossen, für die Reichen der Stadt zu schneidern. Oft dachte sie an Tora Otter, der es nie gelungen war, diese Wohlhabenden dazu zu bewegen, ihren Vormittagskaffee im Cosmopolite einzunehmen, und die nie verstehen konnte, weshalb sie nicht kamen. Doch Dagmar glaubte eine Ahnung von all den kleinen Dingen zu haben, die zusammengenommen entscheidend dafür sind, wohin die Reichen ihre Nasen drehen.

Fredrik und Jenny würden nun endlich heiraten. Die Hochzeit sollte am zweiten Weihnachtsfeiertag in der Magasinsgata 9 stattfinden. Sie waren allesamt eingeladen: Frida und Dagmar, Konrad und Agnes und dann natürlich Ingrid. Ferner würden Linnea Holm, Tekla und Ebba Julin dasein, doch man konnte nur hoffen, daß der Brauer genug Verstand hatte, nicht zu kommen, denn mit ihm waren sie ja nicht bekannt. Tora hatte auch nicht vor, mehr als ein paar Flaschen Wein einzukaufen. Fräulein Åkerlund würde natürlich auch dasein. Sie hatte versprochen, auf ihrem Klavier zu spielen, das nach wie vor in der Stube stand. Schließlich hatte Tora dieses Aas von Franzon eingeladen. Ja, die Zeit mußte alle Wunden heilen. Fredrik und Adam hatten hartnäckig darauf bestanden, daß Franzon eingeladen werden sollte. Er konnte jedenfalls gut aussehen. Und vermögend. In der Tat. Stella Lans war nun allein, nachdem Rickard gestorben war. Sie wohnte in einer kleinen Wohnung über Uhrmacher Krantz. Sie konnte ja unmöglich in diesem Loch die Hochzeit ausrichten. Krantz war natürlich eingeladen und auch Ivan Roos, damit es nicht gar so knapp an Männern würde. Der Uhrmacher würde bestimmt eine Rede halten und Verse aufsagen. Er war glücklich über die Einladung.

Frida wußte jedoch nicht, was sie anziehen sollte.

»Wir werden dir ein Kleid nähen«, sagte Dagmar.

Darauf wollte sie sich nicht einlassen.

»Du hast sowieso schon genug zu tun.«

Sicherlich waren da viele Aufträge, die fertig werden mußten, bevor die Weihnachtsferien losgingen, doch Dagmar nahm für alle Fälle Maß an ihr.

»Bloß für den Fall, daß etwas nicht abgeholt wird«, sagte sie. »Das können wir ja dann umarbeiten. Sicherheitshalber nehm ich deswegen Maß.«

Sie war dünn. Um das Hinterteil mußte Dagmar noch einmal messen, denn sie glaubte die Zahl nicht.

»Ja, man wird bloß älter und elendiger«, meinte Frida. »Und die Achsel ist schief. Das weißt ja. Für mich kann man doch nichts umarbeiten. Außerdem sind das alles so feine Stoffe. Tutanchamun und wie se alle heißn.«

»Das ist Crêpe Marocain«, sagte Dagmar. »Die Frau von Möbel-Eriksson will den haben. Der soll an der Hüfte drapiert und dann hochgezogen und hier mit einer Stoffrose festgehalten werden.«

»Deswegen, weil man nicht sehn soll, daß ihre eine Brust wegoperiert ist?« fragte Frida. »Sie hat wohl Krebs gehabt?«

Dagmar antwortete jedoch nicht darauf. Beim Anprobieren entdeckte sie viele Krankheiten, Gebrechen, Unsauberkeit und Geruch unter Duchesse und Crêpe de Chine. Sie hatte kostbare Korsetts aus jacquardgemusterter Seide gesehen, die nie gewaschen worden waren, Reize, die eingeschnürt oder aus Watte aufgebaut worden waren, blaue Flecken und Narben. Wenn sie die Bezahlung vereinbarte, erfuhr sie so manches über Geldsorgen, von denen niemand eine Ahnung hatte. Es gab von Sorgen geplagte Ehemänner, die ihre Frauen ein Essen ausrichten ließen und sie zur Schneiderin schickten, um einen solventen Eindruck zu machen. Sie hatte es mitgemacht, in aller Heimlichkeit ein Modell von Leja zu kopieren, um den Schein zu wahren und die Gläubiger zu beruhigen. Aber eines hatte sie bereits gelernt. Nicht zu tratschen. Würde sie das tun, sähe es um sie herum bald erbärmlich aus, und sie säße mit Serge und Alpaka da statt mit Brokat und Moiré.

»Wir werden uns jetzt nach einem Stoff für dich umschaun«, sagte Dagmar in den ersten Dezembertagen.

»Nie im Leben!«

»Selbstverständlich tun wir das. Du kannst doch nicht dieses alte braune Kleid anziehen, das du von Fräulein Lundberg hast. Der Spitzenkragen ist ja nur aus Baumwolle und schon bald gelb.«

»Am Stoff fehlt jedenfalls nichts«, meinte Frida. »Es ist aufgetrennt und gewendet worden, nachdem ich's gekriegt hab.«

»Komm jetzt!« sagte Dagmar.

Sie würde von Fräulein Benedictsson, der Inhaberin von Tyra Svenssons Nachfolger, einen Stoff billiger bekommen, und zwar deshalb, weil es ihr gelungen war, die Schwester Öhrström dazu zu bewegen, Elfvenbergs Manufaktur und Trikot untreu zu werden. Das gäbe Prozente, sagte sie, und das bedeute ganz einfach, daß Frida es viel billiger bekäme.

Das Stoffgeschäft war ein länglicher Raum mit einem langen Ladentisch, der von Scheren und messingbeschlagenen Meßstäben zerkratzt war. Hinter dem Ladentisch stapelten sich die Stoffballen bis unter die Decke. Es fing ganz links hinten mit den Baumwollstoffen an, die einfachsten ganz unten: Twill, Bettleinen und Rupfenleinwand, ja sogar Seihtuch hatte sie auf Lager. Dann kamen die glänzenden Chintze mit ihren großen Blumensträußen, der Denim und der Manchester, der die Hosen kleiner Jungen beim Gehen pfeifen ließ. Da gab es Musselin und Batist für Nachthemden, ganz unten aber lagen die rosarot und hellblau geblümten Flanellstoffe, die die meisten kauften. Pikee für Kragen und Besätze gab es in mehreren unterschiedlichen Stärken, und dann war da der Voile, den jetzt alle jungen Mädchen haben wollten. Der war so dünn und fein, wenn sie abends das Haus verließen, um tanzen zu gehen. Wenn sie am Morgentau nach Hause kamen, schlabberte er ihnen so unschön um die Beine.

Fräulein Benedictsson führte kein großes Sortiment an Leinen, denn das war Elfvenbergs Spezialität, aber es gab natürlich Taschentuchleinen, dünnes Leinen für die Schule und Handtuchdrillich. Es gab nicht mehr sehr viele, die heutzutage noch selbst webten. Im Winter waren die Regale übervoll mit Wollstoffen, und auf dem Ladentisch lagen große Packen mit den englischen Tweeds, den Homespunqualitäten und dem dunkelblauen Cheviot. Sie machte sie auf den noppigen Wollbouclé im Regal aufmerksam, aus dem sich die Frau des Ofensetzermeisters Fabiansson ein Straßenkostüm hatte schneidern lassen. Das waren wahrhaftig andere Zeiten jetzt, gestandene, alte Handwerkerfrauen bummelten jetzt durch die Straßen, konnte man meinen, weil sie Extrakostüme dafür brauchten. Im übrigen war es von einer Schneiderin genäht worden, die noch nie etwas von Maßschneidern gehört hatte. Die Frau des Ofensetzers hatte wie ein großer Reispudding ausgesehen, als sie in dem ganzen Genoppe dahinging, fand Dagmar, doch wie gewöhnlich hütete sie sich davor, etwas zu sagen.

Die Inhaberin hielt ihnen kamelhaarfarbenen Wollstoff hin. Die Oberfläche war seidenweich in der Handfläche.

»Fühlen Sie diese Qualität«, sagte sie.

»O je, o je, o je, so teuer!« sagte Frida, denn sie guckte auf die Preiszettel, die an die Papprollen gesteckt waren. Fräulein Benedictsson wies jedoch darauf hin, daß er doppelt breit liege. Wüßten sie schon, daß die neue Frau von Wessén von Svenska Motor sich eine Sporthose aus Kamelhaarwolle habe anfertigen lassen? Eine Hose! Ja, wirklich, mit weiten Knickerbockerbeinen, die unter dem Knie von einem breiten Bündchen zusammengehalten würden, das mit getriebenen und überzogenen Knöpfen zugemacht werde. Wer sich jedoch dazu hergegeben habe, so etwas zu nähen, wisse sie hingegen nicht.

Die feinsten Ballen lagen am weitesten vorn beim Fenster, und das waren auch die schmalsten, denn das, was Seide als Grundlage hat, braucht nicht viel Platz. Dagmar wußte von allen die Namen, von den steifen Brokaten, die eine stattliche Frau wie ein wandelndes Sofa aussehen lassen konnten, wenn man nicht den richtigen Schnitt nahm, dem Chiffon, der knotige Arme verbarg, den Crêpes, Failes und Foulards. Organdy verkaufte man jetzt nur noch für kleine Mädchen. Er war zu steif und starr für Modekleider. Taft war auch nicht so recht modern.

»Aber fühlen Sie diesen hier«, sagte Fräulein Benedictsson. »Fühlen Sie nur!«

Und es knisterte unter den Fingern, und es glänzte und schimmerte, je nachdem, wie man ihn bewegte, denn der Schuß war schwarz und die Kette rot. Schantungseide sei ebenfalls etwas wuchtig und starr, die verkaufe sie jetzt vor allem für Kissen. Nach Tüll sei die Nachfrage natürlich groß, wenn in Norrköping Abitur sei, denn viele Mädchen würden nach dort unten eingeladen. Für Brautschleier aber müßte es jetzt Spitze sein, seit Astrid geheiratet habe. Ja, meistens natürlich Baumwollspitze, die könne man ja dann als Himmel für den Stubenwagen nehmen, wenn was Kleines käme, erklärte Fräulein Benedictsson. Machte man jedoch Küchengardinen daraus, könne man sich so seine Gedanken machen, wie die Ehe geraten sei.

Nichts Starres, nichts Steifes sollte es in diesen Tagen sein, sondern weichster, glänzender Velvet. Reiherfedern und Fransen zu Seidensamt, wie hübsch! Es sei tatsächlich nicht so dumm, die Röcke mit Fransen zu verlängern, wenn sie etwas länger wirken sollten. Die Röcke kröchen ja immer noch weiter die Beine hoch. Das sei doch schrecklich für diejenigen, die dicke Beine hätten, sagte Fräulein Benedictsson flüsternd, denn es waren noch ein paar Kundinnen hereingekommen, und sie sah über dem Ladentisch nur deren Oberkörper. Es gäbe etliche Frauen, die ihre große Zeit vor dem Krieg gehabt hätten, und die natürlich weiterhin lange Röcke tragen wollten. Aber bei den jüngeren sehe es doch seltsam aus, das müsse man zugeben. Meistens würde ja der Rat, maulwurffarbene Schuhe und Strümpfe zu tragen, befolgt, denn maulwurf sei besser als braun oder schwarz. Der Kontrast zum Boden und Pflaster sei ganz gering, habe Mistinguette in einer Zeitung geschrieben. Ach ja, dicke Beine seien nun mal dicke Beine, und sie würden immer entlarvt, wenn man ein Gefühl dafür habe, hauchte Fräulein Benedictsson. Frida fand jedoch, daß sie eine Menge dummes Zeug daherredete, wenngleich sie nichts dazu sagte.

Dann die geschmeidigen Georgettestoffe, die mit aufgestickten Pailletten so schön seien und sich so gut drapieren ließen, jetzt, wo man es drapiert trage und zur Seite gezogen und ganz locker. Keine junge Dame habe heutzutage noch ein Korsett, alles hänge und schlenkere nur. Ja, man könne davon halten, was man wolle. Aber Mode sei Mode, wie Fräulein Benedictsson sagte.

Das Regal mit den Druckstoffen, vor allem Tutanchamun mit seinen Zeichen und vogeläugigen Gesichtern, tat sie mit einem kleinen Seufzer ab, der besagte, daß das etwas sei, was man unbedingt vorrätig haben müsse, und nichts für sie. Doch nun war Frida ratlos, denn es gab unter den Druckstoffen ja noch anderes als Hieroglyphen. Das hier waren immerhin Preise, an die sie zu denken wagte. »Nein«, sagten Dagmar und die Inhaberin und kehrten zu den feineren Wollstoffen zurück. Sie zupften, befingerten, knitterten, begannen ganze Ballen an Frida hinzuhalten, wobei sie ein paar Meter entrollten und über ihre Schulter drapierten.

»Was für ein Fall!« sagten sie, während Fridas Gesicht käsig in den Spiegel über ihnen starrte. Sie schwankten zwischen weinrot, mauve und zyklam. Das schlimmste war, daß, während sie redeten, mehrere andere Frauen in das Geschäft gekommen waren. Gewiß verkaufte Fräulein Benedictsson ein paar Rockbänder und eine Karte mit Haken und Ösen, ansonsten aber ließ sie warten. Sie waren genauso geduldig, wie Frida es gewesen wäre, wenn sie dort geständen hätte, und sie sahen die Stoffe an, die Dagmar ihr gegen das Gesicht hielt. Es war schrecklich! Was mochten die bloß glauben? Daß sie größenwahnsinnig geworden sei, wahrscheinlich. Schließlich sagte sie freiheraus, daß es genug sein müsse, sie könne sich das hier ganz einfach nicht leisten, und sie müßten einen Druckstoff nehmen. Doch da stieß Dagmar sie in die Seite, um sie an die Prozente zu erinnern, die durften doch nicht erwähnt werden, wenn andere zuhörten. Aus demselben Grund zwinkerte Fräulein Benedictsson heftig. Ihr Gesicht war weiß vom Puder. Sie hatte durch eine Fieberkrankheit Wimpern und Augenbrauen verloren. Dafür pinselte sie schwarze Bogen über die Augen und hatte Mühe, mit diesen mächtig hochgezogenen Brauen konspirativ auszusehen.

Am Ende, als sich alle über einen zyklamfarbenen Wollgeorgette einig schienen, sagte Frida rundweg, daß sie um nichts auf der Welt etwas Rotes haben wolle. Es war warm in dem Laden, und sie mußte sich setzen. Von den Regalen roch es streng nach den Appreturen, und die Luft war voller Flusen, so daß der Atem nur schwer ging. Da bemerkte Dagmar, daß Frida die Ecke eines blaugrauen Wollcrêpes hielt und daß ihre Hände immer wieder darauf zurückgekommen waren. Sie hatte mehrfach daran gezupft und gerupft und ein Stück davon in der Hand zusammengepreßt, ohne daß der geringste Knitter zurückgeblieben wäre.

»Willst du den da haben?« fragte Dagmar.

Da vermochte sie nur zu nicken. Aber sie wußte nicht mehr, was auf dem Preiszettel gestanden hatte. Doch Fräulein Benedictsson zwinkerte unablässig unter ihren kohlschwarzen Augenbrauen, und so nahmen sie dreimal die Länge plus die Ärmel. Als sie aus einem Gestell auf der anderen Seite des Ladentisches Nähgarn aussuchten, vermochte Frida sich nicht zu erheben. Sie war auf einen der hohen Stühle gesunken und war die ganze Geschichte leid, wollte überhaupt kein Kleid mehr haben und am allerliebsten nur noch heimgehen und sich hinlegen. Die Kasse klingelte laut. Es wurde auf alle Fälle entsetzlich teuer.

Dagmar mußte jetzt zu einer Kundin, die nicht selbst kommen konnte, zur Anprobe gehen, deshalb bat sie Frida, den Stoff solange mitzunehmen und am nächsten Tag, wenn sie vom Waschen käme, damit bei ihr vorbeizuschauen. Frida ging nach Hause in die Hovlundagata 60 und verstaute ihn mit dem Papier darum ganz hinten im Schrank, denn sie fürchtete, daß Essensdünste daran kämen. Sie war in das Zimmer mit dem Herd gezogen, in dem Tora Otter früher einmal gewohnt hatte, denn sie war jetzt allein. Nicht einmal mehr Anna wohnte zu Hause. Sie hatte das Zimmer ausräuchern und den Stabbretterboden streichen lassen. Es war jetzt gelbgrün, und es war richtig fein bei ihr, wo doch keine Wäscheleinen mehr kreuz und quer unter der Decke hingen wie früher, als die Kinder noch daheim gewesen waren. Mit Spitzendeckchen und Immortellen sah es schmuck aus auf der Kommode. Dort stand auch die Fotografie von Eriksson als Konfirmand; etwas anderes besaß sie nicht von ihm. Doch es war leer um sie, seit die Kinder fort waren. Die Uhr tickte so laut. Das war ihr früher nie aufgefallen.

Am Abend holte sie das Stoffpaket aus dem Schrank hervor, nahm die Schnur ab und wickelte das Papier aus. Es war ein weicher und guter Stoff, die graublaue Farbe war so sanft. Sie mußte an die Brust von Tauben denken. Es gab auch keinen einzigen Knitter. Sie hielt ihn an die Wange, er war weich. Gleichzeitig stieg ihr der feine, satte Geruch von Wolle in die

Nase. Da fiel ihr das erste Kleid ein, das sie aus neugekauftem Stoff bekommen hatte. Sie war noch nicht alt gewesen, sieben, acht Jahre vielleicht, und sie war krank gewesen. Es hieß, es sei Cholera. Die Mutter verkaufte belegte Brote und heimlich Branntwein an die Streckenarbeiter und einfacheren Reisenden, so daß das vielleicht stimmte. Es kamen viele Seuchen, viele Wunderlichkeiten mit dem Zug. An die Krankheit selbst erinnerte sie sich nicht mehr, aber daran, daß die Mutter im grauen Morgenlicht gestanden und sie an den Haaren gepackt hatte. Sie fürchtete, daß sie ausfallen würden. Das täten sie normalerweise nach solchen Fiebern, hatte sie gesagt. Jeden Morgen packte sie sie an den Haaren, war der Meinung, daß zu viele Strähnen auf dem Kissen lägen.

»Die schneiden wir ab«, sagte sie. »Das bleibt sich gleich. Das Mädchen verliert sowieso die Haare. Dann kann man genausogut was dafür kriegen, bevor's zu spät ist.«

Sie wollte natürlich nicht. Doch sie vermochte nicht zu widersprechen, und wie es aussah, würde sie ja ohnehin eines Morgens aufwachen und glatzköpfig sein, glaubte sie. Im Augenblick war ihr Haar etwas mehr als schulterlang. Es klang dick und fest, als die Mutter die Schere zuschnappen ließ, und gar nicht spröde, wie sie angenommen hatte. Sie saß starr.

Die Mutter, die Banvalls-Brita genannt wurde, verkaufte die Haare an Fräulein Linnman, die Haararbeiten anfertigte. Um Haarersatz damit herzustellen, war es jedoch zu kurz. Sie bekam wohl nicht eben viel dafür, und hinterher bereute sie es. Frida sah aus wie ein Kind aus dem Asyl. Das Gesicht der Mutter war so sonderbar, wenn sie sie ansah. Sie faßte sie oft um den spitzen Nacken, wo es zu sprießen begann, und sagte:

»Das wächst sich bald aus, wirst sehen. Dann wird's bloß kräftiger. Wart's ab, wirst schon sehn.«

Doch es dauerte. Bald konnte sie wieder aufstehen, das Fieber hatte nachgelassen. Sie wollte nicht zur Schule gehen, obwohl sie ja mußte. Sie durfte eine Mütze aufsetzen. Die anderen Kinder guckten. Sie baten, ihr unter die Mütze gucken zu dürfen, so wie sie Valentins gespaltene Lippe anguckten oder beim Gastwirt drunten um den Hund herumstanden, dem ein Bein abgeschlagen worden war.

Dann erinnerte sie sich, daß die Mutter ihr einen ganz neuen Kleiderstoff gezeigt hatte. Er war wunderhübsch und in grellen Anilinfarben geblümt; vielleicht auf dem Jahrmarkt bei einem fliegenden Händler aus Västergötland erstanden. Er roch streng und stechend. Dann nähte ihr die Mutter ein Kleid mit einem ganz weiten, gefälteten Rock, der bis zu den Knöcheln reichte. Aus zwei dünnen Rohrstöcken verfertigte sie eine Krinoline. Das war sehr schön. Die große Krinoline wippte beim Gehen um sie herum. Sie durfte sie eigentlich nicht anziehen, wenn sie jemand damit sehen konnte. Sie war ein Kind armer Leute, und die Mutter erhielt für ihre Schule und Schulbücher Unterstützung von der Gemeinde. Wenn herauskäme, daß sie für Frida ein Kleid mit Krinoline genäht hatte, würde es heißen, daß sie die Unterstützung nicht brauche und daß sie sie für Branntwein und Kleider vergeude.

Sie war in ihrer Krinoline bis zum See hinuntergegangen. Die Waschfrauen, die am Spülplatz standen, sahen sie immerhin, da konnte man nicht helfen. Sie ging immer näher hin. Daran, daß sie etwas Böses gesagt hätten, konnte sie sich jedoch nicht erinnern. Sie hatten sie herumgedreht und gerufen, daß sie hübsch sei. Den Geruch eines Sees und Vogelgezwitscher verband sie nach wie vor mit feinem Stoff. Und Glücksgefühl. An die Hand der Mutter im Nacken erinnerte sie sich, wie sie ein wenig an den Stoppen zog und sagte:

»Das wächst sich bald aus. Wart's nur ab, wirst sehn.«

Dagmar hatte begonnen, in Journalen nach einem Modell Ausschau zu halten, doch das erschreckte Frida nur. Es gab so viele Wunderlichkeiten. Sie war 1863 geboren und wollte die Taille dort haben, wo der Körper am schmalsten war. So war es in ihrer Jugend gewesen. Sie war in einem schwarzen Rock mit schmaler Taille und elastischem Gürtel tanzen gegangen und hatte einen lackierten, schwarzen Strohhut aufgehabt. Damals war sie hübsch gewesen. Doch Dagmar schmunzelte über sie.

»Mal im Ernst«, sagte sie. »Du bist mager. Du brauchst ein Modell mit reichlich Stoff, mit Falten und weiten Ärmeln, etwas locker Sitzendes und einen Gürtel um die Hüfte. Außerdem ist das modern.«

»Nie im Leben!« entgegnete Frida. »Da geht soviel Stoff drauf dabei!«

»Der ist schon gekauft. Viereinhalb Meter.«

»O je, o je, o je, daß ich aber auch nicht auf euch aufgepaßt hab'. Ich war so müd' in dem Laden.«

»Das müssen viereinhalb Meter sein, wenn er achtzig breit liegt«, erklärte Dagmar. »Dreimal die Länge plus die Ärmel. Da hättest du gar nichts dagegen machen können.«

Zu guter Letzt hatten sie sich zu einem Modell durchräsoniert, doch in den Journalen gab es das nicht, denn sie hatten so viele Abänderungen vorgenommen. Dagmar ging her und zeichnete es mit Bleistift auf die rauhe Seite des Papiers von Tyra Svensson Nachf. Das Leidige an der Sache war, daß sie nicht gut zeichnen konnte. Sie hätte diese Fähigkeit bei ihrer Arbeit gebraucht, doch sie zeichnete unsicher und undeutlich. Die Bleistiftspitze feilte so lange an den Linien herum, bis sie fransig wurden. Sie konnte es jedoch mit Worten füllen.

Das Modell für den blaugrauen Wollcrêpe bekam einen ganz schlichten Rücken und lediglich an den Schultern Abnäher. Das Vorderteil sollte oben eine kleine Passe bekommen, davon ausgehend auf jeder Seite drei Falten bis hinunter zum Saum. Feine, gebügelte Falten. Die Taille ziemlich weit nach unten – sie solle nicht dumm sein! Sie könnten doch nicht hergehen und ein altmodisches Kleid nähen, das müsse sie begreifen. Ein Bindegürtel. Langer, ziemlich weiter Ärmel, zusammengezogen und gereiht, so daß er sich über einem Bündchen, das nicht zu schmal sein dürfte, eher wie eine kleine Manschette, bluse. Sie würde einen V-Ausschnitt machen und einen Kragen nähen, der lediglich aus einem Revers vorn bestünde. Im Ausschnitt weißer Einsatz, Pikee mit aufgenähter Spitze.

»Nein, jetzt ist aber Schluß!« sagte Frida. »Nicht eine Öre mehr, das sag ich dir! Ich kann mir doch keine Spitzen leisten.«

»Ich hab Spitze daheim. Spitze und Pikee, die mal übriggeblieben sind. Die hab ich hierfür aufgehoben.«

»Du bist lieb, Dagmar«, sagte Frida. »Richtig lieb.«

Der Einsatz war das erste, was Dagmar von dem Kleid nähte. Sie nahm ein Stück Pikee und fütterte ihn mit recht kräftigem Tüll. Dann saß sie abends ab und zu ein Weilchen da und nähte die Spitzen auf den Stoff. Das war eine feine und angenehme Arbeit, eine Wohltat für die Nerven, wenn sie von langen Palavern mit den Kundinnen aufgerieben war, und es hatte auch keine Eile damit. Die kleinen Stiche mußten unsichtbar an der Kante der Spitze sitzen, und die Reihen mußten ganz gerade aufeinanderfolgen. Es war eine Randspitze mit fächerförmigem Muster. Sie wünschte sich manchmal, daß sie sich einer so selbstverständlichen und unkomplizierten Arbeit wie zum Beispiel der Weißstickerei hätte widmen können. Keine Gedankenarbeit und Änderungen nach Körpern, die selten mit den Mustern übereinstimmten. Bloß kleine, präzise Stiche, Geduld und Sinn für Gleichförmigkeit.

Nach und nach holte sie große, raschelnde Schnittmuster hervor und begann sie nach Fridas Maßen zu ändern. In ihrem großen Schrank fanden sich für alles und jedes Schnitte. Als Gedächtnisstütze waren sie mit einem Streifen desjenigen Stoffs umwickelt, aus dem danach ein Kleid genäht worden war. Vom häufigen Benutzen waren sie zerknittert und faltig, und sie mußte sie sorgfältig glattstreichen, um sich im Maß nicht zu vertun. Frida war nicht dabei, als sie den Schnitt auflegte. Das war auch gut so, denn sie hätte sich nur über den Stoffverbrauch gegrämt.

Ehe sie die Schnitteile feststeckte, ging sie den Stoff durch und fand doch noch einen kleinen Webfehler, den sie mit einer Stecknadel markierte, um zuzusehen, daß er in eine Falte oder eine Naht kam. Den hätte sie beim Einkauf ausmessen lassen können, wenn sie aufmerksam gewesen wäre. Sie bügelte eine scharfe Falte aus dem Stoff, und dann legte sie ihn auf ihren großen Tisch, steckte das Seidenpapier mit Nadeln fest und veränderte es einige Male, damit es fadengerade wurde. Dann tat sie, was sie immer zu tun pflegte, bevor sie zuschnitt, wie eilig es auch sein mochte. Sie trank eine Tasse Kaffee. Das war eine Sicherheitsvorkehrung. Man mußte überlegen, ehe man mit der Schere an den Stoff ging. Ein Schnitt war ein Schnitt. Sie saß da, schlürfte den hellbraunen Kaffee und schaute in den Hof hinunter, wo die Jungen mit Brotkästen, die mit weißem Papier bedeckt waren, aus Ankers Bäckerei liefen. Die Bäcker schrien sie aus dem Holzgebäude im Hof an, und aus dem Küchenfenster des Cafés waren die Serviererinnen zu hören. Dagmar arbeitete schon so viele Jahre allein, daß sie sich fragte, ob sie mit Leuten zusammen zurechtkäme. Sie war es gewohnt, ihre Entscheidungen nach eigenem Gutdünken zu treffen. In den ersten Jahren hatte sie die Kundinnen als eine Übermacht betrachtet, eine Art Arbeitgeber oder Leiter. Jetzt aber wußte sie, daß es in den meisten Fällen nur die Frage war, wie man mit ihnen umging und sie lenkte.

Die Schere krachte gegen den Tisch und schnitt in die feine, graublaue Wolle. Die Vorderteile schnitt sie nicht zu, bevor sie die Falten genäht hatte. Sie hatte beschlossen, sie zwanzig Millimeter breit zu machen, maß sie mit einem Lineal aus und schnitt die Stoffränder ein. Dann legte sie den Stoff mit der rechten Seite auf das Bügelbrett, das immer im Zimmer bereitstand. Sie legte die erste Falte und befestigte sie mit Stecknadeln auf der Unterlage des Brettes. Dann mußte sie nur akkurat umlegen und gut feststecken. Sie befeuchtete das Dämpftuch und prüfte erst das Eisen, das auf den Herdringen des Ofens stand. Es zischte, als der nasse Finger die Sohle des Bügeleisens berührte. Sie bügelte mit dem Tuch dazwischen, und dann hielt sie den Bügelkolben darüber, damit der Dampf im Stoff blieb. Als sie fertig war, trank sie nochmals einen Schluck Kaffee. Der Stoff mußte ohnehin auf dem Brett abkühlen, wenn die Falten halten sollten. Sie dachte: Ich sollte nicht noch mehr Kaffee trinken, um den Magen zu schonen. Aber dieser Kaffee ist ja so schwach. Der kann nicht viel schaden.

Nachdem sie die Vorderteile zugeschnitten hatte, nahm sie alle rechten Teile des Kleides und heftete sie zusammen, und danach legte sie alles beiseite und beließ das Schnittmuster daran für den Fall, daß sie irgendwelche Änderungen am Schnitt vornehmen müßte. Frida kam zur Anprobe herauf, nachdem sie in der Wäscherei fertig war, und erst da fiel Dagmar ein, daß sie nicht verdoppeln und auf beiden Seiten die gleichen Änderungen vornehmen konnte, denn Frida hatte eine schiefe Schulter. Sie heftete auch die linken Teile zusammen, während die Mutter wartete. Dann probierte sie an.

»Die Farbe putzt«, sagte Dagmar, so wie sie mit Leuten zu reden gewohnt war, die sie nicht duzte, die sie aber dennoch nicht bei jedem Satz mit Namen anzusprechen vermochte. Doch was war die Mutter dünn! Sie mußte große Abnäher machen. Ansonsten sah es recht gut aus. Außer der Schulter natürlich. Es war furchtbar, wie ihre Schiefheit in diesem Stoff hervortrat, er schmiegte sich so an. Wenn sie doch nur ein lockereres Modell hätte nehmen können und noch mehr Falten machen, aber Frida war stur. Sie mußte die Schulter mit Watte auspolstern, etwas anderes ließ sich da nicht machen.

»Hast du das schon immer gehabt?«

»Nein, ich hab in der andern Schulter Schmerzen gekriegt. Das ist komisch. Ich bin auf dieser Seite schief g'wordn, obwohl mir die andere weh getan hat.«

»Hast du auf dieser Seite getragen?«

So war es natürlich gewesen. Sie hatte viele Wassereimer getragen, ehe sie überall Leitungen bekamen.

»Ja, wir polstern das jetzt mit Watte aus, du wirst sehen, das wird gut. Das wird man kein bißchen sehen.«

Schief und schräg und krumm und bucklig, dick, wo es dünn sein sollte, vortretend statt flach – so war der Körper. Manche waren spindelförmig und eben, zart, mit schön geformten Busen und geraden Hälsen. Die nahm man als Maßstab, wenn man mit Watte und Kanevas auspolsterte und mit Planchetten und Litzen formte, wenn man Taillen versetzte, um lange Oberkörper kurz aussehen zu lassen, und mit Säumen und Falten verlängerte, dicke Waden mit Maulwurffarben und Fransen wegzauberte. Das Ideal war ein Körper so rank und schlank wie möglich. Die Schultern mußten etwas Breite haben, um die Kleider zu tragen, die Brüste durfte man kaum sehen. Am schlimmsten waren breite Hüften und ein großer Hintern, schmale Schultern und ein kurzer Leib. Das war die weibliche Figur, wie sie am typischsten war, und sie war die Verzweiflung einer jeden Frau.

Fridas Kleid blieb einige Tage liegen, doch eines Abends nahm Dagmar es her und nähte die Abnäher. Beim Rücken überlegte sie ein wenig. Er könnte sich ausbeulen. Es war ein bißchen zuviel abgenommen. Vielleicht hätte sie lieber das ganze Rückenteil durchschneiden sollen. Es war nicht leicht mit diesem schiefen und äußerst dünnen Körper. Es war, als nähte man für einen federlosen Vogelleib. Alles Spitze und Knochige würde vorstehen und an den Tag kommen.

Sie nähte die Passe und die Schulternähte. Die Maschine dröhnte, und der Tritt ging, als rüttle eine Habichtsschwinge. Nach jedem Abschnitt bügelte sie. Es roch ständig ein wenig süß und brenzlig im Zimmer von angesengten Dämpftüchern und Eisen, die zu lange auf dem Brett gestanden hatten, da ihre Aufmerksamkeit immer auf den Stoff gerichtet war. Der Wollcrêpe war empfindlich, stellte sie fest, obwohl er gar nicht so furchtbar dünn war. Die Ränder der Nahtzugaben wollten sich abdrücken, deshalb bügelte sie die Nähte auf einer Rolle. Dann setzte sie die Bündchen an die Ärmel und nähte sie zusammen. Sie hatten unten sehr viel Weite. Der Stoff fiel schön. Sie reihte die Armkugel nicht mit einem Faden, sondern arbeitete lieber mit Nadeln. Stecknadeln dicht bei dicht, die sie quer hineinsteckte, damit sie über sie hinwegnähen konnte. Oft ragten Nadeln aus ihrem Mund, steckten an der Bluse und prasselten auf die Schaufel, wenn sie die Garnenden und Stoffreste auf dem Fußboden zusammenkehrte. Oben an der Schulter arbeitete sie in die ziemlich weite Armkugel Fältchen ein. Das würde Fridas spitze Schulterpartie wegzaubern.

Als Frida zur Anprobe kam, hingen die Fäden an dem Kleid, und Dagmar mußte den Rocksaum mit Stecknadeln hochstekken, damit sie sich eine Vorstellung davon machen konnten, wie das Resultat ausfallen würde. Es sah aber nicht gut aus. Frida wirkte klapprig und das Kleid groß. Scheu starrte sie in den großen Spiegel und traute sich wohl nicht zu sagen, was sie davon hielt, denn sie sagte überhaupt nichts. Dagmar ging um sie herum, Nadeln im Mund und ein Stück Schneiderkreide in der Hand zum Markieren. Sie starrte mit dem gleichzeitig konzentrierten und abwesenden Ausdruck, den sie bei Anproben immer hatte und der der Kundin manchmal das Gefühl gab, als löse sie sich in nichts auf und als schwebe nur noch das Kleid über dem Fußboden vor der Schneiderin.

Die Armkugel war nicht gut, zu viele Fältchen. Sie mußte abgenommen oder ganz einfach zurückgeschnitten werden. Über dem Schulterblatt waren schlabbrige Querfalten, die darauf hindeuteten, daß der Halsausschnitt hinten zu hoch war und die Schulter zu sehr abfiel. Verflixt. Alles mußte aufgetrennt werden. Sie markierte, und Frida sah wegen all der Mühe, die sie ihr verursachte, ängstlich drein.

Das mit den weiten Ärmeln, die sich um die Manschetten

kräuselten, war ein Mißgriff. Das einzige, was an Frida groß war, waren Hände und Füße. Sie waren angeschwollen und knotig geworden. Jetzt ragten die Hände gleichsam ohne Vorwarnung aus den Manschetten und zogen die Aufmerksamkeit auf sich. Das Bündchen ließ das Handgelenk viel zu schmal erscheinen, und der Kontrast war katastrophal.

Außerdem war der Ausschnitt vorn zu knapp, doch das konnte sie sich bis zur nächsten Anprobe aufsparen. Irgend etwas war auch mit den Falten, irgend etwas, was Frida nicht gefiel, auch wenn Dagmar fand, daß sie gut aussah. Sie waren offensichtlich zu locker. Frida hätte gern ein Kleid mit abgetrennter Taille und einem kurzen und betonten Oberteil gehabt. Durchgehend geschnitten war modern, aber sie machte einen unglücklichen Eindruck und fingerte an den losen Falten herum.

»Ist es nicht gut?« fragte Dagmar.

»Doch, doch«, antwortete sie.

Als sie aber das nächste Mal zu ihr heraufkam, hatte sie einen leicht ängstlichen Blick. Dagmar hatte bis weit nach Mitternacht mit dem Trennmesser gesessen und alle Änderungen vorgenommen. Es war ein völlig anderes Kleid, das sie jetzt hervorholte und vorsichtig über Fridas Kopf zog, damit sie sich nicht verletzte, falls noch eine Stecknadel im Stoff sein sollte. Die gefälteten, gepufften Armkugeln waren weg. Sie sah auch so eigentlich gar nicht so spitz aus. Es war besser und hübscher so. Die Manschette war weg und der Ärmel neu genäht, so daß er ziemlich anliegend und schmiegsam geworden war. Sie zeigte ihr, wie er statt dessen mit einem Schlitz und überzogenen Knöpfen abschließen würde, den gleichen Knöpfen wie vorn natürlich, die durch Fadenschlingen gezogen würden. Die Knöpfe hatte sie bereits zum Treiben gegeben. Das Beste von allem aber war, daß sie die Falten umgearbeitet und sie nun über Litzen genäht hatte.

»Aber du meine Güte«, sagte Frida. »Wie fein und sauber gearbeitet das aussieht. Das ist ja allerhand! Wie schaffst du das bloß, wo du jetzt so viel zu tun hat? Ich werd dir deinen Weihnachtsputz machen.«

Doch bei Dagmar würde erst nach Weihnachten geputzt werden. Wenn alle Kleider fertig wären und die Ballsaison richtig in Gang gekommen wäre, wenn sie in ihren Voiles davongeflattert und in ihren Moirés die Treppen hinabgerauscht wären, dann sollte sie heraufkommen und ihr helfen, die Fäden zusammenzukehren und den Fußboden zu scheuern. Dann würde sich Dagmar einen ganzen Tag freinehmen und auf die faule Haut legen und lesen. Und dann würde sie hinausgehen, weit hinaus in Richtung Lilla Himmelsö und die Winterluft einatmen, die frei war von Stoffflusen und Staub. Vor Weihnachten aber blieb für etwas anderes als Bügeln und Nähen keine Zeit.

Nun schnitt sie das Kleid direkt am Körper aus. Frida erschauerte von der kalten Schere auf der Haut. Wenn Dagmar ihr anprobierte, waren sie einander fast zu nahe. Mit Fremden war das einfacher. Sie kannte ja den Geruch ihres Körpers, war so vertraut damit. Es war der vertrauteste Geruch, den es für sie gab, er hatte sie so frühzeitig umgeben, daß sie geglaubt hatte, er wäre die Welt. Dieses Gesicht, von dessen Verbrauchtheit sie manchmal in anderen Gesichtern Spuren finden konnte, allein konnte es ihr weh tun, wenn sie es nur ansah. »Laß mich zufrieden«, wollte sie sagen. »Nimm mich zu dir. Laß mich zufrieden.«

Als sie den vertrauten Geruch von Fridas Körper wahrnahm, genierte sie sich. Es war lange her. Sie scheute davor mehr zurück, als sie es vor einer Berührung mit einem fremden Mann getan hätte.

Es war eine leidige Sache mit der Frau von Möbel-Eriksson, die dahintergekommen war, daß die Frau des Zahnarztes Hagman den gleichen Stoff wie sie gekauft hatte und jetzt bei einer anderen Schneiderin ein ähnliches Modell anfertigen ließ. Sie wollte, daß Dagmar versuchte, den Stoff an jemand anders zu verkaufen. Das Kleid war aber bereits zugeschnitten und halb fertig, darum weigerte sie sich. Sie war zu müde, um sie schonend zu behandeln, und so fielen die Worte unversehens eine Idee zu scharf. Es kam, wie es kommen mußte, Möbel-Erikssons Frau marschierte mit dem zugeschnittenen Stoff unter dem Arm davon, und Dagmar hatte eine Kundin weniger.

An diesem Abend war sie so müde, daß ihr schlecht war, und zuviel Kaffee hatte sie auch getrunken. Sie kochte sich ein wenig Grießbrei, der dem Magen guttun sollte. Doch als er fertig war, bekam sie einen Brechreiz, und sie konnte nichts essen. Trockenen Auges und hellwach lag sie da und überschlug die Tage bis Weihnachten. Irgendwie war es ja doch gut, daß sie Möbel-Erikssons Frau los war. Wenn sie nur nicht schlecht über sie redete, so daß sie noch mehr Kundinnen verlieren würde.

Sie war müde und trotzdem wach und schlaflos, deshalb stand sie auf und trank ein Glas Fernet Branca, ein ziemlich großes Glas sogar. Sie machte sich erst gar nicht die Mühe, es sich gemütlich zu machen, sie trank es nur aus, legte sich sofort aufs Ohr und versuchte erneut wegzudösen.

Konrad pflegte ihr hin und wieder eine Flasche zu kaufen. Er trank keinen Schnaps, hatte aber ein Kontrollbuch. Fernet Branca zu trinken hatte sie von der Diakonissin gelernt, die ihr geholfen hatte, als sie eine Ohrenentzündung bekommen hatte. Er schmeckte bitter und würzig, weshalb Schwester Frideborg glaubte, daß er pure Medizin sei, und ihn selbst mit gutem Gewissen trank.

Samstag abends holte Dagmar die Flasche hervor und schenkte sich ein kleines Glas voll ein. Dann setzte sie sich immer an den Küchentisch, um das Zimmer mit den halbfertigen Kleidern, dem Brett, dem Bügelkissen und der schwarzen Maschine nicht sehen zu müssen. Im Frühsommer ließ sie das Fenster offenstehen und schaute in den Hof hinunter, wo der Flieder beim Bretterzaun blühte.

Im Frühling ging sie manchmal hinaus und pflückte Gemeinen Gelbstern und Buschwindröschen. Sie breitete ein sauberes Tischtuch auf dem Küchentisch aus und stellte die Blumen in ein Sahnekännchen. Dann schenkte sie sich ein wenig Fernet Branca ein. Weit entfernt konnte sie Vögel singen hören. Wenn sie genau hinhörte und Geduld hatte. Sie hatte ein Buch aus der Guttemplerbibliothek vor sich auf dem Tisch liegen und strich mit dem Zeigefinger über den leicht körnigen Band, der ebenso roch wie die Schwefelsalbe der Vorsteherin. Sie las die Bücher, die diese ihr empfahl. »Eine Herrenhofsage«. »Die Karoliner«. Frödings Gedichte. Seltener die, die Konrad vorbeibrachte. Sie wußte nichts Besseres, als in der Dämmerung mit einem Gläschen und dem Buch am Küchentisch zu sitzen und den Augenblick vor sich herzuschieben, da sie die Lampe würde anzünden müssen.

Obwohl sie nie mit jemandem darüber sprach, kam es mitunter vor, daß sie über ihr Alleinsein nachdachte. In ihrem Beruf war sie den Körpern anderer Menschen sehr nahe. Sie faßte sie an. Aber in ihrem privaten Leben war sie noch nie einem anderen Menschen als Frida nahe gewesen, und das auch nur, als sie noch ganz klein war. Selbst wenn sie in ihrem Gedächtnis danach kramte, konnte sie sich nicht erinnern, daß Frida sie jemals liebkost hätte. Oder hatte sie es nur vergessen? Hatte sie jemals auf ihrem Schoß gesessen? Hatte dieser schmale, kleine, runzlige Mund in ihrem Haaransatz gewühlt, hatten die Lippen an ihrem Hals gelegen, um zu fühlen, ob sie Fieber habe? Sie wußte es nicht.

Viele hatten zu ihr gesagt, daß sie es gut habe, allein zu sein und sich versorgen zu können. Sicherlich müsse sie viel arbeiten, aber sie habe doch feine Kundschaft und einen guten Ruf. Sie brauche sich nicht mit einem versoffenen Mannsbild herumzuschlagen. Das hatte Fridas alte Bekannte Ebba Julin freiweg zu ihr gesagt. Und daß Bruder Julin ein altes Aas war, war ja bekannt. Sie sehnte sich auch nicht mehr in der Weise nach einem Mann, wie sie es getan hatte, als sie jünger war. Im übrigen hätte sie niemals auch nur einem Menschen ihren Rücken zeigen wollen.

Als sie jung war, hatte sie oft darüber nachgedacht, ob sie jemals ein Junge würde gernhaben können. Da hatte sie beschlossen nachzusehen, wie ihr Rücken aussah. Zu Hause hatten sie lediglich den Spiegel auf der Kommode, und das war nicht mehr als eine kleine Scheibe, dazu recht dunkel und flekkig. Während des Krieges war sie eines Nachts ins Cosmopolite gegangen. Sie wußte, daß Tora den Schlüssel in den wilden Wein legte, damit Frida ihn am Morgen zur Hand hätte. Sie ging leise in das Hinterzimmer und zog die Samtvorhänge zu. Dann machte sie das Licht an. In einer Tasche hatte sie den Spiegel von daheim mitgebracht. Nun knöpfte sie ihr Kleid vorn auf und ließ es über die Taille herunterhängen, zog das Hemd aus und stellte sich dann mit dem Rücken zu dem großen Spiegel und fing ihr Bild mit dem kleineren ein. Es war das erste Mal, daß sie ihren Rücken sah. Da war sie einundzwanzig Jahre alt.

Er war verwachsen. Er war sogar verwachsener, als sie angenommen hatte. Man sah, wie sich unter der Haut die Rückenwirbel abzeichneten. Sie beschrieben eine Krümmung. Das eine Schulterblatt stand heraus. Die Hüfte war von der unnatürlichen Körperhaltung ebenfalls schief. Deswegen konnte sie wohl so schlecht laufen. Ja, der Rücken war verwachsen. Er war schmal und zart. Keiner würde sie gernhaben oder diesen Rücken anfassen wollen. Das bekam sie jetzt bekräftigt. Es war keine richtige große Enttäuschung, sie weinte nicht. Sie hatte es gewußt.

Manchmal hatte sie Kinder beobachtet und sich gefragt, wie das wohl sei, welche zu bekommen. Sie dachte, daß es so weh tun müsse, daß sie das niemals ausgehalten hätte. Sie erinnerte sich noch gut daran, wie Frida Ingrid bekommen hatte. Das hatte Stunden und Tage und Nächte gedauert, und schließlich hatte Dagmar sich den Mantel übergeworfen, um von daheim zu verschwinden. Aber Tora Otter hatte sie erwischt und gesagt, daß sie Wasser warm machen und zusehen solle, daß saubere Wäsche zum Wechseln da wäre. Das Schreien, hatte sie gesagt, sei nichts, wovor man sich zu fürchten brauche. Und Stöhnen sei eine Art, Luft zu holen. Ächzten nicht alle Menschen bei einer schweren Arbeit? Jetzt solle sie so gut sein und dableiben, weil sie hier gebraucht werde. Es könne langwierig werden, und sie, Tora, müsse auf den Markt. Dagmar erinnerte sich an ihr Gesicht. Ein Ausdruck von Grausamkeit und Erregung war darin gewesen, den sie niemals vergessen würde. Es war, als hätte Tora es ihr nicht gegönnt, dem Ganzen zu entkommen. Doch weshalb, verstand Dagmar nie.

Davon, wie es war, Kinder zu haben, wußte sie nur, was sie von Ingrid noch im Kopf hatte. Alles andere war so verschwommen und weit weg. Aber Ingrid. Was für eine Freude hatte Mama an all diesen Schmerzen, all der Arbeit denn gehabt? Überhaupt keine, soviel sie sehen konnte. Nur Enttäuschung und Schuld. Hatte es irgendeinen Sinn, Kinder zu haben? Sie wußte es nicht.

Sie erinnerte sich nur, daß Frida so deprimiert gewesen war, als Ingrid klein war, und daß es mit dem Essen so schlecht bestellt gewesen war, daß sie apathisch geworden war. Das Kind hatte an den Leisten vom Urin bösartige Geschwüre bekommen und schrie in einem fort. Dann hatte sie zu Stella Lans nach Åsen fahren und sich herausfuttern dürfen. Als sie sie dort besucht hatten, hatte sie gut gerochen und war rund und gut anzufassen gewesen. Doch da hatte schon längst die Schuld zwischen ihr und Frida gestanden.

Angst, Schuld und Enttäuschung – war es das, Kinder zu haben? Und war es eigentlich bei denen, die genug zu essen für sie hatten, anders? Sie wußte es nicht.

Sie hatte zwei Bilder vor Augen. Sie sah Mütter mit ihren Kindern spielen und sie küssen. Sah, wie sie sich über deren Babyspeck und Körperchen, deren klare Stimmen, weiche Haare und Füßchen, die kleine, stolpernde Schritte machten, freuten. Über die Nacken mit Grübchen, die geraden Zehen, ihre Augen mit fleckenlosem Weiß. Sie sah, wie Mütter sich über deren Zerbrechlichkeit freuten, als wären sie Kinder aus Glas, dennoch faßten sie sie furchtlos an.

Sie sah auch das Bild von Müttern, die schimpften und schlugen und ohrfeigten, Mütter mit schrillen, schneidenden Stimmen. »Tu, was ich sage, sonst werde ich es dir beibringen. Mein Gott, was hast du gemacht, Kind, du machst mich noch mal unglücklich!« Streichriemen schwirrten und Ruten pfiffen. Blaue Flecken, Schwellungen, rote Augen, schmutzige Hände vor dem Gesicht. »Mir reicht es jetzt, hörst du, und jetzt bist du still, wenn er heimkommt, was soll ich eigentlich anstellen mit dir, kannst du mir das sagen?«

Am besten erinnerte sie sich aber doch an den Ausdruck von Angst und Schuld in unbeobachteten Augenblicken, allein dieser Ausdruck um die Augen. War es das, Mutter zu sein? War das das Kainsmal der Mütter?

Fridas Kleid lag im Schrank. Dagmar kam nicht dazu, es vor Weihnachten hervorzuholen. Fransen und Fäden hingen daran, und wenn sie es gesehen hätte, hätte sie die Hoffnung aufgegeben, daß das Kleid bis zum zweiten Feiertag noch fertig würde. Doch sie wußte, daß es schnell gehen würde, wenn sie nur ein paar ungestörte Stunden dafür bekäme. Am Vormittag des Heiligen Abends holten die beiden letzten Frauen ihre Abendkleider ab, und ein paar andere kamen mit selbstgezogenen Kerzen und etwas Gebäck herauf. Am Nachmittag mußte sie auf alle Fälle das Gröbste aufräumen, und Frida half ihr dabei. Sie diskutierten wieder über die Taille, doch Dagmar war jetzt müde, und ihre Stimme wurde scharf.

»Du solltest dir übrigens die Haare schneiden lassen«, sagte sie. »Das machen heutzutage alle Leute.«

»Nie im Leben!« entgegnete Frida.

»Sogar Tora Otter hatte es getan. Außerdem ist es angenehm, wenn sie kurz sind. Was willst du denn eigentlich mit der kleinen Zwiebel dahinten?«

»Ich altes Weib«, sagte Frida. »Ich werd mir die Haare jedenfalls nicht schneiden lassen.«

Dann gingen sie zu Konrad und Agnes ins Casinohaus und aßen Stockfisch. Dagmar mußte jedoch zeitig nach Hause gehen und sich ins Bett legen, denn jetzt kam bald die große Müdigkeit, die, die nach Weihnachten immer über sie kam, und sie wußte, daß sie ihr erst richtig nachgeben durfte, wenn das graublaue Kleid fertig war.

Sie schlief bis zehn Uhr vormittags. Niemand klopfte, und im Hof war es totenstill. Dann stand sie auf und schnitt, während der Kaffee kochte, ein Futter für das Oberteil zu. Sie nahm dazu die Japanseide, die sie in einer Schublade liegen hatte. Fridas spitzer Rücken würde weniger zu sehen sein, wenn das Oberteil gefüttert wäre. Sie staffierte es mit klitzekleinen Stichen an das Kleid und steckte die Nadel dabei nur knapp in den Stoff, damit sie nicht zu sehen sein würden. Die Farbe war gut, ein grauer Japon, der genau paßte. Die Rocklänge hatte sie mit Kreide markiert, und nun schlug sie sie zu einem französischen Saum um und bügelte ihn vorsichtig, damit die umgeschlagene Kante sich nicht auf dem Stoff abzeichnete. Sie nähte das Futter der Aufschläge überwendlings auf deren Rückseiten und hängte das Kleid auf einen Bügel, um zu sehen, ob sie schlabbrig würden. Sie hätte sie vielleicht versteifen sollen. Doch sie waren nicht so groß, nach der letzten Anprobe hatte sie sie zu zwei Zacken ausgeschnitten oder wie zur Andeutung eines sehr knappen, gerundeten Aufschlags. Es ging gut. Sie flatterten nicht. Sie an das Oberteil des Kleides zu heften, wäre Pfusch gewesen, den sie nicht hätte billigen können. Sie mußten so geschnitten sein, daß sie lagen, wie sie sollten. Sie unterlegte den Halsausschnitt hinten, wo sie noch etwas hatte ändern müssen, mit einem neuen Schrägband und kam dann zum Abschluß der Ärmel. Doch da kam Frida und war offenbar leicht beunruhigt darüber, wie es wohl voranginge. Sie aßen zusammen. Sie hatte kalten Stockfisch mitgebracht, den Agnes ihr gegeben hatte. Hinterher schickte Dagmar die Mutter jedoch weg, denn es machte sie nervös, sie um sich zu haben, wenn sie es eilig hatte, und außerdem hatte sie Rückenschmerzen. Das wollte sie nicht gern zeigen. Um das Nähen mit der Hand zu unterbrechen, nähte sie den Gürtel und wendete ihn mit Hilfe einer langen, schmalen Schere.

Wenn sie etwas munterer gewesen wäre, hätte es Spaß gemacht, die Fadenschlingen an den Ärmelbündchen zu nähen. Sie legte sich einen Moment aufs Bett, schlief jedoch fest ein und erwachte erst nach Mitternacht. Es hatte keinen Sinn aufzustehen. Sie stellte statt dessen den Wecker, und gleich nach acht Uhr war sie mit dem Abschluß der Ärmel zugange. Und jetzt sah sie erst, was fehlte. Sie nähte eine Litze in die Unterkante, als sie diese umschlug. Sie entsprach den Litzen, die sie in die Falten genäht hatte. Das sah fein und sauber gearbeitet aus, und sie war richtig froh, daß ihr das eingefallen war.

Dann kamen die zehn kleinen Knopflöcher vorn dran. Darauf hatte sie bestanden: keinen Pfusch mit den Knöpfen, auch wenn der Ausschnitt so weit war, daß Frida das Kleid mühelos über den Kopf ziehen konnte. Nein, richtige, rollierte Knopflöcher. So saß sie denn da mit der Knopflochseide. Das ging nicht schnell. Das war eine Arbeit, die so viel Zeit in Anspruch nahm, wie sie eben brauchte. Hauptsache war, daß alle Stiche gerade und fein säuberlich dicht nebeneinander lagen und sich nie überkreuzten.

Die langen Seitennähte versäuberte sie, während sie im Zimmer auf und ab ging. Die Nadel tauchte ein und wieder auf, tauchte ein und wieder auf, ohne daß sie einen Gedanken daran verschwendete. Schlag zwölf kam Frida mit leicht stierem Blick und frisch gewaschenen Haaren. Sie hatte sich lange Klammern geliehen, die sie sich vorn ins Haar geklemmt hatte, so daß es wellig wurde. Dagmar war gerade dabei, ein letztes Mal zu bügeln, nur ganz leicht, damit die feine Struktur des Stoffes bewahrt blieb und nicht plattgedrückt oder glänzend wurde.

Nun zog sich Frida bis auf das Unterkleid aus. Sie fröstelte leicht, wie sie da mitten im Zimmer stand. Sie hatte ihre alten schwarzen feinen Schuhe an, denn es war so eine leidige Angelegenheit für sie, wenn sie neue brauchte. Es dauerte lange, sie so einzulaufen, daß sie sich nach den Knoten an den Gelenken ihrer großen Zehen formten. Dagmar schüttelte das Kleid aus und zog es ihr vorsichtig über den Kopf, um die Wellen nicht zu zerstören. Es saß gut auf den Schultern, es fiel gut. Ordentliche kleine Schlaufen, in denen der Gürtel hing, so konnte es keine Diskussion mehr geben, wie hoch oder tief er sitzen sollte.

Sie band ihn ihr jetzt ganz locker, und Fridas Hände zupften an den Enden herum. Sie hätte ihn wohl gerne zusammengezogen, so wie man es früher getan hatte, traute sich aber nicht, weil Dagmar sagte: »Genau so muß es sein.« Sah sie nicht, daß es hübsch war? Leicht und locker nur, und dann die schräg geschnittenen Enden.

»Ja, das ist alles so saubere Arbeit«, sagte Frida. Dagmar schob sie vor den Spiegel, wo sie dann stand, klein und dünn und mit großen Händen, von denen sie nicht so recht wußte, wohin damit, denn die Handtasche lag drüben auf der Nähmaschine. Auch die Füße wirkten wohl etwas groß unter den schmächtigen Waden. Ihr Körper aber war von dem weichen Kleid mit seinen akkuraten, um Litzen gelegten Falten so schön umhüllt. Die verlängerten ein bißchen, sagte Dagmar. Sah sie das? Und die Schultern waren überhaupt nicht mager, nein, nur zart. Und an der rechten Schulter war nicht die Spur zu sehen! Das war nichts als ein Wunder, fand Frida. Wie fein das alles war: die Knopflöcher, der Abschluß der Ärmel und der Einsatz mit seinen gleichmäßigen, vollkommen unsichtbar festgenähten Reihen von Spitzen.

»Ja, das ist fein geworden«, sagte sie. »Wirklich fein.«

Da sah Dagmar, daß der graublaue Stoff die Farbe ihrer Augen betonte. Sie hatte nie daran gedacht, daß die Mutter eine besondere Augenfarbe hatte, aber es war so. Graublaue Augen hatte sie, und der Körper war klein und die Haare weich. Unter den sanften Wellen sah das Gesicht kleiner aus als sonst. Als Frida sich selbst in dem großen Anprobespiegel sah, sagte sie nicht: »Ich werde nur älter und elendiger.« Sie sagte gar nichts, sondern sah fast verlegen drein.

Jetzt müßte man jemand Untergebenes haben, die das hier in Angriff nehmen tät«, sagte Tora und ließ den Blick über das Geschirr schweifen, das stapelweise auf Arbeitsplatten und Tischen verteilt stand. Und dann lachten die beiden wieder. Sie mußte sich unbedingt einen Moment setzen, während Ingrid den großen Kessel, der zum Bonbonkochen benutzt wurde, mit Wasser vollaufen ließ.

»Da ist noch ein bißchen Madeira übrig«, sagte Tora. »Wir können ruhig noch ein Gläschen trinken.«

Ingrid äffte Franzon beim Zuprosten nach, den steifen Nakken, den Körper vorgebeugt, und Tora legte die Hand vor den Mund. Aber ihren Augen war anzusehen, daß sie lachte.

»Daß der Pfarrer Franzons Galoschen genommen hat«, sagte Ingrid.

»Das ist doch klar. Das waren ja die besten.«

»Stiehlt der?«

»Allerdings. Aber das nennt man irgendwie anders und soll wie eine Krankheit sein. Er kann's nicht lassen. Hör mal, der Madeira ist gut. Den kann man trinken und auch in die Soße tun.«

Die Fenster standen offen. Es zog. Die Winterluft schlug sich auf den Boden nieder und eroberte Meter um Meter die Wohnung. Sie erneuerte die Luft, die von Franzons Zigarren, den rauchenden Kerzen auf dem Klapptisch, den Tora als Altar hergerichtet hatte, und von Fredriks jauchiger Pfeife verpestet worden war. Sie löste den Geruch vom Ofen, wo der Braten gestanden und gewartet hatte, die Kartoffeldünste und den kräftigen Duft nach gekochtem Kaffee auf und kühlte sie. Sie mußten bald zumachen, um die Wärme zu halten, auch wenn Tora die Kachelöfen heute bis zum Bersten eingeheizt hatte.

Draußen lag Schnee in der Luft, noch aber fiel er nicht. Die Steinengel unter dem Dachfirst blickten auf die leere Straße hinab. Sie brüteten in dem leichten Nebel und hatten vom Regen des Herbstes und Vorwinters reingewaschene Backen in dem leichten Nebel. Die Schritte auf der Magasinsgata waren verhallt. Sie waren alle nach Hause gegangen. Fredrik war mit Jenny gegangen.

»Was für einen schicken Fuchs Fräulein Åkerlund von Franzon doch gekriegt hat.«

»Ja, der bringt's allmählich zu was«, meinte Tora.

Sie legte ein paar Scheite im Herd nach. Dabei sah sie sie an und dachte verwundert daran, daß Fredrik die gespalten hatte. Und nun war er verheiratet. Er schlief nicht da drinnen. Ingrid nahm eine Wurzelbürste und schrubbte unter dem Hahn die Teller ab. Die Essensreste ließ sie in den Ausguß laufen.

»Das Brautpaar war ein bißchen schmierig«, sagte sie und spülte es unter dem Hahn ab. »Soll das an Anker zurückgehn?«

»Sonst noch was!« erwiderte Tora. »So teuer wie die Torte war.«

Ja, jetzt wurden im Cosmopolite keine Torten mehr gebakken.

»Es geht bergab, Frau Otter«, sagte der Konditor, als sie ihm in der Stadt begegnete. »Es geht bergab.« Fahr zur Hölle! Sie vermißte ihn nicht.

»Ja, nun sind se also verheiratet«, sagte sie. »Und du fängst morgen wieder an zu arbeiten.«

»Nein.«

Hatte sie so lange frei? Tora mußte sie ansehen. Sie sah ein bißchen komisch drein, ließ das Glas kreiseln und hatte den Blick gesenkt. Sie habe nicht frei, sagte sie. Sie habe gekündigt. Gekündigt! Eine bessere Arbeit konnte sie doch gar nicht kriegen?

»Du wirst das noch bereuen, was du da getan hast.«

Tora begann die abgeschwenkten Teller aufzustapeln und stellte das gespülte Besteck in einen Topf mit Wasser. Sie nahm die Speisereste aus dem Ausguß und warf sie in den Eimer, den sie vor die Küchentür stellte, um ihn nachher nicht zu vergessen. Wieder dachte sie mit einer Art Verwunderung an Fredrik. Er hatte es nie über sich bringen können, den Ausguß auszuräumen, konnte die Essensreste einfach nicht mit den Händen anfassen. Und nun war er verheiratet.

Sie schöpfte etwas von dem heißen Wasser in die Kupferwanne, löste Seifenflocken darin und schlug sie auf. Das Wasser war so heiß, daß sie die Hände kaum hineinstecken konnte. Sie füllte kaltes Wasser in die Spülschüssel und legte gehäkelte Abwaschunterlagen auf die Marmorplatte. Auf dem Küchentisch hatte sie schon dünne Handtücher für die Gläser und etwas gediegenere Tücher für das Porzellan und das Besteck bereitgelegt. Die Kasserollen mußte Ingrid mit einem sackleinenen Handtuch abtrocknen.

»Denk doch mal dran, was du in so einer Stellung alles lernen kannst«, sagte Tora.

»Staubwischen hab ich gelernt.«

Doch sie wußte sehr wohl, daß sie ungerecht war. Tora brauchte gar nichts zu sagen.

»Ich hab auf dem Tafelklavier spielen dürfen«, sagte sie langsam, als dächte sie tatsächlich nach. »Und servieren lernen. Alles mögliche. Sie ist nett zu mir. Aber das war nicht das, was ich lernen will.«

»Dann such dir eine Stellung mit Kochen«, riet Tora. »Und lern backen.«

»Ihro Gnaden meinte, daß ich auf die Haushaltsschule gehen sollte. Wo ich auch immer das Geld jetzt dazu hernehmen sollte. Aber das ist es nicht, was ich lernen will.«

»Ach nein. Was willst du denn lernen?«

»Mathematik.«

»Was?«

»Ich will rechnen lernen.«

Tora schwieg eine Weile.

»Ja, ja«, sagte sie dann. »Das kann natürlich nützlich sein. Wenn du in einem Laden stehen oder allmählich etwas Eigenes haben solltest. Vielleicht heiratest du in etwas ein. Wer weiß.«

»Nein, nicht so. Ich will irgend etwas berechnen lernen.«

Das verstand Tora nicht.

»Du bist wohl wie Konrad«, sagte sie. »Der hat's schon immer sehr mit dem Studiern g'habt.«

»Nein. Überhaupt nicht wie Konrad. Der spintisiert und träumt bloß. Ich würde Berechnungen anstellen wollen.«

»Ja, ja«, meinte Tora. »Es gibt soviel, was man will. Jetzt spüln wir ab.«

Sie legte nur ein paar Gläser auf einmal ins Wasser, damit sie nicht aneinanderstießen und entzweigingen. Sie merkte, daß der Wein sie tappig gemacht hatte.

»Denk bloß dran, wie ich bei Iversen-Lindhs gearbeitet hab«, sagte Ingrid. »Wie der Ingenieur Ståhl und Iversen-Lindh selber bis spät in die Nacht in dem alten Schreibzimmer vom Großhändler gesessen und ausgerechnet haben, wie sie um die Steuer herumkommen würden.«

»Da schau her!« meinte Tora. »Dafür willst du also rechnen lernen? Um die Steuer herumkommen!«

»Ach was!« erwiderte Ingrid. Dann fingen sie beide zu lachen an, und Tora mußte sich auf einen Stuhl setzen und sich mit dem Schürzenzipfel die Augenwinkel trocknen.

»Du hast vielleicht Sorgen«, sagte sie. »Die Steuer!«

Dann spülte sie aber weiter und wurde halbwegs ernst. Sie sagte, sie wisse wohl, wie teuer die Steuer komme.

»Weißt du, wie ich das mit dem Markt mache?« fragte sie. »Ich mache die Buchführung in dem braunen Buch. Das, was ich einnehme, schreibe ich auf die eine Seite und das, was ich ausgebe, auf die andere. Aber ich schreibe nicht genau auf, was ich einnehme, ich ziehe ein bißchen was ab. Das ist für die Steuerheinis, falls die zum Kontrollieren kommen, verstehst du? Die richtigen Zahlen hab ich hinten drinstehen.«

»Was hast du?«

»Die richtigen Zahlen. Wenn man das Buch umdreht, verkehrt herum, und statt dessen von hintenrein zu blättern anfängt, dann habe ich da die Einnahmen und Ausgaben stehen. Weil ich natürlich wissen will, wie es tatsächlich steht. Doch das behältst du für dich!«

»Und wenn die Steuerheinis das Buch umdrehen?«

»So gewieft sind die nicht«, meinte Tora.

Ingrid trocknete die Biertulpen ab, aus denen sie den Wein getrunken hatten. Sie hielt sie gegen die Küchenlampe, um zu sehen, ob sie sauber geworden waren. Das eine oder andere gab sie zurück, denn Tora war eine flinke Spülerin, manchmal allzu flink. Das Handtuch wurde naß und fing zu fusseln an. Sie nahm ein frisches und hängte das feuchte über den Herd. Jetzt polterten und schlugen die großen Teller gegen den Rand der Spülschüssel. Die waren schnell abgetrocknet. Das Halbleinen des Handtuchs glitt rundherum, das Porzellan mit den grünen Möwen glänzte, und die Stapel auf dem Büfett wuchsen. Es war schön zu wissen, daß sie bald bei den Kaffeetassen und den Vorlegeschlüsseln angelangt sein würden. Dann wären nur noch das Besteck übrig und die Kasserollen und Töpfe.

»Die paar Tropfen Sahne sind wohl nicht wert, daß man sie aufhebt«, sagte Ingrid und stellte das Sahnekännchen auf den Spültisch. »Die steht auch schon so lange rum. Was starrst du denn so?«

»Wir hatten doch gar keine Kaffeesahne. Die hab ich doch vergessen zu kaufen.«

»Nein, aber ich war drüben bei Fällmans und hab ein paar Tropfen geliehen.«

»Geliehen! Hab ich dir nicht gesagt, daß du das bleiben lassen sollst?«

»Ja, schon.«

»Hast du denn nicht gehört, was ich dir gesagt habe?«

Wie sie schrie! Wie diese hellen Augen stieren konnten! Von Tora zusammengestaucht zu werden, war wie für eine Weile nicht einmal soviel wert zu sein wie Wasser. Ingrid wandte sich normalerweise ab, wenigstens halbwegs. Aussperren. Die Stimme dröhnen lassen.

Doch das ging jetzt nicht. Mit einem Mal spürte sie, welche Kränkung das war, immer schon gewesen war. Nicht soviel wie Wasser wert zu sein. Ihr Gesicht straffte sich, besonders um die Nasenflügel. Ihr war klar, daß sie weiß wurde. Das Herz begann zu pumpen, als wollte es sich durch den Leib schlagen. Jetzt halte ich das nicht mehr aus. Wegen ein paar Tropfen Sahne. Jetzt reicht es. Das ist das letzte Mal.

»Du willst also nicht hingehn und dir was leihn«, sagte sie leise, aber deutlich. »Du willst niemand was schuldig sein.«

Sie ging mit der Tasse, die sie die ganze Zeit im Handtuch gehalten hatte, zum Büfett und wunderte sich, daß sie sie nicht zerdrückt hatte. Sie erinnerte sich ganz deutlich, daß sie das einmal mit einem Glas gemacht hatte. Das Handtuch war blutig geworden. Vorsichtig stellte sie die Tasse ab.

»Du findest also, daß Leihen schimpflich ist«, sagte sie. »Nicht fein. Das hast du von diesen verdammten Bürgerweibern, nach denen du dir die Augen ausglotzt.«

»Ich? Glotze ich nach… Wie du übrigens fluchst! Ich kenne sonst kein Mädchen, das so flucht wie du!«

»Nein, und das ist natürlich nicht fein! Leihen ist nicht fein. Wo, glaubst du, daß das herkommt? Glaubst du, das kommt von Frida oder Linnea? Es gibt wohl keine, die soviel herumläuft und sich was leiht wie Frida.«

»Die tut, was sie will«, sagte Tora. »Hier wird jedenfalls nichts geliehen.«

»Du verachtest sie also, wenn sie zu dir kommt und sich was leiht.«

»Verachten. Du machst auch so viele Worte. Du bist wie Konrad. Immer muß geredet und geredet werden.«

»Ja, jetzt wird geredet. Glaubst du, daß ich nicht gesehn habe, wie Frida mit ihrem Sahnekännchen und ihrem Litermaß und der Kaffeetasse, in der sie Zucker leiht, herumgelaufen ist?«

»Du könntest wenigstens Mama sagen. Und außerdem hättest du mit deiner Mutter schon mal ein Wort reden können, wo ihr den ganzen Abend in ein und demselben Raum wart. Und jetzt bist du still.«

»Nein. Glaubst du, daß sie Zucker und Erbsen oder was es auch ist, was sie sich immer leiht, braucht? Glaubst du, daß es nur das gewesen ist? Aber du, du brauchst ja niemand. Glaubst du.«

»Ich brauch zumindest nicht herumlaufn und leihn«, sagte Tora und kehrte ihr den Rücken.

»Nein. Und nicht zu reden. Du magst es, wenn andere sich von dir was leihen. Aber du selber willst niemand auch nur soviel, wie man auf den kleinen Fingernagel legen kann, schuldig sein. Und alles, was mit dir zu tun hat, ist so verdammt merkwürdig und feierlich, und man darf nicht dran rühren. Niemand traut sich, mit dir drüber zu reden. Über den, der gestorben ist – F. A. hieß er wohl. Es ist, als würde der Blitz ins Dach einschlagen, falls man ihn vor dir erwähnt. Ruhig soll es sein. Nicht dran rühren. Tora schweigt, sie braucht mit keinem einzigen Menschen über sich zu reden. Aber wie sieht es denn aus in dir, nachdem du zwanzig Jahre lang geschwiegen hast? Und länger?«

Tora spülte und kehrte ihr den Rücken, sagte kein Wort, wenn Ingrid auch darauf wartete.

»Ebensowenig glaube ich, daß du im Innern weich bist«, fuhr Ingrid leise fort. »Ich glaube nicht, daß es weh tun würde, wenn man über diesen F. A., der gestorben ist, oder über deine Mama oder über den Buben, den du hast weggeben müssen, reden würde. Das sind nur verhärtete Narben. Ich glaube nicht, daß es weh tut. Nie bist du zu irgend jemand hingegangen, um dich ein bißchen trösten zu lassen, und hast so getan, als ob du gekommen wärst, um Kaffeesahne zu leihen. Du willst keine Hilfe annehmen, du willst bloß Hilfe geben. Wer andern hilft, schwimmt obenauf, weißt du das?«

Doch Tora gab überhaupt keine Antwort. Sie hatte mit dem Spülen aufgehört, stand über die Wanne gebeugt und rührte sich nicht. Die Schürzenbänder auf dem Rücken überkreuzt, den Kopf gesenkt, so daß das kurze Nackenhaar abstand. Ingrid traute sich nicht mehr, sie anzusehen. Sie setzte sich an den Tisch und verbarg das Gesicht in den Händen und redete weiter, jetzt aber leise, denn sie wußte, daß sie nicht zu schreien brauchte. Jedes Wort kam an, und der Rücken dort drüben war unbeweglich.

»Du kennst keine andere Art, mit Menschen zusammenzusein, als daß der eine oben ist und der andere unten.

Du bist einsam.

Ich habe, verdammt noch mal, noch nie einen so einsamen Menschen wie dich gesehen. Die andern haben wahrlich nicht nur ein paar Tropfen Sahne voneinander geliehen. Sie haben auch das beste Paar Laken zum Versetzen verliehen, wenn es nötig war. Das eine Mal hat man hergeliehen und das andere Mal hat man was zurückgekriegt. Niemand war oben gewesen und niemand unten. Da drunten.

Da drunten.

Findest du. Dort, wo du nicht hinwillst. Wo du dich fürchtest hinzukommen, dich fürchtest wie vor ansteckenden Krankheiten und Läusen.

Es ist aber schlimmer, da zu sein, wo du jetzt bist.«

»Halt deinen Mund«, sagte Tora und richtete sich auf. »Du redest, bis du kaputtgehst. Du bist wie Konrad.«

»Ja, Konrad hat mir eine ganze Menge beigebracht!«

»Reiß du nur den Mund auf! Aber das hast du weiß Gott gebraucht, daß ich für dich was besorgt hab. Ich hab dir die Stelle verschafft.«

»Ich will nicht dienen«, sagte Ingrid.

»Ach nein! Hör dir das an! Was willst du dann? Reich heiraten? In der Lotterie gewinnen?«

»Ich will nicht dienen!«

Das Geschirr war fast fertig, und das letzte mußte Tora allein machen, die Töpfe aufräumen, die Abwaschunterlagen auswinden und sie zusammen mit den feuchten Handtüchern über dem Herd aufhängen. Ingrid hatte sich auf dem Sofa beim Fenster mit dem Rücken zu ihr zusammengekauert und die Arme fest um die Knie geschlungen. Sie dachte, daß sie es falsch angefangen habe. Es war so schwer auszudrücken. Sie hätte ganz anders mit Tora reden müssen, so, wie Konrad immer mit ihr redete. Doch das konnte sie nicht. »Wenn ich es dir bloß erklären könnte«, pflegte er zu sagen. Du vergißt das einfach, wenn du hier herumläufst und Ordnung schaffst. Aber hast du das denn wirklich nicht gewußt? Wir leihen alles voneinander.

Alles. Wir leihen Feuer, um uns damit zu leuchten und uns Wärme zu verschaffen. Schon in der ersten Nacht an einem neuen Ort laufen wir mit bloßen Füßen in den Schuhen und nur mit einem Tuch um die Schultern durch die Häuser und leihen voneinander.

Wir müssen Wasser leihen, wenn die Brunnen versiegt und ausgetrocknet sind. Tief in meinem Innern gibt es starke Quellen. Ich kann sie jedoch nur durch Leihen zum Leben erwekken. Du mußt zuerst den eingetrockneten Boden befeuchten. Dann strebt das Wasser dort hinauf, um auf Wasser zu stoßen. Wir haben alles selbst. Doch wir leihen es voneinander. Wir kommen doch her, um das Leben miteinander zu leben. Doch wie sollte man das sagen? Wie sollte man es wagen, so etwas zu sagen?

Draußen schneite es. Das Licht über der Haustür schien auf den Kies, der allmählich fleckig wurde vom Schnee. Es waren große, weiche Flocken, und sie fielen immer dichter. Man schwindelte, wenn man darauf starrte.

»Was wirst du denn jetzt machen?« fragte Tora. Sie wandte ihr noch immer den Rücken zu, doch ihre Stimme klang versöhnlicher. »Wenn du nicht dienen gehen willst. Willst du Fabrikarbeiterin werden? Aber Gott behüte dich, allein in Norrköping! Du bist auch noch recht jung.«

»Wir werden sehn«, sagte Ingrid. Sie erhob sich und begann, ihre Strickjacke anzuziehen und die Knöpfe zuzumachen. Dann suchte sie neben der Küchentür ihre Galoschen heraus und zog sie an.

»Ich nehme den Abfalleimer mit, wenn ich gehe«, sagte sie.

»Aber du wirst doch wohl nicht gehen!«

Sie setzte jedenfalls die Mütze auf und band das Halstuch um.

»Du kannst doch um diese Zeit wohl nicht mehr zu Eks kommen? Die nehmen bestimmt an, daß du hier schläfst?«

»Ich geh trotzdem.«

Aber warum hatte sie es dermaßen eilig, daß sie den Mantel über den Arm legte? Es war doch kalt im Flur.

»Ich wünsch dir 'ne gute Nacht.«

»Gut Nacht«, antwortete Tora. Sie hätte gerne noch etwas gesagt, doch die Tür schlug bereits zu. »Warum habe ich nicht gesagt, daß ich das Cosmopolite verkauft habe? Ich hätte es sagen sollen. Ich hätte es wenigstens einem Menschen erzählen sollen, bevor es in der Stadt herumgeht.«

Aber es war so schwer zu erzählen, daß sie es nicht mehr schaffte mit dem Café. Es ging einfach nicht. Wie sie es auch anstellte, es reichte hinten und vorn nicht, und sie würden dahinterkommen. Doch Ingrid hätte sie es schon sagen wollen. Dennoch vermochte sie sie nicht zurückzurufen. Sie stand da und horchte auf die Schritte die lange Holztreppe hinunter. Dann ging die Außentür, die Glasscheibe klirrte. Nach geraumer Zeit hörte sie auch den Deckel der Mülltonne zuschlagen, und da dachte sie: Vielleicht kommt sie mit dem Eimer herauf. Dann werde ich es sagen. Doch sie kam nicht.

Es wurde vollkommen still. Das ist nicht möglich, dachte sie. Sie legte die Hände an ihre kalten Wangen und ließ die Fingerspitzen über die Lippen gleiten. Es war, als streife sie den Körper eines anderen Menschen.

Warum wird man so müde? Man will schlafen. Aber da ist etwas, was um die Augen schleicht, gleichsam um die Gelegenheit abzupassen, sie aufzubrechen. Es ist doch Nacht, und es ist doch nichts Komisches dran, einsam zu sein, wenn es Nacht ist. Selbst diejenigen, die nebeneinander schlafen, wenden sich nach innen. Sie wenden sich ihren verworrenen Bildern zu und sind einsam, wie fest sie einander auch umschlungen halten.

Sie ging in das kleine Zimmer, in dem ihr Bett stand, das unter der braunen Tagesdecke, die sie herunternehmen und zusammenlegen wollte, hoch aufgebaut war. Da begann sie sich jedoch vor dem Bett zu fürchten. Sie ging statt dessen in die Stube weiter, die im grauen Licht der Straßenlaterne lag. Sie nahm die Kerzenleuchter, die Schale mit den Christrosen, den Klapptisch und legte die Tischdecke zusammen. Die Fenster waren zu lange offen gewesen. Alles, was sie anfaßte, war kalt.

F. A. Otter hatte diese Schale, die sie auf den Klapptisch gestellt hatte, gekauft. Sie fragte sich jedoch, ob Fredrik wohl wußte, daß sie von seinem Vater war. Es war nicht viel, was sie von ihm noch besaß. Den Frack und die Anzüge natürlich. Die hatte sie für die Jungen aufgehoben. Wer hätte jedoch geahnt, daß sie dermaßen aus der Mode kommen würden? Das Tuch des Fracks war auf jeden Fall gut. Der konnte wohl irgendwann umgenäht werden. Ein Paar ruinierte, in Papier gewikkelte Schuhe. Wie töricht, so etwas ganz hinten in einem Schrank aufzuheben! Einige Noten. In der rechten oberen Ecke stand »F. A. Otter«. Die Tinte war braun geworden. Uhr und Ring, ein Stoß Briefe von seiner Mutter aus Göteborg. »Fähnrich Sålts Erzählungen«. Sein Tegnér-Album.

Ja, es war am besten, nicht daran zu denken, jetzt, mitten in der Nacht. Otter war tot. Sie rechte sein Grab jeden Montagvormittag. An den Wochenenden ging sie nie hin. Da waren zu viele Leute auf dem Gottesacker. Perlhyazinthen hatten es ihm angetan gehabt, darum setzte sie jeden Herbst neue Zwiebeln davon ein. Doch nun, mitten in der Nacht in dem kalten Zimmer, wurde sie unsicher, ob es wirklich Perlhyazinthen gewesen waren. Das war ja nur ein Wort. Wenn sie sich nun verhört hatte oder sich nicht richtig erinnerte? Wenn es nun Schneeglöckchen gewesen waren oder Krokusse, die es ihm so angetan gehabt hatten? Dann hatte er trotzdem bald fünfundzwanzig Jahre lang Perlhyazinthen auf dem Grab gehabt.

Dreiundzwanzig Jahre waren es. Ja, die Zeit vergeht. Warum sollte man trauern und sich vergraben? Und was wußte denn schon ein junges Ding wie Ingrid? Oder dieser verflixte Konrad? In diesem Alter verlor man leicht den Mut.

Da tauchte, wie sie da mit der Hand auf dem Kachelofen, der immer kühler wurde, in dem halbdunklen Zimmer stand, ohne Vorwarnung die Erinnerung an einen frühen Morgen in dem Haus in der Kapellgata auf. F. A. Otter war tot, Adam eben erst geboren. Sie war drei Tage aus dem Bett gewesen, doch wollten die Blutungen nicht so recht aufhören. Da setzte sie sich eines Morgens im Bett auf und spürte, daß sie erneut eine bekam. Die war so heftig, daß es naß wurde unter ihr. Dann glaubte sie, daß sie aufhören würde, doch es blutete weiter. Die ganze Zeit spürte sie die Wärme, es pulsierte. Als sie nachsah, bekam sie Angst und schlug schließlich die Decke wieder zurück.

»Fredrik!« rief sie. »Geh runter und sag Tante Lundholm Bescheid!«

Er war aber noch zu klein. Er stand mit einem Zwieback in der Hand in der Küchentür und sah ängstlich und durchtrieben drein. Ja, er sah aus, als versuchte er sie an der Nase herumzuführen, so klein, wie er war. Der Zwieback war fast aufgeweicht.

»Geh runter und sag Bescheid!« sagte sie. »Fredrik, mach schon! Sei jetzt ein braver Junge. Der Mama geht's nicht gut.«

Sie versuchte, ihre Stimme fest und hell klingen zu lassen, doch es war zu spät. Sie hatte ihn schon verschreckt. Er setzte sich unter den Küchentisch, sie sah ihn in dem Sonnenstreifen. Irgendwie kam sie hoch und schleppte sich zum Eimer. Sie sank darauf nieder und spürte, wie der Rand in die Schenkel schnitt. Es blutete ununterbrochen. Jetzt fließt das Leben aus mir heraus, dachte sie.

Sie kam an den Besen heran, der an seinem Haken hing, und dann klopfte sie mehrmals mit dem Stiel auf den Boden, damit Emma in der Küche darunter es hörte. Fredrik fing unter dem Küchentisch laut zu weinen an.

»Tante Lundholm kommt gleich«, sagte sie. »Dann wird alles gut.«

Dann erhob sie sich halb und zerrte sich ein Handtuch heran, so heftig, daß der Aufhänger am Haken abriß. Sie drückte es zwischen ihre Beine und versuchte sie zusammenzupressen. Sie wie der Junge guckten auf das Handtuch und sahen, wie es sich dunkelrot färbte. Endlich kam Emma Lundholm angesprungen.

Zehn Tage hatte sie im Krankenhaus gelegen. Emma kümmerte sich um Fredrik, das Neugeborene konnte sie bei sich haben. Noch lange nachher war sie beim Treppensteigen vorsichtig gewesen, hatte keinen vollen Wassereimer zu heben gewagt, sondern war mit kleinen Mengen von der Pumpe im Hof hochgekommen. Wenn sie morgens aufwachte, mußte sie sich dazu zwingen, sich im Bett aufzusetzen.

Nachts aber kam eine andere Angst. Sie fürchtete, daß sie

anfangen würde, um Otter zu weinen. Sie fürchtete, daß das Weinen kein Ende mehr nähme. Sie durfte einfach nicht. Die Luft um das Bett war kalt, denn sie heizte nicht mehr so fest ein, jetzt, wo er tot war. Sie stopfte statt dessen mehrere Dekken um die Kinder. So lag sie starr und wartete, daß die Nacht zu Ende ginge, daß sie aufstehen und arbeiten könnte. Sie fing an, nachts zu backen, und da wurde es besser.

Nicht ein Laut war auf der Magasinsgata zu hören. Es kam niemand zurück. Sie hatte nun ganz körnige Augen, die Zunge schmeckte schal und fühlte sich rauh an. Das wird wohl eine schlaflose Nacht, dachte sie. Das kommt ja manchmal vor, wenn man viel zu tun gehabt hat. Das ist nicht so schlimm. Es war kalt, doch sie dachte nicht daran, einzuheizen. Es würde sich ohnehin niemand beschweren. Das Küchensofa war leer und auch die braune Ottomane da drinnen unter dem Bild mit dem Elfenreigen. Fredrik hatte seine Sachen mitgenommen.

Sie trottete umher und zog die Rouleaus herunter, prüfte mit den Händen rund um die Topfpflanzen, ob es ihnen nicht zog, wo der Fensterkitt rissig geworden war. Der große Spiegel aus dem Cosmopolite glänzte im Licht der Straßenlaterne, das durch den Erker, wo kein Rouleau war, fiel, vor sich hin. Sie hatte ihn, bevor sie den Kaufinteressenten das Café zeigte, in die Wohnung heraufschaffen lassen. Während der Trauung hatte sie einen Blick hineingeworfen und die ganze Gesellschaft sowie die Sohlen von Jennys nagelneuen weißen Schuhen gesehen.

Ich hatte wohl erwartet, daß sie mich auf jeden Fall auf den Spiegel ansprechen würden, dachte sie. Sie glaubten doch wohl nicht, daß sie den Spiegel nur deswegen in die Wohnung in der Magasinsgata habe schleppen lassen, damit es zu Fredriks Hochzeit fein wäre.

Aber niemand sprach sie darauf an. Niemand wagte es, sie darauf anzusprechen.

Erst jetzt erblickte sie sich selbst im Spiegelglas. Sie hatte die

Zähne schon in ein Glas Wasser gelegt. Der Mund war eingesunken. Die Haare waren dünn und kurzgeschnitten, von graubrauner Farbe. Sie trug keinen Zopf mehr in der Nacht. Sie hatte einmal blonde Haare mit gekräuseltem Pony oder, wenn es pressiert hatte, Spucklocken auf der Stirn gehabt. Der Wuschel im Nacken war am hellsten gewesen und vollkommen flaumig. Es kam ihr vor, als dächte sie an einen anderen Menschen. Sie faßte mit der Hand in den Nacken.

Sie trat jetzt an das Bett in dem kleinen Zimmer und zog sich das Flanellnachthemd aus. Sie stieg aus den Pantoffeln und stieß sie weg, rollte die Strümpfe von den Beinen und zog am Schluß auch das Unterhemd über den Kopf. Ihr war der Gedanke gekommen, daß sie in die Stube zurückgehen und das Deckenlicht einschalten sollte. Dann wollte sie sich da drinnen vor den Spiegel stellen und ihren stark gealterten Körper Stück für Stück begutachten, bis sie wieder mit ihm vertraut geworden wäre.

Als sie aber einen Schimmer von sich sah, einen grauen Schatten und dunkle Flecken, verließ sie der Mut. Es war so spät in der Nacht. Sie schloß die Stubentür. Sie würde es tun, aber nicht jetzt. Dann zog sie ihr Nachthemd wieder an, kroch ins Bett und versuchte, ganz still zu liegen, um nicht zu frieren. Jetzt begann der Rückzug, und sie verstand, daß er lange dauern konnte.

*Die verborgene Geschichte*
*Roman*
*320 Seiten*
*btb 72003*

Aus Freude am Lesen

## Caroline Llewellyn

Nach dem tragischen Tod ihres Mannes hofft die Kinderbuchautorin Jo, im malerischen Dorf Shipcote zur Ruhe zu kommen. Doch im Cottage ihrer Großmutter stößt sie schon bald auf tödliche Geheimnisse aus der Vergangenheit. Ein atmosphärisch dichter Kriminalroman in bester englischer Tradition.

*Trügerischer Blick*
*Roman*
*377 Seiten*
*btb 72010*

Aus Freude am Lesen

## Jane Stanton Hitchcock

Die Trompe-l'œil-Künstlerin Faith Cromwell ahnt nicht, in welch dunkles Spiel sie bei ihrem neuesten Auftrag hineingezogen wird. Für eine legendäre Kunstsammlerin soll sie einen Ballsaal ausmalen, der sich jedoch als Mausoleum entpuppt.

»Psychologisch ausgefeilter Vollblut-Thriller.«
*freundin*